Brigitte Riebe
Palast der blauen Delphine

Zu diesem Buch

Den berühmten Mythos vom kretischen Labyrinth, von Theseus und dem Minotaurus kennen wir aus attischer, männlicher Sicht. Daß er sich aus der Perspektive der matriarchalisch orientierten kretischen Kultur ganz anders und ungeheuer spannend liest, beweist dieser Roman von Brigitte Riebe. Asterios, Sohn der Königin Pasiphaë und eines Stiertänzers, wird der erste männliche Priester, der dem Orakel zufolge Kreta vor dem Untergang retten soll. Doch als er sich in eine tragische Liebesgeschichte mit seiner Halbschwester Ariadne verstrickt und bei einem Zweikampf mit dem attischen Thronfolger Theseus beinahe zu Tode kommt, sieht es für seine Mission düster aus ...

Brigitte Riebe, geboren 1953 in München, studierte Geschichte, Germanistik, Kunstgeschichte. Arbeitete nach der Promotion als Museumspädagogin, später als Lektorin. Lebt in München und hat zahlreiche Romane veröffentlicht.

Brigitte Riebe
Palast der blauen Delphine
Ein Roman aus dem alten Kreta

Piper München Zürich

Von Brigitte Riebe liegen in der Serie Piper außerdem vor:
Moon (2711; Eine Katze namens Moon, 6009)
Pforten der Nacht (3075)

Taschenbuchsonderausgabe
Juni 2001
© 1994 Piper Verlag GmbH, München
Umschlag: Büro Hamburg und ZERO München
Umschlagabbildung: G. I. Semiradski (»Pause bei der Apfelernte
in südlicher Landschaft«, Arthothek)
Foto Umschlagrückseite: Christine Marek
Gesamtherstellung: Clausen & Bosse, Leck
Printed in Germany   ISBN 3-492-26014-4

Inhalt

Prolog 11

Erstes Buch

Die Karawane der Träume 17
Die Mondkinder 36
Im Tanz der Elemente 103

Zweites Buch

Schwarze Segel 211
Zwischen den Welten 262
Wege in die Nacht 295
Die Flüchtlinge 319

Drittes Buch

Heilige Hochzeit 359
Der Faden der Ariadne 386
Tage des Zorns 405
Tod der Sonne 457

Epilog 487

Personen des Romans

PASIPHAË:	Königin und Hohepriesterin von Kreta
MINOS:	ihr Gemahl
ASTERIOS:	Bastard der Königin; liebt Ariadne
ARIADNE:	Tochter von Pasiphaë und Minos
ANDROGEUS:	ältester Sohn; in Athen ermordet
DEUKALION:	Lieblingssohn von Minos
AKAKALLIS:	seine Zwillingsschwester
XENODIKE:	Tochter von Pasiphaë und Minos
KATREUS:	Sohn von Pasiphaë und Minos
GLAUKOS:	Sohn von Pasiphaë und Minos
PHAIDRA:	jüngste Tochter; wird Hohepriesterin
IKSTOS:	Gatte von Akakallis
DINDYME:	Tochter von Akakallis
MIRTHO:	Amme der Königin und Priesterin
MEROPE:	Ziehmutter von Asterios; ihre Schwester
JESA:	Oberschreiberin der Königin
EUDORE:	ihre Stellvertreterin
PERIPOS:	Königlicher Stallmeister
AIAKOS:	Lehrer und Freund von Minos
HATASU:	seine Tochter, Halbägypterin
GARAMOS:	toter Freund von Minos
TYRO:	Freund von Minos; Eremit
PANEB:	ägyptischer Bootsbauer und Lehrer der Mysten
KEPHALOS:	Seemann und Lehrer der Mysten
HEMERA:	Priesterin, lehrt die Mysten
DAIDALOS:	Baumeister von Minos; Athener
IKAROS:	sein Sohn; Freund von Asterios
IASSOS:	Parfummeister der Königin
AIGEUS:	König von Athen
THESEUS:	sein Sohn

SIEBEN MÄDCHEN AUS ATHEN, »Geiseln«
LYSIDIKE
ASTERIA
KORONIS
MENESTHO
ERIBOIA
DAMASISTRATE
HIPPODAMEIA
SECHS JUNGEN AUS ATHEN, »Geiseln«
HERNIPPOS
ANTIOCHOS
ERYSTENES
DAIDOCHOS
PROKRITOS
HEUXISTRATOS

Für Pollo,
ohne die dieses Buch nie zum Leben
erwacht wäre

Wenn Ihr nicht Augen habt, um zu sehen,
werdet Ihr Augen haben, um zu weinen

Jean Paul

Prolog

Der schwarze Vulkan hatte lange geschlafen.

Sein Kegel ragt auf über dem Braun der herbstlichen Felder, über dem Silbergrün der Olivenhaine. Kaum ein Lufthauch regt sich, alles ist in gleißendes Licht getaucht. Die ganze Insel ist verstummt, selbst Grillen und Zikaden schweigen. Zuweilen nur, wenn sich eine leise Brise von der Küste her erhebt, hört man das Rauschen der Baumwipfel.

Die Menschen ruhen im kühlen Schutz ihrer Häuser. Verklungen ist in den Innenhöfen das Klappern des Geschirrs, das Lachen der Kinder. In die mittägliche Stille dringt das Gurren der Turteltauben, die vor vielen Türen in geflochtenen Weidenkäfigen schaukeln, und das Knarren zweier hölzerner Wagen, drüben, auf dem sandsteingepflasterten Platz.

Da erwacht in kupferner Tiefe die Göttin des Feuers und läßt die Flanken des Vulkans erzittern. Heulende Pfeiftöne durchschneiden die Stille, seltsame Geräusche wie von grobreißendem Stoff.

Dann wieder Stille. Wenig später erschüttert dumpfes, bedrohliches Grollen die Luft.

Abermals schweigt das Land.

Die Tiere wittern als erste die Gefahr. Schlangen und Echsen verlassen die Ritzen und Spalten der alten Lava, fallen in die Felder ein und nähern sich den Siedlungen. Sperlinge und Eichelhäher fliegen in alle Himmelsrichtungen auf. In langem, grünsilbrigem Zug kriechen Heuschrecken zum Strand hinab. Fischschwärme drängen schutzsuchend dem Meeresgrund zu. Auf den Weiden mischt sich angstvolles Blöken mit dem Gebell der Hunde.

Und wieder ist das unterirdisches Grollen zu hören, ein Brausen, gefolgt von unheilvollem Klirren, als zerbräche Glas in der Tiefe der Erde.

Die ersten Stöße.

Häuser erzittern, und in den gemauerten Wänden klaffen daumengroße Risse wie häßliche Wunden. Vasen und Figuren fallen hinab, zerschellen auf den berstenden Steinplatten. Türen springen auf. In vielen Ställen beißen sich quietschend die Schweine ineinander fest.

Der Berg! Der Feuerberg!
Durch donnerndes Getöse aus dem Schlaf gerissen, fliehen die Menschen ins Freie. Dunkler Rauch entströmt dem Krater, formt sich zu einer hohen Säule. Drohend steht sie über dem Schlund.

Als sie sich langsam neigt, brüllt der steinerne Riese lang und zornig auf. Er speit eine lodernde Flamme, deren Spitze sich spaltet und den Himmel blutrot färbt. Asche steigt auf und überzieht das Firmament wie schwarzer poröser Schaum.

Im Schein der Feuerfontänen, die Garben glühenden Gesteins in die Höhe reißen, bäumt sich die Erde stöhnend auf, kurz und kräftig, schnell hintereinander.

Häuser stürzen krachend zusammen. Der Boden spaltet sich, und auf die aufgebrochenen Schollen fällt dunkler Ascheregen, der sich mit dem bräunlichen Dampf aus dem Krater vermischt.

In der plötzlich hereingebrochenen Finsternis, von Ölfunzeln und Fakkeln gespenstisch erhellt, schreien Kinder. Man hört verzweifelte Gebete und lautes Klagen. In den Gassen herrscht entsetzliches Gedränge. Inmitten von brennendem Dachgebälk, zwischen scheuenden Pferden und Hunden, Hunderte von Menschen in wilder Flucht. Die Köpfe nur notdürftig mit Tüchern und Kissen geschützt. Blind vom beißenden Rauch, vom Ätzbrand, der Leib und Gesicht zersetzt und die Augen blendet. Alte und Junge schieben sich schreiend und heulend vorwärts und versuchen, ihre Habseligkeiten zu retten.

Die Straßen sind voll von verlorenen Bronzekandelabern, von Kassetten aus geschmolzenem Metall, von Tonscherben. Wer stürzt, wer über Leichen und Tierkadaver stolpert, wird zu Tode getrampelt oder erstickt qualvoll in Rauch und Asche. Nur die Kräftigeren behaupten ihren Weg, die Jungen und Starken, die die Hände abschütteln und die Kinder beiseite drücken, die Frauen ihnen entgegenstrecken. Weiter, blindlings weiter drängt die Menschenmenge, bergab, dem Hafen zu, wo die Schiffe schon zu lodernden Fackeln geworden sind.

Es gibt kein Entrinnen. Während der Wind sengende Asche über die Stadt trägt, sich Schwefelschwaden mit giftigen Dämpfen mischen und im Gesteinshagel die Vögel tot zu Boden fallen, wälzt sich unaufhaltsam eine Schlammflut auf die Stadt zu. Vor den Mauern spaltet sich der Strom. Vielarmig dringt er in Gassen und Straßen vor, steigt hoch und immer höher. Verstärkt durch nachdrückende Fluten, wälzt er sich träge über

Dächer und Tempel, erfaßt die Menschen und begräbt wie ein Leichentuch alles Leben unter schmutzigschwarzem, gurgelndem Brei.

Aus dem aufgerissenen Krater ergießt sich eine Lavalawine bis ins Meer und zieht als funkelnden Schweif geschmolzenes Gestein mit sich. Lava zischt, als das Meer sich zurückzieht und flüssiger Gesteinsbrei sich dampfend mit Luft und Wasser mengt. Wildes Wogen, Schäumen, Wirbeln, Spritzen – ein Feuermeer! Der Strand ist übersät von brennenden Trümmern. Überall verbrannte Bäume und Pflanzen. Überall verkohlte Leichen.

Und dann hält die geschundene Erde für einen Augenblick den Atem an – und zerspringt in glühende Splitter. Der Vulkan birst, und die wirbelnden Wasser des Meeres dringen nach innen. Gleich dem Stamm eines gigantischen Baumes saust der Berg dem Himmelsgewölbe entgegen, wo er seine Pinienkrone entfaltet. Wie eine dünne Eiskruste bricht das Land entzwei. Die einstmals runde Berginsel bleibt als schmale Sichel zurück.

Asche verfinstert die Welt, und die langen, die dunklen Nächte über dem alten Kontinent brechen an...

Vor dem Heiligtum der Doppelaxt kniet der Priester der Großen Mutter. Vor ihm liegen zwei Kulthörner aus Kalkstein und eine kleine Statue der Schlangengöttin. In der Linken hält er die Bügelkanne, gefüllt mit geweihtem Öl. Sein Gesicht bedeckt die lederne Stiermaske. Er erhebt seine Hände und beginnt leise zu beten.

Schon hat sich der Himmel über Kreta dunkel gefärbt. Ein dichter Regen aus rotglühendem Bimsstein prasselt auf die Insel nieder. Auf dem Meer drängt sich schwimmendes Gestein in wulstigen Brocken. Rasch und immer rascher treibt es südwärts und ballt sich zu festen Landbrücken zusammen. Wie aus blankem Metall gehämmert droht die Stirnwand der Flut. Ihr Rauschen erfüllt Himmel und Erde. Ein Wald wirbelnder Wasserschäfte, von Blitzketten hell erleuchtet, rast ihr voran.

Die Flut, die große Flut!

Sie kommt! Er spürt ihren gewaltigen Sog in seinem Blut. Er kann sehen, wie sie salzig bis weit ins Land hineinbricht. Wie sie sich ohne Unterschied über Häuser, Stallungen, Felder und Leiber ergießt. Schwarzer Regen rauscht nieder. Grollend erhebt sich in kurzen, kräftigen Stößen die Erde.

Die Wand vor ihm bricht auf. Rauch und Schwefeldämpfe erfüllen den Raum. Hinter der Ledermaske wird ihm der Atem knapp. Ascheteilchen dringen in die schmalen Öffnungen für Mund und Nase.

Er röchelt, ringt nach Luft. Mit der Rechten löst er den Riemen, der die Maske am Hinterkopf hält, und füllt tief seine Lungen. Erneut hebt er sein Gesicht zum Schrein. Und wieder setzt sein inbrünstiges Gebet ein...

Aber er hat ja meine Augen... mein Gesicht... er ist ich... das bin ich... ich...

Dunkel, stockdunkel. Schweißgebadet erwachte er, meinte noch den bitteren Geschmack des Rauches auf der Zunge zu schmekken. Im ersten Augenblick wußte er nicht, wo er war.

Benommen richtete er sich auf und strich das feuchte Haar aus der Stirn. Still war es im Raum, er hörte nur das schnelle Schlagen seines Herzens und die Musik der Zikaden, die durch das geöffnete Fenster zu ihm drang. Seine Hände berührten seinen Körper, dann sein Bett.

Das war nicht das harte Lager eines Hirten!

Schlagartig war er wach und wußte, vor er sich befand: im Palast der blauen Delphine. Er war nicht mehr Astro, der Hirte, sondern Asterios, der Bastard der Königin, der die Stiermaske trug.

Erstes Buch

Die Karawane der Träume

Der Duft von Kiefern-, Zedern- und Zypressenstämmen erfüllte die Kymbe, die auf ihrer Fahrt nach Ägypten durch das morgendliche Meer glitt. Nach der langen Flaute zu Beginn der Reise, die die Mannschaft zum Rudern gezwungen und den Steuermann zu Flüchen veranlaßt hatte, war der Wind endlich umgeschlagen und blies beständig aus Nordwest. Sofort hatten einige Männer den hölzernen Mast aus seiner Sicherung auf dem Schiffsboden befreit und ihn aufgerichtet. Nun knatterte das Segel aus Spartgrasgeflecht in der auffrischenden Brise.

Dunstschleier hingen noch über den schroffen Felsen. Ganz allmählich hatte sich die Farbe der Berge verändert, war von dem beinernen Weiß der Karste im Westen der Insel zu rauchigem, manchmal fast bläulich schimmerndem Grau übergegangen. Bald schon würden auf den Höhenketten die Küstenfeuer zu sehen sein, die den Schiffen die Einfahrt in die geschützten Hafenbuchten des Südens wiesen.

Die Frau im dunklen Umhang aber, schon seit dem ersten Licht der Morgendämmerung unruhig, war in Gedanken immer noch in den Weißen Bergen, die ihr zur Heimat geworden waren. An den Hängen des hellen Kalksteinmassivs, weitab vom mächtigen Hof zu Knossos, hatte sie viele Jahre in Sicherheit gelebt. Dort war der Junge unter ihrer Obhut herangewachsen. Dort hatte er an ihrer Seite die Eichenwälder erforscht, die von Heidekraut und Buschwerk bewachsenen Schluchten, die Höhlen, in denen seine Tiere Schutz vor Unwetter gesucht hatten. Ob er jemals wieder die blauen Dolden der Keuschbäume sehen und die duftenden Myrten vor ihrem Haus riechen würde?

Sie seufzte und sah sich nach ihm um. Der Junge, der auf den Namen Astro hörte, stand ganz vorn am Bug des Schiffes und starrte ins Wasser.

»Da schwimmt etwas«, rief er, und seine Augen leuchteten

vor Erregung. »Schau nur, Mutter! Da treibt etwas neben dem Schiff! Ist es ein Tier? Aber es bewegt sich nicht.«

Merope erhob sich langsam, überrascht von einem jäh aufsteigenden Unwohlsein, und trat dicht hinter ihn. Sie spürte die Hitze seines jungen Körpers. Dann erst sah sie den toten Delphin, der im Wasser trieb. In seinem silbernen Bauch klaffte eine tiefe Wunde.

Rasch wandte sie sich ab, um ihr Erschrecken zu verbergen. Große Göttin, ein toter Delphin, so kurz vor dem Ziel! Ein unheilverkündendes Omen für ihre Reise, die der Königin ihren Delphinring zurückbringen sollte – und ihren totgeglaubten Sohn!

Astros Rufe hatten auch einige der Männer aufmerksam gemacht, die sich jetzt ebenfalls über die Reling beugten. Merope hörte leise Flüche und ein paar gemurmelte Gebetsfetzen. Seeleute hielten es für ein glückbringendes Zeichen, wenn Delphine dem Schiff folgten. Und jetzt dieser aufgeschlitzte Kadaver! Mit aller Kraft zwang Merope ihr wild schlagendes Herz zur Ruhe. Nur jetzt keine Aufregung zeigen! Nichts durfte ihre Mission aufhalten.

Der Kapitän versuchte sie barsch zur Rede zu stellen; auf seinem sonnenverbrannten Gesicht wechselten Mißtrauen und Unsicherheit mit echter Besorgnis. Merope verstand, daß er eine Erklärung von ihr erwartete. Was aber konnte sie ihm sagen, ohne zuviel preiszugeben?

Als sie ihm bei ihrer ersten Begegnung im Hafen das goldene Doppelhorn mit der Sonnenscheibe gezeigt hatte, hatte er sich vor der Priesterin der Großen Mutter verneigt und um ihren Segen für Mannschaft und Schiff gebeten. Respektvoll hatte er angeboten, ihr und dem Jungen den Preis für die Überfahrt zu erlassen. Und er hatte nicht gefragt, warum die Frau und der junge Hirte ausgerechnet zur Zeit der Frühjahrsstürme nach Osten mitgenommen werden wollten. Um die Herrin der Tiefe für ihre Reise günstig zu stimmen, hatte Merope am Strand das Abfahrtsopfer dargebracht: Muscheln und einen Fang rötlich schimmernder Fische, zusammen mit einer Amphore Öl.

»Ist dein Opfer nichts wert gewesen, Priesterin?« herrschte er sie an und rieb seine Stirnglatze. »Was bedeutet dieses böse Zeichen? Du weißt doch, wie abergläubisch Seeleute sind! Was glaubst du, wie sie auf dieses tote Tier reagieren?« Sein Mund verzog sich unwillig. »Vielleicht liegt ein Fluch auf dir oder dem Jungen, und ich hätte euch nicht mitnehmen...«

»Hör sofort auf mit diesem Unsinn!« unterbrach sie ihn. »Du weißt genau, daß mein Strandopfer der Göttin wohlgefällig war! Oder hast du vielleicht jemals zuvor um diese Jahreszeit eine Reise ohne Sturm erlebt?«

Mit hocherhobenem Haupt stand sie vor ihm, und ihm war, als ginge von der Frau im einfachen Wollumhang eine zwingende Kraft aus. Ihre Augen blitzten, und die silberhellen Haare, die der Wind aus dem Knoten gelöst hatte, gaben ihr ein beinahe jugendliches Aussehen.

»Da magst du recht haben«, schnaubte er widerwillig. »Die Reise war friedlich – zumindest bislang. Aber was hat dieser tote Delphin zu bedeuten?«

»Bist du ein Mann oder ein ängstliches Kind?« entgegnete Merope heftig und tastete nach den Spitzen des Doppelhorns in ihrer Gewandtasche. »Willst du das Tun der Meeresgöttin beurteilen wollen, die Leben schenkt und Leben nimmt?«

Dieses Leben hat allerdings eine frevelnde menschliche Hand beendet, fügte sie für sich hinzu. Denn die tödliche Wunde stammte von einer gutgeschärften Harpune.

»Kein Wort mehr!« fuhr sie fort und fixierte ihn streng. »Oder bist du auch nichts anderes als ein abergläubischer Matrose? Und was deine Mannschaft betrifft, so werde ich sie schnell wieder zur Vernunft bringen.«

Entschlossen ging sie zum Achterdeck, wo sie ihr weniges Gepäck verstaut hatte. Sie öffnete einen ledernen Beutel, griff hinein und zog einen kleinen Gegenstand heraus. Die meisten der Männer waren ihr gefolgt und standen im Halbkreis um sie.

»Seht her!« Merope bemühte sich, ihrer Stimme die gewohnte Festigkeit zu geben. »Die Göttin hat uns ein warnendes Zeichen geschickt. Sie ermahnt uns, die Wesen des Meeres zu achten. Wir sollen nicht töten, um unsere Mordgelüste zu befriedigen. Jagen dürfen wir nur, um unseren Hunger zu stillen.«

In ihrer Hand blitzte ein silberner Skarabäus, den sie seit den längst vergangenen Tagen ihres Hoflebens aufbewahrt hatte.

»Große Mutter, nimm dieses Symbol des Todes und der Wiedergeburt gnädig an. Schenke uns eine friedliche Reise und eine gesegnete Heimkehr!« Damit warf sie den Anhänger mit weitem Schwung in die leichtgekräuselte See.

Allmählich zerstreuten sich die Matrosen, und auch der Kapitän kehrte brummend auf seinen Posten zurück. Merope merkte, wie der Junge um sie herumstrich.

»Dauert unsere Reise noch lang?« fragte er schließlich.

»Nein, mein Sohn. Wir haben den Hafen bald erreicht.« Und dann beginnt der Weg in die Berge, zu der alten Höhle, dachte sie. Dein Weg in ein neues Leben.

Sie bemerkte sein Zögern, spürte, wie er mit einer Frage kämpfte. »Nun sag schon, was du wissen willst«, half sie ihm liebevoll. In seinen grüngoldgesprenkelten Augen stand ängstliche Ungewißheit.

»Alles ist auf einmal so seltsam, nicht nur der tote Delphin«, sprudelte er hervor. »Warum bist du die ganze Zeit so geheimnisvoll? Warum die weite Reise? Ich sollte in diesem Frühjahr doch zum erstenmal eine eigene Herde bekommen! Was soll nun aus den neugeborenen Zicklein werden?«

Er brach ab und sah sie hilfesuchend an.

»Astro, du weißt doch, daß alle Jungen einige Tage in einer heiligen Höhle verbringen, wenn ihre Zeit gekommen ist. Wenn sie das Dunkel verlassen, sind sie zu Männern geworden.«

Sein Gesicht verzog sich bei ihren Worten in kindlichem Trotz. »Natürlich weiß ich das!« begehrte er auf. »Männer können weder bluten noch gebären, deshalb nimmt sie der Schoß der Göttin auf und gebiert sie neu. Im letzten Jahr haben sie meinen Freund Tiyo in die Höhle gebracht. Aber warum müssen wir so weit segeln, wo doch unsere Berge auch voller Höhlen sind?«

Weil du eben kein Bauer bist, sondern der Sohn der Königin, dachte Merope. Aber das wirst du bald selbst erfahren. »Ich habe dir schon mehrmals gesagt, mein Sohn«, erwiderte sie ihm stattdessen, »daß nicht alles für alle gut sein muß. Tiyo erlebte seine Einweihung in der für ihn bestimmten Höhle, und für dich hat die Große Mutter eine andere bestimmt. Sei nicht so ungeduldig«, wehrte sie lächelnd weitere Einwände ab. »Wir sind beinahe da. Wir legen bald an.«

Ja, sie waren fast am Ziel. Mit Bedacht hatte Merope einen der kleineren Häfen an der Südküste ausgewählt, von dem aus sie ihren Weg in die Berge nehmen konnten. Vielleicht war sie übervorsichtig gewesen. Wer würde sich schon um eine alte Frau und einen Halbwüchsigen kümmern? Aber sie hielt es für besser, auf der Hut zu sein! Zwar hatte sie seit mehr als zwanzig Jahren die Nähe des Hofes gemieden, aber neugierige Augen und vorwitzige Münder, die Gerüchte verbreiteten, gab es überall. Denn der Sohn der Königin kehrte heim.

Inzwischen hatte das Schiff seinen Kurs geändert und steuerte direkt auf das Ufer zu. Langsam konnte man Häuser erkennen, halbmondförmig in die Bucht geschmiegt. Ein breiter Sandstrand war auf beiden Seiten von Felsen geschützt. Das Segel war schon eingeholt, der Anker, eine Pyramide aus rotem Porphyr, wurde gesetzt. Die Sonne war höher gestiegen und schien nun fast mit sommerlicher Kraft.

Wir müssen sehen, daß wir an Land kommen, dachte Merope. Wir haben noch ein ordentliches Stück Weg vor uns. Übermorgen ist die Nacht der Frühlingswende. Dann muß er an seinem Ziel sein.

Geschäftiges Treiben herrschte nun auf dem Schiff, dem sich langsam vom Ufer her ein kleines Ruderboot näherte.

»Kommen sie, uns zu holen, Mutter?«

Merope nickte.

»Und dann gehen wir in die Berge?«

Und wieder nickte sie. Ja, zu der großen Höhle, mein Sohn, die schon seit Anbeginn aller Zeiten auf dich wartet. Dort wirst du der Göttin begegnen.

»Laß uns dem Kapitän Lebewohl sagen«, forderte sie ihn auf, »und ihm für seine Freundlichkeit danken.«

Astro lief ihr voraus, und sie beobachtete, wie der Junge lebhaft auf den stämmigen Mann einredete, der ihn freundlich, fast väterlich betrachtete.

Wie sehr er männliche Gesellschaft zu genießen scheint, dachte sie mit leiser Wehmut. Vielleicht hat er den Vater doch vermißt, obwohl er mich nie nach ihm gefragt hat, nicht ein einziges Mal in all den Jahren! Es war, als ob er schon immer etwas geahnt hätte. Sein Vater, der Weiße Stier aus dem Meer, der ihn gezeugt hat...

»Ich wünsche dir eine glückliche Weiterfahrt, Kapitän«, sagte sie laut. »Danke, daß du uns so sicher hierhergebracht hast.«

»Die Göttin schütze euch«, antwortete der alte Seemann seltsam befangen, musterte sie ernst und zauste Astro den braunen Schopf. »Paß gut auf dich auf, Junge!«

Vorsichtig kletterten die beiden die baumelnde Strickleiter hinab. Ein junger Mann, kaum älter als Astro, ruderte sie schweigend ans Ufer. Im flachen Wasser stieg er aus und schob Boot und Insassen zum Strand. Als sie ihm etwas Wachs anbieten wollte, wehrte er ab.

»Der Kapitän hat schon für alles gesorgt.«

Dann zog er sein Boot weiter auf den nassen Strand.

Merope blickte sich ein letztes Mal nach der Kymbe um. Am Bug leuchtete ein gemaltes Auge im Sonnenlicht. Wie das allwissende Auge der Göttin, die über die alte Höhle wacht, dachte sie. Große Mutter, die Du allein die Macht hast, zu binden und zu lösen, die Wege der Sterne zu bestimmen und über die Winde zu befehlen, behüte Schiff und Mannschaft auf ihrer Reise nach Ägypten!

Sie marschierten zügig und hatten schon bald die Ebene verlassen, als Astro über Hunger und Durst klagte. Sehr still war er den ganzen Weg über gewesen, sein Gesicht blaß und verschlossen. Im Schein der Nachmittagssonne machten sie Rast, aßen Käse und Fladenbrot sowie eine Handvoll getrockneter Feigen und tranken Wasser aus einem nahen Bach. Merope sah ihm zu, wie er mit großem Appetit jeden Bissen verschlang. Als er sie schließlich um getrocknetes Fleisch bat, lehnte sie freundlich, aber bestimmt ab.

»Es ist nicht gut, wenn du so kurz vor dem Ziel noch Fleisch ißt. Denk daran, daß du schon ab morgen fasten mußt.«

Vor dem Hunger mußt du keine Angst haben, mein Sohn, dachte sie, als sie seinen fragenden Blick spürte. Der vergeht schnell. Aber dann kommen die alten Bilder. Du wirst erkennen, wer du bist. Und was deine große Aufgabe sein wird.

»Laß uns noch ein Stück gehen, bis der Abend hereinbricht«, forderte sie ihn auf. »Dann suchen wir uns einen Platz für die Nacht, und du kannst dich nach Herzenslust ausruhen.«

Sie erhoben sich, packten ihre Bündel zusammen und wanderten weiter. Die Oleanderbäume entlang der schmalen Wasserläufe trugen dicke Blütenbüschel, noch geschlossen, aber schon zum Aufspringen bereit. Löwenzahn blühte, wilder Mohn leuchtete rot. Der Himmel war von einem leichten Blau, durchzogen von Wolkenschleiern, die Luft lau, vom Duft der Mandelblüten getränkt.

Fast unvermittelt stiegen die Berge vor ihnen auf, schiefergraue Gipfelketten im Vordergrund, hinter ihnen silbern und bläulich schimmernde Silhouetten. Ihre Unterhaltung verstummte nun vollends. Schweigend erklommen sie die ersten Anhöhen, passierten einen Weiler, ließen ein kleines Dorf mit ein paar niedrigen Häusern aus verwitterten Kalkblöcken hinter sich. Als der Junge fragend auf den Weg wies, der hinunter führte, schüttelte Merope den Kopf.

»Nein, heute und die nächste Nacht verbringen wir nicht unter Dach. Wir wollen dem Mond ganz nah sein.«

Langsam senkte sich der Abend nieder. Dunkles Gold vermischte sich mit dem silbrigen Grün der Olivenbäume, die hier oben schon spärlicher wuchsen. Kein menschlicher Laut war zu hören, nur vereinzelte Vogelrufe und das Geräusch ihrer Schritte auf dem schmalen, steinigen Pfad: die seinen ungestüm, eilig, immer wieder absetzend, ihre in bedächtiger Regelmäßigkeit. Dann ließen sie auch die Ölbäume hinter sich und erreichten dunkelgrünes Nadelgehölz.

Merope hielt inne, ließ den Beutel sinken und blickte zum Gipfel empor, der immer noch fern und unnahbar schien. Zeit, sich ein Lager zu suchen, die letzte Mahlzeit zu bereiten und ein wenig zu ruhen, dachte sie. Er wird seine Kräfte noch brauchen. Und ich meine, um der Göttin heute nacht zu opfern.

»Laß uns hier halt machen, Astro«, schlug sie deshalb vor und sah ein Stück entfernt den heiligen Hain im schwindenden Abendlicht liegen. »Geh Holz sammeln, damit wir uns noch ein Feuer machen können!«

Er lief davon, und sie sah ihm gerührt nach. Du sentimentale Alte! schalt sie sich selbst. Gewöhne dich daran, daß er nun seinen eigenen Weg gehen wird! Du wirst ihn dabei nicht aufhalten. Du kannst Astro nur lehren, ihn mutig und wissend zu gehen.

Aber obwohl Merope versuchte, sich mit dem Unabänderlichen abzufinden, konnte sie dennoch die innere Stimme nicht zum Schweigen bringen. Die Stimme, die unüberhörbar forderte, ihre Wanderung zum Gipfel möge niemals zu Ende gehen.

Als er zurückkehrte, beide Arme voller Reisig, hatte sie bereits den Steinkreis für das Feuer vorbereitet. Nun schichtete sie die Zweige auf. Astro bestand darauf, selbst die Funken aus dem Feuerstein zu schlagen, und sie lobte ihn für seine Geschicklichkeit. Im Schein des Feuers saßen sie sich wenig später gegenüber und aßen ohne viele Worte. Sie reichte ihm Brot und Olivenpaste, und, anstelle des Wassers, einen kleinen Lederbeutel voll geharzten Weins, aus dem er gierig trank.

Das macht dich noch müder, mein Sohn, dachte sie. Und schenkt dir schöne Träume.

Schon bald rollte sich der Junge in seine Decke und schlief ein. Die Frau saß noch eine ganze Weile am Feuer, bevor sie sich langsam erhob und, einen glühenden Span in der Hand, sich auf den Weg machte.

Dann stand sie wieder im heiligen Hain, den sie seit ihrer Flucht in die Weißen Berge nicht mehr betreten hatte. Behutsam, zaghaft fast, berührte sie mit ihrer Hand die rauhen Stämme der Zypressen. Den Kopf an die rissige Rinde gelehnt, sog sie den vertrauten, leicht bitteren Geruch ein. Und vor ihr entstand deutlich das Bild der zitternden Novizin, deren ungelenken Händen das sichelförmige Mondmesser damals beinahe entglitten wäre. So viele Jahre waren vergangen, so vieles hatte sie erlebt, seit jener ersten Nacht im Hain!

Milchig und fern stand der Mond der Frühjahrswende an einem funkelnden Sternenzelt. Reglos blickte sie zu ihm hinauf und lauschte dem Schrei einer Eule. Westwind frischte auf, zerzauste ihr Haar und ließ sie plötzlich erschaudern. Sie rieb die Füße aneinander, die sie von den Reisestiefeln befreit hatte, und zog den Umhang enger über ihrer Brust zusammen.

Vergib mir, Große Mutter, dachte sie, ich bin heute nicht richtig bei der Sache. Mein Gedanken fliegen wie eine Schar aufgescheuchter Vögel zurück in die Vergangenheit und versuchen, das Dunkel der Zukunft zu durchdringen. Mein Herz wird schwer, wenn ich an den Weg denke, der vor Astro liegt. Den Weg, von dem so viel für uns alle abhängt. Ich weiß, seine Zeit ist gekommen. Aber ich fürchte nichts mehr als den Augenblick, wenn er in das Dunkel der großen Höhle tritt. Dann verliere ich den Sohn, den ich nicht geboren habe. Dann bin ich wieder allein.

Sie sprach ein flüsterndes Gebet und spürte, wie sie ruhiger wurde. Nun war sie bereit für die Zeremonie, die sie seit den Tagen ihrer Einweihung jedes Jahr am Ende des Winters vollzogen hatte. Merope richtete ihre Aufmerksamkeit auf den großen, runden Stein. Ihre Hand berührte leicht den Kranz silbriger Disteln, den sie um ihn gewunden hatte. Dann ließ sie sich mit gekreuzten Beinen vor ihm auf der Erde nieder. Auch durch den doppelten Schutz von Kleid und Mantel fühlte sie die aufsteigende Kälte des harten, unebenen Bodens. Nach einem letzten Blick zum Mond schloß sie die Augen und atmete tief ein.

Himmelsherrscherin, betete sie, Du älteste Tochter der Zeit! Dein Auge ist gewaltig, es schaut auf die Erde nieder. Dein göttlicher Leib ist das Universum, Deine Weisheit ist tiefer als das Meer. Schenke Deinen Kindern die Gnade des wiederkehrenden Lichts, das uns Leben und Fülle gibt!

Und dann gab es nur noch den Stein und die Priesterin, die eins war mit dem Lebensstrom der Erde. Wärme durchflutete ihren Körper, heiß strömte es aus Fuß- und Fingerspitzen, und sie spürte nicht mehr den kühlen Frühlingswind. Ihre Arme und Beine bildeten einen festen Kreis, der immer dichter wurde, bis sie ganz aus Stein war. Brüchiger und rauher Fels zunächst, den man hart vom Berg gebrochen hatte. Weicher geschmirgelt und poliert und immer glatter mit den Jahren, regengewaschen, sonnendurchglüht, auf einer langen Reise durch die Flüsse, durch die Meere, von Tieren besiedelt, von Menschenhand abgegriffen, in einem Meer von Zeit.

Wie aus weiter Ferne kam sie schließlich in ihren Körper zurück. Sie berührte ihn mit beiden Händen.

Ja, ich bin eine alte Frau geworden, dachte Merope wehmütig. Ich war schon damals nicht mehr jung, als Mirtho mir den Neugeborenen in die Arme legte und wir ihm den Namen Astro gaben.

Die alten Bilder stiegen in ihr auf, und sie sah sich wieder in mondloser Nacht zu dem kleinen Hafen laufen, den wimmernden Säugling vor die Brust gebunden. Dort hatte der Fischer, dessen Schweigen sie mit Edelsteinen erkauft hatte, mit seinem Boot auf sie gewartet. Sie dachte an die Überfahrt, während derer es ihr nicht gelang, das schreiende Kind mit der honiggesüßten Ziegenmilch aus dem durchlöcherten Horn zu beruhigen! Und endlich die Geborgenheit ihres Hauses, wo sie zum erstenmal seine Windeln gewechselt und das Mondmal an seiner Hüfte geküßt hatte.

Ja, ich habe immer gewußt, daß mir der Sohn der Königin nur für einige Jahre geschenkt sein würde! Sechzehn Sommer konnte ich seine Mutter sein. In dieser Zeit habe ich ihn eins mit der Natur werden lassen, ihn den Umgang mit den Heilkräften gelehrt. Seinen jungen, hungrigen Geist habe ich mit den geheimen Überlieferungen gespeist. Habe ich ihm mehr offenbart, als es Männern eigentlich zukommt? Aber er besitzt die Gabe. Er ist der Auserwählte! Es war richtig, ihm das Wissen der Weisen Frauen zu offenbaren, damit der Junge in unserem Sinne seiner großen Aufgabe gerecht werden kann.

Der Junge? Er ist längst kein Kind mehr, verbesserte sie sich selbst. Flaum bedeckt sein Gesicht an Kinn und Wangen, seine Stimme klingt tief. Und er schaut gern den Mädchen nach.

Ihr Herz zog sich schmerzlich zusammen. Große Mutter, was wird geschehen, wenn er der Frau gegenübersteht, die ihn geboren hat? Und was wird aus mir?

Mit einem Mal spürte Merope, wie erschöpft sie war. Sie mußte versuchen, noch ein wenig Schlaf zu bekommen, bevor sie erneut aufbrechen würden. Steif erhob sie sich.

Nach rituellem Brauch streifte sie den Stein ein letztes Mal mit ihrer linken Hand. Dann begoß sie ihn, zuerst mit Wein, anschließend mit Öl. Sorgfältig verschloß sie die Tonkrüge und verwahrte sie wieder in ihrem Beutel. Einen Segensspruch murmelnd, schnitt sie mit dem glattgescheuerten Obsidianmesser die zartgrünen Blätter der umstehenden Disteln ab und packte sie zu den Krügen. Mit einem letzten Blick umfaßte sie den Hain, und nickte. Ja, die Zeremonie war vollendet. Das Licht des Frühlings konnte auf die Insel zurückkehren.

Sie ließ den Opferplatz hinter sich und wandte sich dem Weg zu, der sie zurück zu dem Jungen führte. Ein schwacher rötlicher Schein kündete vom Nahen des Tages, und sie beschleunigte trotz ihrer Müdigkeit den Schritt. Ob Astro schon wach war?

Merope fand ihn schlafend. Liebevoll strich sie sein braunes Haar zurück. Der Bastard der Königin lächelte im Schlaf.

Eine Nacht, ein Tag, eine Nacht. Am Nachmittag erreichten sie endlich das Gipfelplateau. Ein schwieriger Weg lag hinter ihnen, ein strenger, oftmals gefährlicher Marsch auf steilen Pfaden und über Geröllfelder; eine unruhige Nacht, in der sie seine wachsende Anspannung gespürt hatte. Beide hatten sie während dieser Zeit nichts gegessen. Immer wieder hatten sie das Tempo drosseln müssen, um Rast zu machen und ihren Durst aus Quellen zu stillen.

Merope sah die Zeichen von Hunger und Anstrengung in seinem geröteten Gesicht. Sie hörte seine stummen Fragen und fühlte ihren eigenen Magen rumoren wie ein hungriges Tier. Einen Lidschlag nur hatte sie die Augen geschlossen, um das Verlangen nach Nahrung, die Sehnsucht nach Ruhe aus ihrem Geist zu bannen, als sein lauter Schrei sie aufschreckte. Mit schmerzverzerrtem Gesicht hielt er sich den Oberarm, auf dem sich ein flächiger Stich abzeichnete, der schnell anschwoll.

»Eine Biene hat mich gestochen!«

Augenblicklich war sie bei ihm und saugte das Bienengift

aus. Kreidebleich hielt er still, während sie mehrmals kräftig ausspie.

Der Schmerz hatte die nur mühsam aufrechterhaltene Mauer seiner Beherrschung zum Einsturz gebracht. Er hatte Angst! Das las sie in seinen Augen, das bewies sein säuerlicher Schweiß. Angst vor dem Unbekannten. Angst vor dem Wissen, das er wiederfinden sollte. Das Ende der Kindheit, dachte sie. So plötzlich. So unwiederbringlich.

Sie hörte, wie er scharf die Luft durch die Zähne zog. »Ist es schon besser?« fragte sie liebevoll.

Er bemühte sich, tapfer zu nicken, und sie nahm wahr, wie froh er über diesen offensichtlichen körperlichen Schmerz war.

Das richtige Mittel gegen Bienenstiche war rohe Zwiebel. Wo sollte sie die hier finden? Da fiel ihr Blick auf ein Büschel Löwenzahn. Sie zog es heraus, ritzte mit dem Nagel den Stiel und drückte den milchigen Saft auf dem Stich aus.

»Es wird gleich vorbei sein. Wenn du später noch Schmerzen hast, machst du es so, wie ich dir eben gezeigt habe. Steck dir noch ein Büschel in die Tasche!«

Dann forderte sie ihn auf, sich hinzusetzen und ihr zuzuhören. »Ich führe dich jetzt in die große Höhle und lasse dich dort allein. Drei Tage wirst du dort bleiben. Du wirst nichts anderes essen als die getrockneten Pilze und die Kräuter in diesem Säckchen, nichts trinken als das Wasser dieser drei Krüge. Sei wach und aufmerksam! Dir werden unbekannte Dinge begegnen, Bilder, vielleicht Stimmen oder Gestalten. Du bist ihr Meister, Astro! Du kannst sie entstehen und wieder verschwinden lassen – ganz wie du willst. Aber du kannst sie nur beherrschen, wenn du sie genau ansiehst. Wenn du vor ihnen fliehst, wenn du die Höhle früher verläßt, dann haben sie für immer Macht über dich. Bist du bereit?«

Sie sah, daß der Junge mit enger Kehle nickte.

»In der Höhle erfährst du auch deinen neuen Namen. Den Namen, der dich zum Mann macht. Den Namen, der dein weiteres Schicksal bestimmt.«

Unverwandt starrte er sie an.

»Und noch etwas, mein Junge«, sagte sie, sehr sanft nun. »Es ist kein Kinderspiel, was dich erwartet. Angst zu zeigen, zu schreien, zu weinen, ist keine Schande. Es kann sein, daß du Dinge siehst, die dein Innerstes berühren – dann weine, schreie und brülle! Aber stell dich! Nimm den Kampf mit ihnen auf!«

»Ich laufe nicht davon, das weißt du doch«, entgegnete Astro ernst und sah dabei sehr verletzlich aus. »Und was ist nach den drei Tagen? Was geschieht dann?«

Dann bist du Asterios, der Sternengleiche, dachte sie. Der Sohn Pasiphaës, der sich anschickt, sein schwieriges Erbe anzutreten. Der Lilienprinz, der als einziger unsere Insel vor dem Untergang bewahren kann.

»Nach drei Tagen hole ich dich wieder ab«, gab sie ihm statt dessen zur Antwort. »Dann sage ich dir, was weiter zu geschehen hat.«

»Und woher weiß ich, daß drei Tage vorüber sind?«

»Mach dir deswegen keine Sorgen«, sagte Merope mit Nachdruck. »Du wirst es wissen.«

Dann war er allein in dem großen, leicht gewölbten Dunkel, das nur schwach vom Licht seiner Fackel erhellt wurde. Noch meinte er ihre Umarmung zu spüren, ihr Segenszeichen auf seiner Brust. Aber sie war fort.

Seine Augen brauchten eine ganze Weile, bis sie sich an das Dämmerlicht gewöhnt hatten und mehr als Schatten oder verschwommene Umrisse erkennen konnten. Nackter Fels, so weit er sehen konnte, faltige Risse, zerklüftete Gesteinsbrocken. Er fröstelte trotz des Umhangs. Welch riesiger, unwirtlicher Raum! Wasser tropfte von den Wänden und sammelte sich in kleinen Rinnsalen auf dem Boden. Diese Höhle hatte nichts gemein mit den Schutzhöhlen der Weißen Berge. Sie war anders. Alt, bedrohlich und unerbittlich.

Er lachte laut auf, versuchte, sich durch den Klang seiner eigenen Stimme Mut zu machen. Wie konnte eine Höhle unerbittlich sein? Und dennoch spürte er, daß zwischen diesen Wänden, in diesen feuchten Spalten und Ritzen etwas auf ihn wartete.

Schau dir die Dinge an, hatte sie gesagt. Dann kannst du ihnen begegnen.

Ich werde ihnen begegnen, dachte er grimmig. Entschlossen schritt er den Raum ab und untersuchte den Boden. Er hielt erschrocken inne, als sein Fuß an einen harten Gegenstand stieß. Astro bückte sich und nahm ein Steinfigürchen auf: eine hockende Frauengestalt, zwischen deren geöffneten Beinen ein kleiner Kopf herauskam. Ganz in der Nähe fand er weitere Gegenstände, Doppelspiralen, Haarnadeln, Spitzen von Spinnrocken, eine kleine Bronzekröte, die übliche Votivgabe für eine glücklich verlaufene Geburt.

Große Göttin, was sollte er in einer Frauenhöhle? Natürlich wußte er, daß Frauen im heiligen Leib der Großen Mutter um Liebesglück und Fruchtbarkeit beteten. Daß sie der Göttin vor und nach der Entbindung mit kostbaren Opfergaben huldigten. Daß nach dem ersten Mondfluß Mädchen das Dunkel als Frauen verließen, für immer mit der Großen Gebärerin verbunden.

Aber ich bin kein Mädchen, das zur Frau gereift ist. Ich bin ein Mann.

...wirst du zum Mann, erfährst die Kraft und die Macht der Göttin und erhältst deinen neuen Namen. Such dir einen guten Platz, öffne das Leinensäckchen und kaue eine Handvoll Pilze, hatte Merope gesagt. Er würde der weisen Frau, die seine Mutter war, gehorchen, wie er ihr meistens gehorcht hatte.

Er breitete seine Decke auf dem Boden aus, ließ sich nieder und begann die ledrigen Pilze zu kauen. Bitter schmeckten sie und hinterließen auf seiner Zunge ein pelziges Gefühl. Mit ein wenig Wasser spülte er nach. Sein hungriger Magen zog sich abwehrend zusammen, und er versuchte, ihn durch gleichmäßiges Kauen und wiederholtes Wasserschlucken zu beruhigen.

Und obwohl Merope ihm ausdrücklich strenges Fasten geboten hatte, schüttelte er seinen Brotbeutel aus. Eine Käserinde war alles, was er entdecken konnte. Er nagte sie sorgfältig ab.

Eine heiße Welle von Übelkeit stieg in ihm auf. Heftig atmend ließ er sich rücklings auf die Unterlage sinken und schloß die Augen. Angst krampfte sein Sonnengeflecht zusammen, stand in kalten Perlen auf seiner Haut. Hilflos fühlte er sich dem Unbekannten ausgeliefert.

Ruhig bleiben, ganz ruhig, befahl er sich selbst zitternd.

Allmählich, ganz langsam, wurde das Unwohlsein schwächer, bevor es unerwartet in einer zweiten, kürzeren Welle zurückkam und ihm bitteren Speichel in den Mund trieb. Dann verebbte es.

Er fühlte sich entspannt. Heiterkeit stieg in ihm auf und ließ ihn leicht werden. Er öffnete seine Augen. Schwindelig war ihm, schwebend, zum Fliegen bereit.

An den Wänden tanzten Schatten, wie er sie niemals zuvor gesehen hatte. Sie zogen sich zusammen, bildeten verschlungene Linien und komplexe, geheimnisvolle Muster. Langsam und anmutig schwebten sie über Decke und Boden, kamen auf ihn zu und entfernten sich wieder.

Er versuchte aufzustehen. Aber er konnte sich nicht mehr bewegen. Ein Teil von ihm glitt diesen Schatten entgegen und flog zu ihnen hinauf.

Eine schwüle Sommernacht, eine kleine, geschützte Bucht, schwarz von Menschen, die voller Erwartung sind. Unter dem hellen Mondlicht ist ein Weidengestell in den Boden gerammt, auf das mit ledernen Gurten bäuchlings eine Frau geschnallt ist. Vom Meer her nähert sich ein nackter Mann, der eine lederne Stiermaske trägt. Dann beginnt das Lied der Trommel.

Ihr schwarzes Haar verhüllt ihre Augen wie ein schwerer Vorhang, ihre Haut ist heiß. Sie ist das fruchtbare Land, das sich ihm öffnet. Und der mit der Maske findet sie, schiebt das Tuch beiseite, das sie bedeckt.

Er dringt in sie ein. Die Menschen ringsherum schreien auf.

Eins werden sie, und ihr keuchender Atem geht immer schneller. Die Frau bäumt sich auf unter ihm, daß die Weiden brechen und beide zu Boden fallen. An ihrem Arm baumelt noch das Lederband der Fesselung. Aber sie halten nicht inne. Und dann ist er fort. Niemand hat gesehen, wohin er gegangen ist. Im nahen Gatter brüllt der weiße Stier, den man zum Opfer bestimmt hat.

Die Schenkel naß von seinem Samen, geht sie zum Meer und läßt sich von den Wellen liebkosen. Sie streichelt ihren bloßen Leib und weiß, er wird sich wölben, nachdem im Frühjahr das Licht auf die Insel zurückgekehrt ist. Sie wird ein Kind tragen. Einen Sohn.

Meine Mutter. Meine Mutter!

Das laute Echo seines Weinens holte ihn beinahe aus der Tiefe seiner Träume. Doch die Wirkung der Pilze war noch nicht abgeklungen. Seufzend versank er noch einmal in Raum und Zeit.

Monate vergehen. Das Kind läßt den Leib der Königin schwellen, aber ihre Augen werden immer trauriger. Sie weint in den Nächten und grämt sich tagsüber. Harte Worte fallen zwischen ihr und ihrem Mann. Er steigert sich in rasende Eifersucht hinein. Wer ist der Vater des Kindes, das sie trägt?

Keiner sagt es ihm. Niemand außer den Priesterinnen darf erfahren, wer sich hinter der Stiermaske verbirgt.

Lange Zeit ist die Königin stolz und stark, beruft sich auf ihr heiliges, altes Recht. Dann erfährt sie von der Verschwörung.

Heimlich hat der Mann an ihrer Seite versucht, nach der Macht zu greifen. Er mißbraucht sein Amt. Anstatt sich um die Bewässerung zu kümmern, läßt er im Süden der Insel eine Flotte erbauen. Hinter ihrem Rücken trifft er Abmachungen mit anderen Völkern. Er spielt sich als König auf, wo immer er kann.

Er ist nicht allein. Mit drei Freunden wagt er den Aufstand. Die Männer auf der Insel horchen auf. Überall entsteht Unruhe. Ist die Vorrangstellung der Frauen bald gebrochen? Sitzt bald ein Mann auf dem Greifinnenthron?

Sie stellt ihn zur Rede, er streitet alles ab. Er handelt nur in ihrem Namen. Er will die Insel schützen, die sie regiert.

Aber die Zeichen mehren sich. Noch hält sie ihm stand. Sie fürchtet ihn nicht, bis zu dem Tag, an dem zwei ihrer Priesterinnen spurlos verschwinden. Weise Beraterinnen drängen sie zur Flucht. Sie werden ihn in seine Schranken weisen – wenn sie außer Gefahr ist. Sie kann nicht länger in seiner Nähe bleiben, will sie nicht ihr Leben und das des Ungeborenen gefährden.

Schweren Herzens verläßt sie den Palast, begleitet von ihrer Amme. Sie wenden sich erst nach Westen, schließlich nach Süden. Die Angst vor den Häschern sitzt ihnen im Nacken.

Sie sind noch nicht an ihrem Ziel angelangt, als die Wehen einsetzen. Die Fruchtblase platzt, und sie durchleidet die Strapazen der Geburt an einem kleinen Ort im Süden. Als sie ihr sagen, das Kind sei tot, bricht sie in nicht enden wollendes Weinen aus.

Eine Frau bindet sich das Neugeborene vor die Brust und trägt es im Dunkel der Nacht fort, um es in Sicherheit zu bringen. In der Windel steckt ein Ring mit zwei tanzenden Delphinen. Beim Lösen des Tuchs erkennt sie das geweissagte Mal an seiner Hüfte, das heilige Mondzeichen: die Spitzen des Doppelhorns, die sich dunkel von dem helleren Fleisch abzeichnen. Sie sieht auf, und er erkennt ihr Gesicht.
Merope!

Wo war er? Wer war er?
　Quälender Durst, seine Kehle war wie verdörrt. Seine Hand tastete unsicher nach dem Krug. Er trank so gierig, daß ihm Wasser über Gesicht und Hals rann. Dann schob er das kurze Gewand zur Seite und berührte das Mal an seiner Hüfte.
　Die Spitzen des Doppelhorns. Die Mondbarke.
　Sein Schrei gellte von den tropfenden Wänden der alten Höhle.

Allmählich verblaßten die Bilder und lösten sich auf. Er spürte wieder den kühlen Steinboden, auf dem er lag, und streckte sich mit schmerzenden Gliedern.
　Erschöpft fühlte er sich, wie nach einer langen Wanderung, und hellwach zugleich. Sein Kiefer war taub und spannte. Er hatte das dringende Bedürfnis zu kauen.
　Neben sich fand er den Beutel mit den getrockneten Kräutern, die er langsam mit den Zähnen zermahlte. Blättriger Staub drang in die feinen Ritzen seiner Zunge und schmeckte leicht säuerlich. Er trank einen Schluck Wasser, wickelte sich fester in seine Decke und streckte sich aus.

Ohne Widerstände verließ er seinen Körper. Vorsichtig zunächst, ängstlich, indem er sich immer wieder versicherte, daß die pulsierende Verbindung, die im Dunklen leuchtete, noch bestand. Freier schließlich, fast ungestüm.
　Er stieg auf und sah seine Gestalt unten liegen, eingehüllt in seine Decke. Er selbst schien durch den vorderen Höhlenraum zu schweben, dann weiter, durch schmale, dunkle Schläuche. Kein Ausgang war in Sicht, kein Licht, nur das Ziel, das er in sich spürte.

Und dann war Sie neben ihm, die Göttin, von der Merope stets voll tiefer Ehrfurcht gesprochen hatte. Eine schlanke Frauengestalt in Rot, deren Züge er nicht richtig erkennen konnte. Er roch ihren Duft, er hörte ihre Stimme, er hatte sie schon tausendmal gesehen. Die Gesichter aller Frauen, die ihm je begegnet waren, schienen sich in ihrem zu vermischen. Ihre Augen aber konnte er klar erkennen. Wissend und unergründlich schauten sie ihn an und drangen bis zum tiefsten Grund seines Selbst.

Schlagartig wußte er, daß er *sah*. Seine Visionen waren keine wirren Träume, sondern Botschaften, die Sie ihm sandte. Er besaß die Gabe des *Zweiten Gesichts*.

Eine Welle von Traurigkeit brandete über ihn; er ahnte, daß Ihre Gabe sehr schmerzvoll sein konnte. Daß er nicht nur *sehen* würde, was in der Vergangenheit geschehen war, sondern auch, was noch in weiter Zukunft lag.

Seine Kopfhaut begann zu prickeln, und er spürte, wie seine Nackenmuskeln sich zusammenzogen.

Er kämpft im dunklen Bauch der Erde. Er trägt eine schwere Ledermaske und weicht vor dem kurzen Schwert eines anderen zurück. Er ist verletzt. Blut tropft von seinem linken Arm. Klirrend fällt sein Schild zu Boden. Nichts schützt ihn mehr vor den harten, wütenden Hieben seines Gegners. Schmale Augen wie helle Gischt sind über ihm und funkeln ihn haßerfüllt an.

Da weiß er, daß sein Tod nahe ist. Er wird sterben. Die Zeit des Stiers geht unaufhaltsam zu Ende ...

Du darfst nicht aufgeben – kämpfe! Du bist Asterios, der Sternengleiche, Sohn der Königin und des Weißen Stiers aus dem Meer. Du bist der Auserwählte, der als einziger Kreta vor dem Untergang retten kann. Dein Kommen hat das Orakel prophezeiht. Du wirst die Herde führen. Du sollst der Großen Mutter dienen.

Du bist Asterios ...

Widerwillig nur kehrte er in seinen Körper zurück. Er lag auf dem feuchten Höhlenboden wie hingeschmettert, mit zuckenden Gliedern, Schaum vor dem Mund.

Die Fackel war längst erloschen, in dem diffusen Dämmerlicht konnte er nur wenig sehen. Aber er lebte; er bewegte eine Hand, einen Fuß, weit weg, so als ob sie nicht zu ihm gehörten. Er sehnte sich nach Licht. Er versuchte, auf die Füße zu kommen. Es mißlang. Einmal. Zweimal. Schließlich stand er zitternd da und bewegte sich wie ein Schlafwandler auf den Ausgang zu.

Vom Licht geblendet, trat er hinaus in die Welt. Sah hinauf zum endlosen Blau des Himmels.

»Willkommen, Asterios«, begrüßte ihn Merope. »Der dritte Tag geht gerade zu Ende.«

Die Mondkinder

Er watete bis zu den Knien ins Wasser und genoß den warmen Wind auf seiner Haut. Eine Brise kräuselte die Wellen und trug den würzigen Duft der Strandpinien zu ihm herüber. Zu seiner Linken, im stachligen Ufergestrüpp, graste seine Herde.

Er war nicht groß, aber kräftig und muskulös. Braunes, dichtes Haar fiel ihm bis auf die Schultern. Das Gesicht war länglich, die überraschend zierliche Nase leicht nach oben gebogen, was sie neugierig und kühn zugleich machte. Ausgeprägte Backenknochen und ein kantiges Kinn gaben seinen Zügen auf den ersten Blick etwas Bäuerliches – wären da nicht die moosgrünen Augen gewesen. Tiefliegend unter starken Jochbögen, blickten sie skeptisch und aufmerksam. Beinahe verheilte Kratzer zeigten, daß er beim Rasieren noch etwas ungeschickt war. Aber obwohl ein nachdenklicher Zug seine schmalen Lippen versonnen wirken ließ, war nichts Kindliches mehr an ihm.

Er war ein Mann geworden. Er war der Höhle entkommen. Er war Asterios.

Zum erstenmal seit Tagen konnte er wieder richtig atmen, fühlte sich frei und unbeschwert. Nächtelang hatten ihn die Bilder und Gesichter der Höhle verfolgt, nächtelang war das Flüstern in seinem Kopf zu lautem Dröhnen angeschwollen, dem er mit brennenden Augen in der Dunkelheit nachsinnen mußte.

Welch seltsame, weit versprengte Geschichte! Wieder und wieder hatte er die Bilder und Worte in seiner Erinnerung gewendet und versucht, um seine eigene Rolle in dem Geschehen zu begreifen. Die Vergangenheit erschien ihm wie ein dunkles, hungriges Tier. Bedrohlicher aber noch kam ihm die Zukunft vor. Welche Gefahr drohte der Insel? Wieso sollte ausgerechnet er sie retten können? Verzweifelt suchte er nach dem Schlüsselwort, das ihm alles erklären würde. Aber er fand es nicht. Und auch Merope war nach den Tagen in der Höhle ungewohnt wortkarg gewesen, daß er schließlich die meisten seiner Fragen für sich behalten hatte.

Sie hatte nicht geweint beim Abschied, obwohl ihre Augen wie polierte Haselnüsse geglänzt hatten. Eine kurze, innige Umarmung, die in ihm die Gerüche und Empfindungen seiner Kindheit heraufbeschworen hatte. Schließlich hatte er kühles Metall in seiner heißen Hand gespürt.

»Sehe ich dich wieder?«

»Ich bin immer bei dir, mein Sohn. Immer.«

Dann war sie fortgegangen, mit raschen, festen Schritten, die Schultern unter dem Wollumhang ein wenig höhergezogen als gewöhnlich, den Lederbeutel geschultert. Sie hatte sich nicht mehr umgedreht. Da erst hatte er die Faust geöffnet. Eine kostbare Goldschmiedearbeit hatte in seiner Hand gelegen, ein fast taubeneigroßes Medaillon aus dunklem, rötlich schimmerndem Gold: der Sonnenball zwischen dem Doppelhorn des heiligen Stiers.

»Geh nicht!« hatte er tränenerstickt geflüstert. »Komm zurück! Ich brauche dich.«

Doch sie war fort.

Aber hier am Meer wurden die schwermütigen Gedanken der letzten Zeit immer unwirklicher. Asterios ließ sich in den warmen Sand gleiten. Hungrig war er, abenteuerlustig, voller Tatendrang. Längst war seine Kraft zurückgekehrt. Merope hatte ihn vor der Höhle mit Brei und süßem Beerensaft gestärkt, den er noch im Liegen getrunken hatte. Bis zum Morgen waren sie dann auf dem Plateau geblieben, bevor er sich im ersten Grau der Dämmerung stark genug für den Abstieg gefühlt hatte.

Am Fuß des Berges, nach einer Tageswanderung durch die Messaraebene, entlang gelbblühender Flachsfelder, waren sie schließlich am Spätnachmittag an ihrem Ziel angekommen. Der alte Schäfer, dessen Herde er zur Großen Zählung führen sollte, bewohnte keine der Hirtenhütten, wie sie in den Weißen Bergen üblich waren. Am Rand des Dorfes, das nur aus einer Handvoll Häuser mit tiefgezogenen Dächern bestand, lebte er in einem baufälligen Steinhaus.

Gregeri hatte sie schon erwartet. In seiner Stube empfing er sie mit Fladen aus Kichererbsenmehl, Linsengemüse und einem Krug schaumiger Ziegenmilch. Bevor es Nacht wurde, führte er sie zu seinem Pferch. Scheu, dichtgedrängt im blauen Abendlicht die Schafe, neugierig die Ziegen; zwei der Jungtiere legte er Asterios besonders ans Herz.

Später richtete der Alte auf einem Gurtbett das Lager für Merope. Asterios wies er eine Holzbank in einem kleinen Nebenraum zu, der ihm sonst als Vorrats- und Werkzeugkammer diente. Entlang der Wände reihten sich abgeschlagene Tröge und Stampfbüchsen, dazwischen Oliven- und Kornreiben aus Speckstein. Über der Schlafstelle baumelten ein paar Tontöpfe. Schleifsteine, Schüsseln, Becher und Kannen waren auf einem Wandbrett gestapelt. Auf dem Boden standen klobige Keramikamphoren, halbgefüllt mit Öl, dazwischen kniehohe Pithoi, in denen Oliven, Weizen und Gerste aufbewahrt wurden.

Vor dem Einschlafen hatte Merope ihn endlich zu sich gerufen. Im Schein der Kerze war ihr Gesicht blaß und traurig gewesen. Sie hatte die Hand ausgestreckt, und ihm war es so vorgekommen, als wollte sie ihn wie früher an sich ziehen. Plötzlich aber war er sich nicht mehr sicher gewesen. Die alte Vertrautheit war seit den Tagen der Höhle verschwunden. Es war, als wäre mit einem Mal etwas Fremdes, Trennendes zwischen sie getreten, das sie beide schweigsam und einsam machte.

Als Asterios noch diesem Unfaßbaren nachspürte, fing Merope an zu reden. »Geh zur Villa der Königin«, sagte sie. »Reih dich ein in die Schar der Hirten zur Großen Zählung und führe Königin Pasiphaë die besteuerten Tiere zu! Wenn du vor ihr stehst, dann übergib ihr diesen Ring.«

»Und dann?«

»Dann wirst du sie erkennen und sie dich.«

Ihre Worte hatten erneut die Bilder und widersprüchlichen Empfindungen des Höhlendunkels in ihm heraufbeschworen. Wieder sah er sie: den Mann mit der ledernen Stiermaske und die schwarzgelockte Frau, beide nackt, lüstern, schweißnaß. Die Frau, die ihm das Leben geschenkt hatte. Die Königin, vor der er bald schon stehen würde.

Bald, denn er hatte Meropes Befehle nicht gleich befolgt. Anstatt sich sogleich mit den Tieren auf den Weg nach der königlichen Villa in Elyros zu machen, war er mit seiner Herde hier in der Nähe der Bucht geblieben. Er hatte diesen Aufschub dringend gebraucht, um zu sich selbst zurückzufinden. Den wirren Träumen der ersten Nächte waren Tage voll innerer Spannung und unbestimmter Sehnsucht gefolgt. Tage des Grübelns, erfüllt von einer jähen, hitzigen Vorfreude, die ihn untätig und ruhelos machte.

Vorgestern hatte er zum erstenmal das Mädchen am Strand gesehen. Im ersten Morgenlicht, noch traumbenommen, war er plötzlich aufgewacht. Nicht die Kühle des Taus hatte ihn geweckt, sondern das Geräusch schneller Schritte vom Wasser her. Braunes, wehendes Haar über einem hellen Gewand. Nackte Arme und Beine. Bevor er sich noch den Schlaf aus den Augen reiben konnte, war sie schon an ihm vorbei, war aufgesessen und auf ihrem Pferd zwischen den Tamarisken verschwunden.

Am nächsten Tag, zur Zeit der langen Schatten, war sie zurückgekommen. Er war schon am Nachmittag mit seiner Herde ein Stück bachaufwärts gezogen, durch die eng eingeschnittene Schlucht hinauf auf die ersten Anhöhen. Zu Füßen der schroffen Felswände breitete sich ein buntgescheckter Blütenteppich aus. Beiderseits des Wasserlaufs standen Ringelblumen, Blausterne und Bärentrauben in kugeligen Büschen. Die Tiere aber hatten weiter nach oben gedrängt, den Plätzen zu, wo die Zistrosen wuchsen.

Allen voran stürmte ein gescheckter Jungbock. Asterios hatte ihm nachgesetzt, damit er nicht die Blüten des Liebeskrautes Diptam fraß und anschließend nicht mehr zu halten sein würde. Als das Tier schließlich wieder zur Herde abgedreht hatte und er schweißgebadet stehengeblieben war, entdeckte er unten am Strand ihr weißes Gewand. Ungeduldig pfiff er seinen Hund herbei und drängte die Tiere zum Aufbruch. Doch er war zu langsam. Als er atemlos am Meer ankam, war nichts mehr von ihr zu sehen.

In der folgenden Nacht war sie ihm als lichte, verschwommene Traumgestalt erschienen, ein Wesen, das sich sofort auflösen würde, wenn er nur die Hände nach ihm ausstreckte. Und dennoch war er beim Aufwachen zuversichtlich. Er wußte, er würde sie wiedersehen.

Sie kam erst zurück, als sich der Nachmittag schon neigte. Asterios, der sich gerade im Schatten Brot und Ziegenmilch schmekken ließ, hörte das Wiehern ihres Pferdes. Lähmende Befangenheit überfiel ihn, und er war plötzlich sehr froh über die Sträucher, die ihn vor ihr verbargen. Sie ging so nah an ihm vorbei, daß sie sein grünes Versteck beinahe gestreift hätte. Durch die Zweige konnte er die blonden Härchen auf ihren Armen sehen, die Rundung ihrer Brüste, die sich unter dem dünnen Gewand hoben und senkten. Niemals zuvor war ihm ein Mädchen so nah gewesen. Nie zuvor war ihm eine Frau so schön erschienen.
 Eine Mischung aus Entzücken und Verlegenheit beunruhigte ihn, als sie ihr Kleid in den Sand gleiten ließ. Nackt ging sie zum Wasser, netzte vorsichtig ihre Beine, zog fröstelnd die Schultern hoch, als die Wellen ihren Bauch erreichten, und warf sich dann in die Fluten.
 Sie schwamm mit gleichmäßigen Zügen hinaus und ließ sich auf dem Rücken treiben. Asterios konnte seine Augen nicht von ihrem hellen Körper lösen, der langsam auf- und abschaukelte. Dann kam sie wieder zurück und ließ sich in den Sand sinken.
 Er starrte auf ihre schönen Brüste und den Schwung ihrer Hüften und spürte, wie seine Erregung stieg. Als er seine unbequeme Haltung verändern wollte, stieß er an seinen dösenden Hund, der empört aufjaulte.
 Das Mädchen wandte irritiert den Kopf.
 Verzweifelt versuchte Asterios, das Tier zum Verstummen zu bringen, und hielt ihm die Schnauze zu. Aber sein schattiges Versteck war verraten. Als er vorsichtig zu dem Mädchen hinüberschaute, trafen sich ihre Blicke.
 Blitzschnell war sie auf den Beinen, streifte sich das kurze Kleid über und lief zu ihrem Pferd, das an einer Pinie angebunden war.
 »Lauf nicht fort! Bitte!« rief er ihr zu.

Sie blieb stehen, wandte sich wütend um und musterte ihn mißtrauisch.

»Was tust du hier? Was fällt dir ein, mich zu belauern?«

»Ich habe dich nicht belauert«, versuchte er sich zu rechtfertigen. »Ich bin schon seit einigen Tagen hier. Ich wollte allein sein, um nachzudenken.«

»Nachdenken!« schnaubte sie und musterte seinen einfachen Schurz und das mehrfach geflickte Hemd. »Warum versteckst du dich dann und wartest, bis du nackte Frauen zu sehen bekommst? Wer bist du überhaupt? Sind das dort drüben deine Tiere? Dann solltest du dich lieber um sie kümmern!«

»Laß die Herde nur meine Sorge sein«, erwiderte er. »Ich bin ein freier Hirte und kann tun und lassen, was ich will.«

»Ein freier Hirte«, äffte sie ihn nach und knüpfte dabei ein buntes Band um ihre Taille. Aber seine Antwort hatte sie überrascht. Ihre anfängliche Feindseligkeit jedenfalls war verschwunden. Mit unverhohlener Neugierde starrte sie ihn an, und er starrte verzückt zurück. Sie hatte große, beinahe bernsteinfarbene Augen.

»Offensichtlich bist du zu frei, um einen Namen zu haben«, schnitt ihre helle Stimme in seine Tagträume.

»Ich bin...«, stotterte er, »ich heiße Ast... Astro. Und wie heißt du?«

Er konnte ihr den neuen Namen nicht sagen, nicht, bevor er die Königin gesprochen hatte. Kein Hirte hieß Asterios.

»Mein Name ist unwichtig«, versetzte sie leichthin und registrierte, wie sein Blick sich verdüsterte. »Wir werden uns ohnehin nicht wiedersehen. Geh zur Seite, Hirte, ich muß losreiten.«

»Du darfst nicht gehen«, stieß Asterios hervor. »Bitte! Ich werde dich nie wieder belauern!«

»Nein?« gab sie kokett zurück und lächelte vielsagend. »Nie wieder? Kann es sein, daß du dir gar nichts aus Frauen machst?«

»O doch! Besonders, wenn sie so schön sind wie du.«

Jetzt war sie es, die den Blick senkte. Beide standen sich so nah gegenüber, daß ihre Körper sich fast berührten. Daß sie den Atem des anderen auf der Haut spüren konnten. Einen langen Augenblick.

»Ich muß gehen«, sagte sie endlich leise. »Ich habe mich schon verspätet.«

»Aber was ist morgen?« drängte er und versuchte, ihr den Weg zu verstellen. »Kommst du morgen wieder?«

»Vielleicht. Wenn ich rechtzeitig von zu Hause wegkomme. Es ist ein gutes Stück von der Stadt bis ans Meer.«

»So stammst du aus Chalara, das beim Palast der Königin liegt!« rief Asterios.

»Nicht direkt«, erwiderte sie rasch und wurde rot. »Aus der Nähe, könnte man sagen.«

Wieder sahen sie sich unverwandt an.

»Wirst du kommen?« Das war seine letzte Frage.

»Vielleicht.«

Damit ritt sie davon.

Unendlich langsam verging der Abend. Er dachte an ihren warmen Duft, an ihr kehliges Lachen, an ihren nackten Körper. Er fühlte keinen Hunger und wollte nicht müde werden. Wie im Traum verrichtete er seine gewohnte Arbeit. Die Tiere waren unruhig, als spürten sie seine Gedankenverlorenheit. In der mondlosen Nacht lag er wach, lauschte dem Rauschen der Wellen und dachte an den Delphinring, den er der Königin überbringen sollte. Schließlich schlief er ein.

Ihr Haar kitzelte sein Gesicht. Ihre Augen waren ganz nah.

»Guten Morgen, Hirte. Schön geträumt?«

Verschlafen rappelte er sich auf. Sie schien direkt seinem Traum entstiegen zu sein.

»Du kommst so früh«, brachte er schließlich hervor und versuchte, mit den Fingern sein störrisches Haar zu bändigen.

»Soll ich wieder gehen?« kicherte sie. »Alle haben noch geschlafen, als ich mich fortgeschlichen habe. Niemand hat mich gesehen.«

Ihre Lippen waren so sanft, ihre Augen wie dunkler Honig.

»Natürlich nicht! Ich freue mich, dich zu sehen. Ich muß zuerst meine Ziegen melken. Aber danach können wir zusammen schwimmen, wenn du Lust hast.«

Sie antwortete mit einer vagen Handbewegung. Schweigend

sah sie zu, wie er seine Decke sorgfältig zusammenschnürte. Als er zu den Tieren ging, folgte sie ihm.

Asterios molk die dicken Euter der Ziegen und ließ die Milch in einen Ledereimer fließen. Anschließend legte er frische Scheite auf das Feuer, das die ganze Nacht über geglüht hatte. Die Milch goß er in einen kleinen Kupferkessel und achtete darauf, daß er stabil über den aufflackernden Flammen stand. Aus einem flachen Lederschlauch gab er ein paar Spritzer Feigensaft dazu und begann, vorsichtig umzurühren.

Das Mädchen war inzwischen nähergekommen und sah ihm aufmerksam zu. Obwohl er äußerlich ruhig blieb, fühlte er, wie heiße Wellen seinen Körper durchfluteten. Nur mit Mühe konnte er verhindern, daß seine Hände zitterten.

Nach einer Weile hatte die Milch im Kessel den Gerinnungspunkt erreicht. Behutsam schöpfte Asterios mit einer Holzkelle die Sauermilch ab, goß sie durch ein Sieb aus geflochtenen Weiden und ließ sie über eine Tonschale abtropfen. Dann prüfte er den Stand der Sonne und nickte zufrieden. Er hatte den Platz gut gewählt. Der weiße Käse würde im kühlen Schatten reifen können.

Mit heftig klopfendem Herzen wandte er sich schließlich ihr zu.

»Wie geschickt du bist!« sagte sie lächelnd in sein erhitztes Gesicht, und er war sich wieder nicht sicher, ob sie ihn nicht verspottete. Mit ihrem durchsichtigen Kleid und den koketten Blicken war sie so anders als die Bauernmädchen, denen er bisher begegnet war.

»Was ist nun? Wollen wir schwimmen?« fragte er deshalb betont forsch.

»Geh schon voraus«, erwiderte sie und löste die Spange, die ihr Haar im Nacken zusammenhielt. »Ich komme nach.«

Bemüht, seine Verlegenheit vor ihr zu verbergen, schlenderte Asterios zum Meer und warf Hemd und Schurz ab. Nackt spürte er, wie sie prüfend ihre Augen über seinen Körper gleiten ließ. Er konnte diese Musterung nicht länger ertragen, rannte ins Wasser und tauchte weit hinaus.

Schon als Junge hatte er sich gern im Meer getummelt. Du

schwimmst wie ein Delphin, hatte Merope ihn oftmals geneckt. Der plötzliche Gedanke an sie verscheuchte seine Ausgelassenheit. Er hatte versprochen, den Delphinring zu überbringen. Und die Zeit wurde allmählich knapp. Unwillig drehte er um und schwamm wieder zum Ufer zurück. Nach längerem Zögern streckte er sich in den Sand und schloß die Augen.

Leicht und kühl legten sich ihre Hände auf seine Augen, und er vergaß zu atmen. Dann war sie neben ihm. Ihr warmer Körper an seinem wasserkühlen, ihr weiches Haar an seinem Ohr, ihr Atem an seinem Hals.

Sanft löste sie ihre Hände, aber er wagte nicht, die Lider zu öffnen.

»Bleib so«, hauchte sie. »Ich will dich in Ruhe betrachten.« Behutsam strich sie über sein Gesicht. »Du bist ja schon ein richtiger Mann, kein Junge mehr. Halt mich ganz fest«, bat sie leise.

Vorsichtig zog Asterios sie in seine Arme. Sein Mund fand ihren, und er fühlte ihre Zunge. Sein Atem ging schneller, seine Hand liebkoste ihre Brust, während ihre Zunge in seinem Ohr spielte. Durch ihr Seufzen ermutigt, streichelte er ihre Schenkel und suchte ihren Schoß unter dem kurzen Gewand.

Leidenschaftlich preßte sie sich gegen ihn, beide Hände in seinem Haar. Seine Finger ertasteten ein dichtes Vlies und teilten es sanft.

»Wie schön du bist,« flüsterte er. »Niemals habe ich ein schöneres Mädchen gesehen! Verrat mir deinen Namen!«

Mit einer schnellen Bewegung kniff sie die Beine zusammen und schob seine Hand weg. Verwirrt schlug Asterios die Augen auf und sah, daß sie sich aufgesetzt hatte und ihr Kleid zurechtzupfte.

»Was ist los?« stammelte er. »Habe ich etwas Falsches gesagt?«

»Bilde dir nur ja nichts ein«, funkelte sie ihn an. »Meinst du, ich lasse mich am Strand mit jedem dahergelaufenen Hirten ein? Ich muß jetzt gehen.«

Verlegen bedeckte er sich mit seinem Schurz. »Ich verstehe dich nicht«, sagte er unglücklich.

»Wie solltest du auch?« gab sie schnippisch zurück. Und fuhr sanfter fort: »Es hat nichts mit dir zu tun. Ich bin nur wieder bei klarem Verstand und weiß, wer ich bin. Das ist alles. Und du... du bist wirklich *sehr* nett.«

Er machte keine Anstalten, sie zurückzuhalten, so benommen war er. Bevor sie aufstieg, warf sie ihm eine angedeutete Kußhand zu. Dann trieb sie ihr Pferd an und ritt davon.

Er erwachte unter dem mondlosen Himmel und fühlte die Sehnsucht nach dem Mädchen wie einen glühenden Punkt in seinem Innersten. In der Ferne hörte er ein Pferd wiehern und das Knakken von Zweigen.

Er schloß wieder die Augen und versuchte in den Traum zurückzugleiten, in dem er sie gerade noch leidenschaftlich umarmt hatte. Er fühlte ihre Lippen auf seinem Mund, den leichten Druck ihrer Hände auf seiner Brust.

Er öffnete die Augen, und sie war neben ihm.

Er wollte sprechen, aber sie legte ihm mit einer bittenden Geste den Finger auf den Mund. Da schwieg er.

Sie sah seine Augen ganz nahe vor ihrem Gesicht. Mit einem Mal schien es ihr unwichtig, wer sie war, woher er kam. Er würde ihr erster Mann sein und sie zur Frau machen. Er, den sie sich selbst erwählt hatte. Dieser aufregende, fremde Geruch nach Haut und Fell. Diese prickelnde Wahrnehmung ihres eigenen Körpers. Ihr Moschusduft an seinen Händen, auf seinen Lippen. Sie empfand eine schmerzvolle Sehnsucht, die bald stärker, bald schwächer wurde. Aber keinen Schmerz, als sie ihn zum erstenmal in sich spürte.

»Liebster«, flüsterte sie, als ihr Atem ruhiger ging und sie wieder sprechen konnte. Zärtlich küßte sie sein Ohr.

Er lag entspannt im Reich zwischen Traum und Schlaf. Warm ruhte ihr Gesicht auf seinem Arm. Niemals zuvor war er so glücklich gewesen. Sie ist wiedergekommen, dachte er. Sie wird immer wiederkommen. Und er gab ihr sein Herz, bedingungslos.

Als er die Augen aufschlug, war sie fort. Wohlig dehnte und streckte er sich im blassen Licht des Morgens auf seinem Fell, das noch ihren Duft verströmte, und dachte an die vergangene Nacht. Mit einem kleinen Lächeln rief er sich die Liebkosungen und gegenseitigen Schwüre zurück. Schließlich hatte sie ihm ihren Namen doch verraten.

Ariadne, dachte er, und sein Herz wurde weit, meine Ariadni. Traumversunken erhob er sich, um seine Arbeit zu verrichten, aber immer wieder kehrten seine Gedanken zu ihr zurück. Nach dem Melken hielt es ihn nicht lange bei seinen Tieren. Er trank von der frischen Milch, aß Käse und ein paar der Beeren, die überall im Ufergestrüpp wuchsen. Dann nahm er seine Rohrflöte, spielte eine Melodie und hielt wieder inne.

Sie war in ihm. Sie gehörte zu ihm wie der Schlag seines Herzens. Asterios schloß die Augen, um ihr Bild vor sich entstehen zu lassen. Da unterbrach das laute Kläffen seines Hundes seine Tagträume. Unwillig sah er auf.

Aus dem Grün der Tamarisken löste sich eine dunkelgekleidete Frauengestalt. Zielstrebig schritt sie auf seine Feuerstelle zu. Die Frau war groß und knochig; trotz ihrer weißen Haare, die von einem Netz gehalten wurden, ging sie ungebeugt. Als sie schließlich vor ihm stand, stutzte er.

Obwohl er ihr nie zuvor begegnet war, kam sie ihm bekannt vor. Die hohe, leicht gewölbte Stirn. Der feste Mund. Die ausgeprägte Nase, die ihr schmales Gesicht beherrschte. In ihren Zügen lag ein Ausdruck, der etwas seltsam Vertrautes in ihm wachwerden ließ. Ihre Augen, schwarz und undurchdringlich gegen das helle Morgenlicht, musterten ihn prüfend, bis schließlich ein Lächeln ihr Gesicht erhellte. Dann wurde sie wieder ernst.

»Wie heißt du? Was tust du hier am Meer?« fragte sie ihn.

Gern hätte er die Auskunft verweigert, aber unter ihrem zwingenden Blick fühlte Asterios sich wie ein ertapptes Kind. »Ich heiße Astro und bin Hirte. Und das ist meine Herde«, gab er unwirsch zur Antwort und machte eine Handbewegung zu den Tieren hin.

»Der Strand ist nicht gerade bestes Weideland«, entgegnete sie ruhig. »Woher stammst du, Hirte? Hast du dich vielleicht verlaufen?«

Sie hat recht, mußte sich Asterios gestehen, und gleichzeitig ärgerte er sich darüber. Was geht das diese Frau an? Die Zeit drängte, wollte er noch rechtzeitig Elyros und die Villa der Königin erreichen; aber es war seine Sache, Meropes Auftrag zu erfüllen. Er brauchte keine Belehrungen.

»Ich habe mich nicht verlaufen«, antwortete er deshalb knapp und blickte sie herausfordernd an.

Wider Erwarten lächelte sie abermals. Er ist es, dachte sie, und fühlte die Freude des Erkennens in sich aufsteigen. Und er ist klug und stolz. Er ist das Kind, das ich mit meinen Händen auf die Welt gebracht habe. Er ist der Sohn, den meine Schwester Merope großgezogen hat.

Asterios starrte auf ihr nachtblaues Leinenkleid, das von einem breiten, golddurchwirkten Band gegürtet war. Ihren Hals schmückte eine goldene Spiralkette, ihre linke Hand ein massiver Ring.

»Was führt dich hierher?« unterbrach er ihr Schweigen. »Du bist keine Bäuerin.«

»Nein, das bin ich nicht«, antwortete sie heiter. Und dennoch diene ich seit vielen Jahren, dachte sie. Der Göttin und der Frau, die dich geboren hat, wenngleich ich nicht immer das tun konnte, worum sie mich bat. Ich habe Pasiphaë damals auf ihrer Flucht vor den Häschern des Königs begleitet. Als ich in der kleinen Hütte die Nabelschnur durchschnitt und das Mondmal an deiner Hüfte entdeckte, wußten wir, daß du der seit langem Geweissagte bist. Der Sohn des Weißen Stiers, wie es das Orakel prophezeit hat, der geboren wird, um einmal die Insel aus allergrößter Gefahr zu erretten. Minos und seine Freunde bereiteten damals gerade den Aufstand vor. Sie hatten sich für den Tag der Großen Zählung entschieden, um ihren Umsturz zu besiegeln. Beinahe wäre diese Verschwörung erfolgreich gewesen – hätten wir nicht beherzt gehandelt. Denn Pasiphaë war nicht die starke, besonnene Königin, die wir uns erhofft hatten, ist es bis heute nicht.

Hätten die Männer es sonst gewagt, nach der seit jeher überlieferten Macht der Frauen zu greifen? Die Zeiten begannen sich zu ändern. Wir mußten über neue Lösungen nachdenken. Und dafür brauchten wir Zeit. Keiner sollte dich für seine Pläne benutzen können. Deshalb solltest du unter unserem Einfluß aufwachsen. Merope brachte dich gleich nach der Geburt in Sicherheit. Um dich vor dem Zorn des eifersüchtigen Königs zu schützen und vor der Liebe einer eitlen, viel zu schwachen Königin.

»Ich suche ein Mädchen«, fuhr sie fort und ließ Asterios nicht aus den Augen, der mit einem Stock unruhig in der Glut herumstocherte. »Sie heißt Ariadne. Hast du sie vielleicht gesehen?«

Sein Nein platzte so heftig heraus, daß sie stutzig wurde. Er wurde rot, als sie weiterfragte: »Bist du sicher? Ich dachte, sie wäre hierher geritten.«

Er schüttelte den Kopf und drosch so heftig auf die Asche ein, daß sie nach allen Seiten stob.

In Mirtho stieg eine dumpfe Ahnung auf, und ein Schleier verdunkelte ihre anfängliche Freude. Er log. Sie war sich ganz sicher.

Sie *waren* sich begegnet. Mehr noch, sie kannten sich. Ariadnes auffällige Geheimnistuerei hatte sie auf die richtige Fährte geführt. Besorgt erinnerte sie sich an das Lächeln auf dem sonst so mürrischen Mädchengesicht und an die Stunden, die Ariadne seit Tagen vor dem polierten Bronzespiegel verbrachte. Sie war sich sicher gewesen, daß nur ein Mann hinter dieser Wandlung stecken konnte. Aber sie hatte nicht gewußt, daß er es sein würde.

Erschrocken starrte sie auf seinen braunen Schopf. Asterios mied ihren Blick.

Große Göttin, sie waren ahnungslos! Ariadne durfte ihn nicht mehr treffen. Auf der Stelle mußte sie die Villa der Königin und Elyros verlassen – bevor es zu spät war.

»Hör mir zu, Astro«, begann sie mit so großem Nachdruck, daß er überrascht den Kopf hob. »Ich bin überzeugt, du hast dich verlaufen. Weißt du nicht, daß schon in drei Tagen die Große Zählung in Elyros beginnt? Mach dich lieber auf den Weg!«

»Ich... ich werde kommen«, brachte Asterios widerwillig heraus.

»Gut«, sagte die Frau und wandte sich zum Gehen. »Du kennst deinen Weg. Ich weiß, daß du ihn kennst.«

Grußlos verließ sie ihn und verschwand zwischen den Bäumen.

Verwirrt blieb Asterios zurück. Was dachte sich diese Alte!?

Zuerst bedrängte sie ihn mit neugierigen Fragen, und dann kommandierte sie ihn herum! Er hatte Ariadne versprochen zu schweigen, und er würde sein Versprechen halten! Aber er wußte, daß die Mahnung zum Aufbruch richtig gewesen war. Wer war diese Frau, die so gut Bescheid zu wissen schien? In welcher Beziehung stand sie zu Ariadne?

Beim Gedanken an die Geliebte durchflutete ihn eine Woge der Zärtlichkeit. Er würde sie fragen, er würde alles mit ihr besprechen, heute nacht, wenn er sie wieder in den Armen halten würde. Er würde ihr den Siegelring mit den tanzenden Delphinen zeigen und ihr seine seltsame Geschichte erzählen. Und ihr auch seinen Namen anvertrauen, jetzt, da sie ihm ganz gehörte.

Erleichtert, den bohrenden Blicken der Alten entronnen zu sein, riß er sich den Schurz vom Leib, rannte ein Stück am Strand entlang und sprang mit einem Satz in die Wellen.

Langsam trat Mirtho hinter dem Stamm hervor, der sie vor seinen Blicken verborgen hatte. Selbst aus der Entfernung hatte sie deutlich das Mal an seiner Hüfte erkannt: die Spitzen des heiligen Doppelhorns, das Merope und sie bei seiner Geburt entdeckt hatten. Es gab keinen Zweifel. Er war Pasiphaës Sohn. Er war Asterios, auf den ein schwieriges Erbe wartete. Die Dinge duldeten keinen Aufschub. Sie mußte handeln.

Die Sonne stand hoch, als Mirtho den Garten der königlichen Villa erreichte. Am Ende des Weges, der vom Meer hinauf zu dem kleinen Palast führte, blieb sie stehen und tupfte sich den Schweiß von Stirn und Nacken. Auch hier im Garten waren die Vorbereitungen für das Frühlingsfest nahezu abgeschlossen. Das Veredeln der Obstbäume war bereits beendet. Jetzt waren einige der Gärtnerinnen dabei, die Büsche mit Bronzescheren zu kappen; andere hatten Kannen mit Zisternenwasser gefüllt, um die Blumenbeete zu begießen.

Der kleine Palast war die Lieblingsresidenz der Königin. An einem sanft abfallenden Hügel, wo der Nordwestwind auch an heißen Tagen Kühlung brachte, lagen die Privatgemächer Pasiphaës. Vor ihrem Megaron öffnete sich nach Nordwesten eine große Terrasse, die ihr den Blick über die Kornfelder der Messaraebene bis zum Meer erlaubte. Eine weitere lag in östlicher Richtung. Von hier aus konnte sie beobachten, wie sich die Morgenschleier vom Doppelhorn des heiligen Berges hoben.

Um zwei große, mit Quadern aus grünlichem Schiefer belegte Höfe und ein zentral gelegenes Atrium gruppierten sich die offiziellen Empfangsräume. An eine Pfeilerhalle und einen Festsaal, dessen zartblaue Fresken die Tierwelt des Meeres zeigten, schlossen sich nach Süden der Thronsaal und die Opferungsräume an. Eine Eichentür verschloß den Zugang zum Heiligtum selbst, zu dem nur die Priesterinnen Zugang hatten. Hier ruhte in einem Schrein aus Akazienholz die Doppelaxt, die der Göttin geweiht war.

In südöstlicher Richtung angegliedert waren die Vorratsmagazine und das zweistöckige Archiv der Schreiberinnen. Dort drängten sich auf schrägen Holzregalen Abertausende von Tontäfelchen, auf denen der Reichtum der Insel festgehalten war. Dort wurden in Steintruhen auch die empfindlichen Rollen aus ägyptischem Pergament aufbewahrt, auf denen die alljährlichen Steuerabgaben der Bauern und Hirten verzeichnet waren.

Vor dem Zederntor des Palastes stand die Sänfte der Königin. Mirtho nahm nicht den offiziellen Weg über den Südhof und die große Freitreppe, sondern stieg über schmale Stufen direkt in das obere Stockwerk.

Im Megaron bauschte der Mittagswind vor den geöffneten Türen der Veranda blaue Leinentücher, die die Sonne aussperrten. Als Mirtho eintrat, erhob sich Pasiphaë von ihrer Bettstatt. Sie trug noch ihr Reisegewand, ein safrangelbes Kleid mit engem Mieder und plissiertem Rock. Ein Goldreif schmückte ihr Handgelenk; an ihrem Ohr baumelte die Mondsichel.

»Gut, daß du endlich da bist«, empfing sie leicht gereizt die Amme. »Wo hast du nur den ganzen Morgen gesteckt?«

»Ich habe mich sehr beeilt«, gab Mirtho ausweichend zur Antwort und fuhr hastig fort: »Hör mir zu, mein Täubchen, und stell mir jetzt keine langen Fragen, sondern tu, worum ich dich bitte. Du mußt Ariadne sofort wegschicken – nach Phaistos, besser noch nach Knossos!«

»Ariadne? Du weißt, daß bald die Große Zählung beginnt. Dann wird sie zusammen mit ihren Schwestern am Opfer teilnehmen.«

»Ich weiß, ich weiß«, erwiderte Mirtho ungeduldig. »Sie muß trotzdem gehen.«

»Wie stellst du dir das vor?« fuhr Pasiphaë sie an. »Ist es nicht schon genug, daß ich Minos untersagt habe, öffentlich den guten Hirten zu spielen. Der Platz meiner Töchter ist beim Opfer an meiner Seite! Und dazu gehört auch Ariadne.«

Und er ist dein Sohn, dachte Mirtho. Seufzend sann sie nach neuen Argumenten.

Erst als sie vom nächtlichen Verschwinden der Prinzessin berichtete und Pasiphaë den schmalen Ring zeigte, den Ariadne der Wache zugesteckt hatte, um die Villa ungehindert verlassen und betreten zu können, wurde die Königin aufmerksam.

»Seit Tagen, sagst du?« fragte sie ungläubig.

»Ja«, bestätigte Mirtho. »Dahinter steckt ein Mann. Warum sollte sie sich sonst heimlich davonschleichen?«

»Also gut«, gab Pasiphaë schließlich nach, »weil es dir so wichtig ist. Aber ich spüre, daß du nicht die ganze Wahrheit gesagt hast. Versprich wenigstens, sie mir später zu erzählen.«

Mirtho nickte. Ich hoffe, es wird nicht dazu kommen, dachte sie.

»Laß jetzt Ariadne rufen«, seufzte Pasiphaë. »Ich will mit ihr reden, bevor ich sie fortschicke. Obwohl ich wenig Hoffnung habe, daß sie mir erzählt, was wirklich passiert ist.« Sie zog die Nadeln aus ihrer Lockenfrisur und fuhr sich mit beiden Händen durch das lange, silberschwarze Haar. Dann preßte sie beide Fäuste an die Stirn. »Mein Kopf«, sagte sie leise. »Und mein Rücken. Ich bin so müde.«

»Laß mich rufen, wenn du mit Ariadne gesprochen hast«, erwiderte Mirtho und betrachtete besorgt die Schatten unter ihren Augen. Nein, Pasiphaë war nicht die Königin, die Kreta in diesen schwierigen Zeiten so dringend gebraucht hätte. Sie war ruhelos und unstet, mit einem ausgeprägten Hang zum Selbstmitleid; sie bedurfte jeglicher Unterstützung, die wir ihr zuteil werden lassen konnten. »Dann werde ich dich unter meine

Hände nehmen. Und danke für dein Vertrauen! Du wirst sehen, alles wird gut.«

Ariadne verzog keine Miene, als die Königin ihr befahl, Elyros sofort zu verlassen. Scheinbar ungerührt hatte sie sich Pasiphaës Vorhaltungen angehört. Erst als ihre Mutter Knossos erwähnte, weiteten sich ihre Augen, und ihr Gesicht wurde weiß.
»Warum tust du das?« fragte sie mit zittriger Stimme. »Hast du vergessen, daß ich zu den Stierakrobaten gehöre und am Übungsprogramm der Springer in Phaistos teilnehme? Willst du mich in die Verbannung schicken, nur weil jemand üble Gerüchte über mich verbreitet? Immer glaubst du den anderen – ich kann tun, was ich will! Ich lasse mich nicht von dir nach Knossos schicken, niemals, hörst du!«
Lange sah Pasiphaë ihre Tochter an, die trotzig die Lippen zusammenpreßte. Dieses Mädchen war ihr fremder als alle ihre anderen Töchter. Trotzdem versuchte sie immer wieder eine Annäherung, aber es gelang ihr nicht, einen Zugang zu ihr zu finden. Galten Kinder auch als blutsverwandt mit der Mutter, Ariadne war eindeutig die Tochter des stolzen, eigensinnigen Minos!
Sie war so anders als ihre Schwestern – die vernünftige, besonnene Akakallis, die schüchterne, stets zurückhaltende Xenodike oder Phaidra, ihre Jüngste und damit Thronfolgerin, die immer fröhlich war! Sie besaß auch keine Ähnlichkeit mit dem Mädchen, das sie selbst einmal gewesen war. Manchmal kam es ihr vor, als gehöre Ariadne nicht wirklich zu der Töchterschar der Großen Mutter, zu der alle weiblichen Angehörigen des Königshauses zählten und die unmittelbar von der Göttin selbst abstammten; als sei sie mehr eine Vertreterin einer neuen, ungebärdigeren Spezies, für die überlieferte Traditionen bedeutungslos waren.
Sie spürte, wie das Mädchen vor ihr mit sich kämpfte, konnte hinter der Fassade Verletztheit, Scham, sogar Angst erahnen. Aber sie kannte Ariadne zu gut, um zu wissen, daß sie sich keine Blöße geben würde, schon gar nicht vor ihr.
»Ich bin zu müde, um mit dir zu streiten«, sagte Pasiphaë des-

halb leise, aber bestimmt. »Du wirst tun, was ich dir sage. Du gehst nach Phaistos, wenn du partout nicht nach Knossos willst. Hast du mir noch etwas zu sagen?«

Ariadne schüttelte den Kopf. Die ruhige Bestimmtheit der Mutter traf sie tiefer, als sie sich eingestehen wollte. Einen Moment lang fühlte sie sich unsicher. Dann aber gewann ihr Widerspruchsgeist die Oberhand. Pasiphaë irrte sich, wenn sie glaubte, sie würde ihr blindlings gehorchen! Sie war nicht länger ein Mädchen, das sich herumkommandieren ließ. Sie war zur Frau geworden. Und sie erinnerte sich an seine Lippen, an seine erst verspielten, schließlich immer kühneren Zärtlichkeiten. Bald, dachte sie, bald, mein Liebster, bin ich wieder bei dir.

»Laß uns die Angelegenheit friedlich regeln«, unterbrach Pasiphaës Stimme ihr bockiges Schweigen. »Ich möchte, daß du sofort aufbrichst. Heute noch. Und du gehst nicht allein. Aiakos wird dich begleiten.«

Überrascht zog Ariadne die Luft ein. Aiakos, der berühmte Stierakrobat, der auch sie ausgebildet hatte, der engste Freund ihres Vaters! Sie fühlte, wie ihr Mut plötzlich schwand. Sie entschloß sich, wenigstens momentan Einverständnis zu heucheln. Später würde sie über geeignete Lösungen nachdenken. Es gab immer einen Ausweg. Mochte Aiakos ein tapferer Kämpfer sein – sie war schließlich eine kluge, liebende Frau.

»Ich gehe«, sagte sie und sah ihrer Mutter fest in die Augen. »Ich gehe, wenn du mich hier nicht haben willst.«

Als sich die Tür hinter Ariadne geschlossen hatte, lehnte sich Pasiphaë erschöpft auf ihrem Bett zurück. Später stand sie lange auf der Ostterrasse, den Blick der Doppelspitze des heiligen Berges zugewandt, als könne sie von dort Trost oder zumindest Antwort erhalten.

Sie war überzeugt, daß sie ihre Kinder liebte, aber es fiel ihr schwer, sie zu verstehen. Es gelang ihr nur selten, sie als unabhängige Wesen mit eigenen Wünschen zu begreifen, mit Zielen, die womöglich sogar im Widerspruch zu ihren eigenen standen. Kam es notgedrungen zu Konflikten, stiegen nicht nur Ärger und Enttäuschung in ihr auf, sondern auch bohrende Schuldgefühle, die Angst, etwas falsch gemacht oder übersehen zu haben. Manchmal wußte sie nicht mehr, wie sie sich ihnen gegenüber verhalten sollte. Dann zog sie sich zurück, was die Kinder wahrscheinlich als Kälte und Desinteresse auslegten. Sie haßte Minos dafür, daß er alles auf sie abgeschoben hatte. Auch in diesem Punkt hatte er ihre Erwartungen bitter enttäuscht.

Als sie ein kurzes Klopfen hörte, ging sie wieder hinein. Mirtho umfaßte mit einem Blick die geöffnete Tür, den halbdunklen Raum, das blasse Gesicht der Königin. Sie wußte sofort Bescheid.

»Es ist kühl hier, und du trägst noch dein staubiges Reisekleid«, sagte sie munter. »Du wirst dich erkälten. Komm, ich helfe dir beim Auskleiden!«

Pasiphaë war dankbar für die geschickten Finger, die ihr aus dem Gewand halfen. Sie fröstelte und griff nach dem Umhang, den Mirtho bereithielt. Anschließend zerrieb die Amme Kräuter über einem Becher und goß aus einer Karaffe eine dampfende Flüssigkeit darüber. Im Raum entfaltete sich ein würziger Duft, und sie nickte zufrieden.

»Es gibt nichts Besseres gegen Erkältung und Melancholie als heißen Wein mit Melisse. Trink, mein Täubchen, so lange er noch dampft. Dann wirkt er am besten.«

Gehorsam trank die Königin und ließ sich noch zu einem zweiten Becher überreden. Wohlige Schwere stieg in ihr auf.

»Was ist nur los mit mir?« fragte sie und zeichnete mit ihren Fingern die Silhouette der springenden Wildkatze nach, die die Wand über dem Bett schmückte. »Ich fühle mich oft nur noch schwach und verzweifelt! Es ist, als hätte ich all meine Kraft verbraucht. Ich bin müde, Mirtho. Ich mag nicht mehr kämpfen. Wozu das alles? Ich habe das Streiten mit Ariadne und die Fehde mit Minos so satt. Wer weiß, was er wieder heimlich hinter meinem Rücken plant! Manchmal würde ich am liebsten weglaufen. Vom Hof, vor den Menschen, vor allen Verpflichtungen, um endlich der Göttin wieder näherzukommen.«

Während die Königin sprach, zündete Mirtho stumm die Kerzen in den bronzegetriebenen Kandelabern an. Ich weiß, daß du dich mutlos fühlst, dachte sie. Aber du darfst dir gerade jetzt keine Schwäche leisten. Du mußt Stärke zeigen, Tochter, so, wie die Göttin es uns gelehrt hat. Denn Sie braucht in diesen ungewissen Zeiten dringender denn je unsere ganze Kraft und Klugheit.

»Hörst du eigentlich, daß ich mit dir spreche?«

»Verzeih einer alten Frau, die an blauen Abenden in ihre Erinnerungen verfällt«, bat Mirtho und schüttelte die Decken auf.

»Ich habe gehört, was du gesagt hast. Aber es gefällt mir nicht.«

Überrascht sah Pasiphaë, die es sich in einem Sessel bequem gemacht hatte, auf.

»So darfst du jetzt nicht denken! Hast du vergessen, was in wenigen Tagen geschieht? Alle Hirten und Bäuerinnen der Insel kommen zu dir. Dann sammelst du nicht nur die Gaben der Großen Mutter, läßt sie aufzeichnen und verwahren. Dann bist du selbst die Herrin der himmlischen und der irdischen Welt, die Göttin, der sie opfern – vergiß das nicht!«

Mirtho hoffte, die richtigen Worte gefunden zu haben. Von der Großen Zählung hing so vieles für Kreta ab. Der Ertrag entschied nicht nur über Reichtum oder Armut. Der feierliche Akt der jährlichen Steuererhebung und anschließenden Opferung bot zudem die Möglichkeit der Begegnung des Volkes mit der Göttin persönlich. Denn alle auf Kreta, die die Felder bewirtschafteten oder mit den Herden umherzogen, wußten, was geschehen konnte, wenn die Große Mutter grollte. Dann gab es Mißernten und Hungersnot, Seuchen und Unfälle. Jeder kannte Ihr dunkles, unheilvolles Antlitz. Der Reichtum, den Sie schenkte, war keine Selbstverständlichkeit. Es galt, Die der Unzähligen Namen versöhnlich und gnädig zu stimmen.

Die Frau auf dem Thron, die die Gaben empfing, mußte stark, würdevoll und ausgeglichen sein: die Große Mutter, deren Schoß alles entsprang und zu der alles wieder zurückkehrte. Sie allein entschied über Wachsen oder Verdörren, über Leben und Tod.

»Dafür brauchst du Kraft und Ruhe«, fuhr Mirtho leise fort. »Hirten und Bäuerinnen haben Anspruch auf eine strahlende Göttin, die keine Schatten unter den Augen hat. Komm zu dir, mein Liebes. Besinne dich, wer du bist. Ich helfe dir dabei.«

Sie zog sie aus dem Sessel und führte sie zu der bequemen Bettstatt. Gehorsam streckte Pasiphaë sich aus und schloß die Augen.

»Hör auf zu grübeln«, flüsterte Mirtho und streichelte ihr dunkles Haar. »Das ist für den Augenblick schon genug.«

Ruhig atmend lag sie da, warm zugedeckt, angenehm müde und wach zugleich. Pasiphaë wartete, daß die vertrauten Hände ihren Körper streicheln würden, so, wie sie es seit ihrer Kindheit immer wieder getan hatten. Aber die Berührung blieb aus. Und dennoch spürte sie einen warmen Strom, der langsam über Kopf und Brust zu ihrem Bauch floß. Gleichzeitig stieg ein Reigen von Bildern in ihr auf. Ihr Körper war erfüllt von Wärme, die sie schützte und nährte, sie ganz frei machte. Es gab keine Zeit mehr, keinen Raum, nur noch die Hände, die diese Kraft ausstrahlten.

Ja, sie *war* die Tochter der Großen Mutter, die Göttin selbst, zu der zurückfloß, was Sie Ihren Kindern geschenkt hatte. Sie thronte auf einem Sitz aus wildem Wein, zu Ihren Füßen Ährenbündel, Löwinnen an Ihrer Seite. Wilde Bienen umflogen Ihr Haupt, Schlangen ruhten in Ihrem Schoß. Ihr Leib war das Land, das neuen Samen in sich aufgenommen hatte, um später Früchte zu tragen. Sie war die Welt, und sie war alles in Ihr. Mutter allen Seins. Göttin der Liebe. Hüterin von Wahrheit und Schönheit. Die, die seit jeher war. Die, die ewig sein würde.

Langsam kehrte Pasiphaë aus dem Licht dieser freundlichen Landschaft in ihr Megaron zurück und spürte, wie Mirtho behutsam die Hände zurückzog. Sie öffnete ihre Augen.

»Danke«, sagte sie mit einem kleinen Lächeln.

Mirtho beugte sich über sie und küßte ihre Stirn. »Ist schon gut. Schlaf jetzt, Pasiphaë.«

Dann verließ sie leise das Gemach der Königin.

Ariadne kam nicht zum vereinbarten Treffpunkt, weder am Abend, noch in der Nacht, auch nicht am nächsten Morgen. Die Sehnsucht nach ihr wuchs mit jeder Stunde. Aber Asterios wußte, daß er nicht länger warten konnte.

Wider Willen fühlte er, wie seine Zuversicht schwand und

Mutlosigkeit, ja sogar Argwohn in ihm aufsteigen. Und wenn sie nur über seine Verliebtheit lachte? Wenn sie nur mit ihm gespielt hatte? Nein, er konnte sich nicht so getäuscht haben! Sie liebte ihn, das fühlte er, das wußte er.

Was aber war geschehen? War sie krank geworden? Durfte sie nicht fort, war sie womöglich eingeschlossen? Er versuchte sich angestrengt zu erinnern. Was hatte sie von ihrem Zuhause erzählt? Hatte sie nicht etwas von besorgten Eltern gesagt? Oder einer überstrengen Mutter?

Verwirrt hielt er inne. Was wußte er von ihr? Er kannte ihren Namen, den sie ihm erst nach langem Widerstreben verraten hatte. Und er wußte, daß sie aus Chalara oder der Umgebung der Stadt stammte. Er mußte dort nach ihr suchen.

Zuvor aber warteten Elyros und die Große Zählung auf ihn. Und die Königin, der er den goldenen Delphinring übergeben sollte. Er wog die kunstvolle Goldschmiedearbeit in seiner Hand. Der Schöpfer des Kleinods hatte es verstanden, auf kleinstem Raum die Illusion einer bewegten Meeresszene zu schaffen. Vor winzigen, gekräuselten Wellen tanzten zwei Delphine, Maul an Schwanzflosse, Schwanzflosse an Maul.

Der Gedanke, mit dem Ring vor Pasiphaë zu stehen, schnürte ihm die Kehle zu. Während der ganzen Zeit in der Bucht hatte er ihn so weit wie möglich von sich geschoben. Aber der Augenblick der Begegnung kam unaufhaltsam näher. Am liebsten hätte er die Herde dem alten Gregeri einfach zurückgegeben und einen Kapitän gebeten, ihn mit nach Westen zu nehmen. Nach Hause, zu Merope.

Von fern war Elyros nicht mehr als ein Mosaik abgestufter Okkertöne, das sich an den Hügel schmiegte. Dazwischen das frische Grün der Gärten und kleinen Felder, wie bunte Flicken in einem Teppich. Erst beim Näherkommen erkannte man, daß das Herzstück des Hanges die Villa der Königin war, um die herum sich die Ansiedlung ausgedehnt hatte.

Die dreistöckige, aus hellem Sandstein errichtete Residenz stieg stufenförmig vom Flußufer empor. In ihren lichten, von Säulenhallen durchzogenen Flügeln war man auch während der

Sommerhitze vor dem Sumpfklima der Ebene sicher. Die zum Teil überdachten, teils geöffneten Veranden gewährten erfrischenden Winden Einlaß. Zahlreiche Wände waren ganz in schmale Türen aufgelöst, die im Winter geschlossen werden konnten. An heißen Tagen standen sie offen und sorgten für ständige Luftzirkulation. Schattige Kühle schenkten auch die hohen Zedern und Eichen des in Terrassenstufen angelegten Gartens, der die Palastanlage vor neugierigen Blicken schützte.

Auch wenn Elyros es nicht mit Chalara oder der Alabasterpracht der Stadt Knossos aufnehmen konnte, war seine Zeit der Schilf- und Reisighütten doch längst vorbei, die den Händlern und Bauern einst an Markttagen provisorische Unterkunft geboten hatten. Die meisten Häuser waren solide, mehrstockige Steinbauten. Nur noch im Südosten der Stadt, entlang einer sandigen Flußschleife, standen am Ufer die Lehmhütten der Walker und Färberinnen. Dort lagen auch die Gruben, wo die Wollstoffe mit Natron und Urin versetzt und mit bloßen Füßen gestampft wurden, bevor sie schließlich in die Stoffpresse kamen. Von den zerriebenen und wieder aufgeschäumten Wurzeln des Seifenkrautes und den scharfen Beizlösungen stiegen, besonders während der Sommermonate, übelriechende Schwaden auf. Manchmal trieb eine auffrischende Südostbrise den beißenden Geruch in die Stadt. Dann wurden in den Räucherpfannen getrockneter Salbei und die Blütenstengel des Sennastrauches entzündet und alle Fenster und Türen fest verschlossen, bis der Wind wieder gedreht hatte.

Seitdem die Königin den Ort zum Schauplatz der Großen Zählung gemacht hatte, war Wohlstand in den Gassen und öffentlichen Bauten von Elyros eingezogen. Ein Kanalisationsnetz aus Tonröhren durchzog unterirdisch die Stadt, die stolz auf ihr frisches Quellwasser war. Die Agora, früher ein sandiges Feld, war nun mit steinernen Platten belegt. Öffentliche Brunnen sorgten auch an heißen Markttagen für Erfrischung.

Als Asterios Elyros erreichte, stand die Sonne schon tief, und die engen Straßen waren voller Menschen. Staunend sah er den geschminkten Frauen mit ihren hochgetürmten Lockenfrisuren und farbenfrohen Gewändern nach. Bei ihrem Anblick wurde seine Sehnsucht nach Aridane so heftig, daß er jeder Frau unhöflich ins Gesicht starrte, die ihm entgegenkam. Aber die Geliebte war nicht darunter.

Junge Männer in schenkelkurzen Leinentuniken und hohen Schaftstiefeln gingen an ihm vorbei. An ihren eingeölten Armen sah er gedrehte, goldene Reifen schimmern. Die meisten aber waren einfacher gekleidet. Tischler in ärmellosen, groben Kitteln luden schwere Balken ab, ein Metzger in dicker Lederschürze zerkleinerte in seinem Laden Knochen mit einem Bronzebeil. Barfüßige Bäuerinnen in knöchellangen, ledergegürteten Wollkleidern schleppten Weidenkörbe voller Gurken, Eierfrüchte und Honigwaben. Eselskarren, beladen mit Leder- und Fellstücken, mit Bimssteinbrocken, mit Stoffballen, Tonkrügen, Salatköpfen und Melonen, bahnten sich ihren Weg durch das Gedränge.

Manche der größeren Häuser besaßen zwei oder mehr Eingänge, die nicht nur zu den Vorratsräumen im Erdgeschoß führten, sondern direkt zu den ebenerdigen Werkstätten und Läden. Hämmern und Klopfen, Sägen und Klappern drang aus den geöffneten Fenstern und Türen. Töpfer boten lautstark ihre Waren feil; Kinder jagten sich kreischend über das holprige Pflaster.

An den wettergegerbten Gesichtern und den gewalkten Umhängen einiger Männer glaubte Asterios andere Hirten zu erkennen. Schon wollte er auf sie zugehen, um sie nach dem Weg zu den Ställen zu fragen, aber eine plötzliche Scheu hielt ihn zurück. Immer weniger konnte er die Tiere zusammenhalten, die sich ängstlich gegen die steinernen Hausmauern drückten. Er sah hinauf zu den hölzernen Fensterkreuzen, die mit geöltem Pergament oder lichtdurchlässigen Schweinsblasen bespannt waren, und fühlte sich fremd und ausgeschlossen.

Sein Hund schien seine steigende Anspannung zu spüren und umrundete ihn kläffend. Einige Ziegen, verwirrt durch die ungewohnten Geräusche und Gerüche, scherten aus der Herde aus und drängten in eine Toreinfahrt. Asterios verfluchte sein sperriges Reisegepäck, ließ seine Ledersäcke zu Boden gleiten und verfolgte sie bis in einen kleinen Innenhof. Es gelang ihm gerade noch, sie mit lautem Schimpfen von dem Mandelbäumchen neben der Treppe wegzuscheuchen, die zu den oberen Geschossen führte. Schweißgebadet trieb er die Tiere zurück auf die Straße und nahm wieder seine Beutel auf. Hilfesuchend blickte er sich um. In welcher Richtung ging es zu den Stallungen der Königin?

Scherben klirrten. Er war gegen einen kleinen Mann von üppigem Leibesumfang gerumpelt, der über und über mit den verschiedensten Tongefäßen behangen war. Vor Schreck hatte der andere seinen prallgefüllten Stoffbeutel auf das Pflaster fallen lassen. Nun bückte er sich ächzend, schlug die Falten seines schweren Mantels zurück und begann fluchend, den Beutel zu durchwühlen.

Erschrocken wollte Asterios ihm helfen, aber er wurde unsanft zur Seite gestoßen.

»Finger weg! Du hast schon genug angerichtet!« Der Mann richtete sich schwerfällig auf. »Große Göttin, gib mir meine Sanftmut zurück!«

Anklagend hielt er ihm eine Handvoll fettig glänzender Scherben entgegen. »Du hast mein Balsamtöpfchen in tausend Stücke zerschlagen! Alles ist ausgeflossen!« Sein volles, sorgfältig rasiertes Gesicht unter der hohen Stirn hatte ein kräftiges Rot angenommen, und seine wasserfarbenen Augen blitzten angriffslustig. »Wieder einer dieser Hirten, die nichts als Ärger in der Stadt anrichten! Und was soll nun geschehen?«

»Ich komme selbstverständlich für den Schaden auf«, sagte Asterios.

»Darf ich fragen, womit?« schnaubte sein Gegenüber. Argwöhnisch beäugte er den staubigen Wollmantel, den Asterios trug, seine bloßen Füße in den abgetretenen Sandalen. »Hast du zufällig einen Topf vom besten ägyptischen Balsam in deinem Gepäck? Du schüttelst den Kopf? Wie schade! Dann hast du wahrscheinlich auch keine Ahnung, wie unendlich schwierig es ist, diese Kostbarkeit zu bekommen! Willst du mir als Gegengabe vielleicht weißen Käse überlassen, mit dem morgen die Göttin vor dem Opfer gesalbt werden soll?«

Als Asterios in seine Tasche griff und ihm wortlos einen kleinen Gegenstand reichte, erstarb sein Spott.

»Was haben wir denn hier? Das heilige Doppelhorn mit der

Sonnenscheibe!« Er wog das Medaillon respektvoll in der Hand. »Aus massivem Gold! Damit wäre mein Schaden freilich behoben!« Er musterte Asterios nachdenklich, und seine Züge entspannten sich. »Woher hast du diese Kostbarkeit, mein Junge?« fragte er mit veränderter Stimme. »Doch nicht etwa gestohlen? Sag mir die Wahrheit!«

»Von meiner Mutter«, erwiderte Asterios knapp und zwang sich, nicht weiter an Merope zu denken.

»Vielleicht ist es ihr nicht recht, und sie wird dir später Vorwürfe machen«, bohrte der andere weiter, ohne ihn aus den Augen zu lassen.

»Wird sie nicht«, kam scharf die Entgegnung. »Meine Mutter ist... ist tot. Behalte den Anhänger für deine Verluste und laß mich weiterziehen. Ich muß sehen, daß ich zu den Stallungen komme und ein Bett finde.« Er wandte sich zum Gehen.

Kräftige Hände hielten ihn zurück. »Nicht so schnell! Du bist zur Zählung in der Stadt?« fragte der Mann plötzlich viel verbindlicher.

Asterios nickte.

»Dann hast du dein Nachtquartier schon gefunden! Iassos, Parfumhändler und Salbenmeister, lädt dich in sein Haus ein!« Dabei buckelte er so ungelenk, daß seine Fläschchensammlung abermals gefährlich ins Schwanken kam.

»Ich weiß nicht recht«, wandte Asterios ein.

»Nur keine Umstände, mein junger Freund! Ich bin in der ganzen Stadt für meine Gastfreundschaft bekannt. Wie wirst du genannt?«

»Astro. Kannst du mir den Weg zu den Ställen zeigen?«

»Nichts einfacher als das. Du folgst dieser Straße, bis sie nach dem großen Platz eine scharfe Biegung macht. Da hältst du dich erst rechts, dann links, bis du etwas weiter mehrere strohgedeckte Gebäude siehst. Du bringst deine Tiere dort unter und kehrst auf dem gleichen Weg zurück. Mein Haus dort drüben erkennst du an seinem vorgebauten Türmchen. Ich erwarte dich später mit einem kleinen Mahl!«

Asterios willigte ein. Er trieb die Tiere in die angegebene Richtung und versuchte, sich nicht von den fremdartigen Geräuschen der abendlichen Stadt irritieren zu lassen, die ihn wie das Summen eines riesigen Bienenstocks umfingen. Dünner Rauch stieg aus vielen Innenhöfen empor, in denen die offenen Kochstellen lagen. Es roch nach frischem Brot und gebratenem Fleisch, und er wurde langsam hungrig. Auf den flachen Dächern wurden die ersten Laternen entzündet.

Schließlich kam er mit der Herde vor mehr als drei Dutzend einstöckiger, strohgedeckter Lehmgebäude an, die aufgelockert bis hinunter zum Fluß standen. Das graswachsene Gelände dazwischen war mit hölzernen Zäunen in unterschiedlich große Pferche unterteilt. In der warmen Abendluft roch er die vertrauten Gerüche von feuchtem Fell, von Heu und Mist. Stallburschen schrieen durcheinander und lachten übermütig, Tiere blökten und meckerten. Schafe und Ziegen, wohin er schaute! Mehr als tausend Tiere mußten in den Ställen und Gattern versammelt sein. Seine Ziegen witterten die Artgenossen und strebten dem Eingang zu. Die beiden Flügel des Portals waren geöffnet. Ein Doppelhorn aus Granit krönte den Giebel.

»Halt! Langsam, langsam!« Ein dunkelhaariger Mann versperrte ihnen den Weg. Buschige Brauen und eine Adlernase ließen sein Gesicht finster erscheinen. Er trug ein Gewand aus gebleichtem Leder und derbe Stiefel. Mit einer Öllampe leuchtete er Asterios entgegen.

»Wer bist du, und was willst du hier so spät?« herrschte er ihn an.

Asterios gab ihm die Antwort, die Merope ihm aufgetragen hatte. »Ich bin der Hirte Astro. Und komme aus Adopodolu in der Messara. Ich bringe die Herde des alten Gregeri zur Zählung.«

»Konntest du nicht früher kommen, Hirte?« Mürrisch ließ der Mann die Lampe sinken. »Wie lange soll ich noch warten, bis ihr euch endlich alle eingefunden habt?« Mit ausgestrecktem Arm wies er über das Gelände. »Hörst du die Tiere, die noch versorgt werden müssen? Als königlicher Stallmeister habe ich wahrlich andere Aufgaben, als mich auch noch um Nachzügler wie dich zu kümmern! Deine Dokumente!«

Asterios zog ein gegerbtes Lederstück aus der Tasche und

streckte es ihm entgegen. Mit gerunzelter Stirn verglich der Stallmeister die Angaben mit der Zahl der Tiere.

»In Ordnung. Du kannst deine Ziegen den beiden Stallburschen dort drüben übergeben. Dein Hund bleibt bei der Herde. Morgen früh, vor Sonnenaufgang, beginnt die Zählung. Halt, nicht so eilig«, protestierte er, als Asterios mit seinen Tieren durch das Tor wollte. »Da ist dein Pfand für die Herde. Du mußt es morgen zurückbringen. Die Göttin sei dir gnädig, wenn du es verlierst!«

Er drückte ihm ein Tonstück in die Hand, nicht größer als zwei Daumen. Auf den ersten Blick glaubte Asterios an eine Täuschung. Ungläubig starrte er auf das Oval.

Zwei Delphine, einander zugeneigt, Maul an Schwanzflosse, Schwanzflosse an Maul. Im flackernden Schein der Lampe schienen sie auf den leicht gekräuselten Wellen zu tanzen. Sein Mund wurde trocken. Das Tonstück war wesentlich gröber gearbeitet als der goldene Ring, den er in seiner Tasche trug, aber ohne Zweifel war es das gleiche Motiv.

All die Gedanken, die er den ganzen Tag über vermieden hatte, kehrten mit einem Schlag wieder zurück. Der Ring mit den Delphinen, den er schon morgen der Königin überreichen sollte! Aber wann und wie?

Vor Aufregung war seine Hand ganz feucht geworden. »Was ist das?« brachte er schließlich hervor.

»Das Siegel der Königin, was sonst?« erwiderte der Stallmeister unwirsch. »Geh jetzt hinein und laß dir deinen Platz zuweisen. Und komm morgen rechtzeitig!«

Die Nacht war bereits angebrochen, als er die Stallungen verließ. Wolken trieben schnell am Himmel und verdeckten die bleiche Mondsichel. Als er dem großen Platz näherkam, lichtete sich die Finsternis. Hier waren immer noch erstaunlich viele Menschen unterwegs. Manche von ihnen hatten Laternen dabei, um in den engen Gassen nicht in die offenen Schächte der Kanalisation zu stolpern.

Seine Gedanken waren bei Ariadne. In einem dieser Häuser lebte sie. Aber wie sollte er sie finden?

Dann stand er endlich vor dem zweistöckigen Haus, das durch einen turmartigen Mittelbau hervorstach. Licht schimmerte durch das geölte Pergament der hölzernen Fensterkreuze. Er klopfte an die Haustüre.

Iassos öffnete ihm selbst. »Mein Haus sei dein Haus!« sagte er, als er ihn in die Diele führte. »Ein Bad wird gerade für dich bereitet. Und anschließend werden wir zusammen essen. Aber zuerst muß ich meine geschätzte Kundin fertig bedienen!«

»Mach dir keine Mühe, ich habe alles beisammen, was ich für heute brauche.«

Die melodische Stimme gehörte einer kleinen, zarten Frau, die auf den ersten Blick wie ein Mädchen wirkte. Sie war, einen Korb voller Pflanzen über dem Arm, langsam den Flur entlang gekommen. »Mistel, Johanniskraut, Engelwurz, Honigklee...«

»Und das getrocknete Mutterkraut liefere ich nächste Woche, wie gewünscht, verehrte Hatasu«, rief Iassos eifrig. »Garantiert!«

»Gut«, lächelte sie und sah dabei Asterios ganz offen an. »Du hast einen Gast, Iassos?«

Sie war kein Mädchen mehr. Jetzt erst entdeckte er die feinen Linien um Augen und Mund, die ihr Alter verrieten. Ihr Haar war schwarz mit dem bläulichen Schimmer von Rabenflügeln und fiel glatt auf ein schimmerndes grünliches Gewand. An einer Kette trug sie einen goldenen Löwinnenkopf. Der helle Bronzeton ihrer Haut wurde durch die dunklen, schwarz umrandeten Mandelaugen und die vollen roten Lippen unterstrichen. Ihrer würdevollen Haltung nach hätte sie eine Königin sein können. Sie kam ihm so schön und so fremdartig vor wie ihr klingender Name.

»Ein junger Mann vom Land, der Hilfe und Beistand braucht«, sagte er ausweichend.

Iassos brachte sie höflich an die Tür, wo er sich mit vielen tiefen Verneigungen verabschiedete. Dann wandte er sich zu Asterios. »Komm, junger Freund, jetzt zeige ich dir, wo du schlafen wirst.«

»Wer war die schöne Fremde?« fragte Asterios neugierig, während er hinter ihm die steile Holztreppe in das Obergeschoß hinaufstieg. Von einer umlaufenden Balustrade blickte man in den Innenhof, wo ein steinerner Küchenofen stand. Mehrere Türen führten in die Schlafgemächer.

»Eine Dame, die aus Ägypten stammt und am Hof lebt«, lautete die knappe Antwort. »Eine meiner liebsten Kundinnen. Sie ist sehr klug, und außerdem versteht niemand von Heilkunst soviel wie Hatasu.«

Asterios hätte gern noch weiter gefragt, aber Iassos öffnete schwungvoll die erste Tür zu einem Zimmer, das von einem Dutzend Kerzen erleuchtet wurde. Unter dem Fenster stand eine Bettstatt, über die eine rote Decke gebreitet war. Zwei Holztruhen und ein kleiner Eichentisch mit Bronzefüßen, den grazilen Beinen eines Kranichs nachempfunden, vervollständigten das Mobiliar. Farbiger Stuck leuchtete an den Wänden, ein sandfarbenes Wellenmuster auf blauem Grund, das wie eine Borte wirkte.

»Das ist ja der Palast eines Königs! Du mußt ein reicher und bedeutender Mann sein!«

Bescheiden hüstelnd wehrte Iassos ab. »Wenn du dich wohl bei mir fühlst, bin ich mehr als zufrieden. Nimm dein Bad, und dann essen wir.«

Kurz darauf klopfte eine ältere Dienerin und bedeutete ihm, ihr nach unten zu folgen. Im Erdgeschoß wies sie ihn schweigend in einen Raum neben der Treppe, der fast vollständig von einem hölzernen Zuber ausgefüllt wurde. Sie zeigte auf einen Stapel bunter Tücher und machte die Geste des Abtrocknens. Dann verließ sie ihn.

Nur zu gern schlüpfte Asterios aus seiner schmutzigen Kleidung, beugte sich über den Trog und atmete den Duft ein, das ihn an den Geruch einer Frühlingswiese erinnerte. Er ließ sich in das angenehm temperierte Wasser gleiten und streckte wohlig seine Glieder. Die Wärme vertrieb die Anspannung aus seinem Körper, und Müdigkeit überfiel ihn. Als Iassos ihn mit lauter Stimme zum Essen rief, stieg er leicht benommen aus dem Bottich und rieb sich mit einem der großen Tücher trocken. Erstaunt spürte er die Weichheit des Stoffes auf seiner Haut. Danach zog er einen Wollschurz und ein frisches Leinenhemd an.

Seine Augen glänzten, als er den reich gedeckten Tisch sah. Er ließ sich von allem servieren und aß mit großem Appetit. Als die Dienerin den Raum verlassen hatte, wollte er von Iassos wissen, warum kein Wort über ihre Lippen kam.

»Hamys ist stumm. Dienerinnen wie sie ersparen ihrer Herrschaft eine Menge Schwierigkeiten, kann ich dir verraten! Aber greif doch zu!« rief er, als sie wieder mit gefüllten Schüsseln eintrat. »Laß es dir schmecken!«

Asterios nahm eine weitere Portion von dem gesottenen Tintenfisch und dem Gemüse aus dicken, weißen Bohnen. Mit frischem Brot tunkte er die Fischstückchen und die sämige Sauce auf. Die runden Laiber, warm und kross aus dem Steinofen serviert, hatten nur wenig Ähnlichkeit mit den steinharten Fladen, die er sonst kaute. Zum Nachtisch gab es kandierten Ingwer und süße Sesamküchlein. Dazu trank er Wasser und einige Becher von dem Wein, den Iassos großzügig nachschenkte.

Iassos ließ die Dienerin schließlich abtragen. »Hast du Lust, einen Blick in mein kleines Reich zu werfen?« Das Lächeln des Parfumhändlers wurde breiter und ließ große, unregelmäßige Zähne sehen. »Meine Essenzensammlung sucht in ganz Kreta ihresgleichen. Nicht nur heilkundige Damen beanspruchen meine Hilfe. Die Königin hat mich zu ihrem persönlichen Parfumlieferanten ernannt!«

»Du kennst die Königin?« fragte Asterios. »Du kennst sie – gut?«

»Das will ich meinen! Seit vielen, vielen Jahren beliefere ich sie mit meinen Salben und Duftstoffen, meinen Ölen, Essenzen und eben jenem kostbaren Balsam, von dem du heute ein Töpfchen zerschlagen hast.«

»Und wie... wie ist sie?«

Aufmerksam musterte Iassos den Jungen aus kleinen, schlauen Augen und ließ sich mit seiner Antwort Zeit. »Was meinst du damit?« fragte er schließlich gedehnt. »Was willst du wissen?«

»Nun, ich... möchte«, stotterte Asterios. »Ist es wahr, was man sich über sie erzählt? Ist sie klug und schön?«

»Ja, bei der Göttin, das ist sie!« erwiderte Iassos verklärt. »Und könnte noch schöner sein, wenn sie glücklicher wäre. Gegen durchweinte Tage und durchwachte Nächte können auch die besten Öle und Salben auf Dauer nichts ausrichten!«

»Ist sie denn allein?« fragte Asterios weiter. »Ich meine, ist sie manchmal allein zu sprechen?«

Wieder traf ihn ein merkwürdig lauernder Blick des Händlers, der sich unwillkürlich vorgebeugt hatte, als wollten seine fleischigen Ohren sich keines von Asterios Worten entgehen lassen.

»Bei den Opferungen und Zeremonien sind immer Priesterinnen an ihrer Seite. In ihren Palästen ist sie von Hofleuten umgeben, nur manchmal ist sie allein.« Er strich sich mit leicht affektierter Geste über sein schütteres, rotblondes Haar. »Dabei liebt Pasiphaë die Einsamkeit und fühlt sich unwohl in lauter Gesellschaft. Niemand als ich kann besser verstehen, wie ihr zumute ist.«

Asterios schwieg beklommen. Große Mutter – wie sollte er es anstellen, sie allein zu sprechen?

»Was willst du von der Königin?« drang schnarrend Iassos Stimme in seine Gedanken. »Sollst du ihr etwas bestellen?«

»Nein, nein«, stieß Asterios hervor und vermied dabei, seinen Gastgeber anzusehen. »Ich bin nur zur Zählung da. Nichts weiter.«

»Ganz wie du meinst«, erwiderte Iassos enttäuscht. Mit lautem Ächzen erhob er sich aus seinem Sessel, dessen Lehnen in zwei geschnitzten Schlangenköpfen ausliefen. »Sollte es jedoch einmal anders kommen, dann vergiß nicht, daß ich mich am Hof auskenne und dir vielleicht helfen kann. Aber genug der Worte! Ich zeige dir meine Werkstatt, und dann wirst du dich zur Ruhe begeben!«

Er führte Asterios den Gang entlang in einen länglichen Raum und entzündete mit einem Span die Öllampen an den Wänden. Auf Truhen und Regalen, auf Tischen und Hockern standen Hunderte verschiedener Fläschchen und Töpfe: teils versiegelte, teils unverschlossene Alabastren, bauchige Amphoren, flache Askoi mit bügelförmigen Henkeln, langstielige Schöpfgefäße aus Ton und Bronze und steinerne Pyxiden für Schminke und Salben. Getrocknete Blumen und Kräuter hingen, säuberlich gebündelt, von der Decke.

»Hast du das alles gesammelt?«

»Natürlich nicht«, sagte Iassos mit hörbarem Stolz. »Drei erfahrene Salbensieder arbeiten für mich, und eine Handvoll junger Gehilfen bringt mir die notwendigen Pflanzen und Kräuter. Selbstverständlich nicht nur auf Kreta!« Er machte eine kurze, wirkungsvolle Pause. »Ich treibe Handel mit den Völkern des Nordens, mit Syrien, Ägypten, ja selbst mit Phönizien, um alle Grundstoffe für meine Öle und Essenzen zu bekommen. Schau hier!« Verzückt wies er auf drei unscheinbare Keramikbehälter, die mit hellen Schlangenlinien verziert waren. »Diese Chamaizi-Töpfchen gehören zu meinen Kostbarkeiten: sie enthalten Öle, die verjüngen und heilen. Sie dienen zur Salbung der Lebenden und der Toten und können auch für heilige Idole angewendet werden.«

»Wäre das kein passender Ersatz für den Balsam der Königin?« fragte Asterios und lächelte ihn dabei harmlos an.

»Wie kannst du das nur annehmen!« Iassos fuchtelte erregt vor ihm hin und her. »Das eine läßt sich nicht einfach gegen das andere austauschen! Jedes dieser Mittel hat gänzlich verschiedene Wirkungen. Zum Beispiel hier: Henna, Narde, Myrrhe, Behennuß und Zinnamon, das Kräftigungsmittel, das blutstillend wirkt, aus Syrien und Ägypten; Flachs und Leinöl aus dem wilden Norden. Nichts hilft besser gegen Seitenschmerzen als eine Auflage aus Leinsamen, Pfirsichbaumharz und Mistelsaft! Iris, Safran, Lilien, Riedgras und Salbei stammen dagegen aus hiesigem Anbau – das Gurgel- und Magenmittel, das auch den Schweiß reduziert. Und erst die Früchte des Quittenbaums, die Fieber sofort senken! Sie werden mit größter Sorgfalt gesammelt, selbstredend nur, wenn der Vollmond am Himmel leuchtet, im Mörser zerdrückt und anschließend mit Wasser mazeriert. Unter Umständen kann man die Prozedur durch sanftes Köcheln oder Pressen beschleunigen – aber welches Feingefühl der Hände ist dazu notwendig!« Er lächelte in sich hinein. »Jahrelang habe ich vergeblich nach den geschicktesten Salbenmeistern gesucht, bis ich schließlich damit begonnen habe, sie selbst auszubilden. Schüler – auf dem Weg zu echter Meisterschaft! Ich bin den jungen Männern, die unter meiner Obhut arbeiten und leben, ein väterlicher Freund, der sie in die Geheimnisse seiner Kunst einweiht. Sie haben mir alles zu verdanken. Alles.« Mit Verschwörermiene winkte Iassos ihn näher heran. »Wir müssen mit der Vergänglichkeit leben«, flüsterte er. »Wenn man die winzige Prise Salz am Schluß vergißt, verdirbt im Handumdrehen auch die kostbarste Essenz!«

Asterios wandte sich gähnend zur Seite.

»Du kannst schließlich nicht ahnen, was diese Wissenschaft für mich bedeutet. Sie ist alles, was ich besitze«, rief er plötzlich so leidenschaftlich, daß Asterios zusammenfuhr. »Sie ist mein Leben!«

»Sehr aufschlußreich«, murmelte Asterios.

»Schon gut, schon gut«, gab Iassos gekränkt zurück. »Vielleicht weckt das dort drüben eher dein Interesse.« Er schob sich erstaunlich geschickt durch den vollgestellten Raum. Vor einem niedrigen Tisch unter dem Fenster blieb er stehen. »Das ist die Lieferung für die Villa der Königin! Manganpulver für strahlende Augen. Ockerpuder, der Wangen und Nasenflügel schimmern läßt. Haematit für lockende Purpurlippen. Feine Lavaerde, die die Locken glänzend macht. Ja, da wunderst du dich!« rief er. »Natürlich verwenden die Hofleute diese Hilfsmittelchen! Bei dir auf dem Land mag das vielleicht anders sein. Aber was rede ich da – du schläfst ja schon im Stehen!«

Er schob ihn aus dem Raum und löschte das Licht.

Asterios erwachte aus traumlosen Schlaf. Eine Hand berührte sanft seinen Arm, und im Schein der Kerze erkannte er das Gesicht der Dienerin. Als er aufstehen wollte, hielt Hamys ihn mit leichter Geste zurück und zeichnete auf seine Brust den Segensgruß der Göttin. Überrascht sah er sie an. Sie reichte ihm einen flachen Lederbeutel, bemalt mit rötlichen Schlangenlinien.

Ein Abschiedsgeschenk von Iassos, dachte Asterios und legte ihn zu seinen Sachen, um später hineinzuschauen. Unwillkürlich mußte er lächeln. Was für ein komischer Kauz, auf den er da gestoßen war, tiefgründig und eitel, aufbrausend und gutmütig zugleich!

Während er sich Gesicht und Hände wusch, kam ihm wieder

der merkwürdige Gesichtsausdruck des Händlers bei ihrem gestrigen Gespräch in den Sinn. Ob er sich mit seinem Gestotter verraten hatte? Nein, das war unwahrscheinlich. Selbst ein listiger Kopf wie Iassos war nicht in der Lage, sich auf seine merkwürdige Geschichte einen Reim zu machen.

Er zog sich an, packte seine Tasche und stieg leise die Treppe zum Erdgeschoß hinab. Auf der untersten Stufe stand ein Teller mit heißer Gerstensuppe, den er unberührt ließ, und ein Becher mit Kräutertee, den er durstig trank. Vor dem Zimmer seines Gastgebers hielt er inne und lauschte. Als drinnen alles still blieb, öffnete er die Haustür und trat hinaus auf die dunkle Straße.

Asterios schritt rasch aus und unterdrückte den Impuls, sich noch einmal umzudrehen. So bemerkte er nicht, daß am Fenster des Obergeschosses Iassos stand und ihm noch lange nachsah.

Vor den Stallungen der Königin waren bereits mehrere Dutzend Hirten versammelt. Aus allen Richtungen kamen unablässig weitere dazu: ältere und jüngere Männer, viele von ihnen mit wettergegerbten Gesichtern. Die meisten trugen Schurz und Hemd; ein paar hatten sich in Mäntel aus ungefärbter Wolle gewickelt.

Die Männer lachten und unterhielten sich. Unschlüssig trat Asterios von einem Bein auf das andere und zögerte, zu einem der Grüppchen zu treten. Ein Bärtiger winkte ihn schließlich heran und begann, ihn auszufragen. Er nannte seinen früheren Namen und erzählte die Geschichte so, wie Merope sie ihm aufgetragen hatte.

»Ich bin Baupios. Wenn du willst, kannst du dich mir anschließen, und ich werde dir zeigen, was zu tun ist. Siehst du das große Tor?«

Asterios nickte.

»Das wird bei Sonnenaufgang geöffnet. Dann gehst du zu deiner Herde, versorgst sie und wartest dort, bis die Steuerkommission bei dir angelangt ist. Keine Angst, mein Junge«, rief er, als er Asterios› skeptischen Blick bemerkte. »Einer der Stallburschen wird dich führen. Nach der Zählung werden die Tiere ausgesucht, die für die königliche Herde bestimmt sind. Hast du dein Siegel zur Hand?«

»Ja«, sagte Asterios.

»Dann laß dich bei dem Beamten dort drüben registrieren und sag ihm, daß du mit mir gehst.«

Asterios folgte seinen Anweisungen und beobachtete, wie der Staatsdiener seine Feder anspitzte und mit Sepiasaft Namen und Herkunftsort aufschrieb. Anschließend wurde er einem Stallburschen zugeteilt, dessen pickelige Wangen vor Eifer glühten.

Auf dem Platz vor den Stallungen standen die Menschen dichtgedrängt. Die Dunstschleier über dem Land hatten sich verzogen; im Osten war der Himmel grau und durchscheinend geworden. Als die Sonne sich wie ein glutroter Ball über den Horizont erhob, erstarb mit einem Schlag alles Gemurmel.

Langsam öffneten sich die Doppelflügel des Zedernportals und gaben den Blick auf drei Gestalten frei, die die Hände zum Gebet erhoben hatten. Die Frau in der Mitte trug ein lichtblaues Gewand; weißes Haar war über einer breiten Stirn zur Krone geflochten. Sie hatte das derbe Gesicht einer Bäuerin und helle, schmale Augen. Zu ihrer Rechten erkannte Asterios den königlichen Stallmeister, der ihn am Vortag so barsch empfangen hatte. Zu ihrer Linken stand, ebenfalls in Blau, eine blonde, junge Frau.

»Wer sind sie?« flüsterte Asterios.

»Jesa, die Oberschreiberin der Königin«, gab Baupios leise zur Antwort. »Die Junge mit der strengen Miene ist ihre Stellvertreterin Eudore; der Mann ist der Stallmeister, Peripos. Paß auf, es geht gleich los!«

Das stille Gebet war beendet. In weiter Geste hob die Oberschreiberin ihren linken Arm der Sonne entgegen, ließ den rechten folgen und beschrieb den heiligen Kreis. Dann trat sie mit ihren Begleitern zur Seite und gab das Tor frei.

Wie durch eine geöffnete Schleuse drängten die Stallburschen und die Hirten hinein. Asterios, vom Strom der Leiber mitgerissen, sah sich zunächst von seinem kleinen Führer getrennt.

»Halt, so warte doch, hier bin ich«, hörte er plötzlich eine helle Stimme neben sich. »Hier herüber, wir müssen ganz nach außen!«

Asterios folgte dem Jungen, der schließlich vor einem kleineren Pferch haltmachte. Voll Freude schlug sein Hund an, sprang ungestüm an ihm hoch, leckte ihm die Hände. Seine Herde, irritiert von dem Getümmel und dem Lärm, schob sich ihm entgegen. Besänftigend streichelte er den Kopf seiner Leitziege und machte sich ans Melken. Die Tiere wurden ruhiger, und auch Asterios versuchte, seiner inneren Unruhe Herr zu werden. Aber es gelang ihm nicht.

»Was wird aus der Milch?« rief er zu Baupios hinüber.

»Bring sie zu den großen Tonkrügen dort am Weg, die später in die Käserei der Königin geliefert werden. Aber stärke dich zuvor mit einem tüchtigen Schluck, denn jetzt heißt es geduldig warten!«

Asterios gab sich alle Mühe, wach zu bleiben. Aber die kurze Nachtruhe und die zunehmende Wärme machten ihn immer schläfriger. Bald schon waren ihm die Augen zugefallen, und alles um ihn herum drang nur noch wie durch einen dichten Schleier in sein Bewußtsein.

Es ging auf Mittag zu, als Asterios plötzlich hochschreckte. Sein Kopf brummte, seine Kehle war trocken. Er hatte tatsächlich geschlafen. Er rieb sich die Augen und blinzelte verwirrt nach oben.

Vor ihm standen Jesa und der Stallmeister, gefolgt von Eudore und einigen Gehilfinnen. Kein höfliches Grußwort wollte ihm über die Lippen kommen. Er fühlte sich wie ein ertapptes Kind.

»Erhebe dich, Hirte«, blaffte ihn der Stallmeister an. »Wir sind hier nicht auf freiem Feld, wo du ungestört deine Decken ausbreiten kannst!«

»Steh auf, Junge, und antworte«, sagte Jesa freundlicher. »Du hast Gregeris Herde zur Zählung gebracht?«

»Ja, ich bin dieses Jahr für ihn gekommen«, sagte er höflich, während er sich eilig erhob.

»Laß sehen, was du uns mitgebracht hast! Vierundzwanzig Tiere – wie im Vorjahr – und alle in bester Verfassung.« Die Oberschreiberin studierte die Rolle. »Du scheinst ein Hirte zu sein, der für seine Herde sorgt«, fügte sie hinzu.

Asterios errötete über das unverdiente Lob, das eher dem Alten zugestanden hätte. »Ich bemühe mich«, murmelte er.

»Kommen wir zum Wesentlichen!« forderte Peripos ungehalten. »Drei Tiere sind deine Steuer für das vergangene Jahr. Ich schlage vor, die beiden gefleckten Milchziegen dort drüben und den hellen Jungbock. Nein, der ist doch ein bißchen zu mager! Lieber den schwarzen Bock hier am Gatter.«

»Nein, Peripos, so nicht!« fuhr Jesa ihn an. »Du hast hier nichts zu entscheiden. Die Auswahl der Tiere nimmt allein die Oberschreiberin im Auftrag der Königin vor. So war es seit jeher, und so wird es auch künftig sein. Der Stallmeister kann raten. *Wenn* er um Rat gefragt wird.« Sie trat dicht vor den Mann, der zurückwich, als könne er ihre Nähe nicht ertragen. »Ist das klar?«

Peripos nickte. Zorn ließ die Adern an seiner Stirn anschwellen. Mit einem Ausdruck mühsam gebändigter Wut blickte er auf ihre kleine, kräftige Gestalt hinab.

»So stumm?« stichelte sie mit provozierender Heiterkeit und trat noch näher, während er zur Seite sah. »Und doch einverstanden? Wieso müßt ihr Männer euch immer wieder vordrängen?« Sie wandte sich erneut an Asterios. »Laß uns mit der Arbeit fortfahren! Lange schon hat uns die Große Mutter nicht mehr so viele gesunde Tiere geschenkt. Deshalb ist es in diesem Jahr nicht nötig, den gesetzlichen Zehnten ganz auszuschöpfen. Also *zwei*, nicht drei Tiere für die Herde der Königin. Uns treibt nicht Habsucht«, sagte sie nachdrücklich und fixierte Peripos. »Wir fordern für die königliche Herde nur, was auch gebraucht wird. Deshalb entscheiden wir uns für die Geiß mit der Blesse und das schwarze Böcklein am Gatter, das unser erfahrener Stallmeister uns bereits ans Herz gelegt hat.« Peripos schnaubte. Sie deutete eine Verneigung in seine Richtung an. »Was täten wir nur ohne dich?«

Ein spöttisches Lächeln kräuselte die Mundwinkel ihrer blonden Begleiterin, die mit dem Griffel die Steuerabgabe in ein Tontäfelchen ritzte. Auch die jungen Schreibgehilfinnen versuchten ihr Lachen zu unterdrücken.

Asterios beobachtete, wie Peripos nach Luft rang. Sie machen einen Fehler, dachte er. Sie provozieren ihn, damit er die Beherrschung verliert. Sie sind doch so stark. Warum müssen sie ihn öffentlich demütigen?

»Ich gehe mit Baupios«, sagte er in die angespannte Stille hinein, um sie den Triumph nicht länger auskosten zu lassen. Furchtlos sah er Jesa in die Augen. »Er hat angeboten, mich bei der Prozession zu führen. Ist es nicht bald soweit?«

Mit einem Schlag veränderte sich Jesas Miene. »Dann sei auch bereit!« fauchte sie ihn an. »Und erfülle deine Aufgabe!«

Die Umstehenden waren erstarrt, und im Nachbargatter hielt Baupios den Atem an. Asterios fühlte, wie sein Puls schneller wurde. Er war offensichtlich zu weit gegangen.

»Du scheinst mutig zu sein«, fuhr Jesa mit dünnem Lächeln fort. »Das gefällt mir. Auch wenn du noch lernen mußt, wann es besser ist, die Zunge zu hüten. Zumindest möchte ich dir dringend dazu raten – Hirte.« Bei den letzten Worten war ihr Ton schneidend geworden. »Vergiß vor allem nie, wer du bist, und mit wem du sprichst.«

Damit ließ sie ihn stehen und ging weiter zum nächsten Pferch, wo die Hirten sie schon erwarteten. Ihre Begleiter hielten respektvollen Abstand. Als letzter folgte der Stallmeister dem kleinen Troß. Er schaute finster zu Boden.

Asterios atmete tief aus. Er war erleichtert, Jesas strengen Augen entronnen zu sein, aber er war sehr unzufrieden mit sich. Anstatt sich auf die Begegnung mit der Königin zu konzentrieren, hatte er sich in aller Öffentlichkeit in Dinge eingemischt, die ihn nichts angingen. Schlimmer noch: die ihn verraten konnten. Auf diese Weise würde es ihm kaum gelingen, ohne Aufsehen bis zu Pasiphaë vorzudringen.

»Das war knapp, mein Junge«, kommentierte Baupios. »Jesa bekleidet eines der wichtigsten Ämter am Hof. Sie darf als erste die Doppelaxt beim Blutopfer führen; in ihrer Hand liegt die Verwaltung aller Steuern und Vorräte. In Notzeiten regelt sie im Namen der Königin die Verteilung an die Bedürftigen. Ihr unterstehen die Schreibschulen, in denen die Mädchen ihre Ausbildung erhalten. Ich kenne sie schon seit Jahren, noch aus der Zeit, als ich für die Herde der Königin gesorgt habe. Aber das ist lange her.« Sein Gesicht wurde ernst. »Hüte dich davor, dir diese mächtige Frau zur Feindin zu machen!« warnte er. »Schließlich bist du nur ein Hirte, Astro, und sie ist eine der engsten Vertrauten der Königin.«

Asterios nickte. Dann öffnete er das Gatter, trieb die Tiere hinaus und reihte sich hinter Baupios am Ende der Prozession ein.

Als ich noch Astro war, war alles klar und einfach, dachte er bedrückt. Wer bin ich jetzt? Ein Blinder, der nach dem Weg sucht.

Langsam bewegte sich von Osten her der Zug der Hirten auf die Palastanlage zu. Von Westen näherte sich die Karawane der Bäuerinnen dem Opferplatz. Mädchen liefen voraus; sie trugen Blumenkränze im Haar und hielten Stäbe, die mit Myrthenzweigen umwunden waren. Frauen schleppten Körbe, gefüllt mit Oliven, Artischocken und Hyazinthenzwiebeln; andere balancierten Kykeongefäße auf ihren Köpfen, in denen Öl oder geharzter Wein schwappte.

An der Wegkreuzung hielten Jesas Gehilfinnen den zweiten Zug so lange zurück, bis die Hirten die Führung übernommen hatten. Die Oberschreiberin setzte sich an die Spitze der Prozession und stimmte die Dank- und Segenslieder an. Zwei junge Frauen schlugen die Trommel, Mädchen bliesen auf Flöten und Schalmeien. Der Chor der Frauenstimmen fiel ein.

Asterios sah die Königin schon von weitem, und sein Herz begann heftig zu schlagen. In ihrem Purpurmantel stand sie wie eine Fackel vor dem Stufenaltar. Dunkles, von Silberfäden durchzogenes Haar fiel lockig über Brust und Rücken. Ein Goldreif schmückte ihre Stirn.

Als sie näher kamen, konnte er weitere Einzelheiten erkennen: links vom Altar, vor dem ein dreiteiliger Schrein aufgebaut war, hielten zwei junge Frauen in weißen Kleidern die Bügelkannen. Hinter ihnen stand eine ältere Frau, die ein rothaariges Mädchen an der Hand hielt. Sie kam ihm irgendwie bekannt vor, und er kniff die Augen zusammen, um sie besser zu sehen. Aber sie hatte sich leicht abgewandt, und er sah nur ihr Profil.

Rechts standen Jesa und Eudore. In gehörigem Abstand zu ihnen entdeckte er den Stallmeister, der jetzt einen blauen Mantel trug. Asterios Blick glitt wieder zur Königin, die inzwischen auf dem Thron Platz genommen hatte. Er starrte sie an, bis seine Augen schmerzten, aber es wollte ihm nicht gelingen, ihr ganzes Bild zu erfassen. Immer wieder blieb er an Einzelheiten hängen. Den Mundwinkeln, die leicht herabgezogen waren, einem kleinen Leberfleck neben dem rechten Nasenflügel, der steilen Falte zwischen den schwarzen Brauen. Er empfand weder Glück noch Erleichterung bei ihrem Anblick, nur ein Gefühl absoluter Leere.

Mechanisch registrierte er, wie sich die anderen Hirten in Zweiergruppen formierten und mit ihren Tieren auf die Königin zugingen. Nacheinander blieben sie vor dem Thron stehen, verneigten sich tief und empfingen von Pasiphaë das Segenszeichen.

Kalter Schweiß stand ihm auf der Stirn, und er war froh um jeden, der vor ihm an der Reihe war. Doch unausweichlich kam auch er dem Thron näher. Seine linke Faust war fest um den Delphinring geschlossen.

»Was ist los mir dir?« flüsterte Baupios, der neben ihm ging. »Atme, Astro, atme – werde jetzt bloß nicht ohnmächtig!«

»Mach dir keine Sorgen«, preßte Asterios mühsam hervor.

Und dann stand er vor Pasiphaë und hatte das Gefühl, als ob der steinige Boden unter seinen Füßen schwand. Er begann zu zittern und starrte auf den Saum des Gewandes, unter dem ihre nackten Füße hervorschauten, mit rötlichen Schlangenlinien bis über die Knöchel hinauf kunstvoll bemalt. Stumm verharrte er in seiner unbequemen Stellung, unfähig, auch nur seinen Kopf zu heben oder ihr gar ins Gesicht zu sehen.

»Die Große Mutter segne dich, Hirte, und deine Tiere, denen Sie Fruchtbarkeit und Gesundheit schenken möge.«

Ihre Worte drangen wie aus weiter Ferne zu ihm. Er umklammerte den Hanfstrick, an dem er seine Ziegen führte, so fest, daß die Knöchel an seiner Faust weiß hervortraten. Dann spürte er, wie eine kräftige Hand seine Finger löste.

»Du mußt schon loslassen, Hirte, wenn du der Königin deine Steuer übergeben willst«, sagte Jesa spöttisch.

Benommen trat er ein Stück beiseite, ohne zu bemerken, daß seine Tiere weggeführt wurden und Baupios nach ihm mit denselben Worten gesegnet wurde. Er kam erst wieder zu sich, als bereits der Zug der Bauern vor der Königin defilierte.

»Bist du krank?« fragte Baupios besorgt, als Asterios ihn abwesend ansah.

»Ich weiß nicht«, erwiderte Asterios matt und ließ den Ring zurück in seinen Beutel gleiten.

»Du *bist* krank, Junge, keine Frage! Erst die ganze Aufregung und dann das lange Warten in der Sonne! Hast du heute überhaupt schon was gegessen? Wahrscheinlich nicht!« Baupios zog Fladenbrot heraus und reichte ihm seinen Wasserbeutel. »Jetzt stärkst du dich erst einmal. Komm, setzen wir uns in den Schatten!«

Gehorsam trank Asterios in kleinen Schlucken und kaute ein paar Bissen. Allmählich beruhigte sich sein Organismus. In seinem Kopf aber jagten sich die Gedanken, und er machte sich die bittersten Vorwürfe wegen seiner Feigheit. Wie sollte er jemals wieder Merope unter die Augen treten?

In diesem Augenblick ging ein Raunen durch die Menge. Asterios sah, daß man den Sessel der Königin jetzt direkt vor den Altar getragen hatte.

Die Königin saß bewegungslos, den Blick nach Westen gerichtet. Sie hatte den Mantel abgelegt und trug ein enggeschnürtes rotes Mieder, dessen Ausschnitt ihre Brüste freigab. Einem Töpfchen entnahm sie Balsam und tupfte ihn sorgfältig auf Herz, Kehlkopf, Stirn und Scheitel. Hinter ihr schwenkten Mädchen Räuchergefäße, denen helle Schwaden entquollen. Auf dem ganzen Platz war kein Laut mehr zu hören.

Pasiphaë vollzog mit ausgestreckten Armen den heiligen Kreis. Dann kniete Jesa vor ihr nieder.

»Du gewährst Werden und Vergehen, Du schenkst Anfang und Ende. Du allein bist die Herrin über Leben und Tod«, hallten die Worte der Großen Anrufung weit über den Platz. »Dank sei dir, Große Mutter, für die Gesundheit der Menschen, für das Gedeihen der Tiere, für die Früchte des Feldes. Dir opfern wir aus frohem Herzen, was Du uns gegeben hast.«

Aus einem schwarzen Steinrhython, täuschend einem Stierkopf nachgebildet, versprengte sie einige Tropfen geweihten Öls in alle Himmelsrichtungen. Dann hob sie den Kernos empor, der in zwölf leicht vertiefte Schüsselchen unterteilt war.

»Wir opfern Dir, was Du uns in Deiner Güte geschenkt hast: Wurzeln, Samen, Nüsse, Früchte, Gemüse, Wein, Öl, Honig, Brot, Milch, Käse und Wolle. Nimm unser Opfer wohlgefällig an!«

Behutsam stellte sie ihn vor Pasiphaë nieder und verneigte sich tief.

Asterios wagte kaum noch zu atmen. Die Leere in ihm war einer peinigenden Sehnsucht gewichen. Fast schmerzhaft fühlte er sich zu ihr hingezogen. Ihr, die er kannte seit jeher. Die ihm in so vielerlei Gestalten in der alten Höhle begegnet war.

Ja, Sie war die Große Göttin, die allesbeherrschende Mutter, Herrscherin über Leben und Tod. Die, die war von Anbeginn. Die, die ewig währte.

Langsam erhob sich Jesa und schloß die Türen des Schreins auf. Sie nahm die Doppelaxt heraus und kehrte zum Altar zurück. Dort wartete bereits der Stallmeister. Peripos trug auf seinen Armen einen jungen Hammel mit gebundenen Läufen. Ein rotes Band umspannte kreuzweise den Tierkörper. Vorsichtig legte er das Lamm auf den Altar und kniete anschließend vor Pasiphaë nieder.

Die Trommeln begannen zu schlagen, ein schneller, fordernder Rhythmus. Wieder sprach die Oberschreiberin das Gebet.

»Mit der Labrys vergießen wir das Blut des Opferlamms. Herrscherin der Oberen und der Unteren Welt, nimm unser Opfer wohlgefällig an!«

Langsam hob Jesa mit beiden Händen die Mondaxt und hielt sie über ihren Kopf. Lauter sangen die Trommeln, und die Spannung auf dem Platz stieg ins Unerträgliche. Pasiphaë nickte.

Dann sauste die Axt herab.

Mit einem Schlag durchtrennte sie die Halsschlagader des Opferlamms. Helles Blut tropfte vom Altartisch in die Schale aus geschliffenem Onyx. Auf Pasiphaës nackten Brüsten waren Blutspritzer zu sehen.

Ein einziger, wilder Schrei vereinte die Männerstimmen mit den hellen der Frauen.

In der darauffolgenden Stille erhob sich die Königin, aufrecht wie der Weltenbaum, und breitete ihre Arme weit aus, als wolle sie den menschengefüllten Platz umfangen. Dann ließ sie sich wieder in ihren Purpurmantel hüllen und nahm in ihrer Sänfte Platz. Zwei Männer trugen sie zum Palast.

Inzwischen versuchte Jesa, sich Gehör zu verschaffen. »Hört, ihr Frauen und Männer! Die Königin lädt euch alle ein zu dem großen Fest, das bei Anbruch der Nacht auf der Agora beginnt. Küche und Kellerei des Palastes werden für euer Wohl sorgen – trinkt und eßt nach Herzenslust!«

Ein leichter Wind vom Meer trug einen salzigen Geruch in die festlich gestimmte Stadt. Aus vielen Fenstern hingen Webereien, und Blütengirlanden schmückten die Haustüren. Männer und Frauen, Hirten, Bäuerinnen und Handwerker strömten zur Agora. Dort hatte man in doppelter Reihe hohe Fackelmasten errichtet.

Lämmer wurden über offenen Feuern gebraten, Fische auf glühenden Rosten gegrillt. Es gab Platten mit grünen und weißen Bohnen und Töpfchen mit kleinen Käselaibern, die man in Olivenöl eingelegt hatte. Daneben lagen Mandelkuchen, getrocknete Datteln und Feigen, Honigkonfekt und Sesamkugeln.

Wein und Met flossen in Strömen, lösten die Zungen und machten die Gesichter schwer und einfältig. Schon waren die meisten Teller leergegessen. Weindunst lag über dem Platz, vermischte sich mit Essens- und Schweißgerüchen. Das Gelächter wurde lauter, die Prahlereien deftiger, Paare umarmten sich in dunklen Ecken.

Nach zwei Bechern Wein begann Asterios sich leichter zu fühlen. Nach dem dritten verdüsterte sich seine Stimmung wieder. Er hatte sich ganz an den Rand des Festplatzes gesetzt und sah teilnahmslos dem lauten Treiben zu.

Baupios kam Arm in Arm mit einer üppigen Frau auf ihn zugetorkelt. »Warum so allein?« Er blies Asterios seinen säuerlichen Atem ins Gesicht. »Komm, sei fröhlich mit uns!«

»Laß mich in Ruhe! Ich bin nicht zum Feiern aufgelegt.«

»Ach, komm schon, mein kleiner Freund, zier dich nicht so!« Baupios stützte sich schwer auf seine Schulter. »Ich weiß ein heißes Weib für dich!«

Asterios wich so rasch zurück, daß Baupios stolperte und aus dem Gleichgewicht kam. »Hast zu wenig getrunken, das ist es!« röhrte er.

Überraschend wendig packte er Asterios bei den Schultern, preßte ihm das tönerne Mundstück seines Weinschlauchs an die Lippen und drückte kräftig zu. Ein dünner Weinstrahl floß Asterios über Kinn und Hals.

Mit einem Satz war Asterios weggesprungen und stand mit funkelnden Augen vor dem Betrunkenen. »Hau endlich ab und laß mich allein!«

»Bist du dir zu fein, um mit deinen Freunden zu saufen? Ohne mich hättest du wie ein Wurm vor dem Thron gelegen!«

Er versetzte Asterios einen harten Stoß. Ohne nachzudenken fuhr Asterios ihm mit der Faust in die Magengrube. Fast im gleichen Moment traf ihn Baupios Rechte voll unter der Nase.

Seine Lippe platzte; Asterios bekam einen dröhnenden Hieb auf sein Ohr. Er schlug zurück und traf den Mann genau zwischen den Augen.

Blind vor Schmerz und Zorn wollte sich Baupios auf ihn werfen. Doch zwei Männer aus der Gruppe der Schaulustigen, die sie weinselig angefeuert hatten, hielten ihn zurück.

»Die Königin und ihre Töchter!«

Verwirrt trat Asterios ein Stück zurück, um Platz für die Frauen zu machen. Allen voraus lief das Mädchen mit den Kupferlocken. In der Mitte schritt Pasiphaë. Mit streng nach hinten gekämmtem Haar bewegte sie sich lächelnd durch die Menge. Links und rechts von ihr erkannte Asterios die jungen Frauen, die ihr beim Opfer zur Hand gegangen waren. Beide sahen sich ähnlich; die größere, die noch mehr der Mutter glich, war offenbar schwanger.

In einigem Abstand folgten Jesa und Eudore und unterhielten sich leise. Ihren Mienen nach zu schließen, ließen sie sich verächtlich über das Gewimmel und die Festlichkeit aus.

Asterios überlegte, ob er sich zur Königin durchdrängen sollte. Aber das schien ein aussichtsloses Unterfangen zu sein. Er konnte ihr doch nicht mitten im Gewühl den Ring zustecken! Schon bald sah er, wie sich Pasiphaë zum Gehen wandte und auf der gegenüberliegenden Seite des Platzes in einer Gasse verschwand.

Seine Kehle brannte, seine Lippe war dick angeschwollen, und in seinem rechten Ohr pochte dumpfer Schmerz. Er war müde und durstig und griff mechanisch nach dem dickbäuchigen Weinkrug neben sich. Dann sackte er auf einer der hölzernen Bänke zusammen und barg den Kopf in seinen Händen.

Langsam begann sich der Platz zu leeren. Schläfer rollten sich in ihre Decken, Betrunkene torkelten nach Hause.

»Willst du den Rest der Nacht im Sitzen verbringen? Es war ein langer Tag für dich, und du solltest versuchen zu schlafen!« Iassos sah mit bekümmerter Miene auf ihn herab. Asterios war so überrascht, daß er kein Wort herausbrachte.

»Ich sehe, du bist verletzt. Tut es weh?« Mit erstaunlicher Sanftheit berührte der Parfumhändler seine geplatzte Lippe, und der Junge zuckte zusammen. »Halb so schlimm, mein Freund! Kühlende Kamillenpaste, passierte Speisen in den nächsten Tagen, und alles wird wieder gut.«

»Nichts wird wieder gut«, murmelte Asterios und verstummte. Wie sollte er Iassos sein Scheitern erklären?

»Hab Vertrauen!« Der Parfumhändler ließ sich neben ihm auf der Bank nieder. »Vielleicht kann ich dir helfen.«

»Vielleicht kannst du das wirklich«, stieß Asterios mit dem Mut der Verzweiflung hervor. Warum sollte er noch zögern? Er hatte nichts mehr zu verlieren. »Ich muß die Königin sprechen. Allein. So schnell wie möglich.«

»Ist das alles, was du willst?« erwiderte Iassos leicht belustigt.

»Kannst du mir helfen oder nicht? Ich bin nicht in Stimmung für leere Versprechungen!«

»Ich habe es nicht nötig zu prahlen«, erwiderte Iassos gekränkt. »Steh auf, ich habe eine Idee! Du kommst mit zu mir, und wir werden uns um deine Verletzung kümmern.«

»Was schert mich der Kratzer? Ich muß Pasiphaë sprechen!«

»Du wirst sie sprechen, keine Angst! Wenn ich sie das nächste Mal besuche, nehme ich dich mit – als meinen neuen Lehrling! Nun, was sagst du?«

Asterios war erregt aufgesprungen. »Und wann wird das sein?«

»Bald. Sehr bald.« Iassos ordnete den Faltenwurf seines Mantels. »In drei Tagen will Pasiphaë ihre Vorräte auffüllen lassen, bevor sie nach Phaistos reist.« Mit gerunzelter Stirn blinzelte er zum Himmel. »Laß uns aufbrechen, bevor wir naß werden! Eine Bedingung muß ich allerdings stellen, bevor ich dich zur Königin bringe«, fuhr er fort, als die ersten Tropfen fielen und sie durch die dunklen Gassen zu seinem Haus liefen.

»Was meinst du damit?« Mißtrauisch blieb Asterios stehen.

»Ich will wissen, welcher Art dein Anliegen ist. Du mußt meine Vorsicht verstehen. Schließlich trage ich die Verantwortung.«

»Ich kann es dir nicht sagen«, erwiderte Asterios unglücklich und sah dabei sehr jung und verletzlich aus. »Ich würde damit mein Versprechen brechen. Was du wissen darfst: Ich soll der Königin etwas zurückbringen, was sie schon lange vermißt.«

»Ist das alles? Und was soll dieses geheimnisvolle Etwas sein?«

Asterios blieb stehen und kramte in seiner Tasche. »Nun gut«, sagte er schließlich. »Weil ich dir vertraue und du mir wirklich helfen willst.«

Er öffnete seine Faust. Golden schimmerte der Delphinring auf seiner ausgestreckten Hand.

»Aber das ist ja der Siegelring der Königin!« rief Iassos überrascht. »Woher in aller Welt hast du den?«

»Ich kann nicht mehr dazu sagen, dringe nicht weiter in mich!« entgegnete Asterios bittend und steckte den Ring zurück in seine Tasche. »Willst du jetzt dein Versprechen erfüllen?«

Der Parfumhändler nickte. Wer immer du auch sein magst, *Hirte*, dachte er, es scheint mir lohnend, dein Freund zu sein.

Alle Fenster waren weit geöffnet und ließen den Morgenwind herein. Im Licht des jungen Tages leuchteten die Farben der Wandgemälde, als seien sie frisch aufgetragen. Es war, als setze sich der erwachte Frühling vor den Fenstern bruchlos in der blühenden Landschaft im Inneren fort. Fast war man enttäuscht, daß die Lilien und hohen Riedgräser des Gemäldes im Windhauch nicht sanft zu schwanken begannen.

Pasiphaë hatte sich bei ihrem Eintritt von dem kleinen Tisch aus Ebenholz erhoben. Iassos ließ es sich nicht nehmen, trotz seiner sperrigen Bürde von einer Verbeugung in die nächste zu fallen. Seine ebenso bemühten wie ungelenken Demutsbezeugungen erheiterten sie sichtlich.

»Schluß damit!« befahl sie ihm lächelnd. »Sonst stürzt du am Ende noch mit all deinen Kostbarkeiten. Erhebe dich lieber und sage mir, wen du da mitgebracht hast!«

Asterios spürte, wie das Blut aus seinem Gesicht wich. Iassos hatte ihn für diesen Anlaß mit einem feingewebten Umhang und neuen Stiefeln ausgestattet. In der ungewohnten Aufmachung kam er sich wie ein rausgeputzter Tanzbär vor. Seitdem sie den Palast betreten hatten, war er verstummt. Er hielt seine Augen gesenkt und starrte auf den Alabasterboden.

»Das ist mein neuer Lehrling«, antwortete Iassos schnell. »Spute dich, Junge, und bring die restlichen Töpfe herein! Ich habe neue Duftöle für die schönste aller Königinnen mitgebracht«, wandte er sich wieder an Pasiphaë. Genießerisch spitzte er seine Lippen und ließ seine Worte wie Konfekt auf der Zunge zergehen. »Rosen- und Lilienöl, Scharlachrot für blühende Wangen, Ockerpuder, und endlich wieder das Mandragoraöl, das dich schon einmal so begeistert hat!«

»Ich kann es kaum noch erwarten!«

»Nur noch ein wenig Geduld! Ich habe... nein, es ist doch nicht möglich! Ich habe das Wichtigste vergessen!« Kummervoll sah Iassos sie an. »Nur einen winzigen Augenblick! Mein Lehrling wird schon mit dem Auspacken beginnen.«

Er nickte Asterios aufmunternd zu, buckelte ungelenk vor Pasiphaë und war aus der Türe.

Er war mit ihr allein. Zarter Sandelholzduft entströmte ihrem

Haar und dem gelben Gewand, das die Konturen ihres Körpers nachzeichnete. Als sie ihn erwartungsvoll ansah, mußte er plötzlich an ihre nackten, blutbespritzten Brüste beim Opfer denken. Ein Gefühl von Scham ließ ihn erröten.

»Nun, was hast du mir anzubieten?« Helle Lichter tanzten in ihren grünen Augen.

Asterios räusperte sich. Einmal, zweimal. Sein Herz klopfte bis zum Hals. »Das«, brachte er schließlich hervor und reichte ihr ein bauchiges Gefäß. »Jasminöl aus dem fernen Osten... und das.« In seiner ausgestreckten Linken lag der goldene Ring mit den tanzenden Delphinen.

Die Frau vor ihm erstarrte, als sei sie auf eine Viper getreten. »Wie kommst du zu diesem Ring?« fragte sie tonlos. »Wo hast du ihn gestohlen?«

»Ich habe ihn nicht gestohlen«, erwiderte Asterios. Ihr Gesicht war zu einer undurchdringlichen Maske geworden. Dennoch spürte er ihre starke Erregung. »Man hat ihn nach meiner Geburt bei mir gefunden.«

»Wer bist du? Und woher stammst du?«

»Ich bin nicht Iassos' Lehrling«, antwortete er mit enger Kehle, »sondern ein Hirte, den du vor wenigen Tagen bei der Zählung gesegnet hast. Mein Name ist Asterios, und ich stamme aus den Weißen Bergen. Ich trage ein Mal an der Hüfte.«

Abrupt wandte sich Pasiphaë um. Er starrte auf ihren schmalen Rücken, der unmerklich bebte.

»Das ist ausgeschlossen«, entgegnete sie erstickt. »Das Kind mit dem Mal an der Hüfte hat nicht geatmet.«

»Merope war es, die mich fortgebracht und aufgezogen hat«, fuhr er leise fort. »Sie hat mich auch zu dir geschickt.« Er hielt inne. »Sie sagt, das Mal habe die Form des heiligen Doppelhorns.«

Sie fuhr zu ihm herum. »Zeig es mir!«

Er löste sein Taillenband und entblößte sich.

»Geboren vor sechzehn Jahren im Sternzeichen des Stiers. In einer stürmischen Frühlingsnacht«, murmelte sie wie zu sich selbst. »Die Frucht der Heiligen Hochzeit, die mich beinahe das Leben gekostet hätte. Und alles, was ich jemals besessen habe.

Du kannst dich wieder anziehen – Asterios? Kein Hirte heißt Asterios. Das ist ein Name für den Erwähl... für Personen von Stand.«

»Früher wurde ich Astro genannt.«

Pasiphaë war zu dem kleinen Tisch zurückgegangen, um Zeit zu gewinnen. Er ist es, dachte sie, er lebt, und Merope hat ihn heimlich aufgezogen. Steh mir bei, Große Mutter! Damals habe ich mich von Minos in die Flucht schlagen lassen. Heute muß ich erfahren, daß die Weisen Frauen mich viele Jahre lang um meinen Sohn betrogen haben. Damals war ich verletzt und fügsam, Wachs in ihren Händen. Aber die Zeiten, in denen irgend jemand über mich verfügen konnte, sind endgültig vorbei! Ich habe Minos Rebellion für immer erstickt, und ich allein bestimme, was mit den Kindern geschieht, die ich geboren habe.

»Ich habe dir zu danken, Hirte.« Ihr Lächeln wirkte angestrengt, aber es gelang ihr doch, mit fester Stimme zu sprechen. »Und der Frau, die dich geschickt hat. Dein Dienst soll nicht unbelohnt bleiben. Ab sofort bist du den Hegern meiner Herde zugeteilt. Begib dich sofort nach Phaistos. Dort wird man dich in dein neues Amt einweisen.«

Laß es nicht wahr sein, Große Göttin, dachte er verzweifelt. Kein Wort, kein einziges Zeichen des Erkennens. Sie ist die Frau, die mich geboren hat – und begegnet mir mit kalter Förmlichkeit.

Es war so still im Megaron, daß er sein Herz pochen hörte.

»Du bleibst stumm?« sagte Pasiphaë schließlich. »Du könntest dich zumindest bedanken. Viele werden dich um dein Amt beneiden.«

Ich bin dein Sohn, dachte Asterios verzweifelt. Sprich nicht so mit mir!

»Verzeih«, sagte er und bemühte sich, seine Stimme ruhig klingen zu lassen. »Ich war in Gedanken bei meiner Herde. Ich muß die Tiere zurückbringen.«

»Gut«, erwiderte die Königin und sah ihn einen Augenblick durchdringend an. »Erledige, was du noch zu tun hast. Ich erwarte dich zum nächsten Vollmond im Palast.« Sie ging einige Schritte zum Fenster und sah hinaus. Dann wandte sie sich wieder ihm zu. Sie war nicht mehr so blaß wie zuvor, und er meinte, in ihren Augen ein Glitzern zu entdecken. »Ja«, bekräftigte sie, »komm nach Phaistos am Tag nach Vollmond, wenn die Sonne mittags den Zenit erreicht hat. Dort wirst du Näheres erfahren.«

»Aber bis dahin sind es noch zehn Tage«, begann Asterios zögernd.

»Sei rechtzeitig zur Stelle«, befahl sie. »Und jetzt laß mich bitte allein! Iassos soll seine Überraschung einer Dienerin geben. Mir ist gerade nicht nach Rosenwasser zumute.«

Verwirrt suchte Asterios den Weg nach draußen. In einem der Vorräume entdeckte er den Parfumhändler, der zwischen den Säulen hin- und herwanderte und dabei die Lippen im stummen Selbstgespräch bewegte.

»Na, wie ist es dir ergangen?« kam er ihm neugierig entgegen. »Du bist ja bleich wie frischgerührter Käse! Was hat die Königin zu dem Ring gesagt?«

»Sie hat sich bedankt.«

»Einfach bedankt?«

»Und mich zum königlichen Hirten bestellt.«

»Das ist ja wunderbar!« rief Iassos begeistert. »Ein hohes Amt für einen jungen Mann!«

Asterios machte eine vage Handbewegung.

»Warum blickst du denn so sauertöpfisch drein? Da werfe ich alles in die Waagschale: meinen guten Namen, das Vertrauen der Königin – und dann bekommst du nicht einmal den Mund auf! Ich muß schon sagen, ich bin enttäuscht!«

»Schon gut«, murmelte Asterios.

»Was soll das nun wieder heißen?« erregte sich Iassos. »Was soll weiter geschehen? Wohin jetzt mit dem wertvollen Räucherwerk, das ich deinetwegen zurückgehalten habe?«

»Gib den Weihrauch einer Dienerin. Pasiphaë hat es so befohlen«, erwiderte Asterios mit ungewohnter Schärfe. »Ich danke dir für deine Bemühungen. Aber ich muß fort.« Er streckte ihm seine leeren Hände entgegen und lächelte schief. »Besäße ich noch etwas Wertvolles, würde ich es dir gern überlassen. Nein, begleite mich nicht!« wehrte er ab, als Iassos Anstalten machte, ihm zu folgen. »Ich muß allein gehen. Die Göttin segne dich!«

Iassos blieb kopfschüttelnd zurück. Es dauerte eine ganze Weile, bis er zu einem Entschluß gekommen war. Dann entspannten sich seine Züge, und die Spur eines Lächelns erhellte sein Gesicht.

Natürlich dachte er nicht daran, seinen kostbaren Weihrauch irgendwelchen Dienerhänden anzuvertrauen. Er würde geduldig abwarten. Pasiphaës Groll verrauchen lassen. Spätestens wenn das Rot in den Scharlachtöpfchen zur Neige ging, würde sie ihn rufen lassen.

Langsam stieg er hinab in die große, kühle Empfangshalle.

Ich will versuchen, dein Freund zu sein, *Hirte*, dachte er. Auch wenn es nicht einfach zu sein scheint. Aber ich habe den Eindruck, es lohnt sich.

Früh am Morgen hatte der Regen eingesetzt, warm und ungewöhnlich ausgiebig für die Jahreszeit, der die staubigen Feldwege zwischen den Olivenhainen vor der Stadt in zähen Morast verwandelt hatte. Die Luft roch nach nassem Laub, und die Blätter der Bäume glänzten.

Die Menschen von Chalara freuten sich über das Wasser, das über die flachen Dächer durch Rinnen und Abflußrohre in die Auffangbecken im Hof lief. Von dort gurgelte es weiter in die unterirdischen Zisternen, die durch ein weitverzweigtes Stollennetz die Stadt mit der südlich gelegenen Palastanlage von Phaistos verbanden.

Bis die Marktleute auf der Agora ihre Verkaufsstände aufgebaut hatten, war der Himmel über Chalara wieder blau und wolkenlos, und das rötliche Pflaster des großen Platzes beinahe trocken. Auf dem Wochenmarkt drängten sich die Käufer. Bäuerinnen priesen lautstark ihre Frühjahrsernte an: Kresse, Rapunzel, Sellerie, graue Ackererbsen, Zuckerschoten, Bohnen und die länglichen Früchte des Johannisbrotbaums. Aus Weidenkörben lugten die ersten Spargelspitzen hervor. Neben Salatköpfen und Zitronen waren Artischocken zu stachligen Haufen aufgetürmt. An einigen Ständen gab es Haselnüsse, Pinienkerne, Mandeln und Pistazien zu kaufen, an anderen wurde Honig in Amphoren angeboten. Überall neben den Tischen standen die schwarz- und rotbemalten Tonkrüge, gefüllt mit Olivenöl aus der ersten Pressung des Jahres. Der würzige Geruch der Ziegenkäselaibe mischte sich mit dem Aroma der Thymian-, Rosmarin- und Minzbündel.

Es war Aufgabe der Frauen, in der Stadt die frischen Waren feilzubieten; die Männer besorgten einstweilen die Feldarbeit, an der sich auch die Kinder beteiligten, die noch zu Hause lebten. Trotzdem sah man viele junge Mädchen an den Ständen. Dies waren die jüngsten Töchter, die nach kretischem Brauch das Erbe antreten würden. Ihr Lachen und Plappern war überall zu hören.

Eine ganze Weile schon war Asterios auf dem Markt herumgeschlendert. Neugierig blieb er vor einer Feuerstelle stehen, über der in einem Kessel Küchlein in heißem Öl garten. Asterios ließ sich eine Handvoll von dem knusprigen Gebäck geben und verschlang es. Danach verlangte er eine weitere Portion, die er ebenfalls gierig in sich hineinstopfte. Die Bäckerin, eine junge Frau mit braunen Locken und fröhlichen Augen, sah ihm amüsiert dabei zu.

»Da ist ja jemand mit knapper Not dem Hungertod entgangen!« neckte sie ihn. »Weiterer Nachschub gefällig?«

Asterios klopfte auf seinen Bauch. »Ich kann nicht mehr! Niemals zuvor habe ich so guten Kuchen gegessen.«

»Du bist vielleicht ein Schmeichler!« Grübchen kerbten ihre Wangen. »Das sagst du nur, um dich über eine arme, alte Frau lustig zu machen.«

»Niemals würde ich das tun!« versicherte Asterios mit gespielter Inbrunst. »Und alt bist du auch nicht. Eine Frau in den besten Jahren, und eine schöne dazu!«

Glucksend stieg ihr Lachen auf. »Gut, daß dich mein eifersüchtiger Mann nicht hören kann! Galante Schmeicheleien schon am Morgen – da wird mir richtig warm ums Herz!« Sie stemmte die Arme in die vollen Hüften und musterte ihn eingehend. »Schade, daß ich nicht zehn Jahre jünger bin! Da hätte ich mir Chancen bei dir ausgerechnet. He, warum machst du so ein betrübtes Gesicht, wenn ich von der Liebe rede? Und jetzt wird er auch noch rot!«

Ihre Neckereien hatten Asterios tiefer getroffen, als er sich anmerken lassen wollte. »Hast du vielleicht auch etwas Kühles zu trinken?« wich er aus.

»Ich sehe schon«, murmelte sie, während sie ihm prüfenden Blickes einen Becher reichte. »Man wünscht nicht, neugierige Fragen zu beantworten. Ich kann dir *hier* leider nur mit Wasser dienen«, lächelte sie, als sie den Krug zurück in den Schatten stellte. »Wenn du lieber Wein trinkst, mußt du unsere Taverne besuchen. Du bist fremd in der Stadt?«

Er nickte. »Ich bin hier, um eine neue Stelle anzutreten. Und dann suche ich noch etwas. Ich meine, ich suche – jemanden.«

Innerlich schalt er sich für seine Redseligkeit. Er hatte wirklich Grund genug, seine Geschichte für sich zu behalten. Aber wie sollte er Ariadne finden, wenn er mit niemanden darüber sprach?

»Schon gut!« wehrte sie lachend ab. »Behalte deine Geheimnisse ruhig für dich! Aber wenn du einmal Lust auf Geselligkeit hast oder nach einem sauberen Nachtlager suchst, dann komm zu uns! Jetzt in diesen Tagen vor den Stierspielen, wenn die Akrobaten die Stadt unsicher machen, ist jeden Abend viel los. Aber vielleicht hast du ja auch Freunde oder Verwandte in Chalara, die dich aufnehmen können?«

»Ich kenne niemanden hier, nur...« Er biß sich auf die Lippen. Er mußte ja nichts Wichtiges verraten. Die Frau vor ihm sah so aus, als ob ihr kaum etwas in Herzensangelegenheiten fremd wäre. Und schließlich war sie Wirtin einer Taverne und kannte viele Leute.

»Ich suche ein Mädchen. Sie heißt Ariadne. Nicht viel kleiner als ich, mit braunem Haar und goldenen Augen. Sie muß hier in der Stadt wohnen!«

Die Frau zog die Nase kraus. »Ariadne? Und weiter? Weißt du nicht, wo das Haus ihrer Eltern steht? Oder wenigstens den Namen ihrer Mutter oder ihres Vaters? Wenn er Töpfer ist oder Schmied oder Schuster...«

»Das weiß ich nicht«, unterbrach er sie bekümmert. »Ich weiß nicht viel über sie.«

»Nur, daß sie Ariadne heißt und dir offenbar vollkommen den

Kopf verdreht hat!« Sie wiegte bedenklich ihr Haupt. »Tut mir leid, aber das ist nicht genug, um sie unter den vielen hübschen Mädchen von Chalara zu finden. Bist du sicher, daß sie dich wiedersehen möchte?«

»Natürlich!« brauste er auf. »Ich weiß, daß sie mich liebt!«

»Kein Grund zur Aufregung! Wenn du so überzeugt davon bist, wirst du ihr sicherlich bald über den Weg laufen! Warum nicht in unserer Taverne?« Und schon setzte sie zu einem Loblied auf ihr Gasthaus an, dessen blaue Türen offenstanden und jeden Abend die Leute herbeilockten. »Jeder in Chalara kann dir den Weg zu uns zeigen.«

Eine Gruppe junger Frauen und Männer war zwischen den Ständen aufgetaucht. Ein großer Blonder setzte einem Mädchen nach, das sich schließlich hinter den Doppelsäulen des Brunnens in Sicherheit brachte. Die anderen kommentierten seine vergebliche Verfolgungsjagd mit Gelächter und bissigen Kommentaren.

Asterios starrte wie gebannt zu ihnen hinüber. Als er sich wieder zu Aurora umdrehte, glänzten seine Augen wie im Fieber. »Dort drüben!« stieß er hervor. »Wer ist das?«

»Wen meinst du?« Sie folgte seinem Blick. »Ach, das sind die Akrobaten, von denen ich vorhin gesprochen habe! Sie kommen beinahe jeden Tag in die Stadt. Aber wo rennst du denn hin? Warte doch!«

Das Herz schlug ihm bis zum Hals. Ihr federnder Gang, ihr langes Haar, das bei jedem Schritt auf dem Rücken wippte. Ihr kurzes Kleid, in der Taille mit bunten Bändern gegürtet.

»Ariadne! Ariadni!«

Sie blieb stehen, wandte sich um, wurde weiß, wurde rot. Ihre Augen sprachen eine eigene Sprache.

»Astro!«

Dann war sie schon bei ihm, zog ihn ein Stück die Straße entlang und drängte ihn in eine Toreinfahrt. »Warte hier«, flüsterte sie. »Ich muß noch einmal zu den anderen zurück.«

Sie wandt sich aus seinen Armen, verschwand durch die Türe und war nach wenigen Augenblicken atemlos wieder zurück.

»Wieso müssen wir uns verstecken?« fragte er irritiert.

Zärtlich legte sie den Finger auf seine Lippen. »Du weißt doch, meine Mutter! Sie ist strenger als je zuvor. Sie hat mich einsperren und gewaltsam fortschaffen lassen!«

»Aber warum? Kannst du dir vorstellen, wie sehnsüchtig ich auf dich gewartet habe? Ich konnte es einfach nicht glauben, daß du nicht mehr kommen wolltest!«

»Ach, mein Liebster! Was glaubst du, wie *ich* gelitten habe! Natürlich wollte ich kommen, aber sie hat mich daran gehindert. Wahrscheinlich hat man uns belauscht.«

»Wer hätte das tun sollen? Und weshalb?« fragte er, während er ihr Haar mit Küssen bedeckte.

»Laß uns nicht länger über diese schreckliche Zeit sprechen!« bat sie. »Ich bin so glücklich, daß ich wieder bei dir bin! Aber was machst du hier in der Stadt?«

»Ich habe dich gesucht«, antwortete er lächelnd. »Und ich hätte dich gefunden – überall.«

Ihre Lippen berührten seinen Mund, küßten ihn zärtlich, fordernd. Asterios spürte, wie sein Körper reagierte. »Ich will mit dir zusammensein. Heute. Für immer«, flüsterte er in ihr Ohr, und sein Mund wanderte die Kurve ihres Halses hinab. »Ich möchte dich spüren. Dich lieben.«

Sanft schob sie ihn ein Stückchen weg. »Wir werden sehr, sehr vorsichtig sein müssen. Chalara hat tausend Augen und tausend Ohren. Wir brauchen einen geheimen Ort, wo wir ungestört sein können!«

»Ich habe eine Idee«, begann Asterios zögernd. »Kennst du die Taverne von Kaitos? Seine Frau vermietet dort Zimmer.«

»Das geht nur, wenn ich ungesehen zu dir kommen kann. Falls jemand meiner Mutter davon erzählt, schickt sie mich weit fort.«

Asterios suchte ihren Blick. »Ist es, weil ich nur ein Hirte bin?« fragte er und spürte, wie gerne er ihr die Wahrheit gesagt hätte.

»Sie will mich keinem geben, *keinem*, verstehst du!« sagte Ariadne bitter. »Mein Glück interessiert sie nicht. Sie hat eigene Pläne für mich, aber sie wird sich noch wundern!« Sie klang so verletzt, daß er sie gern getröstet hätte, aber dafür war jetzt keine Zeit. »Ich muß gleich zu den anderen zurück. Aber ich will versuchen, heute abend zu dir in diese Taverne zu kommen. Nimm dir dort ein Zimmer, das ebenerdig liegt und einen eigenen Eingang hat. Ich werde sehen, was ich tun kann.«

»Und wenn ich wieder vergeblich auf dich warte?« Er wollte sie nicht gehen lassen, streichelte ihre Arme, ihre Wangen.

»Hab keine Sorge, Astro, ich werde kommen. Kümmere du dich um das Zimmer, und alles wird gut!«

Behende entglitt sie seiner Umarmung, warf ihm eine Kußhand zu und war verschwunden.

Asterios blieb noch eine Weile im schattigen Halbdunkel und versuchte, seine sich überstürzenden Gefühle zu ordnen. Dann strich er sein Hemd glatt und sah sich nach seinem Beutel um, der irgendwo auf dem Boden lag. Er setzte eine energische Miene auf und kehrte zu der Frau an der Feuerstelle zurück, die er zuvor so abrupt verlassen hatte.

»Ich nehme das Zimmer«, sagte er ohne weitere Vorrede. Aurora sah ihn mit großen Augen an. »Aber es muß ebenerdig sein.«

»Muß es das?« Sie lehnte sich genüßlich zurück. »Das klingt ja fast, als hättest du deinen verlorenen Schatz wieder gefunden!«

»Ist so ein Zimmer frei oder nicht?« fragte Asterios ungeduldig.

»Immer mit der Ruhe! Wenn du im voraus zahlst, sollst du bekommen, was du willst.« Sie machte eine vielsagende Pause. »Ebenerdig, mit *zwei* Türen, damit sie ungestört ein- und ausfliegen kann. Ich fange an, das Mädchen zu beneiden, dem dein Herz gehört! Geh zu meinem Mann und sag ihm, was wir vereinbart haben.«

Damit wandte sie sich dem nächsten Kunden zu.

In der Taverne von Kaitos und Aurora war alles ruhig. Asterios lag auf dem Bett und zählte die Augenblicke. Voll Unruhe erhob er sich, trat ans Fenster und lauschte. Dann wanderte er rastlos in dem kleinen Raum auf und ab. Schließlich legte er sich wieder nieder und schloß die Augen.

Plötzlich ein Schatten, ein Wispern.

»Astro?«

»Ariadne!«

Geschmeidig war sie durch das geöffnete Fenster geklettert und stand jetzt vor ihm.

Er schmeckte den Schweiß auf ihrer warmen Haut, spürte, wie feucht ihr Haar war, in das er seine Finger grub. Ineinander verschlungen fielen sie auf das harte Lager. Sie tasteten, streichelten, kosten. Ihre Zunge an seinem Ohr, führte sie seine Hand an ihre Brüste.

»Sie haben sich so nach dir gesehnt«, flüsterte sie. »Jeden Tag, jede Nacht. Ich konnte nicht mehr denken, nicht mehr schlafen, nicht mehr essen. Ich bin beinahe gestorben, so einsam war ich.«

»Ich war so verzweifelt«, murmelte er, »und wußte nicht mehr, was ich tun, wohin ich gehen sollte.«

Sie verschloß seinen Mund mit einem Kuß. »Laß uns nicht mehr an Vergangenes denken. Wir sind hier. *Hier.*«

Er konnte nicht aufhören zu sprechen, während seine Hände zärtlich über ihre Schenkel glitten. »Nie wieder lasse ich dich fort! Für ewig will ich bei dir sein, dich küssen, dich lieben...«

»Scht«, machte Ariadne, »sag nichts mehr!« Ihre Hände liebkosten seine Lenden. »Komm zu mir, Liebster, schnell!«

Ihr Schoß nahm ihn auf, und sie fanden ihren Rhythmus, langsam und spielerisch zunächst, dann schnell und heftiger werdend. Er schrie seine Lust in die Nacht, sank über sie und begrub seinen Kopf zwischen ihren Brüsten.

»Was machst du da?« fragte sie später, als die Nacht sich schon neigen wollte.

»Ich sehe dich an.« Er fühlte ihr Lächeln mehr, als daß er es sah.

»Komm zurück ins Bett, Astro! Es wird bald hell, und ich muß wieder fort.«

»Und wenn ich dich nicht mehr gehen lasse?«

»Versuche nicht, mich einzusperren!« Ariadne setzte sich auf und schlang das Leintuch um sich. »Ich komme freiwillig zu dir, aber ich bestimme den Zeitpunkt.«

»Jetzt sind wir zusammen«, fuhr er grübelnd fort. »Und vielleicht noch morgen und den nächsten Tag. Aber was soll dann werden?«

»Laß mich nur machen! Ich kann sehr erfinderisch sein. Oder mußt du wieder fort? Kannst du nicht in Chalara bleiben?«

»Eine Weile schon noch«, erwiderte er bedrückt. »Zumindest in der Nähe.«

»Siehst du, es gibt immer eine Möglichkeit«, rief Ariadne. »Warum sich die Nacht mit düsteren Prognosen verderben? Laß uns lieber so Abschied nehmen, daß du mich bis morgen nicht schon vergessen hast!«

Asterios drängte die Fragen zurück und die Geständnisse, die ihm auf der Seele brannten, und zog sie in seine Arme.

Als die warmen Strahlen der Morgensonne auf sein Gesicht fielen, war er allein. Sie war fort. Aber sie würde wiederkommen. Dann würde er mit ihr sprechen, ihr alles erzählen.

Aber konnte er ihr seinen Namen sagen? Nein, heute ebensowenig wie morgen, nicht, bevor er nicht in Phaistos gewesen war und nochmals die Königin gesprochen hatte.

Und danach? Wie sollte er es anstellen, die Geliebte zu sehen, wenn er in Zukunft am Hof leben mußte? Er wußte noch immer nicht, wo sie wohnte, seine kleine Akrobatin, die ihm so begeistert von ihren waghalsigen Sprüngen über den Stier erzählt hatte.

Da durchfuhr ihn plötzlich ein Gedanke. Warum war er ihm nicht schon früher in den Sinn gekommen? Die kleinen Kupferbarren, die er als Lohn für seine Arbeit bei Gregeri erhalten hatte, reichten aus, um das Zimmer für einige Zeit zu bezahlen. Hier konnten sie sich jederzeit sehen. Trotz Ariadnes Geheimniskrämerei war er sich mittlerweile sicher, daß sie in Chalara lebte, und der Palast von Phaistos lag nicht weit entfernt.

Sein erster Impuls war, aufzuspringen und alles sofort in die Wege zu leiten. Dann aber ließ er sich wieder zurücksinken. Er mußte sich nicht beeilen. Noch lag der ganze Tag vor ihm. Zeit genug, alles mit Aurora zu regeln, bevor er sein Mädchen wieder im Arm halten würde. Lächelnd dachte er daran, wie er ihr im Morgengrauen das Medaillon am Lederband um den Hals gelegt hatte. Ariadnes Augen hatten vor Freude genauso geglänzt wie die blanke Sonnenscheibe zwischen den Stierhörnern.

Iassos hatte ihm das Schmuckstück ganz diskret wieder zurückgegeben. Er hatte es sogar einige Tage mit sich getragen, ohne es zu wissen. Das Medaillon hatte irgendwo in der Tiefe seines Beutels gelegen, und erst auf seinem Weg nach Chalara war ihm das Ledersäckchen wieder in den Sinn gekommen, das ihm Hamys im Haus des Parfumhändlers zum Abschied zugesteckt hatte. Merope hatte ihm das Medaillon als Reserve für Notfälle mitgegeben. Aber sicherlich wäre sie damit einverstanden gewesen, daß es jetzt den Hals seiner Liebsten schmückte. Mit dem Gedanken an die beiden Frauen, die ihm alles bedeuteten, schlief er wieder ein.

Ariadne kehrte zurück, diese Nacht und die nächste, als der Mond immer runder wurde und sein sanftes Licht über die Hügelketten und die Weizenfelder der Ebene goß. Die klaren Tage waren Asterios schier endlos erschienen. Am ersten Abend, als die Sonne sank, steigerte sich seine Unruhe zu nervöser Besessenheit. Er wich nicht mehr vom Fenster und starrte in den Himmel, bis er das Geräusch ihrer Schritte hörte.

Zweimal noch machten sie die Nacht zum Tag und sperrten die Welt aus. Es gab nur noch das weißgekalkte Zimmer mit dem hölzernen Bett, Kerzenlicht und ihre beiden Körper, die sich gegenseitig mit Hingabe und Leidenschaft erforschten, als gelte es, in einer unbekannten Landschaft allmählich heimisch zu werden.

Als schließlich nach der dritten Nacht das graue Licht der Dämmerung den Tag ankündigte, seufzte Ariadne leise. Ihre Augen waren den seinen so nah, daß er winzige, wechselnde Wolken in der Iris zu sehen glaubte, die im helleren Gold des Untergrundes schwammen.

Immer will ich bei dir sein, dachte er. Bis zum Ende meiner Tage.

»Ich muß gehen«, sagte sie schließlich und versuchte zu lächeln. Ihre Augen aber blieben ernst.

In stummem Protest schüttelte Asterios den Kopf und hielt sie fest.

Ariadne machte sich los und setzte sich auf. »Doch, Astro, ich muß! Siehst du nicht, wie hell es schon ist? Ich muß gehen – und frühestens in drei Nächten können wir wieder zusammensein. Du weißt, daß morgen die Stierspiele beginnen und ich zusammen mit den anderen Akrobaten wohne. Wie eine große, glückliche Familie.« Sie verzog spöttisch ihren Mund.

Das würde ich mir auch wünschen, dachte Asterios und spürte erneut das Gefühl der Beklemmung, das ihm seit der Begegnung mit Pasiphaë so vertraut war. Endlich zu wissen, wohin *ich* gehöre.

Die Erinnerung an das maskenhaft verschlossene Gesicht der Königin und den seltsamen Ausdruck ihrer moosgrünen Augen ließ ihn mehrmals schlucken. Was würde in Phaistos geschehen? Was hatte die Frau, die ihm das Leben geschenkt hatte, mit ihm vor?

»Ich habe auch zu tun«, sagte er schließlich leichthin und vermied es, ihr in die Augen zu sehen. »Ich weiß noch nicht genau, wann ich nach Chalara zurückkomme. Es hängt nicht allein von mir ab.« Sie blickte ihn so erschrocken an, daß er sie sofort wieder in die Arme nahm. »Sei unbesorgt,«, sagte er und preßte seine Lippen auf ihren Hals, »ich werde kommen. Du kannst dich darauf verlassen! Ich habe dieses Zimmer für eine Weile gemietet. Und wir können Botschaften bei den Wirtsleuten hinterlegen.«

Wie ein Kind schmiegte sie sich an ihn. »Halt mich, Astro«, flüsterte sie. »Ich weiß nicht warum, aber ich habe auf einmal Angst.«

Er schloß die Arme fester um sie. »Ich bin immer bei dir«, tröstete er sie liebevoll und versuchte mit aller Macht, gegen seine eigene Traurigkeit anzukämpfen. »Nichts kann dir geschehen. Niemand kann uns trennen.«

Die Straße mit den tief eingegrabenen Spurrillen schlängelte sich den Hügel hoch, auf dem die Palastanlage lag. Asterios schritt rasch aus und ließ bald die Ölbaumhaine hinter sich. Nach einem nächtlichen Regenguß war es noch angenehm kühl; er hörte Spottdrosseln singen und das vertraute Bimmeln der Ziegenglocken. Feldblumen sprossen am Wegrand, Sauerampfer und

Pimpernelle, dazwischen immer wieder das Rot des Klatschmohns, das mit dem Scharlach der blühenden Granatäpfelbäume wetteiferte. Ein Luftzug von den Bergen wehte Geißblatt- und Weißbuchenduft herüber.

Als der Weg sich zur gepflasterten Straße erweitert hatte, hielt er inne und schaute hinab in die Messaraebene, die mit ihren wogenden Kornfeldern den Felsen von Phaistos wie ein windbewegtes Meer umschloß. Im Süden sah er die See glitzern, vor der sich die Felder wie ein Brettspiel in Grün und Gelb ausbreiteten. Asterios blickte hinüber zu dem felsigen Doppelhorn, unter dessen Gipfel die Höhle lag. Bevor ihn die Bilder jener Tage und Nächte wieder überwältigen konnten, ging er weiter. Nun hatte er Gelegenheit, die dreistöckige Fassade aus der Nähe zu bestaunen, der Holzbalken, Giebel und breite Simse die Gliederung gaben.

Vor dem Eingangstor standen zwei Wachen. »Wer bist du, und was willst du hier?« wurde er gefragt.

»Ich heiße Asterios«, antwortete er und horchte dem ungewohnten Klang des neuen Namens nach. »Die Königin erwartet mich.«

Bei seinen Worten löste sich eine blaugekleidete Gestalt aus dem Dunkel des Türrahmens. Zu seiner Überraschung erkannte Asterios die weißhaarige Frau wieder, der er damals nach seiner ersten Nacht mit Ariadne am Strand begegnet war. Ohne ein Zeichen des Erkennens erwiderte sie seinen Blick.

»Du bist Asterios?« fragte sie knapp.

Er nickte langsam. Auf einmal war er sich ganz sicher. Sie war auch während der Zählung in Pasiphaës Nähe gewesen. Wer war sie? Was hatte sie hier am Hof zu suchen? Was hatte sie damals wirklich von ihm gewollt? Vergebens versuchte er, sich an die Einzelheiten ihres morgendlichen Gesprächs zu erinnern. Hatte sie ihn nicht nach Ariadne gefragt? Und war sie nicht plötzlich aufgebrochen, als er behauptet hatte, das Mädchen nicht zu kennen?

Stumm starrte er sie an.

»Mein Name ist Mirtho«, fuhr sie fort, und ihm war, als spielte ein Lächeln um ihren Mund. »Höchste Zeit, daß du da bist! Pasiphaë hat schon zweimal nach dir gefragt. Komm, ich bringe dich zu ihr!«

Sie führte ihn zunächst durch eine große Empfangshalle. Mehrere Männer waren dabei, von der Wand mit Hämmern und kleinen Meißeln die oberste Farbschicht herunterzuklopfen. Nur Reste eines offensichtlich abgesprungenen Gemäldes waren noch zu sehen, die Hinterläufe eines riesigen schwarzen Stiers.

Dann bog sie in einen schmalen Korridor ein, bis sie in eine zweite große Halle kamen, von der aus sich mehrere Türen in weitere Räume öffneten. Niemand begegnete ihnen auf ihrem Weg. Nur am Ende des Flurs glaubte Asterios eine rasche Bewegung zu gesehen zu haben, ein helles, flatterndes Gewand, das aber sofort wieder verschwunden war.

Seite an Seite traten sie in den gepflasterten westlichen Innenhof. Die Alabastertreppe, die zu den Rängen führte, hatte man mit bunten Teppichen belegt. Das grelle Tageslicht traf Asterios so unvermutet, daß er wie geblendet stehenbleiben mußte. Unter den Baldachinen war mit einem Schlag alles Gelächter und Geplauder verstummt.

Einige Dutzend Männer und Frauen in eleganter Kleidung standen auf den Stufen. Ketten von erlesenster Goldschmiedearbeit schimmerten an Hals und Armen, an vielen Ohrläppchen glänzten Silber- oder Goldplättchen. Mit ihren sorgfältig rasierten Gesichtern, den gewellten Haaren und engen, buntgewirkten Taillenbändern wirkten selbst die Männer sehr feminin. Die Frauen trugen plissierte Kleider, die tief ausgeschnitten und ebenfalls enggegürtet waren. Einige fächerten sich mit Blattfächern Kühlung zu; andere hatten sich mit Schleiern vor der Sonne geschützt.

Vor seinen Augen verschwamm alles zu einem einzigen Farbenspiel. Die Stille dröhnte in seinen Ohren, und er spürte, wie seine Handflächen feucht wurden. Er blinzelte heftig.

Dann entdeckte er Pasiphaë. In ihrem Purpurgewand glich sie einer kostbaren Blüte. Silbriger Glanz lag auf ihren halbgeschlossenen Lidern. Ihr Gesicht war wächsern vor Anspannung. Zu ihrer Rechten stand in lässiger Haltung ein hochgewachsener Mann mit graumeliertem Haar. Im Kontrast zu dem Safrangelb seines Umhangs wirkte seine Haut beinahe olivfarben. Die kühngekrümmte Nase ließ ihn unnahbar erscheinen, ein Eindruck, den der schmale Mund verstärkte. Ein stolzes, gefährliches Gesicht, das man niemals vergaß.

»Minos«, flüsterte die alte Frau neben ihm, ohne die Lippen zu bewegen. »Gemahl der Königin.«

Neben ihm beugte sich ein magerer Mann eifrig nach vorn. Schwarzes Haar lag wie dunkles Gefieder um seinen länglichen Schädel. Tiefe Magenfalten; rote, feuchte Lippen. Mit wieselflinken Augen, blank wie geschliffener Obsidian, starrte er Asterios neugierig entgegen. Sein Körper schien unter dem üppigen Faltenwurf fast zu verschwinden.

»Daidalos«, wisperte Mirtho. »Athener und Baumeister des Königs. Schau nach links. Dort siehst du Pasiphaës Töchter und Söhne.«

Asterios erkannte die jungen Frauen und das rothaarige Mädchen wieder, die er bereits bei der Zählung gesehen hatte. Auch heute waren sie weißgekleidet. Weiß war auch die Farbe der Leinenschurze der drei jungen Männer, die eine Stufe tiefer standen. Mit ihren ölschimmernden Oberkörpern glichen sie eher Ringern als Prinzen. Der blonde Schopf des Größten leuchtete in der Sonne wie ein goldener Helm.

Und dann entdeckte er die Frau aus Iassos' Haus wieder. Hatasu stand, fein und zart wie eine Elfenbeinstatuette, in einem golddurchwirkten Kleid neben einem kräftigen Mann, den er für ihren Vater hielt. Asterios konnte ihren Gesichtsausdruck nicht deuten. Aber sie sah unverwandt zu ihm herüber.

Die Stille lastete wie ein schweres Gewicht auf dem sonnendurchglühten Hof. Dann, endlich, ergriff Pasiphaë das Wort.

»Tritt näher, Asterios!« befahl sie, und er konnte spüren, wie erregt sie war. »Dank schulde ich Dir, Große Mutter, daß Du mir diesen Augenblick geschenkt hast! Heute erfahre ich endlich die Genugtuung für das schwere Unrecht, das mir Minos vor vielen Jahren angetan hat.«

Der Mann neben ihr machte eine Geste, als wolle er sie zum Schweigen bringen. Dann aber ließ er seine Hand wieder sinken.

Pasiphaë senkte ihre Stimme zu scharfem Flüstern, das das weite Rund des Theaterhofes deutlich wiedergab.

»Vor mehr als sechzehn Jahren mußte ich meine Kinder verlassen. Wie eine Verbrecherin hast du mich gejagt, mein Leben und das des Ungeborenen bedroht. Denn ich trug das Kind der Heiligen Hochzeit, den Sohn des Weißen Stiers.«

Ihre Augen sprühten Blitze.

»Damals hast du nicht nur das überlieferte Recht der Königin mit Füßen getreten, die als Gebärende selbst zur Großen Mutter wird! Du hast auch versucht, mit Hilfe deiner Helfershelfer die Macht auf Kreta an dich zu reißen! Alles war scheinbar perfekt eingefädelt: die Flotte nahezu fertig gebaut, Handelsverträge mit anderen Völkern bereits vorbereitet. Und dennoch seid ihr unterlegen, ihr Männer, die ihr verändern wolltet, was niemals verändert werden darf! Denn die Göttin, die die Leibesfrucht der Frauen entbindet und alle Geschicke leitet, hat nicht nur eure Rebellion verhindert. Sie hat mir heute zurückgegeben, was du mir damals grausam entreißen wolltest!«

Links und rechts wichen die Menschen zurück, als sie die Treppe hinabstieg. Erst vor Asterios blieb sie stehen. »Zeig ihnen das Mal!« forderte sie ihn auf.

Im ersten Augenblick meinte er, nicht recht gehört zu haben. Ihre Augen aber sagten ihm, daß er sich nicht getäuscht hatte.

»Das Mondmal, Asterios!« wiederholte sie ungeduldig und berührte, als er immer noch zögerte, sein Taillenband, als wolle sie selbst den Gürtel lösen.

Die Menschen rundum schienen den Atem anzuhalten. Wie unter Zwang entblößte er sich. Ein Raunen ging durch die Menge, und manche Gesichter wurden bleich. Einige traten ganz nach vorn, als könnten sie ihren Augen nicht trauen.

»Seht, ihr Kreter, seht, meine Töchter und Söhne: Dies ist mein geliebter Sohn Asterios, gezeugt aus heiligem Samen beim Fest, das Himmel und Erde miteinander vermählt. Das Mal an seiner Hüfte belegt es: Er ist der Geweissagte, von dem einst das Orakel gesprochen hat!«

Leises, zaghaftes Klatschen setzte ein. Als schließlich laut applaudiert wurde, bückte sich Asterios mit zitternden Knien nach seinem Schurz und schlang ihn wieder um die Hüften. Noch meinte er die neugierigen Blicke auf seiner nackten Haut zu spüren, und er senkte seinen Kopf.

Pasiphaë nahm ihn bei der Hand und führte ihn wie ein Kind nach oben zu ihrem Platz. Unmittelbar vor Minos blieb sie stehen und küßte Asterios auf den Mund. Dabei ließ sie ihren Mann nicht aus den Augen. Zwar blieb sein Gesicht regungslos, aber seine Lippen waren zu einem Strich geworden. Er hob die Hand, und einen Augenblick lang sah es so aus, als würde er die Frau mit einem Schlag niederstrecken. Statt dessen trat er auf Asterios zu, der sich inzwischen verlegen aus der mütterlichen Umklammerung gelöst hatte.

Minos legte seine Hand schwer auf Asterios Schulter, eine Geste, die eher bedrohlich als freundschaftlich wirkte, und sah ihm direkt in die Augen.

»Als Sohn der Königin bist du am Hof zu Phaistos willkommen!« Seine Stimme klang mühsam beherrscht. »Möge die Göttin dich schützen!«

»Ich danke dir«, antwortete Asterios befangen. Ein Feind, dachte er, als er den Haß in den Augen seines Gegenübers sah. Ein kluger, sehr gefährlicher Feind.

Die Königin drängte sich zwischen sie. »Bemühe dich nicht! Er ist *mein* Sohn und nicht auf deine Gnade angewiesen«, sagte sie in scharfem Ton und zog Asterios beiseite. »Du mußt deine Schwestern und Brüder kennenlernen! Das ist Akakallis, meine älteste Tochter, die ihr erstes Kind erwartet, und ihr blonder Zwillingsbruder Deukalion. Das sind Xenodike und deine jüngste Schwester Phaidra, unser kleiner Rotschopf. Hier deine Brüder Katreus und Glaukos. Du gehörst zu einer großen Familie.«

Die neuen Geschwister starrten ihn neugierig an. Asterios suchte verlegen nach Worten.

»Ich glaube, ich muß mich erst an so viele neue Geschwister gewöhnen.«

Katreus und Glaukos verzogen keine Miene; Phaidra kicherte leise.

»Warum sollte es dir anders gehen als uns?« grinste Deukalion schließlich, und Asterios sandte ihm einen dankbaren Blick.

Plötzlich erhob sich lauter werdendes Stimmengewirr. Instrumente wurden gestimmt, und man vernahm ein seltsames Donnern und Schnauben. Dann ertönte ein dumpfer Trommelwirbel, begleitet vom Klang der Rasseln und Zimbeln.

»Sie kommen, sie kommen!«

Im gleißenden Licht des Mittags stürmte ein schwarzer Jungstier in den Hof und galoppierte mit geblähten Nüstern auf die Tribüne zu. Schreie und Kreischen von den unteren Rängen; ein paar Männer sprangen auf und rannten nach oben. Lautes Gelächter begleitete ihre Flucht.

Der Stier hatte von der Tribüne abgelassen und stürmte auf die andere Seite zu. Um ihn herum tanzten rund zwei Dutzend junge Frauen und Männer. In Chitons, geschmückt mit bunten Bändern und Blüten, vollführten sie Saltos oder schlugen Rad.

Beifall brandete auf, als die erste Akrobatin in raschem Lauf auf das Tier zurannte. Mitten im wilden Galopp des Stiers packte sie seine Hörner und schwang sich, unterstützt von der wütenden Abwehrbewegung des Nackens, in die Höhe. Mit dem Kopf voran schnellte sie in einem kühnen Salto über seinen Rücken. Sicher landete sie mit beiden Beinen auf dem Pflaster. Sofort setzte der nächste Springer nach.

Sie verbeugte sich nach allen Seiten und warf dem Publikum Kußhände zu. Aus dem Knoten, der ihr Haar zusammenhielt, hatte sich eine braune Locke gelöst. Sie stürmte die Tribüne hinauf und blieb heftig atmend vor Pasiphaë stehen.

»Hat es dir gefallen, Mutter?«

Dann fiel ihr Blick auf Asterios, der neben der Königin stand, und ihr Gesicht wurde fahl.

Ihn durchzuckte es wie ein Blitz.

»Das ist Asterios«, setzte die Königin an. »Mein totgeglaubter Sohn, dein Bruder, den die Göttin mir wiedergeschenkt...«

»Astro«, flüsterte das Mädchen, und ihre Augen weiteten sich voll ungläubigem Entsetzen. »Du?«

Sie griff nach dem goldenen Medaillon auf ihrer Brust und verdrehte die Augen. Dann fiel sie ohnmächtig zu Boden.

»Das ist deine Schwester Ariadne«, sagte die Königin. »Mirtho, schnell! Sie hat vor Anstrengung das Bewußtsein verloren!«

Im Tanz der Elemente

Wasser

Weiß und dunstig hatte der Tag begonnen, einer jener frühen Sommermorgen, die nach Gras, wilden Kräutern und Erde riechen. Ein warmer Wind strich durch die Tamarisken. Noch lag das Meer in muschelfarbenen Schleiern verborgen, aber schon bald würden die Nebel sich heben und so klares Blau freigeben, daß Sonnenstrahlen bis weit in die Tiefe dringen und die Fische aufblitzen lassen würden.

Nachdem Minos sein Frühstück auf der südlichen Terrasse beendet hatte und hinauf zum Westhof stieg, stand sie ihm plötzlich wieder zum Greifen nah vor Augen – jene stille, geheimnisvolle Welt aus blauem Wasser, Felsen, seltsamen Pflanzen und Tieren, in die es ihn und seine Freunde früher magisch hinabgezogen hatte. Von der obersten Stufe aus spähte er angestrengt nach Süden, als könne er die Kiesbucht erkennen, in der sie ihr Boot versteckt hatten. Alles schien plötzlich wieder so wie damals.

Der schwarze Holzkahn, in dem sie zu zweit auf die Taucher gewartet hatten, die immer paarweise ins Meer stiegen. Ein letzter Blick zur Sonne, bevor sie sich am Tau in die Tiefe hinunterließen und sich das Wasser kühl über ihnen schloß. Dann der Druck auf den Ohren und in den Lungen, bis der Brustkorb fast zu bersten drohte. Jedesmal wieder hatte er sie zu früh zum Aufsteigen gezwungen, obwohl sie sich schworen, länger unten auszuharren. Die wohlige Erschöpfung endlich, als sie zitternd auf den heißen Bootsplanken lagen und zusahen, wie Salzkristalle auf ihren nackten braunen Leibern wuchsen.

Damals waren wir noch jung, dachte er wehmütig, und hatten den Kopf voller Träume und kühner Pläne. Halbwüchsige, die so oft wie möglich aus ihrem Übungsprogramm ausbrachen, um die langen Nachmittage am Wasser zu genießen. Keiner je ohne die anderen. Unser heimlicher Bund war mit Blut und Schwüren besiegelt und für die Ewigkeit geschlossen. Alles wollten wir erreichen. Die Welt aus den Angeln heben und auf wunderbare Weise neu gestalten.

Vier junge Männer aus den vornehmsten Familien, so unterschiedlich wie die Jahreszeiten. Unbeschwert wie der Frühling Aiakos; Minos selbst stark und hitzig wie ein Sommertag; an den Herbst hatte Garamos erinnert mit seinem Hang zu Großzügigkeit und Redseligkeit, während der schmale, dunkle Tyro den Winter verkörpert hatte. Die Unzertrennlichen, so hatten sie schon während ihres gemeinsamen Einweihungsweges die anderen Mysten halb spöttisch, halb neidvoll genannt. Aber das war lange her, mehr als drei Jahrzehnte, und seither war viel geschehen.

Minos' Schicksal war schon damals vorgezeichnet gewesen. Er war gegen Ende seiner Mystenzeit zum zukünftigen Gemahl der Königin bestimmt worden, ein Umstand, der seine Phantasie stark beschäftigt hatte. An der Seite der mächtigen kretischen Königin, die das Volk als Göttin verehrte – was würde da für ihn zu tun bleiben?

Alten Überlieferungen nach war er für die königlichen Herden zuständig; ihm oblag auch die Aufsicht der Bewässerung, die so wichtig für die Fruchtbarkeit Kretas war. Und dennoch: über allem thronte die Königin, menschliches Abbild der himmlischen Herrin. Eine bedrückende Vorstellung für einen ehrgeizigen jungen Mann, der mehr, der alles wollte. Schon in jenen Tagen war massiver Widerstand in ihm gewachsen. Er würde sich nicht damit begnügen, eine Handpuppe der Frauen zu sein!

Garamos, Aiakos, Tyro und er durchliefen den Einweihungsweg wißbegierig, aber mit immer kritischeren Augen. Je mehr sie von dem überlieferten Wissen der Frauen erfuhren, desto größer wurden ihre Zweifel. Mußten sie sich mit der ihnen zugewiesenen Rolle begnügen? Sich fügen in das, was ihnen von der Schar der Priesterinnen befohlen wurde?

Widerspruchsgeist regte sich in ihnen. War das, was sie gelehrt wurden, ausreichend, um die Zukunft zu meistern? Gab es nicht Neues, Wichtigeres, das an seinen Platz treten mußte?

Sie begannen zu diskutieren und von einer Zukunft zu träumen, in der Männer in religiösen und politischen Dingen mitbestimmen würden. Hatte die Göttin nicht zwei Geschlechter geschaffen, Frau *und* Mann? Ergab sich nicht schon allein daraus die logische Schlußfolgerung, daß beide zusammen herrschen und entscheiden sollen?

In jenen warmen Nächten wurde der Keim für ihre spätere Revolte gelegt. Minos, der seine künftige Rolle sehr ernst nahm, war ihr Wortführer gewesen. Und die Freunde, die regen Anteil an seinem Schicksal nahmen, schürten sein Aufbegehren weiter.

Während er auf Aiakos wartete, um mit ihm den Fortgang der Bauarbeiten im Nordflügel zu begutachten, glitten seine Gedanken immer wieder in die Vergangenheit, zu den Freunden, die er so schmerzlich vermißte. Wie lange waren sie nicht mehr zusammen getaucht? Nicht mehr, seitdem damals ihre Rebellion gegen die Herrschaft der Frauen gescheitert war! Der mißlungene Aufstand hatte ihr Band zerrissen. Garamos war nicht bereit gewesen, sich von Pasiphaë und ihren erzürnten Ratgeberinnen in irgendein Exil verbannen zu lassen. Er hatte Gift genommen, was Minos und Aiakos schwer getroffen hatte.

Tyros Trauer aber kannte keine Grenzen. Tagelang schloß er sich ein, bevor er schließlich von einem Tag auf den anderen seine Dienerschaft entließ und seine erlesen eingerichtete Villa am Stadtrand von Knossos aufgab. Seitdem lebte er als schweigender Eremit am Fuß des Nidagebirges in einer merkwürdigen Unterkunft, halb Hütte, halb Höhle. Seit Tagen schon ging er Minos nicht mehr aus dem Sinn, und der Gedanke an sein hageres Gesicht hatte ihn den ganzen Morgen über begleitet.

Und Aiakos? Der Freund war damals in das Land am Nil übersiedelt, wo seine ägyptische Frau und seine Tochter lebten. Erst nach dem Tod Neiths waren Hatasu und er nach Kreta zurückgekehrt. Pasiphaë hatte ihn argwöhnisch beobachtet – und tat es noch. Deshalb wunderte sich Minos bis heute, warum sie schließlich doch bereit gewesen war, Aiakos wie früher als Lehrer für die Stierspringer einzusetzen. Wahrscheinlich, weil sie keinen Besseren für diese wichtige Aufgabe hatte finden können. Seine Teilnahme am Aufstand aber hatte sie dem besten Freund ihres Mannes niemals vergeben, und seine unverbrüchliche Treue zu Minos mußte sie wohl oder übel in Kauf nehmen. Sie schien sich sicher zu sein, daß die Freunde allein keinen Aufruhr mehr anzetteln würden.

Niemals würde Minos jene Große Zählung vergessen! Eigentlich hätten die Verschwörer zumindest ein weiteres Jahr für ihre Vorbereitungen gebraucht. Nach der schwülen Augustnacht aber, in der Pasiphaë sich vor Hunderten mit dem Stiertänzer vereinigt hatte, entschied sich Minos zum Handeln.

Noch heute sah er die hemmungslosen Bewegungen deutlich vor sich, die lüsternen Gesten, mit denen seine Frau den, der die Maske trug, liebkost hatte. Wie gelähmt hatte Minos ihrem Treiben zugesehen und gespürt, wie quälende Eifersucht in ihm aufstieg. Für ihn vollzog sich nicht das überlieferte Ritual der Heiligen Hochzeit, in der sich die Hohepriesterin als Himmelskuh mit dem Weißen Stier aus dem Meer paart, um der Insel Segen und Fruchtbarkeit zu bringen. Was er gesehen hatte, war das Liebesspiel zweier Rasender gewesen, die nichts mehr von dem bemerkten, was um sie herum vorging. Am liebsten wäre er hingerannt, hätte ihm die schützende Maske vom Gesicht gerissen und den Dolch in den athletischen Körper gestoßen – aber nichts davon war geschehen. Die Heilige Hochzeit war ohne Zwischenfall vollzogen worden.

Als Pasiphaë dann auch noch schwanger war, kannte seine Eifersucht keine Grenzen mehr. Während Minos sie mit Vorwürfen und bohrenden Fragen quälte, trieb er insgeheim um so emsiger seine Vorbereitungen voran: Die Fertigstellung einer Flotte, die nicht nur für den Handel brauchbar war, Abkommen mit Nachbarvölkern, die den Zugang zu wertvollen Rohstoffen sicherten und damit den Grundstock für Verteidigungsanlagen und moderne Waffentechnik bilden sollten. Denn eines war den Verschwörern klar: wollte Kreta seine Vorrangstellung auf den Meeren halten, waren neue Wege notwendig. Wege, wie nur Männer sie gehen konnten.

Zwischen Pasiphaë und ihm gab es in den folgenden Monaten

nur noch Streit, Mißverständnisse und gegenseitige Verletzungen. Und schließlich begingen die Männer um Minos den entscheidenden Fehler: sie entführten zwei Priesterinnen, die dabei durch ein Unglück ums Leben kamen. Pasiphaë reagierte noch in derselben Nacht, verließ hochschwanger den Palast und flüchtete nach Süden.

Was sollten die Rebellen anderes tun, als alles auf eine Karte zu setzen und das Volk schon jetzt mit den neuen Machtverhältnissen zu konfrontieren? In ihren Augen war die Zeit reif dafür.

Minos setzte alles in Gang, um an Pasiphaës Stelle die Große Zählung durchzuführen. Wenn die Hirten und Bäuerinnen die Segnungen der Göttin durch seine Hand annahmen – dann war der Weg zum Thron für ihn frei.

Sie waren sich ihrer Sache so sicher gewesen. Aber der Anschlag mißlang. Das Männerheer, das sie provisorisch zusammengestellt hatten, war ungeübt und lief wieder nach Hause, als es ernst zu werden drohte. Ihnen blieb nicht viel mehr als ein Dutzend Getreuer, und selbst die hatten Angst vor dem Zorn der Frauen.

Als er am Tag der Großen Zählung Pasiphaës Platz einnehmen wollte, saß Jesa auf dem Thron, die Mondaxt in ihrem Schoß. Frauen umringten sie als schützende Mauer, Hunderte, wie es ihnen erschien. Keine einzige Waffe, nur Augen, Brüste, Arme.

Während das Volk nach seiner Königin schrie, kreisten zu allem entschlossene Priesterinnen Minos und seine Verbündeten ein. Auch sie trugen weder Lanzen noch Dolche; allerdings machten die Weisen Frauen unmißverständlich klar, daß sie durchaus Waffen besaßen und sie bei Widerstand einsetzen würden.

Die Männer zogen sich geschlagen zurück. Keiner von ihnen konnte wirklich verstehen, was geschehen war.

Wenig später kehrte Pasiphaë zurück – ohne das Kind, das, wie alle glaubten, bei der Geburt gestorben war und dessen Tod sie Minos forthin anlastete. Er war auf alles gefaßt gewesen, nicht aber auf die kühle Ablehnung, mit der sie ihm begegnete. Selbst nachdem Pasiphaë seine Weggefährten in Tod und Verbannung getrieben hatte, blieb sie kalt und gleichgültig – so, wie die Weisen Frauen es ihr eingeschärft hatten. Nur einmal war es ihm noch gelungen, ihre Abwehr zu durchbrechen – in jener klaren Herbstnacht, in der sie überraschenderweise seinem Werben nachgegeben und ihn in ihr Bett gelassen hatte. In jener Nacht wurde Phaidra gezeugt.

Am Morgen danach freilich schien ihn Pasiphaë noch mehr zu hassen als zuvor, und die schwierige, gefährliche Geburt ihrer jüngsten Tochter und Thronfolgerin, bei der sie beinahe verblutet wäre, hatte das Paar noch tiefer entzweit.

Pasiphaë vergab und vergaß nichts von dem, was geschehen war. Rache wollte sie. Und Vergeltung. Ihr Auftritt im Theaterhof hatte ihm bewiesen, wie ernst es ihr nach all den Jahren noch immer damit war. Besonders jetzt, da sie wußte, daß Asterios am Leben war.

Minos schreckte zusammen, als Aiakos auf einmal neben ihm stand.

»Tut mir leid«, entschuldigte er sich. »Ich bin aufgehalten worden. Ich mußte erst noch eine kleine Rauferei unter den Jungen schlichten.«

»Eine gute Gelegenheit für mich, meinen Gedanken nachzuhängen«, lächelte Minos. »Komm, laß uns gehen.«

Durch ein Portal mit zwei Halbsäulen gelangten sie in den Nordtrakt, wo die Privatgemächer der königlichen Familie lagen. Dort hatten seit ihrem letzten Besuch die Bauarbeiten beachtliche Fortschritte gemacht. Die Lehmziegelmauern waren hochgezogen, der Mörtel längst getrocknet. Decken und Wände wurden mit Gipsstuck und leichten Flächenreliefs überzogen. Kniehohe Sockel aus Speckstein unterstrichen die Horizontale. In Pasiphaës künftigen Zimmern waren Handwerker dabei, die Alabasterplatten mit einer rötlichen Quarzsandmischung zu verfugen.

Minos winkte Aiakos in den Nebenraum und zog ihn vor an die Tür, die Spiral- und Rosenornamente umrahmten. Sie ging hinaus auf eine windgeschützte Terrasse, von der aus man direkt auf die bewaldeten Hügelketten schauen konnte.

»Das ist die Einheit von Natur und Bauwerk«, sagte er schwärmerisch und zeigte hinaus auf das helle Grün der Olivenbäume, das sich im Farbspiel drinnen wiederholte.«»Dieser Baustil gehört zu den Traditionen, auf die wir stolz sein können! Der Palast atmet wie ein lebendiger Körper und sperrt das Draußen nicht aus, sondern läßt Licht und Luft hinein!«

Aiakos war beeindruckt.»Pasiphaë wird glücklich über die neuen Gemächer sein.«

»Das ist mir im Augenblick herzlich gleichgültig«, knurrte Minos.

»Was soll nun mit dem Jungen geschehen?« fragte Aiakos, ohne auf seinen gereizten Tonfall einzugehen. Seine Stimme klang dringlich.»Habt ihr euch schon darüber verständigt?«

»Natürlich nicht! Ich habe sie seit Tagen kaum gesehen.«

»Ich kann deinen Groll gut verstehen, Minos«, lenkte Aiakos ein.»Jahrelang glaubtest du, dieses Kind sei tot. Aber kannst du nicht versuchen, der unerwarteten Wendung positive Züge abzugewinnen?«

»Soll ich mich vielleicht darüber freuen, daß sie mich vor dem ganzen Hof zum Narren gemacht hat?«

»Immerhin ist nun bewiesen, daß du dieses Kind weder selbst getötet hast noch hast töten lassen«, erwiderte Aiakos ruhig. Er wußte, welch heiklen Punkt er damit anschnitt.

»Und weiter? Ich weiß nicht, worauf du hinaus willst.«

»Denk an unseren alten Traum, Minos, und mach etwas aus der veränderten Situation! Er ist ein *Mann*, verstehst du? Vielleicht ein bißchen ungehobelt für unseren Geschmack, aber intelligent und gutgebaut. Hast du seine Augen gesehen? Mir gefällt sein Blick!«

»Soll ich mich bei Pasiphaë für diesen zusätzlichen Sohn auch noch bedanken?«

»Er ist nun mal der Sohn der Königin«, fuhr Aiakos unbeirrt fort. Sein Atem ging schneller, aber er hoffte, der Freund würde es nicht bemerken.»Und der geweissagte Lilienprinz. Zumindest sind die Weisen Frauen davon überzeugt. Folglich muß er so schnell wie möglich zu den Mysten. Dann sehen wir weiter.«

»Doch nicht etwa in die Gruppe der jungen Athener?« Minos schien der Gedanke wenig zu gefallen.

Zweimal schon waren seine Schiffe nach Athenai ausgelaufen,

um vierzehn Knaben und Mädchen nach Kreta zu bringen. Während eines neunjährigen Zyklus wurden sie zu Eingeweihten der Großen Mutter. Waren sie Geiseln, die das attische Wohlverhalten gegenüber Kreta garantierten oder Privilegierte, die an den Segnungen einer alten Kultur teilhaben durften? Die Meinungen darüber hätten in Athenai oder auf Kreta unterschiedlicher nicht sein können. Minos aber, der den Tod seines ältesten Sohnes Androgeus auf attischem Boden niemals vergeben hatte, bestand auf dem kostbarsten Tribut, den die Stadt der Männer der Insel der Frauen bringen konnte: vierzehn Mädchen und Jungen aus den besten Familien.

»Die Priesterinnen würden wohl kaum zulassen, daß wir ihn mit gewöhnlichen Jugendlichen zusammenstecken«, sagte Aiakos. Ihm war heiß geworden. Das Thema machte nicht nur Minos zu schaffen.

»Aber ihr Zyklus hat doch schon lange begonnen!«

»Wenn Asterios hält, was der Anschein verspricht, läßt sich seine Ausbildung unter Umständen wesentlich beschleunigen. Merope hat ihn schließlich aufgezogen – vergiß das nicht!«

Er ist mehr einer der Unseren, als du ahnst, dachte Aiakos. Mehr, als du je erfahren darfst.

Minos fuhr herum, als hätte er einen Schlag erhalten. »Mirtho und ihresgleichen sind schon mehr als genug – jetzt muß auch noch Merope wie ein Fluch aus der Vergangenheit auftauchen! Dabei geht es um die Zukunft Kretas, auch wenn die Priesterinnen sich gegen jede Neuerung sträuben!«

»Um so wichtiger ist es, daß wir so viel Einfluß wie möglich auf die Ausbildung unserer Elite nehmen«, sagte Aiakos. »Unser Aufstand ist damals fehlgeschlagen. Unsere Pläne und Ideen aber sind aktueller denn je. Du und ich, wir wissen, was geschehen muß.«

»Die Zeiten haben sich geändert und werden sich weiterhin verändern«, pflichtete Minos ihm temperamentvoll bei.

»Genau deshalb brauchen wir diesen Jungen«, sagte Aiakos ernst. »Keiner kann uns so nützlich sein wie er.«

Minos sah ihn skeptisch an. »Komm mit nach unten, ich will dir etwas zeigen!« sagte er schließlich.

Sie verließen die Baustelle und gelangten, diesmal durch das säulengeschmückte Treppenhaus und über einen weiteren Innenhof, zum Verwaltungstrakt. Im untersten Geschoß lagen die Magazine. Minos schloß die Eichentür auf und ließ den Freund eintreten. Durch schmale Luken fiel Tageslicht in die Lager. An den Längswänden stand je eine Doppelreihe von mannshohen Pithoi, in den Zwischenräumen war Steinbehälter neben Steinbehälter untergebracht.

»Da hast du Kretas Reichtum«, sagte Minos sarkastisch. »Ganz wie die Priesterinnen es wünschen: Getreide, Öl, Wein und andere Nahrungsmittel, gesammelt und gelagert wie seit Jahrhunderten. Aber es reicht nicht mehr, zweimal im Jahr unsere Scheuern zu füllen und blindlings auf die Überlegenheit unserer Schiffe zu vertrauen! Das Meer ist unsicher geworden, und die Athener werden sich nicht mehr lange mit der Beherrschung des Landweges zufrieden geben. Wenn wir unsere Handelsbeziehungen nicht stabilisieren, sind unsere Macht und unser Wohlstand bald schon Vergangenheit.«

»Du hast recht, und ich weiß es.« Aiakos legte ihm unwillkürlich die Hand auf den Arm. »Wir wissen es, und ein paar andere auch. Nicht genug Stimmen freilich – noch nicht –, um erneut und diesmal erfolgreich gegen den Kanon weiblicher Tradition anzustürmen.« Seine Stimme wurde eindringlich. »Wir müssen handeln, Minos! Dieser Junge kann uns dabei helfen. Ich nehme Asterios unter meine Fittiche und bilde ihn aus – für unsere Sache. Für eine Zukunft, die den Männern gehören wird. Wenn er der Auserwählte ist, warum dann der der Frauen, nicht unserer?«

Minos blieb eine ganze Weile stumm. »Und wenn ich seinen Anblick nicht ertrage?« fragte er schließlich leise.

Aiakos wußte, wieviel von seiner Antwort abhing. »Ich bin sicher, du wirst dich so großzügig und weitblickend verhalten, wie wir es von dir gewohnt sind«, antwortete er. »Der Bauherr großer Anlagen, der Förderer von Bronzeguß und Bergbau, läßt sich durch Eifersucht und Intrigen nicht von seinem Ziel abbringen. Denk daran: Mit diesem Jungen hast du die Zukunft in der Hand!«

»Du klingst so überzeugt«, sagte Minos zweifelnd. Er hatte die Türe zu den Magazinen wieder verschlossen, und sie waren auf dem Weg zurück zum Westhof.

»Weil ich weiß, daß ich recht habe!«

Laute Stimmen, Räderknarren und ächzende Geräusche unterbrachen sie. Minos beugte sich über die Brüstung und sah nach unten. Sein Gesicht blieb ernst, aber seine Augen leuchteten, als er sich wieder Aiakos zuwandte. »Die große Zinnladung aus Phönizien! Länger als einen Monat hat Daidalos auf diesen Tag gewartet. Jetzt kann er endlich mit seinen Experimenten beginnen.«

»Ich wette, er ist schon unten und steht allen beim Ausladen im Weg«, spottete Aiakos. »Am liebsten würde er wahrscheinlich jeden Barren eigenhändig in seine Werkstatt schleppen!«

»Du magst ihn immer noch nicht«, stellte Minos fest. »Dabei ist er wichtig für uns. Vor allem, wenn zutrifft, was er behauptet: daß Kupfer sich mit Zinn zu widerstandsfähigerer Bronze legieren läßt als bisher mit Arsen oder Blei.«

»Nein, ich traue ihm nicht«, entgegnete Aiakos überraschend scharf. »Sein Sohn Ikaros ist ein echter Kreter. Daidalos aber ist auch nach all den Jahren Athener geblieben.«

»Wenn er sein Ziel erreicht, ist er für mich wertvoller als viele Kreter. Seine jetzigen Versuche sind nur ein Zwischenschritt. Vergiß unsere dürftigen Kupferminen in den Tallaia-Bergen! Du weißt, wonach mich eigentlich gelüstet?«

Aiakos nickte.

»Ja, du weißt es! Nach dem schwarzen Feuer, das vom Himmel kommt. Eisen zu schmelzen und zu schmieden – darin liegt Kretas Zukunft! Mit eisernen Schwertern können wir alle Feinde lächelnd empfangen.«

»Es darf keinen männlichen Priester geben!« Jesas Stimme klang schrill. »Niemals!«

Die Priesterinnen hatten sich auf Pasiphaës Wunsch im heiligen Hain versammelt. Dreißig Frauen jeden Alters sowie ein paar Novizinnen standen mit ihren Fackeln im Kreis, von Phaidra aufgeregt und neugierig beäugt. Zum erstenmal durfte sie an der Seite der Mutter an einer nächtlichen Versammlung der Weisen Frauen teilnehmen. Es war Zeit, sie einzuführen; der Beginn ihres ersten Mondflusses konnte nicht mehr fern sein. Dann war auch sie für immer mit der Göttin verknüpft, und ihre Bindung würde noch enger werden. Als jüngste Tochter Pasiphaës ging eines Tages nicht nur der Thron, sondern auch das Amt der Hohepriesterin auf sie über.

»Asterios ist der, den uns das Orakel vorhergesagt hat«, erwiderte Mirtho gelassen. »Und das nicht einmal, sondern viele Male. Er wird der Göttin eines Tages dienen, wie wir es tun.«

»Aber er ist ein Mann!« widersprach Eudore. »Selbst wenn du ihn in Röcke steckst, ändert das nichts an seinem Geschlecht!«

»Meine Schwester Merope hat ihn aufgezogen. Meint ihr, sie hat einen durchschnittlichen Mann aus ihm gemacht?«

»Er braucht keine Röcke«, ergänzte Pasiphaë. »Er ist Sproß der Heiligen Hochzeit und damit Ihr Kind.«

»Aber sein Körper verändert sich nicht! Wie soll er die Opferungen der Wandlungen vollziehen, wenn er weder bluten noch gebären kann?«

»Er *wird* den Einweihungsweg durchschreiten«, erwiderte Pasiphaë herrisch. »Schneller als dies andere tun. Anschließend wird er der Göttin geweiht. Durch meine eigenen Hände.«

Die meisten Frauen starrten sie noch immer mißtrauisch an. »Willst du so vollenden, was einst dein Gatte versucht hat?« Jesa sprach aus, was viele befürchteten. »Die Herrschaft der Frauen auf sanfte Weise brechen? Wenn wir erst einmal Männer in die Priesterschaft aufnehmen, werden sie bald auch in Staatsdingen mitreden und entscheiden wollen.«

»Wir nehmen keine *Männer* auf, sondern geben nur dem Lilienprinzen, was ihm gebührt. Er allein kann uns retten, vergeßt das nicht! Ich bitte euch, mich dabei zu unterstützen, wie ihr es der Großen Mutter gelobt habt.«

Sie hatte gewonnen. Sie sah es an ihren Mienen. Der Eid, den die Frauen der Göttin geschworen hatten, war stärker als aller Unmut.

»Sie geben sich nur für den Augenblick zufrieden«, sagte Mirtho, als sie gemeinsam zurück zum Palast gingen. »Sie werden sich beraten und nach neuen Argumenten suchen.«

»Das solltest du allerdings auch.« Pasiphaë war stehengeblieben und schickte Phaidra ein Stück voraus. »Wir müssen uns ebenfalls unterhalten – du und ich«, sagte sie leise. Die zornige Falte zwischen ihren Brauen verriet ihren Gemütszustand. »Am besten wäre es, deine kluge Schwester Merope wäre auch gleich mit dabei. Was habt ihr euch eigentlich gedacht, mich all die Jahre zu betrügen?«

»Merope und ich haben ebenfalls der Göttin den heiligen Eid geschworen«, sagte Mirtho fest. »Wir taten, was zu tun war – in Ihrem Namen. Das Wohl Kretas ist wichtiger als deine Gefühle. Hast du das vergessen, Tochter?«

Seit Tagen schon wartete Asterios vergeblich auf eine Nachricht von Ariadne, auf irgendein Zeichen, das ihn aus seiner Betäubung erlösen würde. Er lief umher wie ein Schlafwandler, zu dem alle Geräusche, alle Stimmen nur gedämpft durchdrangen. Man hatte ihn, da die Erweiterungsbauten des Nordflügels noch nicht abgeschlossen waren, zunächst im südlichen Trakt untergebracht. Die beiden ineinandergehenden Räume waren hell und mit wenigen, ausgesuchten Stücken möbliert.

Asterios aber hatte weder Augen für die Jagdszene, die sich als Fries an den Wänden entlangzog, noch für den Spieltisch aus Onyx und Elfenbein, den Pasiphaë zu seiner Zerstreuung hatte aufstellen lassen. Zu ihrer Enttäuschung zeigte er erstaunlich geringes Interesse an allem, was sie sich für ihn ausgedacht hatte. Bei Tisch, im Kreis seiner Geschwister, gab er zerstreute Antworten und wirkte schüchtern, geradezu unbeholfen.

Zu keinem seiner Halbbrüder schien es ihn hinzuziehen. Deukalion hatte nach anfänglichem Bemühen seine Annäherungsversuche wieder einschlafen lassen, und der dunkle, verschlossene Katreus war ohnehin kein Freund vieler Worte. Er und Glaukos, der jüngste der Brüder und nur ein Jahr älter als Asterios, mieden seine Nähe und beschränkten sich darauf, ihn aus sicherer Entfernung zu beobachten.

Asterios bemerkte nichts von alledem. Er war froh, wenn er nicht viel reden mußte und verschwand schnell wieder in seine Räume. Dann lag er stundenlang auf dem Bett, starrte zur Decke und grübelte. War die Hitze des Mittags abgeklungen, zog es ihn manchmal zu der ausladenden Platane, die am Rand des Gartens stand. Aber selbst hier, im warmen Gras, fand er keine Ruhe.

Verschiedentlich schon hatte er nach der Geliebten gefragt, die plötzlich seine Schwester sein sollte, vorsichtig, voller Angst, er könne sich verraten. Aber er hatte nichts erfahren. Ariadne fühle sich unwohl, hatte Deukalions lakonische Antwort gelautet, und werde von Mirtho gepflegt, und bei Pasiphaë wagte er sich nicht zu erkundigen. Die Furcht, sie könne mit ihrem forschenden Blick bis in sein aufgewühltes Inneres schauen, hielt ihn zurück. Eine dichte, undurchdringliche Mauer des Schweigens schien um Ariadne errichtet.

Der einzige, zu dem er so etwas wie Nähe und Zuneigung empfand, konnte ihm auch nicht weiterhelfen. Ikaros hatte ihn unter der Platane aufgespürt und in ein Gespräch verwickelt. Plötzlich, fern der Tafel, der Musik und der vielen Menschen, hatte Asterios gespürt, wie einsam er sich fühlte. Dankbar antwortete er dem blassen, schwarzhaarigen Mann und wagte endlich, ihm die einzige Frage zu stellen, die ihn bewegte.

»Ariadne? Ich habe sie schon seit längerem nicht gesehen.« Ikaros zog überrascht die feingezeichneten Brauen hoch. »Heißt es nicht, sie habe sich beim Üben überanstrengt? Frag Mirtho, wenn du etwas erfahren willst. Sie ist die einzige, die über alles Bescheid weiß.«

Seitdem verspürte Asterios ein warmes, freundliches Gefühl, wann immer er ihm in der Palastanlage begegnete, und hörte gerne zu, wenn er mit glänzenden Augen von seinen Naturbeobachtungen erzählte. Von seinem Vater Daidalos hatte er die Freude am Forschen geerbt. Während jener sich aber vor allem der Baukunst und Metallurgie verschrieben hatte, galt die Liebe des Sohnes der beseelten Natur. Er wußte Bescheid über jeden Baum, jede Pflanzenart, beobachtete und katalogisierte die Tiere, die auf der Insel heimisch waren. Ständig brachte er neue Beute von seinen Streifzügen mit, bunte Federn, ein Stück

Schlangenhaut, gesprenkelte Vogeleier, die wie metallisch glänzten. Stunden konnte er damit verbringen, Insektenvölker zu belauschen oder, in einer Sandmulde versteckt, dem Ausschlüpfen der Meeresschildkröten zuzusehen. Mit seiner hellen, ein wenig nasalen Stimme zog er Asterios in seinen Bann und brachte ihn dazu, für Augenblicke seine Sorgen zu vergessen. Erst wenn seine schmale, leicht gebückte Gestalt mit den vielen Taschen und Sammelgefäßen in einem der langen Korridore verschwunden war, fing Asterios erneut zu grübeln an.

Als seine Schlaflosigkeit ihren Höhepunkt erreicht und er zwei Nächte hellwach auf der Veranda verbracht hatte, ließ Pasiphaë ihn rufen. Es war das erstemal, daß sie ihn in ihr Megaron bestellte, und er konnte vor Aufregung kaum atmen. Befangen nahm er ihr gegenüber Platz und wartete, bis sie das Wort ergriff. Pasiphaë trug Ocker, eine Farbe, die ihre Haut leuchten ließ. Sie schien sehr bewegt.

»Wir haben wichtige Dinge zu entscheiden, Asterios. Es geht um deine Zukunft. Ein Thema, das offenbar auch Minos beschäftigt.«

Sie lachte wie ein junges Mädchen, und zum erstenmal meinte Asterios, Spuren von Ariadnes Zügen in ihrem Gesicht zu erkennen. Unwillkürlich verkrampfte er sich. Pasiphaë mißdeutete seinen besorgten Blick.

»Hab keine Angst, mein Sohn! Glaubst du denn, ich würde dich ihm überlassen? Noch weiß ich nicht, was er vorhat. Aber wir werden schneller sein als er.«

»Ich weiß nicht, was werden soll«, murmelte Asterios. »Manchmal wünschte ich, ich wäre nie gekommen.«

»Das darfst du nicht einmal denken!« rief Pasiphaë erregt. »Nie wieder will ich solche Worte von dir hören!« Sie bemerkte seine unglückliche Miene und wurde sanfter. »Ich weiß, daß es hier für dich nicht einfach ist. Der Palast, die vielen Menschen, eine Menge ungewohnter Regeln, die du befolgen mußt – alles ist ganz anders als in deinem bisherigen Leben.« Bevor er etwas einwenden konnte, sprach sie rasch weiter. »Du mußt aber auch unsere Hilfe annehmen, Mirthos, meine und die deiner Geschwister, und darfst dich nicht verschließen wie ein trotziges Kind! Und du mußt lernen, dich schnell zurechtzufinden.«

Er sah sie fragend an.

Pasiphaë senkte ihre Stimme zu bedeutungsvollem Flüstern. »Hör mir zu, Asterios! Kreta droht Gefahr. Große Gefahr! Ich kann es ganz deutlich spüren, wenngleich ich auch noch nicht genau weiß, was es ist. Hat Merope dich mit den alten Legenden vertraut gemacht?«

»Sie hat mir vieles erzählt«, antwortete er vorsichtig.

»Dann kennst du auch die Prophezeiung über den Lilienprinzen.«

»Es heißt, in der Stunde der Not werde er kommen, um die Insel zu retten. Ein Priester der Großen Mutter«, begann er zögernd.

»Ja, ein Priester!« unterbrach sie ihn. »Ein *Mann*, gezeugt in der Heiligen Hochzeit der Hohepriesterin mit dem Weißen Stier aus dem Meer.«

Wortlos starrte er sie an.

»Verstehst du jetzt, mein Sohn?« beschwor sie ihn, und er wußte, daß es keine Wahl für ihn gab. »Du bist dieser Geweissagte! Die Weisen Frauen haben beschlossen, daß du zum Priester der Göttin geweiht werden sollst. Du wirst der erste Mann sein, der Ihr in diesem hohen Amt dienen darf! Deshalb mußt du so schnell wie möglich zum Eingeweihten werden. Ich weiß, der Zyklus der Mysten ist bereits fortgeschritten, und du wirst vieles in kurzer Zeit nachholen müssen. Aber das ist nicht weiter schwierig für den Sohn Pasiphaës, nicht wahr?«

Wenige Tage später traf er auf die anderen. Insgesamt waren sie mehr als dreißig, neben den vierzehn Knaben und Mädchen aus Athenai achtzehn junge Kreterinnen und Kreter, die nach ihrer Anfangszeit in Mallia nun teils in Phaistos, teils in Knossos unterrichtet wurden. Asterios hatte seine Mutter gebeten, weiterhin in seinen Räumen wohnen zu dürfen. Aiakos protestierte sofort gegen diese Sonderbehandlung. Persönliche Gefühle rechtfertigten in seinen Augen keine Sonderbehandlung. Erst nachdem Pasiphaë sich eingesetzt hatte, war der Lehrer zum Nachgeben bereit gewesen.

Trotzdem wußte Asterios, daß seine Tage im Palast gezählt waren. Dann würde auch er in die flachen Bauten außerhalb der Palastanlage umziehen müssen, die die Mysten beherbergten. Unbemerkt Kontakt mit Ariadne aufzunehmen, war dann beinahe unmöglich.

Seit jeher führte der Einweihungsweg die Mysten durch die vier Elemente, aus denen nach kretischem Glauben die Große Mutter die Gesamtheit der Schöpfung gebildet hatte. Jeder Initiand wurde in überlieferten Ritualen mit Wasser, Erde, Luft und Feuer konfrontiert. Der Weg der vier Stufen zur Erkenntnis war exakt festgelegt; Abweichungen waren verboten. Ein Weiterkommen von einer Stufe zur nächsten war nur nach gründlicher Vorbereitung möglich. Die geistigen und körperlichen Übungen, denen die Heranwachsenden unterzogen wurden, dienten dem schrittweisen Zugang zu diesen Urkräften.

Daneben gab es noch den täglichen Unterricht, der die Mädchen und Jungen dazu anhielt, sich auf praktische Weise der Möglichkeiten und Segnungen des jeweiligen Elements zu bedienen. Freilich wurde auch und gerade in diesem Bereich reichlich geübt. Asterios, der viel später als die anderen dazugekommen war, mußte sich anstrengen und hatte daher kaum noch Zeit, auf mögliche Begegnungen mit Ariadne zu lauern.

Schon nach dem Morgengebet begann das Lauftraining, gefolgt von Dehn- und Streckübungen, um den Körper geschmeidig zu machen. Danach dauerte das akrobatische Turnen in der Regel bis zum Mittag. Die Nachmittage, über die die anderen frei verfügen konnten, verbrachte Asterios in der Gesellschaft seiner Privatlehrer, Kapitän Kephalos' und Panebs. Letzterer stammte aus Oberägypten und war, obwohl erst dreißig Jahre alt, schon ein erfahrener Schiffsbauer.

Während die anderen schwimmen oder segeln gingen, quälte Asterios sich damit ab, die verschiedenen Segelknoten auseinanderzuhalten oder die geeigneten Hölzer für den Bau einer Kymbe oder des schlankeren Gaulos zu bestimmen. Neben Schiffskunde, Wetterbeobachtungen und kartographischen Studien wurden Navigation und Astronomie gelehrt, und er wiederholte mit seinen Lehrern Namen und Erscheinungsformen der Sternbilder, in denen ihn früher bereits Merope unterwiesen hatte.

Nach einiger Zeit wurde dieser theoretische Unterricht durch praktische Anschauung ergänzt. Wiederholt nahm Paneb ihn mit nach Kommos, wo während der Sommermonate ein Teil der königlichen Flotte ankerte. Dort hatten sich auch einige der wichtigsten Werften angesiedelt. Keine andere Stadt an der Südküste verfügte über besser geschützte Buchten. Der Hafen lag an der Mündung des gleichnamigen Flusses, gute Gelegenheit für Seeleute, ihre Süßwasservorräte zu erneuern, während in den Trockendocks die Schiffe repariert und überholt wurden.

Nachdem Asterios zunächst staunend zugesehen hatte, wie der schlanke Rumpf eines Zweibeinmasters in verschiedenen Arbeitsgängen entstand, lernte er, zusammen mit einer Gruppe von Zimmerleuten, abschnittsweise die Verschalung mit Tauen zu befestigen.

Nach diesen langen, arbeitsreichen Tagen zwischen Zedernbalken und Spänen, umgeben von Äxten, Sägen, Knochenleim und Grasbündeln, war er müde und hungrig, aber zufrieden. Unter den Handwerkern fühlte er sich heimischer als im Palast und war wegen seiner Geschicklichkeit bei vielen beliebt. Auch seine Lehrer waren stolz auf seine Fortschritte, und Pasiphaë ließ keine Gelegenheit aus, sich danach zu erkundigen.

Selbst Minos schien sich sehr für Asterios zu interessieren und platzte öfters mitten in den Unterricht. Unter dem stechenden Blick des Königs fühlte Asterios sich unbehaglich. Merkwürdigerweise aber behandelte Minos ihn mit herablassender Freundlichkeit, und manchmal schien er sogar darüber erfreut, wie schlagfertig Asterios seine Fragen beantwortete.

Von Ausnahmen abgesehen, war der Abend zunächst der Anbetung der Großen Mutter vorbehalten. Nachdem sich die Mädchen und Jungen gereinigt und frische Leinengewänder angezogen hatten, versammelten sie sich in der Dämmerung zum Klang von Flöte und Tympanon im Freien. Einige Male führte Pasiphaë persönlich sie zum Olivenhain hinauf, meistens aber überließ sie zwei jüngeren Priesterinnen diese Aufgabe.

Die Mädchen und Jungen bildeten zwei Kreise, die erst getrennt voneinander schritten, sich dann kreuzten und schließlich zu einer Schleife ineinander verwoben. Das anfängliche Wiegen und Schaukeln der Körper zu einem sanft pulsierenden Rhythmus wich allmählich heftigeren Bewegungen. Angespornt vom immer drängenderen Lied der Instrumente, lösten sich die Hände voneinander, und jeder fand seinen eigenen Takt. Arme flogen nach oben, Füße stampften kräftig. Manche drehten sich wie Kreisel, während andere übermütige Sprünge wagten.

Nach einer Weile verstummte die Musik, und die Mysten legten sich auf den Boden. Erst nachdem sich ihr Atem wieder beruhigt hatte und ihre erhitzten Körper durch den dünnen Stoff die Erde spürten, in der die Wärme eines Sonnentags gespeichert war, begann einer von ihnen laut zu beten.

Als Asterios zum erstenmal an die Reihe kam, zögerte er, die heiligen Worte zu sprechen. Von Kindheit an hatte Merope ihn Ehrfurcht vor der Allmächtigen gelehrt, die alles erschaffen hatte. Seine Gebete zu Ihr hatte er meist stumm verrichtet, manchmal auch halblaut in der Gegenwart seiner Ziehmutter. Nun aber sollte er sie vor den anderen sprechen. In der Stille hörte er das Pochen seines Herzens, das ihm lauter schien als der Trommelschlag zuvor.

»Mutter der abertausend Namen«, fing er stockend an, »große Gebärerin, die alles hervorbringt! Noch niemals hat ein Sterblicher Dein Gewand enthüllt. Herrin des Universums, Du bist die, in der sich die Fäden der Vergangenheit, der Gegenwart und der Zukunft berühren. Heil Dir, Große Göttin, die Du im Sichtbaren und Unsichtbaren zweifach verborgen bist! Du bist die Mutter der Gesänge und Tänze, die Spenderin des Lebens. Mutter des Donners, des Regens und der Flüsse, Du läßt die Bäche rinnen durch die Täler. Sie tränken die Tiere auf dem Feld, und an ihren Ufern wohnen die Vögel, die unter Deinem Himmel fliegen. Du bist die Mutter der Welt und unserer älteren Brüder, der Steine.«

Der Abend hatte sich über den Hain gesenkt, und als er in seinem Gebet innehielt und die Augen öffnete, schien es ihm, als seien die Liegenden um ihn ganz mit dem Boden verwachsen.

»Du bist die Mutter der Bäume, der Tiere und aller Menschen«, fuhr er ruhiger fort. »Heilige Mutter der Berge, nimm uns auf in Deinen schöpferischen Schoß, dem alles entströmt. Laß uns umfangen sein von Deinen Geheimnissen! Gib, daß wir wurzeln in Deinem Boden! Schenke der Erde Deinen Segen, laß sie reich und fruchtbar sein!«

Lange blieb alles still. Dann erhoben sich die ersten langsam. Schließlich traten alle gemeinsam den Rückweg an.

Asterios nutzte die Gelegenheit, um unbemerkt in den Palast zurückzukehren. Die Worte der Anrufung schwangen in ihm nach, aber sie machten ihn nicht ruhig, sondern bedrückten ihn. Angesichts der vielfach beschworenen Allgegenwart der Göttin fühlte er sich schwach und mutlos wie selten zuvor. Verzweifelt dachte er an Ariadne und versuchte, sich die Begegnungen mit ihr ins Gedächtnis zurückzurufen. Aber seine Erinnerung blieb blaß und unbestimmt.

Am folgenden Tag, als der Palast in schläfriger Mittagsruhe lag, machte sich Asterios auf die Suche nach Mirtho. Da er sie nicht in ihren Gemächern im Nordtrakt fand, ging er ins Heiligtum im südlichen Flügel. Aber auch die drei ineinander übergehenden Räume waren leer. Blaue Gazetücher vor den Fenstern brachen das helle Tageslicht zu milchigem Blau.

Er starrte auf den rötlichen Steinaltar, auf die dunklen Holzbänke und die Doppeltüren des heiligen Schreins, der nur bei Ritualen geöffnet wurde. Noch am Morgen hatte hier offenbar eine Zeremonie stattgefunden. Dem Räuchergefäß entströmte noch immer zartes Wacholderaroma.

Enttäuscht verließ er den geweihten Raum und stieg langsam die Treppen zum Piano nobile empor. Leises Rufen drang an sein Ohr. Asterios blieb stehen und trat dann hinaus auf die oberste Stufenreihe des Theaterhofs.

Ganz unten, im Halbrund, das sich an die steil ansteigenden Stufen anschloß, entdeckte er Mirtho. Ihr dunkles Gewand zeichnete sich scharf vom Weiß der Steine ab. Langsam stieg er zu ihr hinunter. Aus der Nähe sah er, daß sie ihr Haar in der Mitte gescheitelt und in viele dünne Zöpfe geflochten trug; silberne Spiralen baumelten an ihren Ohren. Dunkel, fast schwarz lagen die Augen in ihren Höhlen. Sie sah ihm regungslos entgegen.

»Du bist meine letzte Hoffnung«, sagte er gepreßt. »Ikaros hat mich zu dir geschickt. Ich muß endlich wissen, wie es Ariadne geht.«

Ihre Miene blieb unverändert. »Ariadne ist krank. Ich kann niemanden zu ihr lassen. Auch dich nicht. Mehr kann ich dir nicht sagen.«

»Du würdest deine Meinung ändern, wenn du wüßtest, was geschehen ist«, brach es aus ihm heraus. Er schwankte zwischen dem Wunsch wegzulaufen und der Versuchung, ihr alles zu erzählen.

»Ich weiß.«

Überrascht sah er sie an.

»Ich weiß«, wiederholte sie. »Ich habe alles kommen sehen. Und mehr als das, ich kenne die Geschichte, von Anfang an. Sei gegrüßt, Asterios, Sohn meiner Schwester Merope!« Mit sehnigen Armen umfing sie ihn. Nach einer Weile ließ sie ihn wieder los. »Ich war dabei, als du geboren wurdest.«

Allmählich nur drangen ihre Worte zu ihm durch. Es war seine Geschichte, die sie ihm erzählte.

»Wir nahmen den Weg über die Berge, um die Häscher des Königs in die Irre zu führen. Nur eine Zuflucht war uns noch geblieben: meine Schwester Merope. Doch die Wehen setzten zu früh ein.«

Asterios begann heftig zu atmen, und sein Gesicht verzerrte sich. Er wand sich und drückte beide Hände an seinen Leib. Sein Körper schien sich zusammenzuziehen und dehnte sich im gleichen Augenblick aus, als wolle er die ganze Szene umfangen.

Dann überflutete ihn der Strom der Bilder.

Ein stechendes Ziehen zerreißt ihr den Leib. Sie kann nicht mehr reiten, ist unfähig, länger zu sitzen. Es wird naß zwischen ihren Schenkeln. Jetzt kommen die Schmerzen in Wellen, hoch und immer höher, schwappen über sie hinweg und drücken sie fest auf den harten Boden.

Nach einer Ewigkeit wird das Kind geboren. Sie hört noch die besorgten Stimmen der Frauen. Dann verliert Pasiphaë die Besinnung...

Er weinte.

»Du kannst *sehen*«, sagte Mirtho bewegt und lächelte ihn an. »Ich wußte es: Du kannst sehen!«

»Ich weiß nicht«, flüsterte er.

»Doch!« triumphierend erhob sie ihre Stimme. »Du siehst! Das ist die Aufgabe, die die Große Mutter dir zugewiesen hat.«

»Nein!« gellte sein Schrei im leeren Halbrund. »Nein! Nicht ich!«

»Asterios, Sohn der Göttin und des Weißen Stiers aus dem Meer, du besitzt die Gabe des Sehens! Du verfügst über das göttliche Geschenk und wolltest trotzdem nicht erkennen, daß Ariadne deine Schwester ist.«

»Ich hatte keine Ahnung!« protestierte er.

Ein weißer Blitz. Geblendet schloß er seine Augen, riß sie entsetzt wieder auf.

Überall Schwärze.

»Große Göttin, ich bin blind!« In Panik streckte er die Arme aus, um Halt zu finden.

»Ohne Schuld bist du, wenn du dich schuldlos fühlst; schuldbeladen, wenn du selbst an dein Vergehen glaubst«, hörte er Mirtho wie aus weiter Ferne sagen. »Hör auf, dich zu quälen, Asterios! Dein Schicksal ist von der Großen Mutter vorbestimmt. Sei dankbar für das, was du erleben darfst! Nimm deine Aufgabe an!«

Ihre Finger berührten ihn sanft zwischen den Brauen.

»Noch kann ich dir Mut machen«, murmelte sie besänftigend. »Dir sind Dinge auferlegt, wie noch keinem Mann zuvor. Bald schon wird deine Kraft so groß sein, daß auch ich dir nur noch dienen kann. Dann ist Sie allein es, der du dienen wirst. Die Göttin wird unser aller Schicksal deinen Händen anvertrauen, wie es seit jeher prophezeit ist. Du wirst in Ihrem Namen handeln. Sei gesegnet, Sohn meiner Schwester, die dich aufgezogen hat. Sei gesegnet, Sohn der Frau, die ich gestillt habe.«

Unter ihren Fingern wurde es heiß. Violettes, dann blaues Licht breitete sich kreisförmig in seinem Kopf aus.

»Sei wachsam, Asterios«, sagte sie leise. «Erkenne dich selbst.»

Dann zog sie ihre Hände zurück.

Vor seinem inneren Auge erschien ein weißes Dreieck. Er spürte, wie Angst und Schrecken von ihm wichen.

»Öffne deine Augen!«

Asterios tat, wie geheißen. Auf einmal konnte er wieder hell und dunkel unterscheiden, Konturen deutlich erkennen.

»Du weißt nun, daß du die Gabe besitzt«, sagte Mirtho ernst. »Jetzt ist es an dir, sie richtig zu nutzen.«

Später wußte er nicht mehr, wie er den Abend in der Gesellschaft seiner Geschwister überstanden hatte, die Phaidras zwölften Geburtstag feierten. Das Mädchen, zum erstenmal mit Plisseerock und Mieder wie eine Erwachsene gekleidet, glühte vor Aufregung und konnte kaum sitzen bleiben. Selbst beim Spiel von Lyra und Systrum, von Kithara und Doppelflöte, zappelte sie herum, ungeduldig darauf wartend, daß Pasiphaë endlich das Zeichen zum Tanz geben würde.

Asterios wartete noch, bis die Königin zusammen mit Minos den Reigen eröffnet hatte. Als schließlich die Mysten, die man auf Phaidras Wunsch eingeladen hatte, in der großen Halle eintrafen, nutzte er die Gelegenheit, um sich zu entfernen.

Es war Mitternacht, als er nach Süden ritt. Er wollte ans Meer, zu dem Platz, wo er Ariadne zum erstenmal getroffen hatte.

Noch vor dem Morgenrot erreichte er die kleine Sandbucht und tränkte sein Tier am nahen Fluß, der deutlich weniger Wasser führte als vor ein paar Wochen. Danach schlief er unter einem Oleanderbaum tief und traumlos.

Er erwachte, als die Sonne schon hoch am Himmel stand. Vor ihm lag das Meer, blaßgrün am Ufer, türkisblau weiter draußen. Noch steif vom harten Lager zog er Hemd und Schurz aus und watete ins Wasser. Er schwamm ein ganzes Stück hinaus, spürte, wie sein Körper von den Wellen getragen wurde und schmeckte Salz auf seinen Lippen. Eine ganze Weile ließ er sich auf dem Rücken treiben. Gewiegt und getragen fühlte er sich, schwerelos, ganz in seinem Element. Mit geöffneten Augen stieß er hinab in das unendliche Blau und sah beim Aufsteigen durch die bewegte Wasseroberfläche die Sonne als blaßgelbe Scheibe.

Plötzlich spürte er eine Berührung an seiner Hüfte, der er instinktiv auswich. Prustend kam er nach oben. Direkt neben ihm tauchte der silbrige Leib eines Delphins aus dem Meer. Bevor Asterios es noch richtig begreifen konnte, war das Tier bereits wieder verschwunden.

Aber es kam zurück. Mit seinem Maul, das sich rauh anfühlte, stieß der Delphin Asterios mehrmals spielerisch ins Kniegelenk und rieb sich an seinem Bein. Schließlich tauchte er auf und ließ sich neben ihm treiben, keine Armlänge entfernt. Dann war er wieder weg, um plötzlich in hohem Bogen über ihn zu schnellen und geräuschvoll im Meer zu landen.

Erneut kam der Delphin nach oben, umschwamm ihn in immer engeren Kreisen und stupste ihn dann an der Schulter. Asterios streckte seine Hand aus und berührte das Tier. Die Haut war fein gefurcht; er streichelte sie behutsam. Nach den nächsten Stupsern kam er wie selbstverständlich der Aufforderung nach und klammerte sich an den Delphin. Gemeinsam pflügten sie die Wellen, und Asterios genoß die mühelose Fortbewegung.

Es gab keine Trennung mehr zwischen ihnen. Im Einswerden mit dem glatten Tierleib fühlte er plötzlich in seinem eigenen Körper die Kraft des Wassers pulsieren, die mit jeder Flut alles Verbrauchte wegschwemmte und Platz schaffte für neues Leben. Mit geschlossenen Augen sah er, wie es durch die Sonne in die Luft emporstieg und sich als Wolke über die Inseln tragen ließ, um als Regen von den Bergen wieder zurück zum Meer zu fließen. Er spürte den großen, den ewigen Kreislauf, der alle Lebensformen verband, und empfand sich selbst als untrennbaren Teil alles Lebendigen. Eine niemals zuvor gekannte Liebe zur gesamten Schöpfung überflutetete ihn. Es gab kein Aufbäumen und Zweifeln mehr; es gab nur noch grenzenlose Hingabe, bedingungsloses Annehmen.

Als der Delphin langsam tiefer ging und schließlich unter ihm wegtauchte, war Asterios bereit, geschehen zu lassen, was geschehen sollte.

Erde

Das Kind, das Akakallis geboren hatte, war eine gesunde Tochter. Am Hof zu Phaistos wurde das freudige Ereignis ausgiebig gefeiert und von der gesamten Priesterinnenschaft der Insel mit Opfern, Fackelläufen und Dankgebeten an die Göttin begangen. Sie hatten nach der Befragung des Orakels dem kleinen Mädchen den Namen Dindyme gegeben und sie damit der Großen Mutter der Berge geweiht.

Bald nach der Niederkunft versammelten sich Pasiphaë und ihre Familie am Wochenlager und bewunderten das kleine, rotgesichtige Bündel, das schon jetzt einen dichten schwarzen Haarschopf besaß. Sogar Ariadne hatte sich kurz bei ihrer Schwester gezeigt, wenngleich sie sich schon bald wieder entschuldigt hatte. Sie behauptete, es gehe ihr gut, obwohl sie ungewohnt still war. Noch bevor die anderen Familienmitglieder kamen, hatte sie sich wieder zurückgezogen.

Jeder hatte einen Talisman als Geschenk für das Kind mitgebracht: Perlen, Muscheln, Kieselsteine mit besonderer Zeichnung, Ambra oder bemalte Lederstückchen. Von Minos stammte das goldene Siegel, das an einer Lederschnur um den Hals des Neugeborenen baumelte und die Schutzwirkung des Namens verstärken sollte.

Die Geburt war schwierig gewesen und hatte beinahe den ganzen Tag gedauert. Mirtho war darauf vorbereitet gewesen. Schon die Wochen zuvor hatte sie vergeblich versucht, das Kind durch Massieren noch im Mutterleib in eine andere Lage zu bringen. Zusammen mit zwei Hebammen war ihr in Schwerstarbeit gelungen, es dennoch unversehrt aus der Steißlage zu entbinden.

Akakallis hatte allerdings viel Blut verloren und sah bleich und mitgenommen aus. Bettruhe und Teeaufgüsse von getrockneten Himbeerblättern wirkten entzündungshemmend und würden ihr helfen, bald auf die Beine zu kommen. Dennoch hatte sie darauf bestanden, ihr Kind selbst zu stillen. Der ovale Stein zwischen ihren Brüsten trug dazu bei, den Milchfluß anzuregen, denn Dindyme zeigte bemerkenswerten Appetit.

Die beiden waren so miteinander beschäftigt, daß der junge Vater sich daneben wie eine Randfigur ausnahm. Obwohl Ikstos einer reichen, adeligen Familie entstammte, war er ein schüchterner Mann, der das Reden lieber seiner temperamentvollen Frau überließ. Fast hätte man ihn für einen weiteren Sohn von Minos und Pasiphaë halten können, so unauffällig hatte er sich in ihre Nachkommenschaft eingegliedert. Er war ebenso schlank, ebenso dunkelhaarig wie Akakallis, die er bereits seit Kindertagen kannte. Auch ihre Geschwister waren schon seit langem Freunde für ihn. Besonders eng aber hatte er sich in den letzten Jahren an Deukalion angeschlossen, den er wegen seiner Selbstsicherheit bewunderte.

Asterios hatte seine Übungen nur kurz unterbrochen. Allerdings ließ ihn der Anblick des innigen Mutter-Kind-Bildes traurig werden und überschwemmte ihn mit einer Flut von Erinnerungen an seine eigene Kindheit. Sogar den unverwechselbaren Amberduft Meropes meinte er im Raum wahrzunehmen. Er war froh, daß er einen triftigen Grund hatte, um sich bald wieder zu verabschieden.

Für die letzten Tage vor dem Stiersprung hatte Aiakos das Trainingsprogramm verschärft und achtete genau auf dessen Einhaltung. Vorbei waren die Tage, an denen die Mysten mit Kälbern geübt hatten, um allmählich ein Gefühl für Temperament und Bewegungsablauf der Tiere zu entwickeln. Aber selbst diese schrittweise Eingewöhnung schien nicht für alle aus der Gruppe das richtige Tempo gewesen zu sein. Mehr als einen der Heranwachsenden quälte noch immer die tiefsitzende Angst vor der direkten Begegnung mit dem Stier.

Ganz anders Asterios, den das wilde Spiel vom ersten Augenblick an fasziniert hatte. Er sehnte den Moment herbei, wo er in der sandbedeckten Arena stehen und mit dem oft geprobten Sprung über den Stierrücken setzen würde.

»Du bist ihnen so ähnlich«, hatte Ikaros einmal zu ihm gesagt, als sie in der Abenddämmerung am Gatter gestanden und einem spielerischen Kampf zwischen zwei jungen Bullen zugesehen hatten. Eine stille Freundschaft hatte sich zwischen ihnen entwickelt, und Asterios freute sich jedesmal, wenn Ikaros vorbeikam und ihm beim Üben zuschaute. Manchmal allerdings beunruhigte ihn, was der andere eher beiläufig äußerte. »Diese geballte Kraft des Irdischen hat sich auch in deiner Person materialisiert.«

Erstaunt hatte Asterios ihn von der Seite angeschaut. Ikaros war der einzige in Phaistos, der solche Dinge zu ihm sagte. »Und doch steckt mehr in dir, das spüre ich genau«, fuhr er schließlich fort. »Man könnte es die Potenz des Göttlichen nennen, das sich mit dem Irdischen verbindet, um es zu überwinden.« Ein kurzes, verlegenes Lachen, als habe er zuviel preisgegeben, dann erfolgte der Rückzieher. »Falls man große Worte mag! Auf jeden Fall bin ich schon jetzt gespannt, wie sich deine Kraft bewährt, wenn du versuchst, einen der schwarzen Bullen zu reiten. Ich jedenfalls kann mich noch lebhaft an einen sehr unsaften Kontakt mit der Erde erinnern!«

Doch dazu kam es nicht. Als Asterios erstmals auf dem Rücken eines jungen Stiers saß, beherrschte er das Tier mit erstaunlicher Souveränität. Aufmerksam verfolgten die anderen seinen Jungfernritt und warteten vergeblich auf einen Sturz. Er dirigierte den Bullen mit seinen kräftigen Schenkeln und ließ sich auch durch unvermitteltes Bocken oder Ausschlagen nicht zu Fall bringen.

Auch der Salto bereitete ihm keinerlei Schwierigkeiten. Bald schon war es ihm gelungen, mehrere nebeneinander aufgestellte Hindernisse in weitem Flug zu meistern, und er gehörte zu den besten in der Gruppe. Aiakos, dem seine Geschicklichkeit offenkundiges Vergnügen bereitete, warnte ihn und die anderen trotzdem immer wieder vor leichtsinnigen Aktionen.

»Ein paar hohe Böcke zu überspringen, ist eine Sache«, sagte er, als sie abends nach dem Essen noch im Freien zusammensaßen. »Der Salto über einen galoppierenden Stier eine andere. Seid furchtlos, aber habt Achtung vor der Kraft, die euch entgegenstürmt. Das gilt besonders für diejenigen, die sich nicht mehr viele Gedanken um ihre Technik machen müssen.«

Asterios hatte seinen Blick deutlich auf sich gespürt und ausweichend den Kopf gesenkt. Obwohl er den Lehrer mochte, war ihre Beziehung von Anfang an ein wenig verkrampft gewesen.

Zuerst hatte er es auf seinen Sonderstatus geschoben, aber selbst nachdem er zu den anderen Mysten in eines der flachen, sparsam eingerichteten Steinhäuser umgezogen war, blieb ein Rest von Spannung zwischen ihnen bestehen.

Es gab getrennte Gebäude für Mädchen und Jungen; Asterios teilte gleich im ersten Jungenhaus, das dem Palast am nächsten lag, das Zimmer mit Bitias. Der blonde, schmächtige Athener war der jüngste in der Gruppe und hoffte, wie er Asterios bald schon anvertraut hatte, noch immer sehnsüchtig auf einen Wachstumsschub. Mit seinen kurzen Beinen hatte er einige Probleme beim Starten und Laufen und gehörte zu denen, die immer wieder von Aiakos verbessert werden mußten.

»Ich bin einfach unbegabt«, seufzte er ständig während des Trainings und zeigte bekümmert seine weißen, spitzen Zähne. Mit seiner kleinen Knubbelnase und dem flachsblonden Haar wirkte er naiv und kindlich. Auch seine Stimme war hell geblieben und hatte ihm von den anderen schon manchen Spott eingetragen. »Und wenn ich noch so viel übe, ich weiß, ich werde es nicht fertigbringen!«

Erwartungsgemäß forderte Aiakos ihn zur Wiederholung auf. Bitias ging zurück an den Start, nahm Anlauf und schaffte es diesmal, über die hintereinander aufgereihten Stämme zu kommen. Seine Landung war allerdings ziemlich wacklig.

Aiakos war nicht zufrieden. »Weicher in den Knien!« kritisierte er. »Sei nicht so steif wie ein geleimtes Brett! Und gleich noch einmal! Das gilt nicht nur für dich, sondern auch für alle anderen – los, los, an die Arbeit!«

Einen Tag vor dem Stiersprung gab es eine Änderung im üblichen Ablauf. Nach einem kürzeren Morgenlauf und einigen Dehn- und Lockerungsübungen gab Aiakos den Mysten bis zum frühen Abend frei. Sie sollten diesen Tag in Ruhe und Stille verbringen, um sich auf das morgige Ereignis einzustimmen.

Asterios, der schlecht geträumt hatte und unaufhörlich an Ariadne dachte, war froh, als Bitias schüchtern fragte, ob er ihn begleiten dürfe. Sie gingen nicht weit, nur bis zu dem Teich, der früher eines der größeren Wasserreservoires von Phaistos gewesen war. Seitdem jedoch die Leitung zu den Bergen fertig war, gönnte man sich im Palast den Luxus, frisches Quellwasser über eine größere Distanz herbeizuschaffen.

Dort, zwischen Schilf und Riedgräsern, saßen sie eine Weile, bis die Sonne zu heiß geworden war und sie sich einen schattigeren Platz suchen mußten. Wiederholt hatte Bitias ihm schon von seiner attischen Heimat erzählt. An jenem Tag aber machte ihn seine innere Unruhe vor dem Stiersprung offenbar besonders mitteilungsfreudig.

Asterios schloß die Augen und ließ die vielen Worte an sich vorbeirauschen, bis ihn eine Bemerkung plötzlich stutzig werden ließ.

»Nun bin ich schon so lange von zu Hause fort und muß noch Jahre hier bleiben, bevor ich meine Familie wiedersehe«, hatte Bitias gestöhnt. »Manche von uns behaupten, die Königin würde uns überhaupt nicht wieder fortlassen.«

»Bist du denn nicht gerne hier?« fragte Asterios und mußte im gleichen Atemzug an seine eigene Situation denken. Ihn hatte auch niemand gefragt, ob er mit seinem neuen Leben einverstanden sei. Er lächelte ein wenig bitter. Sie waren davon ausgegangen, daß er sich fügen würde.

»Weißt du«, begann Bitias und sah ihn mit scheuen Augen an, »im großen und ganzen gefällt es mir gut auf Kreta. Manchmal allerdings überfällt mich ein furchtbares Heimweh. Besonders, wenn mir bange ist.« Er sah aus, als ob er gleich zu weinen beginnen würde.

»Du schaffst deinen Sprung, ich weiß es«, machte Asterios ihm Mut.

»Das ist es nicht, was ich meine.« Bitias schüttelte den Kopf. »Es ist das Fremdsein, das wehtut. Du kannst dir nicht vorstellen, wie man sich fühlt, wenn man nicht dazugehört.«

Das kann ich wohl, dachte Asterios, dem auf einmal Merope in den Sinn gekommen war. Besser als du glaubst.

Er blieb den ganzen Nachmittag über so einsilbig, daß auch Bitias schließlich die Lust am Reden verlor. Gegen Abend, als die Schatten länger wurden, versammelte Aiakos seine Schüler in der großen Halle. Der weißgekalkte Raum war mit großen, blau und dunkelrot bemalten Doppelschilden geschmückt. Die Mysten wußten, was sie verkörperten: den Leib der Göttin, die ihnen auf diese Weise ganz nah war. Auf dem steinernen Boden hatte man Sitzkissen kreisförmig angeordnet. In der Mitte stand eine große ovale Schüssel, gefüllt mit Erde.

Vielen der Gesichter sah man die Anspannung an; zwei Mädchen hatten sich den ganzen Tag über krank gefühlt. Trotzdem hatte Aiakos auf ihrer Teilnahme bestanden. Ein wenig blaß saßen sie nun unter den anderen.

Aiakos, der sich in der Kreismitte niedergelassen hatte, ließ seinen Blick lange in der Runde wandern, bevor er zu sprechen begann. Er war ernster als gewöhnlich, und seine Augen unter den buschigen Brauen glänzten beinahe fiebrig.

»Ihr besitzt nun die Voraussetzungen für den Stiersprung. Eure Muskeln sind trainiert, eure Schnelligkeit ist gewachsen, und ihr habt gelernt, beim Absprung auf den richtigen Moment zu achten. Das ist die körperliche Seite. Die andere, weitaus wichtigere, über die ich immer wieder gesprochen habe, ist die geistige.«

Der Lehrer ergriff die große Schüssel aus rotem Ton, die mit schwarzen Mäandern bemalt war, und hielt sie mit ausgestreckten Armen in die Runde. Dann ließ er sie herumgehen und forderte jede Schülerin und jeden Schüler auf, hineinzugreifen und das dunkle, ein wenig feuchte Material zu betasten.

Erstaunt gehorchten sie. Nachdem alle die Erde berührt hatten, stellte er die Schüssel in die Kreismitte zurück. Wieder suchten seine Augen Asterios, als wollten sie ihm eine besondere Botschaft vermitteln. »Das ist es, worum es morgen geht«, sagte er schließlich. »Die Kulthandlung, die ihr vor dem Schrein der Doppelaxt vollbringen dürft, ist der zweite Schritt auf eurem Einweihungsweg. Ohne die Erde besäße nichts in unserem Leben Form; sie ist es, die uns trägt, auf die wir bauen können, und die uns nährt. Aber sie kann uns auch festhalten, gierig werden lassen und zu sehr an Besitz binden oder engstirnig machen. Nur wem es gelingt, diese geballte Kraft des Irdischen, symbolisiert durch den Stier, offenen Herzens zu meistern, kann auf dem Pfad der Erkenntnis weiter vorankommen.«

Jetzt sah er nur noch Asterios an, der sich unter dem zwingenden Blick unbehaglich zu fühlen begann. Die nächsten, leiser gesprochenen Worte schienen nur für ihn bestimmt. »Natürlich sind wir Menschen aus Staub gemacht. Aber wir sind mehr als das. Morgen könnt ihr diesen hellen Funken für immer in euch entzünden – in Gegenwart der Großen Mutter, die durch ihre Hohepriesterin Pasiphaë verkörpert wird.«

Draußen war es dunkel geworden, und die wenigen Öllampen warfen flackernde Schattenbilder an die Wände. Aiakos entließ seine Schüler mit der Aufforderung, bald ins Bett zu gehen, um frisch und ausgeruht zu sein. Für den nächsten Morgen war eine gemeinsame Anrufung der Großen Mutter vorgesehen. Zusätzlich empfahl er jedem, Sie im persönlichen Gebet um Ihren Schutz zu bitten.

Tief aufatmend trat Asterios hinaus in die sternenklare Nacht. Er wußte, er würde noch nicht schlafen können. Unwillkürlich zog es ihn zum Westtrakt des Palastes, wo nahe den Werkstätten Ikaros mit seinem Vater in einer großzügigen Villa wohnte.

Die Mondbarke lag zwischen den Spitzen des felsigen Doppelhorns, das sich scharf gegen den Himmel abhob. Das Haus war dunkel. Kein Feuerschein, kein Geräusch verrieten, ob der Freund noch wach war. Zaghaft klopfte Asterios an.

»Ich ahnte, daß du kommen würdest«, sagte Ikaros, nachdem sie sich begrüßt hatten. Der Kamin war kalt und das Zimmer unaufgeräumt, als habe er es in großer Eile verlassen. Auf dem Tisch aus robustem Olivenholz lagen verschiedene Rindenstücke, Moosballen und Teile einer Bienenwabe, Gegenstände, wie sie Ikaros ständig von seinen Spaziergängen mitbrachte.

»Komm, setz dich«, forderte er Asterios auf. »Wie fühlst du dich vor dem großen Ereignis? Du siehst bedrückt aus.«

»Eigentlich sollte ich jetzt die Göttin um Ihren Beistand anflehen«, antwortete Asterios, und es klang bitter. Auf einmal konnte er nicht mehr in Worte fassen, was ihn hierhergetrieben hatte.

Ikaros sah ihn kurz an, bevor er eine weitere Lampe mit Öl füllte und sie entzündete. »Höre ich da etwa Überdruß heraus? Und das von dir?«

»Alles ist so seltsam heute«, sagte Asterios ausweichend. »Aiakos hat eine lange Rede gehalten, die uns wohl beruhigen sollte. Mich hat sie eher konfus gemacht. Dauernd hat er von der Erde gesprochen, die wir überwinden sollen. Manchmal weiß ich nicht mehr, was ich überhaupt noch glauben soll. Der Großen Mutter bin ich in den Bergen näher gewesen als hier.«

»Was siehst du hier?« Ikaros war aufgestanden und hielt ihm eine der Moosflechten entgegen. »Ein Stückchen Boden, in dem doch alles Leben steckt! Verstehst du, Asterios? Die Kreter beten zur Göttin, während die Menschen in Athenai den Gott Zeus anflehen. Gott oder Göttin – welche Rolle spielt das schon? Ist nicht alles göttlich, was um uns herum ist? Tiere, Pflanzen, sogar jeder Stein? Und ist es nicht unsere Aufgabe als Menschen, im Bewußtsein dieses Wissens zu leben?«

»Ich weiß nicht, ob das auch für mich gilt«, erwiderte Asterios traurig. »Ich bin nicht wie alle anderen.«

»Was soll das heißen?« fragte Ikaros. »Was meinst du damit?«

»Ich kann Dinge sehen, die noch nicht geschehen sind«, sagte Asterios vorsichtig. »Ereignisse, die in der Zukunft liegen.«

»Willst du damit sagen, daß du die Gabe des Sehens besitzt?« Ikaros' Stimme klang überrascht.

»Ja«, nickte der andere. »So nennt man es wohl. Mirtho sagte mir, die Große Mutter habe mich damit ausgezeichnet. Aber ich weiß nicht recht. Einmal hat die Göttin direkt zu mir gesprochen, in der Großen Höhle, und ich habe viele Ihrer Gestalten gesehen. Seitdem nie wieder. Ich wünschte, ich könnte Sie wieder spüren wie damals. Dann würde ich mich sicherer fühlen.«

»Das Göttliche ist überall«, sagte Ikaros. »Es ist einfach da, Asterios, wie eine große, fruchtbare Welle, die sich stets wieder selbst gebiert. Es ist gleichgültig, ob wir es begreifen oder nicht. Am Ende wird alles wieder eins, kehrt in sich selbst zurück, egal, was wir tun oder lassen.«

Beide schwiegen eine Weile. »Es klingt nicht so, als würden deine Erkenntnisse dich besonders glücklich machen«, sagte Asterios schließlich. »Mir sind es zu viele Worte. Für mich bedeuten Glauben und Vertrauen etwas anderes.«

Abrupt erhob er sich. Den Ausdruck in Ikaros' Augen wußte

er nicht zu deuten, aber er machte ihn stutzig. Der Freund sah einsam und verloren aus. Plötzlich bereute er, daß er so hereingeplatzt war, und fühlte sich wie ein Eindringling.

»Ich muß jetzt gehen«, stieß er verlegen hervor. »Denk an mich, wenn ich morgen springe, Ikaros! Bete für mich.«

»Das werde ich tun«, sagte dieser schlicht.

»Bete für mich, Mirtho. Ich habe Angst.« Im Schein der Kerzen wirkte Ariadnes Gesicht jung und wehrlos.

Ich weiß, daß du Angst hast, dachte Mirtho. Du fürchtest dich vor den körperlichen Schmerzen, die dir bevorstehen. Mehr aber noch vor den seelischen, mit denen du fertig werden mußt.

Schweigend sahen sie sich an, die alte Frau und das Mädchen, das sich auf der lederbespannten Bettstatt ausgestreckt hatte. Das Fenster war leicht geöffnet; träge umschwirrten Insekten die Öllampe auf dem Ebenholztischchen.

»Noch ist Zeit«, begann sie behutsam. »Noch kannst du dich anders entscheiden.«

»Wie könnte ich das?« Ariadne schüttelte heftig den Kopf. »Nein, du kannst mich nicht umstimmen! Ich kann und will dieses Kind nicht zur Welt bringen, das mein Bruder gezeugt hat!«

Er ist nur dein Halbbruder, dachte Mirtho und ließ doch all die Worte ungesagt, die ihr schon auf der Zunge lagen.

Die Könige Ägyptens hatten mit ihren Schwestern Kinder gezeugt, um die Reinheit des Blutes zu erhalten. Auch dieses Kind besäße wahrhaft königliche Anlagen. Sie hatte gehofft, daß Ariadne sich für sein Leben entscheiden würde. Nur deshalb hatte sie all die Monate geschwiegen und ihr Geheimnis bewahrt, weil sie insgeheim gehofft hatte, daß sein Wachsen Ariadnes Sinn noch ändern würde. Aber Mirtho wußte auch, daß die Zeiten sich geändert hatten – selbst hier auf der Insel der Großen Mutter. Es gab nicht mehr viele wie sie, die an die Gültigkeit und Heiligkeit des alten Rechtes glaubten, das die Verbindung zwischen Geschwistern erlaubte, die von derselben Mutter abstammten. Für die meisten war eine Beziehung zwischen Bruder und Schwester tabu – auch Pasiphaë und viele ihrer jüngeren Ratgeberinnen teilten diese Ansicht.

Alles ist im Wandel, dachte Mirtho und hatte plötzlich das Gefühl, als ob Fäden ihrer Hand entglitten. Alles verändert sich, und wir können nichts anderes tun, als die Weisheit der Großen Wandlerin anzuerkennen, selbst wenn es schmerzhaft für uns sein mag.

»Das Schicksal schreibt sein eigenes Buch«, sagte sie und brachte trotz ihrer Enttäuschung ein kleines Lächeln zustande. »Deshalb beuge ich mich deiner Entscheidung. Ich bin bereit. Und du?«

Ariadne nickte und umklammerte ihre Hände, um das Zittern zu verbergen.

»Dann öffne deine Beine!«

Sie gehorchte, und mit geschickten Handgriffen führte Mirtho die Seegrasstengel ein. Anschließend berührte sie sanft Ariadnes bloße Schenkel. Unwillig wich das Mädchen zur Seite.

»Und was geschieht jetzt?« Ihre Stimme klang brüchig.

»Versuche zu schlafen. Über Nacht quellen die Stengel auf und weiten den Muttermund. Morgen früh verabreiche ich dir dann die Kräuter.«

»Wird es sehr weh tun?« fragte Ariadne und sah sie trotzig und verzweifelt an.

»Es ist keine Kleinigkeit, ein Kind nach einigen Monaten Schwangerschaft zu verlieren«, erwiderte Mirtho. »Du mußt sehr tapfer sein, Ariadne. Aber ich bin bei dir.«

Kurz vor Sonnenaufgang wurden die Mysten geweckt. Den üblichen Morgenlauf ersetzte ein Gymnastikprogramm im Freien, das alle ins Schwitzen brachte. Anschließend reinigten sie sich in den Badehäusern, bevor sie in ihre Gewänder für den Stiersprung schlüpften.

Zu Ehren der Göttin der Erde waren die Mädchen und Jungen mit knappen Schurzen aus Ziegenfellen bekleidet, die am Gürtel mit Kaurimuscheln geschmückt und mit Lederbändern gesäumt waren. Rote und blaue Bänder flatterten von ihren Haarknoten. Alle trugen weiche Schaftstiefel und hatten die Handgelenke mit Lederriemen bandagiert.

Nach der Anrufung der Großen Mutter stärkten sie sich mit

Kräutertee und ein paar Löffeln Gerstensuppe, bevor sie zum Palast aufbrachen. An der Spitze des Zuges schritt Aiakos, ungewohnt formell gekleidet in einen weiten, safrangelben Umhang, der sich über Schurz und Hemd bauschte. Während seine Miene gelöst und heiter war, spiegelten sich in den Gesichtern seiner Schüler Aufregung und Beklommenheit wider.

Asterios ging schweigend neben Bitias, der wie immer seine Nähe gesucht hatte. Er hielt den Kopf gesenkt und versuchte die düstere Stimmung zu vertreiben, in der er sich seit Tagesbeginn befand. Nur ab und zu blickte er auf und hielt Ausschau nach Ikaros, aber er konnte den Freund nirgends entdecken.

Als sie den Theaterhof betraten, wurden sie mit lautem Applaus begrüßt. Auf den Rängen drängten sich die Höflinge, und in der Mitte der Sitzreihen befand sich die Tribüne der Königin. Man hatte den gepflasterten Boden mit hellem Sand in eine Arena verwandelt und zum Schutz der Zuschauer die ersten Stufen mit Holzwänden gesichert.

An der Stirnseite erhob sich ein steinerner Stufenaltar, der den heiligen Schrein trug. Noch waren seine Türen verschlossen und zeigten die aufwendig gearbeitete Holzarbeit mit eingelegten Elfenbein- und Ebenholzfeldern. Daneben standen zwei Tonkannen, über und über mit tönernen Brustwarzen besetzt. Ein Schöpflöffel aus gepunzter Bronze, ein Wasserspender und mehrere kleinere Salbgefäße lagen für die Zeremonie bereit.

Schließlich verebbten Klatschen und Murmeln. Pasiphaë, die über einem silbriggrünem, von Schlangenlinien und Lilienblüten durchsetzten Volantrock ein scharlachrotes Mieder trug, hatte ihre Hände zum Gebet erhoben. Unter dem aufgesteckten Haar war ihr Gesicht so stark geschminkt, daß es einer Maske glich. Nur ihre Hände bewegten sich, als sie laut und deutlich die überlieferten Worte sprach.

»Die Göttin segne euch und beschütze euren Sprung über den Stier, der Ihr geheiligt ist. Sie ist die Himmelskuh, die die Erde mit Ihrem Milchregen nährt.«

Sie nahm eine der Kannen, benetzte den Boden vor dem Altar und sprengte einige Tropfen auf die Zuschauer, die andächtig die Arme verschränkt hielten.

»Wir bitten dich, Große Mutter, nimm den Mut und die Kraft dieser jungen Athleten mit Wohlgefallen an. Mach sie zu Töchtern und Söhnen Deiner Erde und Deines gestirnten Himmels!«

Sie wandte sich zum Schrein und öffnete ihn. Zwischen rotbraunen Säulen, die bronzene Kulthörner krönten, schimmerte die heilige Doppelaxt, vor der sie sich kurz verneigte.

Dann gab sie Aiakos ein Zeichen, und die Mysten begannen in langer Reihe an Pasiphaë vorbeizudefilieren. Jeder empfing einen Schluck von dem Schöpflöffel, den sie immer wieder mit Wasser aus einer der Brustkannen füllte, und wurde von ihr mit Rosenbalsam zwischen den Brauen gesalbt.

Als Asterios vor ihr stand, kam es ihm vor, als ob ihre Hand bei der Berührung ein wenig zitterte. Ihre Finger auf seiner Stirn fühlten sich kühl und zart an, ihre Stimme war fest.

»Sie sei für immer mit dir! Sie beschütze dich auf all deinen Wegen!«

Anschließend begab sich Pasiphaë zu ihrer Tribüne und nahm zwischen Deukalion und Phaidra Platz, die aufgeregt nach unten zeigte.

Es war soweit. Das hölzerne Gatter sprang auf, und ein massiger Bulle stürmte schnaubend in die Arena. Die Hörnerspitzen hatte man in Blattgold getaucht, und sein langer Schwanz, der nervös hin und her peitschte, war mit goldenen Bändern umflochten.

Auf den steinernen Stufen hielten die Zuschauer den Atem an.

Ariadne war schon wach, als Mirtho kurz nach Sonnenaufgang in ihr Zimmer kam. Mit großer Behutsamkeit entfernte die alte Amme die Stiele und führte das Gazesäckchen mit den Kräutern ein. Danach gab sie ihr den gallebitteren Sud zu trinken.

Ariadne verzog angeekelt das Gesicht, leerte aber die Tasse in einem Zug und spülte den Mund mit Wasser aus. Dann legte sie sich aufs Bett zurück.

Die Zeit verging, und nach und nach konnte Mirtho fühlen, wie Ariadnes Abwehr bröckelte und ihre Sehnsucht nach Trost und Nähe wuchs. Als sie eine kleine Bewegung machte, nahm die alte Frau sie in die Arme und wiegte sie wie ein Kind. Dazu murmelte sie leise, beruhigende Worte.

Endlich konnten die lange unterdrückten Tränen fließen, und das Mädchen preßte sich fest an den Körper der alten Frau.

Dann, ohne Vorwarnung, kam die erste Schmerzwelle, die ihren Leib zusammenzog und ihr die Luft nahm. Erschrocken richtete sie sich auf.

Mirtho hieß sie, gleichmäßig weiterzuatmen und ließ ihre warme Hand auf Ariadnes Sonnengeflecht ruhen. Das Mädchen hechelte leise und wollte sich gerade entspannen, als die Welle zurückkam, diesmal noch stärker.

Mit verzerrten Zügen glitt Ariadne vom Bett und ging instinktiv in die Hocke, beide Hände fest an den Leib gepreßt. Mirtho stützte ihren Rücken mit dem Knie.

»Atme, Ariadne«, sagte sie und streichelte ihre Wange. »Du mußt ausatmen, wenn der Schmerz am größten ist. Die Wehen kommen jetzt immer schneller. Schrei, wenn du willst. Es wird noch eine ganze Weile dauern.«

Das Los bestimmte die Reihenfolge. Asterios hatte den zweitlängsten Seegrasstengel gezogen und würde folglich als vorletzter starten. Zusammen mit den anderen verfolgte er auf den untersten Stufen der Tribüne, gleich hinter dem hölzernen Schutzwall, den Stiersprung.

Nun war die Reihe an Bitias, der ihm vor dem Anlauf einen letzten ängstlichen Blick schickte. Aufmunternd nickte Asterios ihm zu und deutete auf seine Brust. Der kleine Athener verstand das Zeichen und lächelte. Am Morgen hatte ihm Asterios eine bläuliche Muschel als Talisman für diesen besonderen Tag geschenkt. Stolz trug er das Zeichen der Zuneigung an einem Lederband.

Bitias nahm die Startposition ein und versuchte, ruhig und gleichmäßig zu atmen. Als der Stier auf ihn zukam, glückten ihm einige kraftvolle Schritte. Beherzt griff er nach den Hörnern. Der Bulle schleuderte seinen Schädel in die Höhe, und Bitias' Körper schnellte über den Tierleib. Mit beiden Beinen kam er auf der anderen Seite der Kruppe sicher zum Stehen.

Sein Gesicht strahlte, als Beifall erklang und der junge Springer zu seinem Platz neben Asterios auf den Zuschauerrängen zurückkehrte. Voller Begeisterung wollte er seine Freude mit ihm teilen. Aber er mußte feststellen, daß der Freund wie gebannt zur Tribüne starrte. Dort hatte Asterios gerade Hatasu entdeckt, die ernst und konzentriert zu ihm herübersah.

Wogen von Schmerzen, die sie verkrampft und schwer atmend überstand. Überall verstreut lagen Tücher auf dem Fußboden. Ihr Haar war feucht und aufgelöst, und ihr zerknittertes Hemdchen durchgeschwitzt. Weil sie nichts trinken durfte, legte Mirtho ihr immer neue Zitronenstücke auf die aufgesprungenen Lippen.
    Es war fast Mittag geworden; dunkle Leinentücher vor den Fenstern milderten das grelle Sonnenlicht. Trotzdem war es schwül und stickig im Raum, und selbst der helle Myrrherauch konnte den schalen, süßlichen Geruch von Schweiß und Angst nicht überdecken. Laudanumsalbe stand bereit, um das Blut zu stillen, ebenso frisches Wasser und sauberes Leinen. Aber es war noch zu früh.
    Längst hatte Ariadne es aufgegeben, die Tapfere zu spielen. Sie krümmte sich, weinte, wimmerte und schrie zwischendrin so durchdringend, daß Mirtho erschrocken zusammenfuhr. Voller Mitgefühl umsorgte sie das Mädchen. Immer wieder tupfte sie Ariadnes Gesicht und Arme trocken, strich das Haar aus der Stirn und versuchte, sie zu trösten.

Die Mittagssonne brannte auf seine kräftigen braunen Schultern. Asterios zog ein letztes Mal seine Handbandagen enger. Trotz aller Sicherheit spürte nun auch er die Aufregung, und sein Körper kam ihm heute steifer und widerspenstiger vor als sonst. Er blinzelte hinüber zur Tribüne seiner Mutter, die unbewegt unter einem gelben Sonnenschirm saß, und zu Ikaros, der ihm ein aufmunterndes Nicken schickte.
    Dann bereitete er sich zum Anlauf vor und sah, wie der Stier auf ihn zustürmte. Ariadne, dachte er, und hatte schon den geschwellten Muskelhöcker vor sich. Meine Ariadni!

»Astro!« gellte ihr Schrei. »Asterios!«

Laut schluchzend sank Ariadne zusammen und biß in ohnmächtigem Schmerz in die Decke, die Mirtho für sie bereithielt.

Er spürte, daß sein Körper ihm gehorchte und lief, so schnell er konnte. Wilde, übermütige Freude durchströmte ihn. Asterios sprang ab.

Im gleichen Augenblick traf ihn das Gesicht wie ein Faustschlag.

Ariadne, schweißbedeckt in einem Zimmer, das voll schmutziger Tücher liegt. Sie windet sich, hält die Arme fest um ihren Leib gepreßt, wimmert seinen Namen. Hinter ihr kauert Mirtho und hält eine große Schale zwischen ihre Beine. Überall Blut und Schleim, ihr helles Hemd von dunklen Flecken besudelt. Plötzlich spürt er die Schmerzen in seinem Leib, und fühlt den Tod in seinem Körper...

Seine Hand verfehlte das geschwungene Horn. Faßte ins Leere. Anstatt über den Stier zu fliegen, schlug er hart auf dem Boden auf.

Entsetzte Schreie von der Tribüne.

Unbeeindruckt drehte sich der schnaubende Stier zur Seite. Er beugte seinen Kopf nach unten, nahm den Springer auf die Hörner und schleuderte ihn in den Sand. Asterios blieb regungslos liegen.

»Es ist vorbei, weine nicht mehr, meine Tochter!«

Ein Zittern, das nicht enden wollte. Blutig gekaute Fingernägel.

»Versuch jetzt zu schlafen. Der Tee wird dir dabei helfen. Schlafe, mein Kleines, alles wird wieder gut. Ich bleibe bei dir.«

Vier Männer waren nötig, um den Stier zu bändigen und mit Stricken zu fesseln. Aiakos war schon in der Arena und beugte sich über den Verletzten.

Asterios stöhnte laut. Sein Rücken war blutig aufgeschlagen und sein linker Arm merkwürdig weggespreizt, in einer Haltung, als gehöre er nicht zum übrigen Körper. Man konnte bis auf den Knochen sehen, so tief klaffte das Fleisch. Aus einer Platzwunde über dem linken Auge rann Blut über sein Gesicht. Nur mit äußerster Anstrengung gelang es Asterios, das rechte Auge einen Spaltbreit zu öffnen.

Über sich gebeugt sah er Aiakos stehen, neben ihm Ikaros, der mit bekümmerter Miene etwas zu murmeln schien. Die Gesichter dahinter verschwammen.

Die Lider wurden ihm schwer. »Sei ganz ruhig, mein Sohn«, drang Pasiphaës Stimme an sein Ohr. »Wir werden dir gleich ein Mittel gegen den Schmerz geben.«

»Es ist nur mein Arm«, wollte Asterios erwidern, aber jedes Wort kostete ihn unendlich viel Kraft. »Kümmert euch um Ariadne, denn sie hat...«

Der Boden unter ihm schien zu schwanken, und eine weiche graue Wolke trieb immer schneller auf ihn zu. Das letzte, was er wahrnahm, war ein Paar schwarzer Augen, die ihn voller Mitgefühl ansahen. Dann schwanden ihm die Sinne.

LUFT

Das Haus, das Aiakos bald nach seiner Rückkehr nach Kreta bezogen hatte, lag keine halbe Reitstunde von Phaistos entfernt und war umgeben von einem ausgedehnten Garten, dessen Herzstück ein künstlich angelegter Teich bildete. Anstelle der in Ägypten heimischen Lotosblüten, die den hiesigen Winter nicht überlebt hätten, wucherten Anemonen und Seerosen auf dem grünlichen Wasser, das viele Vögel aus der Umgebung anzog. Zwischen hohen Zypressen standen Obstbäume; direkt am Zaun wuchs ein alter Granatapfelbaum, dessen Früchte beinahe reif waren.

Die zweistöckige Villa erhob sich auf einer Plattform. Besucher empfing zunächst ein gepflasterter Vorhof, von dem aus sie in eine große Halle gelangten. Nördlich schloß sich eine Loggia an. Im Erdgeschoß lagen das Speisezimmer sowie verschiedene Wirtschafts- und Vorratsräume und die Unterkünfte für die Dienstboten. Eine Treppe führte nach oben, wo sich nach Osten die Zimmer erstreckten, die Aiakos und Hatasu bewohnten. Mehrere Gastgemächer und die umfangreiche Papyrosbibliothek, die der Hausherr aus Syene mitgebracht hatte, waren im westlichen Teil untergebracht. Über eine kleine Leiter war das Flachdach zu erreichen, das in warmen Sommernächten zur Betrachtung des Himmels einlud.

Überall im Haus war spürbar, daß Ägypten Aiakos zur zweiten Heimat geworden war. Nur im Speisezimmer waren die Wände nach kretischer Manier mit Stuck verkleidet; überall sonst schmückten Schilfmatten mit Tier- und Pflanzenmotiven die steinernen Mauern. Steinerne Fußböden garantierten auch bei hohen Temperaturen angenehme Kühle. Im Winter konnten sie durch ein verschachteltes System unterirdischer Röhren von der Feuerstelle des Badehauses aus mit warmem Wasser beheizt werden.

Asterios war inzwischen vertraut mit dieser gediegenen Pracht. Seit seiner Genesung kam er nahezu jeden Tag hierher, um von Hatasu unterrichtet zu werden.

Die Ägypterin hatte ihm das Leben gerettet. Nach dem Sturz in der Arena war sie es gewesen, die seinen gebrochenen Arm wieder eingerenkt und geschient und anschließend die Wunde mit einer Darmsaite genäht hatte. Aber trotz dieser fachgerechten Versorgung hatte sich bei ihm am zweiten Tag hohes Wundfieber eingestellt, und nur Hatasus Tees und Kräuteraufgüssen war es zu verdanken, daß er sich langsam wieder erholt hatte.

»Wer bist du?« hatte er immer wieder gefragt, wenn er in Fiebernächten aus verworrenen Träumen erwacht war und die Frau mit den schwarzen Augen gesehen hatte.

»Ich bin Susai«, hatte sie geantwortet, die kalten Kompressen an seinen Beinen erneuert und ihn mit sanfter Gewalt dazu gebracht, ein paar Schlucke von dem Lavendelblütentee zu trinken. »Schlaf jetzt. Du mußt wieder gesund werden.«

Abwechselnd mit Mirtho hatte sie bei ihm gewacht, und nur die Gewißheit ihrer Gegenwart ließ ihn wieder ruhig werden und einschlafen. Nicht einmal hatte Asterios während seines langen Genesungsprozesses eine unwillige Geste oder ein Wort der Ungeduld bemerkt. Hatasu wirkte so beherrscht, daß man sie für kühl halten konnte. Und doch spürte er hinter ihrer äußerlichen Gelassenheit andere, verborgene Gefühle, eine tiefe Traurigkeit, die sich manchmal unmittelbar auf ihn übertrug und seine eigenen Sorgen noch drückender erscheinen ließ.

Dann verzehrte er sich mehr denn je nach Ariadne und konnte nicht begreifen, daß sie nicht versuchte, ihn zu sehen. Mirtho hatte er so lange bestürmt, bis sie ihm schließlich gesagt hatte, daß sie wieder gesund war. Wo sich die Geliebte jedoch aufhielt, erfuhr er nicht.

Asterios war froh, daß sich Hatasu auch noch um ihn kümmerte, als es ihm schon wieder besserging. Er ahnte nicht, welche Überwindung es sie kostete, Phaistos zu betreten. Jahre waren vergangen, seitdem Minos die junge Frau verfolgt hatte wie ein Jäger seine Beute. Nichts hatte ihn davon abhalten können – weder der Umstand, daß sie die Tochter seines besten Freundes war und seine Verliebtheit nicht erwiderte, noch Pasiphaës Eifersucht.

Erst nachdem Hatasu ihn wiederholt zurückgewiesen hatte, nicht bereit, ein einziges seiner kostbaren Geschenke anzunehmen, war seine Leidenschaft nach und nach abgekühlt. Aber noch immer gab es Augenblicke, in denen seine Begierde neu aufflackerte. Dann griff Hatasu auf ihr probates Mittel zurück. Schon damals hatte sie sich dem König entzogen, Knossos und die anderen Paläste gemieden und sich im Haus ihres Vaters in ihre Studien versenkt. Heute gab es kaum eine Heilerin auf Kreta, die sich mit ihr messen konnte.

Nach Möglichkeit schlüpfte Hatasu durch ein Nebentor in den Palast, die Ledertasche mit den Medikamenten wie einen Schild vor die Brust gepreßt. Anfangs war ihre Weigerung unumstößlich erschienen, als aber erst Mirtho und schließlich auch Pasiphaë sie unter Tränen beschworen hatten, den Kranken zu retten, hatte sie nachgegeben und war sogar zur Nachtwache in Phaistos bereit gewesen.

Dennoch rief der leise Anisgeruch, der nach den Räucherungen in den Fluren schwang, die alte Beklemmung in ihr wach. Dann meinte sie, hinter jeder Ecke das lüsterne Gesicht des Königs zu sehen und fühlte sich nicht mehr wie Hatasu, die Heilkundige, auf ihrem Weg zum Krankenzimmer, sondern wie das ängstliche Mädchen mit den schwarzen Augen, das sich damals versteckt hatte.

Bis jetzt war es ihr gelungen, dieses Unbehagen aus früheren Tagen vor Asterios zu verbergen. Sie löste die Schlinge um seinen Hals und öffnete den Leinenverband. Die Wunde war gut, wenngleich wulstig verheilt, und neben der neuen Haut zeichneten sich bräunlich die Stiche ab.

Asterios beäugte skeptisch seinen linken Arm, der gegen den rechten dünn und kraftlos wirkte. Er versuchte, ihn sachte zu drehen und stöhnte, als er eine ungeschickte Bewegung machte.

»Du mußt Geduld haben«, tröstete ihn Hatasu, während sie die Fäden entfernte. »Zweimal täglich kannst du ihn mit dieser Kamillensalbe bestreichen. Das Wichtigste aber ist, ihn vorsichtig und ganz allmählich wieder an die Belastung zu gewöhnen.«

»Werde ich jemals wieder springen können?«

Als sie sich vorbeugte, sah er den goldenen Löwinnenkopf zwischen ihren kleinen Brüsten baumeln. Mittlerweile wußte er, daß er Sachmet, darstellte, in ganz Ägypten als Göttin der Heilkunst verehrt. Ein schwacher, sehr weiblicher Duft stieg aus dem Ausschnitt auf. Er genoß Hatasus Wärme, ihre Nähe.

»Aber sicher – vorausgesetzt, du läßt dir genügend Zeit.«

Sie waren allein in seinem Zimmer, und Hatasu mußte sich eingestehen, daß sie sich befangen fühlte. Asterios trug nicht wie üblich einen einfachen Schurz, sondern war mit einer gefältelten Hose und einem weißen Leinenhemd bekleidet, was ihn erwachsen machte. Sein braunes Haar war frisch gewaschen, und als sie seinen Arm versorgt hatte, war sie ihm länger als unbedingt nötig nah gewesen.

Er ist noch ein Knabe, sagte sie sich, und wußte im selben Augenblick, daß sie sich etwas vormachte. Der Ausdruck in seinen goldgefleckten Augen hatte nichts Kindliches mehr. Asterios ließ eine Saite in ihr anklingen, die lange geschwiegen hatte.

Er verwirrte sie. Und zog sie an. Sie fühlte sich unsicher, wenn sie bei ihm war, und sehnte sich nach seiner Nähe, kaum war sie allein. Er war so anders als die Männer, die sie bislang gekannt hatte! Offen, verletzlich, umgeben von einem dunklen Geheimnis, das ihm trotz seiner Jugend Tiefe und Reife verlieh. Sie war seine Lehrerin. Aber sie hätte viel darum gegeben, wenn er die Frau in ihr gesehen hätte. Und die vielen Jahre, die sie älter war? Die andere Kultur, aus der sie stammte?

Um sich von ihren widersprüchlichen Gefühlen abzulenken, fragte sie ihn zum erstenmal nach den Ursachen des Sturzes.

Asterios zögerte. »Ich sehe manchmal seltsame Dinge«, sagte er schließlich leise, »von denen ich nicht weiß, ob sie schon geschehen sind oder sich noch zutragen werden. Manchmal hoffe ich, daß sie nur meiner eigenen Phantasie entspringen.«

Sie starrte ihn erstaunt an. In ihrer Heimat galten Menschen, die diese Gabe besaßen, als Bevorzugte der Götter.

»Du besitzt – das Gesicht?«

Er nickte. »Mirtho hat es so genannt.«

»Was geschah während deines Sprungs, Asterios?« wiederholte Hatasu ihre Frage und ließ ihn nicht aus den Augen.

»Das kann ich dir nicht sagen«, antwortete er hastig. »Ein schreckliches Bild...« Er biß sich auf die Lippen.

»Ohne Ankündigung? Gab es keine Vorzeichen, keine Warnung?«

»Das Gesicht überfällt mich wie ein Unwetter«, erwiderte er unglücklich. »Oder ein böser Alptraum. Gleichgültig, wo ich gerade bin oder was ich tue.«

Beide schwiegen.

»Viele Isis-Priesterinnen verfügen über seherische Gaben«, sagte Hatasu plötzlich. »In manchen großen Tempeln Ägyptens werden seit Jahrhunderten Methoden gelehrt, die den Umgang damit erleichtern. Meine Mutter hat einiges davon an mich weitergegeben. Ich könnte dir beibringen, was ich weiß.«

»Das würdest du tun?« fragte Asterios überrascht.

»Es wäre den Versuch wert«, antwortete sie und fühlte sich erleichtert bei dem Gedanken, ihn wiederzusehen. Diesmal allerdings würde sie die Bedingungen festlegen. »Aber du mußt in unser Haus kommen.«

Seitdem ritt er oft zu Hatasu, bevor sich die Sonne noch über der Ebene erhoben hatte. Im Lauf seiner Genesung war der heiße Sommer verstrichen, und kühlere Morgen und Abende deuteten bereits den Wechsel der Jahreszeit an. Asterios nahm ihr altes Wissen begierig in sich auf. Bei jeder ihrer Begegnungen erfuhr er sich selbst neu, und er spürte, wie Herz und Kopf ihm weit wurden. Er lernte, seinen Atem kommen und gehen zu lassen, bis sein Körper in vollkommener Ruhe entspannt war. Sie machte ihn vertraut mit den sieben feurigen Rädern des Menschen, den Kraftzentren entlang der Wirbelsäule, die sich mehr und mehr während der Übungen entfalteten. Sie lehrte ihn Achtsamkeit und Bewußtheit, und es fiel ihm immer leichter, seine Sinne zu verschließen und nach innen zu gehen.

Mit Hilfe eines großen, sechseckig geschliffenen Saphirs brachte sie ihm bei, sich in tiefe Meditation zu versenken. Asterios starrte so lange auf den Stein, bis dieser langsam in den Hintergrund trat und sich allmählich zum Symbol wandelte. Schließlich verschwand er vor seinem inneren Auge und verströmte kräftiges, leuchtendes Blau. Dann berührte ihn Hatasu, die aufmerksam seine Versenkung verfolgt hatte, an der Nasenwurzel. Unter dem sanften Druck ihrer Finger wurde die kleine Stelle heiß.

Asterios machte sich auf ins Zentrum dieser Lichtquelle und begann zu sehen. Zum erstenmal konnte er ohne Angst geschehen lassen, was auf ihn zukam. Mit leiser, beruhigender Stimme begleitete Hatasu ihn.

»Deine Fähigkeit, Dinge zu sehen, die noch nicht geschehen sind oder bereits lange zurückliegen, ist eine wertvolle Gabe. Fürchte dich nicht vor ihr, Asterios! Die Bilder beherrschen dich nicht länger. Jetzt bist du ihr Meister! Du kannst die Bilder rufen, indem du dich auf das blaue Licht konzentrierst. Und du kannst sie auch wieder gehen lassen, indem du dich bewußt nach außen öffnest. Öffne jetzt deine Augen!«

Er rieb sich die Lider und war schon auf das gewohnte Gefühl von Schwindel und tiefer Erschöpfung eingestellt, das ihn sonst immer nach dem Verblassen der Visionen erfaßt hatte. Aber es blieb aus.

Asterios erhob sich von seiner Schilfmatte und trat zu Hatasu, die ebenfalls von ihrem Hocker aufgestanden war. Im Stehen überraschte ihn immer wieder, wie klein sie war. Auf geheimnisvolle Weise zog sie ihn an, wenngleich er sich oft in ihrer Nähe wie ein unwissendes Kind fühlte. Niemals zuvor war er einer Frau begegnet, die es besser verstanden hatte, ihre Vorzüge durch Kleidung und Schmuck zu betonen. Für gewöhnlich bevorzugte Hatasu starke, ausdrucksvolle Farben; heute aber trug sie ein spinnwebfeines, lichtgrünes Plisseegewand, das von einem steifen Kragen bis auf ihre bloßen Füße fiel. Fayencen und goldene Zierplättchen waren aufgenäht; kleine Perlen aus hell- und dunkelgrünem Glas bildeten den Saum. Nicht einmal Pasiphaë besaß schönere Gewänder.

»Ich kann die Bilder jetzt kommen und gehen lassen, ohne mich gegen sie aufzulehnen oder mich vor ihnen zu ängstigen«, sagte Asterios. »Aber die Gabe allein ist nutzlos. Wie kann ich die Wahrheit, die sich mir auf diese Weise offenbart, an andere weitergeben?«

»Von welcher Wahrheit sprichst du?« Sie trank einen kleinen Schluck Wasser.

»Wie meinst du das?« fragte er irritiert zurück.

»Die Wahrheit kam nicht nackt auf die Welt«, antwortete sie, »sondern in Sinnbildern und Symbolen und wird von jedem anders verstanden. Deshalb kann die Wahrheit, die du siehst, für einen anderen Lüge sein – und umgekehrt. Du wirst erleben, daß man dich wegen deiner Wahrheit ablehnt, ja sogar haßt. Weißt du, daß du dich für einen schwierigen Weg entschieden hast?«

Asterios nickte.

»Es ist nicht einfach, mit der Wahrheit auf die richtige Weise umzugehen«, fuhr sie fort. »Die meisten Menschen brauchen ihr ganzes Leben dazu. Falls es ihnen überhaupt gelingt.«

Auch nachdem er schon gegangen war, fühlte sie seinen fragenden Blick. Wieso brachte sie dieser junge Mann so durcheinander?

Pasiphaë und Mirtho waren über seine regelmäßigen Besuche bei ihr informiert, und sie hatte sich mit ihrem Vater abgesprochen, der sich seinerseits bei Minos rückversichert hatte. Hatasu, die als einzige Aiakos bestgehütetes Geheimnis kannte, wußte, wie viel ihm an ihrem intensiven Kontakt zu Asterios lag. Gerade deshalb war sie glücklich, daß offiziell niemand ein Wort darüber verlor.

Aiakos, erfreut, daß sein Schützling nach Wochen der Untätigkeit nun wieder ansprechbar und interessiert war, hatte seine Tochter gebeten, ihm mitzuteilen, wann Asterios wieder mit dem Training beginnen konnte. Er drängte nicht, aber er wartete voll innerer Ungeduld.

Insgeheim bangte Hatasu vor dem Tag. Asterios beschäftigte sie mehr, als er ahnen konnte und ihr selbst lieb war, und ließ Wünsche in ihr wach werden, die sie sich sonst verbot. Gerade deshalb hatte sie ihm von ihrem bisherigen Leben nur wenig erzählt. Sie wollte auf keinen Fall, daß er erfuhr, wie einsam sie war. Deshalb blieb sie vor Asterios auf der Hut, versuchte, sich kühl und überlegen zu geben, und unternahm kaum Versuche, das Lehrerin-Schüler-Verhältnis zu verändern. Doch von Woche zu Woche fiel ihr der distanzierte Umgang schwerer, und sie mußte sich eingestehen, wie sehr sie seine Nähe genoß. Sie liebte seine Spontaneität, seinen Wissensdrang und seine Unmittelbarkeit, und die Freude, mit der er zu ihr kam, machte sie glücklich. Erinnerungen an früher stiegen in ihr hoch.

Ihre Kindheit in Syene, dem Grenzort zwischen Ägypten und Nubien, wo in den Steinbrüchen dunkler Syenit und Rosengranit gewonnen und nilabwärts verschifft wurden, war heiter und zufrieden gewesen. Damals war sie noch Susai gewesen: ein kleines, dunkles Mädchen mit schwarzen Mandelaugen, das den ganzen Tag geplappert und gelacht hatte. Geliebt und behütet war sie aufgewachsen. Tage hatte sie erlebt, an denen der Himmel weiß vor Hitze gewesen war; staunend an ihrem Fenster das nächtliche Firmament betrachtet, das die Himmelsgöttin Nut mit ihrem schimmernden Leib umspannt hatte.

Ihre Mutter, die von den Ufern des Weißen Nils stammte, war eine Isispriesterin, die in der Tempelstadt Buto im Nildelta medizinische Studien betrieben hatte, bevor sie Aiakos' Frau geworden war. Gemäß der Tradition hatte die Heilkundige ihr gesamtes Wissen an die Tochter weitergegeben. Sie lehrte sie die Kunst der Hieroglyphen und führte sie nach und nach in die Vorschriften ihrer Religion ein. Neith sorgte dafür, daß Hatasu die Isisweihe empfing und begleitete sie selbst zum Tempel in Dendera, wo nach wochenlangen Vorbereitungen das Ritual vollzogen wurde.

Schon in jungen Jahren hatte sie ihr gezeigt, wo die heilkräftigen Kräuter und Pflanzen gegen verschiedenartigste Leiden wachsen, und wie man sie zu Salben und Medizin verarbeitet. Neith zeigte Hatasu, wie man Wunden säuberte und verband und leitete sie später bei einfacheren Operationen an.

An ihrem Haus zogen die Karawanen aus dem Sudan vorbei. Die Nubier handelten auf dem nahegelegenen Markt mit Berbern und Nomaden. Sie tauschten Gewürze, Gold und Edelhölzer gegen Henna, Mehl und Pfeffer, Elefantenzähne gegen scharf geschliffene Berberdolche. Seit ihren ersten Lebensjahren war Hatasu an den Anblick schlafender Bettler auf den steinernen Stufen gewohnt. Sie wunderte sich nicht, wenn im Arbeitszimmer ihres Vaters plötzlich Fremde einquartiert waren.

Neith hatte keinen fortgeschickt, der an ihre Tür klopfte. Auch dann nicht, als das schwarze Fleckfieber in der Stadt gewütet und ihr Garten voll von Kranken war, zu schwach, um nach Hause zu gehen. Schließlich selbst von der Seuche befallen, hatte sie bis zum Schluß gegen die Krankheit gekämpft und sich erst zum Sterben hingelegt, als sie sicher sein konnte, daß Aiakos ihre Tochter unversehrt nach Edfu gebracht hatte, wo die Familie ein Sommerhaus besaß.

Ihr Tod hatte alles verändert. Ohne die vielen Hilfesuchenden wirkte das Haus still und traurig. Aiakos floh vor der Leere und unternahm zahlreiche Reisen; die Tochter ließ er, kaum beaufsichtigt von häufig wechselndem Personal, in Syene zurück.

Hatasu mußte lernen, mit ihrem Schmerz und ihrer Einsamkeit zu leben. Es verging kein Tag, an dem sie sich nicht nach freundlicher Gesellschaft gesehnt hätte. Deshalb war sie zunächst froh, als Minos den Vater zur Rückkehr nach Kreta drängte. Immer wieder bat sie ihn, von seiner Heimat zu erzählen, und malte sich das Leben an den Höfen von Knossos und

Phaistos in bunten, prächtigen Farben aus. Um so größer war ihre Enttäuschung, als sie auf der Insel ankam.

Die Kreter kamen ihr bäurisch und ungeschliffen vor, und viele ihrer Sitten und Gebräuche fand sie abstoßend. Sie mokierte sich über ihre Engstirnigkeit und konnte nicht verstehen, wieso eine derart barbarische Veranstaltung wie das Stierspringen als heilige Kulthandlung galt. Am meisten aber litt sie unter der Künstlichkeit bei Hof, wo sie sich eingeschränkt fühlte und kaum Anschluß zu Gleichaltrigen fand.

Mirtho und die Priesterinnen beäugten sie mißtrauisch, weil sie andere Vorstellungen vom Heilwesen hatte. Aiakos, schon bald mit der Ausbildung der Mysten beauftragt, verbrachte viele Monate des Jahres in Knossos oder Mallia und hatte wieder keine Zeit, sich um sie zu kümmern.

Hatasu wurde immer einsamer und unglücklicher. Die Situation spitzte sich zu, als Minos seine Leidenschaft für sie entdeckte und Pasiphaë vor Eifersucht raste. In diesen Monaten begann sie, sich noch mehr zurückzuziehen und überall Feinde zu vermuten.

Selbst als Minos Verliebtheit abgeklungen war und die Königin sicher sein konnte, daß von dem fremden Mädchen keine Gefahr drohte, verbesserte sich ihre Beziehung zum Hof kaum. Zu deutlich hatte Hatasu zum Ausdruck gebracht, was sie von dem im Vergleich zu Ägypten provinziell anmutenden Prunk hielt, zu entschlossen war sie ihren eigenen Weg gegangen. Nur dem Umstand, daß sie Aiakos Tochter war und damit Achtung genoß, war es zu verdanken, daß sie weiterhin noch eingeladen wurde. Sie hatte sich über die Jahre zu einer Außenseiterin entwickelt – bis zu dem Tag, als sie sich über den verwundeten Asterios gebeugt hatte.

Aiakos blieb ihre Schwäche für Pasiphaës Sohn nicht verborgen, die weit über das hinausging, was Lehrerin und Schüler in der Regel verbindet. Er zögerte lange, bevor er Hatasu darauf ansprach. Er mochte nicht glauben, daß das Schicksal wirklich eine so glückliche Wendung zuließ, nachdem er noch immer an seiner alten Schuld litt.

Als Asterios Woche um Woche in sein Haus kam und er sah,

wie eng und tief die Beziehung zwischen den beiden wurde, griff er ein.

»Höchste Zeit, daß wir wieder mit dem Üben beginnen«, sagte er eines Morgens, als Asterios vom Pferd gestiegen war und gerade die Eingangshalle durchqueren wollte.

Hatasu, die ihm freudig entgegengegangen war, wurde blaß. Das bedeutete, daß sie Asterios künftig kaum noch sehen konnte.

»Gut«, sagte sie nach kurzem Zögern und versuchte, ihre Stimme unter Kontrolle zu halten. Niemand sollte den Aufruhr in ihrem Inneren bemerken. »Bleiben wir heute noch bei unserem üblichen Programm, und morgen früh, zum Abschied, gibt's eine Sonderbehandlung.«

»Du liebst ihn?« sagte Aiakos ohne Umschweife, als sie abends zusammensaßen und Dienerinnen die Teller abgetragen hatten. »Wie einen Bruder?«

Sie nickte. Leichte Röte färbte ihre Wangen. »Mehr als einen Bruder.«

»Du weißt, wer er ist?«

Hatasu nickte abermals.

»Du mußt ihm Zeit lassen«, verlangte Aiakos. »Wir müssen uns alle in Geduld üben.«

»Was habt ihr mit ihm vor, Minos und du?« Sie reagierte ungewohnt heftig. »Wollt ihr Asterios für eure Zwecke einspannen?«

»Er hat noch einen weiten Weg vor sich«, wich der Vater aus. »Und kein einfaches Schicksal liegt vor ihm.«

»Er ist nicht wie die anderen«, sagte Hatasu leise. »Niemals zuvor ist mir so ein Mann begegnet – von dir einmal abgesehen. Ich vertraue dir. Du wirst nichts tun, was ihm schaden könnte.« Ihre Augen waren voller Wärme.

Jetzt war es Aiakos, der zu Boden sah. »Gib ihm die Chance, sich kennenzulernen! Er kann deine Gefühle erst erwidern, wenn er selbst weiß, wer er ist. Versprichst du mir das?«

»Und du, so sorgsam und behütend mit ihm umzugehen wie – ein Vater?«

»Ja«, sagte Aiakos. »Das werde ich.«
»Ja«, versprach Hatasu. »Ich werde warten.«

Am nächsten Morgen ließ sie Asterios das Hemd ausziehen und setzte nacheinander an der Innenseite seines linken Armes Druckpunkte. Er spürte, wie seine Muskeln heiß wurden. Dann zuckte er plötzlich mit verzerrtem Gesicht zusammen.

»Schmerz und Lust sind nichts als vorübergehende Zustände«, murmelte Hatasu, ohne ihre Arbeit zu unterbrechen. »Nimm sie hin, wie du sie erlebst. Das Ziel sollte freilich sein, dich immer weniger von ihnen beeinflussen zu lassen.«

»Schmerz macht mir nichts aus«, sagte er gekränkt.

Sie unterdrückte ein Lächeln. »Gesundheit oder Krankheit sind nur äußerliche Manifestationen unseres Willens. Die Macht deiner Gedanken kann dich sowohl krank als auch gesund machen. Vorausgesetzt, du willst wirklich gesund sein.«

Asterios errötete. »Du hast gehört, was dein Vater gesagt hat. Ich muß schon bald zum zweiten Mal über den Stier springen«, sagte er. »Diesmal allerdings gehe ich nicht so leichten Herzens.«

Sie ließ seinen Arm sinken, kniete sich vor ihn auf den Boden und sagte eindringlich: »Für uns Ägypter stellt der Stier ein heiliges Symbol der Erde dar. Sie ist keine Ansammlung von Staub, sondern ein komplizierter, lebendiger Mechanismus, auf dem alles sich gegenseitig bedingt. Du brauchst keine Angst zu haben, Asterios! Denn die Erde ist dein ureigenes Element; meines ist das Feuer. Doch das kommt erst viel später an die Reihe.« Jetzt lächelte sie. »Denk vor dem Sprung an das, was ich dir in den letzten Wochen beigebracht habe – wer wäre besser geeignet als du, den Stier zu bezwingen?«

Der Tag seines zweiten Versuchs war angebrochen. Diesmal füllte keine buntgekleidete Menschenmenge den Theaterhof, und es gab beim Einzug der Akrobaten weder Fahnen noch Musik. Nur Jesa, Ikaros und Aiakos standen auf den hellen Steinstufen. Hatasu hatte sich nicht zum Kommen überreden lassen.

»Ich bin ohnehin immer bei dir, weißt du das nicht?« hatte sie gesagt und ihn dabei aus unergründlichen Augen angesehen.

Wie beim letzten Mal war der heilige Schrein geöffnet, und Asterios sah das Schimmern der Doppelaxt, vor der Pasiphaë sich verneigte, bevor sie ihn salbte und mit Wasser besprengte. Herbstliche Morgenkühle streifte seine bloße Haut, aber er atmete ruhig und gelassen. Die Sonne stäubte Gold über die bewegten Baumwipfel, und drunten in der Ebene waren die Felder längst zu Stoppeln verbrannt.

Als ihm der schwarze Bulle mit gesenktem Schädel entgegenstürmte, kostete es Asterios einen langen Augenblick der Überwindung, bevor er loslief. Dann aber dachte er an Hatasus Unterweisungen und verschloß seine Sinne nach außen.

Er rannte kraftvoll auf den Stier zu, leicht schräg, wie Aiakos es ihnen eingeschärft hatte, und fand den richtigen Absprung. Der Bulle warf seinen Kopf hoch. Da hatte Asterios schon sicher nach den Hörnern gegriffen. Obwohl der Schmerz der Anstrengung heiß durch seinen linken Arm schoß, gelang ihm ein hoher, beinahe perfekter Salto über den Tierrücken. Mit beiden Händen berührte er federnd die breiten Flanken.

Seine Augen taxierten den Ort des Niedersprungs, seine Füße in Schrittstellung erwarteten bereits den Aufprall auf dem sandbedeckten Boden. Dann kam er hinter dem Bullen heil und aufrecht wieder zum Stehen.

Am selben Nachmittag war die Arbeit an dem großen Wandbild in der Festhalle nahezu beendet. Während die eine Seite eine Felslandschaft zeigte, zwischen der sich Blumenbüschel, Sträucher und Gräser wie vom Wind bewegt neigten, war auf der gegenüberliegenden der Sprung über den Stier dargestellt.

Laeto, die letzte Korrekturen vorgenommen hatte, trat ein paar Schritte zurück, um die Komposition zum wiederholten Mal auf sich wirken zu lassen. Direkt auf die Wände war zunächst eine feine Stuckschicht aufgetragen worden. Wenn sie die Augen zusammenkniff, konnte sie noch immer die Umrisse erkennen, die sie mit einer scharfen Obsidianklinge zur ersten Orientierung eingeritzt hatte. Anschließend hatte sie die Farben gemischt und mit der Malerei auf dem noch feuchten Untergrund begonnen.

Sie nickte zufrieden. Die Farben hatten sich mit dem Putz verbunden und exakt die Leuchtkraft erhalten, die sie sich vorgestellt hatte. Dank dieser Methode würden sich auch noch die Enkel Pasiphaës, ja selbst ihre Urenkel an dieser lebendigen Szene erfreuen können. Durch rötliche Vertikalbänder hatte sie den Fries in mehrere Szenen aufgeteilt und den Untergrund in kräftigem Braunrot gestaltet. Die Mitte zeigte einen braun- und fahlweiß gescheckten Stier im fliegenden Galopp, dessen Rumpf übermächtig gedehnt erschien, fast, als wolle er den Bildrahmen sprengen. Um die Illusion von Schnelligkeit und Schwerelosigkeit zu erzeugen, waren seine vier Beine gleichzeitig in der Luft ausgestreckt. Erstmals hatte sie sich entschlossen, den Vorgang des Springens in drei Phasen darzustellen: im Aufschwung auf die Hörner des Tieres, in der Volte und im Niedergehen hinter dem Bullen.

Sie lächelte, während sie mit einem feinen Dachshaarpinsel letzte Korrekturen am Gesicht des Springers vornahm. Nur der mittleren Gestalt hatte sie die rote Farbe gegeben, die sie als Jüngling auswies; die beiden Figuren links und rechts von ihm zeigten helles Beige und waren somit weiblichen Geschlechts. Sie tupfte Glanzlichter auf die bunten Bänder der Schurze und intensivierte das Rot der Stiefel, die alle Springer trugen. Dann rief sie ihre Gehilfinnen, die auf der anderen Seite der Halle den Floralfries vollendet hatten.

Staunend standen die drei Frauen vor dem Gemälde. »Es ist wunderschön!« stieß die jüngste von ihnen mit einem kleinen Seufzer aus. »Pasiphaë wird begeistert sein.«

Laeto machte eine abwehrende Handbewegung. Ihre braunen Augen aber leuchteten, als sie ein wenig barsch befahl, die Farben wegzubringen.

Ein paar Stunden später war der Hof nahezu vollständig vor dem Kunstwerk versammelt. Pasiphaë, die die Künstlerin überschwenglich beglückwünschte; Minos, der sich zurückhaltender gab, das Werk aber ebenfalls lobte. Katreus und Deukalion hielten sich mit ihren Kommentaren zurück, während Ikaros Laeto mit Fragen bestürmte.

Daidalos, der etwas später dazugestoßen war, schien an diesem Nachmittag mißmutiger Stimmung. Nur auf Minos Wunsch hin hatte er seine Werkstätte verlassen. Sein Haar glänzte feucht, und an seinen Händen verriet keine Spur den Staub der Metalle; aber er war wortkarg und ging Laeto auffällig aus dem Weg.

Asterios fiel auf, wie wenig Vater und Sohn sich zu sagen hatten. Nicht ein einziges Mal richteten sie das Wort aneinander, und es kam ihm vor, als vermeide Ikaros die Nähe seines Vaters. Als schließlich auch noch Mirtho, Akakallis und Xenodike ihr Gefallen äußerten, verdüsterte sich Daidalos' Miene zusehends. Er preßte beinahe seine Nase an das Bild, als verberge es ein Geheimnis. Als Minos zu ihm trat und einige halblaute Sätze sagte, reagierte Daidalos mit fahrigen, nervösen Gesten.

»Ich weiß gar nicht, was du willst«, sagte er, laut genug, daß es auch die anderen verstehen konnten. »Natürlich kann ich dieses Bild beurteilen! Schließlich bin ich selbst Künstler.«

Die scherzhafte Antwort, die Minos ihm darauf gab, hörte Asterios schon nicht mehr. Er hatte nur auf den Moment gewartet, in dem Pasiphaë sich zum Gehen wandte und damit das Signal zum allgemeinen Aufbruch gab.

Er verließ die Festhalle und lief hinüber zu den Ställen, um sein Pferd zu holen. Der Weg zu Hatasu lag im Sonnenschein, und Asterios bemerkte, daß die ersten Blätter sich bereits herbstlich verfärbt hatten. Einmal hielt er inne, weil er glaubte, den Klang von Hufen hinter sich gehört zu haben, aber als er stehenblieb, um zu lauschen, war alles ruhig. Er ritt weiter und erreichte den Garten, in dem Herbstblumen leuchteten und wilder Wein wuchs.

Er zögerte, den Vorhof zu betreten, und überlegte kurz, bevor er sich zu einem Abstecher an den Teich entschloß. Die Freude und Erleichterung des Morgens hatten leiser Melancholie Platz gemacht. Er wollte sich von Hatasu verabschieden und suchte nach den richtigen Worten, um es für sie beide leichterzumachen.

Als er ein leises Geräusch hinter sich vernahm und sich umdrehte, stand Ariadne vor ihm.

»Ich bin dir gefolgt, Asterios«, sagte sie, »um mit eigenen Augen zu sehen, worüber ganz Phaistos tuschelt. Erst mein Vater und jetzt auch du – diese Frau muß magische Fähigkeiten besitzen!«

Sie war schöner als in seinen Traumbildern, obwohl sie ein schmuckloses blaues Kleid trug und ihr Haar nachlässig mit einem Band aus dem Gesicht hielt. Er sah die kleinen Sommersprossen auf ihrer Nase, ihre makellosen Ohren. Ihre Haut war blaß; nur die Erregung hatte rote Flecken auf ihre Wangen gezeichnet. Tausendmal hatte er in den vergangenen Monaten ihre Begegnung herbeigesehnt. Jetzt stand er stumm vor ihr, unfähig, zu antworten.

»So schweigsam?« Der höhnische Ton traf ihn tief. »Findest du nicht, es wäre an der Zeit, mir *deine* Version der Geschichte zu erzählen?«

»Ariadne, ich...« Hilflos verstummte er. Es kann nicht sein, dachte er. Nicht so, Große Göttin, nicht so!

Ihr Gesicht war schmaler als früher, und ihre Augen zeigten ein Flackern, das er nie zuvor bemerkt hatte. Ariadnes ganzer Körper schien vor Anspannung zu vibrieren.

»Weißt du eigentlich, was du mir angetan hast?« brach es aus ihr heraus. »Ich war schwanger. Schwanger von dir!«

»Ich liebe dich, Ariadni«, sagte er mit Nachdruck. »Ich hatte keine Ahnung, daß du meine Schwester bist.« Er trat näher auf sie zu.

»Und ich hasse dich, hörst du, ich hasse dich!« schrie sie und hob abwehrend die Arme. »Wie konntest du mich nur so hintergehen? Pasiphaë wird uns töten lassen, wenn sie erfährt, was geschehen ist!«

Abrupt wandte sie sich ab, schlang ihre Arme um den nächsten Stamm und begann zu schluchzen. »Ich wünschte, ich wäre schon tot!«

Da umfing er sie und küßte ihren Nacken, während er leise Koseworte flüsterte. Zunächst versuchte sie, sich ihm zu entziehen, aber schließlich gab sie ihren Widerstand auf und wurde ruhiger.

»Wir können unserem Schicksal nicht entfliehen«, murmelte

er an ihrem Ohr. »Ich liebe dich wie am ersten Tag und werde dich immer lieben, obwohl du meine Schwester bist. Wir beide gehorchen anderen, ewigen Gesetzen, und unsere Liebe ist heilig, das weiß ich! Ist es nicht so, daß die Könige Ägyptens seit jeher ihre Schwestern geliebt haben? Und Minos ist noch nicht einmal mein Vater!«

Er hatte das falsche Argument gewählt, er spürte es an ihrem Körper, der sich wieder steif machte. Ariadne entwand sich seiner Umarmung.

»Hier ist Kreta und nicht Ägypten«, sagte sie barsch, und er sah das wiedererwachte Mißtrauen in ihrem Gesicht. »Wo war denn deine grenzenlose Liebe in all den schrecklichen Wochen, als ich sie so dringend gebraucht hätte? Wo warst du, als ich aus Verzweiflung unser Kind getötet habe – mein *Bruder*?«

»Bei dir!« rief Asterios, »Tag und Nacht! Jeden deiner Atemzüge habe ich gespürt und alle deine Schmerzen mit dir durchlitten! Als du das Kind verloren hast, verfehlten meine Hände die Hörner des Stiers. Ich bin gestürzt und habe mich schwer verletzt. Hätte Hatasu mich nicht gepflegt, wäre ich längst tot. Du hast keinen Grund, ihr irgend etwas übelzunehmen.«

»Wie freundlich von der ägyptischen Schlange!« zischte Ariadne. »Weißt du, daß ich die Göttin damals um deinen Tod angefleht habe?«

»Ich liebe dich, Ariadne«, wiederholte er leise.

»Und ich hasse dich! Verschwinde, Asterios! Verschwinde – ich will dich niemals wieder sehen!«

Und dann lag sie plötzlich in seinen Armen und drängte ihren weichen Körper gegen seinen. Sie umklammerte ihn so fest, als wolle sie ihn nie wieder loslassen. Mit beiden Händen zog sie seinen Kopf zu sich herunter, und er spürte ihre heißen Lippen.

»Nicht hier«, flüsterte sie, als seine Hand nach ihrer Brust tastete.

»Wo dann?«

»Hörst du nichts? Dort hinten waren Schritte, ich bin ganz sicher! Ich muß fort, Asterios. Ich erwarte dich morgen abend in Kaitos' Taverne!«

Sie hauchte ihm eine Kußhand zu und verschwand zwischen den Zypressen.

Aufgewühlt blieb Asterios zurück. Er hatte die Augen geschlossen und schreckte zusammen, als er eine zarte Berührung an seiner Wange spürte. Neben ihm stand Hatasu, eine Kette von großen Goldtopasen um den Hals, die ihre Haut wie Samt schimmern ließen. Ein bitterer Zug lag um ihren Mund; ihre Stimme aber klang unverändert sanft und gelassen.

»Wie schön, daß du gekommen bist!«

Gold war auf ihren Lidern aufgetragen, und auf ihren hochangesetzten Backenknochen lag ein Hauch von Scharlach. Ihr Atem roch nach frischer Minze. Sie schien sorgsamer zurechtgemacht als gewöhnlich.

»Ich bin dir so dankbar für – alles«, sagte er unbeholfen.

»Laß uns ins Haus gehen und auf deinen Abschied trinken.« Sie reichte ihm den Arm. »Nun steht deiner Reise nach Knossos nichts mehr im Wege!«

»Am liebsten würde ich hierbleiben«, sagte Asterios, »bei meinem Freund Ikaros und in deiner Nähe! Ich liebe diese Landschaft, das Meer, die blauen Berge...«

»Ach, Asterios...« Hatasu lächelte. Sie hatte ihn in einen kleinen Raum geführt, der direkt an das Speisezimmer anschloß. Sie ließ sich auf einem Hocker nieder und zog den Tisch näher heran, auf dem eine schlanke Glaskaraffe, Becher und ein Bronzeteller mit Früchten standen.

»Ich weiß, daß ich gehen muß, und was ich zu tun habe. Aber ich habe jetzt schon Heimweh!«

»Du wirst dich verändern, Asterios, sehr sogar,« sagte Hatasu während des Einschenkens so leise, daß er sich anstrengen mußte, sie zu verstehen. »Manche sind auch nach dieser Einweihung noch die, die sie zuvor waren, aber nicht du, das weiß ich!«

Er sah sie fragend an. »Was meinst du damit?«

»Du wirst dich selbst erkennen«, sagte sie. »Bislang kennst du nur die hellen Seiten deines Wesens. Aber die sind nur *ein* Teil von dir. In jedem von uns schlummern auch schwarze, gefährliche Untiefen, die wir nicht wahrhaben wollen und am liebsten ein Leben lang ignorieren würden.«

»Das klingt beinahe, als müßte ich Angst haben, vor dem, was mich erwartet.«

»Du *wirst* Angst haben, da ich bin ganz sicher, du wirst verzweifelt sein. Du wirst mit Gewalt konfrontiert sein, ja sogar Brutalität, und du triffst vielleicht auf etwas, das du dir jetzt noch nicht einmal vorstellen kannst. Nichts ist schwieriger, als seinem eigenen Schatten zu begegnen.«

»Woher weißt du das alles?« Er legte seine Hand sanft auf ihren Arm, und Hatasu zuckte zurück.

Wenn er mich noch einmal berührt, dachte sie, kann ich mein Versprechen nicht mehr halten.

»Jede große Kultur hat eigene Einweihungsriten«, sagte sie mühsam beherrscht und verschränkte ihre Arme, um der Versuchung zu widerstehen. »Wir Ägypter gehen nicht ins Labyrinth, sondern in die Wüste. Die Einsamkeit der weißen Sternennächte lehrt die Menschen am Nil ihre eigene Lektion.«

Beide schwiegen.

»Es ist deine Chance«, sagte Hatasu schließlich, »dich ganz zu erfahren und zu wissen, wer du wirklich bist. Schließlich bist du der, auf den alle hier auf Kreta lange gewartet haben.«

»Der Lilienprinz«, sagte er unhörbar. »So nennt ihn das Orakel.«

»Ja, der Lilienprinz! Laß uns nun auf deine baldige Wiederkehr anstoßen, Asterios!«

Sie tranken.

»Du machst mich ganz nachdenklich«, sagte Asterios und setzte seinen Becher ab. »Und verwirrt.«

»Warst du das nicht schon, als ich dich im Garten getroffen habe?«

»Du bist heute so verändert, Susai«, sagte er und erhob sich schnell. »Niemals zuvor hast du auf diese Weise mit mir geredet!«

»Das bin ich, Asterios«, erwiderte sie, und ihre Stimme klang leicht belegt. »Und es ist nicht nur, weil du weggehst.«

Sie war ebenfalls aufgestanden. Ganz nah waren sie sich nun, ihr Gesicht zu seinem erhoben. Er sah die gespannte Erwartung in ihren Zügen, nahm wahr, daß Hatasus Mundwinkel leise bebten. Dann stellte sie sich auf die Zehenspitzen und streifte seinen Mund mit ihren Lippen.

»Das ägyptische Wort für Schwester heißt Geliebte«, sagte sie fast tonlos. »Die Große Mutter schütze dich, Asterios!«

In Chalara hatte Aurora ihn mit einem Wortschwall empfangen. Nachdem sie ihn wegen seines langen Fernbleibens ausgeschimpft hatte, war sie, bei entsprechender Entlohnung, bereit gewesen, das Zimmer in aller Eile herzurichten. Sie zupfte die Decken zurecht, schloß das Fenster und bestand darauf, das Mädchen mit der Kohlepfanne vorbeizuschicken. Dann, endlich, ließ sie ihn allein.

Asterios wanderte unruhig auf und ab, getrieben von der Angst, Ariadne werde nicht kommen. Gleichzeitig fürchtete er sich vor dem Duft ihres Haares und der sanften Berührung ihres Körpers. Er fühlte sich wie ein Gefangener, gebunden mit unsichtbaren Stricken, unfähig zu entkommen, und wußte doch, daß er eigentlich nicht frei sein wollte.

Nach kurzer Zeit hielt er es im Zimmer nicht mehr aus und ging voller Ungeduld draußen, in der kühlen, mondlosen Herbstnacht, auf und ab, bis er endlich ihre Schritte hörte und sie in seine Arme schließen konnte.

Wie einen kostbaren Schatz führte er Ariadne nach drinnen. Dort, auf dem Bett mit der einfachen Decke, sah er sie lange an. Langsam zog sie sich aus. Kerzenlicht tauchte ihren Körper in Gold. Sie war beinahe dünn geworden; durchsichtig und schutzlos kam sie ihm vor.

»Komm zu mir, Geliebter!« flüsterte sie voll Verlangen und streckte ihm die Arme entgegen.

Er zögerte, bevor er die richtigen Worte fand. »Und wenn die Göttin erneut deinen Leib segnet?« fragte er leise.

Ariadne schloß seine Lider mit kleinen Küssen. »Die schwarzen Neumondnächte sind nicht fruchtbar«, flüsterte sie und schmiegte sich an ihn.

Als er in sie drang, spürte er, wie sehnsuchtsvoll sie ihn erwartet hatte. Alle Vorsicht vergaß er, alles Leid war vergangen.

Augenblicke später, nachdem er den höchsten Gipfel seiner

Lust überschritten hatte und noch heftig atmend in Ariadnes Armen lag, kam ihm unvermittelt seine letzte Begegnung mit Hatasu in den Sinn. »Geliebte ist das ägyptische Wort für Schwester«, meinte er sie leise sagen zu hören.

Aber außer den beiden Liebenden war niemand im Zimmer.

Zusammen mit Ikaros ritt er nach Norden. Opalblau hatte sich der Nida vor ihnen erhoben, bis sie nach Gortys kamen. In dem kleinen Marktflecken hatten sie die Nacht verbracht und waren schon im Morgengrauen aufgebrochen.

Die Traubenlese war vorüber, und überall auf Holzgestellen trockneten die Früchte. Sie ließen Dorf um Dorf hinter sich, wo Frauen, Männer und Kinder dunkle Trauben in großen Keramikwannen zerstampften. Überall in der Luft hing der Dunst nach Wein und Most.

Schon bald erreichten sie die ersten Hügel, die ganz allmählich in höhere Berge übergingen. Kühler Wind blähte ihre Umhänge, und das Gras unter den Hufen ihrer Pferde wuchs spärlicher. Steiler klomm der Pfad empor und schlängelte sich durch bewaldetes, weiter oben durch buschbestandenes Gebiet. Im Schutz des Hanges duckten sich vereinzelt Häuser aus Lehm und unbehauenen Steinblöcken.

Nach der Paßüberquerung kamen sie am zweiten Abend ihrer Reise in Archanes an, am Fuß des Jouchtas zwischen Weinbergen gelegen. Nach einem windigen Septembertag rissen gegen Abend die Wolkenbänke auf. Aus klarem, tiefblauem Himmel fielen die schrägen Sonnenstrahlen auf die Steinfassade des kleinen Palastes und tupften goldene Flecken auf seine Säulengänge. Der stufenförmige Bau gab den Blick frei auf die bizarr geformte Bergspitze.

Ikaros war den Blicken des Freundes gefolgt. »Dort oben, unter dem Gipfel, wird der Gemahl der Großen Mutter jeden Herbst zur Ruhe gebettet«, sagte er. »Dort gebiert ihn jeden Frühling die Göttin von neuem, wenn das Licht auf die Insel zurückkehrt.« Bevor Asterios antworten konnte, sprach er spöttisch weiter. »Früher soll es auf Kreta tatsächlich Menschenopfer gegeben haben. Heute beschränkt man sich auf eine Stoffpuppe, die man symbolisch begräbt.« Er lachte leise. »Was für ein wunderschönes Ritual! Gleichzeitig natürlich *die* Gelegenheit, Teile des Hofes nach Archanes zu verlegen, um im Palast und den umliegenden Dörfern alles unter Kontrolle zu haben.«

»Ist dir denn gar nichts heilig, Ikaros?«

»Wenig, fürchte ich«, grinste er. »Sehr wenig!« Er zügelte sein Pferd und ritt direkt auf die Tempelanlage zu, die sich auf der anderen Seite des Ortes an den felsigen Ausläufern des Jouchtas erhob. Widerstrebend folgte ihm Asterios.

Die Holztür ließ sich knarrend öffnen. Sie betraten einen schmalen Korridor, den Fackeln erhellten. An den Wänden standen Dutzende von kniehohen Tongefäßen. Langsam gingen sie weiter zum östlichen Tempelraum, wo man einen flachen Steinaltar mit Opferrinne aufgestellt hatte. Über allem ragte eine Statue der Göttin aus schwarzem Holz, die segnend ihre Arme ausgebreitet hatte.

Kein Mensch war zu sehen, und dennoch hatte Asterios auf einmal das Gefühl, daß sie nicht allein waren. Er drehte sich um. Es war niemand da. Trotzdem überliefen ihn Kälteschauer. Alles in ihm strebte danach, wegzulaufen. Aber eine innere Stimme forderte ihn auf, dazubleiben.

Ohne sich um Ikaros zu kümmern, schloß er seine Augen. Er wandte sich nach innen und konzentrierte sich auf das blaue Licht.

Die Luft schmeckt nach Tod. Er sieht das Opfer auf dem Altar, einen gefesselten Jüngling, nackt, bis auf einen roten Schurz. Angstschweiß glänzt auf seiner Haut.

Im Hintergrund murmeln zwei Männer hastige Gebete. Eine junge Frau, mit langem, dunklem Haar ist bei ihnen. Er sieht ihre Gestalt ganz klar, aber das Gesicht kann er nicht erkennen.

Noch einer befindet sich im Raum, ein großer Mann mit starken Brauen, der ein sichelförmiges Messer zückt. Er holt aus und durchtrennt die Schlagader des Jünglings. Hellrotes Blut füllt die Opferschale unter dem Altar.

Plötzlich prasselt ein Hagel von Fels und Steinen herab. Das Opfergefäß zerbricht; Blut sickert in den Boden. Die Erde erzittert. Fackeln fallen zu Boden; Balken fangen Feuer.

Der Tempel brennt! Die Welt zerbricht in glühende Trümmer. Das ist der Anfang vom Ende...

»Nur weg von hier!« brachte Asterios mühsam hervor. War er schuldig, an dem, was er gesehen hatte? Was hatte er getan?

»Was ist los mit dir? Du zitterst ja am ganzen Körper!«

»Spürst du nichts? Riechst du nichts? Die Steine! Die Flammen! Alles erstickt!«

Asterios rannte ins Freie und ließ sich zu Boden fallen. Ikaros kam verwirrt hinterher.

»Bist du krank? Sag doch etwas, ich bitte dich!«

Asterios schüttelte den Kopf. »Nein«, sagte er schließlich erschöpft. Das Zittern wich allmählich. »Ist schon vorbei. Ich möchte fort, bitte! So schnell wie möglich!«

Ikaros schüttelte ihn unsanft. »Wovon redest du, Asterios? Was ist geschehen? Hast du etwas gesehen? Erzähl es mir!«

»Tote«, erwiderte er tonlos. »Unzählige. Alle werden sterben. Das Menschenopfer ist vollkommen sinnlos gewesen!« Er begann zu weinen.

»Wer muß sterben? Hörst du mich, Asterios? Ich verstehe dich nicht!«

Asterios strengte sich an, gleichmäßig zu atmen. Es kann nicht sein, dachte er entsetzt, was ich gesehen habe! Ein Menschenopfer – das ist unmöglich! Wozu soll das gut sein? Wer opfert einen Menschen? Wofür? Auf keinen Fall darf ich zu früh darüber reden. Nicht, bevor ich selbst weiß, was es zu bedeuten hat.

»Es ist nichts«, sagte er laut. »Nur eine vorübergehende Schwäche. Es geht schon wieder, wirklich! Komm, laß uns aufbrechen!«

Ikaros sah ihn ungläubig an, entgegnete aber nichts weiter. Trotzdem spürte Asterios immer wieder seinen fragenden, besorgten Blick.

Sie übernachteten in einer Herberge, wo sie auch ein Abendessen bekamen. Bald schon zogen sie sich in ihre Zimmer zurück, da sie bei Tagesanbruch weiterreiten wollten.

Asterios fand keinen Schlaf. Unruhig wälzte er sich von einer

Seite auf die andere. Schließlich stand er auf, ging zum Fenster und lauschte in die Nacht hinaus. Immer noch sah er das Feuer vor sich, die Angst der Frau und der Männer im Tempel, das verbotene Opfer. Deutlich hatte er die Schale mit dem Stier vor Augen, gefüllt mit Menschenblut.

Was hatten die Bilder zu bedeuten? Hatte er etwas gesehen, das schon lang zurücklag? Oder wartete eine schreckliche Zukunft auf sie?

Sein Kopf schmerzte und pochte, er fühlte sich wie erschlagen und wagte nicht, das blaue Licht zu rufen, um sich Gewißheit zu verschaffen. Nicht jetzt, dachte er, nicht heute nacht! Ich muß frisch und erholt sein, um diese Vision ertragen zu können.

Endlich setzte vor seinem Fenster das Morgenlied der Vögel ein. Erleichtert suchte Asterios den Baderaum auf. Anschließend zog er frische Kleider an und gürtete sich mit dem silberbeschlagenen Lederband, das ihm Pasiphaë zum Abschied geschenkt hatte.

Ikaros war ebenfalls schon wach; sie beglichen ihre Zeche und saßen auf.

Die Landschaft wurde lieblicher, ein sanftes Gewoge von Höhenzügen und Hügeln, auf denen vor allem Ölbäume wuchsen. Immer öfter begegneten ihnen andere Reiter, und sie überholten Bauern und Handwerker, die mit ihren Karren zum nächsten Markt unterwegs waren.

Gegen Mittag drängte Ikaros in einem verschlafenen Weiler zur Rast. Unter einer Platane ließen sie sich weiße Bohnen und geräucherte Fische schmecken. Ihren Durst stillten sie mit dem säuerlichen Most, den man hier mit Wasser verdünnte.

Seit dem Zwischenfall in Archanes hatten sie kaum miteinander geredet. Ikaros war es, der eine Unterhaltung begann und Asterios fragte, was er von Knossos erwarte.

Asterios zuckte die Achseln. »Die anderen Mysten sind schon dort, um den Kranichtanz zu erlernen. Ich weiß nicht, wie lange es dauern wird, bis ich ihn beherrsche.«

»Der Kranichtanz ist eine schwierige Kunst. Mit seiner Hilfe findest du den Weg ins Labyrinth, und – was noch wichtiger ist –, wieder hinaus. Ohne dieses Wissen wärst du verloren. Wenn du aber seine Schritte und Regeln beherrschst, gelangst du wohlbehalten ins Innere der Spirale und kommst verwandelt wieder heraus.«

»So ähnlich wie damals in der Höhle?« wollte Asterios wissen, dem bei diesen Worten wieder sein letztes Gespräch mit Hatasu in den Sinn kam. Er dachte oft an die schöne Ägypterin. Sie war so anders als Ariadne, kein reißender Fluß, der ihn alles vergessen ließ, sondern eher ein stiller, friedvoller See, der zum Verweilen einlud. In ihrer Gegenwart hatte er sich wohl und sicher gefühlt.

»Ähnlich und anders, Asterios! Das Labyrinth konfrontiert dich mit dem Geheimnis von Sterben und Wiedergeburt, dem Gesetz der ewigen Spirale, die den Kosmos bestimmt und in uns allen wohnt. Verlaß dich auf dieser Reise nicht nur auf das, was die Priesterinnen dir beibringen, höre auch auf dich selbst! Du bist anders als der Rest der Mysten, vergiß das nicht! Du bist ein Kind der Heiligen Hochzeit – ein Sohn der Göttin!«

»Ich denke, du leugnest Ihre Existenz? Hast du mir das nicht erst neulich erklärt?«

»Ich wollte deinen Glauben nicht angreifen«, erwiderte Ikaros nachdrücklich, »sondern dir dabei helfen, das Wesen des Göttlichen zu ergründen. Aber du wirst das ohnehin auf deine Weise tun und brauchst meine Ratschläge gar nicht.«

»O doch«, widersprach Asterios. »Ich brauche dich, mein Freund! Es tut gut, mit jemanden zu reden, der so viel weiß wie du und ganz andere Ansichten hat.«

Nachdem sie das Gebirge hinter sich gelassen hatten, erreichten sie schon bald die gepflasterte Prozessionsstraße, die nach Knossos führte. Aus der Entfernung waren die Umrisse des großen Palastes zu erkennen, der zwischen bewaldeten Hügeln in der fruchtbaren Mündungsebene des Kairathos lag. Die Fassaden der fünf Stockwerke waren in hellem Ocker gehalten und durch Fenster, vorspringende Terrassen und zahlreiche Loggias untergliedert. Steinerne Doppelhörner krönten die Firste.

Erst beim Näherkommen erkannte Asterios das gewaltige Ausmaß dieses Bauwerks. Schier endlos mußten sich im Inneren

Säle, Zimmer, Hallen, Vorratsräume, Gänge, Passagen und Lichthöfe aneinanderreihen! Von außen konnte er zum Teil überdachte Treppenaufgänge sehen, ein Wald von dunkelroten Säulen mit schwarzen Kapitellen. Der Bau mit seinen unzähligen Fenstern, die Asterios wie erwartungsvolle Augen auf sich gerichtet fühlte, erstreckte sich bis über den nächsten Hügel, und sein Südflügel reichte hart bis zu den Rändern einer Schlucht.

»Das Labyrinth!« entfuhr es ihm, und er fühlte sich angesichts dieser in Stein gehauenen Macht klein und bedeutungslos.

»Nein«, sagte Ikaros. Er konnte sich noch gut daran erinnern, wie überwältigt er selbst das erstemal vor dieser Anlage stehengeblieben war. Unwillkürlich mußte er lächeln. »Das ist der Palast der blauen Delphine.«

Ihr Weg führte sie am äußeren Wächterhäuschen vorbei zum westlichen Propylon. Im überdachten Eingangsraum mußten sie ihre Namen nennen, bevor sie durch das hölzerne Flügeltor eingelassen wurden. Vor ihnen erstreckte sich ein enger Korridor, dessen Verlauf man nur erahnen konnte. Beiderseits in Kopfhöhe steckten in Halterungen brennende Fackeln. Ihr Licht war hell genug, um links und rechts das Wandgemälde zu erleuchten.

Voller Bewunderung folgte Asterios einer schier endlosen Prozession von Gabenträgern. Die Männer trugen bunte Schurze, die von wulstigen Taillenbändern gehalten wurden; die Kleider der jungen Frauen waren so fein gemalt, daß sie beinahe durchsichtig wirkten. In ihren Händen hielten sie teils bauchige Krüge, teils schlanke Trichterrythen. Sie waren barfüßig dargestellt und schritten leichtfüßig zwischen Gräsern und Blumen. Über ihren Köpfen vermittelten wie hingetupfte Wölkchen die Stimmung eines heiteren Sommertages.

Ikaros mahnte ihn sanft zum Weitergehen. Erst in der letzten Kehre, kurz bevor der Korridor wieder ins Freie mündete, blieb er noch einmal stehen. Und staunte.

Vor einem glatt verputzten, dunkelroten Hintergrund hob sich die überlebensgroße Gestalt eines jungen Mannes ab. Bekleidet war er mit Lendenschurz und Wickelgemaschen. Um seinen Hals war eine Kette aus Lilienblüten geschlungen, und er trug eine Krone aus Lilien, die mit schimmernden Pfauenfedern verziert war. An der Linken führte er ein mattgelbes Fabelwesen mit Löwenkörper, Adlerkopf und Krallenfüßen, das seine Schwingen leicht geöffnet hatte.

»Ikaros! Wer ist das?« flüsterte er erregt. »Der Mann? Das Tier? Wen stellt das Bild dar?«

»Das ist der Priesterkönig mit der Greifin«, antwortete Ikaros. »Der Lilienprinz! Er werde erscheinen, wurde vor langer Zeit prophezeit, wenn Kreta in größter Gefahr ist und der Untergang der Insel droht.« Er bemühte sich um einen leichten Ton. »Wir werden uns also noch eine Weile gedulden müssen.«

Asterios starrte noch immer auf die Wand. Der Lilienprinz! dachte er. Ich soll der Lilienprinz sein, der die Insel rettet!

»Asterios?« Ikaros klang beunruhigt.

»Es ist nichts«, sagte er schnell. »Verzeih, daß ich heute so abwesend bin.«

Draußen, im letzten Schein der Abendsonne, schaute der Freund ihn prüfend an, hielt sich jedoch mit Kommentaren zurück. Asterios folgte ihm über zwei Innenhöfe und durch immer neue Korridore, bis sie durch eine Seitenpforte den Palast wieder verließen. Längst schon hatte er es aufgegeben, sich auf dem verwinkelten Weg noch zu orientieren.

Ein kurzes Stück noch durch den Garten, dann waren sie am Ziel. Vor der Türe des Gästehauses ließ Ikaros ihn allein.

Asterios betätigte die kupferne Löwenpfote und wartete. Die Türe öffnete sich. Vor ihm stand Merope.

»Mutter!« rief er. »Du hier?«

Statt einer Antwort breitete sie die Arme aus und drückte ihn an ihre Brust. Er roch ihren vertrauten Duft und konnte durch die Gewandfalten ihren knochigen Körper spüren. Geborgen fühlte er sich, endlich heimgekehrt.

Erst nach einer Weile löste Merope ihre Umarmung und schob ihn ein Stück von sich weg, um ihn in Ruhe betrachten zu können. Da erst bemerkte Asterios die Veränderung, die er im ersten Augenblick nicht wahrgenommen hatte. An Stelle des Wollkleides, das er an ihr kannte, trug sie ein dunkelrotes, knöchellanges Gewand aus feinstem Leinen. Ihr Haar war kunstvoll frisiert; ihren Hals zierte eine silberne Mondaxt.

Auch ihr Gesicht kam ihm fremd vor. Hoheitsvoll, fast streng erschien ihm der Ausdruck ihrer dunklen Augen, und um ihren Mund bemerkte er einen neuen, beherrschten Zug.

Sie erwiderte seinen Blick und nickte leicht. »Ja, ich bin nach Knossos zurückgekehrt. Obwohl ich mir vor vielen Jahren geschworen hatte, niemals wieder einen Fuß hierherzusetzen. Minos hat mich nicht lange überreden müssen. Ich bin hier, weil ich gebraucht werde.«

»Minos?« wiederholte Asterios ungläubig. »Er? Von ihm hast du nichts Gutes zu erwarten! Immer wieder hat er versucht, mich nach dir auszufragen. Ich glaube fast, er haßt dich.«

»Das glaube ich gern«, lächelte sie. »Er haßt mich, weil er unsere Kraft fürchtet, die Macht der Frauen, die ihn trotz aller Bemühungen immer wieder auf seinen Platz verweist und jeden seiner ehrgeizigen Pläne scheitern läßt.«

»Warum hat er dich dann nach Knossos geholt?«

»Weil er mich braucht. Ich bin eine der Hohepriesterinnen, die den höchsten Grad der Einweihung besitzen. Später einmal wird auch Phaidra dazu gehören. Jetzt aber sind nur noch Pasiphaë und Akakallis mit mir auf einer Stufe: seine Frau, die er noch mehr als mich fürchtet, und die Tochter, die erst vor kurzem eine Tochter geboren hat. Niemand außer uns dreien kann euch die Kunst des Kranichtanzes lehren. Wir allein können euch Mysten sehend machen.«

Es war nicht das Kleid oder die Haartracht, die die Mutter seiner Kindertage so verändert hatten. Die erstaunliche Wandlung entsprang ihrem Innersten. Die Frau, die vor Asterios stand, wirkte wie eine Herrscherin, eine Frau, die es gewohnt war, zu befehlen. Er konnte nicht anders, er mußte vor ihr niederknien.

»Ich grüße dich, Merope, Priesterin der Großen Mutter«, sagte er. »In deine Hände lege ich mein Schicksal.«

»Ich danke dir, Asterios«, entgegnete sie ruhig. »Dein Name bedeutet ›der Sternengleiche‹. Ich weiß, du trägst ihn zu Recht.«

Am nächsten Morgen traf Asterios die Mysten. Hier, in Knossos, waren sie im südlichen Trakt des riesigen Palastes untergebracht. Ihre Räume befanden sich im Erdgeschoß, links und rechts eines langen, kaum beleuchteten Ganges. Alle vermißten den Garten von Phaistos mit seinen alten Bäumen, den beschnittenen Büschen und Blumenbeeten. Hier gab es weder Ausflüge in die Umgebung noch nachmittägliche Segelpartien. Der große Bau hatte sie verschluckt und würde sie erst wieder freigeben, wenn sie dem Dunkel des Labyrinths heil entronnen sein würden.

Ihre Köpfe waren frisch geschoren, und sie wirkten sehr fremd mit ihren blanken Schädeln. Manchen stand der kahle Kopf ausgesprochen gut und brachte Hals und Nackenschwung vorteilhaft zur Geltung. Die meisten aber sahen ohne ihre Haarpracht eher kümmerlich aus.

Bitias begrüßte Asterios freudig und wollte sofort wieder sein Zimmernachbar sein. »Du kommst auch noch unter das Messer, warte nur!« prophezeite er. »Dann kann das Licht ungehindert in dich eindringen.«

Unter den wachsamen Augen Meropes kürzte wenig später ihre Gehilfin Butho sein Haar zu Borsten, seifte seinen Kopf mit aufgeschlagenem Lavaschaum und setzte die scharfe Klinge an. Nach getaner Arbeit zeichnete sie das Segenszeichen der Göttin über seinem rasierten Schädel.

Die blanke Haut fühlte sich kühl an. Immer wieder ließ Asterios die Finger über seinen Kopf gleiten und tastete nach der einzigen Strähne am Hinterkopf, die Buthos Messer nicht zum Opfer gefallen war.

Am Nachmittag rief Merope sie zum Training. Die Übungen fanden auf dem Choros statt, der nahe beim Palast in einem Zypressenhain lag. Der Tanzplatz war mit dunklen Schieferplatten bedeckt, durch die sich rosenfarbene Marmorschleifen zogen. An seiner Stirnseite führte ein Eingang, der mit einem Flügelportal verschlossen war, in den Felsen hinunter. Auf dem verwitterten Holz glaubte Asterios zwei schwarze, ineinander verschlungene Schlangenleiber zu erkennen.

Die Mysten stellten sich im Kreis auf und begannen mit ihren

Übungen. Merope ging langsam von einem zum anderen, korrigierte Haltung und Bewegungsabläufe.

»Ihr verkörpert edle Kraniche, keine Störche, die im Sumpf waten!« sagte sie zu zwei schlaksigen jungen Athenern. »Denkt an die Vogelgöttin, die wir in dieser Gestalt verehren!« Sie machte ein paar wiegende Schritte, die anmutig und leicht wirkten. »Der Kopf bleibt dabei ganz locker, wie Glockenblumen, die sanft der Wind bewegt. Und vergeßt nicht eure anderen Glieder dabei – Arme! Hände! Finger!«

Asterios war zunächst unschlüssig am Rand stehengeblieben. Merope nahm ihn ein Stück beiseite. »Du weißt, daß die anderen schon seit ein paar Wochen die Schritte und Figuren üben?«

»Ich habe mich schon daran gewöhnt, daß ich alles immer schnell aufholen muß. Ich werde mir Mühe geben.«

»Ich weiß nicht, ob das reicht. Du wirst nämlich der Tanzführer sein, der dem Reigen voranschreitet.« Meropes Stimme klang besorgt. »Uns bleibt nur eine gute Woche. Bis dahin mußt du alles beherrschen.«

»Meinst du, daß es zu schaffen ist?«

»Nur wenn du in dieser Zeit alles Nebensächliche vergißt«, erwiderte sie schließlich. »Siehst du die Linien auf dem Boden?«

Sein Blick folgte den Marmorbändern, die verschlungene Windungen bildeten. Er nickte.

»Dann stell dich jetzt an die Spitze der Tänzer, und ich werde dir den Ablauf erklären. Die Schritte selbst sind einfach, du mußt dich auf die Figuren konzentrieren.«

Die Mädchen und Jungen faßten sich an den Handgelenken und tanzten im Dreierschritt von links nach rechts. Anschließend wandten sie sich nach links, bis sie schließlich singend stehenblieben.

»Gut gemacht!« lobte Merope. Sie hatte gesehen, wie Asterios nach anfänglichem Stolpern den Rhythmus der Gruppe aufgenommen hatte. »Ihr seid zunächst nach rechts geschritten, wie auch der Himmel sich von Ost nach West dreht. Dann nach links, wie Sonne, Mond und die Planeten, die von Westen nach Osten eilen. Schließlich habt ihr innegehalten, gleich der vom Himmel umkreisten Erde, die unbeweglich im All steht. Das ist der festliche Auftakt, bevor der Geranulkos sein Nest errichtet und in den Hain seiner Kranichkönigin eindringt.«

Zwei Mädchen hatten zu kichern begonnen, und sie schickte ihnen einen strengen Blick, bevor sie weiterfuhr. »Das Labyrinth, das auf euch wartet, nimmt eben diesen Verlauf. Wie wollt ihr wieder herauskommen, wenn ihr nicht wißt, in welche Richtung ihr gehen sollt?«

Es wurde augenblicklich still. Sie wandte sich an Asterios. »Schau genau zu, für dich wiederholen wir alles noch einmal!«

Die Mysten bildeten zwei neue, kleinere Kreise. Diesmal verband sie ein starkes, leuchtend rotes Seil. Einer hinter dem anderen, Mädchen und Jungen im Wechsel, umkreiste das Zentrum des Choros in zunächst weiten, dann immer engeren Bögen.

»Mit dieser Bewegung bündelt ihr die Energie«, rief Merope. »Stellt euch eine Welle vor, die ihr mit euren Körpern bildet!«

Sie ließ sie die Übungen mit Asterios wiederholen, einmal, zweimal, wieder und wieder. Gereiztheit stieg in ihm auf, und seine Figuren fielen zunehmend lustloser aus. Der Schrittreigen kam ihm immer gestelzter vor. Und als er sich umschaute, fand er die eifrigen Gesichter seiner Gefährten lächerlich.

Das also war der Kranichtanz, der so wichtig für seine Entwicklung sein sollte! Ihm kam er vor wie ein kindischer Ringelreihen.

Merope war sein Abschweifen nicht entgangen. Scharf wies sie ihn an, in die Mitte zu kommen und nachzutanzen, was sie ihm vormachte. Der Paarungstanz der Kraniche, eine neunteilige Schrittfolge, unterbrochen von drei Sprüngen, die das Auffliegen der Vögel bei der Hochzeit darstellte, erschien ihm verwirrend und kompliziert.

Unwillig begann Asterios. Sein Körper kam ihm ungelenkig und steif vor, und er fühlte sich vor den anderen unsicher. Merope ließ ihm keine Nachlässigkeit durchgehen, bis er seine Schritte fehlerfrei setzte. Selbst dann hatte sie noch immer etwas an seiner Haltung zu kritisieren.

Abgesehen von einer kurzen Pause probten sie ohne Unterbrechung bis zum Abend. Dann erst kehrten sie in den Palast zurück. Als die meisten Schüler sich bereits zur Ruhe begaben, ließ sie Asterios zu sich rufen.

Meropes Zimmer, das ihm gestern im Kerzenschein als Hort der Geborgenheit erschienen war, empfand er heute als karg und abweisend. Selbst das Wandgemälde, auffliegende blaue Vögel zwischen Felsen und Rosenbüschen, schien etwas von seiner Leuchtkraft verloren zu haben.

»Willst du dein finsteres Gesicht nicht wenigstens jetzt ablegen?« sagte sie.

»Ich bin hier vollkommen fehl am Platz!« stieß er hervor. »Wozu das Ganze? Zum Tänzer fehlt mir jegliches Talent!«

»Es kommt nicht darauf an, daß du bei Reisebeginn bereits den Hafen kennst, den das Schiff deines Lebens ansteuert«, erwiderte Merope ruhig. »Betrachte den Choros als eine Art Landkarte, die dich leiten soll. Erst wenn der Reisende sein Ziel erreicht hat, kann er guten Gewissens alle Landkarten beiseite legen.«

»Große Worte für einen kindischen Tanz!«

»Das Gehorchen ist dir noch nie besonders leichtgefallen, nicht wahr, mein Sohn?«

Er starrte auf den Boden. Merope schwieg.

»Meinst du denn, ihr könntet ohne gründliche Vorbereitung das Labyrinth bezwingen?« fragte sie schließlich. »Hast du überhaupt eine Vorstellung von dem, was dich dort erwartet? Glaub mir, Asterios, der Kranichtanz ist alles andere als ein Kinderspiel!« Sie hatte sich erhoben und stand jetzt am Fenster. Die gelackte Pergamentfüllung war ein Stück beiseite geschoben, und herbstliche Nachtluft drang ins Zimmer. »Das Leben jedes Menschen ist ein Labyrinth, in dessen Mitte der Tod liegt«, sagte sie leise, als hätte sie seine Anwesenheit vollkommen vergessen. »In diesem großen Labyrinth des Menschenlebens sind viele kleinere, scheinbar in sich abgeschlossene Labyrinthe versteckt. Beim Durchmessen jedes einzelnen sterben wir zu einem Teil. Denn in jedem hinterlassen wir etwas von unserem Leben. Das Paradox des Labyrinths ist, daß sein Zentrum in die Freiheit führt. Das ist das Geheimnis der großen Spirale.«

»Aber warum gerade die Spirale?« wollte Asterios wissen. »Welche Bedeutung hat sie?«

»Komm zu mir, mein Sohn«, forderte sie ihn statt einer Antwort auf. Sie sahen beide hinauf zum Himmel, an dem weiß die Mondsichel leuchtete.

»Da droben findest du die großen Vorbilder«, sagte Merope ehrfürchtig. »Sternenspiralen, die weitere Spiralen nach sich ziehen und immer weitere. Und unten, am Boden, kannst du die kleinen entdecken: Muscheln, Schneckenhäuser, winzige Symbole der Unendlichkeit. Die Spirale entspricht dem Atmen des Kosmos *und* dem lebendigen Band in uns, das uns zur nächsten Stufe der Erkenntnis führen kann. Auf diesem Weg gibt es keine Abkürzungen, Asterios, gleichgültig, wie wir uns auch anstrengen! Jeder von uns hat in seinem Leben die Wahl zwischen Chaos und Ordnung. Oftmals aber stehen wir so nah vor den Dingen, daß uns die nötige Übersicht für eine Entscheidung fehlt. Aber es gibt zuverlässige Hilfsmittel, Landkarten, wie ich sie gern nenne, die uns dabei unterstützen. Der Kranichtanz ist eine davon.«

Asterios runzelte die Stirn.

»Er zeigt dir auf symbolhafte Weise den Weg aus dem Labyrinth und verbindet dich gleichzeitig mit dem pulsierenden Rhythmus dieser Welt«, fuhr Merope fort. »Du bewegst dich, bis die Sterne, die Wolken, die Blumen mittanzen und sich zu einem alles umspannenden Reigen verbinden.«

Er sah sie unverwandt an, und Merope entdeckte den teils grüblerischen, teils gebannten Ausdruck in seinen goldgefleckten Augen, den sie schon geliebt hatte, als er noch ein Kind war. Sie bemerkte aber auch, wie müde er aussah.

»Viel Weisheit für einen einzigen Abend«, lächelte sie. Für die letzten Geheimnisse war es noch zu früh. Die würde sie ihm anvertrauen, wenn der Tag gekommen war, der ihn in den Leib von Mutter Erde führte.

»Besonders für einen Tänzer mit schmerzenden Gliedern und schwerem Kopf«, antwortete er erleichtert.

»Geh schlafen, Asterios, und mach dir keine Gedanken, wenn du heute noch nicht alles verstanden hast. Zur rechten Zeit wird die Saat in dir zu keimen beginnen.«

Die Herbstnacht war stürmisch und kühl. Auf hohen Holzpfählen hatte man rings um den Choros Dutzende von Fackeln angebracht, die im auffrischenden Wind flackerten. Zusammen mit dem Mond, der wie ein milchiger Ball am Himmel schwamm, tauchten sie den Platz in ein seltsames Zwielicht.

Die Mysten fröstelten in ihren dünnen Gewändern. Die Mädchen trugen wadenlange weiße Kleider, die in der Taille mit roten, weinlaubbesetzten Bändern gerafft waren; die feinen Hemden der jungen Männer waren mit silbernen Riemengehängen gegürtet. Bei keinem fehlte der sichelförmige Dolch im ledernen Halfter.

Noch immer war keine Spur von Minos zu sehen. Die Wartenden gingen auf und ab, schauten immer wieder zum bedeckten Himmel hinauf und versuchten, sich warm zu halten. Endlich tauchte seine Sänfte auf. Minos stieg aus, blieb am Rand des Tanzplatzes stehen und nickte Merope zu.

Langsam erhob sie die Arme zum Gebet. Ihr scharlachroter Umhang öffnete sich und enthüllte ein Kleid, das mit den Blüten des wilden Granatapfelbaumes gefärbt worden war und in sattem Violett leuchtete. Um ihre bloßen Arme wanden sich Spiralen; zwischen ihren Brüsten hing ein großes goldenes Amulett.

»Vom Leben zum Tod, vom Tod zum Leben!« betete sie. »Bevor Du die Mysten in Deinem geheiligten Mutterleib empfängst, wo sie dem Geheimnis des Labyrinths begegnen, läßt Du sie im Tanz das Universum erfahren.« Sie erhob ihre Stimme. »Der Kreis ist gebildet. Sie stehen zwischen den Welten. Jenseits der Grenzen der Zeit, wo Tag und Nacht, Geburt und Tod, Freude und Trauer eins werden.«

Mit dem Ende ihres Gebets setzten die Instrumente ein. Die Handpauken, Zymbeln und Klappern, begleitet vom tiefen Ton der Hörner und dem grellen Pfeifen der großen Doppelflöten, steigerten sich zu einem rauschenden Höhepunkt und brachen scheinbar unvermittelt ab. Dann begann das Lied der Trommeln.

Tänzerinnen und Tänzer, durch das rote Seil miteinander verbunden, folgten den Marmorschleifen und tanzten in zwei Reihen einander entgegen, bis der erste Teil der Kette den Wendepunkt einer Bahn passiert hatte und sich nunmehr in Gegenrichtung vorwärts bewegte. Siebenmal in jeder Richtung.

Asterios spürte, wie seine Handflächen feucht wurden, und er griff fester nach der Schnur. Trotz wackliger Knie gelangen ihm die ersten Sprünge des Sonnenvogels, der für seine Königin den Hort bereitet. Schon lag das dunkle Zentrum des Platzes vor ihm. Die letzten Schritte, und er war heftig atmend in der Mitte des Choros angelangt.

Die anderen standen so dicht um ihn, daß er sich kaum noch bewegen konnte. Auf der engsten Spiralbahn umgab ihn die Tänzerkette wie ein Schneckenhaus. Der Geranulkos im Herzen des Labyrinths.

Er saß fest. Jeder Weg nach außen war abgeschnitten.

Asterios schluckte. Versuchte, gegen die Panik anzukämpfen, die in ihm aufstieg. Er konnte den Schweiß der anderen riechen, die Ausdünstungen des lebendigen Walls aus Menschenleibern um ihn.

Die Trommeln schlugen so laut, daß er es kaum noch ertragen konnte. Er wollte sich die Ohren zuhalten und weglaufen. Aber sie hielten ihn. Riefen ihn. Schrieen ihm ihre uralte Botschaft zu. Umdrehen, sangen sie. Gib alles auf! Schau nicht zurück! Du entkommst nur, wenn du mutig kehrtmachst und die entgegengesetzte Richtung einschlägst.

Auf einmal begann er es zu fühlen. Es stieg von unten auf, direkt aus der Mitte der Erde. Seine Fußsohlen begannen zu vibrieren, so groß war die Kraft, die der heilige Platz ausstrahlte und die durch ihn nach oben strömte. Nichts stand ihr im Weg. Er konnte sie bis in die Fingerspitzen fühlen, diese starke, klare, warme Energie, die durch ihn floß.

Er machte eine winzige Bewegung. Dann noch eine.

Erst blieb alles unverändert, und er fürchtete schon, ersticken zu müssen. Dann kam Leben in die Kette. Unendlich langsam, so kam es ihm vor, bewegte sich die Spirale der Tänzerinnen und Tänzer, wurde stückchenweise weiter und gab Raum für ihn frei, um eine S-förmige Schleife zu beschreiben und sie wieder nach außen zu führen. Weich, fließend strebte das Ende der Kette noch dem Zentrum zu, während der Anfang schon in umgekehrter Richtung kreiste. Der Reigen der Tanzenden hatte Asterios aus seinem Gefängnis befreit.

Zum Abschluß bedeckten die Mysten den Steinboden mit ihren erhitzten Leiber, hoben und senkten sie wieder und wieder, in rhythmischen Wellenbewegungen, die allmählich verebbten. In ihrer Mitte sprach Merope das Dankgebet.

»Unsere Reise durch das Leben gleicht einem Fluß, der im Dunkel der Berge entspringt und abwärts fließt, bis er in den Ozean Deines Lichts mündet. Namenlose der unzählig vielen Namen, Große Ewige, die wir nirgends finden und die doch überall erscheint, Mutter der Tage und der Nächte, gnädig hast Du Deine Töchter und Söhne empfangen! Öffne unsere Herzen, damit wir leben, um Deine Pracht und Deine Seligkeit zu preisen!«

Nachtwind bauschte ihren Umhang wie ein scharlachrotes Segel. Ihr Gesicht lag im Dunkel.

»Mutter, Mutter! Wo bist du?« Phaidras Stimme schallte durch das Treppenhaus des Ostflügels, in dem die königlichen Privatgemächer lagen. Durch zahlreiche Lichtschächte fielen die Sonnenstrahlen, die goldene Kringel auf die Spiralen des Wandfrieses warfen.

Abrupt verstummte die laute Unterhaltung zwischen Minos und Pasiphaë. Die Königin, noch im staubigen Reisemantel, wirkte übernächtigt; Minos sah ärgerlich aus. Beim Anblick der Tochter jedoch entspannte sich sein Gesicht.

Phaidra flog in die Arme ihrer Mutter. »Ich dachte schon, du kommst nie mehr wieder!«

Pasiphaës Lippen verzogen sich zu einem feinen Lächeln. Minos runzelte seine Stirn.

»Das klingt ja so, als wäre die Zeit hier in Knossos ganz schrecklich gewesen«, sagte er gekränkt. »Dabei hatte ich den Eindruck, es habe dir Spaß gemacht, bei deinem alten Vater zu sein.«

»Schau nicht so finster!« Phaidra lächelte ihn versöhnlich an. »Natürlich war es schön, mit dir nach Amnyssos zu reiten und zuzusehen, wie die Flotte winterfest gemacht wurde. Und beim

Bronzegießen zuzuschauen!« Sie strahlte Pasiphaë an. »Vater hat mir so viel von Talos, dem Gott der Schmiede, erzählt.«

»Du darfst nicht alles wörtlich nehmen, was dein Vater sagt.« Pasiphaë küßte sie auf die Stirn, warf Minos aber einen wütenden Blick zu. »Früher glaubte man, der Riese Talos wohne als Herr der Erze in der Tiefe der Erde und hatte Angst, er könne zu grollen beginnen, weil es ihm dort zu einsam sei. Doch das sind nur Märchen, Phaidra, Geschichten, die man sich für einfache Leute ausgedacht hat.« Ihre Stimme wurde scharf. »Es gibt keinen Gott namens Talos, weil es nur die Große Mutter gibt. Ich bin seit vielen Jahren Ihre Hohepriesterin, und schon bald wirst auch du in Ihre Dienste treten. Sieh mich an!« Pasiphaë streichelte Phaidras runde Wangen, bevor sie das Segenszeichen über ihren Scheitel zeichnete. »Du bist zu Großem ausersehen, mein Augenstern«, murmelte sie zärtlich. »Und jetzt sei brav und laß uns allein. Wir haben Wichtiges zu besprechen.«

»Kann ich nicht hierbleiben? Ich werde ganz still sein.«

»Tu, was deine Mutter sagt!« antwortete Minos unwirsch. Er hatte sich auf der Bank an der Stirnseite des Raumes niedergelassen und wärmte seine Hände an einem der Kohlebecken. Zusätzlich zum Kaminfeuer sorgten sie für wohlige Wärme im Raum.

»Aber ich habe noch gar nicht gefragt, ob ich morgen mit Deukalion, Asterios, Ikaros und den anderen auf die Jagd gehen darf«, wandte sie ein. »Sie haben mir schon vor Wochen versprochen, daß sie mich mitnehmen.«

»Ein kleines Mädchen wie du hat nichts dabei zu suchen, wenn erfahrene Jäger das Wild stellen.«

»Ich bin fast dreizehn«, beharrte sie verletzt. »Ich muß dabei sein!«

»Du mußt nicht immer deinen Willen durchsetzen, Phaidra«, sagte er barsch. »Vor allem nicht, wenn es um Angelegenheiten geht, die Männer betreffen.«

Phaidras Augen funkelten angriffslustig. »Aber Jagen ist keine Männersache, Vater! Die Große Mutter ist auch die Herrin der Jagd. Mirtho hat mir erzählt, daß die Frauen auf Kreta schon immer den Bogen gespannt und Netze ausgelegt haben.«

»Ich werde dir gleich zeigen, was du haben kannst, wenn du

nicht augenblicklich still bist! Ich mag keinen Widerspruch von meinen Kindern.«

Phaidras dunkle Augen füllten sich mit Tränen, aber sie brachte es fertig zu schweigen. Nach einem kurzen Blick zu Pasiphaë, die leicht den Kopf schüttelte, verließ sie das Zimmer.

»Wie sie dich hassen muß!« Pasiphaë hatte den Umhang abgelegt und stand nun mit dem Rücken zu ihm am Kamin.

»Darauf hast du schließlich lang genug hingearbeitet!« Minos trat zu ihr und packte ihren Arm.

»Laß mich los, du tust mir weh! Was fällt dir ein?«

Er zog sie noch enger heran. Küßte sie hart auf die Lippen. »Du hast ganze Arbeit geleistet, mein Täubchen«, flüsterte er in ihr Ohr, während sie ihren Widerstand verstärkte. »Beinahe ist es dir gelungen, mir auch dieses Kind zu entfremden – so wie die anderen.«

»Unsinn!« Pasiphaë wand sich empört in seinen Armen.

Er ließ sie so plötzlich los, daß sie taumelte. »Unsinn!« lachte er bitter auf. »Ja, du hast recht, meine Schöne! Es ist mehr als unsinnig, daß Androgeus in die tödliche Falle gegangen ist und Deukalion seine Zeit lieber mit Ikaros verbringt als mit seinem Vater! Daß Katreus schon lange eigene Wege sucht und Akakallis kein Vertrauen zu mir hat. Daß Xenodike ins Schwitzen gerät, wenn ich nur in ihre Nähe komme. Ganz zu schweigen von Glaukos, der sich in alberne Scherze flüchtet!«

»Du hast meinen Sohn Asterios bei deiner Aufzählung vergessen«, unterbrach sie ihn kühl. »Falls du das Heer deiner Bastarde, das dir Mägde und Schankkellnerinnen geboren haben, nicht mitzählen möchtest.«

»Ich rate dir, meine Geduld nicht übermäßig zu strapazieren«, sagte er drohend. »Immerhin gehört Asterios jetzt zu den Mysten und geht den Einweihungsweg, anstatt...«

»...anstatt um sein Leben fürchten zu müssen?« fuhr Pasiphaë an seiner Stelle fort. »Schade, daß dein schöner Plan damals mißlungen ist! Sonst wärst du vermutlich schon lange an deinem Ziel: du, der Herrscher Kretas!« Sie tippte leicht an seine Brust und lächelte gefährlich. »Aber die Königin bin ich! Niemals wird ein Mann auf dem Greifinnenthron sitzen, niemals, hörst du! Ich besitze den höchsten Grad der Einweihung. Und ich hüte das alte Wissen! Du bist mein Gemahl, weiter nichts.«

Minos war sehr blaß geworden. »Hör endlich auf, dich an veraltete Traditionen zu klammern! Jetzt müssen wir handeln – *jetzt*!« In ihren Augen suchte er vergeblich nach einem Zeichen des Einverständnisses. »Ich verschwende wahrscheinlich nur meine Zeit; aber ich kann nicht anders. Kreta ist in Gefahr, auch wenn du es nicht sehen willst: Die Athener versuchen immer unverhohlener, unsere Handelsmacht zu brechen und die Verträge zu unterlaufen, die wir mit ihnen geschlossen haben. Lebten nicht ihre adeligen Kinder bei uns – ich bin ganz sicher, daß sie schon längst schwerbewaffnet an unserer Küste gelandet wären! Man hat mir berichtet, daß sie große Fortschritte auf dem Gebiet der Verhüttung gemacht haben, und wenn es uns nicht gelingt, schnell aufzuholen, dann...«

»Macht! Erobern! Waffen! Das ist alles, worum es dir geht!« Verächtlich erhob sie ihre Stimme. »Für dich sind die Zeremonien wertlos, die dem Land Segen bringen, die das Vieh gedeihen und die Ernte reifen lassen!«

»Ich glaube kaum, daß sie viel nützen, wenn der erste Athener dir mit einem eisernen Schwert entgegenstürmt«, antwortete Minos ernst. »Dein schönes Reich wird untergehen, wenn du dich der neuen Zeit nicht öffnest.«

»Du weißt nicht, was du da sagst!«

»Doch, ich weiß es! Ohne mich, meine Königin, kannst du nur verlieren. Laß uns diesen Barbaren gemeinsam die Stirn bieten, die Waffengeklirr mit Potenz verwechseln! Wir sind seit langem Mann und Frau, haben acht Kinder großgezogen und gemeinsam unseren Ältesten beweint – warum vertraust du mir nicht?«

Pasiphaë schwieg. Es war dunkel im Raum, das Feuer im Kamin heruntergebrannt zu glühender Asche. Die kalte Herbstnacht war angebrochen. Frostig und hart fühlte sich auch ihr Inneres an. Sie verschloß sich vor dem Mann, der so eindringlich zu ihr gesprochen hatte. Schließlich entzündete sie mit einem Span die Öllampen und begann wieder zu sprechen.

»Damals galt dein Interesse anderen Weiberröcken. Und

heute wunderst du dich, daß deine Söhne und Töchter kein Vertrauen zu dir haben! Nein, Minos, zum liebevollen Vater fehlt dir wirklich das Talent! Was Kreta betrifft, so vergiß dabei nicht das Wichtigste: Es war meine Herrschaft, die der Insel Frieden und Reichtum beschert hat!«

Minos war langsam zur Türe gegangen.

»Ich lasse dich jetzt allein«, sagte er bedrückt. »Aber wir werden unser Gespräch fortsetzen müssen, ob es dir gefällt oder nicht.«

»Wie weise! Wie versöhnlich!« höhnte Pasiphaë. »Warum zeigst du nicht dein wahres Gesicht und konzentrierst dich auf deine eigentliche Stärke: kriegerische Planspiele, mit denen du ein paar wildgewordenen Barbaren auf dem Festland Angst einjagen kannst?«

Tag der Jagd. Noch in der Dämmerung waren sie aufgebrochen und hatten den Wald erreicht, als die Sonne aufging. Zwischen Kiefern, Mastixbäumen und Zypressen standen vereinzelt Steineichen, die bereits spätherbstlich kahl waren. Aber das feuchte Moos zu ihren Füßen war grün und saftig, ebenso wie das dichte Gestrüpp von Wolfsmilchgewächsen und Dornbüschen, durch das sie sich schlugen.

Asterios, der bislang nur Jagd auf wilde Böcke und Ziegen gemacht hatte, fühlte ein merkwürdiges Kribbeln im ganzen Körper. Mit Deukalion und Ikaros folgte er der Fährte, die die Meute ihnen angezeigt hatte. In dieser Welt voller Gerüche und raschelnder Bewegungen war er der Göttin nah, wie schon seit langem nicht mehr. Zögernd nur hoben sich die feuchten Morgenschleier. Die Hunde waren ihnen weit voraus, Dienerschaft und Begleiter ein ganzes Stück zurückgefallen. Ihre Bogen aus Eibenholz hatten sie geschultert, die Pfeile steckten im ledernen Köcher, an ihren Gürteln baumelten Fangschlingen.

Aufgescheucht von den Hunden stoben vor ihnen die Rebhühner auf, und sie schickten ihre Pfeile hinterher. Nachdem die abgeschossenen Vögel apportiert worden waren, nahm die Meute erneut die Dufthetze auf und schlug an, als sie das Fährtenzeichen des Hirsches entdeckt hatte. Als erster stürmte Deukalion los; die anderen folgten ihm, erhitzt vom Feuer der Jagd, das sie alle ergriffen hatte.

Er spannte den Bogen. Asterios spürte, wie der Schütze sich mit der Kraft und dem Geist des Hirsches verband, der nicht weit entfernt äste. Langsam hob er seinen Schädel mit dem großen Geweih. In diesem Augenblick schwirrte Deukalions Pfeil ab und bohrte sich in seine Kehle. Der Bock stürzte zu Boden, tödlich getroffen.

Jetzt loderte sie ungezügelt in den Männern, jetzt hatte sie auch von Asterios machtvoll Besitz ergriffen: die uralte Lust zu wittern, nachzusetzen und die Beute zu stellen. Schweißgetränkt waren die Gewänder der Jäger und ihre Kehlen rauh vom lauten Rufen. Der Troß pirschte weiter durch den Wald; Deukalion, Asterios und Ikaros noch immer an seiner Spitze. Unermüdlich brachen sie durch das Unterholz und ließen Entenschwärme auffliegen. Sie waren hungrig und durstig, aber sie gönnten sich keine Ruhe.

Erst gegen Mittag ertönte das Hornsignal zur Rast. Ikaros, dem hellrote Flecken auf den Wangen brannten, konnte seinen Blick nicht lösen von Deukalion, der in seinem Wams und den ledernen Hosen selbst wie eines der Waldgeschöpfe wirkte. Ihm war nicht die geringste Erschöpfung anzumerken. An der Spitze von ein paar Männern schwärmte er nochmals aus, um die Beute der aufgestellten Fallen und Jagdnetze einzuholen. Asterios schloß sich ihnen nach anfänglichem Zögern an.

Die Strecke, die sie zurücklegen mußten, war wesentlich weiter, als er sie in Erinnerung hatte. Bald schon spürte Asterios die Blasen, die die harten Stiefel an seinen Füßen gescheuert hatten. Er war erschöpft und beäugte mißmutig Deukalion, der mühelos vorging und jede einzelne der Fallen kontrollierte. Er dagegen folgte schleppend und hoffte, das letzte Netz sei bald erreicht.

Plötzlich blieb Deukalion stehen. Vor ihm lag eine tiefe Grube, die mit Netzen ausgelegt und mit Laub und Zweigen bedeckt gewesen war. Als Asterios neben ihn trat, sah er einen Stier in der Falle. Auf seiner Stirn trug er eine sichelschmale Blesse; seine Hinterläufe waren merkwürdig eingeknickt. Der

Bulle empfing sie mit wütendem Brüllen. Deukalion trat ein paar Schritte zurück und langte in seinen Köcher.

»Ihm bin ich schon seit einiger Zeit auf der Spur«, sagte er, nachdem er seine Wahl unter den Pfeilen getroffen hatte. »An dem Mal auf seinem Schädel habe ich ihn wiedererkannt. Diese wilden Bullen stürmen nachts gegen die Gatter und machen die Herden scheu.«

Er spannte die Sehne und fixierte über der Innenseite des Ellenbogens sein Ziel.

»Aber es ist ein Stier! Du kannst ihn doch nicht töten! Schau nur, wie schön er ist!«

Das Tier in der Todesfalle schien mit dumpfem Schnauben zu antworten.

»Schade! Er wäre wirklich ein prachtvoller Bulle für das Stierspringen gewesen. Jetzt aber ist er unsere Jagdbeute und zudem schwer verwundet.« Deukalion hob seinen Bogen. »Seine Hinterläufe sind gebrochen, und wenn mein Pfeil ihn nicht schnell tötet, muß er langsam jämmerlich zugrunde gehen.«

Sein Pfeil schwirrte in die Falle und traf das Tier mitten in den Schädel, wo er vibrierend steckenblieb. Die Blesse wurde langsam rot. Der Stier schüttelte sich, um ihn wieder loszuwerden.

»Große Göttin!« stammelte Asterios. »Er ist nicht tot. Du hast ihn nur verletzt.«

Ärgerlich ließ Deukalion den nächsten Pfeil folgen, der sich in den kräftigen Höcker bohrte. Eine rote Blutbahn zeichnete sich im hellen Fell ab.

Dann der nächste Pfeil und der nächste.

Es sah aus, als habe ihn sein Jagdglück auf einmal verlassen. Die Pfeile, die den Bullen trafen, machten diesen nur noch wütender. Er schnaubte und wand sich vor Schmerzen. Seine Vorderhufe zermalmten das Erdreich. An mehreren Stellen sickerte Blut durch sein Fell, und seine Augen blickten stumpf vor Pein. Allmählich wurde das Brüllen schwächer.

Asterios spürte den Schmerz, die Angst und den Todeskampf des Stiers wie mit tausend Messern in seinem eigenen Körper. Sein Nacken wurde steif, und er spürte die leise Taubheit, die in letzter Zeit bisweilen das Kommen der Bilder angekündigt hatte.

Er wehrte sich nicht, sondern schloß seine Augen und ging nach innen. Blaues Licht umhüllte ihn, und er begann zu sehen.

Er ist in einem dunklen, niedrigen Raum, den nur das flackernde Licht einer einzigen Fackel erhellt. Er ist nicht allein. Mehr Schatten als Gestalt, spürt er die Gegenwart des anderen, der nur eines will: seinen Tod.

Er selbst trägt die lederne Maske des Stiers, die ihm den Atem nimmt und die Sicht nur durch schmale Schlitze freigibt. Er versucht, sie abzunehmen, aber es gelingt ihm nicht. Schließlich gibt er auf.

Gerade noch rechtzeitig, um dem Hieb des Gegners auszuweichen, der seinen linken Arm tief geritzt hat. Dessen Haare erinnern ihn an ein sommerliches Weizenfeld, seine Augen sind hell und wütend. Im unsteten Licht schimmert das kurze, silberne Schwert in seiner Hand. Er holt aus und fährt ihm mit voller Wucht in den linken Schenkel.

Asterios schreit laut auf; er brüllt, so laut er kann. Fassungslos starrt er auf die breite Blutbahn auf seinem Bein und versucht, die klaffende Wunde mit den Händen zusammenzuhalten.

Der andere aber läßt ihm keine Zeit. Er hat ihn ganz in die Ecke getrieben, mit dem Rücken zur felsigen Wand, wo es kein Entkommen mehr gibt. Wieder hebt er die Schwerthand. Sein Schrei übertönt das laute Keuchen des anderen, und seine Todesangst hallt wider von den uralten steinernen Mäandern, die vor ewigen Zeiten gelegt wurden. Denn die Zeit des Stiers geht zu Ende...

Diesmal waren die Bilder stärker gewesen als je zuvor. Er hatte keine Ahnung, wieviel Zeit inzwischen vergangen sein mochte. Als er schließlich seine Augen öffnete, sah er Deukalion, der sich über ihn beugte. Das gutgeschnittene Gesicht mit der kühnen Nase und den blauen Augen, das Frauen wie Männer gleichermaßen anzog, hatte einen besorgten Ausdruck.

»Wo bin ich?« fragte Asterios matt und wußte im gleichen Atemzug wieder, wo er sich befand. Er war im Wald. Die Jagd war vorbei und der Stier tot. Und er würde ebenfalls sterben.

Was hatte er gesehen? Wer war der mit den wütenden Augen, der ihn niedergemetzelt hatte?

Einen Moment war er versucht, mit Deukalion über seine Vision zu sprechen. Aber was sollte er ihm sagen? Wie sein bedrohliches Gesicht erklären? Der Anfall von Mitteilsamkeit verflüchtigte sich ebenso schnell wie er gekommen war.

»Im Wald«, beruhigte ihn Deukalion, »und alles ist in Ordnung. Der Stier ist tot. Ich mußte mit dem Speer nachhelfen, weil sein Lebenswille stärker war als meine Pfeile.«

Asterios versuchte aufzustehen, Deukalion aber hielt ihn noch mit sanfter Gewalt auf den Waldboden zurück. »Da gibt es nichts mehr zu sehen. Die Burschen haben die Beute schon weggetragen. Kannst du gehen?«

»Natürlich kann ich gehen!« Asterios stand auf. Er versuchte, das Zittern in seinen Beinen so gut wie möglich zu unterdrücken. »Ich falle nicht um, nur weil ich ein bißchen Blut zu sehen bekomme! Mir ist nur schwarz vor Augen geworden, weil...«

»...es schon nach Mittag ist, und du noch nichts im Magen hast!« sprang Deukalion ihm bei. »Soll ich dich noch ein Stück stützen? Nur bis zum Waldrand. Danach gehst du allein.«

Von fern schon hörten sie die Stimmen der anderen. Es roch nach gebratenem Fleisch und Most, und es würde nicht mehr lange dauern, bis die ersten Lieder angestimmt wurden. Asterios entwand sich dem Griff Deukalions und lächelte leicht verlegen.

»Wieder alles in Ordnung?«

»Alles in Ordnung!« bekräftigte Asterios.

Der Dampf war so dicht, daß Ikaros zunächst nichts erkennen konnte. Erst als die Schwaden des Aufgusses sich gelichtet hatten, entdeckte er Deukalion. In gelöster Haltung saß er auf der obersten Stufe der Treppe, die hinab zum Becken führte. Sein wohlproportionierter Körper, den unzählige Schweißperlen bedeckten, erinnerte ihn an altes, blankgeriebenes Gold. Deukalions Schönheit traf Ikaros wie ein Hieb. Es kostete ihn einige Überwindung, seinen Schurz zu lösen und sich nackt ein Stück entfernt neben ihn zu setzen. Er starrte auf seine dünnen, haarigen Beine und wünschte sich abermals vergeblich, sein Brustkorb wäre weniger knochig.

Deukalion öffnete nur kurz die Augen und begrüßte ihn mit einem kleinen Schnauben. Nach kurzer Zeit erhob er sich und tauchte bis zum Hals in das blaue Fayencebecken, das mit kaltem

Wasser gefüllt war. Ikaros folgte ihm. In dem eisigen Naß hielten sie es nicht lange aus. Prustend sprangen sie heraus und rieben sich anschließend mit den weichen Wolltüchern trocken, die in verschwenderischer Fülle vorrätig waren. Sie streckten sich auf den Ruhebänken aus und dösten.

Knossos war der einzige unter den kretischen Palästen, der solche Annehmlichkeiten besaß. Der Anstoß dazu war von Aiakos gekommen. Während seiner Jahre in Syene hatte er das in Oberägypten übliche Dampfbad lieben gelernt. Nach seiner Rückkehr hatte er Minos Skizzen gezeigt und selbst den Einbau in Knossos überwacht. Seitdem benutzten es Minos und die Söhne häufig, während Pasiphaë und ihre Töchter Sitzbäder mit Duft- und Kräuterzusätzen aus Iassos' unerschöpflichem Reservoir bevorzugten.

Deukalion wurde inzwischen von dem blinden Badediener massiert. Der Nubier bearbeitete die verhärteten Muskelpartien entlang der Wirbelsäule und strich behutsam den Beckenbereich aus. Dann trommelten seine ebenholzschwarzen Hände auf den Schulterblättern.

Ikaros war ganz versunken in den Anblick des dichten goldenen Flaums, der Deukalions Arme und Beine bedeckte. Er konnte seinen Blick nicht lösen von dem Männerkörper, der ihn noch heute bis in seine Träume verfolgte. Die plötzliche Nähe hatte seine mühsam unterdrückte Sehnsucht wieder wachwerden lassen; in seinem jäh aufflackernden Begehren fühlte er sich schwach und ausgeliefert. Bisweilen kam ihm Deukalion wie ein wildes, wunderschönes Tierwesen vor, allzeit bereit, grausam seine Krallen in ihn zu schlagen, wenn er nur die geringste Schwäche zeigte.

Erst als der Nubier seine Massage beendet und das wärmende Wolltuch über ihn gelegt hatte, räusperte sich Deukalion und nahm ihr Gespräch wieder auf, das durch die Arbeit des Dieners unterbrochen worden war.

»Und du bist dir wirklich ganz sicher?« wollte er wissen. Mit einer trägen, sinnlichen Bewegung drehte er sich um.

»Für mich gibt es keinen Zweifel«, antwortete Ikaros und bemühte sich, sachlich zu bleiben. »Asterios besitzt die Gabe des

Sehens. Obwohl er sehr vorsichtig war, als er es mir sagte. Wahrscheinlich hätte ich nicht einmal dir gegenüber ein Wort verloren, wenn du nicht die Stierfalle heute im Wald erwähnt hättest.«

»Der Bastard der Königin besitzt also die heilige Gabe«, murmelte Deukalion leise vor sich hin. »Weiß eigentlich meine Mutter davon?«

Erschrocken setzte Ikaros sich auf. Mit einem Mal war der andere ihm wieder fremd und fern. Der sehnsuchtsvolle Zauber des Augenblicks war verflogen. Er wünschte, er hätte nichts gesagt. Schon der Gedanke an Asterios genügte, daß er sich wie ein Verräter vorkam.

»Hör zu, Deukalion«, beschwor er ihn. »Behalte die Sache vorerst für dich, zumindest bis Asterios das Labyrinth hinter sich hat. Er soll sich nicht noch mehr als Außenseiter fühlen.«

Deukalion machte eine unbestimmte Geste. »Das kann nicht der richtige Weg sein«, sagte er bedächtig. »Die Hohepriesterin muß auf alle Fälle informiert werden. Schließlich ist sie es, die im Namen der Göttin zu entscheiden hat, ob er ein Scharlatan oder tatsächlich mit dem Gesicht gesegnet ist.«

»Willst du ihm nicht noch ein bißchen Zeit lassen?« bat Ikaros. Seine Augen suchten beinahe flehend Deukalions Blick. Wenn sich nun auch noch Minos einmischen würde? Er war sich sicher, daß er einen Fehler gemacht hatte.

»So rasch ist es dir gelungen, Ersatz zu finden?« Deukalion schien sich an seiner Betroffenheit zu weiden.

Bevor Ikaros protestieren konnte, öffnete sich die Tür und Asterios kam herein, nackt und naßglänzend, vom kahlen Schädel bis zu den Füßen.

»Wir haben gerade von dir gesprochen«, rief Deukalion munter.

Ikaros biß sich auf die Lippen. Asterios spürte die seltsame Spannung zwischen den beiden und blieb zunächst unschlüssig stehen. Erst als Deukalion ihn ausdrücklich zum Bleiben aufforderte, ließ er sich auf der Bank nieder.

»Bist du wieder stark genug, um heute abend beim Festmahl tüchtig zuzulangen?« grinste Deukalion zu ihm herüber.

»Ich fühle mich wie neugeboren«, erwiderte Asterios nach einem raschen Blick auf Ikaros, den er noch niemals so verwirrt gesehen hatte. »Diese Baderäume sind fantastisch. Ganze Tage könnte ich hier verbringen!«

Deukalions Lächeln bekam einen grausamen Zug. »Das Vergnügen läßt sich noch erheblich steigern.« Er setzte sich langsam auf. »Schau dir mal Ikaros' Hände an! Ich kann dir versichern, daß er über ganz ungewöhnliche manuelle Fähigkeiten verfügt! Den Grundstock dafür hat er auf der Insel Strongyle erworben. Später hatte er Gelegenheit, sein Talent weiterzuentwickeln. Und das in der schönsten Kolonie, die Kreta besitzt«, fuhr Deukalion fort und sah Ikaros herausfordernd an. »In mehr als einer Hinsicht, nicht wahr, mein Freund?«

Ikaros blieb die Antwort lange schuldig. Als er endlich seinen Kopf hob, waren seine grauen Augen dunkel vor Trauer. »Wir waren sehr glücklich dort«, sagte er leise. »Ich werde unsere gemeinsam Zeit niemals vergessen.« Deukalion verzog spöttisch den Mund, aber Ikaros ließ sich nicht beirren. »Auch wenn du glaubst, mich in Gegenwart anderer demütigen zu müssen, auch wenn du heute nichts mehr wissen willst von der Anziehung, die ich einmal für dich besaß, meine Liebe zu dir kannst du nicht zerstören.«

Er erhob sich, deutete eine Verneigung an, zog das Tuch enger um seinen Leib und verließ den Raum, ohne sich nach ihnen umzusehen.

Asterios sollte Pasiphaë zum abendlichen Ehrenmahl für die Jäger begleiten. Eine Dienerin hatte ihm ausgerichtet, er möge sich bei Einbruch der Dämmerung in ihren Gemächern einfinden.

Als es dunkel wurde, klopfte er an die Tür des königlichen Megarons; eine junge Dienerin öffnete ihm. Pasiphaë saß auf der hölzernen Fensterbank auf der anderen Seite des Zimmers. Sie schien versunken in die Betrachtung eines kleinen Gegenstands, den sie vorsichtig in beiden Händen hielt.

Ein wenig unsicher blieb er an der Türe stehen und ließ seine Augen umherwandern. Das Megaron erschien ihm als der wohnlichste Raum im ganzen Palast. Obwohl das Gemach nicht groß war, verliehen ihm Farben und Materialien Anmut und Heiterkeit. Alabaster bedeckte den Fußboden und die Wände bis in Türhöhe, wo ein Steinfries mit Laufspiralen in Meeresblau und kräftigem Rot abgesetzt war. An der Südwand führten drei hohe Fenster auf einen der zahlreichen Innenhöfe, die aufgrund der winterlichen Temperaturen geöltes Pergament verschloß. Nach Osten öffnete sich das Zimmer zum Lichthof, den ein Säulengeviert mit rosettengeschmückten Kapitellen schmückte, ein Motiv, das die Deckenbemalung nochmals aufnahm. Am schönsten und eindrucksvollsten aber war das Gemälde an der Nordwand, das einen Schwarm blauer Delphine zeigte.

Der Palast der blauen Delphine, dachte Asterios und erinnerte sich an den geschmeidigen Tierleib, der ihn durch die Wellen getragen und mit dem großen, ewigen Kreislauf verbunden hatte. Ikaros hatte recht. Dieses Bild war es wert, Knossos seinen Namen zu geben.

Pasiphaë mußte ihn mehrmals rufen, bis er endlich reagierte.

»Sieh nur, welche Kostbarkeit!«

Langsam kam er näher und erkannte, daß der Gegenstand in ihren Händen eine kleine, weißgoldene Plastik war: ein Stierspringer, mit nacktem Oberkörper, der Schurz und Taillenband trug, festgehalten in einer kühnen Flugbewegung.

»Aus Elfenbein geschnitzt und mit Blattgold überzogen! Nur die Künstler Ägyptens können solche Meisterwerke schaffen!« Pasiphaë ließ ihre Finger über die feinen Linien gleiten.

Aus der dunklen Fensternische kam verhaltenes Schnalzen, und Asterios bemerkte erst jetzt, daß noch eine weitere Person im Raum war. Iassos trat zu ihnen. Er hatte sich einen kurzen Bart stehen lassen, der ihn sehr veränderte.

»Ausnahmsweise hat die schöne Königin einmal nicht recht«, sagte er schnarrend. »Diese Arbeit stammt ursprünglich von der Insel Strongyle, die man auch Kalliste, ›die Schöne‹ nennt. Ich habe sie unlängst im Haus eines reichen Kaufmanns in Zakros entdeckt. Es ist mir ein ganz besonderes Vergnügen, sie Pasiphaë zum Geschenk zu machen!« Er buckelte tief.

»Die Königin dankt«, antwortete sie, »und wird sich gelegentlich mit einem Gefallen revanchieren – falls er nichts mit Kalliste zu tun hat. Mach kein so böses Gesicht, Iassos! Ich weiß, wie gut es dir dort gefällt, wo man sich offen rühmt, ein so viel freieres Leben zu führen, als wir es hier auf Kreta gewohnt sind – besonders, was die Liebe zwischen Männern betrifft. Ich kann mich noch lebhaft an die Zeiten erinnern, in denen Minos es kaum erwarten konnte, wieder nach Akrotiri zu kommen. Geht es dir etwa auch so?«

Iassos vertiefte seine Verneigung, bis er beinahe vornüber gekippt wäre, und beschränkte sich darauf, Unverständliches zu murmeln. Ächzend kam er wieder nach oben. »Ich bin nur ein einfacher Kaufmann und beschämt über die mir erwiesene Gnade«, sagte er vorsichtig.

Pasiphaë blieb eine Antwort schuldig. Sorgfältig ordnete sie die Volants ihres Kleides. »Brechen wir nun zu dem Fest auf, das Minos für die tüchtigen Jäger veranstaltet?« Ihre Stimme klang unwillig.

»Ich bitte, mich zu entschuldigen«, sagte Iassos unterwürfig. »Der Umgang mit Ölen und Düften hat mich empfindlich gemacht. Blut, Innereien und lautes Getöse sind nichts für mein sensibles Gemüt. Ich hoffe, du verstehst mich.«

Pasiphaë lächelte dünn. »Ich wünschte, ich könnte auch solche Feinfühligkeiten für mich in Anspruch nehmen. Läßt du uns wenigstens hinaus?«

Iassos strebte eifrig der Türe zu und öffnete sie. Pasiphaë machte er höflich Platz, Asterios aber drückte er beim Vorübergehen einen kleinen, harten Gegenstand in die Hand, der in steifes Papyrus gewickelt war. »Von Ariadne«, murmelte er zwischen zusammengepreßten Lippen.

Vor Schreck hätte Asterios das Päckchen beinahe fallen lassen. Es kostete ihn Mühe, weiterzugehen, während er heimlich den Schatz zwischen Gürtel und Hemd versteckte. Dann beeilte er sich und schritt neben Pasiphaë den Flur entlang, der in die Nordrampe mündete. Sie erreichten die pfeilerbestandene Säulenhalle, wo am Morgen die königliche Wache patrouillierte, und kamen schließlich zu den Stufen, die zum Festsaal im Obergeschoß führten. Lebhafte Stimmen und Musikfetzen waren zu hören. Obwohl alles in Asterios danach verlangte, so schnell wie möglich Ariadnes Botschaft zu lesen, stieg er neben Pasiphaë nach oben.

Der Raum, den sie betraten, war groß und von mehreren Pfeilern und zwei bauchigen Säulen untergliedert. Im Schein Dutzender Kerzen leuchteten an den Wänden Gemälde; den Fußboden bedeckten helle Quarzplatten. Die meisten der Gäste hatten bereits an den gedeckten Tischen Platz genommen.

Ikaros entdeckte er an der Seite seines Vaters. Zusammen mit Katreus, Glaukos und Xenodike saßen sie an der langen Tafel, die man direkt unter den hohen Fenstern aufgestellt hatte. Feste Wolltücher verstopften die Ritzen gegen den stürmischen Wind, der über die Insel fegte. Da Pasiphaë seiner Gesellschaft nicht mehr bedurfte, begab er sich zu ihnen.

Auf dem kleinen hölzernen Podest ganz in ihrer Nähe wollten die Musikantinnen gerade mit einem neuen Stück beginnen. Als sie die Königin sahen, ließen sie die Instrumente sinken.

Sie schritt langsam Phaidra entgegen, die von der gegenüberliegenden Seite auf sie zukam. Blaß vor Konzentration hielt das Mädchen den tönernen Kernos in den Händen, der die Opfergaben für die Göttin der Jagd enthielt. In der Mitte des Saals trafen sie aufeinander und blieben voreinander stehen. Pasiphaë zeichnete ihren Segen über Fasanenfedern und Tierhaut, über Stückchen rohen und getrockneten Fleisches, Pilze und Kräuter. Anschließend küßte sie ihre Tochter liebevoll auf den Scheitel und nahm ihr das schwere Behältnis ab, um es an eine ihrer jungen Gehilfinnen weiterzureichen.

Zuvor aber nahm sie noch eine schöne Fasanenfeder und gab sie Phaidra. Das Mädchen strahlte und steckte sie sich stolz in den Gürtel. Dann setzten sich beide an den Tisch, der am weitesten von dem entfernt lag, an dem der König saß. Minos sah zwar immer wieder zu ihnen hinüber, blieb jedoch, wo er war. Die Königin unterhielt sich lebhaft, aber die Speisen auf ihrem Teller ließ sie beinahe unberührt.

Asterios dagegen langte kräftig zu. Als immer neue Schüsseln aufgetragen wurden, mußte er sich endlich erschöpft geschlagen geben. Längst schon hatte er den Umhang abgelegt und sein Riemengehänge gelockert, nicht ohne sich zu vergewissern, ob das

Päckchen noch da war. Er sah sich vorsichtig um. Dies war nicht der richtige Ort, um es zu öffnen.

Warm und stickig war es im Saal geworden. Auch die Duftbecken konnten nicht viel gegen die Wein- und Bratengerüche ausrichten, die sich mit den Ausdünstungen der Festgäste mischten. Katreus, der neben ihm konzentriert den vielen Gängen zugesprochen hatte, warf einen anerkennenden Blick auf den stattlichen Knochenhaufen neben seinem Teller.

»Klug, dir noch einmal den Bauch vollzuschlagen, bevor wieder die Fastenzeit beginnt«, lachte er.

»Ich habe keine Angst vor Hunger oder Durst«, erwiderte Asterios, den die Redseligkeit seines Bruders erstaunte. »Wenn der Magen leer ist, wird der Körper ganz leicht. So, als ob er fliegen könnte. Seit den Tagen in der Höhle kenne ich dieses Gefühl; in vielen Träumen habe ich es seitdem wiedererlebt.«

Der andere sah ihn prüfend an, und zum erstenmal entdeckte Asterios in dessen gröberen Zügen Ähnlichkeiten mit dem hübschen Gesicht Deukalions. »Dann paß nur auf, daß du dein Ziel nicht verfehlst«, sagte Katreus bedächtig. »Aus dem Labyrinth gelangst du nämlich nur mit klarem Verstand und geschärften Sinnen wieder heraus. Mit Fliegen und Träumen kommst du im dunklen Schoß der Erde nicht weit.«

»Danke, daß du mich daran erinnert hast.« Asterios stand auf. »Höchste Zeit, zu den anderen Mysten zurückzukehren.«

Er beeilte sich, die Zecher so schnell wie möglich hinter sich zu lassen. Trotz seiner unerträglichen Spannung suchte er sich vorsichtshalber eine kleine Nische zwischen zwei Pfeilern, zog das Bündel aus seinem Gürtel und öffnete es. In seiner Hand schimmerte das heilige Doppelhorn mit der Sonnenscheibe, das Schmuckstück, das ihm einst Merope anvertraut, bevor er es später um Ariadnes Hals gelegt hatte.

Er wußte, was die Nachricht bedeutete. Sie hatten es sich geschworen, in der letzten Nacht, bevor er nach Knossos aufbrechen mußte. Komm nach Phaistos, hatte ihm die Liebste hiermit bestellt. Komm zu mir, so schnell du kannst!

Aiakos war nach Knossos geritten, eigens um mit ihm zu sprechen, wie Asterios zu seiner Überraschung herausfand. Der Lehrer begrüßte die Mysten und sah ihnen eine Zeitlang zu, wie sie den Kranichtanz übten. Dann wartete er, bis Merope in ihr Haus gegangen war, und nahm Asterios zur Seite. Aiakos hatte sich nicht einmal umgezogen. Er schien es wirklich eilig zu haben.

»In ein paar Tagen gehst du ins Labyrinth«, sagte er. »Ich möchte dir etwas für diesen Weg mitgeben. Sozusagen von Mann zu Mann.«

Asterios sah ihn überrascht an. Aiakos hatte ihn in ein Zimmer geführt, wo sie ungestört waren. Solche Sonderbehandlungen waren ganz untypisch für ihn.

»Die Priesterinnen machen großes Aufhebens um diesen dritten Erkenntnisschritt, die Reise in die Dunkelheit, und sie behaupten, es sei für Männer schwieriger, sich im Leib der Erde zurechtzufinden. Ich will nicht sagen, daß sie sich darin irren, jedoch vergessen sie oft das Wichtigste dabei.«

»Und das wäre?«

»Du begegnest dort unten der großen Spirale, du erlebst am eigenen Körper Tod und Wiedergeburt – allerdings nur, wenn du dabei nicht vergißt, wer *du* bist: ein junger Mann mit Mut und Kraft! Laß dich nicht schrecken von den Ängsten, die in dir lauern! Vertrau deinem Verstand und deiner Intuition. Und vertrau deinen geschulten Sinnen. Sie werden dich sicher ans Ziel bringen! Sei nicht hochmütig, aber laß dich auch nicht einschüchtern. Wir sind alle ins Labyrinth gegangen.« Er machte eine kleine Pause und zwinkerte ihm zu. »Und alle wieder herausgekommen. Das ist es, was ich dir sagen wollte.«

»Hat Minos dich geschickt?«

»Er nimmt großen Anteil an deiner Entwicklung. Er hat mich gebeten, ein besonderes Auge auf dich zu haben.«

»Aber warum? Ich bin der Bastard der Königin! Ich weiß, daß er mich haßt!«

»Du bist ein Mann, Asterios«, erwiderte Aiakos vielsagend. »Und auf uns Männer warten besondere Aufgaben. Aber davon werde ich dir mehr erzählen, wenn du das Labyrinth hinter dir hast. Wir bauen auf dich. Enttäusch uns nicht!« Er berührte seinen Arm. »Und da ist noch etwas, was du wissen solltest«, sagte er leise. »Etwas, das dich ganz persönlich betrifft.« Seine Stimme bebte. »Und mich. Etwas, das du niemals verraten darfst. Keinem Menschen. Schwöre!«

Asterios starrte ihn verblüfft an. »Was meinst du?« wollte er fragen, aber er bekam keinen Ton heraus. Schweigend erhob er die Hand zum Schwur.

»Ich bin dein Vater. Ich habe dich gezeugt.« Aiakos Stimme war rauh, aber er schaute seinen Sohn unverwandt an.

»Du?« flüsterte Asterios ungläubig. »Du warst es!«

»Ja, ich«, erwiderte der Mann. »Ich wurde damals ausgesucht, um die Heilige Hochzeit zu vollziehen. Eine Weigerung kam nicht in Frage. Ich mußte den Weisen Frauen gehorchen. Es liegt an dir, Asterios, ob Männer auf Kreta auch künftig keine Wahl haben.«

»Aber dann ist Hatasu ja meine Schwester!«

»Ihr habt beide einen Vater, der euch liebt«, sagte Aiakos. »Und der alles für euch tun würde. Bitte, vergiß das niemals!«

Dunkel lag die Insel in purpurner See. Seit Tagen hatte sich kein Schiff aufs Meer hinausgewagt. Ein frostiger Nordwind beutelte die Olivenbäume auf den Hügeln um den großen Palast. Am Himmel stand die bleiche Mondsichel. Schwarze Wolken, die bald zerfetzten Segeln, bald seltsamen Tiergestalten glichen, verbargen sie, um sie kurz freizugeben und abermals zu verhüllen. Selbst unter den Alten konnte kaum jemand sich an einen Winter erinnern, der ähnlich stürmisch begonnen hatte. Bis in die Abendstunden hinein waren die Menschen beim Holzsammeln. Es war ungewöhnlich kalt; auf dem Doppelhorn des Nida schimmerte bereits der erste Schnee.

Asterios starrte auf den leeren Tanzplatz und versuchte, den Abend des Kranichtanzes heraufzubeschwören. Damals hatte ein doppelter Fackelring den Choros erhellt, und die Mysten hatten gemeinsam gewartet. Diesmal waren die hölzernen Masten leer; niemand würde ihm beistehen. Er war der erste und einzige, auf den schon heute das große Geheimnis wartete. Die anderen hatten noch lange Zeit, sich darauf vorzubereiten.

Ihm gegenüber befand sich der Eingang zum Labyrinth. Asterios konnte ihn im Dunkel der Nacht nur erahnen, aber er erinnerte sich deutlich an die Schlangen auf dem verwitterten Holz.

Seine Glieder fühlten sich schwer an, und durch das lange Fasten war sein Geruchssinn bis zur Grenze des Unerträglichen geschärft. Obwohl er sich gründlich gereinigt hatte, kam ihm sein eigener Geruch schal vor.

Schwarz wie das Schweigen war das Gewand der alten Frau neben ihm; schwarz wie der feine Schleier, der Meropes Gesicht und Haar bedeckte. Wie die Botin des Todes, die die Barke ruft, dachte Asterios. Die schwarze Hüterin der Schwelle, die den Lebensfaden in ihren Schoß zurückrollen läßt. Ihre Augen gleichen zwei tiefen Seen, die mich teilnahmslos betrachten, weil sie alles unendlich oft erlebt hat.

Ihn fröstelte. Er hatte Angst.

»Komm näher, Asterios!« forderte ihn Merope auf. »Laß dich betrachten, bevor du die Schwelle überschreitest!«

Sie betrachtete seinen Schädel, den man vor wenigen Stunden blau bemalt hatte, seine Ohrmuscheln, die purpurrot gefärbt waren. Sie überzeugte sich, daß er das Gewand des Mysten angelegt hatte, das in einem Sud aus Galläpfeln tiefschwarz gefärbt worden war, und die breite, scharlachrote Schärpe trug.

Sie nickte zufrieden. Er war bereit. Das Ritual konnte beginnen.

Merope salbte seine Stirn und schwenkte ein kleines Räuchergefäß um seinen Kopf. Dann überreichte sie ihm einen Lederbeutel.

»Darin findest du Wasserkrüge und eine Decke. Du kehrst nun zurück in den Schoß der Großen Mutter, wo du stirbst und wiedergeboren wirst. Dein Körper ist durch Fasten gereinigt, die Tage der Enthaltsamkeit haben deine Sinne geschärft. Der Kranichtanz hat dich gelehrt, zurück zum Ausgang zu finden. Bevor ich dir die Augen verbinde und den Trank reiche, möchte ich dir noch etwas sagen. Sieh mir in die Augen, mein Sohn!«

Asterios gehorchte.

»Jedes Wort wird überflüssig, wenn du achtsam ins Zentrum aller Dinge gehst. Laß dich nicht schrecken von den Ängsten, die in dir lauern! Denn du bist stärker als sie! Wenn du nicht mehr weiter weißt, dann bete zur Großen Mutter um Mut, Geduld und Klarheit. Danke Ihr, daß Sie dich in Ihren Schoß aufnimmt!«

»Und du? Werde ich dich wiedersehen?«

Unter dem Schleier glaubte er ein kleines Lächeln zu entdecken. »Ich habe dir schon einmal versprochen, daß ich immer bei dir sein werde«, antwortete sie sanft.

Sie brachte ihn zum Eingang und verneigte sich leicht gegen Osten, um die Göttin zu ehren, die jeden Morgen den Tag neu gebiert. Dann entriegelte sie das hölzerne Doppelportal. Beklommen starrte Asterios in die Finsternis.

Merope reichte ihm ein Trinkgefäß mit schmalem Schnabel, das über und über mit tönernen Brustwarzen bedeckt war. In mehreren Zügen leerte er den Krug. Die Flüssigkeit war kühl und hatte neben dem Geschmack nach Gerste und frischer Minze etwas Unbekanntes, Bitteres. Leichte Pelzigkeit begann sich schon bald in Gaumen und Rachen auszubreiten.

Merope verband ihm die Augen. An ihrem Arm tastete er sich die neun steilen Stufen hinab. Modrige Luft schlug ihnen entgegen, und Asterios verlangsamte unwillkürlich seinen Schritt. Sein Herz pochte wild.

»Bleib nicht stehen!« sagte Merope. »Das Blechon, das du eben getrunken hast, entfaltet innerhalb einer Stunde seine volle Wirkung.« In dem unterirdischen Gang klang ihre Stimme hohl und fremd. »Dann erst nimmst du das Tuch von den Augen und gehst weiter. Vergiß dabei das Wichtigste nicht, mein Sohn: Das Labyrinth, das dich in seinen dunklen Leib aufgenommen hat, um dich zu verschlingen und um dir neues Leben zu schenken, ist der Schlüssel zur Unsterblichkeit...«

Stille. Wie ein glattes, schweres Gewicht lastete sie auf ihm. Seine Ohren schienen sich bis ins Unendliche auszudehnen. Gehüllt in vollkommenes Dunkel, umgeben von Stille, fühlte er, wie sein Herzschlag sich beschleunigte, wie Angst sein Gedärm zusammenzog. Ein unwiderstehlicher Drang zu urinieren überkam ihn, aber er unterdrückte den Trieb. Er mußte weiter, das

Zentrum erreichen, bevor die Macht des Blechon ihn ganz erfaßt hatte.

Asterios atmete tief und gleichmäßig, wie es ihn Hatasu gelehrt hatte, und legte beide Hände auf sein Sonnengeflecht. Er spürte, wie Geist und Körper sich langsam beruhigten.

Der Boden, den seine bloßen Füße berührten, war kühl und steinig, aber einigermaßen eben. Wie ein Schlafwandler bewegte er sich vorwärts und blieb dabei mit der ausgestreckten Linken in ständigem Kontakt mit der Felswand, die ihm als das einzig Sichere in seinem unterirdischen Gefängnis erschien.

Ein Vergessener im Grab, dachte er, über dem sich die steinerne Platte geschlossen hatte. Sein Atem ging flach; noch immer lauerte die Furcht in ihm. Unzählige Gedanken schossen ihm durch den Kopf. Und wenn es kein Zentrum gab? Wenn das Labyrinth ein Gefängnis war, allein dazu erdacht, die Willenskraft des Eingekerkerten zu messen? Er schrie auf, und das Echo warf seinen Schrei verzerrt zurück.

Plötzlich erinnerte er sich, was Aiakos über den Gebrauch der Sinne gesagt hatte. Er konnte nichts sehen. Aber er hörte. Und er fühlte.

Er wurde wieder ruhig. Lauschte in die Stille. Er war ganz allein.

Um der neu keimenden Verzweiflung Einhalt zu gebieten, berührte er seinen Körper und fuhr mit der Hand in seine Gewandtasche. Er stutzte, als er die Spitzen des gebogenen Doppelhorns spürte. Das Amulett! Der Anhänger, den Ariadne ihm geschickt hatte! Er konnte sich nicht mehr daran erinnern, ihn eingesteckt zu haben. Aber wie sonst sollte er dorthin gekommen sein?

Ein Zittern durchlief seinen Körper. Er begann zu taumeln, zu schwanken. Das Amulett entglitt seinen Fingern und fiel auf den felsigen Boden.

Er wußte nicht mehr, wo die Wand war. Links? Oben? Unten? Die Wirkung des Blechon hatte eingesetzt. Langsam löste er die Binde von seinen Augen und nahm in sich die Dunkelheit auf. Selbst mit weit geöffneten Pupillen vermochte er sie nicht zu durchdringen. Steifbeinig stand er da und spürte, wie ein Vibrieren ihn erfaßte, das stärker wurde und sich in allen Gliedmaßen ausbreitete, bis seine Augäpfel zu rollen und seine Backenmuskeln unkontrolliert zu zucken begannen.

Schaum trat vor seinen Mund, und er bäumte sich auf. Ihm war es, als sei sein Leib in einem eisigen Panzer gefangen, der ihn zusammenpreßte und zu zerquetschen drohte. Der unerträgliche Druck steigerte sich mit jedem Atemzug.

Erschöpft gab Asterios jeden Widerstand auf und überließ sich der qualvollen Umklammerung. Ein letztes würgendes Seufzen – da gab der feste Panzer plötzlich nach und fiel von ihm ab.

Kein fester Leib mehr, nur noch glänzende Wirbel in ihm und überall um ihn herum; leuchtende Bahnen, die sich zu Spiralnebeln zusammenzogen und wieder ausdehnten, durchpulst von einer zuckenden Nabelschnur. Ihm war, als ob er die Windungen eines riesenhaften Gehirns betrete, das sich nach ein paar Atemzügen zur sternenübersäten Unendlichkeit des Kosmos weitete.

Sein Körper, den er wie von weit entfernt betrachten konnte, begann mit dem ewigen Tanz von Tod und Wiedergeburt. Er tanzte, bis Schweiß ihn bedeckte, sein Gewand lose um ihn flog und seine Arme sich himmelwärts streckten. Dann hielt er erschöpft inne.

Seine Fußsohlen begannen zu prickeln, zu brennen. Und dann fühlte er sie: die starke Kraft der Erde, die durch ihn flutete. Weiter trieb sie ihn, voran, dem Ziel zu. Wie im Traum erschloß sich ihm nun der gewundene Pfad des Labyrinths, und er betrat ihn furchtlos. Er spürte, wie ihn die siebenfache Spirale in weiter, sanfter Pendelbewegung von innen nach außen und wieder nach innen trug.

Dann war er im Zentrum angelangt. Ein hoher, leicht gewölbter Raum, aus dem Felsen gehauen, dessen Decke er selbst mit ausgestreckten Fingerspitzen nicht berühren konnte. Langsam ließ er sich auf den Boden gleiten und berührte die Stelle zwischen seinen Brauen.

Blaues Licht umfing ihn.

Als Weißer Stier steigt er aus dem Meer. In einer schwülen Augustnacht feiert die Mondkönigin Heilige Hochzeit mit ihm in einer schmalen Bucht. Er ist es, nach dem sie sich verzehrt. Er ist es, der sie besteigt, um den ewigen Bund zwischen dem göttlichen Tier und der Insel zu besiegeln.

Sein Brüllen und ihr hoher Schrei, silbriges Zittern unter dem bleichen Licht des Mondes. Sie versinken in der Schwärze der Nacht, die alles verschlingt.

Erneut teilen sich die Wogen des Meeres. Diesmal ist das Fell des Bullen, der das Land betritt, schwarz und sein Schnauben unheilvoll. Feuer und Verwüstung führt er unter seinen Hufen, die bereit sind, alles zu zermalmen, was sich ihnen in den Weg stellt. Er ist ein Ungeheuer, eine Mißgeburt mit Tierkopf und Menschenleib, für alle Zeiten verbannt in das Labyrinth, um im Leib der Erde seine ahnungslosen Opfer zu erwarten.

Langsam wendet der Schwarze Stier den Schädel, den ein geschwungenes Hörnerpaar krönt. Unverwandt stiert er ihm entgegen, mit trüben, blutunterlaufenen Augen.

Gellend schrie er auf und berührte sein Gesicht.

Obwohl es unbedeckt war, konnte er die tönerne Stiermaske fühlen, die dicht auf seiner Haut saß und es ihm unmöglich machte, tief und gleichmäßig zu atmen.

Er war der Stier!

Er war der Hüter des Labyrinths!

Er mußte hier, im Zentrum, den Heros mit den zornigen Augen erwarten.

Er würde sterben. Und die Insel untergehen. Denn die Zeit des Stiers ging zu Ende.

Feuer

Als Asterios den Hügel von Phaistos erreichte, war es bereits Abend. Müde schwang er sich vom Pferd, das ihn über die verschneiten Bergpässe und durch die Täler nach Süden getragen hatte. Nach dem rauhen Winteranfang war die Witterung in den letzten Tagen überraschend mild geworden und hatte ihn unterwegs mit Regenschauern und Schneestürmen verschont.

Über der weiten Ebene, die grüne Wintersaat trug, ging die Sonne unter. Im Osten ragte das Doppelhorn des blauen Berges in den Himmel, und Asterios spürte, wie seine Unruhe sich allmählich legte und Frieden in ihm einkehrte.

Er atmete tief durch und sah hinüber zu den kahlen Bergwipfeln. Er war rechtzeitig nach Hause zurückgekehrt. In zwei Tagen würde der Scheiterhaufen entfacht werden, um die längste Nacht des Jahres zu feiern. Doch die Sonnwendfeier war nur ein Vorwand für seine Reise nach Phaistos gewesen; Ariadnes Hilferuf hatte ihn hergeführt.

Nicht mehr lange, und er würde endlich wieder bei ihr sein! Den ganzen Ritt über hatte er so intensiv an sie gedacht, daß er manchmal das Gefühl hatte, sie reite neben ihm. Nachdem ihm Iassos das Medaillon übergeben hatte, wäre er am liebsten sofort aufgebrochen. Aber natürlich hatte er zuerst das Labyrinth bezwingen und so die dritte Phase des Einweihungsweges abschließen müssen.

Es hatte Asterios Tage gekostet, wieder zu sich zu kommen, und auch jetzt war die Zeit der quälenden Fragen noch lange nicht vorbei. Er mußte mit Pasiphaë sprechen; nicht mit der Frau, die ihn geboren hatte, sondern mit der Hohepriesterin, die der Göttin diente. Was er im Labyrinth gesehen hatte, betraf ihn nicht allein, sondern bedrohte das Heiligtum, ja, die ganze Insel. Er durfte die Weisen Frauen nicht im unklaren lassen; wer, wenn nicht sie, konnte eine Erklärung finden?

Aber zuvor mußte er noch etwas anders klären. Was war mit Ariadne geschehen?

Er klopfte an das hölzerne Eingangstor.

Ein untersetzter Palastwächter öffnete ihm unwirsch. Als er Asterios erkannte, veränderte sich seine Haltung, und er begrüßte ihn respektvoll, wenngleich sein Aufzug ihn zu irritieren schien. Asterios sah von dem schlammbespritzten Umhang bis zu seinen kaum weniger schmutzigen Stiefeln hinab und merkte erst jetzt, daß er sich kaum noch auf den Beinen halten konnte.

Er wurde zum Westflügel geführt. Zu seiner Überraschung war es Mirtho, die ihn in der Eingangshalle empfing. Sie schien auf seine Ankunft gewartet zu haben und erhob sich von einer Bank, auf der sie es sich mit einer Decke bequem gemacht hatte.

»Willkommen in Phaistos!« begrüßte sie ihn und musterte ihn eindringlich. Er hatte sich verändert, seitdem sie ihn zuletzt gesehen hatte. Seine Züge erschienen ihr markanter, sein Gesicht zeigte die Spuren des langen Fastens und des gehetzten Ritts. Er hielt ihrem prüfenden Blick stand.

In seinen Augen fand sie, wonach sie gesucht hatte. In ihnen spiegelte sich die Kraft des Stiers. Er war in der Lage, mit männlicher Stärke den Machtansprüchen Minos' zu trotzen und mit weiblicher Ausdauer zu bewahren und zu schützen, was die Frauen von Anbeginn auf Kreta errichtet hatten. Stolz und Zuversicht erfüllten Mirtho, und sie spürte, wie große Erleichterung sie durchflutete.

Sie hatten sich nicht geirrt: Er würde der erste Priester der Großen Mutter werden, den einst das Orakel der Insel geweissagt hatte. Mit eigenen Händen würden die Priesterinnen die Pfauenkrone auf sein Haupt setzen, so wie es das Wandbild im Palast der blauen Delphine zeigte.

Mirtho lächelte. Sein Weg ist beinahe vollendet, dachte sie und reichte ihm einen Becher mit gewürztem Wein als Willkommensgruß. Sein vierter und letzter Schritt des Einweihungsweges stand bevor – Feuer, das seine Grenzen sprengen und ihn härten würde wie edles Metall.

Während er trank, spürte sie seine Unruhe. Er schien zu zögern, stellte schließlich aber doch die Frage, die ihm auf der Seele brannte.

»Wo finde ich Ariadne?«

»Du kommst zu spät«, antwortete sie schroffer als beabsichtigt.

Er wurde blaß, und seine Hand am Gürtel krampfte sich zusammen. »Was ist geschehen? Was ist mit ihr?«

»Ihr fehlt nichts«, beruhigte ihn Mirtho. »Aber sie hat den Palast verlassen. Vorgestern ist sie an Bord des Schiffes gegangen, das den Rest der Flotte in den Winterhafen nach Amnyssos lotsen wird. Ursprünglich sollten die Schiffe in den Werften von Kommos überwintern. Die milde Witterung der letzten Tage hat Minos jedoch veranlaßt, seine Befehle zu ändern.«

Asterios starrte sie ungläubig an. »Soll das heißen, daß sie unterwegs nach Knossos ist, während ich mir fast die Knochen gebrochen habe, um auf dem schnellsten Weg hierherzukommen? Sag mir, wer sie weggeschickt hat!«

Er begann, ruhelos im Raum auf- und abzulaufen.

Wie schön er in seinem Zorn war, so jung und unschuldig in seinem Aufbegehren! Mirtho wußte plötzlich, daß er Ariadne nie aufgeben würde. Sie sah es an der Art, wie er sein Kinn hob und die Brauen zusammenzog. Der Sprung über den Stier, der Kranichtanz und selbst das Labyrinth, das ihm seinen künftigen Weg offenbart hatte, konnten nichts ausrichten gegen seine Liebe zu ihr.

Sie seufzte. Sie konnte ihm die Wahrheit nicht vorenthalten, auch wenn sie ihn schmerzen würde. »Die Anordnung kam von Minos. Und Paneb, dein Lehrer, hat sie begleitet. Sie hatte keine Wahl«, fügte sie sanfter hinzu. »Ariadne war verzweifelt, weil sie auf dich warten wollte. Aber sie mußte gehorchen.«

»Er will uns auseinanderbringen! Aber das wird ihm nicht gelingen. Ich liebe sie! Ich werde Ariadne ewig lieben!« Er blitzte sie herausfordernd an.

»Genug, Asterios!« sagte Mirtho mit lauter Stimme. »Du bist schon zu weit gegangen, um dich in Selbstmitleid zu verlieren. Natürlich kannst du dich wie ein gekränktes Kind benehmen, das andere für sein Leid verantwortlich macht. Aber du kannst dich auch als Eingeweihter zeigen, der auf dem Pfad der Erkenntnis vorwärtsschreitet.«

Im Schein der Fackeln sah er, wie ein Lächeln um ihren Mund spielte. Plötzlich sah sie nicht mehr so streng aus. »Und diesen Eingeweihten erwarte ich übermorgen bei Anbruch der Abenddämmerung auf dem Berg«, fuhr sie fort. »Wenn der Mond der Sonnwende sich am Himmel zeigt, will ich gemeinsam mit ihm das Feuerritual zelebrieren.«

Schmale, steinige Ziegenpfade, den fernen Sternen entgegen. Unter seinen Stiefeln löste sich Geröll. Am Nachthimmel leuchtete der Vollmond, und der Wind hatte sich gelegt. Die weite Ebene unter ihm ruhte wie in tiefem, friedvollen Schlaf.

In der Mitte des Quellplatzes, der unter schroff aufragenden Felsen lag, war der Scheiterhaufen aufgetürmt. Über trockenem Reisig hatten sie Scheite aus neun verschiedenen Hölzern geschichtet; obenauf lag ein Büschel Kräuter.

Neben ihm, ganz schwarz, stand die alte Frau mit einer lodernden Fackel in der linken Hand. Ihm schien, als sei sie eins mit der Nacht, dem Berg, dem Feuer.

»Du, Mutter, hast mir Wissen gewährt über das, was ist«, trug weit ihre Stimme durch die Stille. »Du ließest mich das Wirken der Elemente erkennen, das Wachsen und Vergehen der Tage, den Wechsel der Jahreszeiten und den Stand der Sterne. Ich kenne die Macht der Geister, die Vielfalt der Pflanzen und die Kräfte der Wurzeln. Das Verborgene ist mir vertraut, und ich habe gesehen, was offen im Licht des Tages liegt. Denn Du, Große Mutter, hast mich in Kleinem und Großem unterwiesen. In Deinem heiligen Namen trotze ich nun der Nacht und sage dem Winter den Kampf an.«

Sie streckte die Linke mit der brennenden Fackel in den dunklen Himmel und schloß die Augen. Lange blieb sie bewegungslos stehen. Dann öffnete sie sie wieder und sah ihn an.

Asterios tauchte ein in ihren Blick. In seiner Tiefe sah er die Kraft und die Macht der Mütter lodern, die das Ritual schon seit ewigen Zeiten vollzogen. Wie in Trance bewegte er seinen linken Arm auf Mirtho zu und übernahm aus ihrer Hand die Fackel. Einige Atemzüge lang spürte er die verzehrende Hitze auf seiner bloßen Haut.

Das Feuer will mich, dachte er. Mit glühenden Zungen leckt es an mir. Sein Nacken begann zu prickeln.

Es war noch zu früh. Mit großer Anstrengung bannte er das blaue Licht, das ihm das Nahen der Bilder anzeigte. Statt dessen wandte er sich dem Holzstoß zu und hielt die Fackel mitten in dessen dürres Reisigherz. Die Flammen breiteten sich nach allen Seiten aus und griffen hungrig auf die Zweige und Äste über.

Mirtho hatte ihn aufmerksam beobachtet. »Bisher hat die Finsternis geherrscht«, sagte sie. »Nun aber bist du Licht des Großen Lichts. In der Flamme und im Rauch geht dein Opfer auf. Sieh her!«

In einer weitumfassenden Geste wies sie hinab in die Ebene, wo überall Feuer aufleuchteten, die mit ihrem hellen Schein die Dunkelheit durchdrangen.

»Feuer ist eine machtvolle Hilfe gegen das Böse«, hob Mirtho erneut an. »Es erhellt die Finsternis, bannt das Unheil – und alle Schatten. Aber die Große Mutter hat uns diese Schatten auch geschenkt, um uns die Möglichkeit der Wahl zu geben. Das Feuer, Asterios, wandelt uns Menschen wie Metall. Denn es meint die Gegenwart, den Augenblick, nicht die Vergangenheit oder die Zukunft. Wer sich von ihm entzünden läßt, kann nicht länger um Aufschub bitten. Ihn trifft die alles bezwingende Fackel der Erkenntnis...«

Ihre Stimme schien aus weiter Ferne zu kommen. Er fühlte, wie seine Kehle eng wurde. Blaues Licht begann um ihn zu züngeln, aber er hatte Angst davor, nach innen zu gehen und die Bilder zu empfangen.

»...dann brennt das Herz, und der Geist wird zu Licht. Denn du, Asterios, bist auserwählt, künftig als Priester der Göttin Wächter des Feuers zu sein, das die Große Mutter zu Anbeginn der Zeiten in die Hände der Frauen gelegt hat. Es traf uns aus dem Himmel oder begegnete uns in flammendem Buschwerk. Wir bargen es, trugen es in die Höhle und hüteten es, um Wärme zu schenken, Speisen zu kochen und Tongefäße zu brennen. Heilig und geheiligt sei das Herdfeuer, das Herz jedes Hauses. Es ist das Symbol des Friedens und das Zeichen Ihrer allmächtigen Gegenwart zugleich.«

Asterios konnte kein Glied mehr rühren. Um Erz zu schmelzen und Metall zu gießen, dachte er, um Waffen zu schmieden, die den Feind töten. Wo warst Du, als ich im Herzen des Labyrinths meinem schwarzen Schatten begegnet bin? Als ich meinen Tod in den hellen Augen des Heros gesehen habe, wo warst Du da, Allmächtige?

Gequält krümmte er sich zusammen und schlang die Arme um

sich selbst. Nicht ich! bat er inständig. Erwähle nicht mich zu Deinem Dienst, nicht mich, Mutter, bitte!

Er spürte eine flüchtige Bewegung an seiner Seite, einen weichen Körper, der seinen Rücken berührte.

»Feuer ist immer beides«, flüsterte eine seltsam vertraute Stimme an seinem Ohr. »Tod *und* Leben, Rettung *und* Zerstörung. Es ist die größte Herausforderung und das einzige Element, das nur uns Menschen zugewiesen ist. Denn andere Wesen bewohnen das Wasser, andere beherrschen die Luft, wieder andere sind besser als wir für das Leben auf der Erde geeignet. Uns allein ist das Feuer vorbehalten: der Ursprung allen Lichts, ohne das kein Blatt wächst und keine Frucht gedeihen kann.«

Wer bin ich? dachte Asterios.

»Sich dem Licht zu stellen«, fuhr sie fort, »ist eine Herausforderung für uns Menschen, die unseren ganzen Willen und unsere ganze Klarheit verlangt.«

Wer bin ich? dachte er.

»Entscheide dich!« drängte die Stimme. »Das Feuer wartet nicht! Jetzt hast du die Chance, der zu werden, der du sein sollst. Dreh dich um!«

Langsam gehorchte Asterios. Vor ihm stand Hatasu im nachtblauen Kleid. Ein breiter Silberreifen hielt ihr Haar aus der Stirn, silbern schimmerte auch die Skarabäusfibel auf ihrer Brust. Ihre Miene war ernst, ihre dunklen Augen aber leuchteten.

Mit wenigen Schritten war sie am Feuer, ergriff einen flammenden Span und hielt ihn Asterios dicht vor die Augen.

»Siehst du?« rief sie. »Begreifst du? Das ist der Grundstoff unserer Seele! Du selbst bist nichts als Feuer, Energie, Kraft, Leidenschaft und Liebe. Sag mir, wer du bist!«

Das Feuer war lauter geworden, Äste knackten und knisterten, die Scheite glühten, in hellem Orange und in sattem Purpur. Wie gebannt starrte Asterios in die Glut und fühlte ihr Brennen in sich.

Dann, mit einem Mal, war die Antwort da, als ob sich eine helle Pforte aufgetan hätte.

Ich bin, der ich bin, dachte er.

»Ich bin, der ich bin«, sagte er leise, und es klang beinahe fragend.

Hatasus Augen waren schwarze strahlende Sterne. »Lauter!« befahl sie.

»Ich bin, der ich bin«, wiederholte er mit fester Stimme und fühlte, wie der Aufruhr in ihm langsam zum Schweigen kam.

»Ich kann dich nicht hören. Sage mir: Wer bist du?« forderte nun auch Mirtho, die neben die Ägypterin getreten war.

»Ich bin, der ich bin!« schrie er in die Nacht.

Später dann, viel später, als schiefergraue Wolken den Mond fast verbargen und der Wind sich wieder erhoben hatte, ergriffen die beiden Frauen seine Hände und führten ihn achtmal um das Feuer; mittlerweile war es heruntergebrannt zu schwelender Glut. Mirtho schwieg, während Hatasu einen fremdartigen Singsang anstimmte, der in jede Faser seines Körpers zu dringen schien. Asterios konnte sich nicht erinnern, jemals dieses Lied gehört zu haben, aber dennoch glaubte er, es seit langer Zeit zu kennen. Ganz nah war er der fremden, faszinierenden Frau, die seine neue Schwester war. Er fühlte sich leicht, schwerelos.

Endlich ließen sie ihn los, und die alte Frau trat in das Dunkel zurück, während die jüngere sich an der Feuerstelle zu schaffen machte. Mit einem Rechen kämmte sie die verkohlten Holzstückchen zu einem Glutteppich auseinander. Als sie damit fertig war, streifte sie ihren Umhang ab, löste die Riemen ihrer Sandalen und bedeutete Asterios, ebenfalls seine Stiefel auszuziehen.

»Komm!« forderte sie ihn auf und streckte ihm ihre Hand entgegen. Zögernd ergriff er sie und spürte, wie sein Herzschlag sich beschleunigte. »Geh mit festen Schritten über die Glut. Und gib acht, daß die Kohlen deine Füße nicht seitlich oder von oben berühren.«

Fassungslos starrte er sie an. »Ich soll barfuß durch das Feuer gehen? Und wenn ich dabei verbrenne – Schwester?«

»Du kannst dich entscheiden«, antwortete sie knapp, ohne auf die fragende Anrede einzugehen. »Entweder beherrschst du die Angst, oder die Angst beherrscht dich.«

»Aber meine Füße...«, stammelte er.

»Der Priester der Göttin ist Herr, nicht Knecht der Elemente!«

Asterios verstummte. Staunend sah er, wie Hatasu leichtfüßig auf die glühenden Kohlen trat. Mit sicheren, gleichmäßigen Schritten ging sie auf ihnen entlang, bis sie wieder den Felsboden erreichte. Lächelnd wandte sie sich ihm zu und zeigte ihm erst die eine, dann die andere Sohle, die ohne jede Spur von Blasen oder Brandwunden waren.

Ihre Augen schimmerten wie schwarze Perlen. Sei ganz du selbst, schienen sie ihm zu sagen. Hab Vertrauen!

Und wenn ich doch scheitere? fragte er stumm zurück.

Du bist der Auserwählte!

Ich bin, der ich bin, dachte er.

Da war es wieder, das Gefühl von Kraft und Stärke, von Ruhe und Gewißheit. Asterios gab seinen Widerstand auf und spürte abermals die gewaltige Kraft der Flammen, die sich nun in der Glut konzentriert hatte.

Er starrte in das Feuer, drang ein in seine zerstörerische und seine heilende Energie, die alles wandelt. Und schloß den Bund mit dem glühenden Element, das die Menschen vor allen anderen Lebewesen auszeichnet.

Während seine Füße erst behutsam, schließlich beherzt den Glutteppich betraten, während es ihm vorkam, als schreite er über frisches Gras im Morgentau, ließ er alles im Feuer zurück, was ihn bislang begrenzt hatte. Jetzt erst war er bereit, die Gabe des Sehens ganz anzunehmen.

Als er wieder die Erde unter seinen Sohlen spürte, weinte er, aber er kümmerte sich nicht um die Tränen auf seinen Wangen. Ein nie zuvor gekanntes Gefühl von Freiheit durchströmte ihn.

In Hatasus Augen fand Asterios Verständnis und Anerkennung. Dahinter spürte er drängende Erwartung, eine unerklärliche Spannung, die sich unmittelbar auf ihn übertrug. Er spürte, wie es ihn zu ihr zog, und erschrak. Das waren keine brüderlichen Gefühle! Sollte sich sein Schicksal zum zweiten Mal auf grausame Weise wiederholen?

Er würde alles tun, damit das nicht geschah!

Nur mit Mühe gelang es ihm, sich aus ihrem Bann zu lösen. Er machte einen Schritt zurück und sah die Frau an, die sich zum Schutz gegen die aufsteigende Kühle wieder in ihren Umhang gehüllt hatte. Wie eine dunkle Silhouette stand sie vor dem heller werdenden Morgenhimmel.

Noch immer meinte Asterios das starke Band zu spüren, das sie beide verknüpfte. Woher kannte er diese Szene, die schmerzliche Saiten in ihm zum Klingen brachte?

Er schloß die Augen und tauchte in das blaue Licht ein.

Es ist Abend, und er steht auf einem der Hügel, zwischen denen Knossos liegt. Der Palast der blauen Delphine steht nicht mehr. Er liegt in Trümmern vor ihm, die Mauern sind in Steinhaufen verwandelt. Zerschlagene Teile der Doppelhörner, die so lange die Macht des Stiers verkündet haben, liegen überall herum. Scherben und Splitter, wohin er auch sieht, von schwarzer Asche bedeckt.

Er ist den Schwerthieben des Heros im Labyrinth entkommen. Er ist durch den heißen Ascheregen getaumelt, in dem Menschen und Tiere gestorben sind. Er lebt, aber die anderen sind tot. Er hat nur noch den Wunsch, denen zu folgen, die vor ihm gegangen sind.

Langsam entkleidet er sich bis auf den Schurz. Er läßt sich nieder auf der Erde und greift nach dem Sichelmesser, das bislang nur die Kehle des Opferlammes durchtrennt hat. Zum letzten Mal hebt er den Blick, um Abschied zu nehmen von dem, was einst der Palast gewesen ist.

Er fühlt eine leichte Berührung im Nacken, und fährt herum. Sie ist gekommen.

Weiße Strähnen durchziehen das Haar, das ihr wirr auf die Schultern fällt. Er sieht die scharfen Linien um ihren Mund und Brandspuren in ihrem Gewand. Die Frau, die vor ihm steht wie die Abgesandte einer anderen Welt, besitzt kaum noch Ähnlichkeit mit der eleganten Ägypterin, die ihn früher unterrichtet hat. An ihrer Hand führt sie ein kleines Mädchen, aschebedeckt, aber offensichtlich gesund.

Beide bleiben stumm, ohne ein Zeichen des Erkennens.

Ihre Augen aber sprechen zu ihm, dringen durch seine Verzweiflung und berühren sein Herz. Er taucht ein in ihren Blick und fühlt, wie mit aller Macht der Schmerz zurückkehrt, wie sich Tränen in seine Augen drängen...

Sachte berührten ihre Finger seine Wange und wischten die Tränen fort.

»Die Nacht ist vorbei, Asterios«, sagte Hatasu, löste die Skarabäusfibel von ihrem Umhang und ließ sie in die Glut gleiten.

»Aus den Hörnern der Mondbarke wird die Sonne geboren«, fügte Mirtho von hinten hinzu. Ihre Stimme klang sehr bewegt.

Beide Frauen, die alte und die junge, wandten sich nach Osten, um den Tag zu begrüßen.

Am Himmel zeigte sich ein helles Leuchten, das sich unaufhaltsam in kräftiges Orangerot verwandelte. Kaum eine Farbe, die sich nicht wie ein zarter Schleier schimmernd über den weiten Horizont spannte.

Dann verschmolzen Orange, Blau und Violett zu Gold, und das Licht kam.

Zweites Buch

Schwarze Segel

Strongyle

»Land in Sicht!« Die rauhe Stimme des Steuermanns riß Asterios aus seinen Gedanken. Lange hatte er an der Reling gelehnt und in die schäumenden Wellen gestarrt, nun schaute er auf.

Frischer Westwind, den die Seeleute lieben und fürchten, weil er zwar die Segel knattern läßt, aber auch die Wogen haushoch türmen kann, trieb den Gaulos rasch auf die runde Insel zu. Immer deutlicher konnte man die Buchten erkennen, in denen Dörfer lagen. Das Boot der Königin hielt sich westlich und nahm Kurs auf Akrotiri, die größte Hafenstadt an der Südküste Strongyles.

Asterios aber hatte nur Augen für den Vulkankegel. Jetzt sah der schwarze Berg friedlich aus, noch vor kurzem jedoch hatte er die Menschen, die hier lebten, in Angst und Schrecken versetzt. Stundenlang hatte die Erde gebebt, ein Strom aus flüssiger Lava war bis ins Meer hinunter geflossen und erst im Wasser erstarrt. Zurückgeblieben waren verbrannte Bäume und eine breite Schneise in einem Waldstück.

Der wahre Herr der Insel, dachte er, aus langem Schlaf erwacht, um sein Reich aus Glut und Asche zu errichten. Feuerspeiend kann er in Stunden vernichten, was in Jahrhunderten aufgebaut wurde.

Er reckte den Hals, um mehr von den Zerstörungen zu sehen, die der Vulkan angerichtet hatte. Der Hafen von Akrotiri wirkte von weitem unversehrt. Erst beim Näherkommen entdeckte er an einigen Häusern Brandspuren. Außerdem war der größte Teil der Flutmauer, die das Hafenbecken vor Winterstürmen schützte, in einen Steinhaufen verwandelt.

»Da liegt der Übeltäter friedlich in der Abendsonne, als wäre nichts geschehen!« polterte Iassos neben ihm los.

Der Parfumhändler hatte sich auf eigenen Wunsch der Fahrt angeschlossen. Asterios reiste in seiner neuen Funktion als geweihter Diener der Großen Mutter; Ikaros begleitete ihn. Der Ausbruch hatte Tempel und Heiligtum der Insel schwer getroffen. Asterios sollte sich mit eigenen Augen vom Ausmaß des Schadens überzeugen und mit den hiesigen Priesterinnen beratschlagen, was weiter zu geschehen habe.

Ängstlich sah der kleine, dicke Mann zu Asterios empor. »Hoffentlich sind nicht alle Netze zerrissen. Es wäre ein Jammer, wenn alle Purpurschnecken verloren wären!«

»Hältst du es für den passenden Augenblick, jetzt an Profit zu denken?« fragte Ikaros. Für seinen Geschmack war Iassos zu laut und plump, und er machte keinen Hehl aus seiner Abneigung. »Anstatt an die Not und das Unglück der Menschen?«

»Du hast gut reden!« Iassos setzte eine trotzige Miene auf. Der junge Athener mit den nachdenklichen Augen brachte ihn immer wieder in Verlegenheit. »Soll ich der Königin vielleicht raten, ihre Kultgewänder mit Hennapulver färben zu lassen?«

»Hört auf mit dem Gezeter!« fuhr Asterios dazwischen. »Die ganze Fahrt über habt ihr nichts anderes getan, als aufeinander herumzuhacken!«

Die Tage auf See, teils unter Sprühregen, teils unter heißer Sonne, hatten sie alle reizbar und empfindlich gemacht. Die Enge hatte ihnen zugesetzt, und da es wegen der leichten Schiffskonstruktion an Bord kein Feuer gab, mußten sie sich von Oliven, Fladenbrot und getrocknetem Fleisch ernähren. Zudem war das Wasser rationiert, weil man nicht sicher sein konnte, bei Zwischenlandungen auf Süßwasserquellen zu stoßen.

»Vergeßt nicht, daß wir hergekommen sind, um zu helfen, nicht um zu streiten«, setzte er schließlich hinzu.

Ikaros schwieg, Iassos machte ein beleidigtes Gesicht und zog sich zurück. Asterios wußte, daß seinen Vermittlungsversuchen Grenzen gesetzt waren. Der Konflikt würde bei der nächsten Gelegenheit wieder aufbrechen. Die beiden waren zu unterschiedlich! Achselzuckend wandte er sich ab und sah dem Steuermann zu, der mit lauten Kommandos die Ruderer an den Salinen Akrotiris vorbei in das Hafenbecken dirigierte.

Wenig später gingen die beiden Freunde auf den gepflasterten Straßen zum Haus der Priesterinnen. Inzwischen war es Nacht geworden, und auf fast allen Dächern flackerten Lichter. Die Stadt war großzügig angelegt und konnte es mit ihren öffentlichen Brunnen und leicht erhöhten Gehwegen mühelos mit Chalara oder sogar Knossos aufnehmen. Aber es waren erstaunlich wenig Menschen unterwegs.

Von der See kam eine frische Brise, der Geruch nach Tang und Salz, den Ikaros begeistert einsog. »Welch ein Aroma!« rief er schwärmerisch. »Ich wollte, ich könnte immer am Meer leben!«

Asterios blieb stumm.

»Was ist los?« fragte Ikaros besorgt. »Was hast du auf einmal?«

»Spürst du nichts?« Asterios war unvermittelt stehengeblieben. »Siehst du nichts?«

»Überall Schutt. Reste des Erdbebens.«

»Ich kann die Gefahr wittern«, flüsterte Asterios. »Ich rieche die Angst der Menschen, die aus ihren Häusern geflohen sind. Ich sehe die Panik in ihren Gesichtern. Die Gefahr ist nicht vorbei! Der Berg kommt wieder«, rief er plötzlich so laut, daß Ikaros zusammenzuckte. »Das Beben war nur eine Warnung.« Ungeduldig zerrte er seinen Begleiter in eine Seitenstraße. »Sieh nur, was sie hier anstellen!«

Ein paar Männer waren damit beschäftigt, Steine und zerborstene Giebelstücke wegzuräumen, die die Straße blockiert hatten. Andere zogen im Schein mehrerer Ölfunzeln an dicken Seilen ein Holzgerüst nach oben.

»Sie machen sich an die Arbeit, als wäre nichts geschehen. Sie haben nichts begriffen! Wenn der Vulkan wieder erwacht, dann sind alle Bauten nutzlos. Der Berg läßt Feuer und Asche regnen, und alle werden sterben!«

»Beruhige dich doch, Asterios!« Ikaros deutete auf die vielen Fassaden, die unversehrt geblieben waren. »Die Leute hier sind an Erdbeben gewöhnt und haben spezielle Bautechniken entwickelt. Vor ihrem Können hat sogar mein Vater Respekt. Was ist schon geschehen? Keine Toten, kaum Verletzte, nur ein paar eingestürzte Häuser. Und die werden sie bald wieder aufgebaut haben. Schöner als zuvor, wie ich sie kenne.«

»Und die Schäden im Heiligtum? Der zerstörte Tempel?« Seine Stimme überschlug sich beinahe.

Ikaros sah ihn fest an. Die Zeit war gekommen, um alle Halbwahrheiten zwischen ihnen zu beseitigen. »Der Tempel, den Ariadne hütet, willst du sagen. Deshalb bist du hergekommen«, entgegnete er ruhig.

Asterios war blaß geworden und erinnerte ihn plötzlich wieder an den Hirtenjungen aus den Weißen Bergen, der vor fünf Jahren an den Hof gekommen war. Er hatte schon damals seine Besonderheit gespürt.

»Woher weißt du das?« fragte er gequält.

»Ich bin ein guter Beobachter. Und ich habe von klein auf gelernt, auf das zu achten, was ungesagt bleibt. Einen Verdacht hatte ich schon, als du vom Stier auf die Hörner genommen wurdest. Später war ich überzeugt, meine Einbildung hätte mir einen Streich gespielt – bis ich Ariadne und dich zusammen beim Totenfest Meropes sah. Da wußte ich, daß ich recht hatte.« Er beugte sich vor und berührte Asterios an der Schulter. Sein Gesicht schien von innen zu glühen. »Bei niemandem wäre euer Geheimnis besser aufgehoben! Du weißt, daß ich Deukalion liebe, aus ganzem Herzen und ebenso aussichtslos?«

Asterios nickte.

»Dabei war es ausgerechnet sein Vater, der mich in die Wonnen der Männerliebe eingeführt hat. Hier – auf Strongyle.«

Asterios schaute ihn verblüfft an. Minos, der überall als Frauenheld bekannt war!

Ikaros versuchte zu lächeln, aber es mißlang. »Für Minos sind Menschen Spielfiguren. Besitz ist alles, was ihn interessiert. Und dennoch ist alles in mir eingebrannt, jedes Haus hier, jeder Pflasterstein.«

»Hast du ihn geliebt?« fragte Asterios.

»Minos? Nein! Als seine Begierde gestillt war, ließ er mich wieder fallen. Ein paar Jahre später kam ich zum zweiten Mal nach Strongyle, diesmal mit Deukalion. Und alles begann von neuem. Aber jetzt war ich verliebt und fühlte mich wiedergeliebt, zum ersten Mal in meinem Leben. Niemals war ich wieder so glücklich.« Er hob den Kopf. »Kaum aber hatten wir wieder kretischen Boden unter den Füßen, wollte er nichts mehr von mir wissen. Und so ist es bis heute geblieben.«

Sie waren weitergegangen, zurück zur Hauptstraße, und Ikaros hielt die Hand vor die Augen. Asterios war überzeugt, daß er weinte.

»So lieben wir beide die stolzen Königskinder«, sagte er ironisierend. »Obwohl sie uns vermutlich immer fremd bleiben werden. Ich liebe Ariadne, und trotzdem verstehe ich sie oftmals nicht.«

»Uns beide verbindet viel mehr als dieses gemeinsame Schicksal«, erwiderte Ikaros, und in seine Augen kehrte ein winziges Lächeln zurück. »Ich bin froh, daß ich dein Freund sein darf. Keiner kennt meine Seele so gut wie du.«

»Dann glaube mir, Ikaros!« Asterios war wieder ernst. »Mach du den Anfang! Ich weiß, daß die Ruhe des schwarzen Riesen nur ein Atemholen vor dem nächsten Sturm ist.«

Er sah ihn so eindringlich an, daß Ikaros unruhig wurde. »Aber was können wir unternehmen?«

»Die Menschen dazu bringen, diese Insel zu verlassen und sich anderswo anzusiedeln.«

»Sie werden nicht gehen. Dafür lieben sie ihr freies, schönes Leben hier zu sehr.«

Asterios bückte sich und hob einen Brocken Lavagestein auf. Er ließ den Stein zu Boden fallen, wo er krachend zersprang. »Was nützt ihr Reichtum, wenn sie unter den Trümmern ihrer Häuser liegen? Was ist ihre Freiheit dann noch wert? Wir Menschen glauben uns anderen Lebewesen weit überlegen – und wie wenig wissen wir in Wahrheit! Hast du auf unserer Reise einen einzigen Delphin gesehen?«

»Nein. Jetzt, da du davon sprichst, fällt es mir auf.«

»Weil *sie* die Gefahr wittern und sich und ihre Jungen rechtzeitig in Sicherheit bringen.«

»Worauf warten wir dann noch? Warnen wir sie! Oder ist es schon zu spät dafür?« Jetzt war es Ikaros, der voller Unruhe war.

»Nein, das ist es nicht. Der Berg wird eine Weile ruhen, bevor er sich wieder erhebt. Trotzdem dürfen wir keine Zeit verlieren.« Plötzlich sah Asterios müde aus. »Das Wichtigste sind jetzt die Priesterinnen. Wenn sie bereit sind, die Insel zu verlassen, werden auch die anderen gehen.«

Athenai

Es war Mittag, als die kretische Galeere in der Bucht von Phaleron vor Anker ging. In Begleitung von Deukalion, Aiakos und der Oberschreiberin Jesa, ließ Minos sich an Land rudern. Nur ein paar Männer aus seinem Gefolge würden ihn in die Stadt begleiten; die anderen blieben in einem provisorischen Zeltlager nahe dem Ufer, um bei Gefahr jederzeit schnell die Segel hissen zu können.

An Land wurden sie von einer Gruppe Athener empfangen. Viele trugen kurzgeschorene Haare und graue Bärte; in ihren derben Wollgewändern und den Lederpanzern wirkten sie auf die Kreter wie ein finsterer, verkommener Heerhaufen. Ihr Sprecher war ein kräftiger Mann mit weißen Haaren. Trotz seines Alters blitzten seine Augen, und er hielt sich kerzengerade. Hinter ihm tänzelte ein temperamentvoller Rappen nervös am Halfter.

»Da ist die Spitze des attischen Adels«, zischte Minos Deukalion zu. »Laß dich von ihren groben Kleidern und den bäurischen Mienen nicht täuschen! Sie sind so stolz wie Adler und so tückisch wie Füchse.«

»Wir grüßen die Edlen von Athenai, die uns so zahlreich empfangen!« Er deutete eine Verbeugung an. Die Athener starrten finster zurück. Minos schaute suchend in die Runde. »Allerdings kann ich nirgends Aigeus entdecken. Er ist doch nicht etwa krank?«

»Der König erfreut sich bester Gesundheit«, brummte Pallas, der Weißhaarige. »Er erwartet euch in seiner Burg, wo bereits ein Mahl vorbereitet ist. Als Gastgeschenk für den König von Kreta hat er mich beauftragt, dir dieses Pferd zu übergeben.«

Stolz schwang in seiner Stimme. »In ganz Attika findest du kein schöneres Roß.«

»Ich bin erfreut und beschämt zugleich«, antwortete Minos glatt. »Darf ich dich als Sprachrohr deines Herrn bitten, ihm meinen verbindlichen Dank zu überbringen?«

Die Unverschämtheit saß. Pallas wurde rot. »Wir sind hier nicht auf Kreta, wo weibischer Gehorsam herrscht«, antwortete er. »Wir sind freie Bürger einer freien Stadt, deren König der Beste unter Gleichen ist. Aigeus braucht keinen Sprecher. Er ist Manns genug, um selbst zu reden.«

Minos lächelte fein und saß auf. Er beugte sich nach vorn und murmelte dem Pferd etwas ins Ohr, während er seinen Hals tätschelte. Sein Gefolge bestieg ebenfalls die bereitgestellten, allerdings wesentlich derberen Rösser, und gefolgt von den grimmig dreinschauenden Athenern machten sie sich auf den Weg zur Stadt.

Bald schon lag das dunkelblaue Meer hinter ihnen, und sie durchquerten die Ebene, die im Westen und Nordosten von niedrigen, zum Teil bewaldeten Bergketten umschlossen war. Sie kamen an Gerste- und Weizenfeldern vorbei, auf denen bereits die ersten Halme sprossen, und an nackter brauner Erde, auf der Zypressen und Sträucher wuchsen. Minos ritt so schnell, daß Deukalion Mühe hatte, sich an seiner Seite zu halten. Aiakos war die Nachhut und sorgte dafür, daß der Abstand zu den Athenern, die ein ganzes Stück zurückgefallen waren, erhalten blieb.

Minos schwieg, und eine Weile blieb auch sein Sohn stumm, aber der Vater spürte, daß ihn etwas bedrückte. »Warum hast du dem Unverschämten nicht deutlicher die Meinung gesagt?« sagte Deukalion schließlich.

Minos ließ ein leises, gefährliches Lachen hören. »Ich habe keine Lust, mich mit diesen aufgeblasenen Landedelleuten zu messen. Das hebe ich mir lieber für den König dieser Bauern auf, der ständig damit kämpft, sein kleines Reich gegen ihre Machtansprüche zu verteidigen. Nicht gerade geschickt, wie man hört. Er soll einen dahergelaufenen Bastard zu seinem Thronfolger erklärt haben. Nicht jeder hat die nötige Größe, um mit Fehltritten richtig umzugehen.«

Beide schwiegen wieder und dachten an Asterios. Er hatte sich sehr verändert, seitdem Pasiphaë ihn zum Priester der Göttin geweiht hatte. Und er ging ganz eigene Wege. Aus dem suchenden Jungen war ein selbstbewußter Mann geworden, der sich gegenüber Frauen wie Männern zu behaupten wußte. Keiner, der andere rücksichtslos beiseite drängte. Aber auch keiner, der sich manipulieren ließ.

Das hatten die Weisen Frauen bereits zu spüren bekommen. Asterios gab sich nicht damit zufrieden, einerseits ihre Gallionsfigur zu spielen und sich andererseits wie ein dressierter Tanzbär von ihnen führen zu lassen. Er machte Vorschläge, übte Kritik an vielem, was bisher als selbstverständlich galt, und stellte eigene Forderungen auf. Fast wie damals die Rebellen um Minos – mit dem entscheidenden Unterschied, daß es ihm nicht um Macht ging, sondern allein darum, der Göttin mit allem zu dienen, was er besaß.

Sie überquerten moosbesäumte Bäche, ritten durch Wälder; an den Feldrainen blühten Büsche in Gelb und Scharlach. »Ein schönes Land regiert dieser Aigeus«, sagte Deukalion schließlich.

»Laß dich von dieser Üppigkeit nicht täuschen«, erwiderte Minos. »Attika ist ein Felsenland. Dürr und steinig im Sommer, stürmisch und kühl während der Wintermonate, voller Steine und unfruchtbarer Landstriche, auf denen nichts Rechtes gedeihen will. Nicht umsonst sind diese Barbaren so interessiert an den Kniffen und Kunstfertigkeiten unserer Leute.«

»Sie versuchen nachzuahmen und alles an sich zu raffen, was nicht niet- und nagelfest ist«, antwortete Deukalion nachdenklich. In letzter Zeit hatten sich die Überfälle auf kretische Seeleute gehäuft. Zum erstenmal in der Geschichte der Insel waren Hafenwachen aufgestellt worden, um Übergriffe zu verhindern. Jesa und ihre Schreiberinnen hatten lange Listen anfertigen müssen, auf denen die Schäden verzeichnet waren. »Und doch haben sie uns etwas in großer Fülle voraus: kostbare Erze.«

»Sei bloß still!« Minos wandte sich um, um sicherzugehen, daß keiner der Athener etwas von ihrer Unterhaltung mitbekommen hatte. Aber Aiakos hielt seine Position, und die Reiter machten keine Anstrengung, sie einzuholen. »Kein Wort darüber während unseres Aufenthalts! Nur so viel jetzt, damit dir am attischen Hof keine unbedachte Bemerkung entschlüpft: Wir sind beinahe so weit! Daidalos neuer Ofen kann, wie es aussieht, hohe Temperaturen halten, sogar über einen langen Zeitraum. Damit ist die wesentliche Voraussetzung für die Gewinnung und das Schmelzen von Eisen erfüllt.«

»Daidalos bedeutet nicht Kreta, und hat keinen Zugang zu diesen Schätzen«, kommentierte Jesa, die unbemerkt aufgeschlossen hatte und Bruchstücke der Unterhaltung mitangehört haben mußte. »Sie werden sich hüten, uns etwas davon abzugeben! Und wozu auch? Die Insel der Großen Mutter bleibt auch ohne attische Erze stark und mächtig!«

Minos warf ihr einen raschen Blick zu. »Ich bin sicher, die Athener werden diese Frage differenzierter betrachten, wenn wir erst mit ihren Kindern sicher auf Kreta gelandet sind. Sieben aus der letzten Mystengruppe wollten gar nicht mehr nach Hause zurück. Könnten dieses Mal noch mehr werden, glaubt ihr nicht?«

»Du bist ein Fuchs, Minos«, erwiderte Jesa mit widerwilliger Anerkennung. »Ich hoffe nur, deine Klugheit wendet sich nicht eines Tages gegen dich – und gegen Kreta.«

»Zum Glück hat die Göttin mir so aufrechte Menschen wie dich an die Seite gegeben.« Er spornte seinen Rappen an und ritt auf der staubigen Straße der Polis entgegen. Schmutzigbraune Lehmbauten und ein paar versprengte Steinhäuser mit Binsendächern duckten sich wie eine ängstliche Vogelschar im Schutz des Hügels, auf dem die Burg saß.

»Das soll der Sitz des Königs von Athenai sein?«

Ungläubig starrte Deukalion auf die rohen Steinmauern, die vor ihnen aufragten. Für ihn war es der erste Besuch der Stadt, in der sein Bruder Androgeus vor vielen Jahren den Tod gefunden hatte. Seit jenem Verbrechen war Athenai Kreta tributpflichtig, mit dem Teuersten und Wertvollsten, was die Stadt zu bieten hatte – ihren adeligen Kindern. Deukalion war sofort einverstanden gewesen, als sein Vater ihn dieses Mal zum Mitkommen aufgefordert hatte. An seiner Seite sollte er die Auswahl der künftigen Mysten erleben. Der Anblick dieser plumpen Mauern, die ihm wie das ungeschlachte Werk von Zyklopen vorkamen, machte ihn plötzlich nachdenklich.

»Das ist er«, bekräftigte Minos und schien sich an seiner Verblüffung zu weiden. »Du stehst vor einer bewehrten Burg, die hier auf dem Festland ihresgleichen sucht. Achte auf deine Worte, mein Sohn, denn diese Männer sind unberechenbar! Halte dich zurück; ich wünsche keine Provokationen, die unser Vorhaben gefährden könnten.« Er sah ihn so durchdringend an, daß Deukalion unwillkürlich nickte. »Das gilt auch für euch!« wandte sich Minos an sein Gefolge. »Benehmt euch wie echte Kreter – höflich und beherrscht!«

»Meinst du mit deiner Warnung nicht vor allem dich selbst?« warf Jesa respektlos ein.

Bevor Minos noch die passende Antwort gefunden hatte, öffnete sich das beschlagene Tor, und die kretische Gesandtschaft wurde eingelassen.

Strongyle

Asterios und Ikaros saßen mit den Priesterinnen im Frauenhaus zusammen. Ein Feuer sorgte für wohlige Wärme, denn die Frühlingsnächte waren noch immer kühl. Auf den Tischen vor ihnen standen Teller mit Käse, Salzkuchen, frischem Bohnenmus, getrockneten Feigen und Datteln. Dazu einige Karaffen Vulkanwein, eine Spezialität der Insel. Fleisch gab es nur zu besonderen Anlässen.

Das Gespräch verlief etwas verkrampft, was Asterios schon von Kreta her kannte. Auch dort waren die Priesterinnen noch immer nicht an die Anwesenheit eines Mannes in ihrer Mitte gewohnt. Unterhaltungen verstummten, wenn er eintrat, und obwohl er kein Wort darüber verlor, entgingen ihm die Zeichen nicht, die sie sich heimlich untereinander machten. Die Prophezeiung des zukünftigen Lilienprinzen war eine Sache, eine andere war, mit ihm in Fleisch und Blut konfrontiert zu sein. Zumal er einen eigenen Willen besaß und mehr und mehr den Anspruch stellte, bei allem miteinbezogen zu werden, was den Dienst an der Großen Mutter betraf.

Auch hier schauten die Frauen immer wieder verstohlen zu dem Mann in ihrer Mitte, der den silbernen Schlangenreif am Oberarm trug, als wollten sie hinter sein Geheimnis kommen, während ein paar von ihnen den Vulkanausbruch schilderten. Nur Naïs, die jüngste, erzählte unbefangen.

»Ich war gerade im Heiligtum, um Laeto zur Hand zu gehen.«

Überrascht blickte Asterios hinüber zu der Künstlerin. Schon vor einem Jahr war sie nach Strongyle übersiedelt, um im Auftrag Pasiphaës das Heiligtum mit einem Bilderzyklus zu schmücken. Er war davon ausgegangen, daß sie ihre Arbeit längst beendet hatte.

»Plötzlich erzitterte der Boden unter meinen Füßen, und ich stürzte«, berichtete das Mädchen weiter. »Ein Grollen wie von einer Bestie, dann spaltete sich die Wand vor mir. Alles fiel herunter, Räucherschalen, Öllampen...«

»Die, der Göttin sei Dank, nicht brannten«, ergänzte Laeto bedächtig. »Sonst wäre der Schaden sicherlich noch größer geworden.«

»Wieviel größer könnte der Schaden noch sein?« sagte eine andere Priesterin. »Unser Heiligtum liegt in Trümmern, und deine schönen Bilder sind vernichtet.«

»Immerhin leben wir noch«, erwiderte Laeto nachdrücklich. Obwohl sie keine Priesterin war, schien sie unter den Dienerinnen der Großen Mutter besondere Achtung zu genießen. »Keine von uns wurde verletzt oder getötet. Die schützende Hand der Göttin ruhte auch während des Bebens wohlgefällig über uns. Dafür sollten wir der Allmächtigen danken.« Nach einer kleinen Pause sprach sie weiter. »Ich werde eben von neuem beginnen.«

»Die Göttin gebe, daß dir genügend Zeit dafür bleibt!« Asterios hatte sich bei ihren letzten Worten erhoben. Erwartungsvolle Stille machte sich breit. »Ich bin nicht hier, um über Aufräumungsarbeiten zu sprechen, wie ihr es vielleicht erwartet habt. Denn alles Instandsetzen ist sinnlos, wenn der Berg sich wieder erhebt.« Seine Worte fielen wie Peitschenhiebe. »Und er *wird* sich erneut erheben, um seine Zerstörung zu vollenden! Das ist es, was ich euch sagen muß!«

»Woher willst du das wissen?« Laeto schien unbeeindruckt.

»Ich weiß es«, antwortete er knapp. »Ich habe es gesehen.«

»Das ist mir nicht genug, verzeih!« Sie ließ sich nicht einschüchtern. »Auch wenn es aus dem Mund des Mannes stammt, der den Schlangenreif trägt. Wie kommst du zu dieser düsteren Vorhersage?«

Die gleiche Reaktion, wie er sie schon auf Kreta erlebt hatte! Selbst Pasiphaë konnte sich nur schwer daran gewöhnen, daß er das Gesicht besaß. Seine Bilder vom sterbenden Stier jedenfalls hatte sie mit großer Skepsis aufgenommen. Immer wieder spürte er ihre fragenden, sorgenvolle Blicke. Der Sohn, der seinen eigenen Weg ging, schien ihr mehr und mehr unheimlich zu werden. Manchmal, so dachte Asterios, wünschte sie wahrscheinlich, er wäre lieber die alte Verheißung geblieben, anstatt als Mensch mit Ideen, Wünschen und Forderungen in ihr Leben zu treten.

Die anderen Frauen tauschten vielsagende Blicke. Vermutlich dachten sie ganz ähnlich. Demonike, die seit mehr als dreißig Jahren im Haus der Priesterinnen lebte, versuchte zu vermitteln.

»Nicht, daß wir dir nicht glauben wollen«, sagte sie mit bittendem Lächeln. »Aber vielleicht überschätzt du den Ausbruch von neulich, weil du mit den hiesigen Umständen nicht so vertraut bist.«

»Sicherlich, die Schäden sind beachtlich, und die Insel sieht zum Teil schlimm aus. Aber du kannst dich auf uns verlassen!« unterstützte sie Nephele.

»Wir können Erstaunliches leisten, du wirst schon sehen«, versprach Naïs. »Mit ein wenig Unterstützung vom Hof ist das Ärgste bald behoben. Wir sind an ein einfaches, arbeitsreiches Leben gewöhnt.«

»Ihr versteht mich nicht«, sagte Asterios unglücklich. »Ihr wollt mich einfach nicht verstehen!« Warum mußten die Frauen so engstirnig sein? Wenn nicht einmal sie ihm glaubten, wer sollte dann auf ihn hören? Er versuchte, ruhig zu bleiben. Er durfte sich jetzt nicht von Verzweiflung überwältigen lassen.

Zu seiner Überraschung schaltete sich Ikaros ein. »Asterios warnt euch eindringlich. Ich bitte euch, hört ihm zu! Denn ihr schwebt alle in großer Gefahr!«

»Braucht er dich als Fürsprecher?« fragte Laeto. Jede Verbindlichkeit war aus ihrem Ton verschwunden. »Woher wissen wir, daß er recht hat? Bisher waren nur Priesterinnen mit dem Zweiten Gesicht gesegnet – *Frauen*, keine Männer!«

»Ist das in solch einem Augenblick nicht ganz nebensächlich?« fragte Ikaros leise.

»Für einen wie dich, der Minos nahestand und Frauen verachtet, vielleicht«, fuhr Laeto ungerührt fort. »Aber wir sind stark und eigenständig, Kreterinnen, die an die Göttin glauben! Wir brauchen keine Männer, die uns Anweisungen geben.«

Asterios sprang auf. »Und ihr anderen? Was ist mit euch? Glaubt ihr auch, daß ich als Mann gekommen bin, um euch zu befehlen?«

Er sah von einer zur anderen. Viele senkten den Blick, einige aber hielten ihm stand.

Demonike ergriff das Wort. »Ich war noch ein Mädchen, als ich der Großen Mutter geweiht wurde. Seit mehr als dreißig Jahren bin ich die Hüterin Ihres Schreins. Damals habe ich Ihr gelobt, ihn mit meinem Leben zu schützen. Und kein Erdbeben und kein lavaspeiender Berg können mich davon abbringen.« Sie war den Tränen nahe. »Wenn Strongyle zum Untergang verdammt ist, werde ich im Heiligtum wachen, bis mich die Totenbarke zu Ihr trägt, der mein Leben gehört.«

Die anderen nickten zustimmend.

»Da siehst du es«, sagte Demonike. »Keine der Schwestern ist zur Flucht bereit, was auch geschehen mag. Wir bleiben hier, bis sich unser Schicksal nach Ihrem Willen erfüllt hat.«

Sie sah ihn dabei so fest an, daß er den Einwand unterdrückte, der ihm auf der Zunge lag. Im Augenblick konnte er nichts bei den Priesterinnen erreichen. Er mußte nachdenken, bevor er einen neuen Versuch unternahm, durfte aber nicht aufgeben!

»Ich beuge mich deiner Entscheidung, Schwester der Einen Mutter«, sagte Asterios ernst, »wenngleich sie mich auch tief beunruhigt. Wenn ihr entschlossen seid, zu bleiben, so bleibt.

Verzeiht mir aber auch, daß ich mich nicht von meiner Mission abbringen lassen kann. Dazu steht zuviel auf dem Spiel.«

Nach diesen Worten erhob er sich, gab Ikaros ein Zeichen und verabschiedete sich von den Frauen. Sie stiegen zu dem kleinen Zimmer hinauf, das man im ersten Stock für sie hergerichtet hatte.

»Nicht schlecht, dein Abgang«, murmelte Ikaros anerkennend, zog sich langsam aus und breitete die Decke auf dem Bett aus. »Die frommen Schwestern hatten dich ganz schön in die Enge getrieben. Was willst du jetzt weiter unternehmen?«

»Ich weiß noch nicht, Ikaros. Ich kann die ganze Zeit nur an Ariadne denken. Ich muß zu ihr, sofort. Sonst werde ich noch verrückt vor Sorge und Sehnsucht.«

»Es ist mitten in der Nacht, und kein Mensch würde dich jetzt zu ihr lassen«, versuchte der Freund ihn zu besänftigen. »Jetzt schlafe erst einmal und ruhe dich aus, nachdem du dich eben so elegant aus der Affäre gezogen hast. Bin ich froh, kein Diener eurer Großen Mutter sein zu müssen!«

»Spar dir deinen Spott!« kam ungewohnt barsch die Antwort aus der anderen Ecke des Zimmers. Es war dunkel; Asterios hatte bereits die Kerzen gelöscht. »Du kannst dich nicht immer davonstehlen, indem du den Unbeteiligten spielst und alles ironisch kommentierst! Mich hat der Mut dieser Frau gerührt.« Als er weitersprach, klang seine Stimme verändert. »Was soll ich tun, Ikaros, wenn Ariadne mir nicht glaubt?«

»Darüber mußt du dir keine Gedanken machen«, erwiderte Ikaros lakonisch. »Sie wird dir mit Freuden folgen. Ihr ist jeder Vorwand recht, dem verhaßten Tempeldienst zu entkommen und endlich wieder nach Hause zu fahren. Paß auf, daß sie dich nicht nur als Werkzeug benutzt!«

»Du kennst Ariadne nicht«, murmelte Asterios. Er rollte sich zusammen und wartete, bis er regelmäßige Atemzüge hörte. Dann legte er sich die Decke um die Schultern und setzte sich an das geöffnete Fenster.

Athenai

Dichte Schwaden stiegen von dem Herd auf, der den Mittelpunkt des Promos bildete. Auch die Wände des Saales waren rauchgeschwärzt, und hinter der klebrigen Schicht konnte man die grobschlächtige Wandbemalung nur noch erahnen. Jesa hatte sie abschätzig begutachtet und sich mit einer gemurmelten Entschuldigung bald zurückgezogen.

Obwohl Minos mit ihr gerechnet hatte, konnte er ihre Flucht durchaus verstehen. Jetzt mußte er den Abend mit Aigeus und seinen Mannen ohne ihre Unterstützung überstehen. Auch Aiakos fehlte an seiner Seite; er hatte ihn mit den neuesten Informationen über Aigeus und seinen Bastard zum kretischen Zeltlager geschickt und erwartete ihn erst am anderen Nachmittag wieder zurück. Nun bereute er diese Entscheidung bereits, denn gerade an diesem Abend hätte er viel darum gegeben, den alten Freund neben sich zu wissen.

Mißmutig blickte er sich in dem hohen, kahl wirkenden Raum um. Was für ein Unterschied zu den heimatlichen Palästen, wo Licht und Farbe miteinander spielten und die Schönheit der Wandmalereien alle Herzen öffnete!

Hier, im großen Speisesaal der Burg aus Zyklopensteinen, hatte man für sie das Gastmahl aufgefahren. Ein Eichentisch, an dem eine halbe Hundertschaft tafeln konnte, stand auf dem gestampften Boden, und von irdenen Platten dampfte all das, was Attikas Scheunen und Keller zu bieten hatten: Schweine mit krosser Schwarte, die man über offenen Feuern geröstet hatte; Schüsseln, randvoll mit Erbsenbrei. Es gab trögeweise Hasenpfeffer und kleingehackte Innereien in scharfer Würzbrühe sowie gebratene Bärentatzen. Auf einem Nebentisch türmten sich Mandelkuchen, die beinahe die Größe von Wagenräder erreichten. Dazu wurde ein grünlicher Wein gereicht, dessen saures Aroma Minos sofort zum Wasserkrug greifen ließ.

Seitdem er sich neben seinem Sohn am Tisch niedergelassen hatte, wurde er von allen angestaunt wie ein seltenes Tier. Die für einen Kreter merkwürdigen Manieren der Athener hatte er schon bei seinen früheren Besuchen kennengelernt, aber diesmal spürte er eine verhaltene Aggressivität unter den Noblen. Anfangs hatte sie ihn irritiert, aber inzwischen wußte er, wie er sie für seine eigenen Pläne nutzen konnte.

»Sieh an! Minos von Kreta macht unseren guten Tropfen zum Froschwein«, spottete Phylos, ein enger Vertrauter Aigeus'. »Wahrscheinlich befürchtet er, der berauschende Geist des Weines könnte ihn sonst zu schnell überwältigen.«

»Das kommt daher, weil die Weiber bei ihnen alles unter Verschluß halten«, fiel ein anderer ein, ein jüngerer Mann mit stumpfem braunen Haar und Habichtsnase. »Es heißt doch, den Männern auf Kreta bleibe nichts als blinder Gehorsam – oder geschickt angelegte Verstecke!« Prustend leerte er seinen Becher.

»Ihr seid erstaunlich gut über unsere Gebräuche informiert«, sagte Minos mit spöttischem Zwinkern. »Ich wußte gar nicht, daß du Aigeus neuerdings auch als Mundschenk dienst«, sprach er Phylos direkt an.

»Ich bin sein Freund, nicht sein Diener«, erwiderte dieser trotzig. Aigeus beeilte sich, ihm beizupflichten.

Wie alt und verbraucht er aussieht, dachte Minos, und stocherte lustlos in seinem Schweinebauch. Angeekelt betrachtete er das blasse Grün des mittlerweile klumpig gewordenen Erbsenbreis auf seinem Teller. Tattrig ist Aigeus geworden, in seinem faltigen Gesicht und den trüben Augen ist keine Spur von dem anmaßenden König von damals mehr. Auch das Häuflein seiner Mitstreiter ist in die Jahre gekommen.

Nachdenklich sah er in der Tafelrunde von einem zum anderen und spürte, wie Melancholie ihn ergriff. Wohin sein Auge auch blickte – nichts als Männer! Kein verheißungsvolles Rascheln eines Kleides, keine weiche Hand, die Wein nachgeschenkt und frische Früchte gereicht hätte! Nur rauhes Gelächter und deftige Scherze im kehligen Dialekt Attikas, den er zwar beherrschte, der in seinen Ohren aber ungeschliffen klang. Seine Nase fühlte sich beleidigt durch die strengen Gerüche. Es stank modrig nach feuchtem Stoff, säuerlich nach billigem Wein und minderwertig gebranntem Ton. Die Atmosphäre war beherrscht von verhaltener Aggression und unterdrückter Wut.

Minos fühlte sich plötzlich müde. Die Gesichter der Athener verschwammen vor ihm, und er ließ sich weit weg treiben. In Gedanken kehrte er auf seine Insel zurück, wo zu dieser Zeit wilder Mohn und Kornblumen blühten. Er sah die Silhouette von Knossos vor sich, mit den vielen steinernen Doppelhörnern auf den Giebeln. Dorthin gehörte er, dort gab es Schönheit und Anmut!

Nein, auch eine künftige Herrschaft der Männer durfte nicht zerstören, was die Weisen Frauen seit Jahrhunderten geschaffen und verfeinert hatten. Es ging nicht um einen Rückfall in stumpfe Barbarei, wie hier bei den Athenern, sondern um den Schutz und die Weiterentwicklung all dessen, was er liebte. Heimweh überkam ihn, so mächtig, daß seine Augen feucht wurden. Mit großer Anstrengung begann er heftig zu blinzeln.

Die kretischen Bilder zerrannen, und sie waren wieder vor ihm, die satten, weinseligen Gesichter der Athener, aufgelöst und schwammig die einen, kalt und verschlossen die anderen. Beinahe hilfesuchend wandte er sich seinem Sohn zu und entdeckte Ekel in seinen Augen. Deukalion hatte den ganzen Abend über kaum etwas gesagt und seinen Teller, auf dem Brei und Fladen in erstarrtem Fett schwammen, so gut wie nicht angerührt.

»Wie lange muß ich das noch aushalten?« zischte er nun gepreßt seinem Vater zu.

Bevor Minos antworten konnte, erhielt er einen harten Stoß von seinem Nachbarn zur Linken. Sein Becher fiel ihm aus der Hand, und seine Leinenhosen färbten sich dunkel. Simos, seit langen Jahren der Waffenbruder von Aigeus, murmelte erschrocken eine Entschuldigung. Sofort wurde der Vorfall allgemein kommentiert.

Eine jugendliche, ein wenig knarzende Stimme übertönte alle anderen. »Ist der König von Kreta zu schwach, um seinen Becher zu halten?«

Ein junger Mann von athletischem Körperbau mit hellen, beinahe farblosen Augen und weizenblondem Haar hatte sich quer über den Tisch gebeugt und starrte ihn dreist an. Er trug weitgeschnittene Lederhosen und einen Überwurf in leuchtendem

Scharlach, der sich grell von den düsteren Farben der anderen abhob.

Minos musterte ihn eine ganze Weile, dann wandte er sich an Aigeus, der zu seiner Rechten saß.

»Wer ist dieser Junge, der kein Benehmen hat?« sagte er so laut, daß es im ganzen Saal zu hören war.

»Das ist Theseus, mein Sohn«, erwiderte Aigeus voller Stolz.

»Dein Sohn!« Minos zog erstaunt die Brauen hoch. »Wieso lernen wir ihn dann erst heute kennen?« Er lächelte boshaft und berührte wie zufällig seinen Gürtel. »Ist er vielleicht wie deine Göttin Athene direkt dem väterlichen Schädel entsprungen?«

Dünnes Gelächter kam von den Kretern, während Minos nun wieder den jungen Mann musterte. Er hatte dichte blonde Brauen, eine kräftige Nase und einen breiten Mund mit schmaler Oberlippe, was ihm einen leicht verschlagenen Zug gab. Über seine rechte Wange zog sich eine wulstige, sichelförmige Narbe. »Bei uns auf Kreta sind es immer noch die Frauen, die die Kinder gebären«, setzte er langsam hinzu. »Hier, in Athenai, hielte ich es allerdings nicht für ausgeschlossen, daß ihr andere Lösungen gefunden habt.«

»Bei allem Respekt für die schlangenbezwingende Athene, die unserer Stadt ihren Namen gegeben hat: Meine Mutter ist Prinzessin Aithra aus Troizen«, stieß Theseus hervor.

Aigeus runzelte die Stirn bei diesen Worten.

»So bist du einer der zahlreichen Bastarde des Königs«, versetzte Minos. Sichtlich ergötzt beobachtete er, wie Theseus rot anlief.

»Du irrst dich, Minos«, antwortete Aigeus rasch. »Theseus wird mein Thronfolger sein. Die Götter hatten mir bislang wenig Glück mit meinen Nachkommen gegönnt. Zwei meiner Frauen starben im Kindbett, andere Kinder wurden nur wenige Jahre alt. Theseus nun«, ein Leuchten ging über sein Gesicht, »ist die Hoffnung meiner späten Jahre. In seine Hände werde ich bald die Regentschaft der Stadt legen.«

Die Männer an der Tafel wurden unruhig, und Minos sah, wie einige untereinander zu tuscheln begannen. Er hatte sich nicht geirrt. Die meisten waren mit dem Bastard nicht einverstanden.

»Wie klug und vorausschauend euer Herrscher doch ist.« Minos sprach nun direkt zu der Runde der attischen Edelleute und wählte jedes seiner Worte sehr sorgfältig. »Obwohl er noch stark und rüstig aussieht, will er doch schon heute seinen Sohn auf sein hohes Amt vorbereiten.« Er legte eine Pause ein. »Nicht ganz einfach, wenn man bedenkt, daß der junge Mann nicht aus eurer Stadt stammt. Ich kann mir nur schwer vorstellen, daß Troizen der rechte Ort ist, um all das zu lernen, was man als Herrscher Athenais wissen muß.«

Er beobachtete, daß Aigeus wie unter einer schweren Last zusammensank. Theseus aber nahm die Herausforderung an.

»Ich bin fast neunzehn«, prahlte er und warf sich in die Brust. »Ich kann jedes Pferd reiten und jeden Mann im Schwert- oder Boxkampf besiegen. Ich bin ein schneller Läufer und ein guter Jäger. Ich schwimme wie ein Fisch, und keiner weiß wie ich den Bogen zu spannen.«

»Nicht übel«, lächelte Minos süffisant, während er die anderen Athener im Auge behielt. Er hätte schwören können, daß sich mehr als eine Faust unter dem Tisch ballte. »Für den künftigen König von Athenai allerdings vielleicht doch ein bißchen dürftig. Ich vermisse die Wissenschaften in deiner Aufzählung, Sternenkunde und Navigation etwa, Astrologie und Philosophie, Naturlehre und Heilwesen nicht zu vergessen – und woran sich sonst noch alles denken ließe, ohne die werte Tischgesellschaft zu langweilen.« Seine angedeutete Verneigung war purer Spott. »So mangelhaft ausgebildet wirst du deinem Volk zwar ein körperlich kräftiger, leider aber ein einfältiger Herrscher sein.«

»Einfältig!« Theseus sah empört zu seinem Vater hinüber. Aigeus, der unter seinen Blicken noch mehr zu schrumpfen schien, wirkte so unsicher wie ein Mann, der nicht weiß, von welcher Seite er den Angriff erwarten muß. Wutentbrannt wandte Theseus sich wieder seinem Herausforderer zu. »Hüte dich, Kreter!« zischte er. »Du bist Gast in Athenai, wo männliche Tugenden etwas gelten. Von weibischen Wortverdrehern halten wir hier nicht viel!«

Minos hatte Mühe, sein Lächeln zu unterdrücken. Der Moment zum Handeln war gekommen. Er stand abrupt auf. »Das reicht! Wir haben nicht die stürmische See befahren, um uns von einem unreifen Knaben provozieren zu lassen«, sagte er mit eisiger Stimme.

Aigeus starrte ihn fassungslos an. Minos ließ unter seinem Umhang den Dolch aufblitzen, den er am Riemengehänge trug und, allen Regeln der Gastfreundschaft zum Trotz, nicht abgelegt hatte.

»Du wirst verstehen, daß wir uns jetzt zurückziehen«, fuhr der Kreter finster fort. »Du findest uns in unseren Gemächern, wo wir gern die Entschuldigung deines Sohnes erwarten. Spann uns aber nicht allzulang auf die Folter.« Seine Stimme war schneidend, und kein Laut war mehr im Saal zu hören. »Sonst sehen wir uns gezwungen, die Zahl der Kinder zu verdoppeln, die uns nach Kreta begleiten werden. Diese Maßnahme wird gewährleisten, daß wenigstens ein paar Athener dabei sind, die wissen, was sich gehört!«

Strongyle

Im Traum fand er die Geliebte wieder. Ariadne erschien ihm schöner als je zuvor. Ihre Augen glänzten, und ihr heller Körper war nur von einem dünnen Kleid verhüllt. Sie stand in einer kleinen Bucht und schaute auf das Meer hinaus, so wie damals bei ihrer ersten Begegnung. Voller Sehnsucht zog sich sein Herz zusammen, als er sah, wie sie in die offene See hinausschwamm.

Asterios wollte ihr nach, bevor sie im glänzenden Auf und Ab der Wellen verschwunden war. Aber seine Bemühungen waren vergebens.

Er erwachte, und den ganzen Morgen über blieb er verschlossen und kramte so lange in seinen Sachen herum, daß Ikaros schließlich zu drängen begann.

»Gestern konntest du nicht schnell genug zum Tempel kommen, und heute scheinst du auf einmal gar keine Eile mehr zu haben.«

»Ich habe schlecht geträumt«, murmelte er.

Ikaros runzelte die Stirn. »Du hast Angst, daß sie dich nicht mehr liebt. Das wäre fast schlimmer, als ihren Tod zu ertragen, nicht wahr?«

»Sei nicht so zynisch! Ich mag es nicht, wenn du so bist!«

»Meinst du, ich?« lachte Ikaros bitter. »Ich bin mir oft selbst im Weg mit meiner inneren Zerrissenheit und meinen ständigen Zweifeln. Ich weiß nicht, warum ich so bin.«

Asterios konnte den plötzlichen Schmerz in seinen Augen kaum ertragen. »Weil du nicht ruhst, bis du den Dingen auf den Grund gegangen bist«, sagte er voller Wärme. »Weil du treu bist und lieben kannst.«

»Danke«, murmelte Ikaros und wandte sich ab. Nachdem Asterios sich von Demonike verabschiedet hatte, machten sie sich gemeinsam auf den Weg. Der Morgen war sonnig und bereits sehr warm. Sie ließen die Stadt hinter sich und kamen an Olivenhainen vorbei, an Weinstöcken, die schon die ersten frischen Blätter zeigten. Frühlingsblumen blühten auf den Wiesen, die Luft war weich und erfüllt von Vogelgezwitscher. Sie durchquerten mehrere Dörfer, wo die meisten der strohgedeckten Häuser unversehrt geblieben waren. Nur zwei Gehöfte, die am Hang lagen, waren eingestürzt, das Dachgebälk schwarz versengt. Es schien, als habe der glühende Atem des Berges diesen Teil der Insel bloß gestreift. Als sie schließlich auf einer Anhöhe Rast machten, glitzerte das Meer türkisblau zu ihren Füßen.

Sie ließen sich ins Gras sinken, erfüllt von der Wärme und den Düften des Frühlings. Ikaros hatte die Augen geschlossen. Plötzlich hörte er, daß Asterios neben ihm weinte.

»Das alles wird untergehen«, flüsterte er. Nie zuvor hatte Ikaros ihn so verzweifelt gesehen. »Diese Schönheit, diese Fülle... Asche wird alles begraben!«

»Und wenn das Schicksal selbst es so bestimmt hat?« sagte Ikaros leise. Seine Stimme klang fragend, als ließe er seine Gedanken nur zögernd Gestalt annehmen. »Wenn einer Zeit des Blühens notgedrungen Zerstörung folgen muß, um wieder einen neuen Anfang zu ermöglichen?« Asterios sah ihn überrascht an. »Wenn auch hier die Gesetze der Spirale gültig sind und sich vollziehen wird, was sich vollziehen muß?« sprach Ikaros unbeirrt weiter. »Manchmal glaube ich, daß unsere menschliche Definition von Schönheit oder Vollkommenheit nur ein hilfloser Versuch ist, etwas zu begreifen, was sich nur bis zu einem gewissen Grad begreifen läßt.« Seine Stimme klang erregt. »Warum glauben wir Menschen, die Welt sei allein für uns geschaffen? Ist dir nicht auch schon manchmal in den Sinn gekommen, daß wir vielleicht nur kleine Bausteine eines unendlich Großen sind – unwichtig und vergänglich?«

»Du meinst, nur Zuschauer, ohne Einfluß auf das Geschehen?« sagte Asterios. Ihm wurde schwindelig bei dieser Vorstellung.

»Ja, eine Art Zaungäste«, bekräftigte Ikaros. »Das heißt natürlich nicht, daß wir deshalb von verantwortlichem Handeln entbunden wären. Aber das betrifft nur unser eigenes Leben. Daß wir durch unser Tun am Lauf der Welt etwas ändern könnten, das bezweifle ich immer mehr.«

»Ist es das, was dich so einsam macht?« fragte Asterios vorsichtig.

»Das und das Fremdsein in vielerlei Beziehung – als Mann, als Flüchtling, als Sohn.« Er sah ihn eindringlich an. »Du bist mir ausgewichen! Hast du solche Angst vor diesem Thema?«

»Mir wird unbehaglich bei dem, was du sagst«, räumte Asterios ein.

»Verzeih mir meine seltsamen Anwandlungen«, bat Ikaros. Er stand schnell auf, als ob er sich plötzlich schämte. »Ich bin nur ein Heimatloser, der seine Hirngespinste feilbietet, um gut gelitten zu sein.«

Eine einzige Mauer stand noch. Der Rest des Tempels war nur ein wüster Haufen Steine, zwischen denen noch Reste des Holzgerüstes steckten. Zerstört war auch das Herz des nahegelegenen Kultplatzes, die kreisrunde Orchestra, die man zum Schutz vor Winden in einer Mulde errichtet hatte, und die von Ahorn- und Granatäpfelbäumen umstanden war. Jetzt durchzogen tiefe Risse die Marmorplatten; häßliche Zacken durchschnitten die Bänder der Spirale, die in dunklerem Stein eingelegt gewesen war. Geborsten waren auch die Paradoi, zwei schmale Gänge, durch die die Tänzerinnen vom Tempel zur Orchestra gelangten. Die niedrigen hölzernen Tribünen, die das Halbrund umstanden, waren ebenfalls zersplittert. Den traurigsten Anblick aber bot der Altar. Er sah aus, als habe ein Blitz ihn in der Mitte gespalten.

Bedrückt stiegen die Freunde zwischen den Trümmern umher. »Es ist, als habe sich der Berg bei seinem schrecklichen Erwachen ganz auf dieses Heiligtum konzentriert«, meinte Ikaros schließlich.

»Wenigstens scheint das Haus der Frauen weitgehend verschont geblieben zu sein.« Asterios' Stimme klang deprimiert. Das U-förmige Gebäude stand ein ganzes Stück abseits. »Das Dach ist jedenfalls noch intakt. Lediglich ein Pfeiler der Veranda ist eingebrochen.«

Eine Frauengestalt näherte sich ihnen. Ungefähr auf der Hälfte der Strecke blieb sie stehen und hielt die Hand über die Augen. Dann beschleunigte sie ihre Schritte.

»Asterios!« Er stand wie vom Donner gerührt, als er ihre Stimme hörte. »Asterios! Endlich! Endlich!«

Dann war sie in seinen Armen. Er hielt sie fest umschlungen und spürte ihre Wärme, die seinen Körper wieder lebendig werden ließ, ihre Sanftheit, die die Leidenschaft lang entbehrter Nächte heraufbeschwor. Vorbei waren die einsamen Tage im Heiligtum, das lange Fasten, die Gebete, in denen er die Göttin beschworen hatte, seine Liebe zu Ariadne sterben zu lassen, um seine innere Ruhe wiederzufinden. Es war alles umsonst gewesen. Er wußte es in diesem Augenblick, da er ihr gegenüberstand. Er würde ihr immer gehören.

»Zwei Jahre!« murmelte sie an seinem Hals und bedeckte ihn mit kleinen Küssen. »Eine Ewigkeit!«

»Ariadne!« flüsterte er erstickt. »Meine Ariadni!«

»Wie schön du geworden bist!« fuhr sie fort und streichelte seine Stirn und sein braunes Haar, das fest und störrisch war wie immer. »Wie stark und männlich! Versprich mir, mich nie wieder zu verlassen!«

»Alles, was du willst«, flüsterte er und verschloß ihre Lippen mit einem langen, hungrigen Kuß.

Als sie sich von ihm gelöst hatte, als sie zerzaust und strahlend neben ihm stand, fiel ihr Blick auf Ikaros, der diskret zur Seite geblickt hatte. Sie erstarrte.

»Es ist nur, weil ich ihn so lange nicht gesehen habe«, begann sie zittrig. »Weil sein Anblick mein Heimweh geweckt hat... wie hätte ich ahnen sollen, daß ausgerechnet du mit ihm hier...«

»Wir müssen uns nicht verstellen«, sagte Asterios, noch bevor Ikaros antworten konnte. »Nicht vor ihm. In seinem Herzen ist unser Geheimnis gut aufgehoben.«

Ihre Augen wurden schmal und dunkel. »Wie konntest du ihm nur von uns erzählen?« fuhr sie ihn zornig an. »Weißt du überhaupt, wen du dir da zum Busenfreund erkoren hast? Einen Mann, der keine Frauen mag!« Ihre Stimme war schrill geworden. »Wie er dich hassen muß! Du verkörperst all das, wonach er sich vergeblich sehnt – du bist ein richtiger Mann!«

»Du kennst Ikaros nicht«, versuchte Asterios einzulenken und streichelte ihre Wange.

Sie wich zurück. »Und ob ich ihn kenne! Seit Jahren weiß ich, daß er Frauen verachtet und nur Männer begehrt.« Sie packte Asterios und grub ihre Nägel so fest in seinen Arm, daß er aufschrie. »Ist er der Grund dafür, daß du dich die ganze Zeit von mir ferngehalten hast?« fragte sie lauernd. Ihr Gesicht wirkte plötzlich hart. »Bist du der Nachfolger meines Bruders in seinem Bett?«

Ikaros schüttelte stumm den Kopf und wandte sich ab.

»Ariadne, ich bitte dich«, versuchte Asterios sie zu beruhigen und machte sich los.

»Weder Bitten noch Flehen haben genutzt«, fuhr sie fort und schaute alarmiert zwischen den beiden Männern hin und her. »Keine Ausnahme für die Tochter der großen Königin! Nach Meropes Totenfeier hat Pasiphaë mich zum Tempeldienst auf dieser Insel gezwungen, um mich bei lebendigem Leibe zu begraben. Ikaros war in jener Nacht am Hafen, wußtest du das, Asterios? Er sah zu, wie man mich auf das Schiff nach Strongyle gebracht hat. Niemals werde ich sein zufriedenes Gesicht vergessen!«

»Es war viel zu dunkel«, antwortete Ikaros ruhig. »Lange vor Sonnenaufgang. Du konntest nichts erkennen.«

»Meinst du denn, ich bin blind und taub? Glaubst du, ich hätte den ganzen Abend vor meiner Abfahrt deine aufgeregten Blicke und Gesten nicht bemerkt? Du konntest mein Verschwinden ja kaum erwarten!« Mit beiden Fäusten trommelte sie Asterios auf die Brust. »Sag mir die Wahrheit! Ist er dein Geliebter?«

Mit einem Satz war Ikaros hinter ihr und schüttelte sie unsanft, bis sie endlich innehielt. »Er hat nichts verraten!« rief er. »Und er liebt nur dich! Du warst es, die meinen Verdacht bestätigt hast, mit deinen lüsternen Blicken. Sei froh, daß die anderen schon so viel getrunken hatten und deine Mutter krank vor Trauer war. Sonst wäre dein Geheimnis längst aufgeflogen!«

Athenai

Auf einem ovalen Fundament stand eine steinerne Skulptur der Pallas Athene. Mit der Linken stützte sie sich auf ihren Schild, vor dem sich eine furchterregende Schlange wand. Kleinere Schlangen kringelten sich auf ihrem Brustpanzer; merkwürdige Gestalten, halb Mensch, halb Tier, bedeckten ihren Helm. Majestätisch blickte die Göttin über das Stadion. Der kalte Nordwind der letzten Tage hatte sich gelegt. Nun schien die Frühlingssonne wieder, wenn auch die Wege noch voller Pfützen waren und Regentropfen auf den umstehenden Bäumen glitzerten. In wenigen Augenblicken sollte der sportliche Wettkampf zwischen Kretern und Athenern weitergehen. Minos war bester Laune. Bislang war alles nach Plan verlaufen.

Erwartungsgemäß hatte Aigeus einige Tage verstreichen lassen, bevor er sich in Begleitung Theseus' wohl oder übel in die Gemächer der Kreter bemüht hatte. Ein Blick auf die trotzig niedergeschlagenen Augen und die malmenden Kiefer des Thronfolgers hatte Minos genügt. Es waren nicht viele Worte nötig gewesen, bis Theseus die nächste Beleidigung entschlüpft war. Minos hatte das Gespräch beendet und den Befehl zum sofortigen Aufbruch gegeben.

Schreckensbleich hatte Aigeus ihn zum Bleiben beschworen und einen Wettkampf vorgeschlagen, um die Gastfreundschaft zu festigen. Minos hatte nach längerem Zögern eingewilligt, nicht jedoch, ohne neue Bedingungen zu stellen: Da die Beleidigung öffentlich war, müsse die Entschuldigung ebenfalls in der Öffentlichkeit erfolgen.

Minos lächelte, als er daran dachte. »Lieber sterben«, hatte Theseus beim Verlassen des Zimmers gemurmelt. Er war gespannt, wie der junge Heißsporn sich aus der Affäre ziehen würde.

Inzwischen waren die Läufer am Start; drei Kreter, drei Athener, alle barfuß und im kurzen Chiton. Beim Knall der Peitsche setzten sie sich mit langen Schritten in Bewegung. Seron, einer von Aiakos Lieblingsschülern, übernahm sofort die Spitze. Er lief so schnell, daß seine Verfolger hinter ihm immer weiter zurückfielen. Einmal nur sah er sich um und stellte fest, daß der Abstand zu dem attischen Favoriten sich noch vergrößert hatte. Unangefochten ging er als erster durchs Ziel.

Diskuswerfen war die nächste Disziplin. Voller Genugtuung beobachtete Minos von der Tribüne aus, mit welch ausgefeilter Technik Meges vorging. Er hatte die Nerven behalten, obwohl sein attischer Konkurrent ihn beim vorletzten Durchgang plötzlich um zehn Ellen übertroffen hatte. In einer schnellen, kraftvollen Drehung gelang es ihm zum Schluß, die flache Scheibe über die abgesteckte Begrenzung zu schicken.

Stürmischer Applaus von der kretischen Gesandtschaft, während nur einzelne der attischen Höflinge klatschten. Unter ihnen Aigeus, der die ganze Zeit über nervös nach Theseus Ausschau hielt. Er wurde erst ruhiger, als endlich dessen leuchtend roter Umhang auf der Tribüne erschien.

Jetzt aber trug Theseus nur noch den Schurz und den breiten Gürtel der Ringer. Sein Körper glänzte ölig, sein Haar wurde von einem Band aus der Stirn gehalten. Deukalion war sein Gegner.

Beim Anblick der jungen Männer, die mit ihren Haaren und den hellen Augen fast wie Brüder aussahen, kam für Minos die schmerzliche Erinnerung zurück. Zweimal haben wir heute schon gesiegt, dachte er, und die lang vergangenen Tage waren wieder gegenwärtig, in denen sein Erstgeborener Androgeus hier in Athenai gefeierter Sieger in allen Disziplinen gewesen war. Die Athener hatten zu einem friedlichen Wettkampf geladen, in dessen Verlauf Androgeus alle Rekorde gebrochen hatte. Trunken von Wein und Siegestaumel hatte sich der kretische Prinz nachts auf den Heimweg zu seiner Unterkunft in der Gaststadt gemacht. Aber er war niemals dort angelangt.

Vermummte hatten ihn überfallen, in eine Gasse gedrängt und mit Dolchen tödlich verletzt. Sie hatten den Sterbenden im Staub liegen lassen, nicht ohne ihm zuvor die Ringe abzustreifen und seinen Mantel zu zerreißen; die Tat sollte wie gewöhnlicher Raubmord aussehen. Auf Kreta hatte sich allerdings niemand davon täuschen lassen. Die Spur führte direkt zum attischen Hof.

Minos hatte sich damals nicht damit begnügt, Rache zu schwören. Nachdem er dafür gesorgt hatte, daß Androgeus provisorisch begraben worden war, hatte er seine Bundesgenossen zusammengerufen. Sie hatten sich vor den Küsten Athenais versammelt, die Häfen besetzt und alle Durchgänge versperrt. Aigeus weigerte sich standhaft, die Forderungen Minos' zu erfüllen. Die Belagerung zog sich hin, und die Vorräte in der Stadt wurden knapp. Nach zwei Mißernten gab es kaum noch etwas zu essen, und als schließlich eine Seuche ausbrach und sich rasend verbreitete, wandten sich die Athener in ihrer Verzweiflung an das Orakel von Delphi.

Zu ihrer Überraschung gab es dem Kreter recht. Athenai habe das Gastrecht, heiligstes aller menschlichen Gesetze, geschändet. Deshalb müsse die Stadt die von Minos geforderte Buße leisten. Minos verlangte sieben Mädchen und Jungen, die ihn begleiten und neun Jahre lang auf der Insel der Großen Mutter zu Eingeweihten werden sollten. Aigeus mußte sie schließlich ziehen lassen.

Während Theseus und Deukalion in der Arena ihre Positionen bezogen und sich mit lauernden Bewegungen umkreisten, um die Schwächen des Gegners herauszufinden, schweifte Minos abermals ab. Er sah nicht länger die Ringer, die sich umklammert hatten und hörte nicht mehr das Klatschen ihrer Körper und auch nicht den erstickten Schrei, als Theseus Deukalion zu Boden geworfen hatte.

Es war bitter nötig, die Erinnerung an das damals begangene Unrecht wachzuhalten. Schon machten sich Überdruß und ein gewisser Unwille breit. Er spürte, wie unsicher die Stellung des attischen Königs war, wie sehr seine Adeligen versuchten, ihn unter Druck zu setzen. Achtzehn Jahre waren seit damals vergangen – für Minos nicht mehr als ein Tag. Sein Schmerz war noch immer lebendig. Dachten sie wirklich, er würde sie jemals vergessen lassen, daß sie seinen Sohn auf dem Gewissen hatten? Androgeus, auf dem seine ganze Hoffnung geruht hatte?

Ein lauter Schrei holte ihn in die Gegenwart zurück. Auf der Königstribüne war Aigeus aufgesprungen und schlug die Hand entsetzt vor den Mund. Deukalion war jetzt obenauf und hielt Theseus in einer würgenden Kopfklammer. Erst als ihm schon die Augäpfel heraustraten, ließ er von ihm ab. Schwer atmend standen sie sich gegenüber.

Theseus brauchte erstaunlich wenig Zeit, um sich zu erholen. Dann griff er erneut an. Längst lag sein Band irgendwo im Schmutz, und seine Haare fielen ihm ungebändigt ins Gesicht. Er packte den Arm seines Gegners und drehte ihn auf dem Rücken so weit nach oben, daß Deukalion aufschrie und langsam auf die Knie sackte. Unbarmherzig drückte Theseus sein Gesicht auf die Erde. Dann rammte er ihm das Knie in den Nacken und hieb seine Stirn auf den harten Boden. Wieder und immer wieder.

Dies war kein Wettkampf mehr. Dies war eine Sache auf Leben und Tod! Minos drängte die anderen zur Seite, lief zu den beiden Ringern und packte den Tobenden am Schopf. Mit aller Kraft riß er ihn nach hinten.

Theseus' Bewegungen erlahmten, und sein Körper wurde schlaff. Langsam gab Minos ihn frei, versetzte ihm allerdings noch einen kräftigen Stoß. Dann drehte er seinen Sohn behutsam herum, tupfte mit seinem Mantel Schmutz und Blut von seinem Gesicht und registrierte erleichtert, daß Deukalion nur ein paar Kratzer und Schürfwunden davongetragen hatte. Minos schickte ein stummes Dankgebet zur Göttin, als er endlich die Augen öffnete.

»Mir ist nichts passiert.« Deukalion versuchte ein Lächeln. »Aber ich habe den Kampf verloren.«

»Wenn man dieses Spektakel als ›Kampf‹ bezeichnen kann«, erwiderte Minos grimmig. Nach der anfänglichen Erleichterung kehrte seine Wut zurück. »Für meinen Geschmack hatte es viel Ähnlichkeit mit versuchtem Totschlag.«

»Du übertreibst, Minos«, warf Aigeus ein. Er schien erleichtert, daß Deukalion langsam aufstehen konnte. »Das war nichts anderes als ein mutiges Kräftemessen unter Gleichrangigen...«

»...von denen der bessere gewonnen hat«, prahlte Theseus. Er rieb sich die schmerzenden Gelenke. »Ich wußte gar nicht, daß ihr Kreter so schlechte Verlierer seid.«

Minos warf ihm einen kalten Blick zu. Zusammen mit dem leicht humpelnden Deukalion kehrte er zu seinem Tribünenplatz zurück. Jetzt mußte er nur noch ein wenig Öl in die Flammen gießen, und alles würde exakt nach Plan verlaufen.

Als die Schaulustigen die Arena verlassen hatten, begannen die Vorbereitungen für das Bogenschießen. Nun kamen Aiakos und Pallas an die Reihe, der eine drahtig, der andere kräftig und untersetzt. Beide galten als ausgezeichnete Schützen.

Sie nahmen ihre Bogen von den Holzständern, überprüften die Griffe, die zum Schutz der Hand mit breiten Leinenstreifen umwickelt waren, und die Sehnen, die straff gedreht sein mußten. Aus ihren Köchern, bunt bemalt der kretische, fellbezogen der attische, zogen sie schließlich die Weidenpfeile.

Sie standen günstig. Von seinem Platz aus konnte Minos erkennen, wie beide sich den Schießhandschuh überstreiften. Er schmunzelte, als er Aikos' zufriedene Miene beobachtete. Erst vor kurzem hatte er dem Freund ein Paar aus feinstem Antilopenleder geschenkt. Ein winziges Hornstückchen, exakt plaziert, schützte den Daumen vor Verletzungen durch die zurückschnellende Sehne.

Minos stutzte, als Pallas vor dem Einlegen seinen Pfeil hochaufgerichtet in der Hand wog. Silbern schimmerte die Spitze im Sonnenlicht.

Das Lächeln gefror auf seinem Gesicht.

Diese Bastarde! dachte er. Das also war der eigentliche Grund für diesen Wettkampf: Sie zeigten offen ihre Eisenwaffen und demonstrierten Kreta damit unmißverständlich, daß sie zum Kampf gerüstet waren! Gallenbitter stieg die Enttäuschung in ihm hoch, und er dachte an Daidalos, der mit seinen komplizierten, langwierigen Verhüttungsversuchen nur langsam vorankam. Wie oft hatte er ihn beschworen, sich zu beeilen! So vieles hing für Kreta davon ab!

Er begann, fieberhaft zu überlegen. Dieser harte Schlag für seinen Stolz konnte das Blatt rascher wenden, als ihm lieb war. Er mußte diese Barbaren jetzt zügig auf den Platz verweisen, der ihnen gebührte.

Scheinbar teilnahmslos beobachtete er, wie Aiakos' Pfeil von der Sehne schnellte. Ein Raunen ging durch die Menge und schwoll auf der kretischen Seite zu begeistertem Beifall an. Der Pfeil hatte das Ziel erreicht. Er steckte, leise vibrierend, im dunkelroten Herzen der Holzscheibe.

Nun war die Reihe an Pallas. Mit leisem Zischen schwirrte der Pfeil durch die Luft und bohrte sich in die Scheibe, um Haaresbreite unter dem des Kreters. Im Nu war die Tribüne leer, und alle drängten sich vor dem Holzmast, an dem die Zielscheibe befestigt war. Unwillig rückten sie zur Seite, als Aigeus und Minos näher kamen.

»Pfeil an Pfeil exakt im Zentrum!« sagte Aigeus anerkennend. »Eigentlich müßte es zwei Sieger geben.«

»Und doch ist es der kleine Unterschied, der entscheidet«, erwiderte Minos kühl. »Der Sieger heißt Aiakos. Der andere«, er zog kräftig am Pfeilschaft, bis er sich aus dem Holz gelöst hatte, »hat sein Ziel knapp verfehlt.« Er drehte den Pfeil in seiner Hand und berührte mit dem Finger die Eisenspitze. Sein Blick wurde kalt. »Wie man sieht, gibt nicht das Material den Ausschlag, sondern noch immer die Hand des Schützen.«

Theseus hatte sich den Weg durch die Menge gebahnt. »Und wenn das Ziel kein Holz gewesen wäre, sondern Fleisch?« fragte er provozierend.

Perfekt! dachte Minos. Er hat angebissen! Er hat den Köder

geschluckt! Er ließ sich nichts anmerken und machte ein finsteres Gesicht.

»Theseus!« fuhr Aigeus ihn an. »Mußt du denn immer das letzte Wort behalten?« Zum erstenmal schien er richtig ärgerlich über den Sohn zu sein.

»Reg dich nicht auf, Aigeus«, sagte Minos und ließ die abgezogene Eisenspitze unbemerkt in seiner Gewandtasche verschwinden, »sein vorlautes Reden und seine anderen Unarten werden schon bald Vergangenheit sein. So lange er sich noch so unbeherrscht benimmt, will ich sogar auf meine Genugtuung verzichten. Was ist die Entschuldigung eines Kindes schon wert?«

»Niemand nennt mich ungestraft ›Kind‹«, ereiferte sich Theseus.

»Du hast allen Grund zur Freude, Aigeus«, sprach Minos unbeirrt weiter. »Womöglich wird dein Sohn zu den Auserwählten gehören, die das Schiff nach Kreta besteigen.«

»Das kann nicht dein Ernst sein!« stammelte Aigeus. Er streckte haltsuchend seinen Arm aus, als habe er einen Schlag erhalten.

»Du mußt mir jetzt nicht danken«, lächelte Minos breit. »Noch nicht. Aber sag selbst: Welch besseres Verbindungsglied könnte es zwischen Kreta und Athenai geben?«

»Aber er ist mein einziger Sohn, und schon weit über das Alter der anderen hinaus!«

»Wer wird denn solche Kleinigkeiten überbewerten? Seine Unbekümmertheit macht alles wett! Du wirst ihn kaum noch wiedererkennen, wenn er erst einmal neun Jahre auf unserer Insel gelebt hat.«

Er schielte hinüber zu Pallas und sah, was er vermutet hatte. Der Alte schaute ausnahmsweise nicht grimmig drein, sondern schien erfreut.

Als Minos sich zum Gehen wandte, tastete er nach seiner Beute. Die attische Pfeilspitze in seiner Gewandtasche fühlte sich kühl und spitz an.

Strongyle

Er wußte nicht, wie lange er schon im Schutz der Dunkelheit gewartet hatte. Sein Rücken preßte sich an die Wand, und er spürte die Mauer durch den dünnen Stoff. Dann hörte er leichte Schritte und das Rascheln von Gewändern. Eine kräftige Frauenhand zog ihn in den ummauerten Innenhof. Vor einem langgestreckten Gebäude, das im Mondlicht grünlich schimmerte, machte die Frau halt. Mit einer geschickten Drehung ihres verhüllten Körpers drängte sie ihn in ein Zimmer. Dann war sie wieder verschwunden.

Sein Herz pochte, als sei er ein Dieb, der sich heimlich eingeschlichen hatte. Asterios blieb auf der Schwelle stehen und sah sich um. Über einer breiten Bettstatt lagen weiche Tücher und bestickte Kissen in verschwenderischer Fülle. Gegenüber im Kamin prasselte ein Feuer. Daneben war ein Stoß Scheite zum Nachlegen aufgeschichtet. Zartblau waren die Wände bemalt; die Farben des Teppichs erinnerten ihn an das winterliche Meer. Neben dem Bett stand ein fünfarmiger Kandelaber, ein Stück entfernt das Räucherbecken. Asterios sog das würzige Aroma ein, das all seine Sinne erwachen ließ, trat zum Kamin und streckte seine Hände den Flammen entgegen.

Leises Knarzen, ein Lufthauch, als die Tür abermals aufging, und sie war da. Ariadne ließ ihren dunklen Umhang langsam von den Schultern gleiten. Darunter leuchtete Safrangelb, ein Kleid, das eng gegürtet und bis in Schenkelhöhe geschlitzt war. Als sie langsam das Taillenband löste und ihre bloßen Arme hob, um es über den Kopf zu streifen, klimperten die Reifen an ihren Gelenken. Ohne Scheu stand sie vor ihm und genoß seine Blicke auf ihrem nackten Körper.

»An meinen Armen trage ich Gold, auf meiner Haut Rosenöl.« Ihre Stimme war heiser vor Verlangen. »Ich bringe dir den Duft der Liebe.«

»Du bist schön wie die Mondbarke«, flüsterte Asterios. Er trat einen Schritt auf sie zu, um sie zu berühren.

»Nein! Ich bin nicht wankelmütig wie sie!« Mit einem Satz war Ariadne beim Bett. In ihrer Hand hielt sie einen kleinen

Dolch. »Erinnere dich an dieses Bild bis ans Ende deiner Tage!« flüsterte sie. Blitzschnell zog sie die scharfe Klinge über ihren Schenkel. Hellrotes Blut rann herab und tropfte auf den Teppich.

Fassungslos starrte er sie an.

»Das war nur die Vorankündigung«, lächelte sie. Dann begann sie übergangslos zu weinen. »Wenn du mich noch einmal verstößt, trifft das Messer mein Herz.«

Schwankend zwischen Entsetzen und Zuneigung verschloß er ihren Mund mit einem harten Kuß und bog sie zurück aufs Bett.

Sie war in seinen Armen eingeschlafen. Er lag neben ihr und konnte sich nicht sattsehen an der weichen Linie ihres Halses und dem Mund, der leicht geöffnet war. Wie jung sie aussieht, dachte er und mußte lächeln. So oft hatte er sich ihre Begegnung ausgemalt, sich vorgestellt, was er sagen, was sie antworten würde. Und dann, gleich bei der ersten Berührung, war alles ganz anders gewesen als in seinen sehnsuchtsvollen Träumen – fremd und vertraut zugleich.

Er strich ihr eine widerspenstige Locke hinter das Ohr zurück. Ariadne seufzte schlaftrunken und drehte ihm den Rücken zu. Asterios stand leise auf und schlang sich eines der Tücher um die Hüften. Er goß sich Wein ein, der dunkel und aromatisch wie Waldhonig war. Durstig leerte er einen Becher und trank rasch einen zweiten. Er fing an, die Schwere in seinem Blut zu spüren, aber auch der Wein konnte die Gedanken nicht vertreiben, die in ihm aufstiegen wie finstere Nachtwolken.

Wie ähnlich sie Pasiphaë geworden ist, dachte er, während er die Schlafende betrachtete. Ihre Bewegungen, die Angewohnheit, beim Lachen den Kopf zurückzuwerfen oder die kleine Geste, mit der sie nachdenklich die Fingerspitzen aneinanderlegt, bevor sie Fragen beantwortet, die sie nicht mag.

Ariadne schlug die Augen auf, als habe sie gespürt, daß seine Gedanken bei ihr waren. Sie streckte die Arme nach ihm aus. »Laß nicht wieder Jahre vergehen, bevor du mich umarmst!« lockte sie ihn.

Erneut umschlang er sie und streichelte ihren Körper. Als

seine Finger den Schnitt in ihrem Schenkel berührten, zuckte er wie verbrannt zurück.

»Schon müde, mein Herz?« fragte sie zärtlich.

»Ein wenig«, wich er aus und spürte, wie die Kehle ihm eng wurde. Was sollte nur aus ihnen und ihrer Liebe werden? Was, wenn die Große Mutter abermals Ariadnes Schoß segnete? Oder war es in Wirklichkeit ein ganz anderer Gedanke, der ihn beunruhigte? Die Vorstellung, mit ihr zusammen nach Kreta zurückzukehren – der Priester der Göttin, der seiner Schwester verfallen war? Er spürte ihre Enttäuschung. »Verzeih mir«, bat er. »Du weißt, daß ich dich mehr als mein Leben liebe. Aber ich habe Angst.«

»Bis zum Morgengrauen sind wir hier vollkommen ungestört. Und vorher lasse ich dich nicht gehen.«

»Das meine ich nicht...« Er brachte es nicht über die Lippen, fühlte sich unaufrichtig und feige.

Ariadne hatte sich mit einem Ruck aufgesetzt und musterte ihn scharf. »Sag mir, was dich so beunruhigt. Ist es eine andere? Die Ägypterin womöglich? Ich habe ein Recht darauf, es zu erfahren!«

Der Argwohn in ihren Augen ließ ihn verstummen. Wie sollte er ihr erklären, was ihn mit Hatasu verband – Einsamkeit, die Freude an spirituellen Gesprächen, die Ähnlichkeit ihrer Gedanken und Gefühle? Einen Augenblick lang war er versucht, ihr zu sagen, daß auch sie seine Halbschwester war, dann aber dachte er an das Versprechen, das er Aiakos gegeben hatte, und schwieg. Er wollte ihr jetzt auch nicht sagen, wie sehr er sich davor fürchtete, kretischen Boden zu betreten. Wie sollten sie sich zu Hause verhalten? In den Palästen waren geschwätzige Mäuler nur zu begierig darauf, Gerüchte zu verbreiten.

Und Pasiphaë? Minos? Die Brüder?

Er biß sich auf die Lippen. Er konnte nicht mit ihr darüber sprechen – nicht in dieser Situation! Er sah in ihre Augen, die wie dunkler Bernstein schimmerten, und zwang sich, zuversichtlich zu sein. Sie würden einen Ausweg finden, irgendeine List, um die anderen wie früher zu täuschen. In Phaistos konnten sie sich wieder in Auroras kleiner Taverne treffen, die schon früher ihr Unterschlupf gewesen war. Und auch für Knossos würde es eine Lösung geben.

»Sag doch was!« Unsanft rüttelte sie an seinem Arm. »Sag mir, was dich bedrückt!«

Womit sollte er beginnen? Es war nicht nur ihr ungewisses Schicksal, das ihm auf der Seele lag. Mindestens ebenso quälte ihn die Gewißheit des drohenden Endes. Seitdem er den Fuß auf diese Insel gesetzt hatte, hatte sie ihn nicht mehr losgelassen.

Zögernd begann Asterios zu sprechen. »Ariadni, Strongyle steht ein großes Unglück bevor. Der Berg wird schon bald wieder erwachen und alle töten. Die ganze Welt wird schwarz werden. Ich weiß, daß es nicht mehr lange dauern kann.«

»Sei froh, daß ich noch am Leben bin«, erwiderte sie heftig, als hätte sie nicht gehört, was er gesagt hatte. »Zum Glück war ich schon auf dem Heimweg, als die ersten Stöße kamen. Ich hörte das Bröckeln der Mauern und habe mich platt auf den Boden geworfen. Als das Beben aufhörte, wußte ich, daß mein Warten zu Ende war. Du würdest kommen und mich holen.«

Leidenschaftlich suchte sie seine Nähe.

»Und die anderen? Was war mit ihnen?«

Sie zuckte unwillig die Achseln. »Was interessiert dich das? Helle Aufregung, großes Geschrei. Aber kaum war alles vorüber, da zählten sie schon wieder ihre Habseligkeiten, keiften mit ihren Frauen und schimpften ihre Kinder aus wie alle Tage. Wie ich diese Insel hasse! Von mir aus kann sie ruhig im Meer versinken – mitsamt ihren Bewohnern!«

»Du weißt nicht, was du sagst!«

»Das weiß ich wohl!« fuhr Ariadne ihn an. »Und besser als du. Hast du dir einmal Gedanken darüber gemacht, was ich hier durchlitten habe? Hast du ein einziges Mal versucht, Pasiphaë umzustimmen und sie gebeten, mich nicht fortzuschicken? Du hast es vorgezogen, die Augen zu schließen und geschehen zu lassen, was die Weisen Frauen beschlossen hatten! Monatelang habe ich mir vor Heimweh die Augen ausgeweint und bin vor Sehnsucht schier vergangen – kein Wort, keine einzige Zeile von dir! Dazu der strenge Dienst im Tempel und die frommen Weiber um mich herum, die ich Tag und Nacht ertragen mußte.

Gestorben bin ich hier, Asterios, jeden Tag ein Stückchen mehr!«

Wie schön sie ist, dachte er, in ihrem Stolz und ihrem trotzigen Aufbegehren. Er nahm sie in die Arme. »Die Zeit des Sterbens ist vorbei. Du wirst leben und glücklich sein. Die Göttin ist mit den Liebenden.«

Nahezu alle Bewohner von Akrotiri hatten sich mittags auf der Agora versammelt. Der Platz, den niedrige Steinhäuser säumten, war voll von Menschen. Asterios erkannte die kräftigen Gestalten der Walker und die Färberinnen an ihren Händen, die Spuren von Indigo und Safran zeigten. Er sah Töpferinnen mit lehmverschmierten Röcken, Schmiede und Seiler, Schuster und Siegelmacherinnen, Fischer, Bildhauer und Vasenmalerinnen. In der Menge standen auch ein paar stutzerhaft aufgemachte Kaufleute: Männer mit geflochtenen Bärten, die bestickte Leinentuniken trugen; ihre Frauen hatten die Augen mit Manganpuder vergrößert und die Lippen mit Lotwurz gerötet. Sie fächelten sich Kühlung mit farbenprächtigen Federn zu.

»Welch ein Volk!« Kopfschüttelnd hatte sich Iassos, wie üblich mit Taschen und verschiedenartigsten Behältnissen beladen, den Weg durch die Menge gebahnt. Im Schlepptau hatte er zwei seiner hiesigen Gehilfen, junge, auffallend gutaussehende Männer, die Körbe voller Krokusse und Lilien trugen. Er dampfte förmlich in seinem dunkelgrünen Wollmantel und wischte sich unablässig den Schweiß von Glatze und Nacken. »Vor lauter Sorge um die Purpurwannen hätte ich beinahe deine Ansprache verpaßt!«

Asterios gab keine Antwort.

»Nervös? Sei unbesorgt!« zischte Iassos vertraulich. »Ich habe ein Pülverchen aus Zimt und Valeriana bei mir, das augenblicklich deine Gelassenheit zurückbringt!«

»Halte wenigstens ausnahmsweise deinen Mund!« fuhr Ikaros ihn an. »Asterios braucht keine deiner kuriosen Mixturen! Laß ihn einfach in Ruhe!«

Schmollend zog Iassos sich zurück und winkte die jungen Männer an seine Seite. Genau im rechten Augenblick, denn der

Zug der Priesterinnen war gerade angekommen. Demonike, die den silbernen Schlangenstab in der linken Hand trug, führte ihn an. Ihr folgten die anderen Frauen in weißen Gewändern, die am Saum mit Goldfäden durchzogen waren. Goldstaub schimmerte auch auf ihren bloßen Armen und den geflochtenen Haarkronen der Älteren, während die Tonsuren der Novizinnen blau leuchteten.

Asterios hob langsam seinen Arm, und die Menge verstummte. Der große Platz schwieg und wartete.

Er spürte, wie seine Schläfen unter der Anspannung zu hämmern begannen. Vor ihm verschwammen die vielen Köpfe und Gesichter zu einem bunten, unscharfen Gewoge. Jetzt mußte er sie überzeugen. Davon hing alles ab.

Er verneigte sich vor Demonike. »Ich danke dir, daß du meiner Einladung gefolgt bist, Schwester der Einen Mutter. Ich danke auch den anderen Frauen, die Ihr im Heiligtum dienen. Eure Anwesenheit ist eine Ehre für unsere Versammlung.«

Asterios entzündete mit einem brennenden Span Weihrauch und Myrrhe im Räucherbecken. Dann wandte er sich wieder an die Menge.

»Wir haben mit euch gelitten, als uns die Nachricht des Erdbebens erreichte. Ich bin sofort hierher gereist – und meine bösen Vorahnungen haben sich auf das Schlimmste bestätigt.«

Er schaute nach Westen, wo der dunkle Berg in den Himmel ragte. Der Krater war gut zu erkennen. Wie ein grausamer, heimtückischer Feind erschien er ihm. Aber Asterios war entschlossen, ihn zu besiegen.

»Der Vulkan hat euch Zerstörung gebracht«, fuhr er lauter fort. »Diesmal waren es nur Häuser, der Tempel, die Orchestra – nichts als eine Warnung. Aber ihr habt sie nicht verstanden. Denn der Berg wird bald wieder Feuer speien und dann mit seinem glühenden Atem eure fruchtbare Insel in ein Totenreich verwandeln. Deshalb flehe ich euch an: Verlaßt Strongyle, so lange noch Zeit dazu ist! Nehmt eure Familien, packt euer Hab und Gut zusammen und siedelt euch auf einer anderen Insel an! Besteigt eure Schiffe und reist nach Kreta. Zögert nicht, denn das Ende läßt nicht mehr lange auf sich warten!«

Für ein paar Augenblicke blieb die Menge stumm. Dann wurde erregtes Murmeln laut, das stetig anschwoll. Einzelne Stimmen drangen bis zu ihm.

»Woher willst du das wissen?« fragte eine junge Frau, die im Tuch auf der Hüfte ein weinendes Kind trug.

»Ich habe es gesehen«, erwiderte Asterios ruhig. Seine anfängliche Aufregung war verschwunden. Er fühlte sich sicher und klar wie nie zuvor. »Mein Wissen und euer Vertrauen können euch retten.«

Wie ein Sturm brach die Entrüstung los.

»Nichts als Angstmacherei!«

»Er hat keine Ahnung von unserer Insel!«

»Typisch Kreter – auf diese Weise wollen sie an unsere Schätze kommen!«

»Lieber sterben, als nach Kreta zurückkehren!«

»Ich weiß, was ich von euch verlange«, übertönte Asterios das Geschrei. »Hört mir zu, ihr werdet mich gleich besser verstehen! Ihr seid mit dem Meer und seinen Winden vertraut, könnt gut mit Schiffen umgehen und kennt die Geschöpfe des großen Wassers. Alle Fische des Meeres bereichern euren Speiseplan. Einen nur verschont ihr – den Delphin. Denn ihr wißt, wer von seinem Fleisch ißt, ist totgeweiht. Keine Woge will ihn mehr tragen, kein Schiff mehr bergen.«

»Niemand würde einen Delphin töten. Sie sind die Freunde aller Seeleute«, rief ein halbwüchsiger Junge.

»Wie recht du hast«, nickte Asterios. »Delphine leben mit dem Rhythmus der Gezeiten und besitzen unendlich viel feinere Wahrnehmungen, als wir Menschen sie haben. Diese heiligen Tiere haben Strongyle bereits verlassen!«

Erneut brach wildes Geschrei aus.

»Ich sage die Wahrheit – und ihr wißt es!« Asterios ließ sich nicht beirren. »Auf der langen Fahrt von Kreta hierher hat sich kein einziger gezeigt! Sagt mir ehrlich: Wann habt ihr zum letzten Mal Delphine vor eurer Insel gesehen?«

Ein langes, bedrücktes Schweigen folgte, dann erhoben sich einzelne, zaghafte Stimmen. »Er hat recht, schon wochenlang nicht mehr... kein heiliger Fisch weit und breit...«

»Weil sie den Tod wittern«, fuhr Asterios fort. »Die Delphine sind verschwunden und werden nicht wiederkommen. Sie spüren, daß ein neuer Ausbruch droht.«

Jetzt blieb die Menge stumm.

»Dann warten wir ab«, ertönte schließlich die Stimme Laetos. Die kleine Frau sah Asterios furchtlos an. »Wir bleiben so lange hier, bis wir wissen, ob deine Prophezeiung sich tatsächlich erfüllt.« Sie registrierte die allgemeine Zustimmung und fuhr fort: »Ich glaube, ich kann für alle hier sprechen, weil Strongyle die Heimat meines Herzens ist. Wenn die Delphine den Sommer über nicht zurückkehren, sind wir bereit, die Insel zu verlassen.«

Die Menge begann zu applaudieren. »Ja, wir warten ab, ob die Delphine zurückkommen!«

Asterios atmete erleichtert auf. Plötzlich fühlte er sich müde. Er sah nach Westen, zu dem schwarzen Massiv. Er wußte, der Berg hatte ihm nur kurzen Aufschub gewährt.

Athenai

Mit finsteren Gesichtern hockten die Athener auf ihren Schemeln. Spätnachmittagssonne schien durch die weitgeöffneten Fenster und fiel auf den lehmgestampften Boden. Der Raum war karg und schmucklos, abgesehen von einem einfachen Wellenfries. Im Gerichtssaal war es sehr still.

Auf dem Thron saß Aigeus so unbeweglich, als sei er selbst aus Stein gemeißelt. Ein heller Wollmantel ließ seine Haut noch fahler als gewöhnlich aussehen. Hinter ihm lehnte Theseus an der Wand. Sein scharlachroter Umhang war zurückgeschlagen; auf seiner Brust leuchtete ein goldenes Amulett mit dem behelmten Kopf der Göttin Athene. Unter einer hellroten Mütze fiel sein Haar strähnig bis auf die Schultern. Die Stirn krausgezogen, die Lippen trotzig aufgeworfen, starrte er dem Kreter feindselig entgegen.

Das Gesicht eines gesunden Bauernjungen, dachte Minos, verschlagen und aggressiv.

Er hatte sich breitbeinig vor dem Dreifuß aufgebaut, auf dem die Kupferschale und der silberne Pokal für das Losverfahren standen. Er sah hinüber zu Deukalion, der ihm unmerklich zunickte; er wußte, was zu tun war.

Jesa, die rechts von Minos an einem Beitisch saß, schnitt eine neue Spitze in ihre Feder. Sie war ebenfalls bereit.

Minos erhob seine Hände zum Gebet. Er bat die Große Mutter um Mut und Kraft für die zukünftigen Mysten. Dann ließ er seine Arme sinken. Er spürte den Haß und die Feindseligkeit, die ihm entgegenschlugen. Er konnte die Angst beinahe riechen, die hinter der Hoffnung lauerte, die eigene Familie möge verschont bleiben und das Los die anderen treffen. Bald schon würde die mühsam geschlossene Front der attischen Noblen zerbrechen.

Am deutlichsten war die unerträgliche Spannung Phylos anzusehen. Er war sehr blaß, seine Gesichtszüge waren verkrampft. Auf einem der schmalen Papyrosröllchen in der Schale stand der Namen Lysidike – seiner geliebten Tochter.

Der alte Pallas dagegen, im schwartzigen Wams wie zur Schlacht gerüstet, stand unbewegt und felsengleich, obwohl drei Lose die Namen seiner Söhne trugen. Keines ihrer Kinder mochten die Athener nach Kreta ziehen lassen. Aber der Verlust eines Sohnes wog hier schwerer als der einer Tochter. Alle wußten, was Pallas drohen konnte; doch er zeigte keine Blöße.

Zuletzt fiel sein Blick auf Theseus. Der Bastard des Königs starrte zunächst frech zurück, dann wurde er unsicher und griff nach dem Amulett über seinem Herzen, als versuche er, einen bösen Zauber von sich abzuwenden.

Minos trat lächelnd auf ihn zu. »Du wirst der sein, der die Lose zieht.« Er tat, als ob er das Erschrecken des attischen Königs nicht bemerkt hätte. »Niemand als der Thronfolger selbst ist besser geeignet, diesen Dienst an der Stadt zu leisten. Oder ist er etwa noch zu unreif für diese Aufgabe?«

Theseus warf den Kopf in den Nacken und sandte ihm giftige Blicke. Ungeduldig wischte er das flehende Flüstern seines Vaters zur Seite und sah nicht, daß Pallas grimmig lächelte. Hocherhobenen Hauptes trat er in die sorgfältig präparierte Falle.

Im Gerichtssaal herrschte Totenstille, als er das erste Los aus der Bronzeschale zog. Er entrollte es knisternd und starrte darauf, als könne er das Geschriebene nicht begreifen.

Die Männer im Saal wagten kaum zu atmen.

»Lysidike!« brachte er schließlich nach mehrmaligen Räuspern hervor.

Phylos sah plötzlich wie ein Schwerkranker aus. Langsam begann er zu wanken und wäre wohl vom Hocker gefallen, hätten nicht seine Nachbarn helfend eingegriffen.

Unschlüssig ließ Theseus seine Hände über dem silbernen Pokal verharren und suchte vergeblich Blickkontakt zu seinem Vater. Schließlich zuckte er die Schultern. Dann war wieder ein neues Los in seiner Hand.

»Hernippos!«

Pallas' Stirnadern schwollen stärker an, als der erste seiner Söhne aufgerufen wurde. Sein Mund öffnete sich, als koste jeder Atemzug ihn unendliche Mühe.

Im Raum war es so ruhig, daß man das Knirschen von Jesas Feder hören konnte, die auf Papyrus die Namen der künftigen Mysten festhielt. Theseus, dem Schweiß auf der Stirn stand, stutzte plötzlich, weil Deukalion verschwunden schien. Im selben Augenblick realisierte er, daß dieser so dicht neben ihm stand, daß er ihn fast mit seinem Mantel berührte.

Theseus fühlte, wie sein Mund trocken wurde und zwang sich zur Ruhe. Er würde sich nicht bedrängen lassen, und wenn alle Kreter ihm auf den Leib rückten! Verstohlen wischte er seine Hand trocken, bevor er, schneller nun, wieder abwechselnd in die Schale und den Pokal faßte.

»Asteria!«

»Antiochos!«

Zwei Männer zuckten zusammen, und die Hoffnung erlosch in ihren Gesichtern.

»Koronis!«

»Nein, nicht sie!«

Theseus stieß gepreßt schon den nächsten Namen hervor.

»Erystenes!«

»Der Beste von allen!« stöhnte sein Vater auf und griff sich an sein Herz.

»Menestho!«

»Daidochos!«

»Nicht alle beide – meine Zwillinge!« Ein jugendlich wirkender Rotbart mit feinen Zügen schlug die Hände vor sein Gesicht. »Nicht auch noch den Sohn – erbarme dich meiner, allmächtige Athene!«

»Damasistrate!«

Der Vater zog die Brauen zusammen und suchte, Haltung zu bewahren.

»Heuxistratos!«

Ein großer, grobknochiger Mann sprang von seinem Schemel auf und ballte die Fäuste. Kühl, als gelte die Drohgebärde einem anderen, schaute Minos zurück.

»Eriboia!«

»Verschont meine kleine Taube!«

Minos unterdrückte ein Lächeln. Das war die kecke Blonde, die ihm schon am Vorabend aufgefallen war. Dieses Täubchen war genau nach seinem Geschmack. Aber das war für später bestimmt. Jetzt galt es, den Einsatz nicht zu versäumen. Ein Name noch. Dann war es so weit.

»Prokritos!«

Während Pallas mit der Hand an sein Herz griff, Aigeus aus seiner Lethargie erwachte und zu ihm eilte, war Theseus im allgemeinen Aufruhr ein paar Augenblicke von dem Dreifuß abgelenkt. Minos nickte Deukalion zu.

Deukalion holte weit aus, streifte mit seinem Ellenbogen den Kelch und riß ihn zu Boden. Alle Losröllchen fielen heraus.

Minos sprang herbei und kniete nieder. Mächtigen Schwingen gleich, breiteten sich seine Arme unter dem Umhang schützend über die Lose. Er rief Aigeus. Verdutzt gehorchte der Athener.

Minos wies ihn an, eigenhändig die Röllchen zurück in den Kelch zu legen, um das Losverfahren korrekt zu beenden. Dann befahl er Deukalion, sich einen anderen Platz zu suchen, um kein weiteres Unheil anzurichten.

Alles war sehr schnell gegangen. Fassungslos hatte Theseus mitangesehen, wie Aigeus sich ungelenk gebückt und die Lose aufgeklaubt hatte. Schon stand der Kelch wieder vor ihm, als wäre nichts geschehen, und die aufkommende Unruhe im Gerichtssaal erinnerte ihn daran, daß die Prozedur noch nicht abgeschlossen war.

Abermals faßte er in die Schale. Er bemerkte nicht, daß Jesa sich vor Anspannung auf die Lippen biß und Deukalion zu Boden starrte, um sich nicht zu verraten.

»Hippodameia!« sagte Theseus tonlos.

Der letzte der Mädchennamen traf Kodros, seit vielen Jahren Stallmeister am attischen Hof, wie ein Schlag. Er hielt sich die Ohren zu, als könne er damit das Gehörte wieder ungesagt machen.

Minos und Deukalion tauschten einen schnellen Blick. Aufgeschreckt wie ein Tier, das die Gefahr wittert, den Jäger aber noch nicht entdecken kann, hielt Theseus inne. Er zog sich die Mütze vom Kopf und spürte die Blicke der Athener, die wie ein Mann jede seiner Bewegungen verfolgten. Seine Hand im Pokal betastete die verbliebenen Lose. Schließlich griff er zu.

Er öffnete den Mund. Schloß ihn wieder.

Ja, frohlockte Minos, jetzt, Bastard, gehörst du mir! Gut, daß ich dem Schicksal wenig Entscheidungsfreiheit gelassen habe. Jedes der Lose aus meinem Ärmel trug deinen Namen.

Mit stummer Genugtuung beobachtete er, wie Aigeus' Augen sich angstvoll weiteten. »Theseus?« brachte er schließlich hervor. »Ist der Name – Theseus?«

Ein fast unmerkliches Nicken.

»Das kann nicht wahr sein! Nicht mein Sohn!« schrie Aigeus mit schriller Stimme.

Im Saal wurde es unruhig; Minos zuckte mitleidlos die Achseln. »Ist nicht der König verpflichtet, mit gutem Beispiel voranzugehen?« Schadenfreude zeigte sich in den Gesichtern. Bevor Meinungen und Widersprüche laut werden konnten, rief er abermals die Göttin an. »Schenke den Mysten, die das Los gewählt hat, Einsicht und Demut, um das gnädige Walten Deines göttlichen Willens zu begreifen!«

»Ich hasse dich, Minos von Kreta«, flüsterte Theseus leise. »Den Tod wünsche ich dir!«

Dann waren plötzlich die Mütter da. Wie eine Schar schwarzer Krähen folgten sie dem Zug, der sich schon im Morgengrauen auf den Weg zum Delphintempel gemacht hatte. Noch am selben Tag würden die Schiffe den Hafen von Phaleron verlassen. Vor der gefährlichen Reise nach Kreta sollte Apollo ein Opfer gebracht und um Schutz und Hilfe gefleht werden. Sie schleppten geflochtene Proviantkörbe für die Überfahrt mit sich, so schwer mit Wasserkrügen, Brot, Räucherfisch und Schinken gefüllt, daß sie sie immer wieder absetzen mußten.

Vor den Frauen marschierten die attischen Männer, erstarrt in Schmerz und unterdrückter Wut. Zwischen ihnen und den Kretern, die die Prozession anführten, bildeten die ausgelosten Töchter und Söhne einen traurigen Keil. Die Mysten wirkten verängstigt und hielten sich eng zusammen. Es war eine von Jesas zahlreichen Aufgaben, sich um sie zu kümmern. Zuvor hatte sie die Verladung des Gepäcks und der Gastgeschenke überwacht und zusammen mit Minos eine gründliche Inspektion der attischen Segelschiffe vorgenommen. Schließlich hatten sie sich für eine der neuen Trieren entschieden, die es allerdings weder an Schnelligkeit noch an Eleganz mit ihren kretischen Vorbildern aufnehmen konnte.

Als sie die Weggabelung erreichten, waren die Morgennebel längst gewichen. Nach links führte ein geschlungener Pfad hinab zum Delphintempel. Minos aber wandte sich nach rechts. Er blickte kurz über die Schulter.

Ja, sie waren hinter ihm, ganz so, wie er es geplant hatte! Er wußte, wie sehr die Athener diese Prozession zum Grab seines Sohnes haßten, zu der er sie nun schon zum dritten Mal zwang. Er würde sie niemals aus dieser Pflicht entlassen, ebensowenig wie die, die nach ihm kommen würden. Für alle Zeiten sollten sie erinnert werden an das Verbrechen, das sie an Androgeus begangen hatten.

Unwillkürlich beschleunigte Minos seine Schritte, so daß Deukalion und Aiakos kaum mithalten konnten und der restliche Zug ein ganzes Stück zurück blieb. Schließlich begann er zu laufen.

Außer Atem blieb er vor dem Tholos stehen. Der steinerne

Kuppelbau ragte als schwarzes Mahnmal in den Frühlingshimmel. Minos spürte, wie der alte Schmerz in ihm aufbrach. Er stand vor der Pforte zu Androgeus' Totenkammer, und ihm war, als wären seit dem Mord nicht viele Jahre, sondern nur Tage vergangen.

Inzwischen hatten die beiden anderen ihn eingeholt. Ohne sie eines Blickes zu würdigen, entriegelte er die Bronzetür. Ungeduldig nahm er Aiakos die Fackel aus der Hand. »Du kommst mit mir«, sagte er kurzangebunden zu Deukalion. Aiakos blieb als Hüter der Schwelle zurück.

Der Vorraum wurde von vier voluminösen Säulen aus Ebenholz gestützt. Minos ließ seinen Augen kaum Zeit, sich an das matte Licht zu gewöhnen, das durch zwei Schächte von außen einfiel. Er war schon an der Tür zur Grabkammer, da drehte er sich unvermittelt zu Deukalion um.

»Warte hier, bis ich zurück bin!«

Mit seiner Fackel entzündete er die zahlreichen Ölnäpfchen, bis der Raum in einem Meer schwimmender Lichter erglühte. Hinter der nächsten Tür war er an seinem Ziel angelangt. Über ihm spannte sich die Pfeilerkrypta, und überall in den dunklen, glatten Wänden war das Zeichen der heiligen Doppelaxt eingeritzt. Vor ihm ruhte der Sarg auf einem gesprenkelten Granitquader.

Bei seinem Anblick fühlte Minos sich kraftlos wie am Ende einer langen Reise. Er verspürte den Wunsch, sich auf den steinernen Stufen auszustrecken und seinen Kopf für immer auf den Sarg zu betten. Es kostete ihn einige Überwindung, diesem Impuls nicht nachzugeben und trotz seiner Erschöpfung die rituellen Handlungen zu vollziehen.

Er steckte seine Fackel in eine der Wandhalterungen, die dem schillernden Obsidian entsprangen, und kniete vor dem Schrein nieder, der die Doppelaxt enthielt. Mit geschlossenen Augen begann er zu beten, bis er schließlich die Allgegenwart der Göttin spürte. Zu seinem Erstaunen erschien sie ihm hier in diesem schwarzen Grab auf feindlichem Boden machtvoller als in ihren kretischen Heiligtümern.

Schwerfällig stand er wieder auf und trat zum Sarkophag.

Seine Augen blieben trocken. Er hatte keine Tränen mehr. Vor achtzehn Jahren, am geöffneten Grab seines Sohnes, hatte er zum letzten Mal geweint. Den schmutzigen Rupfen, in den die Leiche gewickelt war, hatte man zurückgeschlagen, erste Spuren von Verwesung waren bereits zu sehen gewesen.

Noch heute brannte der Geschmack von Fäulnis auf seiner Zunge, wenn er an die Nacht dachte, in der er eigenhändig Androgeus' Leichnam gewaschen und gesalbt hatte. Nur ein Mundtuch aus Gaze hatte ihn vor dem durchdringenden Geruch geschützt. Wieder sah er den toten Sohn vor sich, sein schmales Gesicht mit Pasiphaës Nase und seinem stolzen Mund, den die große Schnitterin für immer verschlossen hatte. Um Androgeus nicht die Knochen zu brechen, hatte er damals auf das traditionelle Wickeln der Knie an die Brust verzichtet. Aber er hatte dafür gesorgt, daß frische Leinentücher, verschwenderisch mit Myrrhenöl getränkt, seinen ermordeten Erstgeborenen bedeckt hatten.

Erneut überflutete ihn die Trauer. Das fähigste seiner Kinder war tot! Welche Wende hätte es für Kreta bedeutet, wenn ihm der entscheidende Schritt gelungen wäre: anstelle der jüngsten Tochter künftig den ältesten Sohn zum Herrscher der Insel zu machen. Androgeus hatte alle Voraussetzungen dafür mitgebracht. Er war ein Eingeweihter des alten, weiblichen Weges und besaß genügend männliche Voraussicht und Stärke. Androgeus hätte das Sinnbild eines neuen Herrschertyps werden können, der die Überlieferung schätzte und ehrte und dennoch offen für neue Impulse war. Wäre er am Leben geblieben, hätte Minos sich nicht mit Asterios begnügen müssen, einem ungewissen Kandidaten, der zuviel auf die Einflüsterungen der Frauen hörte und nur schwer für die Sache der Männer zu erwärmen war.

Gedungene Mörder hatten alle Pläne vereitelt! Deshalb lag Androgeus jetzt in dieser Gruft, anstatt auf dem Greifinnenthron zu regieren.

Weder Räucherung noch Trankopfer hatten seine Seele auf ihrem Weg zu den Inseln der Seligen begleiten können. Minos hatte allein die Totenwache bei ihm gehalten. Auf seine Weise hatte er Abschied genommen und immerwährende Rache geschworen. Erst in der Morgendämmerung hatte er ihn freigegeben und zugelassen, daß man den Leichnam in einen leinenausgeschlagenen Tonsarkophag gebettet hatte.

Bis der Tholos fertig gebaut war, hatten die sterblichen Überreste von Androgeus in einem Felsengrab geruht. Mit einem bitteren Lächeln dachte Minos an den Tag, an dem sie Androgeus hierher zu seiner letzten Ruhestatt gebracht hatten. Krieg und Aufruhr hatten in der Luft gelegen; die kretische Flotte ankerte vor Phaleron, und all seine Bundesgenossen standen bereit. Bis zuletzt hatte Pasiphaë sich geweigert, den toten Sohn dem Land seiner Mörder zu überlassen. Aber er war standhaft geblieben. Trotz ihres Drängens hatte er Androgeus nicht der kretischen Erde übergeben, die seinen Leib tröstlich in ihren dunklen Schoß aufgenommen hätte. Ebenso hatte er ihn der attischen versagt. Hier, im Herzen des Tholos, den kretische Baumeister aus Quadern geschliffenen Feuergesteins errichtet hatten, blieb der Tote der Stachel im Fleisch der Athener. Kein Schleier barmherzigen Vergessens konnte sich jemals über dieses schwarze Mahnmal senken.

Und sie mußten einen hohen Preis für den Meuchelmord bezahlen: Fleisch von ihrem Fleisch. Das Orakel von Delphi hatte besiegelt, was Minos von den Athenern damals gefordert hatte. Nur so, hatte der Spruch der Priesterin damals gelautet, konnten Hungersnot und Seuchen beendet und das Verbrechen gesühnt werden, dessen sich Athenai schuldig gemacht hatte.

Vierzehn Kinder aus den nobelsten Familien der Stadt hatten schon zweimal die Kreter auf die Insel der Großen Mutter begleitet, um in Jahren des Einweihungsweges die alten Geheimnisse zu erfahren. Alle Mysten veränderten sich von Grund auf; keiner von ihnen kehrte nach neun Jahren als der zurück, als der er nach Kreta aufgebrochen war – falls er überhaupt wieder nach Athenai heimsegeln wollte.

Minos dachte an den hitzigen Bastard mit den kalten Augen und lächelte. Die große Schicksalsspinnerin hatte ihm gerade zum richtigen Zeitpunkt eine wunderbare Beute ins Netz gelegt. Sollten sie nur unverschämt mit ihrem Eisen vor ihm prahlen; wie unendlich lang würden neun Jahre für Aigeus sein, dessen

Thron schon jetzt von den alten Familien der Stadt gierig umzingelt war! Was konnte in dieser Zeit nicht alles geschehen: ein Sturz oder eine Erkältung, die sich in der zugigen Burg zur Lungenentzündung verschlimmerte, und der blutige Kampf um die Königsnachfolge wäre entfacht. Sein Lächeln wurde breiter. In diesem Fall würde er es sich nicht nehmen lassen, den Bastard höchstpersönlich im Schutz der gesamten kretischen Flotte in seine Heimat zu geleiten.

Ein Räuspern schreckte ihn auf. Lautlos war Deukalion nähergekommen. Er hielt Ölbaumzweige in der Hand und sah ihn mit einem seltsamen, bittenden Ausdruck an.

»Wieso bleibst du nicht draußen?« fuhr Minos ihn an.

»Ich mußte kommen«, erwiderte Deukalion. »Vergiß nicht, daß er mein Bruder ist. Du hast nicht nur einen Sohn, Vater.«

Ohne eine Antwort abzuwarten, kniete er kurz vor dem Schrein nieder. Dann wandte er sich zum Sarg und breitete das Laub wie einen silbriggrünen Frühlingsfächer auf ihm aus. Mit gedämpfter Stimme begann er zu beten.

»Allmächtige Mondgöttin, Herrscherin des sternentflammten Firmaments, Du sammelst alle verstreuten Erinnerungen und vergessenen Träume der Menschen und verwahrst sie in Deinem silbernen Krug bis zum Morgengrauen. Beim ersten Tageslicht fließen sie als die Tränen des Mondes zurück und legen sich als Tau auf die schlafende Erde.« Deukalion hielt inne, trat rasch auf Minos zu und zog ihn zum Sarg. Er drückte die Hand fest gegen den kühlen Ton und legte seine darüber. »So kehren auch unsere Tränen, die wir um Androgeus geweint haben, stets wieder zu Dir zurück. Zu Dir, die Androgeus hervorgebracht und aufgenommen hat, zu Dir, die uns alle nährt und trägt: Du bist wir, wir sind Du, sind eins: Minos, Androgeus, Deukalion – und werden es immer bleiben!«

Da erst löste Minos sich aus seiner Erstarrung. Unbeholfen umarmte er seinen Sohn; er spürte, wie Deukalions Wärme das Eis seiner Einsamkeit zum Schmelzen brachte.

Draußen blendete sie das Licht des Vormittags, und wie durch einen weißlichen Schleier, der alle Konturen unscharf erscheinen ließ, sah Minos die Gesichter der Mütter. Sie waren nicht länger am Ende des Zuges geblieben, sondern hatten sich vor dem Eingang des Tholos postiert. Unter dichten, dunkelbraunen Wolltüchern funkelten ihn haßerfüllte Augen an.

Minos richtete sich auf. Er wußte, daß sie gefährlicher und aufsässiger waren als ihre Männer, die sich seiner Macht schon zweimal gebeugt hatten und sich zähneknirschend auch ein drittes Mal beugen würden. Anders die Frauen. Eine Schwäche nur, und sie würden wie eine Meute hungriger Löwinnen über ihn herfallen.

Ich habe den Kampf mit den kretischen Frauen nicht aufgenommen, dachte er ingrimmig, um mich vor dem Grabmal meines Sohnes von der Rachsucht der attischen einschüchtern zu lassen. Mit einer ruhigen Geste erteilte er das Zeichen zum Aufbruch und zwang mit stechenden Blicken die Rächerinnen zurück in den Zug.

Schwerfällig setzte sich die Prozession erneut in Bewegung. Der Spruch des Delphischen Orakels war noch immer gültig. Kein Athener wagte ernsthaft, dagegen zu opponieren.

Jetzt, da das Meer sich weit zurückgezogen hatte, lag der Tempel auf kiesigem Grund. Vor seinem Eingang machten sie halt. Nach Westen führten drei Marmorstufen direkt zum Wasser. Die Athener begannen mit den Vorbereitungen für das Opfer, die kretische Gesandtschaft rastete ganz in der Nähe. Minos und Deukalion sonderten sich ein wenig ab und umrundeten gemeinsam das Bauwerk.

Deukalion betrachtete den Fries, der seinen Giebel schmückte. Ein Reigen tanzender Delphine in Grau und mattem Weiß stach von dem dunkleren Untergrund ab.

»Nach ihrem Glauben verkörpern sie die Reise der Toten über das Meer«, erklärte ihm Minos und deutete dann den Frauen hinüber, die sich geschäftig am steinernen Altar unweit des Tempeleingangs zu schaffen machten. »Schau nur«, spottete er. »Sie tun geradeso, als hätte die letzte Stunde für ihre Brut geschlagen!«

Vor ihren Augen vollzog sich ein seltsamer Ritus. Die männlichen Athener hatten einen Kreis um den Altar gebildet und das

Häuflein der künftigen Mysten umringt. Die Mütter, ebenfalls im Inneren des Kreises, warfen sich laut klagend zu Boden, schlugen mit ihren Fäusten auf die Erde und rauften ihre Gewänder, bis sie staubigen Vogelscheuchen immer ähnlicher waren. Ihr Jammern übertönte das sanfte Schlagen der Wellen.

Minos spürte, wie der alte Ärger in ihm hochstieg. Diese Heuchlerinnen, dachte er. Wäre er damals seinem ersten Impuls gefolgt, hätte es viele Tote gegeben! Diese Törinnen – was wußten sie schon von der Qual, die sein Verzicht auf Blutrache ihm in all den Jahren bereitet hatte – auch wenn damit ein bestimmtes politisches Kalkül verbunden war?

Sollen sie jetzt nur jammern und winseln, dachte er grimmig. Wirklich leiden werden sie erst, wenn ihre Töchter und Söhne auch nach Beendigung des Einweihungsweges nicht in ihre strohgedeckten Hütten zurückkehren, sondern lieber in Kretas Palästen wohnen wollen.

Ein grausames Lächeln spielte um seine Lippen. Diese fromme Lüge, welche Kreta als tödliche Falle und seinen König als menschenfressendes Ungeheuer darstellte, begann ihn anzuwidern. Er beschloß, ein rasches Ende zu machen.

Aber Theseus kam ihm zuvor. Er sprang plötzlich wie entfesselt zwischen den Liegenden herum und zerrte an ihren Kleidern. Nach und nach verstummte das Klagelied der Frauen.

»Steht alle auf, um Apollons willen!« schrie er aufgeregt. »Gönnt den Kretern doch nicht den Triumph, euch weinen zu sehen! Habt Mut, ihr Mütter und Väter! Diesmal entlaßt ihr eure Kinder nicht in eine ungewisse Zukunft. Der Gott hat mir im Traum verheißen, daß wir alle wohlbehalten in die Heimat zurückkehren werden.«

Er kreuzte seine Arme vor der Brust und funkelte Minos so herausfordernd an, daß Deukalion, die Hand am Dolch, unwillkürlich einen Schritt nach vorn machte.

Minos hielt ihn zurück. »Laß ihn ruhig den Maulhelden spielen. Spätestens an Bord wird er erfahren, wie wir mit ihm und seinesgleichen fertig werden.«

Selbstsicher fuhr Theseus fort: »›Fürchte dich nicht, Sohn des Aigeus‹, so lautete seine Botschaft. ›Du wirst den Stier bezwingen und als König über Athenai herrschen. Du kehrst mit denen zurück, die mit dir gingen.‹ Hört ihr – kein Leid wird uns zustoßen. Wir segeln sicher in Apollons Hand!«

Er lief auf Aigeus zu, der ungläubig zugehört hatte.

»Theseus, ich bitte dich inständig, mach nicht alles noch schlimmer!« flehte der Alte. »Warum kannst du dich nicht einmal beherrschen? Du weißt nicht, wozu die Kreter fähig sind.«

»Du ahnst nicht, wozu *ich* fähig bin«, entgegnete Theseus leise. »Gib mir deinen Segen, Vater!« fuhr er lauter fort. »Aus deiner Hand will ich den geweihten Ölzweig empfangen, der mit weißer Wolle gebunden ist, um Apollo gnädig zu stimmen.«

Widerstrebend gehorchte Aigeus und überließ ihm das helle Grün. Wie eine Beute hielt Theseus den Zweig über seinem Kopf und zeigte ihn den Athenern.

»Dein Auge ruhe auf uns, göttlicher Apoll«, betete er laut. »Und Deine Hand führe uns sicher durch alle Gefahren. Gib, daß Deine Prophezeiung sich erfüllt und wir alle wohlbehalten an die Herdstätten unserer Eltern zurückkehren! Einmal noch müssen wir uns den Kretern beugen. Die schwarzen Segel der Trauer entführen uns auf ihre Insel. Aber das wird das letzte Mal sein.«

Seine Stimme überschlug sich beinahe. »Vor Deinem heiligen Tempel, vor den Männern und Frauen Athenais gelobe ich feierlich, mit den weißen Segeln des Triumphes heimzukehren!«

Zwischen den Welten

Das Flüstern hatte sich in seinen Traum gestohlen, zwei Stimmen, girrend und verlangend die der Frau, beschwichtigend die männliche. Schlaftrunken richtete er sich auf, aber da war nichts als das Knattern der Segel und der gleichmäßige Schlag der Ruderer.

Noch leicht benommen blinzelte Asterios zum Himmel empor. Die Mondsichel war hinter grauen Wolken verborgen, kaum ein Stern war zu erkennen. Er hatte geträumt und wieder die Todesbarke gesehen.

Und da hörte er sie wieder. Ein Mann und eine Frau standen kaum einen Steinwurf entfernt im Dunkeln und unterhielten sich halblaut.

»Genug jetzt! Gib mir das Mittel!«

»Ein paar Tropfen zuviel, und du hältst einen Vergifteten in deinen Armen!«

An dem kehligen Lachen erkannte er Ariadne. »Das überlaß nur mir, Iassos!« antwortete sie scharf. »Wenn dein Saft mir wirklich seine Liebe zurückbringt, wirst du es nicht bereuen.«

»Aber er liebt dich doch!« jammerte der Parfumhändler.

»Was versteht ein alter Mann schon davon! Asterios ist kalt geworden und hat nur noch seine Visionen im Kopf – wenn nicht diese ägyptische Schlange hinter allem steckt! Hast du nicht bemerkt, wie er meine Nähe meidet? Wie ängstlich er sich den ganzen Tag hinter Ikaros versteckt? Ach, was rede ich«, sagte sie ärgerlich. »Her mit dem Fläschchen! Oder soll ich Pasiphaë etwas von den Geschäften erzählen, die dich wirklich reich gemacht haben?«

»Du bekommst, was du willst«, stieß Iassos ängstlich hervor. »Aber du mußt dich exakt an meine Anweisungen halten.«

»Was muß ich tun?«

»Die Mixtur besteht aus gekochter Milch, unter die Sesamschoten, Spatzeneier, Weizenschrot und Bohnenmehl gemengt sind.«

»Und das soll wirksam sein?«

»Muskatnüsse sind das Wichtigste«, sagte er leise. »Und ihre Blüten, die mit Pfeffer und Zimt lange in Rinderfett eingelegt wurden.«

»Schmeckt das Zeug so widerlich, wie es klingt?«

»Nicht, wenn es in gewürztem Wein aufgelöst wird«, erwiderte Iassos unglücklich. »Aber keinesfalls mehr als zehn Tropfen auf einen Becher!«

Wieder hörte Asterios ihr vertrautes Lachen.

»So einfach ist das? Wenn du allerdings nicht die Wahrheit sagst, Iassos, wird dein künftiges Leben ziemlich ungemütlich werden. Wo ist das Fläschchen?«

»Hier. Aber du darfst es höchstens zweimal verabreichen.«

»Ich will ihn ja nicht umbringen. Geh jetzt wieder in deine Koje!«

An den eiligen Schritten erkannte Asterios, wie bereitwillig Iassos gehorchte. Er trank ein paar Schlucke Wasser. Er konnte kaum glauben, was er soeben gehört hatte. Ein Liebestrank, der mich gefügig machen soll, dachte er. Wie kann Ariadne nur so an mir zweifeln!

Er streckte sein heißes Gesicht in den Nachtwind. Wahrscheinlich würde sie erst dann zufrieden sein, wenn sie ihn mit Haut und Haaren verschlungen hätte. Ariadne wollte nichts von den Sorgen wissen, die ihn quälten. Das Schicksal der anderen Menschen schien ihr vollkommen gleichgültig zu sein. Ein Gedanke, der ihn frösteln machte.

Drüben, an der Reling, konnte er ihre dunkle Silhouette erkennen. Ihr Rücken war leicht gebeugt, und sie kam ihm plötzlich einsam und verzweifelt vor. Was mußte in ihr vorgehen, daß sie sich zu solch einem Schritt entschlossen hatte! Reue stieg in ihm auf. Ariadne ist im Recht, wenn sie sich über meine Zerstreutheit beklagt, dachte er.

Schon in den letzten Tagen vor der Abfahrt hatte er kaum noch Gelegenheit gehabt, sich um sie kümmern. In langen Gesprächen mit Demonike und den Priesterinnen war das weitere

Vorgehen beratschlagt worden. Gemeinsam hatten sie vereinbart, den Sommer über Beobachtungsposten aufzustellen, die die Küste vor Strongyle überwachen sollten. Beim ersten Auftauchen von Delphinschwärmen oder einzelnen Tieren würden sie ihn sofort benachrichtigen. Sollte seine Vision sich aber bewahrheiten und die heiligen Tiere würden auch im Herbst ausbleiben, mußte die Insel evakuiert werden. Gleich nach seiner Rückkehr würde er mit Pasiphaë und den Priesterinnen sprechen, um die notwendigen Vorbereitungen dafür zu treffen.

Auch nachdem der Anker gelichtet war und der Gaulos in Richtung Kreta segelte, hatte er an nichts anderes denken können. Bisweilen war seine Zuversicht zurückgekehrt, aber immer wieder erschien das drohende Bild des schwarzen Berges vor ihm und ließ ihn erneut mutlos werden. Seine ständig wechselnden Gemütslagen hatten Ariadne zutiefst verunsichert.

Dazu kamen die kretischen Schiffsleute an Bord, von denen er sich ständig beobachtet fühlte, und er mußte sich eingestehen, daß dies erst der Beginn eines schwierigen Versteckspiels war. Deshalb hatte er sich in schroffe Unnahbarkeit geflüchtet und Ikaros dazu benutzt, die Aussprache hinauszuschieben, zu der ihn ihre vorwurfsvollen Blicke täglich drängender aufforderten. Sie spürte, daß er ihr etwas verbarg – Hatasu, ihren verwandtschaftlichen Grad und seine zwiespältigen Gefühle für sie. Es war nicht richtig, Ariadne länger im unklaren zu lassen. Er mußte sie endlich über die wahren Verhältnisse aufklären, selbst wenn er sie dabei verletzte und sein Versprechen brach.

Voll guter Vorsätze erhob sich Asterios und trat zu ihr. Als er sanft ihren Nacken berührte, den das hochgesteckte Haar entblößte, schrak sie zusammen.

»Du hier?«

»Ich war plötzlich wach«, sagte er. »Ein seltsamer Laut hat mich aus meinem Traum gerissen. Ich habe wieder die Todesbarke gesehen, Ariadne. Alles war so wie an dem Tag, an dem Merope uns für immer verlassen hat.«

»Tod! Immer nur Tod!« fuhr sie auf. »Wie satt ich dein ständiges Gefasel von Gefahr und Sterben habe! Leben will ich, Asterios, leben!« Sie schlug ihren Umhang zurück und riß ihr dünnes weißes Leinenhemd bis zum Nabel auf. »Schau mich an«, sagte sie heiser. »Das ist, was zählt, was lebt, atmet, leidet und liebt.«

Hart packte sie seine Hand und legte sie auf ihren Busen. Ihr Herz schlug wie rasend.

»Mein Leben«, flüsterte Asterios bewegt. »Geliebte meines Herzens!«

»Dann trink!« In ihrer erhobenen Hand hielt Ariadne ein Fläschchen, das mit einer trüben, milchigen Flüssigkeit gefüllt war.

»Was ist das?« Enttäuscht zog er seine Hand zurück. Und er hatte ihr schon alles verraten und sich ganz in ihre Hand geben wollen! Scham über die eigene Schwäche verschloß ihm den Mund.

»Frag nicht, trink!«

»Nein!« brach es aus ihm heraus. »Nicht so!«

»So ängstlich ist deine Liebe?« spottete Ariadne. »Sieh mich an, Asterios, Priester der Großen Mutter, mein über alles geliebter Bruder!«

Sie öffnete die kleine Flasche, setzte sie an ihre Lippen und trank.

Asterios riß ihr die Hand vom Mund weg. »Nicht alles, bist du wahnsinnig!«

»Ja, ich bin wahnsinnig«, lächelte sie undurchdringlich. »Ich fürchte mich nicht vor dem Tod, von dem du unablässig sprichst. Was könnte schöner sein, als in deinen Armen zu sterben?« Dann wurden ihre Augen schmal. »Du hast mich belauscht«, fauchte sie. »So sieht dein Vertrauen aus!«

Asterios streckte die Hand nach ihr aus. »Warum nur, Ariadne?« murmelte er. »Gibt es keinen anderen Weg für uns?«

»Ich will, daß du keine Fragen stellst«, wich sie zurück. »Sei auf der Hut, mein Geliebter, du kommst nicht so einfach davon. Läßt du meine Liebe sterben, wird Haß aus ihrer Asche geboren – glühender Haß, der dich für immer verfolgt.«

Asterios schüttelte sie heftig. »Was redest du da? Wach auf!«

Leblos wie eine Stoffpuppe hing sie in seinen Armen und stierte ihn aus fiebrig glänzenden Augen an. »Es beginnt schon zu wirken«, keuchte sie. »Ich spüre, wie es feurig durch meine Adern kreist. Es steigt mir in den armen Kopf, der nie Ruhe bekommt. Trink, Asterios, trink! Dann liebst und leidest du wie ich.«

Plötzlich hielt sie inne und schaute ihn wieder aus klareren Augen an, als sei sie von weither zurückgekehrt. Sie raffte ihr zerrissenes Hemd über der Brust zusammen.

»Du trinkst nicht?« fragte sie ruhig, fast kühl.

»Nein, ich trinke nicht.«

»Ganz wie du willst.« Sie stand vor ihm mit hängenden Schultern, als sei alle Kraft aus ihrem Körper gewichen. Die Wolken über ihnen waren so schwarz, daß er ihr leicht abgewandtes Gesicht kaum noch erkennen konnte. Die ersten Tropfen fielen. Mit einem kaum vernehmbaren Seufzer drehte sich Ariadne um und war von der Nacht verschluckt.

Er schaute ihr mit brennenden Augen nach. Sein Körper wiegte sich im Rhythmus des Schiffes, das sich seinen Weg durch die hohen Wellen bahnte. Nicht mehr lange, dachte er, und die Nordküste Kretas wird vor uns liegen. Was wird nach unserer Ankunft geschehen? Wie soll ich künftig der Göttin demütig dienen, wenn mich die verbotene Liebe zu meiner Schwester Tag und Nacht quält? Ach, Merope, einzige Mutter, warum hast du mich verlassen?

Wie damals war es nicht nur der Regen, der seine Wangen näßte. Die Ereignisse jenes Tages hatten sich unauslöschlich in sein Herz eingebrannt.

Er wäre beinahe zu spät gekommen. Pasiphaë, die vollkommen erschöpft wirkte, hatte ihn vor dem Krankenzimmer empfangen.

»Sie stirbt, Asterios«, weinte sie. »Wir haben alles versucht, um sie retten, aber sie will nicht mehr leben. Sie sagt, ihre Zeit sei vorbei.«

Dabei sah sie ihn an, als suchte sie in seinen Zügen nach einer verborgenen Antwort. In Asterios erwachte wieder Angst. Ob Pasiphaë etwas von Ariadne und ihm wußte?

Es kostete ihn Mühe, äußerlich ruhig zu bleiben. »Was ist geschehen?« fragte er schließlich.

»Du weißt, wie eigen Merope ist«, schluchzte die Königin. »Wie dickköpfig! Selbst wir wußten nicht, daß sie so krank ist. Ihren Husten, gegen den alle Kräuter machtlos waren, hat sie lange Zeit heruntergespielt. Erst als sie Blut zu spucken begann, erfuhr ich von Mirtho, wie es wirklich um sie bestellt ist, wie ernst es ist. Phaidra und ich sind mit ihr noch am selben Tag nach Knossos aufgebrochen.«

Drinnen war gepreßtes Stöhnen zu hören. »Komm jetzt«, sagte sie tonlos. »Laß sie nicht länger warten.«

Neben Meropes Lager kniete Asterios nieder. Ihr hinfälliger Körper war von zahlreichen Kissen gestützt. In ihrem weißen Leinenhemd kam sie ihm zart wie ein junges Mädchen vor, und obwohl sie sich bemühte, es vor ihm zu verbergen, sah er, daß ihre Augen feucht waren.

»Mein Sohn! Du bist doch gekommen.« Das Sprechen war anstrengend. Sie machte eine winzige Drehung zu Pasiphaë. »Läßt du mich Abschied von ihm nehmen – allein?«

Pasiphaë ging hinaus.

»Mutter, du darfst nicht sterben!« sagte er heftig und umschlang sie. Er erschrak, wie mager sie geworden war.

»Doch, ich darf«, antwortete sie fast heiter. »Sie, die in allem wohnt, hat mich zu sich befohlen.« Merope ließ ein rasselndes Lachen hören. »Ist es nicht seltsam, Asterios, daß mir auf einmal richtig bange davor ist? Ich habe dich gelehrt, daß die Seele von Leben zu Leben wandert, von Raum zu Raum, daß Leben Ewigkeit bedeutet und nur ein verbrauchter Körper zurückbleibt, wenn die Zeit vorüber ist. Der Inhalt bleibt unverändert, auch wenn das Gefäß zerbricht.« Ihr Keuchen wurde lauter. »Und doch ist es schwieriger zu gehen, als ich immer geglaubt habe«, brachte sie mühsam hervor. »Der Leib hält fest und wehrt sich. Er klammert sich an Gefühle und längst vergangene körperliche Empfindungen. Der Weg ist unendlich weit, bis die Seele sich im Westen mit der Sonne vereinigen kann!«

»Sprich nicht so viel, du mußt dich schonen!« Er tupfte ihre Stirn trocken.

»Nein, dafür ist die Zeit zu knapp«, flüsterte sie. »Es gibt noch so vieles, was ich dir sagen will.«

»Du hast mich alles gelehrt«, stieß er hervor. »Alles, was ich weiß, stammt von dir.«

»Es ist die Liebe«, sagte sie so leise, daß er sich dicht über sie beugen mußte, um keines ihrer Worte zu überhören. »In ihr hat alles seinen Ursprung, zu ihr will alles zurück. Liebe ist das Gesetz, die Mutter der Weisheit und die Offenbarung aller Mysterien. Erinnerst du dich noch an die Schöpfungsgeschichte, die ich dir erzählt habe, als du ein Kind warst?«

Große Göttin, laß sie nicht sterben! betete er inbrünstig. Ich weiß nicht, was ohne sie werden soll.

»Natürlich! Ich konnte sie nicht oft genug hören.« Die Erinnerung daran ließ ihn verstummen. Vor ihm stieg das strohgedeckte Haus seiner Kindheit auf. Fast meinte er wieder das Rauschen des Windes zu hören.

»Dann sprich«, bat sie ihn. »Erzähl du sie mir jetzt!«

»Am Anfang aller Dinge tauchte die Große Mutter aus dem Chaos«, begann er stockend. »Liegst du auch wirklich bequem?«

»Bitte, Asterios, sprich weiter!«

»Aber Sie fand nichts Festes, worauf Sie Ihre Füße hätte setzen können. Daher trennte Sie das Meer vom Himmel und tanzte übermütig auf seinen Wellen. Hinter Ihr erhob sich der Wind. Ihn rieb Sie zwischen Ihren Händen, und siehe: Es war Ophion, die Große Schlange. Und Sie tanzte, um sich zu erwärmen, wild und immer wilder, bis die Schlange, die lüstern dabei geworden war, sich um Ihre göttlichen Glieder schlang, und sich mit Ihr paarte.«

»Weiter, ich will deine Stimme hören«, drängte Merope.

»Dann nahm Sie die Gestalt einer Taube an«, fuhr er fort und sah erschrocken, wie ein Hustenanfall sie schüttelte.

»Keinen Honigsud jetzt, und kein Minzöl«, krächzte sie kraftlos. Asterios stellte die Fläschchen wieder auf den kleinen Tisch zurück, der neben ihrem Bett stand. »Erzähle, Sohn meines Herzens, bitte erzähle!«

»Als Taube ließ Sie sich auf den Wellen nieder«, setzte Asterios erneut an. »Dort legte Sie das Weltei. Auf Ihren göttlichen Willen hin wand sich die Schlange siebenmal um das Ei, bis es ausgebrütet war und aufsprang. Aus ihm fielen die Sonne, der

Mond und die anderen Planeten, unter ihnen die Erde...« Er brach angespannt ab.

»Noch atme ich«, versicherte sie ihm mit schmerzverzerrtem Gesicht. »Weiter, beeile dich!«

»Und Sie bildete die Täler und Berge und bedeckte sie mit Gras und Bäumen. Darüber setzte Sie die Wölbung des Firmaments, über und über besät mit glitzernden Sternen. Dann wies Sie den vier Winden ihren Platz zu und bevölkerte das Wasser mit Fischen, das Land mit Tieren. Und zuletzt...«

»...erschuf Sie den Menschen«, fuhr Merope mit brüchiger Stimme fort. »Das einzige unter allen Lebewesen, das im Gehen sein Gesicht zum Himmel erheben und die Sonne, den Mond und die Sterne betrachten kann.«

Ihre Stimme erstarb.

»Mutter!« rief Asterios entsetzt. »Geh nicht! Laß mich nicht allein!« Das Rasseln ihres schwerfälligen Atems schien in seinen Ohren zu dröhnen.

»Astro«, setzte sie mit schwindender Kraft an, »Astro, vergib! Wir haben dich nicht gefragt, als wir dich erwählten. Du warst unsere einzige Hoffnung und bist sie noch immer – der Lilienprinz, der die Pfauenkrone trägt, und die alte mit der neuen Zeit verbinden kann. Du bist stärker als sie alle, weil du die Kraft des Stiers in dir hast.« In Krämpfen bäumte sie sich auf. »Rette Kreta! Laß nicht zu, daß Minos oder andere alles zerstören, was wir in Jahrhunderten errichtet haben.« Sie zog ihn zu sich heran. »Höre nicht auf die anderen. Selbst ich kann nur sehen, was Sie gestattet. Vertraue nur einem – dir selbst und der inneren Stimme, die dich führt...« Erschöpft fiel sie in die Kissen zurück. »Wasser!« murmelte sie. »Allmächtige Mutter, steh mir bei! Ich sehe die große Schlange... Mirtho, Pasiphaë... es wird so dunkel...«

Wie von Sinnen sprang er auf und eilte hinaus. Vor der Türe warteten Pasiphaë und Mirtho; neben ihnen kauerte mit rotgeweinten Augen Phaidra auf dem Boden.

»Kommt schnell, sie verläßt uns!«

Merope starb, als die Sonne hinter den Hügeln von Knossos versank. Phaidra ging zum Fenster und zog das blaue Tuch beiseite, das dem Sterbezimmer tagsüber wohltuendes Dämmmerlicht geschenkt hatte. Dann kehrte sie an das Lager zurück, wo Pasiphaë der Toten eine goldene Münze als Fährgeld auf die Zunge legte. Mirtho, die Schwester, band ihr mit einem Leinenstreifen das Kinn hoch. Schweigend standen die drei Frauen um das Bett und beteten leise. Sie schienen Asterios vergessen zu haben, bis schließlich Mirtho zu ihm trat und ihm sanft übers Haar strich.

»Niemanden hat sie so geliebt wie dich. Es war ein schwerer Kampf – es fiel ihr nicht leicht, dich der Frau zurückzugeben, die dich geboren hatte.« Pasiphaë hob aufmerksam ihren Kopf. Ihre Amme sprach unbeirrt weiter. »Daher wirst du es sein, der ihre Seele auf die Reise zu den Inseln der Seligen schickt. Morgen abend wird die Barke ihren Weg nach Westen antreten.«

Asterios spürte, wie die Feuchtigkeit in seine Glieder kroch. Er zog den regenschweren Umhang enger um sich und blieb, wo er war. Die stickige Enge der Koje hätte er jetzt nicht ertragen.

»Und wenn nach unserem Tod nichts mehr wäre außer der Spur, die wir auf dieser Erde hinterlassen?« Die helle Stimme von Ikaros war ihm noch immer im Ohr. »Hast du diesen Gedanken auch schon einmal gehabt, Asterios?«

Er konnte sich genau an die Situation erinnern, in der jene Sätze gefallen waren. Die Trauernden hatten am Ufer gewartet, es mußten Hunderte gewesen sein. Vor ihnen stand Phaidra, weiß und schmal im weichen Abendlicht, zwischen Mirtho und Pasiphaë, die beide Schwarz trugen.

»Du bist das Vergangene, Gegenwärtige und Zukünftige. Deinen Schleier hat noch keine Sterbliche gelüftet.« Ihre mädchenhafte Stimme hatte sich über das Murmeln und Schluchzen der Versammlung erhoben. Viele weinten. »Nimm unsere Schwester Merope auf in Deinen Leib, damit sie in neuer Gestalt zu uns zurückkehren kann!«

Sein Blick glitt zu der Barke, in der sie Meropes Leichnam gebettet hatten. Die Tote war bis zum Hals in ein Leinentuch eingeschlagen, dessen Ränder ausgefranst waren, um es der

Großen Mutter zu erleichtern, den Lebensfaden zurück in ihren Schoß zu rollen. Ihr Gesicht bedeckte ein heller Schleier.

»Bringt jetzt der Herrin der Tiefe eure Gaben!«

Während die Sonne sich dem Horizont näherte, legten Frauen und Männer Blüten und getrocknete Pflanzen auf den Leichnam. Einige ließen Honig auf das Tuch rinnen, andere besprengten es mit Milch, Wein und Wasser.

Dann war die Reihe an Asterios. Seine Hand, die zum erstenmal die Schale mit dem Blut des Opferlamms hielt, war ganz ruhig.

»Dir opfere ich den Saft des Lebens«, sagte er und war verwundert, wie tief und gelassen seine Stimme klang. »Göttin des uferlosen Meeres, nimm den Leib meiner Mutter in Deinen Schoß auf!«

Das Blut rann dunkel auf das Linnen und hinterließ ein verschlungenes Muster. Er trat zur Seite; Pasiphaë, Mirtho und Phaidra verteilten bereits das Reisig. Die Hohepriesterin senkte ihre Fackel. Lodernd schlugen die Flammen empor.

Mit vereinten Kräften schoben die Frauen das brennende Gefährt ins Wasser. Die Totenbarke war zu ihrer langen Reise aufgebrochen.

»Asterios, was machst du hier? Du wirst dir noch den Tod holen!« Ikaros beugte sich besorgt zu dem Kauernden hinunter. »Naß bis auf die Haut! Du mußt sofort deine Kleider wechseln.«

»Was für eine seltsame Nacht, Ikaros«, murmelte Asterios und stand auf. »Ich konnte nicht schlafen.«

»Klingt nicht gerade nach großer Vorfreude auf die Heimat«, stellte der andere lakonisch fest. »Du gefällst mir schon seit Tagen nicht. Gibt es etwas, was ich für dich tun kann?«

»Die einzige, die vielleicht einen Rat gewußt hätte, ist tot.«

»Merope?«

Er nickte.

»Flieh nicht in die Vergangenheit!« sagte Ikaros. »Damit wird sich dein anspruchsvolles Liebchen nicht zufrieden geben.«

»Ich weiß«, flüsterte Asterios.

»Warte ab. Laß Ariadne erst einmal wieder in der heimischen Umgebung sein; dann sieht alles bald ganz anders aus.«

»Was willst du damit sagen?«

»Weißt du, was das Schicksal dir bestimmt hat?« lächelte Ikaros. »Zeigen dir die Visionen auch deine eigene Zukunft?«

Manchmal, dachte Asterios. Und was ich erkennen kann, stimmt mich nicht heiter. Aber er sagte nichts und deutete hinaus auf das Meer. Der stürmische Wind der vergangenen Nacht war einer sanften Brise gewichen, die die Wellen kräuselte. Im Osten kündete sich der Sonnenaufgang an, und vor ihnen, wie von Zauberhand heraufbeschworen, tauchte die hügelige Küste Kretas auf.

Drei Wochen später legte die königliche Galeere im Hafen von Amnyssos an. In ihrem Kielwasser folgte die attische Triere. An ihrem einzigen Mast hing schlaff das grobe Leinensegel, aus vielen Einzelbahnen zusammengenäht und in fleckigem Schwarzbraun gefärbt.

Seit den frühen Morgenstunden strömten die Leute zum Hafenbecken, denn die Kunde von der Rückkehr des Königs, der zum dritten Mal die künftigen Mysten aus Athenai nach Kreta gebracht hatte, hatte sich wie ein Lauffeuer in der Stadt verbreitet.

Schon waren Beiboote unterwegs, um Passagiere und Ladung ans Ufer zu bringen. Von weitem sah Asterios Minos an der Reling stehen; an seiner Seite schimmerte Deukalions helles Haar wie ein goldener Helm. Ohne seinen Kopf zu wenden, spürte er, wie der Freund neben ihm sich verkrampfte. Beruhigend legte er ihm die Hand auf die Schulter. Ikaros dankte ihm mit einem kleinen Lächeln.

Ariadne, die sie beobachtet hatte, schüttelte verächtlich den Kopf. Seit ihrer Ankunft hatte Asterios nichts unversucht gelassen, um sie zu einer klärenden Aussprache zu bewegen. Aber sie benahm sich wie ein trotziges Kind, tat, als sei er gar nicht vorhanden und übersah ihn ostentativ während der Mahlzeiten an der königlichen Tafel. Es kostete ihn viel Kraft, äußerlich gelassen zu bleiben.

Dann war er ihr eines Nachmittags plötzlich im Westkorridor über den Weg gelaufen. Die Gelegenheit schien günstig. Kein

Lauscher war in der Nähe. In ihrem blassen Gesicht glühten ihre Augen wie dunkle Feuer. »Umarme doch das steinerne Bildnis der Göttin, wenn du zu feige bist für Frauen aus Fleisch und Blut! Ich will Liebe und Leidenschaft – wenn nicht mit dir, dann mit einem anderen!«

Er blieb stumm und empfand die Fremdheit zwischen ihnen als undurchdringliche Mauer. Er wußte, daß er sich nicht von ihr lösen konnte, gleichgültig, wie abschätzig Ariadne ihn auch behandelte. Er würde nicht aufhören können, sie mit jeder Faser seines Körpers zu lieben und zu begehren.

Flötentöne und Stimmengewirr brachten ihn in die Gegenwart zurück. Phaidra und Eudore waren angekommen, umringt von einer Schar junger Mädchen. Vergeblich hielt Asterios Ausschau nach dem Purpurrot der Königin; Mirtho konnte er ebenfalls nirgends entdecken. Die höchste Priesterin der Großen Mutter hatte offenbar das Begrüßungsritual ihrer jüngsten Tochter überlassen. Phaidra, wie immer in Weiß, trug als Halsschmuck die Mondsichel an einer silbernen Kette und wirkte gelassen. Wäre da nicht die Unruhe in ihren Augen gewesen, hätte sie sogar ihn täuschen können. So aber wußte Asterios, daß sie in Wirklichkeit aufgeregt war.

Wie sehr sie sich in den vergangenen Jahren verändert hat, dachte er erstaunt. Aus dem neugierigen Kind war eine junge Frau geworden, der jede Koketterie fremd war. Die Blicke der Männer schien sie nicht einmal zu bemerken. Die jüngste Tochter der Königin hielt sich am liebsten in der Gesellschaft der Weisen Frauen auf.

Ihr schmales Gesicht hatte weder die ebenmäßigen Züge Pasiphaës noch die ausdrucksvolle Vitalität des Vaters. Über sanft gebogenen Mandelaugen von rötlichem Braun spannte sich eine hohe Stirn. Die lange Nase war leicht gebogen und von Sommersprossen bedeckt, das Kinn energisch. Die schmalen Lippen hatte sie meist skeptisch geschürzt oder nachdenklich verschlossen. Nur wenn sie lächelte, verliehen Grübchen ihren Wangen überraschende Weichheit.

Seit dem Tod Meropes hatte sie sich mit Hingabe dem Amt der Priesterin gewidmet, als wollte sie durch Sorgfalt und Fleiß wettmachen, was ihr an Jahren noch fehlte. Sie wich kaum von der Seite ihrer Mutter und fehlte bei keiner Opferung. Nach und nach erlernte Phaidra so die vielfältigen Zeremonien und kasteite sich unbarmherziger, als es die vorgeschriebenen Fastenzeiten verlangten. Oftmals hielt sie es nicht aus in den Mauern von Knossos oder Phaistos. An der Seite ihrer Brüder Katreus und Glaukos durchstreifte sie die Wälder der Insel und besuchte die heiligen Höhlen. Lieber aber noch zog sie allein los, nur von ihren Hunden begleitet, stillte ihren Hunger mit Beeren und Pilzen und schlief im Mondschein auf der bloßen Erde, als wolle sie deren Kraft und Fruchtbarkeit ganz in sich aufnehmen.

An der Seite Pasiphaës hatte sie in diesem Frühjahr erstmals die Große Zählung vollzogen. Mädchenhaft war sie in ihrem weißen Kleid neben dem leuchtenden Rot der Mutter erschienen. Die Göttin in zweierlei Gestalt, als jungfräuliche Jägerin und reife Garbenträgerin, hatte Asterios bei ihrem Anblick gedacht. Noch meinte er, den hellen Klang ihrer Stimme zu hören, als sie, blaß vor Aufregung, die Große Mutter um ihren Segen für Mensch, Tier und Pflanzen angerufen hatte.

Jetzt schenkte ihm Phaidra eines ihrer seltenen Lächeln. Zwischen ihnen hatte sich eine Verbundenheit entwickelt, die keiner Worte bedurfte.

Das erste der Boote hatte mittlerweile am Kai angelegt. Die Instrumente verstummten, alle Augen richteten sich erwartungsvoll auf Phaidra, und es wurde still.

Feierlich erhob sie die Arme zum Gebet. »Große Mutter des unergründlichen Meeres, Du hast die Seefahrer wohlbehalten zurückgebracht. Noch tönt in ihren Ohren der Singsang der Winde, die Deinen Befehlen gehorchen, und sie schmecken auf ihren Lippen das Salz der Wellen, die Dein Wille kräuselt. Nimm als Opfer für Deine Güte den Vogel an, der Himmel und Wasser verbindet!«

Eudore reichte ihr einen Käfig aus Weidengeflecht, und Phaidra entriegelte ihn. Das Spiel der Flöten setzte wieder ein und begleitete den Flug der weißen Möwe.

Minos sprang als erster an Land. »Wir sind wieder zu Hause,

der Göttin sei Dank!« rief er strahlend, und viele Hände winkten ihm zu. Ariadne drängte sich nach vorne. »Vater – endlich!« schluchzte sie und warf sich in seine Arme. »Versprich mir, daß ich nie wieder fortgeschickt werde!«

Ohne sich um ihre Schwester zu kümmern, bückte sich Phaidra, nahm eine Hand voll rötlicher Erde und zeichnete dem Vater das Grußzeichen auf die Stirn. »Willkommen zu Hause«, sagte sie einfach.

Bei ihren Worten löste sich Ariadne von Minos und strich, plötzlich ein wenig verlegen, ihr Kleid glatt. Dann sah sie neugierig wie die anderen Kreter zu den Fremden hinüber, die unsicher in einer Gruppe stehengeblieben waren.

»Phaidras Gruß gilt auch euch«, sagte Minos laut und winkte sie heran. Zögernd kamen sie näher. »Die Insel der Großen Mutter schützt und ehrt jeden Gast, der ihren Boden betritt. Aber sie fordert auch Demut und Respekt von dem Fremden. Beginnt euren Einweihungsweg, indem ihr wie ich niederkniet und der kretischen Erde eure Achtung erweist.«

Einer nach dem anderen sank auf die Knie; einige verneigten sich so tief, daß ihre Stirn den Boden berührte. Theseus blieb als einziger stehen. Angriffslustig schaute er erst in die Menge, dann zu Phaidra und Ariadne, die unverhohlen zurückstarrte.

Gebannt sah Asterios ihren langen, stummen Blickkontakt. Hitze stieg in seinem Körper auf, vermischt mit einem dumpfen Unwohlsein, das ihm auf irritierende Weise vertraut erschien. Als der Fremde schließlich ihn fixierte, verstärkte sich seine Übelkeit. Unwillkürlich schloß er seine Augen und war schon bereit, ins Zentrum des blauen Lichts zu gehen, doch die laute Stimme des Königs verhinderte dies im letzten Augenblick.

»Auch du wirst unsere Erde ehren, und wenn ich dich eigenhändig zu Boden drücken muß!«

Theseus' Lippen wurden weiß, und ein Zittern durchlief seinen Körper. Zunächst schien es, als würde er sich widersetzen, dann aber ließ auch er sich auf die Knie fallen und senkte seinen Kopf. Als er wieder aufschaute, waren seine Augen wie zwei blanke Spiegel.

Asterios sah den Haß, der hinter ihrer undurchdringlichen

Glätte brannte und fühlte sich abgestoßen – und im gleichen Atemzug magisch angezogen. Langsam begann er, sich auf den Athener zuzubewegen, die Arme vor dem Körper, als versuchte er, eine unsichtbare Gefahr zu bannen. Geistesgegenwärtig hinderte Ikaros ihn am Weitergehen.

Niemand von den anderen schien seine Verwirrung bemerkt zu haben. Ariadne lief aufgeregt zwischen Minos und Deukalion hin und her und umarmte ihren Bruder, bis er sie freundlich beiseite schob. Eudore kümmerte sich mit Jesa und Aiakos darum, die jungen Athener in den wartenden Kaleschen unterzubringen. Allmählich begann die Menge sich wieder zu verlaufen, und die mittägliche Hitze trieb die Handwerker zurück in ihre Häuser und Werkstätten.

Stundenlang lag Asterios zwischen Traum und Wachsein. Gedankenfetzen tauchten auf und glitten lautlos vorbei, Schattenbilder kamen und vergingen. Seine Konzentration schweifte ab, und hinter seiner Stirn wütete ein quälender Schmerz, der das blaue Licht bewachte.

Als es dunkel wurde, stand er auf und ging die Stufen zum Baderaum hinunter. Niemand von der Dienerschaft war zu sehen, obwohl jenseits der Zimmertüren Klappern und geschäftiges Hantieren von den Vorbereitungen für das abendliche Fest kündeten. Nach einem kurzen Bad im großen Tonbottich fühlte er sich körperlich deutlich besser, seine innere Anspannung aber war unverändert.

Ein Bild ließ ihn nicht mehr los. Deutlich sah er den blonden Athener mit den kalten Augen vor sich, der so lüstern und frech Ariadne und Phaidra angestarrt hatte, und seine quälende Unrast verstärkte sich.

Er legte sich auf sein Bett, schloß die Augen. Es hatte keinen Sinn zu fliehen. Asterios war bereit, das blaue Licht zu empfangen.

Die Sonne steht über einer grünen Landschaft, dicht bewachsen mit seltsamen Farnen und niedrigen Büschen. Er steht am Rand eines Waldes in einem großen Flammenkreis, von dem aus Feuerzungen zu seinen Hän-

den springen. Das Feuer erzählt von Liebe und Haß, von Kampf und Unterwerfung, von der ewigen Spannung zwischen Mann und Frau.
Plötzlich wandelt sich das Bild. Wald und Sumpf verschwinden; er sieht eine karge Küste, eine kleine, versteckte Bucht, kieselbedeckt, spärlich von Halmen und stacheligen Gräsern bewachsen.
Und die Frau, die er nie vergessen wird. Sie kehrt ihm den Rücken zu und schaut auf das Meer hinaus. In einiger Entfernung zum Ufer ankert ein Schiff mit einem schwarzen Segel. Langsam dreht die Frau sich um. Ariadne ist nicht allein.
Er sieht den Mann im roten Umhang neben ihr, der sie besitzergreifend an sich zieht. Erstmals sieht er die Züge des anderen, und er erschrickt.

Kalter Schweiß stand ihm auf der Stirn. Asterios starrte auf die flackernden Schatten, die das Kerzenlicht an die Wand warf, und meinte für einen Augenblick, Ariadnes Profil zu erkennen. Dann zerstob das Bild und ließ ihn voller Zweifel und Fragen zurück.

Als Minos das Megaron betrat, war die Königin in ein Brettspiel vertieft. Erst auf sein unwirsches Schnauben hin erhob sich ihre Hofdame und ging. Die Königin war blaß und unfrisiert und trug ein malachitgrünes Gewand, das ihren Körper verhüllte. Sie sah nur einmal ungehalten auf, um sich anschließend sofort wieder den Figürchen aus Bergkristall und Onyx zuzuwenden.
Es blieb ihm nichts anderes übrig, als sich einen Schemel heranzuziehen und unaufgefordert ihr gegenüber am Spieltisch Platz zu nehmen.
»Ich habe dich am Hafen vermißt«, sagte er schließlich.
»Hast du Phaidra nicht gesehen?« Konzentriert schob sie einen schimmernden Kegel auf das nächste Feld. »Man hat mir berichtet, daß sie das Opfer anmutig und würdevoll vollzogen hat.«
»Ich fürchtete schon, du seist krank geworden«, machte Minos einen neuen Ansatz.
»Wie du siehst, erfreue ich mich bester Gesundheit.« Ihr Ton war ironisch. »Deine Abwesenheit ist mir ausgezeichnet bekommen.«

Minos sprang auf, faßte ihr unters Kinn und zwang sie, ihn anzusehen. »Warum müssen wir so miteinander reden, Pasiphaë? Dein Wegbleiben war nicht nur mir gegenüber ungezogen. Jeder erwartet, daß die Hohepriesterin die Mysten begrüßt.«

»Ich wollte meinen Ohren nicht trauen, als man mir berichtete, der attische Thronfolger sei an Bord«, fuhr sie ihn an. Ihre Augen blitzten. »Doch dann begann ich, deinen perfiden Plan zu durchschauen.«

»Er ist einer der vierzehn Mysten, durch das Los bestimmt, wie es das Delphische Orakel beschlossen hat, um den Mord an Androgeus zu sühnen.« Sie brauchte nichts von seiner kleinen Manipulation zu erfahren. Minos war überzeugt, daß sogar Jesa nichts davon verraten würde.

»Auch tausend Geiseln können seinen Tod nicht sühnen! Aus Ehrgeiz hast du damals sein Leben aufs Spiel gesetzt. Wäre Androgeus nicht auf deinen Befehl zu den Spielen nach Athenai gesegelt, um die lächerlichen diplomatischen Beziehungen zu verbessern, könnte er heute noch leben.«

Der Schmerz, der ihr Gesicht entstellte, berührte Minos. Sie leidet wie ich, dachte er bewegt. Wir können ihn beide nicht vergessen. Versöhnlich streckte er ihr die Hände entgegen.

Pasiphaë aber wich zurück. »Nichts und niemand kann meinen Sohn wieder lebendig machen.«

»Auch deine eifersüchtige Trauer nicht«, erwiderte Minos heftig. »Aber gemeinsam können wir seine Mörder besiegen! Nur ein mächtiges, unabhängiges Kreta ist in der Lage, seinen Feinden zu trotzen und auch den Generationen, die nach uns kommen, Sicherheit und Wohlstand zu garantieren.«

»Weißt du, was du riskierst? Aigeus wird seinen Sohn zurückholen – gewaltsam! Ist das die Sicherheit, die du meinst?«

»Es wird keinen Angriff geben!« fauchte Minos. Ihr Mißtrauen und ihre Vorbehalte schürten seinen Zorn. »Außerdem wird Kreta nicht mehr lange schutzlos bleiben.«

Pasiphaë hatte ihm den Rücken zugedreht und schien aus dem Fenster zu schauen. »Die Antwort der Barbaren auf diese Provokation kann nur Krieg sein. Willst du dich dann als Retter der

Insel aufspielen und die Gelegenheit nutzen, zum zweiten Mal nach der Macht zu greifen?«

»Du irrst dich, Pasiphaë.« Minos hatte sich wieder im Griff. »Mir geht es um den Frieden! Um den zu sichern, brauchen wir Eisen. Und Theseus kann uns dabei helfen, es zu bekommen! Er ist der Schlüssel zu den attischen Erzvorkommen, ohne die wir auf Dauer nicht überleben werden. So lange sein Sohn bei uns ist, kann Aigeus es sich nicht leisten, nicht mit uns zu kooperieren.«

»Noch bin ich Königin, und die Große Mutter lenkt das Schicksal dieser Insel durch meine Hand«, erwiderte Pasiphaë schroff. Sie drehte den goldenen Delphinring an ihrer Hand hin und her. »Wozu brauchen wir Eisen? Für Waffen, die andere töten? Damit wir uns selbst in Gefahr bringen? Wir werden nicht zulassen, daß du zerstörst, was seit Urbeginn in Schönheit und Harmonie entstanden ist.«

Minos blieb lange die Antwort schuldig. Stumm ließ er seinen Blick über die alabasterverkleideten Wände schweifen, den Steinfries, der das Megaron schmückte.

»Ist das wirklich alles, was Sie euch Frauen beigebracht hat, um die Anforderungen einer ungewissen Zukunft zu meistern?« sagte er schließlich resigniert. »Ist das alles, was du Phaidra als Erbe mitzugeben hast? Dann tust du mir leid, Pasiphaë! Vielleicht gelingt es dir noch, die jungen Barbaren mit leeren Gesten zu beeindrucken. Um die Zukunft Kretas zu sichern, reichen sie nicht aus.«

Pasiphaë kehrte zu ihrem Spielbrett zurück, als habe er den Raum bereits verlassen. Während sie scheinbar grübelnd über den Figuren saß, begann sie zu sprechen, so leise, daß Minos sich anstrengen mußte, ihre Worte zu verstehen.

»Du hast den Sinn unserer Rituale nie verstanden! Aber was soll ich einem Tauben erzählen! Jedes weitere Wort wäre zuviel. Geh jetzt!«

Aus der Vorhalle drangen die gedämpften Stimmen der jungen Athener, die dort auf Einlaß warteten. Unter die teils tiefen, teils noch brüchigen Stimmen der Knaben mischten sich die helleren der Mädchen, unter denen ein klarer Sopran hervorstach. Sein Klang brachte Minos augenblicklich das Bild des dazugehörigen Mädchens zurück: Eriboia, die junge Athenerin, so unschuldig blond – wie Pasiphaë dunkel und wissend.

Er spürte, wie das Blut heißer durch seine Adern rann. Ich bin noch kein alter Mann, dachte er befriedigt. Ich werde mir die Kleine näher ansehen. Doch zunächst mußte er sich der Frau stellen, der es abermals gelungen war, ihn zu überraschen.

Pasiphaë trug schwarz. Auf dem Greifinnenthron saß nicht wie erwartet Rhea, die Herrin der Fruchtbarkeit, purpurprächtig und barbrüstig, sondern Moira, die Alte, in deren Hand alle Lebensfäden zusammenlaufen. Minos schien es, als habe sich mit dem Wechsel von leuchtendem Rot zu tiefem Schwarz auch eine tiefgreifende Veränderung der Frau vor ihm vollzogen: So streng und mächtig, so gefährlich und geheimnisvoll hatte er Pasiphaë noch nie erlebt. Sie *war* die schwarze Göttin, die erbarmungslos über die Nächte von Lust und Tod herrscht.

Die Mysten waren immer unruhiger geworden. Hernippos, ein rotblonder Athener, hatte sich ungeduldig an Theseus vorbeigedrängt. An der Schwelle zum Thronsaal jedoch blieb er wie angewurzelt stehen, schlug die Hände vor den Mund und starrte mit aufgerissenen Augen auf die dunkle Gestalt. Mirtho half dem Versteinerten schließlich mit einem kleinen Schubs weiter. Einer nach dem anderen kam nun durch den Türbogen; alle starrten überrascht die dunkle Königin der Tiefe an.

Minos, der von der Alabasterbank an der Westseite gespannt die Szene verfolgt hatte, zollte Pasiphaë widerwillige Bewunderung. Den Jugendlichen, die sich ängstlich aneinanderdrängten, bot sich ein beeindruckendes Bild, in dem sich Schönheit und Grauen mischten. Die Wände und der Fußboden waren in sattem Rot gehalten, nur an der Thronrückseite von einem elfenbeinfarbenen Wellenfries durchbrochen. In dieses Doppelband schmiegten sich die gemalten Leiber zweier Greifinnen, Fabelwesen mit Adlerköpfen und geflügelten Löwinnenkörpern, die als Wächterinnen den Thron flankierten. Friedlich, aber wachsam hielten sie ihre Schnäbel empor. Auf stilisierten Pflanzenstengeln ruhte der Alabasterthron, dessen heller Stein nur an einigen Stellen hinter dem strengen Schwarz der Schlangenkönigin hervorschimmerte.

Ihr Gesicht war mit weiß gekalkt und starr wie eine Maske. Die Linien der schwarzen Spiralen auf ihren Wangen, die leicht fettig glänzten, waren exakt gezogen. Unter schwarzgefärbten Lidern stachen ihre Augen giftig grün hervor, die Lippen waren in dunklem Brombeer gefärbt. Schlangengleich fielen feuchte Locken über Brust und Rücken auf ein tiefschwarzes Gewand, das schmucklos am Hals abschloß und ihre bloßen Füße verdeckte. Um den Hals trug Pasiphaë das Amulett der doppelköpfigen Schlange an einer langen gedrehten Kette. Dutzende von Kerzen waren als Lichterwall halbkreisförmig vor dem Thron aufgesteckt und warfen von unten seltsame Schatten auf ihr Gesicht.

Als sie den Arm hob, um die Mädchen und Jungen näher heranzuwinken, bemerkte er, daß sie nicht den silbernen Reif der Hohepriesterin angelegt hatte. Um ihre nackten Arme, die vor dem Schwarz des Gewandes unnatürlich bleich wirkten, ringelten sich zwei lebendige Schlangen.

»Am Anfang aller Dinge war die Schlange«, begann sie in monotonem Singsang. Sie hatte die Augen halb geschlossen und schien Zeit und Raum entrückt zu sein. »Sie, die zornige, züngelnde Schlange, die im dunklen Leib der Erde wohnt. Aus Ihrem fruchtbaren Schoß gebiert Sie Wesen und Dinge, wenn die heiligen Opferfeuer vor den Altären der Nacht lodern. Wie der Mond, der seinen Schatten abstößt, um rund und voll zu leuchten, stößt auch Sie ihre Haut ab, um wiedergeboren zu werden aus schwarzer Tiefe. Ihr Bruder ist der Vogel, der in stolzem Flug das Lichtland erreicht.« Ihre Stimme wurde gellend, und die Athener zuckten erneut furchtsam zusammen. »Bevor ihr aber zum Adler werden könnt, der in den Weiten des Himmels zu Hause ist, müßt ihr lernen, den Stier zu bezwingen, der auf euch im Herzen des Labyrinths wartet.«

Eriboia hatte die tiefen, von Feuchtigkeit dunklen Rinnen zu beiden Seiten des Fußbodens entdeckt. Als ihr Blick auf die künstliche Grotte in der Südwand des Thronsaals gefallen war, in der sie glaubte, weitere Schlangenkörbe zu sehen, war sie sich sicher.

»Sie bringen uns um«, flüsterte sie in der bedrückenden Stille. »Alle!«

»Das läßt Apollo nicht zu! Denk an meinen Traum!« stieß Theseus hastig hervor. Aber seine Stimme klang dünn und kraftlos. Den Geruch von Angst konnten auch die wohlriechenden Essenzen des Räucherbeckens nicht überlagern. Auf ein Kopfnicken Pasiphaës hin brachte Mirtho mit einem Bastfächer Sandelholz und Myrrhe erneut zum Aufglimmen.

Phaidra folgte ebenfalls einem stummen Befehl der Königin. Mit einem schwarzen Stierkopf-Rhython, so schwer, daß sie es mit beiden Händen tragen mußte, trat sie vor die Mysten. Vor dem ersten Mädchen blieb sie stehen. Eriboia starrte schreckensbleich auf den Schädel, der von einem massiven, an den Spitzen vergoldeten Hörnerpaar gekrönt war.

»Trinkt sein Blut, damit Sie den Tod besiegen und neues Leben gebären kann.« Pasiphaë hob ihre Arme und zeigte ihnen abermals die züngelnden Schlangen. »Trinkt das Blut des Stiers, damit ihr den Baum der Mitte erreicht, in dem Zeit und Raum eins sind.«

»Knie nieder und trink!« wiederholte Phaidra und hielt dem Mädchen die schräg gehaltene Maulöffnung hin. Eriboia verzog angeekelt den Mund, bevor sie der sanften Stimme gehorchte. Dunkle, ein wenig verdickte Flüssigkeit rann fremdartig süß durch ihre Kehle. Als sie noch dem überraschend wohlschmeckenden Aroma nachspürte, war die junge Priesterin schon zum nächsten weitergegangen. Einer nach dem anderen beugte sein Knie und empfing aus Phaidras Hand den Trunk aus dem Maul des Stierkopfes.

Dann setzte der Gesang ein. Dünn und leise zunächst, unsicher noch, als habe die Sängerin nicht die Kraft, die Melodie lange zu halten, bis schließlich eine zweite Stimme einfiel, dann eine dritte, eine weitere, viele. Ein fünfsilbiger Gesang schwoll langsam an. Erst summten, dann sangen alle mit geschlossenen Augen und halbgeöffnetem Mund, leicht nach beiden Seiten wiegend, als führten die seit Urzeiten überlieferten Laute der Hoffnung sie aus der engen Begrenzung ihrer Körper hinaus. Die Stimmen verschmolzen schließlich zu einem einzigen Ton.

Theseus war der letzte in der Reihe. Er war stumm geblieben und hatte mit wachsender Verunsicherung um sich geschaut. Auch ihm bot Phaidra das Steinrhython und wartete geduldig, daß er niederknien würde, um zu trinken. Aber er blieb steif vor ihr stehen, stierte zu Boden und schüttelte den Kopf. Als er schließlich doch aufsah, konnte sie in seinen Augen trotzigen Widerstand erkennen. Den hatte sie schon am Hafen kennengelernt. Neu aber war die Angst, die Phaidra in ihnen lesen konnte.

»Einmal schon zuviel gekniet«, knirschte er mit zusammengebissenen Zähnen. Theseus hielt sich die Ohren zu, um sich vor dem durchdringenden Ton zu schützen, der alle anderen bereits in seinen Bann gezogen hatte. »Der Sohn des mächtigen Aigeus trinkt kein Stierblut.«

Phaidra konnte seine Verletztheit spüren und den Wunsch nach Rache und Vergeltung, registrierte aber im gleichen Augenblick, daß Angstschweiß sein enganliegendes Wams dunkel gefärbt hatte. Plötzlich erinnerte er sie an Glaukos, der – ertappt bei einem seiner übermütigen Streiche – auch immer wütend und ängstlich zugleich die Strafe erwartete.

Rührung erfaßte sie. Sie setzte die Maulöffnung an ihre eigenen Lippen und trank.

»Gewürzter Wein«, sagte sie dann so leise, daß nur Theseus sie hören konnte. »Mit Zimt und Kräutern versetzt.«

Er wurde rot. Verlegen trank er stehend einen großen Schluck. Phaidra nahm das Rhython zurück und begann ebenfalls zu singen. Dabei sah sie Theseus unverwandt an. Ihre Augen schienen tief in ihn einzudringen. Als er kaum merklich nickte, wußte Phaidra, daß auch er bereit war. Erst als Theseus in das Lied eingefallen war, wandte sie sich zum Gehen. Singend trug sie das Kultgefäß zurück zum Thron der Mutter. Dort setzte sie es behutsam auf den Stufen ab.

Als hätte sie nur auf Phaidras Rückkehr gewartet, stand Pasiphaë auf. Gefolgt von Mirtho, ging sie in Richtung der grünlich schimmernden Felsengrotte. Auf den Stufen hielt sie inne und drehte sich zu den Mysten um. Jetzt erkannten sie, daß die Schlangen an ihren Armen geschlossene Ringe bildeten, emporgewunden wie um eine imaginäre Achse.

Abermals begann Pasiphaë zu sprechen, und das Lied der Kraft wurde leiser und leiser, bis es ganz verebbte.

»Schwarz bist du als Vogel, blitzschwanger als Wolke, als Wind und Meeresstern. Du bist das Anfangslose, aus dem alle Wesen entstanden sind. Große Mutter der schwarzen Tiefe, laß diese Mädchen und Knaben in Deinen ewigen Leib eindringen!«

Dann nahm das Dunkel sie auf.

Steif erhob sich Minos von der Bank. Selbst er konnte sich nur schwer aus dem Bann des Rituals lösen. Den jungen Athenern schien es ähnlich zu gehen. Deshalb begann er erst zu sprechen, als wieder Bewegung in die Gruppe kam.

»Den Gebeten an die Göttin schließt sich nun ein Festmahl an, das euch auf Kreta willkommen heißen soll«, verkündete er laut. Dann öffnete er eigenhändig die westliche Türe des Thronsaales, die ins Freie führte. »Folgt mir!«

Sie traten erleichtert hinaus in eine warme Frühsommernacht, überquerten den großen Innenhof und stiegen einen steilen Stufenportikus hinauf. Im ersten Obergeschoß klopfte Minos an die Tür. Ihre Doppelflügel schwangen langsam auf.

Vor ihnen öffnete sich nach der feierlichen Beschwörung des Dunklen nun eine doppelstöckige, lichterfüllte Halle. Es mußten Hunderte von Kerzen sein, die den Alabasterboden in einen makellosen Elfenbeinton tauchten.

Wandmalereien zeigten lilienbewachsene Landschaften, in denen blaue Affen über Felsen sprangen und Schwalben zwischen Gräsern ihrem Liebesspiel frönten. Eine rötliche Treppe führte in das zweite Stockwerk, das mit einer umlaufenden Balustrade zum Festsaal hin abschloß. Ihr kunstvolles Schnitzwerk ließ die bunten Kleider der Musikantinnen durchschimmern. Lyra, Harfe, Doppelflöte und Zimbeln erklangen.

An der südlichen Wand des unteren Freskensaales warteten üppig beladene Tische auf die Hungrigen. Der Duft von gebratenem Ziegenfleisch vermischte sich mit dem Aroma der mondrunden Kuchen, die auf frischen Blättern auskühlten. Weidenkörbe mit heißem Fladenbrot und Früchten standen bereit, ebenso Weinkaraffen und große Wasserkrüge.

Eine Schar Jugendlicher trat in anmutigen Tanzschritten den Fremden entgegen. Die Athener, die sich mit ihren schlechtgefärbten Wollgewändern mehr schlecht als recht herausgeputzt hatten, starrten halb neidisch, halb wider Willen fasziniert, auf die nackten, goldschimmernden Oberkörper der jungen Männer im dreieckigen Leinenschurz. Die Mädchen steckten in bunten Röcken und quastenbesetzten Miedern, die Taille und Brüste betonten. Ein paar hatten hochgetürmte Lockentuffs, in die Blüten gesteckt waren. Die jungen Kreter taten, als bemerkten sie die hingerissenen Blicke der anderen nicht, begrüßten die Neuankömmlinge und führten sie paarweise oder in kleinen Grüppchen zur Festtafel.

Der Willkommenstrunk war ein heller Wein, der nach Sonne und warmem Wind schmeckte. Alle sprachen ihm eifrig zu, und er half schließlich, die verkrampfte Atmosphäre zu lockern. Als Dienerinnen Rosenwasser über die Hände der Festgäste gossen und damit den Auftakt zum Tanz gaben, glänzten auch die Augen der jungen Athener erwartungsvoll.

Vom Obergeschoß aus beobachtete Asterios das Geschehen. Wortfetzen drangen zu ihm herauf, lautes Lachen, verstümmelte Sätze, die er für sich selbst beendete. Er verspürte wenig Lust, sich unter die Neuankömmlinge zu mischen, obwohl er sich vorgenommen hatte, von Anfang an für gute Beziehungen zwischen kretischen und attischen Mysten zu sorgen. Er konnte sich noch gut an Bitias, den sensiblen Gefährten seiner eigenen Einweihungszeit, erinnern. Ihm war der Abschied von Kreta sehr schwer gefallen, aber er hatte sich schließlich doch für Athenai entschieden.

Eigentlich hätte er froh darüber sein können, wie gut sich die Verständigung schon am ersten Abend zu entwickeln schien. Beim Tanzen mischten sich Kreterinnen und Athener bunt durcheinander, und er beobachtete, wie junge Männer aus Knossos oder Chalara mit attischen Mädchen scherzten. Aber er blieb merkwürdig bedrückt.

Zwischen den derben Gewändern der Athener und den farbenfrohen kretischen tauchte immer wieder der violettblaue Königsmantel auf. Minos schien bester Laune zu sein und balzte vor

Eriboia. Bald schon hatte er sie in eine Ecke gezogen, wo Schemel und kleine Bänke zum Ausruhen aufgestellt waren. Dort hatten sie die Köpfe zusammengesteckt. Pasiphaës Gatte hatte für nichts und niemanden mehr Augen.

Schließlich öffnete sich die Doppeltür abermals, und Phaidra kam an der Seite von Ikaros herein. Sie hatte ihr Kultkleid mit einem schlichten grünen Leinengewand vertauscht; Kupferlocken umrahmten ihr schmales Gesicht und unterstrichen die Blässe ihrer Haut. Bei ihrem Anblick begann Theseus zu strahlen. Er hatte kaum etwas gegessen und bislang jede Unterhaltung verweigert.

Nun sprang er auf und steuerte auf Phaidra zu, die ein Gespräch mit Hernippos und Antiochos angefangen hatte. Ungeduldig wippend gesellte er sich dazu und starrte sie so unverhohlen an, bis die anderen endlich begriffen und sich verzogen. Dann begann er, auf sie einzureden.

Asterios beobachtete, wie Phaidra zunächst lächelte, dann jedoch den Kopf schüttelte. Theseus schien mit ihrer Antwort nicht zufrieden, redete auf sie ein und zwang sie, zurückzuweichen, bis sie mit dem Rücken an der Wand war. Plötzlich duckte sie sich und schlüpfte unter seinen ausgestreckten Armen hindurch.

Theseus lief ihr nach, blieb aber stehen, als jemand ihn am Arm packte. Als er sich umdrehte, sah er in große, im Schein der Kerzen beinahe bernsteinfarbene Augen. »Ich bin Ariadne. Wer bist du?«

Da wußte Asterios auf einmal, warum er sich oben verborgen hatte. Er nahm nicht mehr den Festsaal mit seinen Lichtern wahr. Es war, als hätten die Wände sich geöffnet, als stünde er in der kleinen Bucht, in der er vor kurzem die Frau und den Mann gesehen hatte. Vor seine Augen hatte sich ein Schleier gesenkt, der ab und zu aufriß; dann erkannte er die Silhouette Ariadnes und hörte ihr kehliges Lachen, das sich mit dem Weinen der Frau in der Bucht vermischte.

Er ist es wirklich, dachte Asterios, Große Mutter, stehe mir bei, es ist keine Ahnung, sondern Gewißheit! Theseus, der Mann, der mich umbringen will! Ich kann und darf meine Augen nicht davor verschließen! Das Schiff mit dem schwarzen Segel hat ihn nach Kreta gebracht, damit er seinen Rachedurst stillen kann. Sein Schwert ist scharf und silbrig, und der Haß in seinem Herzen gilt uns allen. Der Heros ist gekommen, um den Stier zu töten. Ich bin sein Opfer. Aber mein Ende ist ihm noch nicht genug. Er wird alles zerstören – auch die Frau, die ich liebe.

Langsam ging er die Treppe hinunter. Seine Beine trugen ihn wie von selbst. Er sah Theseus und Ariadne miteinander reden und beobachtete, wie sie kokett eine Locke um den Finger wickelte. Asterios entging auch der schnelle Blick nicht, den sie ihm zuwarf. Sie wollte sichergehen, daß ihm nichts entging.

Sein Inneres war in Aufruhr. Er mußte zu ihr laufen, Ariadne warnen und sie fortbringen, irgendwohin, nur weg von diesem Mann, der ihr gleichgültig zuzuhören schien.

Aber er tat es nicht. Er wußte, in dieser Situation würde sie nur über ihn lachen. Er mußte einen anderen Weg finden, es ihr begreiflich zu machen.

Er verließ den Saal, so leise und unauffällig, daß es niemand bemerkte.

Selbst Ariadne registrierte es erst nach einer Weile. Theseus' spröde Zurückhaltung erschien ihr als Herausforderung, und nachdem sie ihm entlockt hatte, daß er der attische Thronfolger war, bestürmte sie ihn mit Fragen. Schließlich hatte Theseus genug, ließ sie stehen und schlenderte zu den Tischen zurück. Hier gab es keine Musikantinnen, die ihm die Sicht auf das rothaarige Mädchen verstellten. Er ließ sich auf einem Hocker nieder und beobachtete sie.

»Du bist Aigeus' Sohn?« Überrascht fuhr Theseus herum. Der schmächtige Mann hatte ihn akzentfrei im attischen Dialekt angesprochen. Er nickte.

»Ich kannte deinen Vater gut«, sagte der andere. »Aber das ist lange her.« Er fand nicht viel Vertrautes in dem jungen Gesicht. Die Augen waren kalt, die Lippen schmal und schroff. Aber die kräftige Nase erinnerte ihn an den König, und die hellen, buschigen Brauen.

Daidalos hatte den König mehr als zwanzig Jahre nicht mehr gesehen. Wäre er damals nicht entkommen, hätte man ihn hingerichtet. Das Urteil war vermutlich noch immer gültig. Todesstrafe drohte ihm, sobald er Athenai betrat.

»Hat man dich auch gezwungen, zu bleiben und ihre abartigen Riten zu vollziehen?«

Daidalos blieb zunächst stumm. Was hätte er dem zornigen Königssohn aus seiner Heimatstadt auch antworten sollen, der ihn nach Dingen fragte, die noch vor seiner Geburt geschehen waren? Daß er sich mit Ikaros zu Minos geflüchtet hatte, weil niemand anderer ihm sonst Asyl gewährt hatte? Daß er ihn zunächst gehaßt, ja, gefürchtet und monatelang nur auf den passenden Moment gelauert hatte, um wieder von Kreta fliehen zu können? Aus jener Zeit stammte sein leidenschaftliches Interesse für den Vogelflug. Seitdem war er von dem Gedanken besessen, sich ebenfalls in die Lüfte zu erheben.

Erst im Lauf der Zeit waren sie sich nähergekommen. Minos hatte Gefallen an seinen vielseitigen Talenten und seinem Erfindungsgeist gefunden, und er wiederum hatte gelernt, den entwaffnenden Zynismus und die Weitsicht des anderen zu schätzen. In einer Welt, die von Frauen bestimmt und von Frauen regiert war, erschien er ihm majestätisch und würdevoll, ein echter Mann, der überlegt handelte und zielgerichtet planen konnte.

»Kreta geht unter, wenn wir uns nicht zusammentun. Ich brauche deinen klugen Kopf.« Mit Sätzen wie diesen, zwei Landhäusern und der Einrichtung von Werkstätten, von denen er früher nicht einmal zu träumen gewagt hätte, hatte der König ihn geködert. »So viele Hilfskräfte, wie du brauchst. Jede Investition, die du für nötig befindest.«

Der wahre Grund für diese Großzügigkeit war ihm erst allmählich aufgegangen. Da hatten Spione Minos bereits darüber unterrichtet, warum Daidalos Athenai so schnell hatte verlassen müssen. Er schien sogar über Details informiert zu sein. »Schade, daß dein Neffe Kalos nicht mehr am Leben ist«, hatte er eines Tages beiläufig geäußert, als sie eine ihrer Meinungsverschiedenheit hatten, bei denen Minos wie üblich für Schnelligkeit und Daidalos für Qualität plädierte. »Man sagt, er sei sogar noch begabter gewesen als du. Vielleicht hätte sein Einsatz deine Ergebnisse optimieren können.«

Daidalos war inzwischen die Versuche mit dem widerspenstigen Eisenerz gründlich leid. Heimlich hatte er wieder damit begonnen, Vögel zu sezieren, um ihr Gewicht und ihre Proportionen mit der menschlichen Anatomie zu vergleichen. Was er herausfand, erschien ihm so ungünstig, daß er die Idee eines Flugapparates mit künstlichen Schwingen verwarf. Er würde nach neuen Lösungen suchen müssen. Dafür aber brauchte er Zeit.

Die halb versteckte Drohung, die er aus Minos' Worten zu hören glaubte, vergällte ihm die Lust an weiteren Versuchen, die er bislang selbst vor Ikaros erfolgreich verborgen hatte. Plötzlich schien ihn seine Vergangenheit wieder einzuholen. Es half nichts, daß er jene schreckliche Nacht, in der Kalos nach ihrem Streit vom Felsen gestürzt war, so gründlich verdrängt hatte, daß ihm mittlerweile der tragische Vorfall so unwirklich vorkam, als sei er gar nicht geschehen. Auf einmal schien er sich wieder zwischen ihn und sein Glück zu drängen. Aber er war kein junger Mann mehr und hatte seinen Reichtum und seine Stellung auf Kreta zu schätzen gelernt. Was nützten ihm die trügerischen Lockungen einer Heimat, die sein Talent mißachtet und ihn auf einen bloßen Verdacht hin schnöde vertrieben hatte?

Nach diesem Tag kehrte er reumütig an seine Öfen zurück, damals noch eine Reihe lehmverkleideter Schüsseln, die er in einen Steinfußboden eingelassen hatte. Aber er haßte die Arbeit. Was war bei den jahrelangen Anstrengungen schon herausgekommen? Ein schwärzliches, schlackiges Eisen, das porös war und bei der weiteren Verarbeitung schnell brach und splitterte. Erst in den letzten Wochen schien der Durchbruch näher gerückt.

Daidalos verkniff sich ein Lächeln. Diesmal war das Glück auf seiner Seite. Nicht mehr lange, und er würde Minos sein Ergebnis präsentieren können. Plötzlich merkte er, daß er lange in seinen Gedanken versunken gewesen war. Theseus schien noch immer auf seine Antwort zu warten.

»Gezwungen? Nicht direkt«, sagte Daidalos schließlich. »Ich würde eher sagen, das Schicksal hat es so gewollt. Nicht immer können wir den Weg wählen. Manchmal wählt der Weg auch uns.«

Theseus sah ihn überrascht an. Der Mann mit den Obsidianaugen, die ihn an ein Reptil erinnerten, verwirrte ihn. Immerhin aber war er ein Athener, der überraschenderweise eine ziemlich hohe Stellung hier am Hof innezuhaben schien. Vielleicht konnte er ihm, Theseus, von Nutzen sein. »Wie ist dein Name?« fragte er deshalb.

»Daidalos«, erwiderte der Mann in seltsamem Ton. »Früher hat man mich für den bedeutendsten Baumeister Athenais gehalten. Heute würde ich mich eher als rechtschaffenen Schmied bezeichnen.« Er lachte bitter.

Aiakos unterbrach ihr Gespräch. Mit lautem Klatschen verschaffte er sich Gehör und erklärte das Begrüßungsfest für beendet. Schon in den Morgenstunden würde das körperliche Übungsprogramm der Mysten beginnen. Einige Stunden Schlaf waren vorher unbedingt nötig.

Allmählich leerte sich der Festsaal. Zu den letzten Gästen gehörten Ariadne und Phaidra, die sich gemeinsam auf den Weg in ihre Gemächer machten. Sie sprachen wenig miteinander; Phaidra, weil sie viele Worte haßte, Ariadne, weil sie sich in der Gegenwart der Jüngeren unsicher fühlte.

»Hast du gesehen, wie er dich angesehen hat?« fragte sie schließlich, als sie vor Phaidras Gemach angelangt waren. Ariadne hatte sich nach ihrer Rückkehr von Strongyle ausbedungen, im Südflügel neue Räume aussuchen zu dürfen, und Pasiphaë hatte schließlich eingewilligt. Sie wollte sich verständnisvoll zeigen, um nicht gleich wieder die alte Zwietracht zwischen Mutter und Tochter von neuem zu schüren.

»Ich weiß nicht, was du meinst.« Die leichte Röte auf ihrer hellen Haut ließ Phaidra besonders reizvoll aussehen.

Mit jäh aufflammender Abneigung starrte Ariadne sie an. Schon als kleines Kind war sie von allen verhätschelt worden. Später hatten Pasiphaë und Minos ihre spirituellen Neigungen gefördert und ihr in seltener Einmütigkeit Zugang zu all dem Wissen gewährt, das sie für ihr Amt als künftige Priesterin brauchte. Verlief alles plangemäß, würde sie einmal den Thron besteigen. Für Phaidra schien es keine Umwege, keinerlei Verwirrungen zu geben. Ihr Weg war so klar und offen wie ihre braunen Augen.

»Komm schon, mir machst du nichts vor«, sagte sie. »Schließlich habe ich Augen im Kopf! Und warum auch nicht? Ein attischer Prinz wäre schließlich keine schlechte Wahl für die Nachfolgerin Pasiphaës. Du brauchst dich nicht einmal besonders anzustrengen. Er wird dir wie eine reife Frucht in den Schoß fallen.«

Hätte Pasiphaë dich niemals geboren, gebührte mir dein Platz, dachte Ariadne. Viele Male habe ich mir schon gewünscht, du hättest nie das Licht dieser Welt erblickt. Deine bloße Existenz hat mich auf den hinteren Rang verwiesen und zur zweiten Wahl gestempelt. Vielleicht wüßte ich eher, was ich wollte, wäre ich an deiner Stelle.

Phaidra sah sie ruhig an und schien den Aufruhr in ihr zu spüren. »Ich werde ihn dir nicht wegnehmen«, sagte sie einfach. »Du brauchst keine Angst zu haben.«

Ariadne stand noch eine Weile vor der geschlossenen Türe und biß in ohnmächtigem Zorn auf ihren Handballen. Sie kam sich entblößt und gedemütigt vor. Die Gedanken an das erschrockene Gesicht des Geliebten drängte sie beiseite. Schließlich hatte Asterios nur bekommen, was er verdient hatte. Eines auf jeden Fall schwor sie sich bei ihrem einsamen Heimweg: Nie mehr würde sie irgend jemandem ihre Gefühle verraten.

Als Asterios das Hafenviertel erreichte, war es beinahe Mitternacht. Amnyssos schien schon zu schlafen; nur noch in wenigen Fenstern entdeckte er Licht. Er war geritten, ohne nachzudenken, auf einer wilden, atemlosen Flucht vor sich selbst.

Er stieg ab, band sein Pferd fest und ging zu dem Haus mit der blauen Tür. Er klopfte. Von drinnen waren Lachen und Musik zu hören. Er klopfte lauter.

Die Wirtin öffnete ihm selbst, eine mollige Frau mittleren Alters, die mit Scharlach auf den Wangen und dunkel umrahmten Augen vergeblich auf jugendlich geschminkt war. Sie trug ein tiefdekolltiertes Kleid, das viel von ihrem prallen Busen zeigte.

»Je später der Abend, desto willkommener die Gäste!«

Sie musterte ihn anzüglich und beugte sich einladend nach vorn. Ihr Lächeln entblößte gelbliche, schadhafte Zähne.

Am liebsten hätte Asterios auf der Stelle kehrtgemacht. Aber er wußte kein anderes Mittel, um seiner Verzweiflung Herr zu werden.

»Ich möchte Wein«, unterbrach er ihr anbiederndes Gegurre. »Den besten und so viel wie möglich. Und ich will allein trinken.«

»Was immer der Herr wünscht«, erwiderte sie vielsagend.

Sie führte ihn durch zwei Räume, in denen gezecht und geschäkert wurde, nach hinten in ein überraschend behaglich ausgestattetes Zimmer. Es gab einen blankpolierten Holztisch, eine Bank, ein paar Stühle. In der Ecke stand ein gemauertes Bett mit vielen Kissen.

»Wie allein will der Herr trinken?« fragte sie, als sie mit Krug und Bechern zurückkam. »Soll ich nicht vielleicht doch eine kleine Auswahl möglicher Gesellschafterinnen vorbeischicken?«

»Später«, sagte Asterios. »Jetzt nicht!«

Sie deutete einen mißglückten Knicks an und ging hinaus.

Er trank, um zu vergessen. Aber so eifrig er den schweren, dunklen Wein auch durch seine Kehle rinnen ließ, die Bilder in seinem Schädel wollten nicht verblassen. Wieder und wieder sah er Ariadnes erhitztes, aufgeregtes Gesicht vor sich, die kalten Augen des Atheners, die Bucht, das Schiff mit den schwarzen Segeln. Drüben am Kai ankerte es; er war vorhin eigens vorbeigeritten, um sich zu überzeugen, daß es kein Traumbild war, sondern wirklich existierte.

Und all das andere, was er gesehen hatte? War er dabei, seinen Verstand zu verlieren? Wer würde ihm glauben? Wen sollte er einweihen? Wer könnte das überhaupt sein?

Die Wirtin brachte einen neuen Krug, Käse und frisches Fladenbrot, was er mit einer zornigen Handbewegung vom Tisch fegte. Gleichmütig klaubte sie es vom Boden auf.

»Der Herr kann tun und lassen, was er will«, sagte sie. »Aber wenn er meinen Rat hören will...«

»Will er nicht!« knurrte Asterios.

»... dann sollte er in dieser Nacht nicht allein bleiben, sondern sich eine Gefährtin aussuchen. Ich weiß, wovon ich spreche!«

Bevor er weitere Einwände machen konnte, riß sie die Tür auf. »Rein mit euch, Kinder – mal sehen, welche von euch der Herr bevorzugt!«

Drei junge Frauen kamen ins Zimmer, blond, lieblich und schlank war die eine; die andere hatte breite Hüften, schwellende Lippen und taillenlanges braunes Haar. Die dritte starrte ihn aus schwarzen Augen herausfordernd an. Ihre Haut war dunkel wie Bronze, ihre winzigen Brüste unbedeckt, der weiße Schurz, den sie wie ein Knabe um die schmalen Hüften geschlungen hatte, verdeckte nur einen kleinen Teil ihres Körpers.

Er konnte die Augen nicht von ihr wenden.

»Nun, hab ich es nicht gleich gesagt?« grinste die Wirtin, der sein Starren nicht entgangen war. »Eine gute Wahl zumal!« Sie schob die beiden anderen hinaus. »Reindra wird dich nicht enttäuschen, das weiß ich! Sie stammt aus Phönizien, wo man schon immer viel von Liebeskunst verstanden hat.«

Sie machte eine anzügliche Geste und verließ das Zimmer.

Ohne einen Anflug von Befangenheit kam das Mädchen näher.

»Willst du einen Becher Wein?« fragte Asterios und spürte, wie schwer seine Zunge schon war.

Sie schüttelte den Kopf und löste ihren Schurz. Dann setzte sie sich breitbeinig auf seinen Schoß und begann ihn zu küssen. Ihre Lippen waren warm und saugend, ihr Atem roch süß. Sie preßte ihre schlanken Schenkel gegen seine und ließ ihr Becken kreisen. Dabei tastete sie nach seinem Glied, drückte und rieb es mit erstaunlicher Geschicklichkeit.

Seine Erregung stieg.

»Warte!« flüsterte er und versuchte aufzustehen. Geschmeidig wie eine Schlange vollzog sie seine Bewegung mit und knüpfte dabei sein Taillenband auf. Er spürte die Hitze ihres nackten Körper an seiner Haut.

Sie schafften es nicht bis zum Lager. Ungeduldig drückte Asterios sie gegen die Wand. Er hob ihren Schenkel und drang in sie ein. Sie antwortete mit ersticktem Stöhnen.

Sie war heiß und eng und schien unersättlich. Es war anders als je zuvor, nicht das zärtliche, liebevolle Verströmen, das er mit Ariadne erlebt hatte, sondern pure Lust, wild, verzweifelt, grenzenlos.

Kurz vor dem Höhepunkt öffnete Asterios die Augen. Sah ihr verzerrtes Gesicht, die verlaufene Schminke, die spitzen, kleinen Zähne. Sie keuchte wie eine Rasende.

Plötzlich ernüchtert zog er sich zurück.

Sie starrte ihn an, wollte ihn berühren und erneut mit Lippen und Fingern reizen.

Er wich zurück. Der Zauber war verflogen, jede Erregung dahin. Wenn er nur wieder allein sein könnte!

Sie schaute ihn fassungslos an, griff nach ihrem Schurz und floh aus dem Zimmer.

Erst in diesem Augenblick fiel Asterios auf, wie sehr sie ihn an Hatasu erinnert hatte.

Wege in die Nacht

Die Zeit der Stürme war endgültig vorüber. Jetzt, zu Beginn des Frühsommers, war das Meer ruhig und blau. Ein leichter Wind trieb sie nach Osten, wo sie in Zakros ihre Weihenacht erleben sollten. Minos hatte für die Reise der Mysten erstmals seine neuen Triakontoren eingesetzt, schnelle Segler mit dreißig Ruderern an jeder Schiffsseite. Danach begann erst ihre eigentliche Reise nach Phönizien, wo sie Erz und Zedernholz laden wollten, das sich besonders gut zur Verhüttung eignete.

In Lyktos setzten sie zum erstenmal die Anker. Die Hafenstadt im Osten des Golfs lag an einer günstigen Stelle zwischen Bergen und Meer. Kornfelder wogten, der Raps stand hoch, und die Weinstöcke, die sich bis an die Nordausläufer des Gebirges hinzogen, würden bald reiche Trauben tragen.

Inmitten der Stadt erhob sich ein gestufter Bau aus buntem Sandstein. Der Ostflügel mit seinen zu klein gewordenen Magazinen war abgerissen worden; die Grundmauern waren inzwischen neu gesetzt, aber bis zur Fertigstellung der Vorratskammern würde noch einige Zeit vergehen.

Die Anspannung der ersten Tage war vorbei und die Stimmung innerhalb der Gruppe gelöst, sah man einmal von den Rebellen um Theseus ab, zu denen vier junge Männer und die dunkelhaarige, ein wenig stämmige Koronis zählten. Seit der Einschiffung schienen sie entschlossen, alles zu boykottieren. Aiakos hatte sich vorgenommen, ihren Protest zu ignorieren, bis sie ihr Ziel erreicht hätten. Er hielt nichts von drakonischen Maßnahmen, die ihren Trotz eher verstärken würden. Vielmehr verließ er sich auf die Wirkung der anstrengenden körperlichen Arbeit, die den Unterricht über Himmelskunde, Geographie und Navigation ergänzte. Ein paar heiße Tage an der Helling, wo die großen Schiffsleiber aus Pfahlwerk errichtet wurden, und sie würden ihre Verweigerungshaltung bald aufgeben.

Die Verantwortung für den Reiseverlauf lag ganz bei ihm. Pasiphaë, seit der Ankunft der Athener meist schlechtgelaunt und abweisend, hatte die komfortabelste der Triakontoren für sich beansprucht. Selbstverständlich war auch im Palast der luftige Westfügel für sie reserviert. Nicht nur Glaukos, Xenodike und Phaidra waren mitgekommen; sogar Ariadne war vor der anstrengenden Reise nicht zurückgeschreckt. Sie würde die Gruppe der Mysten allerdings nicht bis nach Zakros begleiten. Pasiphaë hatte ihr einige Aufgaben für das hiesige Heiligtum der Göttin zugedacht.

Asterios war nicht mit an Bord. Er hatte Pasiphaë gebeten, nachkommen zu dürfen; er hatte den dringenden Wunsch nach Stille und Einsamkeit. Sie hatte eingewilligt, ihm jedoch aufgetragen, bei dieser Gelegenheit nach verschiedenen Höhlen- und Quellheiligtümern zu sehen. Erst zur Sonnwendfeier wurde er in Zakros erwartet.

Vor dem Altar im großen Hof des Palastes dankte Pasiphaë der Göttin für den günstigen Beginn der Reise. Dann erhob sie ihre Augen, und alle folgten ihrem Blick. Sie schauten hinüber zum festungsartigen Berg Dikte, unter dessen blauem Gipfel die Grotte der Großen Mutter lag. In ihr, so berichtete die Überlieferung, hatte Sie Ihren ersten Sohn geboren. Viele Erstgebärende stiegen den steinigen Weg hinauf, um dort Ihren Segen für eine glückliche Geburt zu erflehen.

Andächtig zeichneten die jungen Kreter sich gegenseitig das heilige Zeichen auf die Stirn. Auch die meisten der Athener schienen beeindruckt. Nur die Rebellen um Theseus traten demonstrativ zur Seite.

Wenig später wurde das Abendessen auf der Loggia im Obergeschoß serviert. Von dort aus hatte man eine gute Aussicht auf die Stadt und das Meer, das in den letzten Strahlen der untergehenden Sonne golden aufleuchtete. Pasiphaë blieb der Mahlzeit fern; ihre Töchter und Glaukos saßen zwischen den Mysten, während das Essen für das Gefolge in einem Nebenraum angerichtet war.

Theseus hatte hastig und lustlos gegessen und war sofort aufgesprungen, kaum daß sein Teller leer gewesen war. Immer wieder hatte er verstohlen zu dem anderen Tisch hinübergesehen, an dem Phaidra zwischen ihren Geschwistern saß. Schließlich war er wortlos verschwunden.

Ariadne sah ihm lange nach. Dann huschte ein kleines Lächeln über ihr Gesicht, und sie zog sich ebenfalls zum Schlafen zurück.

Am anderen Morgen gingen die Reisenden an Bord. Kaum war die Sonne aus dem Meer gestiegen, war das Wasser so spiegelglatt wie Glas. Kein Lüftchen regte sich; schlapp hingen die Segel am Mast. Die Ruderer mußten sich in die Riemen legen und häufige Pausen machen. Der Tag war heiß und so stickig, daß die Süßwasservorräte rationiert wurden. Daher atmeten alle auf, als man am späten Nachmittag in Gournia anlegte.

Die Stadt, die sich auf einer Hügelkuppe über einem hufeisenförmigen Tal erhob, war ein bedeutender Verkehrspunkt, was ihr Wachsen begünstigt hatte. Der große Gebirgsblock im Osten Kretas machte die Küste schwer zugänglich; daher wurden die meisten Waren mit dem Schiff nach Gournia und von dort über Land zur Südküste transportiert.

Hier waren sie in einer komfortablen königlichen Villa untergebracht, ein Stufenbau, errichtet aus Kalkstein. Alles war auf ihre Ankunft vorbereitet: die Decken aufgeschlagen, Bottiche mit frischem Badewasser eingelassen, ein leichtes Mahl zubereitet.

An diesem Abend gab es keine Andacht. Pasiphaë zog sich gleich nach der Ankunft zurück, und auch Phaidra blieb der Tafel fern. Aiakos hatte noch am Hafen zu tun und ließ die Mysten mit Jesa und Eudore allein. Sofort benutzte Theseus die Gelegenheit. »Laßt euch nur einlullen von ihren Speisen und ihrem Wein«, höhnte er. »Merkt ihr nicht, was sie vorhaben? Einfangen wollen sie uns mit ihren Gemälden und Badehäusern! Nichts als Weiberkram, der nicht zu echten Athenern paßt!«

Die meisten aßen schweigend weiter. Hernippos schaute sogar ärgerlich zu ihm hinüber. Ein paar seiner Kameraden aber hatten eifrig genickt. Theseus spürte, daß er plötzlich die Aufmerksamkeit aller genoß. »Sie werden ihr wahres Gesicht erst zeigen, wenn wir als Gefangene am Ende der Welt sitzen!« fuhr er fort. Erystenes und Daidochos, die stilleren aus seiner Gefolgschaft, musterten die Runde herausfordernd. Seine Worte schienen sie mutig gemacht zu haben.

»Stammt deine Mutter Aithra nicht aus Troizen?« Eudore hob ihren schmalen, blonden Kopf und sah ihn an. »Liegt das nicht ein ganzes Stück von Athenai entfernt?«

Einige der jungen Kreter kicherten, und auch ein paar attische Mädchen begannen zu prusten. »Was hat das damit zu tun?« erwiderte Theseus patzig. Er konnte nicht verhindern, daß er dabei rot wurde.

»Für weibische Kreter, wie du sie zu nennen pflegst, ist jede Mutter heilig«, gab Jesa bedächtig zur Antwort. »Egal, woher sie kommt. Bei uns lehren die Mütter ihren Kindern Achtung vor allen lebenden Wesen. Es liegt an dir, wenn du eine Herabsetzung darin siehst.«

Viele lächelten; Theseus stieß heftig seinen Schemel zurück und verließ wütend den Speisesaal.

Als sie weiter nach Osten kamen, wurde das Blau des Himmels tiefer und durchsichtiger. Zakros erreichten sie in der größten Mittagshitze. Der hiesige Palast lag nicht weit vom Hafen entfernt. Sie blieben vor dem Tor stehen, dessen Giebel von einem steinernen Doppelhorn geziert war. Theseus deutete nach oben. »Das ist der grausame Stierkult, dem sie huldigen«, sagte er gedämpft. »Keine Angst, ich werde nicht zulassen, daß auch nur ein einziger von euch geopfert wird.«

Jesa und Eudore tauschten vielsagende Blicke, hielten sich aber mit Kommentaren zurück. Sie überwachten das Ausladen des Gepäcks; die Verteilung der Zimmer überließen sie Aiakos. Die Kulträume waren im Westflügel untergebracht. Die Mysten wohnten im Osttrakt.

Schon am nächsten Morgen begann die Fastenzeit. Die Spannung innerhalb der Gruppe stieg, als der Nachmittag des dritten Tages angebrochen war. Ein paar Athener versuchten, ihre kretischen Kameraden auszufragen, was sie bei Einbruch der Nacht erwartete. »Keiner, der das Mysterium selbst erlebt hat, hat jemals auch nur ein Wort darüber verloren«, erwiderte ein Mädchen aus Chalara. Sie machte ein nachdenkliches Gesicht. »Der Verrat an der Göttin wäre schlimmer als der Tod.«

Theseus runzelte die Stirn. »Nicht einmal ihren eigenen Kindern vertrauen sie«, raunte er. »Wer weiß, welche Abscheulichkeiten sie uns antun werden!«

Jeder schien den Augenblick herbeizusehnen, in dem die Sonne endlich im Meer versinken würde. Als sich der Himmel orangerot färbte, hatten sie ihr Bad bereits beendet. Für jeden lag ein schwarzes Gewand mit roter Schärpe bereit; alle erhielten einen Stab, der mit Myrthenzweigen umwickelt war, dazu ein Kleiderbündel. Sie gingen barfuß. Nur ein roter Wollfaden war um ihre rechte Hand und ihren linken Fuß geschlungen.

»Wie Opfertiere, die man zur Schlachtbank führt«, murmelte Theseus.

Zwar schauten ein paar ängstlich zu ihm hinüber, aber für Befürchtungen blieb keine Zeit. Jesa und Eudore führten sie hinüber zum Tempelbezirk. Vor einem Brunnen im Vorhof machten sie halt.

»Hiermit betretet ihr das Reich der Großen Mutter«, sagte Jesa feierlich. »Keiner von euch wird es als der verlassen, als der er gekommen ist.« Sie besprengte sie nacheinander. »Wasser des Lebens, reinige sie von allen Vergehen!«

Im nächsten Vorhof hielt Eudore sie abermals an, faßte in eine Schale und bestreute ihre Köpfe mit einer Handvoll Getreidekörner. »Brot des Lebens, öffne sie für dein Mysterium! Laß sie den Tod und die Auferstehung zu neuem Leben erfahren wie das Korn, das aus der Erde sprießt!«

Die Mysten drängten sich im letzten Vorhof zusammen, der sie noch vom Heiligtum trennte. Aus der schlangengeschmückten Türöffnung trat Phaidra ihnen entgegen, in der Hand eine brennende Fackel. Langsam ging sie an jedem von ihnen vorbei, so dicht, daß ihnen der Harzgeruch in die Nase stieg. Einige Lider zuckten, aber keiner rührte sich. Sie alle hielten dem Atem des Feuers stand.

»Feuer des Lebens, entzünde ihre Herzen! Laß sie aufgehen in der allumfassenden Liebe der Einen Mutter!«

Dann gab sie den Weg ins Allerheiligste frei.

Sie gelangten in einen niedrigen Raum, der nur spärlich erhellt war. Auf einem Tisch standen Tonbecher und ein silberner Kelch. Leiser Minzduft zog durch den Raum und vermischte sich mit dem Wacholderaroma der Räucherungen.

Sie legten Stab und Bündel beiseite und erhielten einen Becher. Plötzlich stand Pasiphaë im Raum. Sie trug ein weißes Gewand, mit Silberfäden durchzogen, und die Mondsichel als Diadem.

»Nächtlich schimmernde Göttin«, betete sie. »Wachsend und schwindend mißt Du die Zeiten. Festige die Seelen der Mysten, damit sie nie vergessen, was sie in Deinen Hallen erleben durften.« Sie ließ die Arme sinken. »Wiederholt nun im Chor den Eid«, verlangte sie. »Sprecht mir nach: Gereinigt vom Wasser des Lebens, der Erde entsprossen, vom Feuer geläutert, stehe ich vor Dir. Ich bin bereit, Dein Geheimnis zu erkennen. Mein Mund bleibt verschlossen bis zum Ende aller Tage. Niemals wird meine Zunge Zeugnis ablegen über Deine Herrlichkeit. Das gelobe ich bei meinem Leben.«

Wie aus einem Mund gehorchten sie, und ihre Stimmen erfüllten den Raum.

Nur Theseus blieb stumm. Er stand günstig, nahe bei der Tür, und war halb verdeckt von seinem Vordermann. Er zitterte vor Anspannung, aber Triumph erfüllte ihn. Er hatte den Eid verweigert. Er war frei. Niemand würde ihn zum Gehorsam zwingen können.

»Trinkt jetzt!«

Zögernd führten sie die Becher zum Mund. Die Flüssigkeit war kühl und schmeckte nach Kräutern.

»Alles! Es darf nichts übrig bleiben!«

Theseus dachte einen Augenblick daran, den Rest einfach auf den Boden zu gießen. Aber er war zu langsam gewesen. Phaidra wartete neben ihm, bis er ausgetrunken hatte. »Kein Stierblut«, sagte sie leise. »Ich verspreche es dir.«

Dann ging sie nach vorn zu Pasiphaë, und beide verschwanden.

Eudore öffnete die Flügeltür zum nächsten Raum. Eine dunkle Halle erstreckte sich vor ihnen; nur ein paar Ölfunzeln brannten.

Unscharf waren zu beiden Seiten breite Stufen zu erkennen. Leicht beklommen ließen sie sich darauf nieder. Manche hatten den Kopf in die Hände gestützt, andere saßen aufrecht und ruhig.

»Hört ihr das?« schreckte plötzlich ein Mädchen hoch.

Alle lauschten. »Da ist nichts«, sagten die einen. »Doch, ganz weit unten«, widersprachen die anderen. Es waren seltsame Geräusche, Brummen, Rascheln und Hüsteln, schließlich tiefes Dröhnen, das immer stärker anschwoll. Es klang, als würde unter ihnen ein riesiger Gong geschlagen.

Da war Sie, in Licht und Feuer getaucht!

Alle glaubten die Flammen zu sehen, die von ihrem Körper in alle Richtungen züngelten. »Theseus!« sagte sie laut, und er stand langsam auf. Seine Beine wollten ihm zunächst nicht gehorchen. Schweiß bedeckte seinen Körper, sein Gaumen war taub, und die Zunge lag geschwollen im Mund. Er taumelte nach vorn.

Nach ein paar Schritten wurde es leichter. Als verbinde ihn ein Seil mit der leuchtenden Frauengestalt, zog es ihn zu ihr. Ein dichter Schleier verbarg ihr Gesicht, aber er meinte, dahinter dunkle Augen zu erkennen. Sie berührte seine Hand und zog ihn über die Schwelle.

Um ihn herum war nichts als Licht. Es strahlte von einer silbernen Tischplatte aus, auf der ein Mörserstößel neben einer glänzenden Schale lag. Sie nahm die beiden Gegenstände in die Hand und fing an, den Stößel gleichmäßig in der Schale zu bewegen. Seine Augen weiteten sich vor Erstaunen. Die Gegenstände vor ihm begannen zu verschwimmen. Als sie wieder neue, festere Konturen bekamen, sah er zwei Menschen vor sich – einen Mann, der leidenschaftlich in eine Frau eindrang. Beide stöhnten tief, versunken in ihrem Liebesspiel. Farne wuchsen um sie herum, Bäume wiegten sich, und eine Sumpflandschaft breitete sich aus. Alles vibrierte vor Leben und Fruchtbarkeit. Der Anfang aller Dinge, schoß es ihm durch den Kopf. So hat alles begonnen.

»Das ist das Geheimnis des Lebens. Die Liebe, die in allem wohnt, und sich stets erneuert.«

War es ihre Stimme oder der Hauch des Windes? Theseus schloß die Augen und überließ sich dem Raunen und Flüstern. Er spürte erst Metall an seinem Fuß und seinem Handgelenk, dann weiche Hände an seinem Körper. Die Fäden waren durchtrennt.

Wie ein Kind wurde er ausgezogen und stand nackt und frei vor ihr. Dann schmiegte sich feines Gewebe an seinen Leib. Ein Kleid, weiß wie das Licht.

»Willkommen, Myste der Einen Mutter«, sagte die Stimme. »Dein Einweihungsweg hat soeben begonnen.«

Einer nach dem anderen waren sie in die dämmrige Halle zurückgekehrt, weißgekleidet, befreit von ihren Fesseln. Sie waren Wiedergeborene, die das Geheimnis des Lebens in ihrem Herzen trugen. Einige hatten gesungen, andere gesummt, andere sich ekstatisch um die eigene Achse gedreht.

Zeit und Raum erhielten ihre Gültigkeit zurück, als die Sonne aufging. Gemeinsam waren sie hinauf zur Quelle gegangen. Das Wasser schmeckte köstlich und half, den Rausch der langen Nacht zu vertreiben. Bis zum Abend waren sie in einem Dämmerzustand verblieben, der alle Geräusche gedämpft und die Farben intensiviert hatte. Dann hatte sich der Schlaf wie eine Erlösung über sie gesenkt.

Das war mehr als sechs Wochen her. Niemand sprach mehr darüber, und manchmal schien es Theseus, als seien die Erfahrungen jener Nacht nichts als atemlose Träume gewesen. Ohnehin brummte ihm oftmals der Schädel von den vielfältigen Informationen, die es zu verarbeiten gab. Auch die anderen Mysten stöhnten unter dem anstrengenden Stoff. Keiner aus Athenai mochte zugeben, daß man bei ihnen zu Hause aufs Geratewohl lossegelte und sich von den mündlichen Berichten anderer leiten ließ. Allenfalls nahm man noch Zuflucht zu einem Seher, der die Blitze am Himmel und den Flug der Meeresvögel deutete. Hier dagegen lernten sie, sich am Zenit zu orientieren und übten den praktischen Gebrauch des Senklotes. Nachts saßen sie im Freien und schauten zu den Sternen empor, die für jeden Reisenden zu Wasser und zu Land wichtige Wegweiser waren. Die meisten von ihnen konnten nicht einmal schwimmen. Während die einheimischen Mädchen und Jungen sich wie die Fische im Meer tummelten, mußten die Mysten aus Athenai plumpe Gerätschaften aus Kork umlegen, um nicht unterzugehen.

Mittlerweile hatten sie sich im Palast eingelebt. Sie kannten die Schwächen und Vorzüge ihrer Lehrer und wußten, daß man den temperamentvollen Kephalos leichter aus der Ruhe bringen konnte als Paneb. Aiakos hielt sich im Hintergrund; er wartete ab, wie sich die einzelnen in der Gruppe entwickelten. Dann wollte er zurück nach Phaistos segeln, um nach langen Wochen endlich wieder bei Hatasu zu sein. Dorthin waren Pasiphaë und Phaidra an Bord einer Kymbe bereits aufgebrochen.

Theseus war seit der Abreise des Mädchens so gereizt, daß ihm sogar das Häuflein seiner Getreuen aus dem Weg ging. Keiner mochte mehr mit ihm zusammensein.

Trotz der Bedenken und Einwände der Priesterinnen hatte Minos dem Athener in jedem Palast eine große Werkstatt einrichten lassen. Die bestausgestattete von allen lag in Zakros. Freilich gab es noch andere Gründe, warum Daidalos sich hier am wohlsten fühlte.

Weit entfernt vom Palast der blauen Delphine war es ihm durch geschickte Umverteilung der zur Verfügung gestellten Mittel gelungen, sich ein eigenes kleines Reich aufzubauen, über das er uneingeschränkt herrschte. Er befehligte eine Dienerschar; ihm stand ausreichend Platz zum Wohnen und Forschen zur Verfügung. Und er hatte nach langem Suchen in der Stadt die Frau gefunden, die bereit war, ihm zu geben, was er brauchte. Es fiel ihm immer schwerer, längere Zeit ohne sie zu sein.

Minos hatte ihm einen ganzen Trakt zur Verfügung gestellt. Der gesamte Südflügel der Palastanlage war großzügig unterkellert und bot Platz für die Lagerung von Erz und Holz. Über diesen unterirdischen Magazinen erhob sich ein zweistöckiger Bau, der einen eigenen Eingang besaß. Feuermeister, Erzschmelzer und tüchtige Schmiede hatte Daidalos schon aus Zakros rekrutiert und zu absolutem Stillschweigen verpflichtet. »Ihr seid weder Holzschnitzer noch Steinmetze«, pflegte er zu sagen. »Sie können reden. Ihr nicht. Erwische ich einen, der seinen Mund nicht halten kann, hat er seinen Platz verloren.«

Aber niemand arbeitete gern unter ihm, denn der Athener war anmaßend und als Leuteschinder verschrieen. Die Kreter konnten nicht verstehen, warum er in Wut geriet, wenn etwas nicht nach seinem Kopf ging. Sie waren gewohnt, so zu arbeiten, wie es schon ihre Vorfahren getan hatten; Neuerungen standen sie mißtrauisch gegenüber, vor allem, wenn sie von einem Fremden eingeführt wurden. Es kam ständig zu Konflikten.

Theseus wurde eines Tages zufällig Zeuge einer dieser Auseinandersetzungen. Daidalos war nur zu hören. »Wann geht es endlich in deinen Bauernschädel, daß die Luftzufuhr gleichmäßig erfolgen muß!«

Der Mann verteidigte sich, Daidalos aber schnitt ihm das Wort ab. »Ich bin es leid, ständig zu hören, was *nicht* möglich ist. Ich wünsche endlich Ergebnisse!«

Die anderen Männer hämmerten weiter. Zwei Schachtöfen waren in Betrieb; mehrere Schmiedefeuer brannten. Ein großer Amboß stand in der Mitte des Raumes; kleinere waren an den Seiten aufgestellt. Mehrere Blasebälge lagen herum, Säckchen aus Ochsenhaut mit tönernen Mundstücken, größere, die in Gestelle eingebunden waren und Bambusrohre als Windleitungen hatten.

Keiner kümmerte sich um den jungen Athener. Zwei Männer, nackt bis auf einen Lederschurz, arbeiteten am Amboß, während ein dritter neben ihnen in gleichmäßigem Takt Zeichen gab. Jedesmal, wenn er seine Hand hob, schwenkte der große Schmiedehammer ebenfalls hoch, beschrieb einen Halbkreis und landete auf einem rotglühenden Metallstück, das von einem der Männer mit einer langen Zange gehalten wurde. »Es splittert schon wieder«, rief sein Gegenüber. »Überzeug dich selbst, Daidalos!«

Wieselflink eilte er herbei und erstarrte, als er Theseus sah. »Was hast du hier zu suchen?« herrschte er ihn an. »Verschwinde augenblicklich!«

»Was macht ihr da?« Theseus starrte auf das zerbrochene Metallstück.

»Verschwinde!« schrie Daidalos. »Ich kann Kerle, die überall herumspionieren, nicht ausstehen!« Und brüllend wandte er sich an seine Arbeiter. »Wie oft habe ich euch gesagt, daß ihr niemand hereinlassen sollt!«

»Schon gut,« murmelte Theseus und wandte sich überraschend gefügig zum Gehen. »Ganz wie du willst.«

Über den Vorfall verlor er keine Silbe. Er ließ einige Tage verstreichen und hielt sich vom Südflügel fern. Als die ganze Gruppe an einem heißen Nachmittag zum Hafen aufbrach, schützte Theseus Kopfschmerzen vor. Kaum hatten die anderen das Palastgelände verlassen, stand er wieder vor der Schmiede.

Diesmal war die Zeit günstig. Die Männer rasteten im schattigen Patio; Daidalos war allein im Raum und stocherte in der Schlacke herum.

»Du schon wieder«, sagte er ärgerlich, als er ihn bemerkte. »Hau ab – du bist hier unerwünscht! Dein königlicher Vater scheint dir erstaunlich wenig Manieren beigebracht zu haben.« Daidalos' Stimme klang resigniert und weit weniger aufgebracht als beim letzten Mal.

Theseus rührte sich nicht von der Stelle. »Ich weiß gar nicht, warum du dich so aufregst«, sagte er ruhig. »Glaubst du, ich habe noch nie gesehen, wie man Eisen zum Schmelzen bringt?«

»Woher weißt du das?« fragte Daidalos nervös und kam ihm dabei ganz nah. Sein Atem roch streng und säuerlich.

Theseus wich ein Stück zurück. »Ich bin in Troizen aufgewachsen«, erwiderte er stolz.

»Und weiter?«

»Mein Großvater Pittheus besaß ähnliche Anlagen«, fuhr Theseus fort. »Jetzt sind sie kalt, weil er alt und krank geworden ist. Früher aber waren sie Tag und Nacht in Betrieb. Ich habe oft dabei zugesehen, wie das Erz zerstampft, gemahlen und dann gewaschen wurde. Mein Großvater hat sogar eigene Zisternen dafür anlegen lassen.«

»Und die Öfen? Wie haben sie ausgesehen?«

»Manche waren in den Boden eingegraben und mit Ton oder Ziegeln ausgefüttert«, nickte Theseus. »Aber sie taugten wenig. Ich weiß, daß mein Großvater nie mit ihnen zufrieden war. Später ließ er die Erze in eine Grube schütten und einen Hügel darüber errichten, aus dem ich die Flammen herausschlagen sah.«

Daidalos nickte. »So weit bin ich auch schon«, sagte er leise. »Erze und Lagen von Kohlen darüber. Blasebälge, die mit dem Fuß bedient werden, Luft, durch tönerne Pfeifen eingeführt. Ausflußrinnen. Aber das reicht nicht aus, um das Metall so geschmeidig zu machen, daß es anschließend bearbeitet werden kann. Das größte Problem ist es, die Zufuhr der Hitze absolut gleichmäßig zu halten.« Er deutete nach hinten. »Aber mit diesen Männern? Kaum zu schaffen! Sie sind keine Sklaven, die ich einfach an die Öfen abkommandieren kann. Von früh bis spät kommen sie mir mit ihren Handwerksregeln, und wenn ich sie nicht ständig lobe, verlieren sie die Lust. Dauernd muß ich mir anhören, was die Priesterinnen zu diesem und zu jenem sagen. In ihren Holzschädeln denken sie, die Göttin wünsche offenbar nicht, daß Eisen zum Schmelzen gebracht wird. Großer Zeus, steh mir bei! Jeden Tag muß ich von neuem gegen ihre Borniertheit angehen. «Aber was rede ich da!» Er sah Theseus argwöhnisch an. «Meine Probleme werden dich kaum interessieren!»

»Warum nicht?« erwiderte Theseus prompt. »Schließlich sind wir beide Athener und sollten in der Fremde zusammenhalten.«

Daidalos blieb ihm die Antwort schuldig. Zu widersprüchlich waren die Gefühle, die diese letzte Bemerkung in ihm ausgelöst hatte. Er betrachtete den Jungen und versuchte, hinter den merkwürdig freudlosen Augen das Bild seines Vaters heraufzubeschwören. Damals war Aigeus jung und tatkräftig gewesen, ein strahlender König, hinter dem die noblen Familien der Stadt gestanden hatten. Er schüttelte den Kopf und schob das Bild beiseite, weil er es haßte, an seine Heimatstadt erinnert zu werden und an den Mann, der er einmal gewesen war. Damals hatte ihm die Welt offen gestanden. Das war lange vorbei, und er wußte es. Aber warum gelang es ihm nicht, hier auf Kreta friedlich zu leben?

Feindselig starrte er Theseus an. Was ahnte der schon von seinen Kämpfen? Von den vielen Nächten, in denen er wachlag und Minos, seine Königin und ganz Kreta verfluchte? Seit Jahren schon sehnte er sich nach der Gesellschaft von Männern seinesgleichen und haderte mit dem Sohn, der in seinen Augen kein echter Mann werden wollte.

»Genug für heute«, sagte er abrupt. »Die Schmiede kehren gleich zurück. Ich will nicht der sein, der sie von ihrer Arbeit abhält.«

»Darf ich wiederkommen?« bat Theseus. »Bitte!« Sein Ton klang ehrlich.

»Wenn du möchtest«, erwiderte Daidalos zu seiner eigenen Überraschung. »Aber achte darauf, daß niemand dich sieht! Ich lege wenig Wert darauf, daß alle Mysten um meinen Amboß herumstehen.«

Theseus nickte. Er hatte genau verstanden, was der Ältere damit sagen wollte. Er lächelte, als er zu seinem Quartier zurückstapfte. Er würde sein Geheimnis mit niemandem teilen. Zumindest vorerst.

Asterios erreichte Zakros zwei Tage vor dem Sonnwendfest. Er war auf dem Gaulos mitgesegelt, der die heiligen Gerätschaften transportierte. Schwierige Wochen lagen hinter ihm. Wilder Aufruhr hatte in seinem Inneren getobt, der sich durch nichts besänftigen lassen wollte. Kein Gebet, keine Versenkung auf Gipfeln oder in heiligen Hainen hatte geholfen. Die Zeit des Opfers kam näher, er spürte es und empfand Angst. Warum ich? hatte er sich wieder und wieder gefragt, und mit jeder dieser quälenden Fragen war seine Zerrissenheit nur noch schmerzhafter geworden. Warum meine Ariadne?

Seine Unruhe hatte ihn schließlich an den Fuß des Nidagebirges geführt. Nach Wochen in freier Natur hatte er zum erstenmal wieder in einer kleinen Herberge übernachtet. Dort hörte er Leute über Tyro, den Heiligen vom Berg, sprechen.

Er war frühmorgens aufgebrochen; nach einigen Stunden kam er an einer merkwürdigen Behausung vorbei, halb Hütte, halb in den Berg getriebener Stollen. Ein magerer, grauhaariger Mann stand davor und sah ihn ruhig an. Asterios hielt inne und blieb. Zwei Tage und zwei Nächte verbrachte er in seiner Gesellschaft. Kein Wort fiel zwischen ihnen, und dennoch verständigten sie sich ohne Schwierigkeiten. In der zweiten Nacht, als Asterios draußen vor dem Feuer saß, war er leise von hinten an ihn herangetreten, hatte seinen Kopf mit beiden Händen gefaßt und ihn einen Augenblick in einer sanften, beinahe zärtlichen Berührung gehalten. Das war bereits genug. Als wäre ein Damm gebrochen, schossen ihm die Tränen in die Augen. Asterios, Priester der Göttin, Ziehsohn Meropes und Sohn der Königin Pasiphaë, weinte wie noch nie zuvor in seinem Leben. Die Erstarrung in seiner Brust schmolz unter seinem heftigen Schluchzen.

Ich bin, der ich bin, dachte er und hatte wieder Hatasus schwarze Augen vor sich. Sie hatte ihm damals in der Nacht des Feuerrituals geholfen, sich selbst zu erkennen. Er wünschte, sie wäre heute wieder bei ihm.

Er blinzelte hinauf zum Himmel und sah die Mondkugel zwischen den Bergkämmen stehen. Er fühlte, wie Kraft und Zuversicht zurückkehrten. Ich bin, der ich bin, bewegten sich lautlos seine Lippen. »Der Sternengleiche« bedeutet mein Name, und ich trage ihn zu Recht.

Asterios schaute hinab in die dunkle Ebene, in der er nur einzelne Feuer leuchten sah, und eine tiefe Liebe zu diesem Land erfaßte ihn. Er war bereit, sich dem Athener mit den kalten Augen zu stellen. Wenn es seine Bestimmung war, für Kreta zu sterben, würde er sich in sein Schicksal fügen. Aber er würde alles versuchen, um Ariadne vor ihm zu retten. Schließlich war er der Sohn der Einen Mutter, der Lilienprinz, den die Weisen Frauen so sehnlich erwartet hatten, selbst wenn die Priesterinnen es noch immer nicht aufgegeben hatten, sein Tätigkeitsfeld zu beschneiden.

Asterios verzichtete darauf, sich zum Palast kutschieren zu lassen und ging zu Fuß den Hügel hinauf. Es war früher Nachmittag, und die meisten Geschäfte waren noch geschlossen. Aber aus einer Nebengasse drang schrilles Quietschen, dem Asterios folgte, bis er schließlich vor der Werkstatt eines Steinschleifers stand. Im Hintergrund arbeiteten zwei jüngere Männer an

Specksteinvasen, in die sie Spiralornamente trieben. Vorne, vor einem hohen Holzgestell, kniete ein älterer Mann auf dem Boden. Zwischen den Holzstäben war ein schmales Rhython aus schimmerndem Bergkristall eingespannt. Mit feinem Sandpapier war er dabei, ihm den letzten Schliff zu geben. Das prachtvolle Gefäß besaß einen wohlproportionierten Hals, den ein Kristallband mit goldenen Bügeln umschloß. Der Henkel bestand aus vierzehn dicken Kristallperlen. Sein Leuchten schien den ganzen Raum zu erhellen.

»Ich habe noch nie etwas so Schönes gesehen«, stieß Asterios voller Anerkennung hervor. Der Handwerker setzte sein Schleifen fort. »Es muß bis heute abend fertig sein«, sagte er. »Eine Anfertigung für den Palast. Übermorgen, wenn die Feuer auf den Hügeln brennen, erhalten die Mysten daraus das Salz des Lebens.«

»Ich danke dir«, erwiderte Asterios. »Ich werde derjenige sein, der es ihnen daraus reichen darf.«

Er ließ den Handwerker zurück und freute sich im stillen an dessen stummer Verwunderung. In der Regel machte Asterios keinerlei Aufhebens von seinem hohen Amt. Er war davon überzeugt, daß die meisten Leute auf Kreta nicht einmal wußten, daß er seit ein paar Jahren zum Priester der Göttin geweiht war. Die Priesterinnen schienen nicht besonders daran interessiert, es zu verbreiten. Noch immer hatten sie Bedenken und beinahe Angst vor dem männlichen Eindringling in ihrer Mitte.

Als er durch das Palasttor eingelassen wurde, spürte er, daß seine Anspannung wuchs. Die große Aufgabe anzunehmen, war eine Sache. Dem jungen, zornigen Athener von Angesicht zu Angesicht entgegenzutreten, eine andere.

Er sah sich um, entdeckte ihn aber nirgends. Ein kleiner Aufschub schien ihm gewährt. Langsam ging Asterios weiter. Obwohl sein letzter Aufenthalt im Palast von Zakros schon mehr als zwei Jahre zurücklag, kam ihm alles hier vertraut vor. Auf dem großen Hof kam ihm Aiakos entgegen und begrüßte ihn.

»Alles läuft sehr gut«, versicherte er, als sie zusammen zum Osttrakt gingen. »Sie sind fleißig und lernen schnell. Paneb und Kephalos sind so zufrieden mit ihnen, daß ich bald nach Hause fahren kann.« Beide freuten sich über das Wiedersehen, auch wenn sie nicht darüber sprachen. »Du weißt, daß Hatasu auf mich wartet«, fuhr Aiakos fort.

Asterios nickte schnell. Er konnte nicht an sie denken, ohne sich sofort auf seltsame Weise berührt zu fühlen. Er war beinahe überzeugt, daß es ihr ähnlich erging. Sie hatten denselben Vater, aber da war noch mehr, was zwischen ihnen schwang. In den letzten Jahren hatten sie sich nicht oft gesehen; waren sie sich aber doch einmal begegnet, waren immer andere dabei gewesen. Hinter den freundlichen Sätzen, die sie bei solchen Anlässen leicht befangen gewechselt hatten, waren ihre tieferen Gefühle verborgen geblieben.

Immer wieder fiel ihm auf, wie schön sie war. Hatasu schien nicht älter zu werden, sondern wie eine fremdartige Frucht zu reifen; sie verlor dadurch nichts von ihrer Anziehungskraft. Es hatte Augenblicke gegeben, in denen er ein so starkes Verlangen gespürt hatte, daß er ihm fast nachgegeben hätte. Aber sie war seine Schwester, und er sah sich nicht in der Lage, zum zweiten Mal diese schreckliche Verwirrung des Herzens durchzustehen. Außerdem liebte er Ariadne, noch immer, und würde ihr die Treue halten. Obwohl er viele Male von Hatasu geträumt und sich nach ihrer warmen Nähe gesehnt hatte.

»Gibt es keine Schwierigkeiten?«

»Wenn du mich so direkt fragst, sollst du auch eine offene Antwort haben«, erwiderte Aiakos. Sie waren vor dem Zimmer angelangt, das für Asterios gerichtet worden war, und Aiakos stieß die Türe auf. Ein Bett, zwei Truhen, ein niedriger Tisch aus Pinienholz, zwei Schemel, das war alles. Dafür leuchtete an der Wand gegenüber dem Fenster ein wunderschönes Bild, stilisierte Papyruspflanzen, Wasservögel in Weiß und Blau und bunte Fischleiber.

»Ich wußte, daß es dir gefallen würde«, sagte Aiakos, als Asterios zu lächeln begann. »Und ich dachte mir, du würdest nichts dagegen haben, ungestört zu sein, denn die Zimmer neben dir sind frei.« Dann veränderte sich seine Stimmlage. »Das einzige Problem heißt Theseus. Anfangs hat er gegen alles rebelliert; jetzt schweigt er verstockt, was mir noch weniger gefällt.«

»Ist er der einzige? Oder gibt es andere, die ihn unterstützen?«
»Ein paar sind öfters mit ihm zusammen«, räumte Aiakos ein. »Vier Jungen und ein trotziges Mädchen, das nicht gehorchen mag. Athener natürlich. Unter den Kretern hat er keine Freunde. Aber ich habe fast das Gefühl, daß diese heimliche Allianz langsam ein wenig bröckelig wird.« Er schmunzelte. »Den anderen scheint es besser bei uns zu gefallen, als es Theseus lieb ist. Ich habe jedenfalls schon lange nichts mehr von Heimweh und Fluchtplänen gehört.«

»Ich werde ihn mir genau anschauen«, versprach Asterios. »Ich denke, ich sollte mit ihm sprechen.«

»Warte lieber noch ein bißchen«, riet Aiakos. »Sonst fühlt er sich zu ernst genommen und trumpft noch mehr auf. Er benimmt sich, als ob er sich vor einer ansteckenden Krankheit fürchte. Er hat Angst, seinen Haß auf Kreta zu verlieren. Laß ihm noch ein wenig Zeit. Ich bin ziemlich sicher, daß sein bockiges Aufbegehren sich bald legen wird.« Er schmunzelte wieder. »Schließlich verfügen wir über einige Erfahrung im Umgang mit trotzigen jungen Menschen.«

Asterios konnte sein Lächeln nicht teilen. Allein der Gedanke an Theseus genügte, um ihn unruhig werden zu lassen. Ich muß mich ihm stellen, dachte er. Um meinetwillen. Für Ariadne. Und um Kreta willen. Aber wann war der richtige Zeitpunkt dafür? Im Augenblick schien es ihm tatsächlich besser, erst einmal abzuwarten. Übermorgen, dachte er, wenn die Sonnwendfeuer lodern, werde ich die Göttin um Ihren Beistand bitten. Dann werde ich wissen, was zu tun ist.

Niemand bemerkte Ariadnes Ankunft. Mit einer Dienerin kam sie im Morgengrauen im Palast an und verschwand gleich in ihren Gemächern. Ihre Reise war bislang wie geplant verlaufen, und sie war bester Laune. Sie vertrieb sich den Tag, indem sie Hyla herumscheuchte und sie all das auskundschaften ließ, was sie wissen mußte. Und sie widmete sich ausgiebig der Pflege ihrer Schönheit. Allerdings mußte sie auf die Benutzung der Baderäume verzichten, wollte sie ihre Anwesenheit noch länger geheimhalten. Aber Ariadne wußte sich zu helfen. Sie ließ das

Mädchen ein kleines Bassin im Westflügel reinigen und mit frischem Wasser füllen; dann schlüpfte sie durch eine Geheimtür, die ihr Deukalion vor vielen Jahren einmal gezeigt hatte, hinüber. Nach dem Bad ließ sie sich mit Rosenöl salben. Anschließend zog sie ihre Brauen mit einem Kohlestift nach und vertiefte das Rot ihrer Lippen. Sie tupfte Scharlach auf ihre Wangen und befahl Hyla, sie vorsichtig mit losem Puder zu bestäuben. Ihre Haut schimmerte wie ein reifer Pfirsich, ihre Augen waren dunkel und lockend wie die Nacht. Selbstzufrieden betrachtete sie ihr Spiegelbild. »Selbst Iassos' fähigster Gehilfe hätte keine bessere Arbeit leisten können«, lächelte sie. »Laß mich jetzt allein!«

Sie konnte kaum erwarten, bis der Palast am späten Nachmittag zu neuem Leben erwacht war. Angekleidet war sie bereits. Sie trug ein dünnes grünes Gewand, das unter den Brüsten von einem breiten goldenen Band gehalten war. Ihre Füße steckten in Sandalen, und auf dem Bett lag der dichte Schleier, mit dem sie sich vorerst noch verhüllen würde. Ariadne war so unruhig, daß sie keinen Augenblick stillsitzen konnte. Als der Himmel im Westen sich endlich rötete, seufzte sie erleichtert auf.

Jetzt konnte es nicht mehr lange dauern, und der Zug der Mysten würde sich formieren. Sie wußte, wohin sie gehen würden: hinauf, zu der großen Felsenterrasse, hoch über dem Wasser. Das war der heilige Ort in Zakros, wo zweimal im Jahr zum Sonnwendfest die Feuer entzündet wurden, um der Göttin für das ewige Rad von Sterben und Leben zu danken.

Dort würde sie Asterios wiedersehen. Dort würde sie auch jenen attischen Prinz namens Theseus wiedertreffen, der ihr seit Wochen nicht mehr aus dem Sinn ging. Und diesmal stand ihr die jüngere Schwester nicht im Weg. Hyla hatte in Erfahrung gebracht, daß Phaidra an Pasiphaës Seite längst wieder nach Phaistos zurückgekehrt war.

Für diese Nacht hatte Ariadne eine ganz besondere Überraschung bereit. Ihre Augen strahlten, und ihr Lächeln bekam einen grausamen Zug. Sie glühte wie von einem inneren Feuer. Denk an mich, Asterios, flüsterte sie lautlos. Denk an mich, Theseus. Keiner von euch wird diese Nacht je vergessen.

Vom südlicheren der beiden Hügel sah man hinunter in die Schlucht und konnte die Eingänge zu den zahllosen Höhlen erkennen. Seit altersher wurden hier die Toten bestattet. Die Menschen in Zakros balsamierten ihre Verstorbenen ein und legten sie in einen Sarg, den sie mit Blumen und Laub schmückten. Unter Trommelwirbel und Flötenklang brachten sie die sterblichen Überreste schließlich in einem feierlichen Zug in die Schlucht. Dort wurden sie in den Höhlen zur ewigen Ruhe gebettet.

Jeder in Zakros schien daran gewöhnt, in der Nähe der Toten zu leben. Die Gräber waren tief genug in die Felsen getrieben, um die Bestatteten vor Raubvögeln zu schützen, und weit genug von der Stadt entfernt, um die Hygiene der Lebenden nicht zu gefährden. Sie lagen jedoch nah genug, um die Verstorbenen oftmals zu besuchen und an ihrem Grabeingang zu beten. Blumen, Früchte und kleine Räucherpfannen waren Zeugnisse dieses lebendigen Ahnenkultes. Wenn die Menschen auf Kreta auch glaubten, daß die Seele sich mit dem Großen Ganzen vermählte, um zu sterben und wiedergeboren zu werden, so half dieser Brauch doch, den Schmerz zu lindern und neue Hoffnung zu spenden.

Den attischen Mysten schien diese Vorstellung sehr fremd zu sein. Nachdem Daidochos sie flüsternd auf die Höhlen und ihre Verwendung aufmerksam gemacht hatte, spähten sie immer wieder ängstlich hinunter. Theseus hatte Freude daran, ihr Unwohlsein zu verstärken.

»Wie praktisch und bequem«, zischte er seiner kleinen Gefolgschaft zu. Sogar ein paar von den anderen, die sich sonst von den Rebellen fernhielten, standen heute eng bei ihnen. »Wenn sie uns erledigt haben, können sie uns gleich dort unten verscharren. Ein Festmahl für die Geier! Die warten schon!« Er deutete zum Abendhimmel hinauf. Die Mysten zuckten zusammen und starrten dann hinüber zum Altar. »Aber da liegen doch nur Blumen und ein paar Brote«, wandte Eriboia zaghaft ein. »Nirgends sind Waffen zu sehen!«

»Kennst du dich vielleicht mit ihren abscheulichen Gebräuchen aus?« fuhr Theseus sie an. »Wenn sie uns auch nicht umbringen, müssen wir doch sicher wieder diese Giftbrühe trinken, die uns langsam den Verstand raubt. Vielleicht werden wir dann zu Schweinen und fangen an, uns im Schlamm zu wälzen. Seid nur folgsam und brav! Ich sehe mich jedenfalls für alle Fälle schon einmal nach einer Waffe um.«

Er ging zum Kreis hinüber, der abwechselnd aus hellen und dunklen Steinen gebildet war, und packte einen von ihnen.

Asterios, der die Szene aus der Nähe verfolgt hatte, trat rasch auf ihn zu. »Leg ihn sofort wieder an seinen Platz«, befahl er. Sein Ton ließ keinen Widerspruch zu. »Du wirst die Würde dieser Stunde nicht stören!«

Überrascht gehorchte Theseus. Mit kalten, bösen Augen ging er zu den anderen zurück. Asterios sah, wie sie zu tuscheln begannen und eingeschüchtert zu ihm herüberäugten. Er spürte, wie Zorn in ihm aufstieg, der aber schnell wieder verflog. Mein Gegner ist Theseus, dachte er. Und niemand sonst. Mit ihm habe ich es zu tun. Ich darf mich den anderen gegenüber nicht verhärten. Sie sind nur Halbwüchsige, die man in eine unbekannte Umgebung gesteckt hat. Kein Wunder, daß ihnen vieles hier seltsam vorkommen muß!

Wieder ganz beherrscht, wandte er sich um und streckte die Hand aus. Xenodike, die in einem gelben Kleid mit Margeriten im Haar die Sonne verkörperte, reichte ihm die Fackel. Er berührte das Reisigherz des Holzstoßes, und die Flammen schlugen empor. Nicht nur ihr Feuer brannte. In der Schlucht, auf dem Zwillingshügel gegenüber und überall entlang der Küste wurde es hell. Gebannt standen die jungen Menschen im Kreis um das Feuer und bildeten einen lebendigen Kreis innerhalb des steinernen.

Asterios, den silbernen Schlangenreif am Arm, begann laut zu beten.

»Heute ist der längste Tag des Jahres. Heute läßt Du, Große Mutter, das Licht über die Macht der Finsternis triumphieren. Doch der Fülle muß unweigerlich die Leere folgen. So schreibt es das ewige Rad der Wandlung vor, das Dein mächtiger Arm bewegt. Nach der Ernte kommt die Kargheit des Winters. Herrin des Lichtes, begleite uns auf diesem Weg in die Dunkelheit!«

Er nahm ein Brot, brach es und übergab es der Glut. »Seht, die Göttin ist im Getreide!«

»Es wird uns wachsen lassen«, antwortete ihm der Chor.

Er trank einen Schluck von dem Wein und goß ein wenig ins Feuer. »Seht, die Göttin ist im Wein und in den Früchten!«

»Sie werden reifen und uns nähren«, erwiderten sie.

»Die Sonne stirbt nicht auf ihrem Weg in die Finsternis. Sie verläßt uns nur für eine Zeit. Dann wird sie erneut aufgehen, und das Licht kehrt zu uns zurück.«

Glaukos trug ihm das Kristallrhython voran. Asterios schritt im Kreis von einem zum anderen, entnahm dem Gefäß jeweils eine Prise Salz und streute sie auf ihre Scheitel. »Das Salz des Lebens möge dich reinigen und heilen«, betete er dabei. Er war beinahe wieder am Anfang angelangt, da stockte er plötzlich. Noch bevor die Frau den grünen Schleier zurückgeschlagen hatte, wußte er, wer vor ihm stand.

Ariadne ließ ihre Verhüllung fallen und schaute ihn herausfordernd an. Seine Hand, die die Segnung vollzog, zitterte unmerklich, seine Stimme aber blieb fest. Er sah sie einen Augenblick länger als nötig an, dann ging er weiter zum nächsten und vollendete seine Runde. »Brot und Wein stehen dort drüben als Stärkung für euch bereit«, sagte er, als er wieder am Altar angekommen war.

Der Kreis löste sich auf. Ariadne ließ Asterios keinen Moment aus den Augen, aber er machte keinen Versuch, sich ihr zu nähern. Ärgerlich biß sich Ariadne auf die Lippen und begab sich zu ihren Geschwistern. Dann sah sie Theseus endlich allein dastehen. Das war der Moment, auf den sie gewartet hatte.

Zielstrebig überquerte sie den Platz, vorbei am Feuer, wo die Äste krachten und knisterten, und legte ihre Hand auf seinen Arm.

»So nachdenklich bei einem so heiterem Fest wie diesem?« fragte sie sanft.

»Du bist es«, erwiderte er überrascht. »Wo kommst du denn auf einmal her?«

Ariadne machte eine unbestimmte Handbewegung. »Ich bin schon länger unterwegs«, lächelte sie vielsagend. »Ich kenne unterhaltsamere Beschäftigungen für heiße Nächte, als ins Feuer zu starren und trockenes Brot zu kauen«, fuhr sie fort. Eine Locke hatte sich aus ihrem aufgesteckten Haar gelöst. »Ich könnte dir etwas zeigen, was dir gefallen wird. Es sei denn, du hast Angst davor, allein mit mir zu sein.«

»Ich habe vor niemandem Angst«, antwortete Theseus unwirsch.

Wie auf ein Stichwort hoben beide die Köpfe und schauten hinüber zu Asterios, der mitten unter den Mysten stand. Dann war der kurze Augenblick vorüber.

»Ich fürchte nicht einmal den Tod«, sagte Ariadne. Ihr Lachen war dünn und künstlich. »Gehen wir?«

»Jetzt gleich?«

Sie lachte abermals. »Das klang ja fast entsetzt. Meinst du denn, ich will dich im Dunkeln vom Felsen stürzen?«

Urplötzlich überkam ihn der Wunsch, die Nadeln aus ihrem Lockentuff zu ziehen und mit beiden Händen in ihr Haar zu fassen. Es war dicht und braun und sah seidig aus. Feiner Rosenduft stieg ihm in die Nase, der aus der Mulde zwischen ihren Brüsten zu strömen schien. Warm und lebendig roch sie, wie der Sommer selbst.

»Du hast recht«, wisperte Ariadne und schlug sittsam ihre Augen nieder. »Es wäre nicht gut, wenn man uns zusammen weggehen sähe. Ich weiß etwas Besseres!« Sie lächelte. »Deinen Zimmergenossen wirst du nicht loswerden können, und ich habe eine lästige Dienerin auf dem Hals. Zum Glück verfügt der Palast jedoch über leere Gemächer, in denen Rätsel gelöst und Geheimnisse enthüllt werden können.« Er sah sie verblüfft an, aber sie sprach schnell weiter. »Ich werde dich holen lassen«, versprach sie und sah sich beim Sprechen mehrmals verstohlen um. »Wenn es dreimal klopft, sei bereit!«

Asterios hatte das seltsame Gefühl, schon lange wachgelegen zu haben. Vielleicht hatte er gar nicht geschlafen, sondern sich nur in dem schwebenden Zustand befunden, der manchmal dem

Traum vorangeht. Über ihm befand sich das dunkle Viereck des geöffneten Fensters.

Außer dem Schlagen seines Herzens vernahm er auf einmal das andere Geräusch, das ihn wohl aufgeschreckt haben mußte. Er setzte sich auf und lauschte. Keuchen war zu hören und unterdrücktes Stöhnen. Es klang wie ein Ringkampf. Sollte er aufstehen und eine Lampe anzünden?

Er tastete nach den Feuersteinen auf dem niedrigen Tisch neben dem Bett und ließ die Hand wieder sinken. Was ging nebenan vor?

Er preßte sein Ohr an die Wand. Er hörte Lachen, Grunzen und Schnaufen, schließlich ein gleichförmiges Klatschen.

Das sind zwei Körper, dachte er und fuhr auf. Jemand hatte sich zum Liebesspiel in ein leeres Zimmer geschlichen. Um seine Ruhe war es jedenfalls geschehen. So sehr er sich auch bemühte, er konnte nicht mehr einschlafen.

»Ich will dich«, stöhnte die Frau, und er erkannte ihre Stimme. »Jetzt. Jetzt gleich!«

Wie in Trance stand er auf, schlang sich ein Tuch um die Hüften und stolperte hinaus auf den dunklen Flur. Seine Hand lag schon auf dem Türgriff, da zögerte er noch einmal. Aber er konnte nicht anders. Er mußte es mit eigenen Augen sehen.

Irgendwo im Raum brannte eine Ölfunzel, die milchiges Licht spendete. Theseus lag nackt ausgestreckt auf dem breiten Bett. Ariadne kauerte auf ihm. Ihr Haar war aufgelöst, ihr schlanker Rücken, der sich rhythmisch auf und ab bewegte, glitzerte schweißnaß.

Asterios war sich sicher, daß sie ihn hatte eintreten hören. Aber sie zögerte keinen Augenblick. Ohne in ihrem wellenförmigen Auf und Ab innezuhalten, ließ sie sich vornüber fallen und rieb leidenschaftlich ihre Brüste an dem glatten Oberkörper des Mannes. Dann hob sie sich ein wenig, um ihn weiter zu reizen, und sank dann unvermittelt tiefer auf ihn nieder. Sie wiederholte ihr Spiel, laut keuchend vor Lust. Die ganze Zeit über hielten seine Finger ihre Hinterbacken umfaßt, als versuche er, ihre Bewegungen zu steuern.

Asterios konnte kaum noch atmen. Er sah, wie die beiden

stöhnten und sich ekstatisch wanden, wie schließlich der Mann in ihr erbebte und einen erstickten Laut von sich gab.

Geschmeidig rollte Ariadne sich auf die Seite und schmiegte sich gleich wieder lasziv an den nackten, kräftigen Leib. Ihre Hände strichen besitzergreifend über seine Schenkel.

Dann hob sie den Blick und sah Asterios an. »Willkommen, geliebter Bruder«, lächelte sie mit dunklen, schwimmenden Augen. »Ich habe dich schon sehnsüchtig erwartet.«

Die Flüchtlinge

Seit Wochen liefen die Öfen im Südflügel auf Hochtouren. Anstatt wie bisher seine Schmiede jeden Morgen neue Feuer entfachen zu lassen, hatte Daidalos Strafen angedroht, falls die Glut ausgehen würde. Wachen sorgten dafür, daß auch während der Nachtstunden die Temperaturen konstant blieben.

Der Herbst hatte die Blätter der Steineichen gefärbt. Die Männer, die vor den Gruben hockten und mit Tütenbälgen immer wieder Luft in die Tonröhren bliesen, hatten sich Decken um die Schultern gelegt. Kaum waren die ersten Vogelstimmen zu vernehmen, erschien meist auch schon Daidalos, um die Ausbeute zu begutachten. Manchmal blieb er die ganze Nacht und besorgte eigenhändig den Nachschub. Sorgfalt und Fingerspitzengefühl waren verlangt, denn Holzkohle und Erzstückchen mußten im richtigen Verhältnis Lage für Lage übereinander geschichtet werden.

War der Ofen gefüllt, wurde er mit einem Tonpfropfen verschlossen. Dann konnte man nichts anderes mehr tun, als die Luftzufuhr zu regulieren und abzuwarten, bis die Schmelztemperatur erreicht war. Nach mehreren Stunden floß schließlich eine teigige Masse heraus und sammelte sich in der Grube. Der Eisenkuchen mußte von der Schlacke befreit werden, am besten sofort. Sonst ließ sie sich erst wieder nach dem Erkalten mit Steinmeißeln abschlagen. Bronzewerkzeuge, die man üblicherweise für Schmiedearbeiten verwendete, hatten sich dafür als zu weich und damit ungeeignet erwiesen. Am sinnvollsten wäre es natürlich gewesen, eisernes Werkzeug für diese schweißtreibende Tätigkeit einzusetzen. Genau da aber begannen die Schwierigkeiten.

Jeder Versuch, das auf diese Weise gewonnene Material weiterzuverarbeiten, war bislang gescheitert. Selbst unter den Händen der geschicktesten Bronzeschmiede splitterten die Stücke schließlich doch. »Erz des Himmels«, flüsterte Daidalos. Es klang wie eine Beschwörung, aber es wollte dennoch nicht gelingen. Es war gleichgültig, ob er die Schmiede anflehte oder beschimpfte, nicht ein einziges Mal hatten die Schmelzversuche ein Eisenstück von vernünftiger Größe erbracht. Immer wieder schien das Ziel beinahe erreicht. Und immer wieder folgte bittere Enttäuschung. Manchmal hätte er gegen ihre Ergebenheit anschreien mögen, sie verprügeln oder mit den Köpfen gegeneinander schlagen wollen. Natürlich ließ er es sein. Es hätte ohnehin nichts genutzt.

Die Kreter verrichteten die Arbeit, wie er es ihnen vorschrieb, aber sie machten keinen Handgriff zuviel. Eisen zu schmelzen, war *sein* Ziel, nicht ihres, das führten sie ihm Tag für Tag vor Augen. Haßerfüllt sah er zu, wenn sie ohne zu murren wieder und wieder das gleiche taten. Sie wußten nicht, wie stark der Druck war, der auf ihm lastete. Sie ahnten nichts von seinem unbarmherzigen Wettlauf gegen die Zeit.

Minos hatte sich in Zakros angesagt und auf einer öffentlichen Vorführung bestanden, bei der nicht nur der gesamte Hofstaat, sondern auch die Mysten anwesend sein sollten. Niemand wußte besser als Daidalos, was diese Nachricht zu bedeuten hatte. Die Zeit seiner Experimente war zu Ende. Jetzt wollte der Kreter Ergebnisse.

Seitdem war sein Appetit ganz vergangen, und er schlief kaum mehr als ein paar Stunden. Sein altes Magenleiden hatte sich wieder eingestellt. Wenn er morgens an den Gruben kauerte, mit einem Mundschutz gegen Dämpfe und übelriechende Schwaden versehen, fühlte er sich so elend, daß er am liebsten nie mehr aufgestanden wäre. Schritt der Schmelzvorgang aber weiter fort, kehrte meist auch sein Forschergeist zurück. Er harrte aus, bis die Eisenstücke in der Glut nachgeschmiedet wurden.

Wieder nur poröse Splitter! Daidalos fiel in sich zusammen. Er hatte schon alles versucht. Die Windöfen stillgelegt, die am Berghang mit natürlichem Luftzug gearbeitet hatten, und statt der Zedernstämme einheimisches Holz in großen Mengen verfeuern lassen. Manche der kahlen Hügel um Zakros legten karstiges Zeugnis seiner Aktivitäten ab. Er mußte sich gegen den Protest der ortsansässigen Priesterinnen zur Wehr setzen. Sie beschuldigten ihn, sich gegen die Göttin zu vergehen, weil er Ihre Haine roden und Ihre Gipfelheiligtümer durch Holzfäller stören ließ. Er rechnete damit, daß sie die Anwesenheit Pasiphaës nutzen würden, um die Vorwürfe gegen seine Frevel zu wiederholen. Solange allerdings Minos an der Eisenverhüttung festhielt, war seine Position unangefochten.

Was aber, wenn Pasiphaës Gemahl seine schützende Hand zurückzog? Was vor allem würde dann aus seinem heimlichen Leben werden? Was aus seiner Leidenschaft für Patane?

An eine Entdeckung dieser Passion wagte Daidalos meist gar nicht zu denken. Die Nubierin war die gestrenge Herrin, nach der er sich lange Jahre vergeblich gesehnt hatte. Schon der Gedanke an ihre massigen Schenkel und die voluminösen Brüste, die unter dem dünnen Kleid bei jedem Schritt erzitterten, genügte, um sein Blut in Wallung zu bringen. Die einzigartige Behandlung, die sie ihm angedeihen ließ, konnte und wollte er nicht mehr missen. Wenn sie schwitzte und dampfte und ihre Körpersäfte zu strömen begannen, wenn sie die Augen verdrehte, daß kaum noch Weiß zu sehen war, gab er sich ganz in ihre Hand. Manchmal träumte er davon, unter ihr sein Leben auszuhauchen, begraben unter einem Berg festen Fleisches. Das war sein bestgehütetes Geheimnis. Niemand ahnte, wohin ein nicht unbeträchtlicher Teil seiner Einkünfte floß, niemand wußte von seinen regelmäßigen Besuchen bei ihr.

Nachts jedoch, wenn sein Magen sich zusammenzog, als sei er mit Säure gefüllt, stieg das Angstgespenst einer Trennung von Patane immer wieder vor ihm auf. Dann konnte er nicht länger auf Schlaf lauern. Er stand auf, trank ein bißchen von dem Kräutersud, den eine Heilkundige aus der Stadt gegen seine Krämpfe gemischt hatte, und setzte sich an seinen Tisch. Der Feuerstein lag schon bereit, und die Öllampen waren rasch entfacht.

Er hatte seine alten Zeichnungen wieder herausgekramt und die mit schneller Feder hingekritzelten Zahlenreihen, die er nach dem Zusammenstoß mit Minos damals in seinen Truhen vergraben hatte: Flugskizzen, hingetupfte Insektenkörper, Längs- und Querschnitte verschiedenartiger Flügel. Daß ein Mensch aus eigener Kraft mit nachempfundenen Schwingen nicht fliegen konnte, war ihm schon seit langem klar. Zusätzliche Unterstützung war nötig; nach seinen Beobachtungen und Berechnungen ging es vor allem um den Auftrieb, den Luftströmungen allein nicht zustande brachten. Was also war zu unternehmen, um den Unterschied zwischen der schweren menschlichen Anatomie und der leichten der Vögel auszugleichen?

Er war froh, daß alle schliefen und er den südlichen Trakt des Palastes für sich allein hatte. Wenn er nicht zu Patane eilte, um von ihr verabreicht zu bekommen, was er verdiente, blieb er in seinen Gemächern. Niemand beobachtete ihn, wenn er armeschwingend im Zimmer auf- und absprang. Wenn er auf einen Hocker stieg oder den Schemel auf den Tisch stellte, um rudernd auf dem Boden zu landen. Mißmutig starrte er auf seine Beine, die ihm trotz ihrer Magerkeit schwerfällig vorkamen, und wünschte sich zum abertausendsten Mal, sich wie ein Vogel in die Lüfte erheben und einfach allen Problemen davonfliegen zu können.

Ein Ungeschick brachte ihn der Lösung näher. Die Nacht war die schlimmste seit langem. Gebückt vor Schmerzen tastete er nach einer glimmenden Lampe, die für alle Fälle neben seinem Bett bereitstand. Dabei streifte er ein Ölkännchen. Es fiel um, und die trübe Flüssigkeit ergoß sich über einen Packen Zeichnungen. Fluchend riß er die Blätter vom Tisch. Sie waren vollkommen durchtränkt.

Das Stechen in seinen Eingeweiden ließ ihn die Papiere über viele Stunden ganz vergessen. Er war in die Stadt hinunter geflohen, in das braune Haus, in dem Patane ihn mit ihrem gewohnten Schnauben empfangen hatte. Rasch hatte er sich entkleidet und zitternd gewartet, bis sie die lange Peitsche in der Hand hielt.

»Hinknien!« hatte sie rauh befohlen und die goldene Nadel, Entlohnung für ihre nächtlichen Dienste, zwischen ihren Brüsten verschwinden lassen. Es erregte ihn, ihren Weg in Gedanken zu verfolgen, und er stellte sich vor, von ihnen wie von zwei riesigen Hügeln erdrückt zu werden. Er stöhnte, als die ersten Schläge sein mageres Gesäß trafen.

»Mehr! Mehr!«

Heute war die Nacht, in der er härter und bitterer büßen mußte als sonst. Während sie seinen Rücken peitschte, daß ihm das Wasser in die Augen schoß, kamen ihm die Bilder von Kalos und Naukrate wieder in den Sinn. Jede Strieme ließ ihn erneut den Schmerz fühlen, den er verspürt hatte, als er sie eines Morgens nackt und engumschlungen in seinem Bett gefunden hatte – seine Frau und seinen Neffen!

»Fester! Noch fester!«

Die Nubierin ließ die Peitsche auf seine Schenkel prasseln. Er wand sich genußvoll unter ihren kraftvollen, gleichmäßigen Schlägen und spürte, wie seine Geilheit wuchs. Von jenem Tag an war der Tod der beiden Verräter für ihn beschlossen gewesen. Kalos hatte er an einem regnerischen Abend von einer Klippe gestürzt. Naukrate war nicht lange danach gestorben, vor Kummer, nicht am Wundfieber, wie Daidalos überzeugt war.

Seitdem brauchte er seine Strafe. Seitdem verlangte es ihn nach der einzigen Lust, die ihn noch befriedigen konnte. Seine schwarze Göttin schenkte sie ihm. Dafür würde er ihr alles zu Füßen legen.

Er blieb bei Patane, bis er wieder ruhiger geworden war. Sie hatte seine Wunden gesalbt und ihn wie ein Kind auf ihren mächtigen Knien gehalten. Dann mußte er gehen. Die Nacht bei ihr zu verbringen, hätte gegen die Regeln verstoßen. Aber er würde bald wiederkommen. Sehr bald.

Als er schließlich nach Hause zurückgekehrt war, bemerkte er, daß das Öl die Blätter neben seinem Bett verändert hatte. Er versuchte, sie zu knicken oder zu falten. Der Effekt war erstaunlich: Sie waren fester und biegsamer zugleich. Daidalos starrte auf den ölgetränkten Papyrus in seinen Händen und lächelte.

In dieser Nacht war an Schlaf nicht mehr zu denken. Mit schmerzendem Hintern saß er am Tisch unter dem Fenster und zeichnete, bis es hell genug wurde, um die Kerzen zu löschen. Dann wusch er sich Gesicht und Hände und ging hinüber zu den Männern, die an den Gruben gewacht hatten.

Seit jener Nacht wuchs eine kleine Hoffnung in ihm, die er sorgsam vor allen verbarg. Bis zur Ankunft des Königs und seiner Begleiter waren es nur noch wenige Tage, und trotz seiner Bemühungen war kein befriedigendes Resultat in Sicht. Zudem hatte sich seine Ruhelosigkeit bereits auf die ganze Umgebung übertragen. Die Männer an der Esse fluchten, wenn etwas mißlang, und zwei Grubenwächter hatten sich wegen einer Nichtigkeit geprügelt. Die Stimmung in der Schmiede war gereizt; schon der kleinste Anlaß konnte zur Entladung führen.

Selbst Theseus schien zu spüren, daß etwas in der Luft lag, und verhielt sich ungewohnt feinfühlig. Seine Besuche bei Daidalos in der Schmiede waren zu einer festen Gewohnheit geworden. Die Männer sahen nicht mehr von ihrer Arbeit auf, wenn er die Werkstätten betrat, und schienen ihn mittlerweile fast als einen der ihren angenommen zu haben. Theseus, der im Unterricht nur störte oder schlief, dem jeder Weg zu weit und jeder Axtschlag zu anstrengend war, entwickelte am Amboß Ausdauer und Geschicklichkeit. Den Fortgang der Schmelzversuche verfolgte er mit großer Anteilnahme, und Daidalos war aufgefallen, daß er sich selbst über kleine Erfolge freute. Auf ganz Kreta schien ausgerechnet diese schmutzige Schmiede der Ort zu sein, an dem sich Aigeus' Thronfolger am liebsten aufhielt.

Daidalos war davon gleichermaßen überrascht wie geschmeichelt. Er schätzte die ruppige Art des Jungen und bildete sich sogar ein, ihn inzwischen zu kennen. Er mochte an ihm, daß er zupackte, und er benutzte Theseus' Aufbegehren als Ventil für seine eigene Unzufriedenheit. Eine merkwürdige sprachlose Allianz hatte sich zwischen ihnen entwickelt, die Daidalos weniger einsam sein ließ. Manchmal wünschte er sich sogar, Theseus und nicht Ikaros sei sein Sohn. Hätten sie nicht vereinbart gehabt, keinem etwas über ihren Kontakt zu verraten, hätte er Theseus gern als Vertrauensbeweis zu einem der Wächter gemacht, die die nächtlichen Schmelzfeuer hüteten.

Er ahnte nicht, daß Theseus in Wahrheit die Schmiede gründlich satt hatte und es ihm nur darum ging, wenigstens einen Verbündeten auf dieser Insel seiner Feinde zu gewinnen. Schon nach den ersten Gesprächen hatte er Daidalos' Verbitterung herausgehört, und es war ihm nach und nach gelungen, immer mehr Bruchstücke aus seinem Leben in Athenai zu erfahren. Über eines schwieg Daidalos sich allerdings hartnäckig aus, und selbst die geschickteste Fragestellung brachte Theseus keinen Schritt weiter. Zu gern hätte er gewußt, warum der Erfinder Athenai vor mehr als zwanzig Jahren fluchtartig verlassen hatte. Er war sicher, daß sein Vater den Namen Daidalos niemals in seiner Gegenwart erwähnt hatte. Allerdings war dazu in der kurzen Zeit, die er an seinem Hof gelebt hatte, auch kaum Gelegenheit dazu gewesen. Deshalb versuchte er bei den anderen Mysten etwas herauszubekommen, was nicht einfach war, da er seine enge Bekanntschaft mit Daidalos nicht preisgeben wollte.

Einzig Eriboia fiel etwas ein. »Ich bin sicher, daß mein Vater einmal von einem Mann gleichen Namens gesprochen hat.« Sie dachte angestrengt nach. »Kann es sein, daß es etwas mit Verrat zu tun hatte? Ich weiß es beim besten Willen nicht mehr.«

Das war eine Spur. Mehr nicht. Trotzdem gab Theseus nicht auf. Er war fest entschlossen, das Geheimnis zu lüften. Dann hätte er den anderen womöglich ganz in seiner Hand.

In der Zwischenzeit bemühte er sich, die Beziehung weiter zu festigen. Die Zeit vor Minos' Besuch eignete sich dafür besonders; Daidalos arbeitete nahezu Tag und Nacht. Seine frühere Reserviertheit hatte er mittlerweile ganz aufgegeben. Jetzt schien er geradezu erfreut, Theseus zu sehen. »Komm so oft, wie du dich frei machen kannst«, ermutigte er ihn. »Noch gibt es hier eine ganze Menge zu lernen. Wer weiß, was geschehen wird, wenn Minos eintrifft!«

»Wenn er kein Narr ist, läßt er dich weiterforschen«, antwortete Theseus und mußte an das Raubtierprofil des Königs denken. Zwei Kreter gab es, in deren Gegenwart er sich besonders unwohl fühlte. Minos war der eine. Der andere war jener seltsame Priester mit den goldgefleckten Augen, der Asterios genannt wurde. Dieser war ihm von Anfang an ein Dorn im Auge gewesen. Daß er ihn vor allen angefahren und zudem in seine nächtliche Umarmung mit Ariadne geplatzt war, hatte ihn in seiner Abneigung noch bestärkt. Seitdem betrachtete er ihn als Feind.

»Minos ist alles andere als ein Narr«, antwortete Daidalos

scharf. »Aber er kann es nicht leiden, wenn die Dinge anders laufen, als er es sich vorgestellt hat. Besonders, wenn es um Eisen geht.« Er machte eine kurze Pause. »Ich habe nichts unversucht gelassen, leider ohne Erfolg.« Seine Stimme klang matt, und seine Lider waren geschwollen. Die letzte Nacht bei Patane war anstrengend und schmerzhaft gewesen. Schlimmer aber war, daß er die Besuche bei ihr aussetzen mußte, bis Minos und sein Hofstaat wieder verschwunden waren. Er fieberte schon jetzt dem Wiedersehen entgegen. Dann würden ihre starken Arme ihn eine ganze Nacht für seine Vergehen büßen lassen. »Eine winzige Chance gibt es noch«, sagte er plötzlich. »Ich bin erst vorgestern darauf gestoßen.«

»Was meinst du damit?« fragte Theseus neugierig.

»Ich will erst darüber reden, wenn ich ganz sicher bin«, wich Daidalos aus. »Erzschmelzen ist ein Schöpfungsakt, und jeder Schmied sollte seinen Amboß eifersüchtiger bewachen als seine Braut.« Er lächelte schwach. »Das Erz, das Eisen enthält, ist mit heiliger Kraft geladen und versteckt sein Geheimnis wie eine scheue Jungfrau ihren Schatz. Du kannst dich glücklich schätzen, Augenzeuge seiner Verwandlung zu sein«, schloß er pathetisch. »Übermorgen. Wenn Minos kommt.«

Im Osten wurde es langsam hell; die Stadt am Meer erwachte. Sie konnten die Fackeln löschen, die während der Nacht an den Gruben gebrannt hatten. Seit Mitternacht waren die Mysten um die Schmelzöfen versammelt. Der frühe Morgen war herbstlich klar und so kühl, daß sie sich enger um die Gruben drängten. Ein paar von ihnen hatten sich im Dunkeln die Finger an den Tonröhren verbrannt, die hinunter bis zum Grund führten. Alle waren müde und hungrig, und die meisten hatten längst die Lust verloren, nach unten zu starren.

»Das kann noch Stunden dauern«, maulten ein paar Mädchen. Sie hüpften umher, um warm zu werden. »Und was gibt es dann schon zu sehen?« Eriboia schwang sich mutig zu ihrer Sprecherin auf. »Schmutzige Schmiede, die auf Metall herumhämmern!«

»Ihr wißt nicht, was ihr sagt!« wies Daidalos sie zurecht. In seinem grauen Umhang sah er übernächtigt und noch schmächtiger als sonst aus. »Schmiede beherrschen die Kunst, die Reifung der Steine und Erze im Mutterschoß der Erde nachzuvollziehen. Ihre Arbeit ist ein heiliger Akt.« Mit blanken Augen funkelte er sie an. »Göttlicher Segen liegt auf ihnen und ihren Instrumenten, auf Hammer, Blasebalg und Amboß. Hat man euch das in eurem Unterricht nicht beigebracht?«

Die Mädchen verstummten und wichen vor ihm zurück. In Gegenwart des Mannes mit den scharfen Zügen und dem strengen Atem fühlten sie sich immer unwohl. »Bei uns in Athenai wird auch geschmiedet. Aber lange nicht so viel Aufhebens davon gemacht«, sagte Eriboia leise, allerdings erst, als Daidalos sich etwas entfernt hatte.

»Stammt dieser Daidalos nicht ursprünglich auch aus Athenai?« fragte Asteria, die sonst meistens stumm blieb.

»Die Jahre hier auf der Insel scheinen ihn zum Kreter gemacht zu haben«, spottete Antiochos, der ebenfalls zu den Rebellen gehörte. »Fehlt nur noch, daß er sich vor Begeisterung mit seinen Zangen in den Ofen stürzt!«

Er warf einen beifallheischenden Blick zu Theseus, der erstaunlicherweise keinen Kommentar abgab. Statt dessen starrte er auf die Tonröhren, als erwarte er jeden Augenblick die Flüssigkeit.

»Es kommt! Vorsicht an den Rinnen! Es geht los!« Der Ruf des Erzmeisters ließ alle zusammenfahren. Er hatte den Pfropfen aus dem Windkanal gezogen, und die Mulden füllten sich langsam mit träger Masse. Teigige Klumpen sanken auf den Grund, während die dünnflüssigere Schlacke über Vertiefungen am Rand abfloß und zum Teil im Boden versickerte.

Alle arbeiteten mit fieberhafter Eile, während Daidalos von einem zum anderen sprang und knappe Befehle bellte. Die Männer schöpften die glühende Luppe in kleine Schmelztiegel ab. Eine Kette von Trägern hatte sich gebildet, die diese mit Hilfe von Zangen so schnell wie möglich nach innen in die Schmiede weiterreichten. Dort wurden die Eisenkuchen mit kaltem Wasser abgeschreckt, um sie von restlichen Verunreinigungen zu befreien.

Die Eisenstücke, schwammig und porös, wurden abermals erhitzt und auf den Ambossen in der Hitze geschmiedet. Trotz der frühen Stunde war es in der Schmiede unerträglich stickig. Den Männern an den Feuern rann der Schweiß in Strömen herunter, und auch die Zuschauer hatten Mäntel und Hemden längst ausgezogen. Hämmern und Schlagen erfüllte den Raum.

Daidalos schien überall gleichzeitig zu sein, lief von einem zum anderen Amboß und trieb seine Leute an. Im nächsten Augenblick war er wieder an der hinteren Tür, um den Nachschub zu kontrollieren, und brüllte den Erzschmelzern draußen an den Öfen weitere Anordnungen zu. Nichts konnte ihm rasch genug gehen. »Schneller!« keuchte er. »Beeilt euch! Nicht so langsam! Alles muß noch fertig werden. Was bildet ihr euch ein? Minos wird wegen euch nicht warten wollen!«

»Klappt es?« zischte Theseus ihm zwischendrin zu, als er an ihm vorbeistürmte. »Hast du es geschafft?«

Daidalos zuckte die Achseln. »Mal sehen«, murmelte er. »Noch ist nichts entschieden.«

»Welches Werkzeug hat Minos eigentlich verlangt?« wollte Theseus wissen, als er ihn später noch einmal zu fassen bekam.

»Pfeilspitzen. Zeus allein weiß, warum.« Daidalos stand schon wieder neben dem Amboß. »Bist du soweit?«

»Ich glaube, ja«, knurrte der Schmied.

»Gut.« Er wandte sich nach hinten. »Wo sind die Urinkannen?«

Zwei Gehilfen brachten sie. Ein anderer hielt mit einer langen Zange die Spitze über den Ausguß im Boden.

»Jetzt!« befahl Daidalos. Gelbe Flüssigkeit rann über das glühende Metall. Es rauchte und zischte, und in der Schmiede begann es zu stinken. Einige der Mysten hielten angewidert die Hand vor den Mund, Daidalos aber schien nichts zu bemerken.

Theseus riß erstaunt die Augen auf. Das ist es also, dachte er. Die kleine Chance, von der er gesprochen hat. Urin, um das Metall abzukühlen, an Stelle von Wasser oder Tierblut wie bisher!

»Weiter!« rief Daidalos ungeduldig. »Jetzt die nächste! Paßt doch auf!« Beinahe wäre ihm die Zange entglitten. »Nacheinander, nicht alle auf einmal!«

Schließlich begutachtete er die fertige Eisenspitze. Traf er mit seinen Vermutungen ins Schwarze, bedeutete das mit einem Schlag die Lösung seiner Probleme. Dann war ihm Zakros sicher – und Patane. Seine Züge entspannten sich; er sah aus, als habe er neue Hoffnung geschöpft.

Am späten Nachmittag machten sich die Bogenschützen bereit. Überraschenderweise fand das Zielschießen nicht wie üblich im Theaterhof statt, sondern vor dem Südtrakt des Palastes, unweit der Werkstätten. Im Freien hatte Minos mehrere Reihen Klappschemel aufstellen lassen. Die Mysten saßen ganz hinten.

Theseus hielt sich abseits. Ariadne hatte ihm im Vorbeigehen verstohlen zugewunken; außer Asterios wußte sonst keiner von ihrer Liaison. Ihm lag sehr daran, daß es auch in Zukunft so bleiben würde. Es war nicht nur der Wunsch, die Liebschaft mit der kretischen Prinzessin vor den Kameraden zu verbergen, um nicht das Gesicht zu verlieren. Denn obwohl er es am liebsten so gesehen hätte, war sie keine seiner schnellen Eroberungen, mit der er sich brüsten konnte. Genaugenommen, hatte nicht er sie, sondern Ariadne ihn erwählt, und er war ihr wie eine reife Frucht in den Schoß gefallen. Theseus mochte diesen Gedanken nicht. Von Anfang an hatte es etwas in ihrem Verhältnis zueinander gegeben, mit dem er nicht zurechtkam. War es ihre Eitelkeit, die ihm kalt und selbstherrlich erschien? Ihre schamlose Direktheit, die sogar ihn befangen machte?

So sehr er sich bemühte, es gelang ihm nicht, dahinter zu kommen. Immer wieder mußte er sich gegen das unbestimmte Gefühl erwehren, eigentlich halte Ariadne die Zügel in der Hand. Ihre heimlichen Zusammenkünfte ließen ihn ausgelaugt zurück. Wenn er auch ihren Körper begehrte, die Frau mit dem kehligen Lachen war ihm dennoch fremd. Er blieb auf der Hut vor ihr und gab auf die meisten ihrer Fragen ausweichende Antworten. Manchmal schien sie seine Zurückhaltung gar nicht zu bemerken; dann wieder bestürmte sie ihn und war mit keiner seiner Auskünfte zufrieden. Ariadne war unberechenbar; niemals wußte er, was sie als nächstes tun würde. Er suchte ihre Nähe, und gleichzeitig stieß ihre Heftigkeit ihn ab. Bisweilen, dachte er, während er in sie drang, nicht an sie, sondern an ihre Schwester, die blasse, jungfräuliche Priesterin. Unterschiedlicher als diese beiden konnten Schwestern kaum sein.

Er sah Ariadne in der ersten Reihe in einem kostbaren gelben Kleid sitzen, sorgfältig frisiert und geschminkt, aber so abwesend, wie sie manchmal in seinen Armen lag. Ganz vorne hatte auch Pasiphaë Platz genommen; links von ihr war Mirtho, schwarzgekleidet und ernst wie gewöhnlich. Neben den Töchtern und Söhnen der Königin fiel ihm eine schlanke, schwarzhaarige Frau mit rassigen Zügen auf, die er noch nie gesehen hatte.

Die Männer an der Schußlinie waren mit dem Präparieren ihrer Bogen nahezu fertig.

»Ich wäre zu gern einer von ihnen«, stieß Glaukos hervor und sah hinüber zu den Männern mit den Bögen aus glattpoliertem Eibenholz, das in der Sonne glänzte.

»Du kommst auch noch dran«, tröstete ihn Katreus. »Hab noch ein bißchen Geduld! Heute sind erst einmal die erfahrenen Schützen an der Reihe.«

Speziell für diesen Wettbewerb hatte Daidalos die Eisenpitzen geschmiedet. Ikstos legte seinen Bogen an, fixierte das Ziel und schoß. Sein Pfeil blieb dicht neben dem roten Zentrum stecken. Ihm war der Unmut über die winzige Abweichung deutlich anzusehen.

Aiakos' Pfeil löste sich so geschmeidig wie die Schneelast von einem winterlichen Zweig und traf mitten ins Herz der Scheibe. Einen Augenblick blieb es ganz still. Dann brandete der Beifall auf. Vor allem Daidalos klatschte, bis seine Hände schmerzten. Dabei schielte er immer wieder zu Minos. Erst als dieser zu sprechen begann, entdeckten auch die anderen Zuschauer, was geschehen war. »Bravo, Aiakos!« Er ging nach vorn zur Scheibe. »Der Schmied dieser Pfeile allerdings muß noch viel dazulernen.« Der Pfeil war auf den Boden gefallen. »Daidalos! Komm her!« befahl er.

Der Athener schlich nach vorn wie ein alter Mann.

»Heb ihn auf!«

Er bückte sich.

»Gib ihn her!« Der Kreter drehte den Pfeil spielerisch in seiner Hand. »Wie würdest du den Zustand dieser eisernen Spitze beschreiben?« Seine Stimme war kalt.

»Zerborsten«, flüsterte er.

»Lauter! Niemand kann dich hören!«

»Sie ist zerborsten.« Daidalos war auch jetzt kaum besser zu verstehen. »Beim Eintritt ins Holz zersplittert. Es tut mir leid. Sehr leid.« Gequält sah er zu ihm empor. »All die Wochen ohne Schlaf«, fuhr er fort. »Die Wachen. Die neuen Öfen. Versuche über Versuche. Und dann, ganz plötzlich, eine Hoffnung. Alles schien gut zu werden. Ich war beinahe sicher.«

Die Zuschauer schwiegen betreten. Wie ein Häuflein Elend stand Daidalos vor dem breitschultrigen Kreter und schien mit jedem Augenblick kleiner zu werden. Ikaros fuhr von seinem Hocker auf, Asterios aber drückte ihn wieder nach unten. »Bleib, wo du bist! Du würdest alles nur noch schlimmer machen!« flüsterte er.

»*Beinahe* ist nicht genug. *Beinahe* reicht nicht einmal aus, um einen Wettkampf siegreich zu beenden. *Beinahe* ist vor allem dann zu wenig, wenn der Pfeil im Kampf zum Töten ausschwirrt«, donnerte Minos. »*Beinahe* kann das Ende für Kreta bedeuten, wenn Feinde an unseren Küsten landen und den Angriff auf unsere Städte und Paläste wagen. Jeder, der den Schutz unserer Insel genießt, wäre davon betroffen. Auch wenn er kein Kreter ist.« Dabei sah er Theseus durchdringend an.

Theseus widerte diese Demütigung an. Du machst einen Fehler, Minos von Kreta, ihn öffentlich bloßzustellen, dachte er grimmig. Daidalos wird dir diesen Tag niemals vergessen. Kein Athener könnte das. Ebenso angriffslustig starrte er zurück.

»Dieser bedauerliche Zwischenfall soll euch nicht um den Wettkampf bringen.« Minos wandte sich mit einem Rest von Beherrschung an die Zuschauer. »Aiakos, Ikstos und ihr anderen, ihr habt genügend solide kretische Pfeile in euren Köchern, um auf diesen Ausschuß verzichten zu können! Zeigt unseren jungen Freunden, was Schützenkunst ist!« Dann erst schien er zu bemerken, daß Daidalos noch immer neben ihm stand. »Komm mit!« sagte er knapp. »Jetzt gleich. Wir haben eine Menge miteinander zu besprechen!«

»War das wirklich nötig?« fragte Daidalos, als sich die Tür der Schmiede hinter ihnen geschlossen hatte. »Ich kann verstehen, daß du enttäuscht bist. Aber du weißt auch, wieviel ich dafür gearbeitet habe.« Er lächelte zaghaft. »Es ist wirklich nicht einfach mit deinen Kretern«, sagte er. »Gib mir andere Leute, und ich liefere dir andere Resultate!«

Minos blieb ihm die Antwort zunächst schuldig. Er ging im Raum umher, schließlich nach hinten, wo die Schmiedefeuer flackerten und zwei Männer gerade ihre Arbeit am Amboß beendet hatten. Auf einen Wink von Daidalos brachten sie die Flammen ganz zum Erlöschen. Minos schaute sich um, als sähe er alles zum erstenmal. Daidalos wußte sein unbewegtes Gesicht nicht zu deuten. Angst kroch in seinen Gedärmen hoch.

»Rede dich nicht auf andere heraus«, sagte er schließlich. »*Du* bist mir verpflichtet – nicht irgendwelche Schmiede! Wir werden künftig alles umgestalten.«

»Was soll das heißen?« fragte Daidalos vorsichtig. Er schielte zur Hintertür, wo er ein leises Knacken gehört hatte. Aber er schien sich getäuscht zu haben. Wahrscheinlich hatten seine angespannten Nerven ihm einen Streich gespielt. Er fühlte sich elend, er vermißte seine Nubierin. Er hatte Angst, sie niemals wiederzusehen. Bei diesem Gedanken drohte ihn Niedergeschlagenheit zu überwältigen. Mit allem hatte er gerechnet, mit einem wütenden Ausbruch, mit weiteren Kränkungen, aber nicht mit dieser eisigen Ruhe.

»Mein erster Gedanke war, dich zurück nach Athenai zu schicken«, sagte Minos bedächtig. »Aigeus würde keinen Augenblick zögern, das Todesurteil vollstrecken zu lassen. Er war sehr bekümmert, als du damals deinen Neffen Kalos kaltblütig ermordet hast – aus häßlicher Eifersucht.«

Daidalos schaute ihn an wie ein Ertrinkender. »Es war ein Unfall«, protestierte er matt.

»Dann aber kam mir eine bessere Idee«, fuhr Minos fort. »Ich habe viel in dich investiert. Wieso sollte ich dich so einfach meinen Feinden zum Fraß vorwerfen? Vielleicht entwickeln sie Appetit auf Informationen über kretische Schiffe, Werkzeuge und Waffen? Womöglich lassen sie dich sogar laufen, wenn du nur ordentlich ausplauderst? Nein, Daidalos, daraus wird nichts!« Er schüttelte seinen Kopf. »Schlag dir Athenai aus dem Kopf. Solange du noch einen Atemzug tust, wird dein Fuß kretischen Boden nicht verlassen. Darauf gebe ich dir mein Wort!«

»Hast du vor, die Werkstätten zu schließen?« krächzte Daidalos. Sein Magen wütete. Er konnte sich kaum aufrecht halten. Aber er war entschlossen, durchzuhalten.

»Ganz im Gegenteil«, lächelte Minos schmallippig. Von draußen drangen laute Jubelrufe in die Schmiede. Offensichtlich hatte einer der Schützen meisterhaft getroffen. Er lehnte sich an die Mauer. »Du wirst mehr und länger arbeiten, als je zuvor. Du wirst überhaupt nur noch arbeiten. Allerdings unter neuen Bedingungen.«

»Und die wären?« fragte Daidalos müde. Das Feuer in seinem Bauch schien alle seine Kraft zu verbrennen.

»Als mein Gefangener«, sagte Minos süffisant. »Du gehst mit, wohin der Hof zieht. Ich will dich ständig unter Kontrolle haben.« Er beugte sich näher zu ihm. »Und über alles informiert sein! Keine heimlichen Versuchsanordnungen mehr. Keine Umverteilung meiner Mittel. Und glaube nicht, daß du mich hintergehen kannst! Ich habe Vorsorge getroffen, daß das nicht geschieht!«

Ebensogut konnte er tot sein. Blanke Verzweiflung gab Daidalos den Mut, zu widersprechen. »Bin ich dir nicht schon seit Jahren auf Gedeih und Verderb ausgeliefert? Was verlangst du noch von mir? Ich habe dir alles gegeben, meinen Geist, meine Kraft, meine Gesundheit.« Er suchte nach einem wirkungsvolleren Argument. Nur eines kam ihm in den Sinn. »Sogar meinen Sohn. Ich bin nicht so blind, wie du denkst.«

»Das tut hier nichts zur Sache«, sagte Minos schnell. Er hielt inne und lauschte nach hinten, aber er schien sich geirrt zu haben.

»Aber es ist die Wahrheit«, beharrte Daidalos. Seine Augen schimmerten verdächtig. »Ich wollte es dir schon seit langem sagen.«

»Wenn heute schon der Tag der Wahrheiten ist, habe ich auch noch mit einer Kleinigkeit aufzuwarten«, lächelte Minos böse.

Daidalos erstarrte. Das braune Haus und die Frau mit der Peitsche, dachte er. Jetzt kommt alles an den Tag.

»Halte dich von dem kleinen Athener fern! Man hat mir berichtet, daß er ständig um dich herumschleicht.«

Das war es also. Wenigstens nur das. Daidalos wurde eine Spur bleicher. Als er versuchte, etwas zu erwidern, winkte Minos gelangweilt ab.

»Ich weiß, daß du auch dafür eine Erklärung parat haben wirst. Aber ich will sie nicht hören. Das einzige, was mich interessiert, ist Eisen. Hartes Eisen, aus dem sich Werkzeuge und Waffen schmieden lassen. Hast du das verstanden?«

»Ja«, sagte er leise. »Ich habe verstanden.«

»Gut.« Minos löste sich von der Mauer. »Dann packe deine Sachen. Du verläßt Zakros mit uns und wirst deine Versuche in Knossos fortsetzen. Die Mysten segeln ebenfalls mit und verbringen den Winter in Knossos. Aber hüte dich, dort deinem kleinen Freund zu nahe zu kommen! Ich kann sehr ungemütlich werden, wenn meine Anweisungen nicht befolgt werden.«

»Was geschieht mit Ikaros?« brachte Daidalos hervor, als der andere schon an der Türe war. »Ist er auch dein Gefangener?«

Minos drehte sich langsam zu ihm um. »Ikaros war uns schon immer ein treuer Freund. Beinahe ein Sohn«, lächelte er vieldeutig. »Das wird auch in Zukunft so bleiben. Ich hoffe doch, daß er sich um seinen Vater keine Sorgen zu machen braucht. Das muß er doch nicht, oder?«

»Nein«, flüsterte Daidalos tonlos. »Das muß er nicht.«

Theseus blieb in seinem Versteck, bis beide gegangen waren. Langsam erhob er sich und schüttelte die eingeschlafenen Beine. Dann schlich er, immer noch vorsichtig, in die Schmiede. Dämmerlicht fiel durch die Fenster. Die Feuer waren gelöscht, alles lag an seinem Platz.

Beinahe zärtlich berührte er im Vorübergehen einen der bronzenen Meißel. Er lächelte, als er sich durch die Hintertür entfernte. Das Warten hatte sich gelohnt.

»Asterios!«

»Hatasu!«

Diesmal war alles anders. Sie waren allein, niemand in ihrer Nähe, auf den sie hätten Rücksicht nehmen müssen. Die anderen saßen beim Essen; später würden noch Musikantinnen aufspielen. Trotzdem waren beide verlegen, als sie im dunklen Garten nebeneinander standen.

Er spürte ihre Wärme, roch ihren Duft und hätte sie am liebsten in die Arme genommen. Aber er durfte es nicht. Hatasu war seine Halbschwester wie Ariadne und viel zu wertvoll, um billiger Ersatz zu sein.

»Gefahr liegt in der Luft«, sagte sie leise. »Über dem Hof. Der ganzen Insel. Etwas Wildes, Grausames, das mir die Kehle zuschnürt. Spürst du nichts? *Du* mußt es doch spüren!«

»Ja, ich spüre es«, sagte er. »Seitdem das Schiff aus Athenai angelegt hat.« Und der mit den kalten Augen von Bord gegangen ist, dachte er. Der Mann, der mich töten will. Der Mann, der mir Ariadne genommen hat.

»Und es wird stärker. Ich kann fühlen, daß es zunimmt.«

»Ja, es nimmt zu«, erwiderte Asterios. Und es wird weiter zunehmen, dachte er, bis wir uns eines Tages zum Kampf auf Leben und Tod gegenüberstehen: Theseus und ich. Die alte und die neue Zeit.

»Was wirst du tun?« Ihre Stimme klang weich.

»Ich möchte frei sein«, erwiderte Asterios zu seiner eigenen Überraschung. »Ungebunden. Ohne jede Verpflichtung. Dann würde ich...«

»Aber du bist es nicht«, unterbrach sie ihn sanft.

Hatasu sah ihn nicht an. Sie wußten auch so, was sie damit meinte.

»Nein, ich bin es nicht. Ganz und gar nicht.«

Nur einen Finger hätte er rühren müssen, so nah waren sie sich. Aber er blieb unbeweglich stehen.

Sie war es, die ihn berührte. Ganz sacht strich ihre Hand über seine Wange.

»Eines mußt du wissen«, sagte sie leise. »Aiakos ist mein Vater, der beste, den ich mir je hätte vorstellen können.«

Er sah sie überrascht an. Nickte.

»Er liebt mich, hat mich aufgezogen, ernährt und behütet. Aber nicht gezeugt. Meine Mutter war schon schwanger mit mir, als sie ihm begegnete.« Sie lächelte. »Er hat mich niemals spüren lassen, daß es einen gab, der vor ihm da war.«

»Und ich dachte die ganze Zeit...«, stieß Asterios hervor, »seitdem Aiakos mir verriet...« Er verhaspelte sich. »Warum hast du geschwiegen all die Jahre? Warum hast du mich in dem Glauben gelassen, du seist meine Schwester?«

»Ich bin es nicht im herkömmlichen Sinn des Wortes«, erwiderte Hatasu. »Wenn du allerdings damit meinst, daß ich mich dir eng, sehr eng verbunden fühle – bin ich es vielleicht doch.«

Sie sah ihn mit großen Augen an. »Aber das ist nicht alles.« Ihre Stimme klang heiser, als koste es sie Mühe, weiterzusprechen. »Und du weißt, daß es so ist. Lange schon. Ich wollte schweigen, bis du frei bist, Asterios. Ich werde weiterhin warten. Wie lange es auch immer dauert. Ich möchte, daß du das niemals vergißt.«

»Niemals«, flüsterte Asterios.

Seitdem Asterios an einem strahlenden Herbsttag in den Palast der blauen Delphine zurückgekehrt war, sehnte er sich danach, ihn so schnell wie möglich wieder zu verlassen. Am liebsten wäre er sofort nach Süden geritten; aber Pasiphaë hatte ihm zu verstehen gegeben, daß sie ihn hier brauchte. Das Herbstopfer für die Göttin stand an, das traditionell im Hafengelände zelebriert wurde.

Asterios sollte es vollziehen, und er hatte gerne zugestimmt. Jede Gelegenheit war ihm recht, weder Ariadne noch Theseus zu begegnen, die nach wie vor ein Paar waren, auch wenn Pasiphaës Tochter in der Öffentlichkeit den attischen Prinzen kühl und gleichgültig behandelte.

»Was willst du?« fragte sie, als Asterios den Versuch machte, mit ihr darüber zu reden. »Du hast deine Chance gehabt. Jetzt ist er an der Reihe. Zum Glück sind nicht alle Männer so wetterwendisch.« Sie lächelte vielsagend, und er sah die frischen roten Flecken an ihrem Hals.

»Ich weiß, daß er dir nur Unglück bringen wird«, sagte Asterios. »Du darfst nicht mit ihm zusammen sein. Bitte glaub mir, Ariadne!«

»Eifersüchtig? Weißt du, daß ich noch nie in meinem Leben so glücklich war?« Sie log, und er wußte es. Ihre Augen waren traurig, und sie sprach zuviel und zu schnell. »Das mit uns war eine Kinderei, eine Verwirrung der Sinne, nichts weiter. Ich bin froh, daß es endlich vorüber ist.«

Es war nicht vorüber, Asterios spürte es in seinem Herzen, seinem Körper, und Ariadne empfand es ebenfalls, wenn sie ihn auch verletzen wollte. Sie konnte ihm nicht in die Augen schauen.

»Es wird dich töten, ich weiß es«, erwiderte er unglücklich. »Ich spreche als Bruder zu dir, nicht als gekränkter Geliebter!«

Sie fuhr zu ihm herum und hatte die zornige Falte zwischen den Brauen, die er an Pasiphaë kannte. »Das mit dem Töten hast *du* schon gründlich besorgt, mein treusorgender Bruder«, zischte sie. »Laß mich in Ruhe, sonst erzähle ich Theseus von unserer kleinen Unterhaltung! Ich kann mir nicht vorstellen, daß sie ihm besonders gefällt.«

Noch immer bestand Theseus' ganzer Spaß daran, das Gruppengefüge so oft wie möglich durch aufsässige Kommentare zu stören. Er hörte nicht auf, seine Kameraden zu warnen. »Wenn sie uns schon nicht töten, werden sie uns zu Kretern machen«, beharrte er. »Ich weiß nicht, was schlimmer ist.«

Asterios gegenüber begnügte er sich mit drohenden Blicken, und der Priester starrte nicht weniger finster zurück. Sie waren wie zwei Ringer, von denen jeder auf die erste Schwäche wartete, die der Gegner unfreiwillig preisgab. Der Zusammenstoß war unvermeidbar. Es war nur noch eine Frage der Zeit.

Pasiphaë empfing ihn überraschenderweise in ihren Gemächern, aber sie ließ ihn warten. Während Asterios Gelegenheit hatte, sich an der Schönheit des blauen Delphinfreskos zu erfreuen, führte sie im Nebenraum ein längeres Gespräch mit Jesa und Eudore. Schließlich kam sie herein, ließ sich in einen Sessel fallen und forderte ihren Sohn auf, ebenfalls Platz zu nehmen.

»Jesa will nichts abgeben«, sagte sie mit einem müden Lächeln, »keinen Platz machen für die, die nach ihr kommt. Und Eudore ist ehrgeizig und machthungrig. Das Resultat: Ständig liegen sich die beiden in den Haaren, und ich soll schlichten!«

Asterios sah sie aufmerksam an. »Ich hatte immer den Eindruck, daß die beiden eine unzerstörbare Allianz bilden«, sagte er dann.

»Ja, nach außen hin schon, aber untereinander machen sie sich das Leben in letzter Zeit ganz schön schwer.«

»Du gibst mir fast das Stichwort«, sagte er vorsichtig. »Außen und innen – genau über dieses Thema wollte ich mit dir sprechen.«

»Gibt es Schwierigkeiten bei der Vorbereitung des Rituals? Irgend etwas, womit du nicht zurecht kommst?«

Asterios unterdrückte ein bitteres Lächeln. Es war wichtig, daß er sie jetzt nicht verärgerte. Nicht, bevor er gesagt hatte, was schon lange zu sagen war.

»Die Schwierigkeiten liegen eher in mir«, begann er behutsam. »Oder besser gesagt in dem Rang, den ihr mir zugedacht habt. Ich bin weder Fisch noch Fleisch. Kein Mann, dem der Zugang zum Allerheiligsten verwehrt ist, aber auch keine Frau, die eng mit der Göttin verbunden ist.«

Pasiphaë hob die Brauen. »Keinem Mann vor dir haben wir jemals so viel Vertrauen geschenkt«, erwiderte sie kühl. »Noch keiner durfte, was dir erlaubt ist. Du bist der Lilienprinz.«

»Ja, der Lilienprinz!« Asterios war erregt aufgesprungen. »Wieder und wieder betet ihr mir das vor! Aber was heißt das? Was bedeutet das konkret für mich?«

»Wir erwarten Großes von dir.« Sie ließ sich nicht aus der Fassung bringen. »Das weißt du. Das haben wir dir oft genug gesagt. Ich kann nur hoffen, daß du uns nicht enttäuschst.«

»Wie kann ich das, wo ich nicht die geringste Chance habe, es euch zu beweisen?« Er war sehr laut geworden. »Ich habe es satt – das Warten, das Hoffen, das Ausgeschlossensein! Ich will handeln, tätig sein, auf meine Weise der Göttin zeigen, wie sehr ich sie verehre!«

»Ich will, ich möchte, ich werde, ich, ich, ich!« Pasiphaës

Stimme wurde scharf. »Jetzt klingst du wie die Männer damals, die versucht haben, die heilige Ordnung zu zerstören! Es geht um den Dienst an Ihr, die alles geschaffen hat – nicht um die Befriedigung persönlicher Wünsche und Eitelkeiten!«

Asterios umklammerte die Armlehnen ihres Sessels mit beiden Händen. Ihr Gesicht war ihm so nah, daß er jede kleine Unregelmäßigkeit sehen konnte. Sie schien schlecht geschlafen zu haben. Ihre Augen wirkten müde und stumpf. »Die Weisen Frauen schauen nur zurück, nicht vorwärts. Sie wollen nicht wahrhaben, daß die Zeit nicht stillsteht. Und du willst es ebenfalls nicht. Erkennst du überhaupt, was um dich herum vorgeht – Königin?« fragte er. »Siehst du die veränderten Zeichen – Hohepriesterin?«

»Wir sind also taub und blind, aber du weißt genau, was zu tun ist«, antwortete sie beißend. »Vermutlich wirst du es mir gleich mitteilen. Du solltest dich mit Minos zusammentun, mein Sohn, ihr würdet ein prächtiges Duo abgeben!«

»Mutter – bitte nicht so!« Er kauerte sich neben ihren Stuhl, berührte ihre Hand. Pasiphaë ließ es geschehen, aber ihr Blick blieb kalt. »Liebe, Achtung, aber auch Sorge zwingen mich, ganz offen dir gegenüber zu sein. Mich leitet kein Kalkül, und ich strebe nicht nach der Macht, glaube mir! Ich habe mir viele Gedanken gemacht«, sagte Asterios. »Lange schon. Und ich glaube, ich habe endlich eine Lösung gefunden, die uns allen helfen könnte. Willst du sie dir anhören?«

Ein unmerkliches Nicken.

»Gib mir die Möglichkeit, aktiv am Einweihungsweg mitzuwirken! Ich bin kein Lehrer wie Aiakos«, seine Stimme zitterte nur einen winzigen Augenblick, »ich bin auch keine Hohepriesterin, die den Kranichtanz beherrscht. Aber ich besitze die Kraft des Stiers. Ich bin meinem Schatten begegnet. Und ich kann den jungen Menschen, die Kretas Zukunft sind, dabei helfen, sehend zu werden: sich selbst zu erkennen.«

Pasiphaë berührte das Bienenamulett zwischen ihren Brüsten. Es sah aus, als suche sie nach einem Halt.

»Soll das heißen, du willst hinunter ins Labyrinth?« brachte sie schließlich hervor. »In den heiligen Leib der Göttin?«

»Ja«, erwiderte Asterios fest. »Das ist meine wahre Bestimmung – der Hüter des Labyrinths zu sein. Der, der das Heiligtum mit seinem Leben verteidigt.«

Für das Herbstritual war alles bereit. Die Leute von Amnyssos, Seeleute, Hafenarbeiter, Zimmermänner, Seilerinnen und Steinmetze, hatten sich in großer Anzahl am Kai versammelt. Ganz hinten erspähte Asterios den Parfumhändler in Begleitung seiner Gehilfen.

Iassos hatte die Warnungen über Strongyles drohendes Ende ernst genommen. Sofort nach seiner Rückkehr waren die ersten Nährbecken eingerichtet worden, und den langen Sommer über hatte er die Aufzucht der »Blutmundigen«, wie sie wegen ihrer roten Öffnung genannt wurden, beaufsichtigt. Purpurgewinnung war eine schwierige und langwierige Prozedur. Die Schnecken mußten zerstampft, in Salz eingelegt und mehrfach eingeköchelt werden. Erste Probefärbungen waren gerade erfolgt. Offensichtlich war Iassos mit den Ergebnissen zufrieden, denn er strahlte leutselig nach allen Seiten. Nicht alle erwiderten seinen Gruß. Selbst der mächtige Arm der Königin reichte nicht bis in jeden Winkel der Insel; der Händler, der stets seinen Vorteil zu nutzen wußte, hatte mehr als einen Neider.

Ein paar der Anwesenden schienen erstaunt, Asterios und keine der Priesterinnen vor dem Altar zu sehen; einige Frauen hatten sogar unzufrieden zu murren begonnen. Der Morgen war windig; die tiefblau gefärbten Leinentücher, die das Meer symbolisierten, flatterten über dem Altar. Erst als Asterios die Arme zum Gebet erhob, wurde es ringsherum still.

»Göttin des Meeres und der Winde, der Gezeiten und des nächtlichen Sternenhimmels! Große Mutter der Fischer, der Bootsbauer und aller, die Deine Wasser befahren, Du hast unsere Schiffe geschützt und uns Menschen vor Gefahren bewahrt. Wir danken Dir für Deine Gnade und Barmherzigkeit!«

Er hatte sich auf die vorgeschriebenen Worte beschränkt und keine Ergänzung vorgenommen. Ein junges Mädchen reichte ihm einen Korb mit winzigen Tonfiguren, die menschliche Köpfe und Rümpfe darstellten. Mit weitem Schwung warf er eine Handvoll davon ins Hafenbecken. »Nimm sie auf an unserer Stelle!« Anschließend ließ er zwei Bronzeamphoren, gefüllt mit geweihtem Öl, folgen. »Zur Salbung der Toten und der Lebenden!«

Den Schluß bildete die kostbarste Opfergabe: eine hölzerne Barke, kaum so groß wie eine Frauenhand, mit Blattgold überzogen. Ein Kranz bunter Herbstblumen war um das Kunstwerk geschlungen.

»Für Die, die unser Lebensboot steuert. Für Die, die unsere Totenbarke aufnimmt! Für Die, deren Schoß die Wasser des Lebens entströmen!«

Die Menge klatschte, als das Boot langsam im Wasser versank. Asterios sah, wie Iassos ihm zuwinkte und versuchte, sich zwischen den Menschen zu ihm durchzudrängen.

»Schiffe! Schiffe in Sicht!« ertönte der Ruf des Leuchtturmwärters. Der Mann, der von seiner Plattform aus hinaus auf das Meer gespäht hatte, blies kräftig in sein Horn. Einmal, fünfmal, zehnmal, er wollte gar nicht mehr aufhören.

»Das scheint ja eine ganze Flotte zu sein!« Schnaufend war Iassos neben Asterios angelangt. Er kniff die Augen zusammen. »Vielleicht holen sie sich ihren Königssohn zurück!«

»Das sind keine Athener«, sagte Asterios. Seine Schläfen begannen zu schmerzen, und er konnte spüren, wie sich das unsichtbare Band enger um seinen Kopf zog. Er sah die hohen, schlanken Masten, die langsam näherkamen, die eingeholten Leinensegel; die tiefer gesetzten Reihen der Ruderer, die ihren Schlag verlangsamt hatten, um in die Hafeneinfahrt zu gelangen. Ein Schiff folgte dem anderen, ein langer Zug, der das Becken von Amnyssos mehr und mehr füllte. Sie waren in Kymben gekommen, die größten Schiffe, die sie besaßen. Und selbst diese schienen übervoll mit Menschen und Ladung. »Große Göttin, das sind die Boote aus Strongyle! Es ist Herbst, und die Delphine sind ausgeblieben, wie ich es prophezeit habe.«

Sie hatten ihm tatsächlich geglaubt. Sie waren da! Für ein paar Augenblicke stieg ein Glücksgefühl in ihm auf, so stark, daß seine Augen feucht wurden. Dann schob sich die Beklommenheit davor, die sich immer einstellte, wenn er an den schwarzen

Berg dachte. Seine Euphorie verschwand so schnell, wie sie gekommen war.

Es waren fünfzehn Schiffe. Nur ein Teil der Bevölkerung Strongyles war also nach Kreta aufgebrochen. Der weitaus größere Teil schwebte weiterhin in Gefahr. Aber es war zumindest ein Anfang. Vielleicht konnte er den Rest auch noch zum Verlassen der Insel bewegen. »Jetzt haben wir die Möglichkeit, ihnen unsere Gastfreundschaft zu beweisen«, sagte er mehr zu sich selbst.

Iassos wiegte bedenklich seinen kahlen Schädel. »Wie ein Ameisenstamm, der durcheinanderwuselt!« rief er. »Sie scheinen mit Kind und Kegel aufgebrochen zu sein. Was werden die Priesterinnen dazu sagen?«

Die ersten Beiboote wurden schon ins Wasser gelassen, und man konnte vom Ufer aus sehen, daß die Menschen auf den Kymben zu rufen und zu winken begonnen hatten. Am Ufer hob sich kaum ein Arm zum Zurückwinken.

»Sie sollen zurückgehen, wo sie hingehören!« keifte eine Frau. »Wir haben schon genug eigene Mäuler zu stopfen.« Viele andere begannen ebenfalls zu schimpfen. »Wir brauchen keine Fremden hier auf Kreta!«

»Diese Leute kommen aus Strongyle. Viele von ihnen sind Kreter, die früher hier gelebt haben. Sie sind zu uns geflüchtet, weil ein neuer Vulkanausbruch droht«, redete Asterios gegen die ungute Stimmung an. Die Männer und Frauen hatten sich wie bei Gefahr enger zusammengedrängt. Er sah viele düstere Gesichter.

»Unsere Vorratsspeicher reichen nur für eine bestimmte Zeit«, schrie ein Mann mit rotem, zornigen Gesicht. »Wieso sollten wir mit ihnen teilen?«

»Die Große Mutter hat uns in diesem Jahr eine ungewöhnlich reiche Ernte geschenkt.« Jetzt sprach Asterios so laut und deutlich wie er konnte. »Die Königin hat die Steuern gesenkt. Wir sind reich genug, um an andere abgeben zu können, die in Not sind.« Sein Ton wurde gereizt. »Außerdem sind sie keine Bettler, sondern Handwerker und Kaufleute wie ihr, die sich selbst ihr Brot verdienen können.«

Er hatte nicht mit dem Sturm der Entrüstung gerechnet, der nach diesen Worten ausbrach.

»Sollen sie doch ihre eigenen Schiffe bauen! Wir mögen keine fetten Kolonisten!«

»Wie sie schon aussehen! Und was sie alles mitgeschleppt haben!«

»Wer Kreta verachtet hat und sich für etwas Besseres hält, braucht nicht wieder nach Hause zurückkehren!«

»Sie werden uns die Arbeit wegnehmen!«

»Warum gehen sie nicht sonstwo hin?«

»Und was ist, wenn keiner von uns sie aufnimmt?« Die Frau, die diese Frage gestellt hatte, baute sich provozierend vor Asterios auf. »Die Blätter sind schon bunt; es wird bald kalt werden. Sollen sie vielleicht unter freiem Himmel kampieren, wenn der Winter kommt?«

Die Umstehenden spitzten die Ohren.

Asterios straffte sich. Er hatte genug von ihnen!

»Wenn ihr den Flüchtlingen das heilige Gastrecht verweigert, so wird sich Platz für sie in den Palästen und auf den Ländereien der Königin finden. Pasiphaë hat kein Herz aus Stein wie ihr!«

Er überließ die Menge sich selbst und ging nach vorn zum Kai, wo die ersten Boote inzwischen angelegt hatten. Zunächst sah er kein bekanntes Gesicht, bis er schließlich die Priesterin Nephele entdeckte.

»Da ist ja eine der heiligen Frauen, die immer Safran bei mir kauft«, schrie Iassos, der ihm gefolgt war. »Und dort hinten ist noch eine weitere.« Er deutete zum nächsten Boot, wo Naïs einem gebrechlichen Mann beim Aussteigen behilflich war.

Auf den ersten Blick hatte Asterios geglaubt, daß vor allem Alte, Kranke und Kinder in den Booten saßen. Beim näheren Hinsehen waren aber auch viele junge Frauen und Männer darunter, die nicht von kretischen Almosen abhängig sein würden.

»Sieh nur«, sagte er halblaut zu Iassos, »wieviele kräftige Arme auf Kreta gelandet sind!«

»Meinst du, es sind auch ein paar Färber darunter?« Iassos spitzte seine Lippen. »Du mußt lange reisen, um jemanden zu finden, der besser mit Indigo und dem Saft der Kermesbeeren umgehen kann, als die Leute von Akrotiri. Zwei von ihnen könnte ich bestimmt aufnehmen. Oder sagen wir drei«, setzte er schnell hinzu. »Möglicherweise sogar vier.«

Asterios lief den beiden Frauen entgegen und umarmte sie. »Daß ihr doch noch gekommen seid! Ich bin so froh, daß ihr euch habt überzeugen lassen. Wo sind die anderen? Kommen sie später nach?«

»Nein, und auch wir reisen baldmöglichst wieder ab«, erwiderte Nephele nach kleinem Räuspern. »Spätestens, wenn die schlimmsten Winterstürme vorüber sind. Und alle Familien eine sichere Bleibe gefunden haben.«

»Weshalb?« fragte Asterios.

»Das soll nicht heißen, daß wir dir mißtrauen, Asterios«, sagte sie rasch. »Im Kreis der Weisen Frauen haben wir oft über deine Visionen gesprochen. Viele von uns zweifeln nicht mehr, daß Strongyle tatsächlich große Gefahr droht. Aber einige glauben, daß die Göttin uns zürnt und wir sie versöhnen müssen. Im Heiligtum gehen die Opferkerzen nicht mehr aus, und Tag und Nacht steigen unsere Gebete zu Ihr empor. Deswegen müssen wir so schnell wie möglich zurück.«

»Wieso seid ihr dann überhaupt gekommen?«

»Es war ein schwieriger Sommer für Strongyle«, erwiderte Naïs. »Gluthheiß, kaum Wind, kein Tropfen Regen. Das Gras verdörrte auf den Wiesen, und das Korn war viel zu früh reif. Viele Brunnen sind versiegt. Es war, als ob die glühende Hand des Todes sich bereits nach uns ausgestreckt hätte.«

»Ständig kam es zu Schlägereien in den Tavernen«, fiel Nephele ein. »Jeden Tag wurde heftiger darüber diskutiert, ob du die Wahrheit gesagt hast oder ein Scharlatan bist. Lange hofften alle, du hättest dich getäuscht. Auch diejenigen, denen deine Worte angst gemacht hatten. Du mußt die Leute verstehen«, sagte sie bittend, »nicht alle in der Kolonie haben nur gute Erfahrungen mit der Mutterinsel.«

»Aber der Sommer verging, und die heiligen Tiere blieben aus«, sagte Asterios langsam. »Die Delphine kehrten nicht zurück. Was geschah dann?«

»Einzelne Familien entschlossen sich zum Aufbruch«, antwortete Nephele. »Nicht allzu viele, aber mehr, als wir gedacht hatten. Deine mahnenden Worte trugen Früchte.« Sie deutete auf die Flüchtlinge. Der Pier war immer voller geworden, und am Ufer entlang stauten sich die Menschen mit ihren Kisten und Bündeln. »Als feststand, daß sie wirklich segeln würden, hat Demonike zwei von uns bestimmt, die sie begleiten sollten«, fuhr sie fort. »Naïs und mich. Sie hat uns gebeten, Pasiphaë das Schicksal dieser Menschen ans Herz zu legen. Wir sind uns bewußt, daß ihr mit den Flüchtlingen sicherlich auch eine Menge Schwierigkeiten bekommt. Aber schließlich hast du sie ja aufgefordert, zu kommen.«

»Ja, das habe ich«, sagte Asterios. »Und ich stehe zu meinem Wort.«

»Wir wollen gern dazu beitragen, daß sie sich schnell eingliedern. Ist unsere Aufgabe erfüllt, kehren wir zu den anderen Schwestern der Einen Mutter zurück.« Sie lächelte, und Naïs strahlte. »Auch wir beide bleiben im Heiligtum der Göttin. So lange wir leben.«

Iassos hatte die Priesterinnen während ihrer langen Rede mit unverhohlener Neugierde angestarrt. »Und die anderen?« wollte er wissen. »Die, die auf Strongyle zurückgeblieben sind?«

»Wir haben alles versucht, aber keiner von ihnen war bereit, die Heimat zu verlassen.«

»Vielleicht tun sie das später noch«, sagte Asterios mit leiser Besorgnis.

Der feindliche Block in seinem Rücken hatte sich inzwischen verlaufen, aber die Stimmung war kaum freundlicher geworden. Die meisten begnügten sich damit, stumm die Habseligkeiten der Fremden anzustaunen. Wenigstens weinten unweit von ihm zwei Männer vor Wiedersehensfreude. Ihr Bild machte Asterios Mut. Die Ankunft der Flüchtlinge brachte viele Probleme. Aber wenn alle gemeinsam an einer Lösung arbeiteten, mußte ihre Integration rasch gelingen. Fürs erste bat er Nephele und Naïs, die Leute zur Agora zu bringen. An ihrer Ostseite erhoben sich zwei dreistöckige Steinhäuser, solide gebaut, sauber gefegt, die leerstanden, seitdem die größeren Kornkammern am Stadtrand ihre Funktion übernommen hatten. Dort konnten sie unterkommen, bis er wieder aus Knossos zurück war.

»Du kannst mein Pferd nehmen«, bot Iassos an. »Nach Minos' Rappen das schönste auf der ganzen Insel.« Er warf sich in die Brust. »Nur, damit es schneller geht«, setzte er hastig hinzu.

»Wo finde ich es?« Sollten die anderen nur über Iassos spotten, er mochte ihn und erkannte sehr wohl seine noblen Seiten. »Danke«, setzte Asterios leise hinzu.

Iassos brummte vor sich hin, wie immer, wenn er gerührt war. »Drüben, vor meinem Häuschen«, antwortete er deutlicher. »Ramos wird dich führen.« Er zischte seine Anweisungen einem kräftigen Mann mit dunkler Haut zu.

Das Häuschen erwies sich bei näherem Hinsehen als stattlicher Bau, an den ein strohgedeckter Stall grenzte. Als Ramos den Braunen herausholte, sah Asterios im Hintergrund mindestens drei weitere Pferde. Der junge Ägypter lachte amüsiert, als er seine Überraschung bemerkte. Niemals zuvor hatte der Händler das Anwesen in Amnyssos auch nur mit einer Andeutung erwähnt. »Ich gebe es auf, Iassos hinter die Schliche zu kommen«, seufzte Asterios beim Aufsteigen. »Das wird wohl niemandem je gelingen!«

Auf seinem Weg nach Süden überholte er den Zug der Flüchtlinge. Ein paar Kinder weinten; die Erwachsenen schleppten mit ernsten Gesichtern ihre Bündel und Säcke. Wie ein langer, bunter Wurm schob sich der Menschenstrom auf die Agora zu.

Es sind wirklich viele, dachte Asterios, und war einen Augenblick froh, daß nicht alle gekommen waren. Dann aber schob sich warnend das Bild des schwarzen Berges davor, und er schämte sich. Vergib mir, große Mutter, dachte er. Wir müssen sie retten und ihnen helfen. Du erwartest zu Recht, daß wir das tun.

Pasiphaë, nach einer fiebrigen Erkältung noch blaß und angegriffen, nahm die Nachricht übellaunig auf. Selbstverständlich hatte Asterios ihr sofort nach seiner Rückkehr aus Strongyle von den Schäden berichtet, die der Vulkanausbruch dort angerichtet hatte. Und er hatte ihr auch von seinen schrecklichen Visionen erzählt. Schon damals hatte sie merkwürdig reagiert, so unwillig, wie sie es immer tat, wenn er über sein Zweites Gesicht sprach. War sie etwa ungehalten, daß er die Gabe besaß und sie nicht? Jedesmal, wenn sie darauf kamen, konnte er spüren, wie sie sich feindselig verschloß.

Allerdings wußte er, daß die Weisen Frauen sich ausführlich über Strongyle beraten hatten, wenn auch nur aus zweiter Hand. Noch immer erhielt der Priester der Göttin nicht ohne weiteres Zutritt zu ihren Versammlungen. Keine hatte jemals direkt gesagt, daß er überflüssig sei. Dennoch fühlte Asterios, daß er in ihren Augen ein Außenseiter war, trotz aller Bemühungen Pasiphaës und Mirthos im Kreis der Frauen eher geduldet als erwünscht. Sie hatten ihn geweiht. Er war der Lilienprinz, der sie erretten sollte. Aber bestimmen, auf welche Weise und wann das zu geschehen habe, wollten ausschließlich sie.

Pasiphaë, umgeben von Jesa, Eudore und Mirtho, hatte ihn dieses Mal nicht im Megaron empfangen, sondern in der Halle der Doppeläxte. Opalgrau kroch die Abenddämmerung in die Fensteröffnungen, und der Raum war düster. Kein Feuer brannte. Es war kalt. Asterios mochte diese Säle nicht, in denen jeder verloren wie ein Bittsteller wirkte. Wahrscheinlich hatte sie ihn deswegen dorthin bestellt. Pasiphaë, Meisterin des Taktierens, tat niemals etwas ohne Grund.

»Wie viele sind es, sagst du?« Schon an der Art, wie sie beim Fragen ihre Nasenflügel anlegte, erkannte er ihre Verfassung. Sie schien nur auf einen Anlaß zu warten, um aus der Haut zu fahren.

»Etwa dreihundert«, erwiderte er vorsichtig und hoffte, daß seine Schätzung richtig war.

»Dreihundert!« Ihre Stimme bebte vor Empörung. »Jetzt, da der Winter kommt! Unmöglich! Wir können sie nicht aufnehmen.«

Asterios glaubte im ersten Augenblick, nicht richtig gehört zu haben. Sie konnte nicht meinen, was sie sagte!

»Das Gastrecht ist Kretas heiligstes Gesetz«, begann er langsam und ließ sie dabei nicht aus den Augen. Wie streng und hart ihr Gesicht auf einmal war! »Keiner, der Schutz gesucht hat, wurde jemals zurückgewiesen. Immer haben wir geholfen, wenn es in unserer Macht stand. Das ist es, was die Große Mutter will. Und was ihr Frauen mich gelehrt habt.«

»Die Göttin verlangt nicht von uns, daß wir uns selbst schaden«, sagte Jesa heftig. »Was sollen wir deiner Ansicht nach tun? Allen Betten in den Palästen der Königin geben und ihnen die Schlüssel zu unseren Magazinen in die Hand drücken, ohne uns darum zu kümmern, was aus den Kretern wird?«

»Wieso denn?« rief Minos, der eben hereingekommen war. »Laß sie doch für uns arbeiten! In den Palästen gibt es genügend zu tun für Steinmetze, Zimmermänner und Bauarbeiter. Und ich bin sicher, daß Daidalos großen Bedarf an Schmieden hat. Um ihr Auskommen hier brauchen sie sich also keine Sorgen zu machen.«

»Du scheinst die Situation zu verkennen«, erwiderte Pasiphaë gereizt. »Hunderte sind es, die wir aufnehmen sollen, nicht eine Handvoll Menschen! Auf lange Zeit oder gar auf Dauer, wenn ich es recht verstanden habe. Viele von ihnen sind nicht einmal Kreter. Und über die, die sich einmal entschlossen hatten, ihre Heimat zu verlassen, freut sich auch keiner. Keiner hatte sie zum Gehen gezwungen. Das war ganz und gar ihre eigene Entscheidung!«

»Willst du sie dafür büßen lassen?« rief Minos dazwischen. »Geht dein Haß auf Strongyle so weit?«

»Laß sie zumindest bleiben, bis die Gefahr vorüber ist«, bat Asterios und schöpfte neue Hoffnung. Sie mußte zu bewegen sein! Die Hohepriesterin würde die richtige Entscheidung treffen.

»Es geht nicht um Almosen, sondern um neuen Lebensraum, den wir ihnen opfern müssen«, fuhr sie fort. »Um Häuser und Möbel. Um Grund und Boden.« Pasiphaë war aufgestanden und ging auf und ab. Ihre schweren Armreifen schlugen aneinander, während sie beim Sprechen die Hände bewegte. Sie trug eines ihrer Purpurgewänder, an Hals und Saum mit Goldfäden bestickt. Abrupt blieb sie vor Asterios stehen. »Und warum das alles? Nur weil meinen Sohn finstere Visionen quälen! Weil er selbstherrlich ganze Inseln entvölkert und Menschen wie Heuschrecken über Kreta hereinbrechen läßt. Du scheinst sehr überzeugt zu sein, von dem, was du siehst!«

Auf einen solchen Angriff war er nicht gefaßt gewesen. Niemals zuvor hatte sie bislang in diesem Ton mit ihm gesprochen. Er spürte, wie Zorn in ihm hochstieg. Wie konnte sie nur so sprechen! Er war schließlich keine Marionette, die nach ihren Wünschen tanzte!

»Die Göttin hat mir die Gabe verliehen«, sagte er impulsiv. »Sie ist es, die die Bilder schickt; ich bin nur der, der sie empfängt. Allerdings fühle ich mich verpflichtet, sie in Ihrem Sinn zu vermitteln und weiterzuleiten. Muß ich euch nicht warnen, vor dem, was Sie euch durch mich sagen will?«

»Der Wille der Großen Mutter entscheidet über Leben und Tod«, entgegnete sie scharf. »Und sonst nichts! Uns steht nicht zu, über Ihren Schicksalsplan zu urteilen. Wenn Sie das Ende von Strongyle bestimmt, kann niemand etwas daran ändern. Nicht einmal wir.«

»Heißt das, du willst alle sterben lassen?« Seine Stimme klang mühsam beherrscht. Niemals hatte er Pasiphaë mehr gehaßt.

»Ihre Gesetze regieren uns, nicht mein Wille«, erwiderte sie. »Ich maße mir nicht an, sie immer verstehen zu wollen, noch tun das die Weisen Frauen dieser Insel. Wir wissen, daß uns allein Ihre Gnade das Leben geschenkt hat. Und du solltest dich ebenfalls hüten, dieser Gefahr der Selbstüberschätzung zu erliegen. Du bist Ihr *Diener*, Asterios, vergiß das nicht!«

»Ihr wollt alle in den Tod schicken?« schrie Asterios. »Ohne den Versuch, zu helfen? Das könnt ihr nicht! Das dürft ihr nicht! *Das ist nicht, was die Göttin will!* Habt ihr ihre Gesichter gesehen? Die Kinder weinen hören? Ihr könnt euch nicht vorstellen, was geschehen wird, wenn der Berg erneut erwacht und alles mit Asche bedeckt. Aber ich habe es *gesehen*! Ich weiß es, glaubt mir! Es gibt kein Entkommen! Für keinen von ihnen, keinen einzigen!«

»Asterios!« sagte Mirtho halblaut, aber er reagierte nicht. Ihre Gesichter verrieten alles. Sie wollten ihn nicht verstehen. Sie wollten nicht hören, was er zu sagen hatte. Zu festgefahren waren sie, zu verbohrt, um anders zu entscheiden. Er hätte es wissen müssen!

Asterios trat ans Fenster und überlegte fieberhaft. Was sollte er tun? Sich vor ihren Augen ein Messer ins Herz stechen, damit sie endlich verstanden? Nie zuvor hatte er sich so fremd gefühlt. Er gehörte nicht zu ihnen. Er hatte nichts mit ihnen zu tun. Wie konnte er ihnen noch gehorchen? Am liebsten hätte er sie niemals wiedergesehen.

»Was soll nun weiter geschehen?« Minos sah die Frauen herausfordernd an. »Sie sind bei uns gelandet. Wollt ihr sie zurückschicken und damit gleich im stürmischen Herbstmeer umkommen lassen?«

»Minos!« zischte Pasiphaë. »Zügle dich!«

»In den ungeheizten Speichern können sie nicht lange bleiben«, fuhr er ungerührt fort. »Die Tage werden kürzer, die Nächte kälter. Es müssen neue Unterkünfte gefunden werden. Wo sollen sie deiner Ansicht nach wohnen?«

Pasiphaë hatte sich wieder auf ihrem Sessel niedergelassen und beriet sich halblaut mit den anderen Frauen. Dann nickte sie, und auch die anderen schienen ihr zuzustimmen. Sie schaute nicht einmal zu Asterios hinüber.

»Kreta kann sie nicht aufnehmen«, verkündete sie kategorisch. »Wenn sie nicht in ihre Heimat zurückkehren wollen, müssen sie versuchen, anderswo unterzukommen. Das heißt natürlich nicht, daß wir sie in Wind und Sturm hinausjagen. Sie dürfen bleiben, bis das Meer wieder ruhiger ist und sie gefahrlos die Weiterreise antreten können.«

»Und bis dahin?« beharrte Minos. »Wirst du sie über die ganze Insel verteilen?«

»Auf keinen Fall! Ich will sie möglichst in meiner Nähe haben.«

»Schließlich sind sie das freie Leben in der Kolonie gewöhnt,« fügte Eudore mit leiser Häme hinzu. »Auf Kreta herrschen andere Gesetze. Es empfiehlt sich sicherlich, ein Auge auf sie zu haben.«

»Das denke ich auch.« Pasiphaë erhob sich. »Wir sollten kein Risiko eingehen und sie in Knossos und den umliegenden Dörfern unterbringen. Jede Familie wird verpflichtet, einige Flüchtlinge aufzunehmen.« Jetzt sah sie hinüber zu Asterios und runzelte die Brauen. Er zeigte ihr beharrlich seinen Rücken. Er konnte sie nicht ansehen. Nicht, nachdem sie diese engherzige Entscheidung getroffen hatte. »Ich denke, daß es keine großen Schwierigkeiten geben wird«, sagte sie nachdenklich. »Es ist ja schließlich nicht für lange.«

Kaum war der Winter vorbei, zogen die Leute von Strongyle ihre Kymben ins Wasser und bereiteten sie für die Abreise vor. Keiner von ihnen war traurig darüber, die Insel der Großen Mutter zu verlassen. Im Gegenteil: Sie konnten es kaum erwarten. Die Monate in Knossos waren schwierig gewesen. Zusammengepfercht mit ihren zwangsverpflichteten Gastgebern, war es zu Spannungen und Streitigkeiten gekommen. Kaum einer hatte ihnen Arbeit geben wollen, obwohl viele Spezialisten unter ihnen waren.

Ein paar Flüchtlinge hatten das Glück, für einfache Hilfsdienste gebraucht zu werden. Die große Mehrzahl aber blieb ohne Arbeit und damit abhängig von den Almosen, die Pasiphaë durch ihre Schreiberinnen täglich in Knossos verteilen ließ.

In der großen Stadt war es noch enger geworden als zuvor. Die Straßen quollen über von Menschen, in Tavernen und Bädern wurden die Plätze knapp. Es kam zu zahlreichen Zusammenstößen zwischen Fremden und Einheimischen, in deren Folge zwei Flüchtlinge schwer verletzt wurden. Ein anderer mußte eine Schlägerei, in die eine Handvoll Kreter verwickelt war, mit dem Tod büßen. Für kurze Zeit herrschten Bestürzung und Abscheu vor; der Täter, ein junger Färber aus Knossos, wurde streng bestraft. Dann aber kehrte der Alltag wieder ein, und alles war vergessen.

Dazu kam, daß die Nachrichten aus Strongyle unverändert blieben. Zwar war immer noch kein Delphin vor der Insel aufgetaucht. Aber es deutete auch nichts auf den Ausbruch hin, vor dem Asterios so eindringlich gewarnt hatte. Der große Berg war ruhig, abgesehen von ein paar dunklen Wolken, die um seinen Krater standen. Einmal war kurzes Grollen zu hören, das jedoch sofort wieder verebbte. Daran waren die Menschen auf Strongyle seit Generationen gewöhnt.

Die Priesterinnen aus Akrotiri, die Neuigkeiten aus der Heimat am schnellsten erfuhren, waren die ersten, die zum Aufbruch drängten. »Unsere Leute sind unglücklich hier«, beklagten sich Nephele und Naïs bei Asterios, der sie regelmäßig besuchte. Iassos hatte es sich nicht nehmen lassen, sie im Herzen von Knossos einzuquartieren. »Das Haus eines Freundes«, hatte er gemurmelt, aber allen war klar, daß das Anwesen in Wirklichkeit ihm gehörte. Obwohl ihr Domizil nahezu luxuriös ausgestattet war, waren die beiden die ganzen Monate über bedrückt gewesen. Das Schicksal der anderen lag ihnen schwer auf der Seele. »Keiner will sie haben. Du hast uns nicht die ganze Wahrheit gesagt, Asterios. Hätten wir geahnt, was die Menschen hier erwartet, wären wir zu Hause geblieben.«

Sie hatten nicht weitergesprochen. Asterios wußte auch so, was sie eigentlich sagen wollten. Die Priesterinnen und Pasiphaë und ihre Weisen Frauen glaubten nicht mehr daran, daß seine Visionen wahr werden würden. Phaidra hatte ihm eines Tages berichtet, worum es in ihren Gesprächen und Versammlungen ging. »Sie glauben, daß du dich getäuscht hast. Niemand zweifelt grundsätzlich an deiner Gabe. Aber sie sind der Meinung, daß du die Botschaft womöglich mißverstanden hast. Könnte es nicht sein, daß du etwas gesehen hast, was schon vor langer Zeit geschehen ist?«

»Dann wäre Strongyle heute eine schmale Sichel und keine runde Insel«, erwiderte Asterios unglücklich. »Unbevölkert. Gänzlich von Lavagestein bedeckt. Ich verstehe schon, daß sie langsam ungeduldig werden. Fast ein Jahr ist seit dem letzten Ausbruch vergangen, und noch immer steht der schwarze Berg. Es ist viel bequemer für sie, meinen Bildern nicht zu glauben und mich für einen Narren zu halten. Weißt du, warum?«

Phaidra schüttelte den Kopf.

»Eine Katastrophe, wie ich sie gesehen habe, wird alles verändern«, sagte Asterios. »Nichts wird mehr so sein wie zuvor. Und davor haben sie Angst. Wenn die Strongyle unter der Asche erstickt, können wir auch auf Kreta nicht so tun, als wäre nichts geschehen. Deshalb kann für Pasiphaë und ihre Getreuen nicht sein, was nicht sein darf. So einfach ist das.«

Das Mädchen blieb stumm.

»Ich weiß nicht, wann es geschehen wird«, sagte er leise. »Ich weiß nur, *daß* es geschehen wird.«

»Gibt es keine Möglichkeit, die Große Mutter zu versöhnen?« fragte sie schließlich. Er musterte sie überrascht. Das war die Frage, die er nur sich selbst stellte. Sie erwiderte seinen Blick, vertrauensvoll wie ein kleines Mädchen. »Irgend etwas, um die Katastrophe zu vermeiden?«

»Also glaubst wenigstens du mir?«

»Ich weiß, daß du die Wahrheit sagst«, war ihre einfache Antwort.

Ein paar Tage später forderte Pasiphaë ihn auf, sie zum Labyrinth zu begleiten. Ihr Verhältnis ermutigte ihn nicht, überflüssige Fragen zu stellen. Seit seinem Ansinnen, aktiv am Einweihungsweg mitzuwirken, erst recht aber seit der Landung der Flüchtlinge waren sie sich aus dem Weg gegangen, jetzt aber bestellte ihn die Hohepriesterin. Der Diener der Göttin mußte gehorchen.

Asterios hatte in den vergangenen Monaten viel nachgedacht. Über die Weisen Frauen. Und über sich selbst und die Aufgabe, die auf ihn wartete. War er nur ein Spielball in ihren Händen? Ein willenloses Werkzeug, das sie nach Belieben einsetzen und wieder weglegen konnten? Trotz aller Eide, die er abgelegt hatte: Sollte ihm nun eine neue Demonstration ihrer uneingeschränkten Macht bevorstehen, war er entschlossen, Widerstand zu leisten.

Pasiphaë blieb die ganze Fahrt über schweigsam und begnügte sich damit, ihn ab und zu prüfend von der Seite anzusehen. Der festgespannte Rupfen über dem Karren erlaubte keine Sicht auf die wintergrüne Landschaft. Das Gefährt schwankte und schaukelte. Beide waren froh, als sie ihr Ziel erreicht hatten.

Sie betraten den Tanzplatz. Es war ebenso kühl und windig wie in der Nacht seines Kranichtanzes, und für einen Augenblick hatte Asterios wieder die aufgeregten Gesichter der anderen Mysten vor sich, meinte, ihr Flüstern zu hören, das Geräusch ihrer Füße auf dem steinernen Boden. Er blinzelte. Es war Tag, und er war mit Pasiphaë auf dem Choros allein.

Was hatte sie vor? Würde sie seine Forderung erfüllen?

Er starrte auf die schwarzen Schlangen, die seit unerdenklichen Zeiten den Eingang in die Unterwelt bewachten. Seine Handflächen waren feucht wie damals. Aber inzwischen waren Jahre vergangen. Er hatte die ewige Spirale durchlaufen. Er wußte, daß er die Kraft des Stiers besaß. Wollte sie sich erneut davon überzeugen?

Sie war an den Rand des Platzes gegangen, dort, wo das Erdreich versuchte, sich zwischen die steinernen Platten zu drängen. Sie bückte sich, richtete sich wieder auf.

»Alles ist Erde«, sagte sie, während sie ihm ihre Handfläche entgegenhielt. Er sah feuchte, schwarze Brocken. »Wir Menschen sind nur ein Teil von ihr. Mit beiden Beinen betreten wir sie. Unsere Häuser sind auf ihr errichtet. Sie ist der Boden, auf dem das Getreide wächst. Eingewurzelt sind wir in sie mit Leib und Seele, und nur lebendig, solange sie uns nährt und trägt.«

Er nickte. Sie drückte in ihren Worten aus, was er fühlte. Die Liebe zur Erde war das Wichtigste, was sie die Mysten lehren konnten. Jeder von ihnen sollte dieses Geschenk auf seinem Einweihungsweg erhalten. Er dachte schon seit langem darüber nach, wie man es ihnen noch besser vermitteln konnte. Deshalb war er überrascht. Was wollte sie ihm damit sagen?

»Aber sie kann auch feindlich sein«, fuhr Pasiphaë fort. »Streng und unbarmherzig. Wenn ihre Schollen beben, die Berge einstürzen und die Täler sich mit Wasser füllen, sind wir rasch an den Grenzen unseres Verstehens angelangt.«

»Die Große Mutter ist die Herrin der Erde«, erwiderte er leise.

»Ja, Sie hat alles geschaffen«, sagte Pasiphaë in seltsamem Ton. »Gut, daß du dich wieder daran erinnerst.«

»Ich habe es nie vergessen«, erwiderte er fest.

»Das nicht«, sagte sie. »Aber anderes. Ich habe dich zu Ihrem Priester geweiht, als ersten Mann, dem diese Auszeichnung zuteil wurde. Ich erwarte von dir, daß du dich Ihrer würdig erweist. Du hast Gehorsam geschworen, Asterios. Jetzt erinnere ich dich daran.« Ihre Stimme klang gepreßt, als hielte sie etwas Unangenehmes zurück.

Was hatte das zu bedeuten?

»Wir haben dich den Winter über beobachtet«, fuhr sie fort. »Und was wir gesehen haben, gefällt uns nicht. Du benutzt die Kraft des Stiers nicht, sondern vergeudest sie im Widerstand gegen die Weisen Frauen. Und gegen mich.« Ihre Stimme blieb unverändert, aber er sah, wie sich die Falte zwischen den Brauen vertiefte. »Du hast den Boden verloren. Wir werden dir helfen, ihn wieder zu finden. Denn wir brauchen dich.« Sie packte seine Hand und drückte ihm die Krumen fest hinein. »Das ist dir abhanden gekommen: die Verbindung zur Erde. Aber du wirst sie wiederherstellen. Und stärker noch als je zuvor. Für dich selbst. Für Kreta. Und für viele Mysten, die diese Insel danach mehr lieben werden als ihr Leben.« Sie deutete zum Eingang des Labyrinths. »Siehst du die Schlangen an der Tür?«

»Ich sehe sie«, erwiderte Asterios.

»Sie bewachen die Schwelle, die Mysten einmal in ihrem Leben betreten. Der Leib der Großen Mutter verschlingt sie und gebiert sie neu. Dort, wo alles aufhört, wo Zeit und Raum keine Gültigkeit mehr haben, erfahren sie das Geheimnis ihrer selbst und werden zu ganzen Menschen. Das war seit jeher so. Das wird auch künftig so bleiben. Aber das ist nicht alles. Sieh mich an, Sohn!« Er gehorchte. Ihre Augen waren dunkel, die goldenen Flecken kaum zu sehen. »Du wirst der sein, der den weiblichen Schoß der Erde mit männlicher Energie erfüllt«, flüsterte sie. »Du wirst der heilige Stier sein, das letzte Mysterium, das im Herzen des Labyrinths auf den Eingeweihten wartet. Wir sind bereit, deine Forderung zu erfüllen. Nicht, weil du willst, sondern weil wir glauben, damit der Großen Mutter am besten zu dienen. Deswegen frage ich dich jetzt: Bist *du* wirklich bereit?«

»Ja, ich bin bereit«, erwiderte Asterios ohne zu zögern.

»Gut.« Jetzt lächelte sie. »Wir wollen nichts überstürzen. Wenn die Flüchtlinge die Insel verlassen haben, bringen wir dich hinunter. Du wirst einige Zeit brauchen, um dich an diese Aufgabe zu gewöhnen. Aber du wirst es schaffen. Dazu bist du geboren, deshalb trägst du das Mal an der Hüfte, das Mondzeichen des Stiers. Du bist der Hüter des Labyrinths.«

Asterios stand am Hafen, als die Schiffe nach Akrotiri ausliefen. Abgesehen von drei jungen Färbern, die bei Iassos geblieben waren, waren alle an Bord.

Die Beiboote legten bereits an. Es war leer am Kai und ungewöhnlich ruhig. Nur ein paar Schaulustige, die nichts Besseres zu tun hatten, trieben sich herum. Hüben wie drüben verspürte niemand Lust zu winken.

Eine Kymbe nach der anderen lichtete den Anker. Es dauerte eine ganze Weile, bis sie hintereinander die schmale Hafeneinfahrt verlassen hatten. Westwind bauschte ihre Segel, und die Ruderer hatten kaum etwas zu tun. Wenn die Brise nicht abschwächte, würden sie bald die Heimat erreicht haben.

Asterios hatte ihre Reise nicht verhindern können. Obwohl er wußte, was ihnen bevorstand. In Strongyle wartete der Tod auf sie.

Der schwarze Vulkan, der kein Erbarmen kannte.

Drittes Buch

Heilige Hochzeit

Über der Insel lag flirrende Hitze. Fahlweiß schimmerte die Küste, und das Meer war wie mit Silbergüssen durchsetzt. Am Himmel waren keine Wolken zu sehen; es hatte seit Wochen nicht mehr geregnet. Wiesen, Felder und Olivenhaine lagen unbewegt unter dem glühenden Atem des Sommers, der die Blumen verwelken ließ und die Kräuter duften, als wäre es das allerletzte Mal. Das Gras war versengt; die Erde war aufgesprungen. Auch Macchia und Kiefernwälder waren mit grauem Staub bedeckt.

Nach und nach waren die Wasserläufe immer schmaler geworden, bis viele der Bäche ganz versiegten und die Flüsse zu Rinnsalen verkümmerten. Nur in den Bergen gab es noch Wasser. In den glutheißen Ebenen litten Menschen und Tiere unter der Windstille. Erhob sich doch einmal eine Brise, war es Wüstenwind aus Afrika, der feinen rötlichen Sand in Schwaden mit sich trug. Überall drang er ein; auch das sorgfältige Verschließen der Fenster konnte es nicht verhindern. Die öffentlichen Brunnen waren leer. In den Zisternen sank der Wasserspiegel. Jetzt waren die Bewohner von Steingebäuden im Vorteil. Wer in Holz- oder Lehmkaten schwitzte, behalf sich notdürftig mit feuchten Umschlägen oder Bottichen mit kaltem Wasser. Die Bäuerinnen begannen vor Sonnenaufgang mit ihrer Arbeit und blieben ab Mittag für den Rest des Tages im Schatten. Nachts schliefen sie mit ihren Familien nicht unter den niedrigen Dächern, die die Hitze gespeichert hatten, sondern im Freien. Alle lechzten nach Abkühlung. Überall auf der Insel beteten Frauen und Männer um Regen. Die Priesterinnen brachten zusätzliche Opfer dar. Aber nach jeder lauen Nacht zog wieder ein gleißend blauer, wolkenloser Tag herauf. Es war Ende Juli, und August, der wärmste Monat des Jahres, stand noch bevor.

Der Hof war schon vor einigen Wochen nach Süden umgezogen. In diesem Jahr blieb die Sommerresidenz in Elyros unbewohnt. Das Fest der Heiligen Hochzeit sollte am ersten Tag des Monats August in Phaistos gefeiert werden. Alle acht Jahre wurde diese Zeremonie auf Kreta begangen. Dann war das Große Jahr zu Ende, das hundert Umläufe des Mondes umfaßte. Nach Ablauf dieser Frist mußte erneut vollzogen werden, was für Pflanzen, Menschen und Tiere auf Kreta als Voraussetzung für Wachsen und Gedeihen galt: Die Große Mutter vereinigte sich mit dem Weißen Stier aus dem Meer.

Die Vorbereitungen für dieses wichtigste aller Rituale dauerten schon Monate. Der Kultplatz am Wasser war neu aufgeschüttet worden, eine Bucht, unweit der Hafenstadt Matala, die geschützt zwischen zwei Hügelketten lag. Ein kleiner Kiesstrand führte sanft ins Meer. Nach hinten stieg das Gelände flach an und bot bis zum ersten Höhenzug auch für eine größere Menschenmenge ausreichend Platz.

Keiner wollte sich diese Nacht der Nächte entgehen lassen. Kein Ritual galt als glückverheißender und besser geeignet, die Große Mutter um Fruchtbarkeit für Mensch und Tier zu bitten. Auch in diesem Jahr würde wieder ein langer Zug von Frauen zur Opferstätte ziehen und die Göttin anflehen, ihre Kinderlosigkeit zu beenden. Das Fest, das bis in die Morgenstunden in verschwiegenen Buchten ringsherum gefeiert wurde, hatte schon oftmals solche Wünsche in Erfüllung gehen lassen. Kinder, die in dieser Nacht gezeugt wurden, stammten, so glaubte man, direkt aus Ihrem heiligen Schoß. Aus Dankbarkeit für das tiefe mystische Band, das alle Schwestern der Einen Mutter miteinander verknüpfte, opferten sie Ihr Milch, Honig, Wein, Öl, Getreide und Früchte. Ganze Wagenladungen wurden herbeigekarrt, und die Frauen schleppten heran, was sie tragen konnten. Ein weiser Brauch, seit Jahrhunderten bekannt, sorgte dafür, daß nichts verdarb. War das Ritual beendet, kamen Bedürftige in Scharen herbei und durften alles mitnehmen. Stieg die Sonne am nächsten Morgen aus dem Meer, zankten sich nur noch Seevögel um die restlichen Brocken. Der Kultplatz lag da wie blankgeputzt. Die Große Mutter hatte das Opfer wohlwollend angenommen.

In den letzten Tagen vor dem großen Ereignis glich ganz Phaistos einem Bienenschwarm. Nach und nach trafen die Pilgerinnen ein und wurden in den umliegenden Dörfern untergebracht; einige wohnten sogar in Chalara. Die Frauen versammelten sich auf den Anhöhen und in den heiligen Hainen ringsherum, wo sie mehrmals täglich zur Göttin beteten. Viele waren zu Fuß oder auf Eseln gekommen, andere mit Schiffen, die in Kommos oder Matala anlegten. Der Prozessionskorridor, der die Straße von Süden her mit dem Palast verband, war frisch ausgemalt. Blaue Tauben flogen durch eine blühende Landschaft. Der leuchtende Reigen zog sich bis in die Westhalle, von der aus die Gemächer der königlichen Familie zu erreichen waren. Durch kurze Flure und Verbindungstüren waren die Räume so geschickt hintereinander geschachtelt, daß selbst nachmittags frische Luft von den Bergen in den Räumen für Kühle sorgte.

Trotz der angenehmen Brise, die durch ihr Zimmer strich, fühlte Ariadne sich matt. Sie hatte die Mittagsstunden auf ihrem Bett verbracht und nach draußen gestarrt, wo die Schatten der Zypressen schmale, hohe Kegel warfen. Langsam stand sie auf und ging hinüber zum Fenster. Ihre Brüste spannten; jeden Morgen mußte sie sich erbrechen. Es gab keinen Zweifel mehr. Zum zweiten Mal war ihr Mondfluß ausgeblieben. Sie war wieder schwanger.

Energisch schob sie die Erinnerungen an Mirthos Kräuter beiseite und an die Schmerzen, die sie ihr damals bereitet hatten. Niemals würde sie diesen Tag vergessen, in dessen Verlauf sie nicht nur die Frucht ihres Leibes ausgestoßen hatte. Am gleichen Tag war auch Asterios beim Stiersprung schwer verletzt worden. Trotzig schaute sie hinüber zum Doppelhorn des blauen Berges, das sie an das Mondmal an seiner Hüfte erinnerte. Würde es denn niemals aufhören, dieses Wühlen in ihrem Innersten, wenn nur sein Name fiel oder sie ihm begegnete?

Mit einer heftigen Bewegung zog Ariadne das Tuch vor die Fensteröffnung. Sie hatte genug von diesen melancholischen Gedanken! Vor drei Jahren war Theseus mit den Athenern nach Kreta gekommen. Anfangs hatte sie ihm nur schöne Augen gemacht, um Asterios zu bestrafen. Aber mittlerweile hatten sich ihre Gefühle verändert. Jetzt lag eine glückliche Zukunft vor ihr. Theseus war der Vater des Kindes, das in ihr wuchs.

Sie wollte dieses Kind. Sie war fest entschlossen, es zur Welt zu bringen – ihren Sohn. Mein starker Wille und Theseus' Ungestüm, dachte sie, was für eine überwältigende Mischung! Sie strich über ihren Bauch, der sich bald wölben würde. Dieses Kind würde der Ausweg sein, nach dem sie so lange gesucht hatte. Je eher sie die Insel verlassen konnte desto besser. Mittlerweile haßte sie Kreta beinahe ebensosehr, wie Theseus es tat; ein starkes Gefühl, das sie zusammenschmiedete. Ariadne hatte begonnen, die Dinge mehr und mehr mit seinen Augen zu sehen. Vieles, das ihr seit jeher vertraut und richtig erschienen war, bekam aus seinem Blickwinkel einen merkwürdigen, sogar häßlichen Beigeschmack.

»Frauen sind nicht zum Herrschen gemacht«, sagte er, wenn er sie in seine Arme zog. Nach ihren ersten leidenschaftlichen Begegnungen, bei denen Ariadne die Fordernde gewesen war, waren die Rollen nun vertauscht. Theseus gab sich keine Mühe mit einem langen Vorspiel, sondern spreizte ihre Schenkel und drang in sie ein, manchmal fast gewaltsam. Die Grenzen zwischen Spiel und Ernst waren fließend; Ariadne protestierte lahm und wand sich unter seinem groben Griff. Ergebnislos. Er war der Stärkere. Beide wußten, daß diese besitzergreifende Art sie erregte. Ariadne genoß es, sich ihm auszuliefern; sie liebte es, wenn er sich als gnadenloser Herrscher aufspielte, dem sie sich zu unterwerfen hatte. »Frauen haben viel zu lange bei euch das Sagen gehabt. Eure Männer? Weichlinge und Memmen! Keine richtigen Kerle, die sich nehmen, was ihnen gefällt«, schimpfte Theseus. »Wie lächerlich sie aussehen, mit ihren Armreifen und Schärpen, ihren Röcken, in denen sie zur Großen Mutter winseln! Manchmal kommt es mir vor, als gäbe es nur Weiber auf eurer Insel!«

»Und bei euch in Athenai? Wer hat da zu bestimmen?« fragte Ariadne immer wieder, obwohl sie die Antwort bereits kannte.

Er lachte rauh. »Das wirst du schon sehen, meine Prinzessin!« Dann befahl er ihr, auf die Knie zu gehen und nahm sie von hinten.

Immer noch trafen sie sich heimlich, wenngleich es Ariadne inzwischen gleichgültig war, ob die anderen es wußten. Manchmal wünschte sie es sich sogar und mußte ihre ganze Beherrschung aufbieten, um es ihrer Mutter nicht einfach ins Gesicht zu schreien. Ein Barbar und eine ihrer Töchter – selbst wenn es nur Ariadne war, die sie am wenigsten liebte! Das mußte Pasiphaë wie ein Schlag treffen.

Allerdings wußte Theseus noch nichts von dem Kind, und sie war nicht sicher, wie er die Nachricht aufnehmen würde. Er war in schwieriger Verfassung, verdrossen und noch unbeherrschter als gewöhnlich. Seitdem er mit den anderen Mysten nach Phaistos gekommen war, hatte sie bislang kaum eine Gelegenheit gehabt, ihn allein zu sehen. Der Stiersprung lag hinter ihnen, und sie hatten bereits mit den Vorübungen zum Kranichtanz begonnen. Wäre das Fest der Heiligen Hochzeit nicht gewesen, hätten sie den Palast der blauen Delphine sicher nicht verlassen.

Die Priesterin Hemera, die sie als Meropes Nachfolgerin unterrichtete, war gewohnt, mit fester Hand zu führen. Den Mädchen gegenüber zeigte sie gelegentlich freundliche Nachsicht; bei den jungen Männern aber wurde ihr Ton schnell gereizt. Alle strengten sich an. Keiner hatte Lust, sich öffentlich von ihr maßregeln zu lassen. Die Mysten bissen die Zähne zusammen und versuchten, die geforderten Leistungen zu erbringen. Selbst die einstigen Rebellen waren ungewöhnlich strebsam – bis auf Theseus.

Hatte Aiakos es noch verstanden, ihm den Stiersprung schmackhaft zu machen, war er jetzt mit einer Frau konfrontiert, die Frauen vorzog. Schon allein deswegen war Theseus widerspenstig und weigerte sich, die Tanzfiguren zu lernen, für ihn Symbol all der Dinge, die er auf Kreta am meisten verabscheute. Die ständigen Ermahnungen Hemeras trieben ihn immer weiter in die Opposition. Nur unter Androhung von Strafen bewegte er sich überhaupt noch, stolzierte ungelenk umher und machte alberne Grimassen, die auch die anderen um die Konzentration brachten. Sprach die Lehrerin über Sinn und Ursprung der ewigen Spirale, starrte er vor sich hin oder brüllte vor Lachen. Am allermeisten aber haßte er es, wenn sie über das Labyrinth redete.

Bei einem ihrer kurzen, atemlosen Zusammentreffen hatte er

Ariadne empört davon erzählt. Sie hatten sich im Südflügel verabredet, der stickig und daher wenig benutzt war. Ariadne wischte den Staub von dem Bettgestell und versuchte, es sich einigermaßen bequem zu machen. Übelkeit fraß sich in sie; sie wartete sehnsüchtig, daß sie endlich wieder vergehen würde. Theseus schien nichts davon zu bemerken.

»Erst wie ein wildgewordenes Huhn auf dem Tanzplatz Ringelreihen drehen! Anschließend den Leib der Erde betreten – wie sich das schon anhört! Wozu soll das gut sein, allein im Dunklen herumzukriechen?«

Er lief aufgeregt hin und her, und Ariadne wurde allein beim Zusehen schon schwummerig. »Komm her zu mir«, bat sie.

Für ein paar Momente blieb er neben ihr. Kaum aber hatte sie zu sprechen begonnen, war er schon wieder auf den Beinen. Ariadne verlor langsam die Geduld. »Was soll denn dieses Lamentieren?« sagte sie aggressiv. »Der Kranichtanz, das Labyrinth – das sind nichts als Stufen der Einweihung. Schließlich haben wir sie alle durchlaufen. Jeder einzelne von uns.«

»Heißt das, daß alle hinunter müssen?« In diesem heißen, staubigen Zimmer kam sie Theseus so fremd vor wie zu Anfang. Sie ist eben doch eine von ihnen, dachte er abschätzig. Eine Kreterin, die ihrem Aberglauben huldigt. Ihre Worte hatten ihn aufgeschreckt – und noch neugieriger gemacht. Er spürte, wie seine Angst wuchs. Nicht einmal Ariadne gegenüber hätte er jemals zugegeben, daß ihn allein der Gedanke an dieses dunkle Loch im Bauch der Erde erschaudern ließ.

»Hirten und Fischer natürlich nicht«, sagte sie in dem leicht dozierendem Ton, den er so haßte. Sie wußte, daß nichts ihn schneller aufbringen konnte. Sie hatte Lust, ihn zu provozieren. »Aber wer auf Kreta zu den Auserwählten gehört, muß ›hinunter‹, wie du so schön sagst. Und wieder hinauf ans Licht.«

»Was passiert dort?« Er schien kaum noch Luft zu bekommen.

Ariadne musterte ihn erstaunt. »Was sagen denn deine Lehrerinnen darüber?«

»Meinst du damit vielleicht diese alte Meckerziege? Ich höre nie zu, wenn sie uns vorlügt; ich will es von dir wissen!« Er packte ihren Arm. »Oder traust du dich nicht?«

»Ich mag es nicht, wenn du so grob bist!« Ariadne riß sich los und versuchte, sein anzügliches Grinsen zu übersehen. Am liebsten wäre sie aufgestanden und zurück in ihr luftiges Zimmer gegangen. Sie war nicht nur ärgerlich über ihn, sondern auch über sich selbst, weil sie wieder die Gelegenheit vertan hatte, ihm von der Schwangerschaft zu erzählen. »Das Labyrinth ist für jeden anders«, sagte sie vage, um doch noch einzulenken. »Weil jeder sich vom anderen unterscheidet.«

Er sah sie so fassungslos an, daß sie stockte.

Was sie erlebt hatte, ließ sich nicht in Worte fassen. Was sollte sie ihm schon sagen über die Schwärze ringsumher und die Stille? Über den unebenen Boden, auf dem sich ihre nackten Füße vorsichtig nach unten getastet hatten? Über ihren Schatten, dem sie im Herzen des Heiligtums begegnet war, und über die tiefe Erleichterung, als sie den Weg hinaus auf einmal ganz einfach gefunden hatte? Niemals würde sie über dieses Sterben und Wiedergeborenwerden sprechen. Nicht einmal mit dem Mann, dessen Kind sie trug. Bittend sah sie ihn an. »Es sind nur Bilder, Gefühle und Erinnerungen, Theseus. Nichts von dem, was du wahrscheinlich erwartest.« Eine merkwürdige Scheu hielt sie vom Weitersprechen ab. »Außerdem ist es verboten, darüber zu reden. Hast du in Zakros keinen Eid abgelegt?«

Sie sah noch immer sein verstohlenes Lächeln vor sich. Er hatte abrupt das Thema gewechselt und war wieder unruhig geworden. Bald darauf war er gegangen. Aber Ariadne war sicher, daß er wieder darauf zurückkommen würde. Dann würde sie ihm sagen, daß sie schwanger war. Und mehr als das. Sie mußte nicht einmal ihren Schwur verletzen, indem sie über ihre Erfahrungen sprach. Es genügte schon, ihm zu verraten, wer ihn im Herzen des Labyrinths erwartete: Asterios, der Priester mit der Stiermaske.

Zwei Stunden vor Sonnenuntergang ritt Daidalos los. Er ließ Matala hinter sich, wo er sich in einem Gasthof eingemietet hatte. Es machte ihm nichts aus, auf Stroh zu schlafen und sich im Badehaus nur mit kaltem Wasser begießen zu können. Jeder Schritt, der ihn von Minos' lähmender Allgegenwart befreite, machte ihn bereits glücklich.

Ohne Rücksicht auf den Stand seiner Arbeiten hatte Pasiphaës Gatte ihn gezwungen, das Erzschmelzen in Knossos zu beenden und mit dem Hof nach Phaistos zu ziehen. Hier mußte er unter weitaus primitiveren Bedingungen arbeiten. Dazu kam, daß er die Leute aus dem Süden haßte. Sie waren geschwätzig, lachten zuviel und scherten sich noch weniger um seine Anweisungen. Mit Wehmut dachte er an seine Zeit in Zakros zurück, den Südflügel, die Schmiede, sein kleines Reich, das nun schon lange verwaist war.

Manchmal sah er im Traum das braune Haus wieder, in dem Patane ihm so unendlich gut getan hatte. Dann trat er wieder über die Schwelle, stieg sicher wie ein Schlafwandler die schmale Treppe in das obere Stockwerk hinauf und öffnete die Türe zu ihrem Zimmer, bereits zitternd vor Erregung. Da waren sie wieder, ihre massigen Schenkel, die birnenförmigen Brüste, der Bauch, in dessen Wülsten er sich am liebsten vergraben hätte wie ein frierendes Kätzchen. Niemals sah er in diesen tröstlichen Träumen ihr Gesicht, die hohe Stirn, die wulstigen Lippen, die Nase mit dem breiten Rücken und den herrlichen Nüstern. Nur die schlanke schwarze Peitsche erschien ihm, mit deren Hilfe sie ihm eine so unnachgiebige Herrin gewesen war. Er lechzte nach ihrem dunklen Fleisch, das er kein einziges Mal hatte berühren dürfen. Nach ihrer rauhen Stimme, ihren Befehlen. Nach den präzise gesetzten Striemen auf Hintern und Rücken, die tagelang als köstliche Zeichen seiner Schuld gebrannt hatten. Er vermißte sie – bei Zeus, wie er sie vermißte!

Hinter der Hügelkette sah er die Bucht liegen, in der die Heilige Hochzeit gefeiert werden würde. Am liebsten hätte er sein Pferd gewendet und wäre nach Matala zurückgeritten. Aber er war hier, um die Vorrichtungen zu überprüfen. Er begnügte sich damit, verächtlich auf die Erde zu spucken. Was erwartete ihn schon in dem staubigen Hafenort? Nichts, wofür es sich zurückzukehren wirklich lohnte.

Er dachte an die Kleine von gestern. Jung war sie gewesen, mit dem weichen, blassen Fleisch einer Rothaarigen. Ausladende Hüften, schwere Brüste. Als er ihre Bauernhände gesehen hatte, war einen Augenblick schon eine winzige Hoffnung in ihm aufgestiegen. Kein Ersatz für Patane, den konnte es ohnehin nicht geben. Aber vielleicht eine kleine Erlösung von seinen inneren Qualen.

Aber sie entpuppte sich als unbrauchbar. Er konnte sie gerade noch daran hindern, sich breitbeinig auf das Bett zu legen. Als er versuchte, ihr seine Wünsche klarzumachen, hatte sie ihn erschreckt angestarrt. »Das mache ich nicht.« Er konnte ihren Ekel spüren. »Das nicht. Ich bin zum Lieben bestimmt, nicht zum Strafen.« Wie eine trächtige Kuh hatte sie dabei ausgesehen. Er hätte sie schlagen können.

Er saß ab, band sein Pferd an einen Busch und stellte beim Näherkommen fest, daß die Arbeiten nach seinen Vorgaben ausgeführt waren. Sein bitteres Lachen vermischte sich mit dem Gezeter der Möwen in der Brandung. Weit war es mit ihm gekommen! Begonnen hatte er einst als Athenais berühmtester Baumeister und Erfinder, um sich später unter die kretischen Schmiede und Erzschmelzer einzureihen. Aber das war noch längst nicht alles. Heute ließ er in Minos' Auftrag Strände umgraben und Hügel begradigen, damit genügend Zuschauer miterleben konnten, wie seine jüngste Tochter sich irgendeinem Tänzer hingab!

Der Kies knirschte unter seinen Füßen und grub sich in seine Sandalen. Wütend löste er die Riemen und ging barfuß weiter. Er mußte noch das Gestell begutachten, in das die junge Priesterin eingespannt werden würde.

Von ihm, dem Fremden, hatte Minos eine Neuerung verlangt. Zuerst hatte er an einen Rahmen aus Hartholz gedacht, der jedoch zu starr gewesen wäre. Auch Räder hatte er als zu instabil verworfen. Die Konstruktion mußte fest und biegsam zugleich sein, Halt geben und dennoch genügend Bewegungsfreiheit lassen. Die rechte Lösung hatte wie immer ihre Zeit gebraucht. Daidalos betastete den Rahmen aus Korbgeflecht, auf den am Festabend noch das Fell gespannt werden würde. Die Weidenruten hatten nichts von ihrer Biegsamkeit verloren. Auch die Lederriemen für Handgelenke und Fesseln waren noch funktionstüchtig. Sie konnten je nach Bedarf mit kleinen Metallspangen reguliert werden, denn jede der Himmelskühe besaß andere Maße.

Wieder verzog er verächtlich seinen Mund. Jede von ihnen reagierte anders. Er fand sie alle gleich widerlich. Beim letzten Mal war das junge Mädchen ohne Vorwarnung in eine Art heilige Raserei verfallen, nachdem der Tänzer sie genommen hatte. Die ganze Zeremonie über war ihr Gesicht angespannt gewesen, und selbst die schrillen Schreie der herumtanzenden Frauen hatten die Furcht aus ihren Zügen nicht vertreiben können. Angst-, nicht Lustschweiß schimmerte auf ihrem kindlichen Leib. Warum man ausgerechnet sie ausgesucht hatte, war ihm bis heute ein Rätsel geblieben. Unter der gescheckten Haut und dem seltsamen Aufsatz, der die Ohren der Kuh symbolisierte, hatte sie von Anfang an wie ein eingeschüchtertes Kälbchen gewirkt. Da war Pasiphaë schon eine andere Himmelskuh gewesen!

Als wäre es erst gestern gewesen, hatte er noch ihr lusttrunkenes Gesicht vor sich und ihren schmiegsamen Körper, der unter dem Fell aufblitzte. Sie hatte die laute, rhythmische Anfeuerung der Frauen nicht gebraucht. Ihre Schreie, ihr Stöhnen und brünstiges Aufbäumen hatten die anderen erst richtig erregt und zu immer hemmungsloseren Bewegungen angespornt. Der ganze Platz dampfte vor Begierde. Es hatte nicht viel gefehlt, und die Pilgerinnen hätten gar nicht erst das Ende der Zeremonie abgewartet, sondern sich sogleich auf dem Kies mit den Männern gepaart.

Und noch eines konnte er bis heute nicht vergessen: die Miene Minos', der fassungslos ihrem Treiben zugesehen hatte. Sein Mund ein strenger, verzweifelter Strich, die brennenden Augen weit aufgerissen. Kein Mensch konnte Daidalos glauben machen, daß so der König reagiert, wenn er die Hohepriesterin bei einem ihrer Rituale beobachtet. Er wußte, was er gesehen hatte, hatte ähnliches am eigenen Leibe erleben müssen, bei Naukrate, seiner Frau, und Kalos, seinem Neffen. Er erkannte es sofort an Minos wieder. Das waren Mimik und Gesten eines gehörnten Gatten!

Ob Pasiphaë in jener Nacht schon etwas von der Eifersucht und den Rachegelüsten geahnt hatte, die Minos wenig später trieben? Wie eine Wahnsinnige hatte sie sich benommen. Binnen kurzem hatte sie sich aus dem scheckigen Fell geschält und es wie eine Last abgeschüttelt; die Lederriemen voller Ungeduld einfach aus dem Korbgestell gerissen. Daidalos wußte es so genau, weil man ihn anschließend verpflichtet hatte, sie ebendort wieder zu befestigen. Auf dem Kies hatte sie es öffentlich mit dem getrieben, der, so klatschten die Mäuler am Hof, schon lange ihr heimlicher Geliebter war. Dann, ganz plötzlich, war seine Maske verrutscht. Ein paar erschreckte Schreie, sogar das Schlagen der Trommel hatte ausgesetzt. Aber er blieb unerkannt. Mit der rechten Hand schob er seinen Schutz wieder zurecht und setzte die Begattung Pasiphaës unbeirrt fort. Es sah aus, als sei er mit ihr zu einem einzigen Leib verschmolzen. Einige berichteten, sie hätten die Königin und ihn noch im Morgengrauen ineinander verschlungen am Strand gesehen, als könnten sie nicht mehr voneinander lassen.

Als letztes kontrollierte Daidalos die Pfosten. Wegen des harten Untergrunds konnten sie nicht einfach in den Boden gerammt werden. Er hatte angeordnet, kleine Gruben auszuheben. An der frischen Erde und dem sorgfältig darüber gebreiteten Kiesbett erkannte er, daß seine Anweisungen befolgt worden waren. Er versuchte, die hölzernen Stäbe zu bewegen; sie gaben nicht nach. Er glaubte nicht, daß es der zartgliedrigen Phaidra gelingen würde, sie aus dieser soliden Verankerung zu reißen. Ohnehin fiel es ihm schwer, sich die junge, keusche Priesterin an diesem Platz vorzustellen. Nackt unter dem schweren Fell.

Würde sie den Stier ängstlich erwarten? Oder ihn begierig in sich aufnehmen? Er schüttelte verdrießlich den Kopf und ging zu seinem Pferd zurück. Pasiphaës Jüngste paßte in keine dieser Vorstellungen. Am ehesten konnte er sich noch eine Art frommer Ergebenheit denken, bei der ihr ernstes Gesicht wie von innen erglühte.

Aber wer will schon die Frauen kennen, dachte Daidalos beim Zurückreiten. Und die dunklen Abgründe, die hinter ihren freundlichen Mienen lauern! Für einen Augenblick war er versucht, noch einmal bei der Rothaarigen vorbeizureiten. Dann aber entschied er sich dafür, sofort in das Gasthaus zurückzukehren. Sein Magen revoltierte, wie immer, wenn er aus seiner gewohnten Ordnung herausgerissen war. Er würde versuchen, ihn mit Geflügel und frischem Gemüse zu besänftigen. Die Köchin schien besser zu sein, als es ihr schlampiges Kleid zunächst hatte vermuten lassen.

Er beschloß, sich einen angenehmen Abend zu machen. Vorsorglich hatte er Papier und Kohlestifte eingesteckt. Seit kurzem verspürte er wieder Lust, sich mit seinen Flugstudien zu beschäftigen. In letzter Zeit war er noch vorsichtiger dabei geworden. Nur Ikaros wußte aus ein paar Andeutungen, woran er arbeitete. In seinem Kopf aber war die Liste der Materialien für seinen Flugapparat inzwischen nahezu komplett: ölgetränktes, festes Papier, gewässerte Bastfäden, Darmsaiten, Bronze, in der Glut zu dünnem Blech ausgehämmert.

Beim Absteigen fiel ihm schlagartig das Korbgeflecht ein. Natürlich – das war es! Weidenruten, zu einem Gestell gebogen und mit Papier ausgekleidet. Vor Aufregung konnte er kaum noch schlucken. Er strahlte, als er hinauf in sein Zimmer stieg und beim Vorbeigehen das Abendessen in der Küche bestellte. Nicht schlecht, mein Alter, sagte er zu sich selbst. Erst die Entdeckung mit den Eisenspitzen und jetzt die Sache mit den Weidenruten. Wirklich gar nicht übel!

Bei den ersteren hatte ihn Wut auf die richtige Spur geführt, jetzt war es Gelassenheit gewesen, die ihm den Weg gewiesen hatte. Zornentbrannt hatte er vor einigen Monaten frischgeschmiedete Eisenplatten vor seinen Werkstätten eingraben lassen. Er war nicht in der Lage gewesen, die Zeugnisse seines Scheiterns weiterhin um sich zu haben. Prompt hatte er sie vergessen. Sie waren ihm erst wieder in den Sinn gekommen, als es galt, die Sachen für Phaistos zu packen. Am Abend, bevor die Werkstätten geschlossen wurden, überfiel ihn ein unerklärlicher Drang. Er mußte unbedingt nachsehen. Obwohl es schon dunkel war, holte er mit eigenen Händen eine der Platten aus der Erde und schmiedete sie nochmals über dem Feuer. Sie brach nicht. Sie splitterte nicht.

Unter seinen geschickten Handgriffen formte sich eine kleine Pfeilspitze. Er konnte kaum abwarten, bis sie ausgekühlt war. Dann steckte er sie auf einen hölzernen Pfeilschaft. Er war kein sicherer Schütze, aber für seine Bedürfnisse würde es ausreichen. Er legte an. Zielte. Der Pfeil bohrte sich in die Holztür. Und blieb stecken.

Wilder Triumph erfüllte ihn. Das war der Durchbruch – reines Eisen, hart und geschmeidig zugleich!

Er war froh, daß seine Männer schon vor Stunden nach Hause gegangen waren. Niemand würde von seinem Erfolg erfahren – auch Minos nicht. Mit dem neuen Verfahren besaß er ein Faustpfand, das geschickt eingesetzt werden mußte. Die Zeit war auf seiner Seite.

Seitdem Asterios die lederne Stiermaske trug, kamen die Bilder öfter und leuchtender als je zuvor. Er hatte sich verändert, seitdem er als Hüter des Labyrinths der Großen Mutter ganz nah war. Und seine Visionen sich mit ihm. War er die ersten Male noch zögernd in Ihren Leib eingedrungen, so hatte er sich mittlerweile an das Dunkel und die Einsamkeit gewöhnt. Jetzt liebte er die Stunden in der Tiefe, wo er über die vielfältigen Eigenschaften der Erde nachdenken konnte: die Härte, die in der Dürre zu Staub zerkrümelte; die Weichheit, die wie üppiger Pelz auf dem Gestein sproß, um Leben und Wachstum hervorzubringen. Er hatte gelernt, zu warten, geduldig, aufnahmebereit, wie Erde.

Wenn er das Keuchen eines Mysten hörte, der sich die verschlungenen Gänge entlangtastete, hörte er auf zu denken. Die suchenden Schritte verloren sich in blinden Passagen oder in Tunneln, die gegen eine Wand führten. Meist blieb es lange still. Dann kehrte ein schwaches Echo wieder. Langsam kamen sie zurück, wurden lauter und lauter. Dann verschmolz Asterios mit den Wänden und wurde eins mit dem felsigen Grund. Dieses vollständige Aufgehen, das er nicht bewirken, sondern nur geschehen lassen konnte, löste eine ungeheure Konzentration aus. Er konnte sie körperlich spüren, als glühenden Energieball, der sich in seiner Leibmitte zusammenzog. Dann wußte er, der andere, der bangen Herzens dem letzten der Geheimnisse zusteuerte, empfing sie ebenfalls.

Das war die uralte Kraft des Stiers, die durch ihn strömte: die des Schwarzen, der Tod und Zerstörung bedeutet; die des Weißen, der das Leben zeugt. Wenn Asterios sie so stark fühlte, war der Myste an dem Ziel angelangt, um dessentwillen er diese lange Reise in die Unterwelt angetreten hatte. Bereit, seinen Schatten zu sehen, die dunklen Seiten, die im Licht des Tages verleugnet werden. In diesem Moment absoluter Wahrheit begriff er, daß erst ihr Annehmen ihn zum ganzen, vollständigen Menschen werden ließ.

Während Asterios durch den Park hinüber zu den Häusern der Mysten ging, spürte er, wie sein Herzschlag sich beschleunigte. Es lag nicht an der Hitze, die das Gras zu seinen Füßen verdörrt hatte. Es war Theseus, vor dessen Anblick ihm graute. Er würde der Begegnung dennoch nicht ausweichen. Er war der Priester der Göttin; es war seine Aufgabe, die Mysten auf die Prozession vorzubereiten, und Theseus war einer von ihnen.

Vor der großen Versammlungshalle traf er auf Balios und Paion, zwei seiner Helfer. Sie gehörten zu der kleinen Schar junger Männer, die ihm seit zwei Jahren zur Hand gingen. Es war nicht leicht gewesen, diese Unterstützung bei Pasiphaë schließlich durchzusetzen.

»Wieso brauchst du Männer?« hatte sie mißtrauisch gefragt. »Such dir lieber ein paar der künftigen Priesterinnen aus. Die bringen bereits die richtige Einstellung mit.«

Aber allein konnte er nicht ankämpfen gegen eine weibliche Übermacht, die ihm in ihrer Weigerung allem Neuen gegenüber immer erdrückender vorkam. In diesem Punkt war er mit Minos und Aiakos einer Meinung. Mit einem wichtigen Unterschied allerdings – er dürstete nach männlichem Beistand. Sie nach der Macht.

»Nur durch Ausbildung und Erziehung können wir etwas erreichen«, hatte er beharrt. Er hatte zum zweiten Mal nicht nachgegeben. Er wußte, Kreta würde nur überleben, wenn altes Wissen rechtzeitig an möglichst viele weitergegeben würde. »Gewähr mir diese Unterstützung, und ich verspreche dir, daß wir die Zahl der Einweihungen steigern können.«

Es hatte seiner ganzen Überzeugungskraft bedurft. Aber der Erfolg gab ihm recht. Mehr und mehr junge Menschen traten den Weg der Mysten an.

Sie traten ein. Die Mysten saßen im Kreis auf dem Boden und sahen ihn erwartungsvoll an. Nur Theseus vermied wie üblich seinen Blick.

»Ich grüße euch, Schwestern und Brüder der Einen Mutter«, begann er. Aus den Knaben und Mädchen waren inzwischen junge Männer und Frauen geworden. Sie trugen kretische Schurze und stellten ihre nackten Oberkörper zur Schau; Gürtel und geschnürte Bänder betonten anmutige weibliche Rundungen. Die selbstbewußten Mysten hatten keine Ähnlichkeit mehr mit den verängstigten, schäbig gekleideten Kindern, die damals in Amnyssos an Land gegangen waren. »Heute nacht begehen wir das höchste aller Feste«, fuhr er fort. »Die Heilige Hochzeit, die die Vermählung der Mondkuh mit dem Stier aus dem Meer feiert. Sein Samen ist der Frühlingsregen, der die schlafende Erde weckt.«

Er hatte den richtigen Ton nicht getroffen. Vor ihm biß sich Prokritos auf die Lippen, und zwei Mädchen begannen zu kichern. Wie konnte er das Geheimnis des Lebens diesen Heranwachsenden vermitteln, die gerade damit beschäftigt waren, das verwirrende Eigenleben ihrer Körper zu entdecken?

Die großen Dinge sind oft verblüffend einfach, dachte Asterios. Ich werde es ihnen so sagen, wie Merope mir es damals erklärt hat. Niemand verstand sich besser darauf als sie. Er setzte sich zwischen sie.

»Ich möchte euch von der Liebe erzählen«, sagte er. »Sie ist die größte Kraft, die unser Leben regiert. Oft erleben wir sie als unüberbrückbaren Gegensatz, der uns leiden läßt, als männlich und weiblich. Die Heilige Hochzeit heilt diesen Schmerz. Das Weibliche ist der Ursprung, der Grund allen Seins; das Männliche das Hervorgebrachte und damit sein Spiegelbild. Sie, die Frau, ist der allumfassende Himmel; er, der Mann, die Sonne, ihr Feuerball. Sie ist das Rad, er der Reisende. Verschmelzen sie in Hingabe, entsteht die eine, grenzenlose Liebe, die das Leben bedeutet.«

Keiner lachte mehr. Asterios spürte, daß er sie erreicht hatte.

»Sehr schwierig, die richtigen Worte für etwas zu finden, was man nur fühlen kann«, lächelte er. »Versucht nicht zu ergründen, was ihr seht. Seid offen und laßt eure Herzen atmen. Dann werdet ihr verstehen.«

Er blieb noch eine Weile mit Hemera an der Türe stehen. Theseus warf ihm bitterböse Blicke zu. Asterios aber unterhielt sich weiter mit ihr und gab seinen Helfern letzte Anweisungen. Für die Mysten standen Karren vor dem Palast bereit. Viele der Frauen waren trotz der sengenden Temperaturen schon zu Fuß aufgebrochen. Bei Einbruch der Dunkelheit würden sie in einer langen Prozession zur Bucht ziehen. Dorthin, wo das Weidengestell für die Himmelskuh bereitstand.

»Ich bin schwanger.« Im ersten Moment hatte Theseus gehofft, sich verhört zu haben. Aber ein Blick in ihre glänzenden Augen hatte ihn eines Besseren belehrt. »Ich bekomme ein Kind. Dein Kind. Unser Kind.« Wie betäubt hatte er die Nachricht aufgenommen. Sie hallte in ihm nach, ein dumpfes Echo, das sich mit dem Knarren der Räder vermischte. Die Gefährte kamen nur langsam vorwärts.

Von überall her strömten sie, Scharen von Frauen und Männern, alte, junge, kleine Mädchen und Jungen. Festlich gekleidet, mit Gürteln und Borten geschmückt; viele Frauen trugen Blüten im Haar wie Bräute, die sich für ihren Liebsten herausgeputzt hatten. Duftwolken stiegen von ihren erhitzten Körpern auf und vermischten sich mit dem Aroma der durstigen Pflanzen. Aber da gab es noch etwas, was er unter Jasmin und Rosenwasser roch, etwas Erdiges, Moschusartiges, stärker und ursprünglicher als alle Salbungen. Es drang in seine Nase, tief in seine Haut, reizte ihn, forderte ihn heraus.

Er wehrte sich dagegen, wollte sich nicht einlullen lassen. Feinde waren sie – auch diese kretischen Weiber! Auf einmal konnte er das Meer riechen, und mit seinem salzigen Atem, stärker als ihre schwülen Düfte, brach eine Welle von Heimweh über ihn herein. Auch daran war sie schuld, diese Kreterin. »Laß uns fortgehen!« hatte sie ihn beschworen. »Ich will nicht, daß unser Sohn auf dieser Insel zur Welt kommt. Er soll ein richtiger Mann werden, ein Mann wie sein Vater. Bring mich nach Athenai, Theseus!«

»Und wie stellst du dir das vor? Ich muss noch viele Jahre in diesem Gefängnis ausharren. Wahrscheinlich bin ich dann halbtot, oder, was noch schlimmer ist, zum Kreter geworden.«

»Und wenn wir fliehen?«

»Wie lange würde dein Vater brauchen, um uns auf einer seiner schnellen Kymben einzuholen – zwei Tage, vielleicht drei?«

Nein, Flucht war keine Lösung. Jedenfalls nicht unter diesen Umständen. Natürlich hatte er selbst diese Möglichkeit schon erwogen, hundert-, nein, tausendmal. Aber der Sohn des Aigeus wollte die Insel seiner Feinde nicht mit leeren Händen verlassen. Wenn er gehen würde, dann mit einem Schatz, für den zu kämpfen und zu fliehen es sich lohnte.

Als sie die Karren verliessen und mit den anderen hinunter zum Strand gingen, schaute er sich vergeblich um. Nirgendwo war der Priester mit den goldgefleckten Augen zu entdecken. Wahrscheinlich trug er bereits die Stiermaske, von der Ariadne ihm erzählt hatte.

Sie würde als einzige heute dem Ritual fernbleiben. Um ihre Schwangerschaft zu verstecken, hatte Ariadne sich freiwillig zum Dienst im heiligen Hain bereit erklärt. Schon im Gehen hatte sie sich noch einmal zu ihm umgewandt. Ihr Gesicht war voller geworden, ihre Augen hatten einen hingebungsvollen Glanz, der ihn an ein Schaf erinnerte. Er konnte sich schon jetzt vorstellen, wie rasch ihr runder Bauch ihn abstossen würde.

»Willst du noch immer wissen, was im Labyrinth passiert?«

»Ja.« Er war überrascht, daß sie ausgerechnet jetzt darauf zurückkam.

»Mein Bruder Asterios erwartet dich dort.« Ariadne liess ein freudloses Lachen hören. »Er trägt die lederne Stiermaske und verwehrt jedem den Eintritt, der nicht als Eingeweihter kommt. Hüte dich vor ihm, Theseus! Er hasst dich.«

Das war nichts Neues für ihn gewesen. Asterios und er waren von Anfang an Feinde gewesen. Welten trennten sie. Sie waren verschiedener als Tag und Nacht. Und dennoch hatten Ariadnes Worte etwas verändert. Seitdem Theseus davon erfahren hatte, war seine alte Abneigung in blanken Hass umgeschlagen. Auf einmal konnte er ihn nicht mehr ertragen, diesen Kreter, der sich ganz ungeniert zum Werkzeug der Weiber degradieren ließ. Ein Mann, der noch stolz darauf war, sich öffentlich weibischer als jedes Weib aufzuführen. Und dieser Schwächling brüstete sich damit, Hüter des ältesten Geheimnisses zu sein!

Lange genug hatten die Kreter ihr Labyrinth benutzt, um Aigeus zu erpressen und attische Kinder in ihrem perversen Sinn zu formen. Theseus wurde so wütend, daß seine Beine sich verhedderten. Im letzten Augenblick fand er sein Gleichgewicht wieder und drehte sich empört um. Ein langer Lichterzug erstreckte sich bis zur nächsten Biegung. Es mußten Hunderte sein, die in der schwülen Sommernacht zur Heiligen Hochzeit pilgerten. Noch immer war es drückend heiß, und sie hatten gegen Schwärme von Mücken zu kämpfen. Vorne, direkt am Wasser, war es eine Spur erträglicher. Räucherbecken halfen gegen die Insektenplage. So viele Menschen waren gekommen, daß sie die Bucht füllten und sich bis hinauf zur ersten Steigung drängten. Lebhafte Stimmen erfüllten Bucht und Hügel. Und noch etwas anderes lag in der Luft, eine Spannung, wie er sie noch nie gespürt hatte, vibrierend und geheimnisvoll.

Der Altar war mit Gaben überladen. Über Honigtöpfen und Amphoren türmten sich Brote, Früchte, Eier und Kuchen. Ein Stück entfernt war das Weidengestell aufgebaut, über das inzwischen ein geflecktes Fell gebreitet war. Die schlanke Frauengestalt daneben war von Kopf bis Fuß von einem weißen Tuch verhüllt. Sie drehte ihm den Rücken zu; Theseus konnte ihr Gesicht nicht sehen.

Links von der künstlichen Kuh entdeckte er Pasiphaë. Mit ihrem roten Kleid, dem aufgelösten Haar, das schwarz und silbern über ihre Brüste floß, erschien sie ihm verlockend und abstoßend zugleich. Sie war erregt, das verrieten ihr lebhaftes Mienenspiel und ihre Hände, die keinen Augenblick ruhig blieben. Daneben standen Mirtho und ihre Töchter. Xenodike und Akakallis trugen kostbare Kleider und schweres goldenes Geschmeide.

Obwohl Hemera den Mysten eingeschärft hatte, unter allen Umständen zusammenzubleiben, ging er langsam weg. Er war noch nicht weit gekommen, als ihre laute, ärgerliche Stimme ihn zurückbefahl. Den mit der Maske entdeckte er nirgends.

Er sah nach rechts, wo die Männer standen, Minos, einige seiner Söhne und Daidalos. Der Baumeister lächelte ihm verstohlen zu. Theseus verzog den Mund. Diese neunmalklugen Kreter, dachte er verächtlich. Selbst im Palast der blauen Delphine, wo sogar die Wände Ohren hatten, war es nicht unmöglich, Geheimnisse zu haben. Er wurde sanft gestupst.

»Deine Hand!« flüsterte Eriboia. Ihr Atem ging schneller. Er spürte ihre Aufregung. Seine Rechte ergriff Oikles, einer der kretischen Mysten.

Die Trommeln setzten ein, begleitet vom klagenden Lied einer einzelnen Flöte. Junge Mädchen in weißen Gewändern gingen im Kreisinneren von einem zum anderen und setzten jedem einen Becher an die Lippen. Theseus versuchte, so wenig wie möglich zu schlucken. Aber sie kamen zweimal wieder. Er bekam sein vorgesehenes Quantum.

Der Gesang begann als Summen, eine tiefe, kaum hörbare Schwingung, in die sich das Brechen der Wellen und das Surren der Insekten mischten. Vielstimmig stieg er empor, zu einem Sternenhimmel, an dem der Mond wie ein satter Kürbis leuchtete. Die warme Luft in der Kreismitte schien sich von Augenblick zu Augenblick mehr zu verdichten. Der kehlige Gesang steigerte sich, wurde voller. Funken flogen wie Glühwürmchen in der Nacht. Die Stimmen kletterten höher, und das seltsame Licht veränderte sich mit ihnen. Schimmernde Räder entstanden, die sich immer schneller drehten.

Ein heller Ton vibrierte in seinem Gehörgang. Unterdrücktes Lachen kitzelte seine Kehle, sein Kopf war leer und merkwürdig leicht. Er verspürte Lust, sich vom Boden zu erheben, auf leichten Schwingen, wie nur Vögel es können.

»Jetzt!« Ein letzter Aufschrei. Sein Lichtrad sauste in den Nachthimmel.

Das weiße Tuch lag auf dem Boden. Die Frau, die nackt vor ihnen stand, war Phaidra. Sie hatte schmale Hüften und spitze, hochangesetzte Brüste mit großen, rosenholzfarbenen Warzen. Zwischen ihren schlanken Schenkeln brannte ein rotes Vlies. Theseus konnte seinen Blick nicht mehr abwenden. Das Fell war ein Stück zurückgeschlagen. Vier Frauen hoben die leichte Gestalt schnallten sie auf das Weidengestell. Dann wurden ihre Hand- und Fußgelenke fixiert.

Sie lag da, mit gespreizten Beinen, ihr kleines Hinterteil nach oben gereckt. Zum Schluß schoben sie ihr eine zusammengefaltete Decke unter den Bauch, um den Anprall erträglicher zu machen. Dann fiel das Fell wie ein schwerer Vorhang auf sie herab.

Das Summen in seinem Ohr war hohem, quälendem Fiepen gewichen. Theseus hatte das Gefühl, als sei sein Kopf unendlich vergrößert. Er blieb regungslos, aus Angst, bei der kleinsten Bewegung einen seiner Nachbarn zu rammen.

Pasiphaë begann zu beten. Mit ausgestreckten Händen wiegte sie sich langsam hin und her. Immer wieder griff sie dabei in eine Schale neben sich und ließ Weizenkörner über den Leib des Mädchens rieseln.

»Du, große Mutter, bist ewig. Du bist Wasser, Erde, Luft und Feuer. Du bist Anfang und Ende, Wissen und Geheimnis. Du bist alles, was es gab und je geben wird.« Sie verfiel in einen lauten Singsang. Ihre Füße standen fest, ihr Becken vollführte kreisförmige Bewegungen. »Du schenkst uns die Zeit der Fülle, in der Du als Herrin über den Himmel fährst, bevor Du der Dunkelheit erlaubst, zurückzukehren. Die Zeit der Früchte. Die Zeit der Ernte. Die Zeit, das Bündnis wieder zu besiegeln, das Leben schafft und Liebe verströmt. Sieh gnädig nieder auf die himmlische Mondkuh, die den Weißen Stier aus dem Meer empfängt. Im Besitz der uralten Kraft, vermählt er sich mit der strahlend Einzigen.« Sie holte tief Luft und rief gellend: »Kraft!«

»Kraft!« kam es schmetternd zurück.

»Liebe!«

»Liebe!« war die laut schallende Antwort.

»Heilung!«

»Heilung!« flehten alle aus voller Kehle.

Die Frau auf dem Gestell ächzte und versuchte, durch Hin- und Herrücken eine bequemere Lage zu finden. Ihr Haar an den Schläfen war dunkel vor Nässe.

Die Trommeln steigerten sich zu wirbelndem Stakkato. Zum Meer hin öffnete sich der Kreis. Dann stieg er aus dem Wasser.

Im Mondlicht schimmerten die Tropfen auf seinem Körper. Er war nicht groß, aber muskulös und hatte sehnige Beine. Sein Gemächt war dunkel und gut entwickelt. Er ging nicht einfach vorwärts, sondern vollführte Tanzschritte, ein Trippeln und Stolzieren, ein Laufen und Stoppen, kraftvoll und anmutig. Eine lederne Maske, dem Antlitz eines Stiers nachempfunden, bedeckte sein Gesicht.

»Komm!« sang die Menge erwartungsvoll.

»Ja!« War es tierisches Brüllen oder eine heisere Männerstimme?

»Begatte sie!«

Er stand hinter ihr und schien unter dem Fell ihre Brüste zu betasten. Dann strich er mit seinen Fingern über ihr Geschlecht und öffnete es. Sie zuckte zusammen. Mußte es wehrlos geschehen lassen.

Die Muskelstränge an seinem Rücken traten hervor. Seine Flanken bebten. Stürmisch drang er in sie ein. Die Frau erzitterte, aber gab keinen Laut von sich.

»Ja! Ja!«

Seine Stöße wurden schneller. Die Frau stöhnte. Er keuchte.

Alle keuchten mit ihm.

Er grub seine Hände in ihren Nacken. Sie bewegte sich leicht unter ihm. Das Tierfell war verrutscht. Rötliches Haar hing ihr wie ein Schleier über die Augen und gab ihren schlanken Hals frei.

War es bleiches Mondlicht? Das Flackern der Fackeln? Auf einmal schien sein Körper mit kurzem Fell bedeckt zu sein. Seine Füße verbarg die Kuhhaut, aber er tänzelte während des Aktes immer wieder vor und zurück, als bewege er sich auf gespaltenen Hufen.

War es ein Tierwesen, das die keusche Priesterin begattete?

Theseus spürte die Lust in seinen eigenen Lenden, so stark, so unbedingt, daß es sich wie Schmerz anfühlte. Wer war der andere? Weshalb war nicht er an seiner Stelle?

Plötzlich wußte er, wer den Akt vollzog. Er. *Er!*

Theseus konnte nicht mehr länger zusehen. Er wollte wegrennen, aber die anderen hinderten ihn daran. Er war eingeschlossen in einen Kessel von dampfenden Leibern. Gepeinigt schloß er die Augen und öffnete sie erst wieder, als der Mann mit der ledernen Maske einen lauten Schrei ausstieß. Er sackte über dem Gestell zusammen.

Keuchen und Stöhnen erfüllten die Bucht. Alle liefen durcheinander, schrieen, umarmten und küßten sich. Einige wanden sich auf dem Boden, liebkosten sich selbst oder streichelten die, die neben sie geraten waren. Manche schlugen sich an die Brust, einige weinten, andere brachen in Jubelrufe aus. Schon waren die ersten am Meer, rissen sich die Sandalen von den Füßen und wateten mit dem gewählten Partner in eine der Nachbarbuchten. Andere stürmten den Hügel hinauf, wo ein lichter Wald stand.

Auch um das Weidengestell herrschte dichtes Gedränge. Theseus, ein Stück mitgerissen, verrenkte sich vergeblich den Hals. Als die Sicht endlich wieder frei war, war Phaidra verschwunden. Keine Spur mehr von dem Mann mit der Maske. Das Fell lag auf dem Boden, staubig, als seien viele Füße darübergetrampelt. Im Mondlicht schimmerten die geschälten Weiden weißlich wie ein Skelett.

Er hatte genug gesehen. Der Mann mit der Maske, dachte er haßerfüllt, während er versuchte, von dem Trubel wegzukommen. Asterios, Ausgeburt der Unterwelt! Mimt den Heiligen, um dieses Ritual als Vorwand für seine perversen Gelüste zu benutzen – der Stiertänzer, der sich vor den Augen aller mit der eigenen Schwester paart!

Er spuckte aus, aber das Bild der ineinander verschmolzenen Leiber ging ihm nicht mehr aus dem Kopf. Er sehnte sich nach Schlaf, aber daran war nicht zu denken. Die Wirkung des Tranks hatte ihren Höhepunkt erreicht. In seinen Adern floß flüssiges Feuer, seine Lenden brannten, und Zerstörungslust züngelte in ihm empor.

Asterios war vor der entfesselten Menge geflohen. Aber ihr Stampfen und Keuchen nahm er mit sich. Die Nacht schien abertausend Stimmen und Geräusche zu haben. Von überallher kam Stöhnen und Rascheln, Wispern und vereinzelt Schreie.

Die Luft war erfüllt vom Geruch der dampfenden Leiber. Auch die Büsche, die Pflanzen, ja selbst die Kiesel und Steine atmeten Lust.

Das Wasser war warm und weich. Er schwamm weit hinaus, bis die Fackeln am Ufer glühende Punkte geworden waren. Lange ließ er sich auf dem Rücken treiben, bis er schließlich zurück zum Ufer paddelte.

Die Nacht der Nächte – welch ein verwirrendes, überwältigendes Erlebnis, selbst für ihn, der schon geglaubt hatte, alles zu kennen! Er dachte kurz an die Mysten, die sich wie Verlorene in diesem Aufbäumen vorkommen mußten. Dann aber schoben sich andere Bilder davor.

Phaidras erstaunter Ausdruck, als sie sie bäuchlings auf die Weiden schnallten. Der dunkelhaarige Tänzer mit der Maske, der annähernd seine Statur besaß. Aber nicht das Mondmal. Pasiphaë, den Arm besitzergreifend um die Hüfte eines sehr jungen Mannes geschlungen. Ihr trunkenes Lachen, als er gierig nach ihren Brüsten griff. So mußte sie in jener Nacht ausgesehen haben, in der er gezeugt worden war. Minos, der Erioboia auf seinen Armen wie eine Beute in die nächste Bucht schleppte. Deukalion, auf dem Boden mit einem Mädchen zu einem unentwirrbaren Knäuel aus Gliedmaßen verschlungen. Und die vielen, die vielen anderen!

Bäuchlings blieb Asterios im flachen Wasser liegen und genoß das sanfte Vor- und Zurückschwappen der Wellen. Der Kies unter ihm gab nach und ließ eine Mulde entstehen, die immer tiefer wurde. Einfach im Meer versinken. Aufgehen in den Wogen, bis nichts als weißer Schaum zurückbleibt, dachte er sehnsüchtig und fühlte, wie die Grenzen mehr und mehr verschwammen.

Wo hörte sein Körper auf? Wo begann das Wasser? Gewiegt fühlte er sich, getragen wie ein Kind im Leib der Mutter. »Wenn wir sterben, verschwinden wir wie Schneeflocken in klarer Luft«, hörte er Ikaros wieder sagen. »Unsere Form löst sich auf im Formlosen. Aber wir sind dennoch da. Sogar mehr denn je. Wenn der Fluß in das Meer mündet, wird er selbst zum Meer, das unendlich ist...«

Er vernahm ein leises Geräusch und drehte sich um. Es war zu dunkel, um etwas erkennen zu können. Er wartete, bis es lauter wurde. »Du!« sagte er überrascht, als ein schmaler schwarzer Kopf näherschwamm.

»Ja, ich«, lächelte sie. »Du und ich. In dieser Nacht.«

Sie blieb neben ihm im Seichten, drehte sich aber auf den Rücken und schaute hinauf zum Himmel. »Selbst die Mondkugel leuchtet strahlender als sonst«, sagte sie. »Wie eine große gelbe Frucht. In meiner Heimat ist die Göttin des Himmels eine Frau, die ihren Leib wie eine Brücke von Ost nach West spannt. Die Gestirne segeln in Barken auf ihrem Leib entlang.«

»Alle Frauen sind Brücken«, erwiderte er leise. »Alle Männer hoffen, daß sie tragen werden.«

»Du bist tief gestürzt. Sehr tief.«

Es war keine Frage, sondern eine Feststellung. Ihre Augen schimmerten unergründlich. Schwarze funkelnde Sterne.

Er nickte. Er hatte keine Angst mehr.

»Die Heilige Hochzeit ist die Nacht der Heilung.« Ihre Stimme war sehr sanft. »Es liegt an dir, dich von deinem alten Schmerz zu trennen.«

»Es tut so weh«, flüsterte Asterios. »Noch immer.«

»Ich weiß.« Hatasu breitete ihre Arme weit aus, eine wehrlose, offene Geste, die ihn tief berührte. »Sieh mich an! Ich möchte, daß dir nichts verborgen bleibt.«

Ihre Brüste waren rund und so klein, daß er sie mit seiner Hand leicht bedecken konnte. Quer über ihren Bauch zogen sich zarte silberne Spuren, und an den Schenkeln war die Haut etwas rauher. Einzelne weiße Haare schimmerten in ihrem dunklen Vlies.

»Die unbarmherzigen Male der Zeit«, sagte sie, als sie seinen Blick bemerkte, der über ihren Körper glitt. »Was immer du auch versuchst, sie lassen sich nicht aufhalten. Ich bin älter als du. Das gilt nicht nur für meine Haut, sondern auch für mein Land. Ihr seid sehr jung hier, Asterios.«

»Du bist wunderschön«, erwiderte er. Er berührte ihr Haar, das langsam wie ein dunkler Fächer in der Brandung hin- und herschwang. »Schöner als alle! Die ewige Frau. Die, die immer war.«

»Meine Brücke trägt.« Es war kaum mehr als ein gewispertes Versprechen. »Komm zu mir. Erlöse mich. Ich sehne mich ebenso nach Heilung wie du.«

Er umarmte sie im Wasser. Ihr Körper war kühl und leicht, und die Tropfen, die er von ihrer Haut leckte, salzig wie Tränen.

»Susai!«

Sie schmiegte sich an ihn, küßte seinen Hals, seinen Mund, ohne zu fordern. Er ließ sich viel Zeit, ihre Hügel und Mulden zu erforschen.

Als er ihren Schoß öffnete, schlug sie die Augen auf. »Ich wußte, es würde sein«, flüsterte sie und schlang die Beine um seine Hüften. »Ich wußte es.«

Noch vor der Dämmerung fand er sie. Die Dunkelheit begann sich zu lichten. Helle Schwaden stiegen über dem Meer auf. Phaidra lag schlafend unter einem dornigen Busch, auf dem Bauch, ein Bein leicht angewinkelt, den Kopf zwischen den Armen vergraben. Sie sah aus wie ein Kind, das den Heimweg nicht mehr gefunden hatte.

Theseus ließ sich neben ihr nieder. Sie seufzte leise im Schlaf, drehte sich und wandte ihm ihr Profil zu. Die hohe weiße Stirn, die kräftige Nase. Sie trug ein dünnes weißes Kleid, ohne Gürtel, das am Saum feucht war und ihre Beine bis zum Knie enthüllte.

Er berührte ihre Wade, sanft, um sie nicht zu wecken, und ließ seine Hand unter dem Kleid den Schenkel hinauf gleiten. Warm und köstlich fühlte sich ihr Fleisch an. Noch immer waren die Bilder und Geräusche der Nacht in ihm lebendig. Graue Schatten krochen aus den Büschen, und die Wellen waren trüb.

Langsam drehte er sie herum, behutsam, bis sie auf dem Rücken lag. Kraftlos fiel ihr Arm auf die Seite. Ihre Brust hob und senkte sich gleichmäßig. Theseus legte seinen Arm unter sie und zog sie langsam nach oben. Ihr Gesicht war dem seinen so nah, daß er die Sommersprossen hätte zählen können, die sich wie ein gesprenkeltes Netz über ihre helle Haut zogen. Ihr Mund war leicht geöffnet, ihr Atem roch bitter.

Er schmeckte die Bitterkeit in seinem Gaumen. Der Trank,

den sie uns eingeflößt haben, dachte er, plötzlich wütend. Damit sie sich dem mit der Maske willenlos ausliefert.

Er ging in die Hocke, faßte unter ihre Schenkel und versuchte aufzustehen. Sie wog schwer in seinen Armen. Es gelang ihm erst nach mehreren Ansätzen. Ein paar Mal hatten ihre Lider gezuckt, als flögen böse Träume über sie. Dann war ihr Gesicht wieder ruhig und glatt wie ein See.

Mit dem ungewohnten Gewicht auf seinen Armen kam er nur langsam vorwärts. Immer wieder mußte er innehalten und nach Luft schnappen. Als er den Kultplatz erreichte, sah er einige Gestalten, die gebückt davonliefen, als sie ihn erblickten. Der Altar war nahezu vollständig geplündert. Nur klägliche Reste, Krumen, verdorbene Früchte, zerplatzte Eier, die selbst die Vögel verschmäht hatten, lagen noch herum.

Der Himmel wurde langsam grau.

Er legte Phaidra bäuchlings auf das Gestell und spreizte behutsam ihre Arme und Beine. Die Unterlage, die in der Nacht ihre weiche Unterseite geschützt hatte, war ebenfalls verschwunden. Er würde vorsichtig sein müssen.

Sie bewegte den Kopf, als er die Fesseln schloß. Der rechte Vorderriemen war brüchig und beinahe aus der Verankerung gerissen. Er zog ihn fester nach. Womit sollte er sein Gesicht schützen? Nichts als achtlos weggeworfene Schuhe, umgestürzte Amphoren, Tonsplitter, Erbrochenes, Gekröse. Zeugnisse einer zügellosen Nacht.

Schließlich entdeckte er ein dünnes rotes Tuch, das halb im Wasser lag. Er ließ seinen Schurz zu Boden gleiten. Er brauchte sich nicht zu berühren.

Er war bereit.

Sie war nackt bis zu den Hüften. Er strich langsam ihre Beine hinauf, erst außen, dann innen. Ihr Schoß war offen und naß. Das war der mit der Maske, schoß es ihm durch den Kopf. Der, der sie geschändet hat. Der Bruder, der sie öffentlich benutzt hat.

Seine Zärtlichkeit verschwand. Sie hatte es geschehen lassen, hatte gestöhnt unter ihm und gekeucht. Warum stellte sie sich jetzt schlafend?

»Du bist nicht so keusch, wie du tust«, sagte er halblaut, als er ihre Hinterbacken teilte. Seine Stimme war kalt und zornig. »Du bist keine unberührte Jungfrau mehr, kleine Phaidra.« Er lachte höhnisch. »Ich werde dafür sorgen, daß du nirgendwo mehr Jungfrau bist.«

Sie erwachte, als er in sie drang und gab einen empörten Schrei von sich. Sie versuchte sich zu bewegen, scheute wie ein Pferd. Tat alles, um ihn abzuwerfen. Die Weiden ächzten unter ihr. Sie blieb festgezurrt.

Auf einmal bekam sie die rechte Hand frei. Phaidra bäumte sich auf und versuchte, über die Schulter ihren Peiniger zu sehen.

Geistesgegenwärtig griff er nach dem Tuch, das über dem Gestänge hing, und verhüllte sein Gesicht.

Sie sah nur einen roten Schleier.

Dann drückte seine Hand sie unbarmherzig auf die harte Unterlage, und er vollendete sein Werk.

Der Faden der Ariadne

Das Unwetter brach los, als die Königsfamilie in Knossos angelangt war. In Karren, auf Pferden und Eseln, waren sie durch die verdörrten Ebenen gezogen. Die Felder verbrannt, der Boden klaffte in schmutzigbraunen Rissen, Steine und Felsbrocken rösteten in der Sonne. Die, die zurücksegelten, schienen besser dran zu sein. Allerdings machte eine hartnäckige Flaute das Weiterkommen auf den schwer beladenen Schiffen mühsam, und die Ruderer ächzten unter der Anstrengung. Lyktos lag bereits hinter ihnen; Amnyssos, das Ziel, war noch fern, als der Sturm begann. Innerhalb weniger Minuten war der Himmel violett; Donnerschläge krachten, so rasch hintereinander, daß die Menschen überall das Vieh in die Ställe trieben. Blitze durchzuckten die Finsternis, töteten Bauern bei der Feldarbeit, schlugen in Holzhäusern ein. Selbst in Knossos, wo viele Steingebäude Schutz boten, brannten Ställe, Werkstätten und Magazine.

Dann begann es zu regnen, als hätte der Himmel seit Monaten sein Wasser aufgespart. Aber der Boden war zu ausgetrocknet, um es aufnehmen und speichern zu können. Bald schon wurden große Mengen Erdreich weggeschwemmt. Allerorts bildeten sich trübe Seen, die die Straßen verstopften und die Wege zwischen den Olivenbäumen in gurgelnden Schlamm verwandelten. Viele Fischer kenterten mit ihren Nachen und Booten und ertranken. Blitze trafen zwei der großen königlichen Kymben und ließen das abgelagerte Holz wie Zunder brennen. Voller Panik gingen Mannschaft und Passagiere über Bord, aber kaum jemand gelang es, sich ans Ufer zu retten. Die gesamte Ladung, einschließlich wertvoller Kultgeräte, versank in den wirbelnden Fluten.

Es regnete zwei Tage und Nächte ohne Unterbrechung, was Bergungsversuche nahezu unmöglich machte. Als Sturm und Regen endlich nachließen, dampfte die Küste, und das Meer glich einem grauen, dickflüssigen Brei. Dichter Nebel umhüllte die Berggipfel. Selbst von den Terrassen des großen Palastes war die Sicht auf das heilige Doppelhorn verwehrt.

Schreckensmeldungen brachten den Bewohnern von Knossos Trauer und Verzweiflung. Zwar war unter den Opfern kein Mitglied der Königsfamilie, und auch die Mysten waren heil auf dem Landweg angekommen. Dennoch gab es schmerzhafte Verluste. Balios und Paion, Asterios' junge Gehilfen, waren auf der gesunkenen Kymbe gewesen. Ihre Leichen wurden angeschwemmt. Die meisten anderen aber lagen auf dem Grund des Meeres.

Pasiphaë zog sich in ihre Gemächer zurück und war für niemanden mehr zu sprechen; Mirtho wich nicht von ihrer Seite. Es hieß, daß sie fasteten und Tag und Nacht beteten, um die Göttin zu versöhnen und zu bitten, weiteren Schaden abzuwenden; überall auf der Insel folgten die Weisen Frauen ihrem Beispiel.

Minos trat die Flucht nach vorn an und schien überall zugleich zu sein, am Hafen, wo er die Schiffe kontrollierte, als sei täglich mit neuen Unwettern zu rechnen; in der Stadt, wo er Brand- und Wasserschäden besichtigte und Wiederaufbaumaßnahmen einleitete. Zudem ordnete er an, daß die Angehörigen der Toten mit großzügigen Sonderzulagen bedacht wurden. »Sie sind in unserem Dienst gestorben«, erwiderte er, als Jesa sich über die außerplanmäßigen Ausgaben beschwerte. »Wir können sie nicht wieder lebendig machen, aber dazu beitragen, daß wenigstens die Lebenden keine Not leiden müssen.«

Da die Königin in ihrem Zwiegespräch mit der Göttin für die Außenwelt verstummt war, ließ er eine Trauerfeier vorbereiten. Asterios und Phaidra sollten gemeinsam das Opfer für die Große Mutter bringen.

Phaidra schien geistesabwesend. Ihre Lider waren gerötet, und es schien sie Mühe zu kosten, konzentriert zuzuhören. Als Asterios in einem Nebensatz die Heilige Hochzeit erwähnte, wechselte sie rasch das Thema. Er drang nicht weiter in sie, betrachtete sie aber besorgt. Konnte das der Nachhall jener Nacht der Nächte sein, die ihm seinen inneren Frieden zurückgegeben hatte? Im Lauf ihres Gesprächs wurde sie ruhiger, wie er es von ihr gewohnt war. »Mein Vater zeigt sich ungewöhnlich generös«, sagte sie, als schließlich der Ablauf der Zeremonie geklärt war. »Ich frage mich, was das zu bedeuten hat.« Sie hatten die große Halle verlassen, den Aufgang zum Zentralhof genommen und schauten nun über die Messaraebene. Von hier oben waren die Sturmschäden kaum zu sehen. Die Felder lagen unter einer hellen Septembersonne, die schon das Nahen des Herbstes verhieß. Mit der großen Flut war auch der Sommer zu Ende gegangen. »Meinst du, er versucht, die erzürnte Göttin zu besänftigen – auf seine Weise?«

»Ich weiß es nicht«, erwiderte Asterios überrascht. Einmal schon hatte sie ihn etwas Ähnliches gefragt, damals, als die Flüchtlinge nach Kreta gekommen waren und keine der Weisen Frauen seinen Visionen glauben wollte.

»Alles verändert sich, Asterios«, sagte sie leise. »Nichts bleibt, wie es war. Ich fühle, daß etwas auf uns zukommt. Etwas Bedrohliches. Ich spüre es. Und ich habe Angst.«

Sie ist kein Mädchen mehr, dachte Asterios voller Zärtlichkeit. Sie ist zur Frau geworden. Und sie ist klug und feinfühlig.

»Hilf uns, Bruder«, bat sie ihn. »Was sagen deine Bilder? Du bist der einzige, der die Zukunft sehen kann.«

»Ich spüre eine innere Scheu davor«, erwiderte er, entwaffnet von ihrer Aufrichtigkeit. »Aber du hast recht, Phaidra. Es ist meine Aufgabe, zu sehen, gleichgültig, ob man mir glaubt oder nicht. Ich verspreche dir, das blaue Licht zu rufen. Schon bald.«

Sie legte ihre Arme um seinen Hals, und er spürte ihren schlanken Körper. Sie roch nach einem duftigen Öl, das gut zu ihr paßte. Sie löste sich wieder von ihm, blieb ihm aber nah. Sie war die einzige, für die er brüderliche Gefühle empfand. Xenodike und Akakallis waren ihm fremd geblieben. Nur Dindyme, die Tochter der Ältesten, mittlerweile zu einem hübschen, dunkelhaarigen Mädchen herangewachsen, lief ihm nach wie ein Hündchen und wäre am liebsten den ganzen Tag nicht von seiner Seite gewichen. Deukalion ging eigene Wege, und Katreus und Glaukos waren zu abgeschlossen in ihrer Verbundenheit, um einem Dritten Zugang zu gewähren.

Und Ariadne? Er hatte nie die Schwester in ihr gesehen, immer die Geliebte. Auch wenn die Nacht mit Hatasu ganz neue

Welten für ihn erschlossen hatte. Er lächelte unwillkürlich. Es war wunderbar, daß es sie gab. Daß sie ihn liebte.

»Es war nicht leicht für dich, mit uns – mit allem hier«, sagte Phaidra. Langsam verzogen sich die Wolken und gaben den blauen Berg frei. »Du bist immer ein Außenseiter gewesen, Asterios. Vielleicht mußte das so sein. Wer im Topf mitschwimmt, hat Schwierigkeiten, den Überblick zu behalten.« Sie lächelte, wurde aber schnell wieder ernst. »Willst du wissen, was ich denke?«

Ja«, bat er. «Sag es mir.»

»Die Große Mutter liebt uns nicht mehr«, flüsterte sie. »Ich glaube nicht, daß Sie nur zürnt. Sie hat uns verlassen! Ich spüre Sie nicht mehr, wenn ich im Hain bete oder im Tempel opfere.«

»Seid wann quälen dich diese Gefühle?«

»Das ist Gewißheit«, erwiderte sie bedrückt. »Kein Gefühl! Ich weiß es, und die Insel weiß es auch. Die großen Regenfälle waren Ihre Abschiedstränen. Was sollen wir nur tun, Asterios?«

»Sieh mich an, Phaidra«, sagte er. Er hob sachte ihr Kinn. »Ich weiß, wie das ist, wenn Sie auf einmal zu schweigen scheint und du Ihre Anwesenheit nicht mehr spürst. Ich habe es selbst erlebt. Nicht einmal, sondern viele Male. Es ist schrecklich.«

Phaidra nickte.

»Aber Sie ist nicht fort. Du spürst Sie nicht, weil du zweifelst. Aber Sie ist da. Sie ist der Sternenstaub, der aus der Nacht in den Tag fällt, der Feuerbrand, der unsere Seelen zum Leuchten bringt. Der Herzschlag der Erde, das Leben selbst.«

»Ich bin das All«, sagte Phaidra und sprach das traditionelle Totengebet, als sei es eine neue Verheißung. »Das Vergangene, Gegenwärtige, Zukünftige. Meinen Schleier hat noch kein Sterblicher gelüftet.«

»Sie sei mit dir in Ewigkeit«, erwiderte Asterios bewegt. »Sie ist immer bei uns. Sie ist die Liebe, die das Herz der Welt schlagen läßt.«

Auch die Mysten bekamen die allgemeine Unruhe zu spüren, wenn auch Hemera sie weiterhin mit eiserner Hand durch ihre Übungen führte. Manchmal kam es ihnen vor, als wären sie gänzlich von der Außenwelt abgeschirmt. Aber trotzdem entging ihnen nicht, was um sie herum passierte. Sie wußten, daß die Königin verschwunden war, daß Minos besorgt umherging, Aiakos stets an seiner Seite. Sie bemerkten auch, daß Ariadne Theseus mit Blicken geradezu verschlang. Zumindest einige der Mysten bemerkten es.

»Ich kann nichts dafür, daß sie mir nachläuft«, sagte er barsch, als sie ihn damit necken wollten. Er winkte sie in eine abgelegene Ecke. »Noch kann ich euch nicht mehr verraten. Aber ich arbeite daran, unseren Aufenthalt hier zu verkürzen, und sie ist ein wichtiger Teil davon.« Befriedigt registrierte Theseus, daß dieser taktische Zug seine alte Anhängerschaft wieder zusammenschweißte. Selbst die, die schon damit begonnen hatten, sich mit der Insel und den kretischen Begebenheiten auszusöhnen, hingen an seinen Lippen wie einst. »Vertraut mir«, beschwor er sie. »Auch wenn ihr jetzt noch nicht alles versteht.«

Er ließ einige Tage verstreichen, bevor er sich wieder zu Ariadne begab. Niemals zuvor hatte es sie so nach seiner Liebe und Achtung verlangt. Ihre Morgenübelkeit war einem Ekel allem Eßbaren gegenüber gewichen, und es gab Tage, an denen sie nur Wasser trinken konnte. Hätte der Hof sich nicht in Trauer befunden, wäre ihr Zustand mit Sicherheit bemerkt worden. Ihr Gesicht hatte seinen sanften, bräunlichen Ton verloren; hohle Wangen ließen sie krank aussehen. Ihr Leib hatte sich beunruhigend schnell auf das wachsende Leben umgestellt. Ihre Brüste waren groß und schmerzten, und sie hatte bereits ihre schmale Taille verloren. Noch konnte sie es durch fließende Gewänder und lose Gürtel kaschieren. Aber die Zeit lief ihr davon.

Deshalb war sie überglücklich, als er nachts in ihr Gemach kam. Seit dem Unwetter waren sie sorgloser mit ihren Treffen geworden. Sie bot ihm gewürzten Wein an, er leerte zwei Becher und betrachtete sie kritisch.

»Du siehst elend aus. Die Schwangerschaft scheint dir nicht besonders zu bekommen.«

Ariadne wußte selbst, daß sie keinen anziehenden Anblick bot. Aber sie hatte keine Lust, mit Schminke zu verdecken, was sie in ihren eigenen Augen vor allen anderen auszeichnete. »Was versteht ihr Männer schon davon?« erwiderte sie kratzbürstig. »Euer Körper verändert sich nicht. Ihr wißt nichts!«

»Wenn du Streit suchst, gehe ich besser.«

»Bitte bleib«, sagte sie sanfter. »Es ist keine leichte Zeit für mich.«

»Es wird noch schwieriger werden«, stichelte Theseus. »Spätestens wenn deine Mutter ihre Trauerzeit beendet hat. Man kann es dir jetzt schon ansehen.«

»Ich wünsche mir, daß sie es endlich weiß«, erwiderte Ariadne impulsiv.

»Und dann?«

»Dann? Dann gehen wir fort. Nach Athenai. Keinen Tag will ich hier länger leben.«

Während sie sprach, hatte Theseus ein anderes Bild vor Augen, und er sah Phaidra vor sich. Jener rauschhafte Morgen nach der Heiligen Hochzeit hatte seine Begierde nur noch stärker werden lassen. Tag und Nacht träumte er von ihr, von dem Zittern ihres Gesäßes, dem weißen wehrlosen Hals, den spitzen Brüsten. Voller Widerwillen starrte er auf Ariadnes prallen Busen. Wie das gefüllte Euter einer Kuh, dachte er. Sie riecht wie ein ganzer Stall Weiber zusammen. Ich werde sie nie mehr anfassen können, ohne mich nach Phaidra zu sehnen.

Als hätte sie seine Gedanken gespürt, rückte Ariadne ein Stück beiseite. »Du sagst ja gar nichts!«

Wie er diesen vorwurfsvollen Ton haßte! Es wurde Zeit, daß er endlich ganz das Ruder übernahm. »Flucht ist keine schlechte Idee.« Er griff nach ihrer Hand und sprach schnell weiter. »Allerdings können wir nur alle zusammen nach Athenai zurück. Das habe ich Apollo geschworen.«

»Wir brechen in der Dunkelheit auf«, schlug Ariadne vor. Allein der Gedanke, Kreta an seiner Seite zu verlassen, war so aufregend, daß sie Angst hatte, den Kopf zu verlieren. »Ihr habt gelernt, wie man sich nach den Gestirnen richtet. Wir verlassen die Insel im Schutz der Nacht.«

»Das führt zu nichts«, wandte Theseus ein. Er stapfte ruhelos von einer Wand zu anderen. »Minos hätte uns bald eingeholt.«

»Nicht, wenn wir seine Schiffe in Brand stecken, bevor wir

lossegeln«, sagte Ariadne leise. »Ich weiß auch schon, wann es am günstigsten wäre.«

Er sah sie überrascht an.

»Jetzt. In den nächsten Wochen.« Ihre Augen glänzten, als stünde sie unter berauschenden Mitteln. Aber sie fühlte sich klar wie nie zuvor. »Alle Kymben und Triakontoren sind jetzt in Amnyssos, weil sie den Winter über in die Werften gebracht werden. Noch liegen sie im Hafenbecken. Mit einem einzigen Streich könnten wir alle vernichten.«

»Das klingt gut«, lächelte Theseus. »Aber ist noch nicht genug. Wir müssen sichergehen, daß Kreta sich von diesem Schlag nicht wieder erholt. Es darf nie mehr dazu kommen, daß Minos attische Kinder auf seine Insel verschleppt.«

Ariadne unterdrückte ein Gähnen. So vieles hätte sie ihm noch sagen können, über Kreta, über Minos, über ihre Mutter. Aber womit beginnen? Wo aufhören? Es war beinahe unmöglich. Theseus hatte nichts von dem verstanden, was wirklich wichtig war. Pasiphaës Haß war tiefer und unversöhnlicher als der ihres Gatten. Niemals wäre sie zu einem Frieden mit Athenai bereit. Niemals! Dazu würden sie auch keine verkohlten Schiffsrümpfe bringen. Das einzige, was für sie zählte, war, daß Athener ihren Sohn ermordet hatten. Diese Schuld bestand für sie bis ans Ende aller Tage.

Ob Theseus das jemals begreifen würde? Er war bereit zu handeln – sie war bereit, ihm dabei zu helfen. Wichtig war, daß sie Kreta so schnell wie möglich verließen, um gemeinsam ein neues Leben zu beginnen. »Und wie sollen wir das anstellen? Willst du meinen Eltern den Hals durchschneiden?«

»Mir geht es nicht um Mord«, sagte Theseus rasch. »Wenn ich auch bereit bin, für meine Stadt zu kämpfen und zu sterben. Außerdem gibt es etwas, das sie, das alle tiefer treffen würde als der Tod.«

»Was meinst du?« Auf einmal verspürte Ariadne einen Anflug von Angst. Seine Augen waren kalt und glatt. Ohne jedes Mitgefühl.

»Das Labyrinth«, sagte er leise. »Wir müssen das Labyrinth zerstören und die Stiermaske in unseren Besitz bringen. Nur so haben wir die Gewißheit, daß der alte Spuk auch wirklich für immer vorbei ist.«

Sie mußte an Asterios denken, den Pasiphaë zum Hüter des Heiligtums bestimmt hatte. Er trug die Maske. Und sie hatte ihn verraten. Deswegen schwebte er in Gefahr. Theseus, das wußte sie, würde ihn nicht schonen, um zu erreichen, was er sich vorgenommen hatte.

»Das klingt einfacher, als es ist«, antwortete sie. »Nur Eingeweihte kennen den Weg, der wieder hinausführt. Jeder andere würde unweigerlich den Tod finden.«

Theseus packte unsanft ihr Handgelenk und zog sie hoch. »Nun«, murmelte er, den Mund an ihrem Hals. »Ist meine kleine kretische Prinzessin vielleicht keine Eingeweihte?«

Ariadne riß sich los. »Und unser Kind?«

Dumpfes Muttertier! dachte er. Schon jetzt kämpft sie mit Zähnen und Klauen um ihre Brut.

»Das kannst du nicht von mir verlangen – das nicht!« schrie sie.

»Und warum nicht?« fragte er ärgerlich. »Ich denke, du haßt Kreta wie ich?«

»Aber ich gehe nicht für dich ins Labyrinth und hole die Maske!« Ihre Stimme überschlug sich beinahe. »Das ist wirklich zuviel verlangt!«

Wieder zog er sie an seine Brust und fuhr über ihren Rücken, während seine Augen ins Leere blickten. Mechanisch kraulte er ihre Hinterbacken. »Wer sagt denn, daß du für mich gehen sollst? Wir gehen zusammen, mein Täubchen«, murmelte er. »Wir werden künftig alles gemeinsam machen.« Er lachte heiser. »Bis zum letzten Atemzug. Das verspreche ich dir, Ariadne.«

Ariadne blieb keine Zeit mehr, sich weiter um ihre Übelkeit zu sorgen. Schon frühmorgens war sie auf den Beinen, um alles herauszufinden, was Theseus wissen wollte. Jeden Abend lieferte sie ihm den gewünschten Rapport. Ihre anfänglichen Skrupel waren inzwischen weitgehend verflogen. Pasiphaë hat mich von Anfang an gehaßt, sagte sie sich trotzig, wenn sie grübelnd wachlag. Mein Vater kümmert sich nicht um mich, und Asterios war meiner Liebe nicht wert. Was bleibt mir noch? Theseus. Er ist alles, was ich habe. Meine Zukunft. Mein Leben.

Sie begann, Zwiegespräche mit ihrem ungeborenen Kind zu halten und versuchte ihm zu erklären, was sie bewegte. Es waren schwierige Tage für sie. Immer wieder beklagte sie sich bei Theseus, ohne seine Hilfe für alles sorgen zu müssen. »Da siehst du, wie es ist, wenn Frauen ohne männliche Führung handeln«, gab er ungerührt zur Antwort. »Aber bald wird alles anders! Dann trage ich die Verantwortung, und du brauchst dich nur noch nach mir zu richten. Und glaube nicht, daß ich untätig bin. Nur noch ein bißchen, dann wirst du wissen, was ich erreicht habe.«

Ein großer Streitpunkt war und blieb das Labyrinth. War Ariadne auch bereit, zur Verräterin zu werden und die kretischen Schiffe den Flammen zu opfern, so schreckte sie doch vor dem Gedanken zurück, unerlaubt das Allerheiligste zu betreten. Zu tief war in ihr die Ehrfurcht vor der Göttin eingebrannt. Auch wenn sie mit Ihren Regeln und Geboten haderte, wenn sie den Dienst in Ihrem Tempel auf Strongyle verabscheut hatte, so blieb die Würde der Großen Mutter dennoch unantastbar. Was Theseus forderte, erschien ihr schlichtweg unmöglich. Immer wieder kreisten ihre Gespräche um diesen Punkt. Er versuchte, sie durch Schmeicheln, Bitten und sogar Drohen zu einer Änderung zu bewegen. »So sieht deine wahre Liebe aus!« schnaubte er, als kein anderes Argument mehr helfen wollte. »Ein dunkles Erdloch, in dem dein Halbbruder hockt, bedeutet dir mehr als unsere gemeinsame Zukunft!«

»Ich liebe dich, das weißt du«, erwiderte sie unglücklich. »Auf tausend verschiedene Arten bin ich bereit, es dir zu beweisen. Aber ich habe einen Eid geschworen. Ich fürchte die Rache der Göttin. Niemand schändet ungestraft Ihr Heiligtum.«

»Und wenn ich allein gehe?« sagte er schließlich. »Ohne dich – mich bindet nichts und niemand«, setzte er höhnisch hinzu.

»Aber du bist doch kein Eingeweihter«, entgegnete Ariadne verblüfft.

»Eben. Gerade deshalb. Was geschieht, wenn ich beweise, daß es auch ohne Kranichtanz und langatmige Zeremonien möglich ist? Wenn ich die Stiermaske als Beweis dafür mitbringe, daß jeder Kretas Geheimnis entschlüsseln kann? Wie meinst du, würde das deinem Vater gefallen?«

Wieder spürte sie, wie verschieden sie dachten und fühlten. Wieder verschloß sie absichtlich die Augen davor. Ein Rest von Empörung aber blieb zurück. Was fiel ihm ein, diesem Heißsporn, für den alles nur eine Frage von Wollen und Zupacken war! Gerade noch unterdrückte sie den Impuls, sich als Überlegene zu geben. »Wir sollten realistisch bleiben, Theseus. Du hast noch nicht einmal die Übungen für den Kranichtanz abgeschlossen. Es ist schon unwahrscheinlich, daß du überhaupt ins Zentrum gelangst. Jedoch vollkommen ausgeschlossen, daß du zurück ans Tageslicht findest.« Sie hielt inne. »Es sei denn...«

»So rede endlich!«

»...du hättest etwas, woran du dich halten könntest. Eine Orientierung, die es dir erlaubt, den Weg zurück zu finden.«

»Was könnte das sein? Ein Stab? Eine Lampe?«

»Nein, nein«, schüttelte sie den Kopf. »Das nützt dir nichts! Es müßte weich sein und beweglich. Die unterirdischen Gänge sind verschlungen und reichen bis weit in den Leib der Erde. Das Labyrinth ist kein Kinderspiel, Theseus, sondern eine Herausforderung auf Leben und Tod.«

Er zog eine Grimasse, blieb aber stumm.

»Laß mir Zeit«, bat sie, dankbar für seine Hand, die sie streichelte. »Ich bin ganz sicher, mir fällt etwas ein.«

Sie quälte sich zwei endlose Tage. Dann schlug ihre Unruhe in Verzweiflung um. Es mußte eine Lösung geben. Warum nur wollte sie ihr nicht einfallen?

Sie nahm ein frisches Tontäfelchen zur Hand und ritzte mit dem Griffel die Eigenschaften untereinander, die ihr am wichtigsten erschienen. Theseus brauchte etwas, das ihn hinein-, vor allen Dingen aber sicher wieder herausführen würde. Es durfte nicht zu schwer sein. Er mußte es verstecken können. Es sollte Anfang und Ende verbinden und im Dunklen zu erkennen sein. Etwas zum Berühren. Zum Festhalten.

Es war kühl geworden im Zimmer. Ariadne stand auf und schloß das Fenster. Danach griff sie zum Feuerstein, um die Funken für die Näpfchenlampe zu schlagen. Zwölf kleine Lichter flammten auf und vertrieben die blauen Schatten der Dämmerung. Sie runzelte die Stirn, als sie das Durcheinander auf ihrem Tisch sah. Alles, was ihr im Lauf des Nachmittags lästig geworden war, hatte sie dort abgelegt: einen angebissenen Apfel, einen Becher stärkenden Holunderwein; ihre Ohrgehänge, in der Form von Bienenwaben, die goldenen Armreifen und den Gürtel, an dessen Enden sie Kaurimuscheln befestigt hatte, um ihn lockerer binden zu können. Ihr Bauch wuchs; sie konnte keinerlei Einschnürungen mehr ertragen. Bald schon würde der Sohn, den sie trug, sich nicht mehr verstecken lassen.

Gedankenverloren spielte sie mit dem bunten Band, als ihr Blick auf eine der Muscheln fiel. Etwas Schwarzes lief auf dem Weiß. Eine kleine Spinne hatte ihren Weg durch das halbgeöffnete Fenster gefunden, war über den Tisch gekrabbelt und hatte begonnen, ihr Netz zu spinnen. Ein feiner, leicht klebrig schimmernder Faden führte von außen direkt in die Windungen hinein. Vorsichtig nahm Ariadne die Muschel in die Hand. Die winzige Spinne stockte, bevor sie unbeirrt ihren Weg fortsetzte und im Inneren der Spirale verschwand. Im Verborgenen würde sie ihre Arbeit fortsetzen.

Natürlich – das war es, wonach sie gesucht hatte! Eine Art Nabelschnur, die den Eindringling so sicher mit dem Ausgang verband, wie das Kind im Bauch mit der Mutter. Ein Faden, der sich durch das Labyrinth schlängelte, weich und fest zugleich – es gab keine bessere Möglichkeit!

Sie war überrascht, daß sie sich nach ihrer Entdeckung nicht fröhlicher fühlte. Sie blieb sitzen, den Muschelgürtel noch immer in der Hand, und starrte vor sich hin. Eine Welle von Traurigkeit überflutete sie. Plötzlich hatte Ariadne das Gefühl, ihre eigene Nabelschnur für immer durchzuschneiden. Bald schon wäre sie eine Ausgestoßene. Wenn sie Theseus ins Labyrinth verhalf, war Kreta für immer für sie verloren. Dann lag ihre Zukunft wirklich ganz in Theseus' Hand.

Es kostete sie Anstrengung, die schwarzen Gedanken zu verscheuchen. Du willst es, betete sie sich selbst vor. Du brauchst es. Du hast es ihm versprochen. Du mußt weiter daran arbeiten. Denn die Idee war erst ein Anfang. Mindestens ebenso schwierig würde es sein, solch einen endlosen, geschmeidigen Faden zu bekommen. Fieberhaft überlegte sie. Aber es gab nur einen Ausweg. Auch wenn ihr die Vorstellung wenig angenehm war, so wußte sie nur einen einzigen Menschen auf der Insel, der dafür in Betracht kam: Daidalos. Der Athener.

Zurück in Knossos, wartete Daidalos den ersten Arbeitstag seiner Schmiede ab und grub erst am Abend die versteckten Eisenplatten aus. Morgen mußten sie erneut ihre Tauglichkeit auf dem Amboß beweisen. Er hütete sich, voreilig zu sein. Der Erfolg konnte auch ein einmaliger Zufall sein. Jetzt kam es darauf an, ob er beliebig oft wiederholbar war. Aber sein Instinkt sagte ihm, daß er auf der richtigen Spur war. Er zog die wenigen Eisenplatten hervor, die er in Phaistos unter erbärmlichen Umständen hatte produzieren lassen. Dort hatten ihn Mangel und Hitze auf eine Idee gebracht. Wenn feuchte Erde weiches Eisen zerstörte und nur den härtesten Kern übrigließ, mußte es auch noch andere Methoden geben, um Gleiches zu erreichen. Er war nacheinander die vier Elemente durchgegangen und nach dem Aussondern von Wasser und Luft schließlich auf die Idee verfallen, Eisen im Holzkohlenfeuer zu rösten. So mußte er nicht monatelang auf gewünschte Resultate warten – er war es so müde zu warten!

Mehr denn je vermißte er die Stunden in Patanes Haus. Selbst die Arbeiten an seinem Flugapparat machten ihm keinen Spaß mehr, obwohl er in der Zwischenzeit erstaunlich weit gekommen war. Der Korb aus Weidenruten, der zwei Menschen fassen konnte, war bereits geflochten und mit ölgetränktem Papier ausgeschlagen. Seit längerem brütete Daidalos über der Flügelkonstruktion, die ihm jedoch immer wieder neue Schwierigkeiten bereitete. Ein anderes ungelöstes Problem war das Material, aus dem der Ballon gefertigt werden sollte. Alle ihm bekannten Stoffarten hatten sich als zu schwer erwiesen. Nun ruhte seine letzte Hoffnung auf der Ware aus Phönizien, von der ihm ein Händler einige Ballen in Aussicht gestellt hatte. Das sagenhafte Schmuggelgut sollte von weit aus dem Osten stammen und so geschmeidig und leicht wie Gefieder sein. Daidalos hatte die Reste seines Vermögens darin investiert. Sollte sich auch dieser Versuch als Fehlschlag herausstellen, war er nicht nur am Ende seiner Weisheit, sondern auch seiner finanziellen Mittel.

Hunderte hatten sich im Hafen vom Amnyssos versammelt, um den Verstorbenen das letzte Geleit zu geben. Auch wenn viele Tote nicht geborgen werden konnten, schickte man sie zumindest symbolisch mit den Leichen der anderen auf die Reise zu den Inseln der Seligen. Auf den brennenden Nachen, die unter Gebeten hinaus auf das Meer trieben, befanden sich kleine Dinge aus ihrem persönlichen Besitz, Geschenke für die Große Mutter der Tiefe.

Kaum war die Feier vorbei, ritt Minos auch schon wieder zurück in den Palast und betrat die Schmiede. »Schick deine Leute weg, Daidalos! Ich habe mit dir zu reden.«

Der Ton verhieß nichts Gutes, der Athener gehorchte sofort. Es war warm im Raum. Daidalos bot Wein und Wasser an, Minos lehnte ab. Er ging, beide Hände im Gürtel, aufmerksam in der Schmiede herum. »Du bist vorangekommen.«

Daidalos nickte. Er wußte sofort, wovon Minos sprach. Irgend jemand mußte geredet haben.

»Du hast sicherlich nach dem richtigen Zeitpunkt gesucht, um mir davon zu berichten.« Seine Stimme war gefährlich ruhig.

Daidalos nickte abermals.

»Dann sprich!«

»Ich habe noch keine endgültige Gewißheit. Nur eine Theorie, die sich erst in der Praxis beweisen muß.« Er hüstelte mehrmals. »Sonst wäre ich schon längst zu dir gekommen.« Sein Lächeln mißlang.

»Und wo ist diese *Theorie*?« fragte Minos höhnisch. »Kann ich sie sehen?«

Daidalos stand auf und öffnete die Truhe, für die nur er den Schlüssel besaß. »Wer hat es dir gesagt?«

Minos schlug das Tuch zurück und begutachtete die Pfeilspitzen. Zum Vergleich zog er die heraus, die er seit Jahren mit sich herumtrug. Selbst wenn man sie nebeneinander gegen das Licht hielt, war kein Unterschied zu erkennen. Er nickte. »Einer meiner Diener«, sagte er beiläufig. »Hast du ernsthaft geglaubt, du könntest mich täuschen?«

»Das wollte ich nicht«, sagte Daidalos kläglich und haßte sich im gleichen Moment für seine Feigheit.

Minos lachte. »Und ob du das wolltest! Überrascht? Ich weiß alles über dich, Athener«, sagte er genüßlich. *»Alles.* Wohin du gehst. Mit wem du sprichst. Ich kenne jeden deiner Gedankengänge, fast, als wäre ich selbst in deinem verfaulten Schädel zu Hause.« Er ballte die Faust und klopfte ihm mehrmals hart auf den Kopf.

Daidalos wich zurück. »Was willst du jetzt tun?«

»Du weißt, was ich will«, entgegnete Minos kalt. »Ich habe es dir schon mehrmals gesagt.« Er bedrängte ihn. Daidalos kam sich vor wie ein Tier in der Falle. Er versuchte, nach hinten auszuweichen, aber da war bloß die rauhe, unverputzte Wand. »Sag es mir«, forderte Minos. »Ich will es aus deinem Mund hören.« Er packte seinen Arm und drehte ihn langsam nach hinten.

Daidalos ließ einen erstickten Ton hören. Seine Augen wurden matt. »Eisen«, krächzte er.

»Lauter!« Der Griff verstärkte sich. »Ich kann dich so schlecht verstehen.« Minos grinste. »Du bist doch sonst so gut bei Stimme, wenn es darum geht, hinter meinem Rücken Intrigen zu spinnen. Also!«

Ein knacksendes Geräusch war zu hören. Daidalos durchzuckte ein brennender Schmerz. »Mein Arm«, schluchzte er. »Du reißt ihn mir aus!«

»Das Wort!«

»Eisen!« schrie er. »Eisen. Eisen. Eisen!«

»Na bitte.« Minos ließ ihn los. »Du weißt es.« Er setzte sich breitbeinig auf eine der Werkbänke. »Das hier können wir alles vergessen«, sagte er nachdenklich. »Wir müssen ganz neu anfangen.«

»Willst du auch diese Schmiede schließen?«

»Die Zeit der Spiele ist vorbei. Jetzt beginnt die wirkliche Arbeit. Ich will nicht nur Pfeilspitzen, sondern Schwerter, Dolche, Pflüge, Gerätschaften! Ganz Kreta soll aus Eisen bestehen. Und du wirst es fabrizieren.«

»Ich?«

»Wer sonst?« Er klang geradezu amüsiert. »Wir brauchen Öfen, Schmieden, Werkstätten. Viele, sehr viele. Und jede Menge Leute. Tag und Nacht werden die Öfen brennen. Du bist mir für alles verantwortlich.«

»Und woher willst du das Erz nehmen? Das Material ist teuer, und Kreta verfügt nur über...«

»Das laß nur meine Sorge sein!« fiel Minos ihm ins Wort. »Wir teilen uns die Arbeit: Ich kümmere mich um die Beschaffung des Erzes, du kümmerst dich darum, daß es geschmolzen und weiterverarbeitet wird. Dein Kopf bürgt für Qualität.«

Er ging zur Tür und drehte sich, schon an der Schwelle, noch einmal um. Sein Gesicht wirkte im Halbschatten dunkel und gefährlich. »Zwei Männer der königlichen Garde werden dir von nun ab jeden Tag zur Seite stehen. Damit du nicht in Versuchung kommst, wieder zu lange nach dem richtigen Moment zu suchen.«

Grußlos ließ er ihn zurück.

Ich könnte dich umbringen, Minos von Kreta, dachte Daidalos schmerzerfüllt. Er zuckte zusammen, als er seinen Arm berührte. Den Tod wünsche ich dir!

Als er das Klopfen hörte, erschrak er. Aber der Anflug von Furcht war schnell wieder vorbei. Sie konnten es nicht sein. Wenn sie ihn holen wollten, hätten sie sein Zimmer einfach gestürmt. Bislang ließen sie ihn wenigstens in den Nachtstunden in Frieden. Schlimm genug, daß jeden Morgen andere vor seiner Werkstatt erschienen, immer zu zweit, mit den glatten Zügen der kretischen Wachen, die ihm wie eine einzige Provokation erschienen. Er hatte das Gefühl, seit dem Zusammentreffen mit Minos erheblich gealtert zu sein. Sein Magen rumorte, und wenn er beim Rasieren in den polierten Bronzespiegel schaute, kam ihm der Mann mit den hohlen Wangen und den stumpfen Augen fremd vor.

Selbst Ikaros war sein kränkliches Aussehen aufgefallen, und er hatte ihn angesprochen, ganz direkt, wie es sonst nicht zu seiner behutsamen, vorsichtigen Art paßte. Es war eine Erleichterung gewesen, ihm das Vorgefallene zu erzählen. Daidalos verzog den Mund zu einem kleinen Lächeln. Sein Sohn war vielleicht nicht der Mann geworden, den er sich immer gewünscht hatte. Aber er war mitfühlend. Und ein kluger Beobachter. Wahrscheinlich kam er noch einmal, um nach ihm zu sehen.

Es waren Theseus und Ariadne. Zusammen!

»Dürfen wir hereinkommen?« Die Stimme des Jungen war unbekümmert, die Kreterin wirkte angespannt. So sah jemand aus, der nachts keinen Schlaf fand. »Wir waren vorsichtig. Niemand ist uns gefolgt.«

Daidalos ließ sie eintreten. Bevor er sie zum Sitzen einlud, schloß er vorsichtshalber den Nebenraum ab. Nicht nötig, daß sie einen Blick auf die gewässerten Bastfäden warfen. Davon brauchte niemand etwas zu wissen. Außerdem war die versprochene Ballenlieferung am Vortag eingetroffen und gerade verstaut. Der geheimnisvolle Stoff aus dem Osten war die letzte aller Fluchtmöglichkeiten, die ihm geblieben war.

»Was wollt ihr von mir?« fragte er schroff. Er war müde. Krank. Er brauchte seine nächtlichen Stunden für sich allein.

Zu seiner Überraschung begann Ariadne zu sprechen, so flüssig, als hätte sie ihre Geschichte schon viele Male erzählt. Allerdings verrieten ihre Hände, die keinen Augenblick ruhig blieben, innere Unruhe. Sie trug ein gürtelloses gelbes Kleid, das goldene Plättchen an Hals und Armen abschlossen. Als sie geendet hatte, blieb es eine ganze Weile still.

»Kannst du uns helfen?« fragte Theseus. »Sag gleich, ob du dazu bereit bist!«

»Wenn es weiter nichts ist«, entgegnete Daidalos spöttisch. »Ich darf noch einmal zusammenfassen: Heimlich dringst du in das Labyrinth ein, das niemand außer den Eingeweihten betreten darf. Dort bringst du die heilige Stiermaske an dich. Ich soll dir einen Faden zur Verfügung stellen, damit du wohlbehalten wieder hinausfindest. Ist das geschehen, trommelst du die attischen Mysten zusammen, raubst die Prinzessin und segelst mit allen zusammen nach Athenai. Ist das alles?«

»Nicht ganz«, sagte Ariadne leise. »Ich trage sein Kind. Den Sohn, der einmal nach Theseus den attischen Thron besteigen wird.« Sie machte eine kleine Pause. Dann lächelte sie. »Jetzt sind wir vollkommen in deiner Hand.«

»Bevor wir Thronsessel verteilen können, muß uns erst einmal die Flucht gelingen«, sagte Theseus barsch. »Ich frage dich noch einmal, Daidalos, Bürger Athenais: Bist du bereit, uns zu helfen? Es soll dein Schaden nicht sein«, setzte er leiser hinzu.

»Das sagt sich leicht«, erwiderte Daidalos mit klopfendem Herzen. »Vorher. Nachher sieht es dann anders aus.«

»Ich stehe zu meinem Wort«, erwiderte Theseus vielsagend.

»Angenommen, ich wäre überhaupt dazu in der Lage«, fuhr Daidalos zögernd fort. »Woher soll ich wissen, daß ihr mich nicht nur auf die Probe stellen wollt? Der Palast der blauen Delphine ist kein Ort, wo man zu vertrauensvoll sein sollte.«

»Es geht um Leben und Tod«, versicherte Ariadne. »Werden wir entdeckt, bedeutet das unser Ende. Wir haben nur die Möglichkeit, alles so gut vorzubereiten, daß nichts Unvorhergesehenes geschieht. Wir dürfen kein Risiko eingehen.«

»Gut für euch«, stieß Daidalos hervor. »Ihr segelt sicher nach Norden. Und was ist mit mir? Wird euer Verrat entdeckt, führt die Spur unweigerlich zu mir. Auch Minos weiß, wer als Verräter in Betracht kommt.«

»Du bist mit an Bord«, sagte Theseus mit Nachdruck. »Oder hast du keine Lust, deine Heimatstadt wiederzusehen – nach so langer Zeit?« Er ließ ihn nicht aus den Augen.

Nach Hause zurückkehren – wieder planen, konstruieren, Häuser errichten, anstatt sich mit Erz und Schmieden herumzuplagen – kein Sklave mehr, sondern ein freier Mann! Er seufzte. Aber sofort kam Talos ihm in den Sinn, und er hörte wieder den Aufprall seines Körpers auf den Klippen. Dieses Geräusch, das ihn immer wieder aufschrecken würde. Nicht einmal Patanes Hiebe hatten ihn davon erlöst. Er war ein Mörder. Ein Preis war auf seinen Kopf ausgeschrieben. Selbst seinen Leichnam würde die Stadt nicht mehr aufnehmen.

»Nun?« fragte Theseus lauernd. »Was hältst du davon?

»Ich weiß nicht«, sagte Daidalos und warf einen Blick auf Ariadne, die das Fenster geöffnet hatte und hinaus in die Nacht starrte. Er machte eine unbestimmte Geste in ihre Richtung.

Vielleicht gab es doch eine Möglichkeit. Nicht zu vergessen. Aber zu verzeihen. »Wir müssen allein darüber reden«, flüsterte er. »Unter Athenern. Es gäbe einiges dazu zu sagen.«

Theseus nickte. Das war genau der Punkt, an dem er ihn haben wollte. »Eines sollten wir zuallererst klarstellen«, sagte er langsam. »Wenn sein Sohn nach Hause kommt, wird Aigeus bereit sein, vieles zu vergessen. Darauf gebe ich dir mein Wort.«

Sie redeten, bis die ersten Vögel vor dem Fenster zu hören waren. Beide spürten, wie müde sie waren. Sie sahen sich an.

»So könnte es gehen«, sagte der Jüngere.

»Ja, wenn nichts dazwischenkommt«, erwiderte der Ältere. »Ihr müßt schleunigst in eure Zimmer. Es beginnt schon zu dämmern.«

Ariadne war irgendwann eingeschlafen. Sie lag auf dem Bett, die Beine hochgezogen, eine Wange gegen die zusammengefaltete Decke gedrückt. Sie atmete schwer und unregelmäßig. Das Kleid war verrutscht, eine kräftige Wade zu sehen. Theseus dachte sehnsüchtig an Phaidras schlanke weiße Fesseln und wandte sich ab.

Nicht rasch genug. Daidalos war sein Ausdruck nicht entgangen. »Und sie?« fragte er. »Was wird aus ihr?«

»Was soll aus ihr schon werden«, gab Theseus grob zur Antwort. »Sie wird das machen, was ich sage. Man merkt, daß du sehr lange von zu Hause fort bist. Aber das wird sich ja bald ändern.«

Er ging zum Bett hinüber und beugte sich über Ariadne. »Aufstehen«, sagte er. »Es wird hell. Wir müssen los.«

»Das Schiff«, murmelte sie. »Es legt ohne mich ab. Ich kann es sehen. Ich muß schwimmen...« Sie sprach undeutlich, beinahe wie eine Betrunkene.

»Ariadne!« Er rüttelte sie. »Wach auf! Ich bin es, Theseus. Daidalos ist bereit, uns zu helfen. Wir werden Kreta verlassen. Schon sehr bald.«

Sie sah ihm starr ins Gesicht. »Deine Augen«, flüsterte sie. Das war es, wovor Asterios sie gewarnt hatte!

Ihr warmer Atem schlug ihm entgegen. Sie roch nach Schlaf

und Frau, süß und lau und schwerer, als er es jetzt ertragen konnte.

»Was ist mit meinen Augen?«

Sie drückte ihre Hände fest auf ihren Bauch. Wie eine undurchdringliche Barriere. Es gab kein Zurück. Sie war zu weit gegangen. Aber sagen mußte sie es, und wenn es nur dieses einzige Mal war.

»In deinen Augen steht der Tod. Ich habe ihn gesehen.«

Tage des Zorns

Nach den Trauerfeierlichkeiten stieg Asterios abermals ins Labyrinth und nahm das Bild der stoppeligen Felder mit, den Geruch nach Trester und jungem Wein, das goldene Licht der ersten Oktobertage. Zum Glück war es unten nicht stickig. Röhren und Schächte, Gräben und Stollen sorgten für Luftaustausch. Dennoch waren manche Wände feucht, und der Gegensatz zwischen oben und unten hätte größer nicht sein können. Er versuchte, das Unbehagen in seinem Inneren zu übergehen. Äußerlich gab es keinerlei Anzeichen für Gefahr.

Nach dem Unwetter hatte ein ruhiger Herbst Einzug gehalten. Die gröbsten Sturmschäden waren beseitigt, die Toten beweint, und auf Kreta war der Alltag wieder eingekehrt. Minos hatte versprochen, daß jeder vor Winteranfang ein sicheres Dach über dem Kopf haben würde. Deshalb waren sogar Bootsbauer und Zimmermänner zum Instandsetzen der Häuser abgestellt. Noch immer lagen die Schiffe im Hafenbecken von Amnyssos; dieses Jahr würden sie später als sonst überholt werden.

Alles schien friedlich. Und dennoch litt Asterios an quälender Ruhelosigkeit. Es kostete ihn große Mühe, sich auf die Erde einzustimmen. Er verschmolz nicht mit ihr, und sein Körper blieb hart und unbeweglich, als sei auch er zu einem kristallinen Gebilde geworden. Er betete, er fastete, er vollzog die Meditationsübungen, die Hatasu ihm beigebracht hatte. Zu seiner Freude war sie bald nach dem Unwetter nach Knossos gekommen, und obwohl sie sich nur selten sahen, genügte schon der Gedanke an sie, daß ein Gefühl von Geborgenheit in ihm aufstieg. Aber im dunklen Bauch der Erde war er allein – und einsam.

Einmal war Phaidra ihm zufällig im Palast über den Weg gelaufen. »Hast du das blaue Licht schon gerufen?« wollte sie wissen.

»Ja«. Seine Stimme klang belegt.

»Und? Was hat es dir gezeigt?«

Was sollte Asterios ihr erzählen? Er kannte die Bilder. Und er haßte sie. Sie zeigten ihm den blonden Athener, der ihn mit einer Waffe bedrohte und schließlich schwer verwundete. So häufig hatte er diese Szene erlebt, daß er sie manchmal nicht mehr von einem Alptraum unterscheiden konnte. Eingebrannt war sie in ihn, in sein Fleisch, in sein Herz.

»Warum sagst du nichts? Ist es so schrecklich?« Phaidra berührte sanft seinen Arm.

»Es ist nichts.« Er kämpfte gegen sein Verlangen an, ihr davon zu erzählen. Aber er wollte sie nicht beunruhigen. Die Sache betraf nur Theseus und ihn. »Laß uns darüber sprechen, wenn der nächste Einweihungszyklus abgeschlossen ist.«

»Ich werde für dich beten«, sagte sie nachdenklich. »Gib mir gleich Bescheid, wenn du wieder im Palast bist.«

Bis dahin waren es noch mindestens zwei Tage. Seine eigene Schwerfälligkeit schien sich auf die Mysten zu übertragen. Es dauerte länger, bis sie das Zentrum erreichten. Diese neue, unbekannte Form der Schwere veränderte auch die Qualität der Begegnung. Asterios kam es vor, als würden die Schatten immer dunkler und bedrohlicher. Eine unheimliche Kraft schien geweckt, von der etwas zurückblieb, wenn die Mysten ins Licht zurückgekehrt waren.

Er reinigte das Labyrinth mit Salbei und Weihrauch. Er flehte zur Göttin, die Bedrohung von dem heiligen Ort zu nehmen. Trotzdem wuchs seine Beklemmung. Manchmal konnte er kaum noch atmen. Die Härchen auf seinen Armen stellten sich auf, und sein Körper begann zu zucken, als sei er wieder der ängstliche Myste von damals, der sich langsam in die Dunkelheit vortastete.

Er war Asterios. Er hütete das Labyrinth. Für kurze Zeit half es, wenn er sich diese Worte wieder und wieder vorsagte. Die Wirkung hielt jedoch nicht lange an. Durfte er in diesem Zustand überhaupt bleiben? Was würde geschehen, wenn seine Energie sich auf negative Weise mit der der Mysten verbände?

Allmählich wurde er ruhiger. Nur ein Myste noch, sagte er sich, wenn sein Geist wieder klarer war und sein Herz ruhiger schlug. So viele habe ich schon gesehen. Nur noch diesen einen. Dann hat das Licht mich wieder.

Sie hielten sich versteckt, bis der Myste an die Schlangenpforte geführt wurde. Bei ihm war nicht Hemera, sondern eine weißhaarige Priesterin, die Ariadne nur vom Sehen kannte. Seitdem so viele junge Menschen zu den Mysterien strebten, tauchten ständig neue Gesichter auf. Noch nie zuvor hatte es so viele Mädchen gegeben, die zu Priesterinnen geweiht werden wollten. Aber die Weisen Frauen trafen eine strenge Auswahl.

Der Myste war schmächtig und sah nicht aus, als würde er sich groß wehren können. Die Priesterin entriegelte die Türe und ließ ihn eintreten. Ariadne hatte herausgefunden, daß das Ritual geringfügig abgeändert worden war. Drinnen würde sie ihm die Binde umlegen, ihm das Blechon zu trinken geben und sich zurückziehen. Das war der Moment, den sie abpassen mußten. War der Myste erst einmal zu tief in die verschlungenen Gänge eingedrungen, gab es keine Möglichkeit mehr, ihn einzuholen.

Theseus spürte, wie seine Hände feucht wurden. Alles in ihm sträubte sich, die Schwelle zu überschreiten. Aber es gab kein Zurück, jetzt nicht mehr. Prokritos war als einziger der Rebellen über ihr Vorhaben unterrichtet. Wenn der Plan durchgeführt war, würde er die anderen informieren. Sicher würde keiner der Athener sich weigern, es sei denn, er war bereit, sein Leben zu riskieren. Wenn Minos erst einmal entdeckt hatte, was geschehen war, würde er jeden töten lassen, den er zu fassen bekam.

Er tastete nach den Dingen, ohne die er verloren wäre. Die Stricke, die er an seinen Gürtel gebunden hatte. Den Knebel. Den wassergefüllten Lederbeutel. In seiner Bauchtasche, zu einem länglichen Knäuel aufgewickelt, steckte der endlose Faden, den Daidalos ihnen erst gestern nacht gegeben hatte. »Das neue Material aus dem Osten«, hatte er gemurmelt. Im Kerzenlicht hatte er glatt und schimmernd ausgesehen. »Ein Vermögen wert. Wenn es Wolle wäre, müßtest du ein Knäuel mitschleppen, so groß wie ein Wagenrad.«

An seiner rechten Seite spürte er das lange Stichmesser, fast so gut wie ein Schwert, aus bestem attischen Eisen, eng an seinen

Körper geschnürt, damit es nicht auftrug. Das war eines der Geheimnisse, von denen Ariadne nichts wußte. Sollte sie nur glauben, daß er mit dem lächerlichen Bronzedolch losziehen würde, den sie ihm in den Gürtel gesteckt hatte!

»Es ist gleich soweit«, sagte sie leise.

Theseus sandte ein letztes Stoßgebet zu Apollon. Würde sein Plan gelingen, war er bereit, Ihm mit dem schönsten Opfer aller Zeiten zu danken. Er grinste schief. Falls er mißlang, würden die Fische seinen Kadaver zu fressen bekommen.

Die alte Frau im dunklen Gewand kam wieder heraus und ging rasch davon. Ariadne war schon am Eingang und hielt die Tür einen Fußbreit offen. Sie keuchte. Schweißperlen standen auf ihrer Stirn. »Schnell«, flüsterte sie. »Das Knäuel!«

Er zog vorsichtig ein Stück Faden aus der Tasche. Ihre Hände zitterten. »Wir müssen uns beeilen«, murmelte sie. Den Fadenanfang schlang sie um das Schwanzende der rechten Schlange und knotete es doppelt fest. Sie zog daran, nickte. Selbst wenn die Tür zufiel, würde der Faden nicht reißen. »Sei vorsichtig«, ermahnte sie Theseus. »Worauf mußt du achten?«

»Immer mit der rechten Hand an der Wand«, leierte er herunter. »Gleichgültig, was geschieht. Mit der linken spule ich den Faden ab...«

»Locker!« unterbrach sie ihn.

»Locker!« wiederholte er. »Gehen wir?«

»*Du* gehst.«

Ariadne gab ihm einen schnellen Kuß. »Gib auf dich acht!« flüsterte sie. Sie berührte ihren Bauch. »Du weißt, was für uns davon abhängt.«

Durch den kleinen Spalt fiel gerade soviel Sonnenlicht, daß sich das Schwarz zu einem tiefen, staubigen Grau mischte. Aber das galt nur für die ersten Schritte. Ein kleines Stück weiter würde ihn vollkommene Nacht umfangen.

Der Myste war noch nicht weit gekommen. Er stand im Stollen und kämpfte offensichtlich mit seiner Orientierung. Mit einem geschmeidigen Satz war Theseus hinter ihm. Der Junge drehte den Kopf mit der Augenbinde erschreckt nach hinten. Theseus stopfte ihm den Knebel in den Mund.

Er gurgelte und wehrte sich, Theseus aber war stärker, riß ihm die Arme auf den Rücken und fesselte ihn. Jeder Widerstand erlahmte. »Setz dich!« zischte Theseus. »Auf den Boden mit dir!«

Gehorsam rutschte er an der rauhen Wand nach unten. Theseus verschnürte sorgfältig seine Beine und Füße mit den Knoten, die ihm sein Großvater beigebracht hatte. Zur Sicherheit zog er noch einmal an den Stricken. Er gab ihm einen leichten Schlag auf den Kopf. Ersticktes Stöhnen. Vermutlich bangte der Junge um sein Leben.

»Gute Reise und angenehme Träume. Du hast sicher nichts dagegen, daß ich mich an deiner Stelle auf den Weg zum Monstrum mache. Alles in Ordnung«, rief er munterer zu Ariadne hinauf, als ihm zumute war. »Das Abenteuer kann beginnen!«

Sie rief etwas zurück, das er aber nicht verstehen konnte. Ein dumpfer Laut. Die Schlangenpforte war zu.

Es war nicht die Dunkelheit, die seinen Puls zum Rasen brachte, sondern die Stille. Sein Atem ging kurz und heftig. Das ist das Ende, dachte Theseus verzweifelt, eine Falle, aus der ich nie wieder herauskomme. Der Ort, wo die Kreter ihre Feinde bei lebendigem Leib begraben. Sein Magen verkrampfte sich, bitterer Speichel sammelte sich in seinem Mund. Er spuckte aus, wütend und voller Angst.

Er tastete seinen Körper ab, spürte das Knäuel, dann das Messer. Er versuchte, das Rauschen aus seinen Ohren zu verdrängen. Er war bereit, sich zu wehren! Er war nicht schutzlos. Er wußte, wohin der Weg führte. Irgendwo in der Tiefe der Erde wartete sein Gegner auf ihn.

Er streckte die Hand aus. Rauhe Felswand. Vorsichtig machte er ein paar Schritte nach vorn. Eine Biegung! Erschrocken preßte er sich an die Wand und riß sich dabei den Handballen auf. Er fluchte, war für einen Moment nicht ganz aufmerksam. Irgend etwas ließ ihn stocken. »Der Faden!« Er meinte in der dröhnenden Stille Ariadnes Stimme zu hören. »Mit der Linken spulst du den Faden ab.«

Er lockerte das Knäuel in der Bauchtasche und ließ den Faden hinter sich schleifen. So war es richtig. Bis zur nächsten Biegung, sang es in seinem Schädel. Und dann wieder bis zur nächsten. Nichts mehr denken. Nur langsam gehen und tasten.

Dann stießen seine Zehen plötzlich an etwas Pelzartiges. Angeekelt blieb er stehen. Er hätte alles für ein Paar Stiefel gegeben, wie sie daheim die Männer zum Reiten trugen. Nichts als ein Tierkadaver, sagte sein Verstand. Ein menschliches Leichenteil widersprach seine Phantasie. Einer, den sie hier schon vor dir geopfert haben.

Nie zuvor hatte er sich so verlassen gefühlt, nicht einmal, als Aigeus' Männer mit Fingern auf den unerwünschten Bastard gezeigt hatten. Alles in ihm war schwarz und tot. In seiner Angst hatte er die Hand von der Wand genommen. Immer dichter schien die Schwärze und die Stille um ihn zu werden. Ging es aufwärts? Weiter abwärts?

Er bebte. Nahm aber seinen ganzen Willen zusammen.

Da war sie wieder, die rissige Wand! Das war rechts. Hier oben. Dort unten. Er hätte heulen können vor Erleichterung. Er schwitzte. Gönnte sich einen Schluck Wasser. Sofort war sein Kopf klarer, und er erinnerte sich an Ariadnes Worte. »Es wird allmählich immer niedriger, weil der Myste lernen muß, seinen Hochmut zu besiegen. Mach dich so klein, wie du kannst.«

Langsam ging Theseus zu Boden, die Rechte weiterhin an der Wand. Es war mühsam, zu kriechen. Der Bauchsack behinderte ihn. Er schwamm in seinem Schweiß. Dazu kamen die harten Steinchen, die sich in seine Beine bohrten. Er zog den Kopf weiter ein. Wie eine Schabe klebte er am Untergrund. Seine Hand ertastete einen niedrigen Tunnel, der sich knapp über seinem Kopf schloß. Er robbte schnaufend weiter.

Dann streifte ein kühler Lufthauch sein Gesicht. Der Raum weitete sich. Theseus kam langsam wieder auf die Beine.

Dieses Mal war es anders. Asterios spürte es. Noch bevor sein Gefühl ihm verriet, daß die Schlangenpforte sich wieder geöffnet hatte, wußte er, daß etwas Ungewöhnliches passiert war. Er konnte in der Dunkelheit sehen. Aber er hatte das Bedürfnis, seine Augen zu schließen. Als er wieder zu sich kam, fühlte er sich noch immer matt.

Er begann zu beten, aber seine Gedanken schweiften ab, hinaus in die dunklen Gänge und Stollen, wo irgendwo der andere herumtastete. Er war noch ein ganzes Stück von seinem Ziel entfernt, aber er schien überraschend gut voranzukommen.

Nur noch einer, sagte sich Asterios. Der allerletzte. Wenn er das Prinzip der Umkehr erkannt hat, ist auch für dich das Dunkel vorerst vorbei.

Theseus war vom Weg abgekommen. Der Stollen hatte sich wieder leicht gesenkt, und er war davon ausgegangen, daß es weiter abwärts führen würde. Er war zu spät abgebogen. Er hätte nicht sagen können, woran er seinen Irrtum erkannt hatte. Es war nichts als ein Gefühl gewesen, das ihn dazu brachte, innezuhalten. Ariadne hatte ihm eingeschärft, besonders auf die Höhenunterschiede zu achten, und, wenn er sich nicht verzählt hatte, waren es bislang zwölf verschiedene Ebenen gewesen. Stufen und Rampen verbanden sie untereinander, aber es gab zwischendrin auch spiralförmig gewundene Gänge, die ihn verwirrt hatten. Zuerst hatte er den Eindruck, immer wieder die gleiche Stelle zu passieren.

Es dauerte eine Weile, bis er wieder Ariadnes Erklärung zusammenbekam. Sie hatte etwas von Wegschleifen erzählt, die das Zentrum umrundeten, und ihn näher heranbrachten, um ihn mit der gleichen Bewegung scheinbar ebenso weit wieder davon wegzuführen. Er war nicht ganz klug daraus geworden. »Sieben Tage hat die Woche. Sieben Planeten ziehen ihre Bahn am Himmel. Zweimal siebenmal ist dein Weg lang.«

Auf jeden Fall bedeutete das, daß das Zentrum nicht mehr allzuweit sein konnte. Aber zuerst mußte er noch einmal zurück, um die richtige Abzweigung zu finden. Obwohl er sich an die Dunkelheit und die drückende Stille gewöhnt hatte, haßte er diese lange, ungemütliche Wanderung. Wenn man es überhaupt so nennen konnte. Gekrochen war er bereits, gerutscht, auf Zehenspitzen nach oben gestiegen, um sich wenig später wie ein Wurm zu schlängeln. Er hatte jedes Zeitgefühl verloren. Manchmal kam es ihm so vor, als spule er nicht den Faden hinter sich ab, sondern als zöge ihn ein unsichtbares Seil tiefer und tiefer in den Leib der Erde.

Plötzlich wurde es leuchtend blau. Das Licht überfiel Asterios so gewaltsam wie in seinen ersten Tagen als Seher. Sein Nacken wurde taub. Er erstarrte.

Er kommt langsam den dunklen Gang entlang, leicht gebückt, als hätte er Angst, sich oben am Stollen anzustoßen. Er keucht, atmet heftig.
　Sein Leib ist in der Mitte leicht gedunsen. Er trägt etwas mit sich, woran er immer wieder ungeduldig zieht. Eine Waffe behindert sein Vorwärtskommen, obwohl sie fest an seinen Körper gebunden ist.
　Seine Erschöpfung ist so groß, daß sie jeden Augenblick in Wut umschlagen kann. Er weiß, daß es nicht mehr weit sein kann.

Seine Augen weiteten sich vor Entsetzen. Das war nicht der Myste, auf den er wartete!

Er bleibt plötzlich stehen, als könne er spüren, was in ihm vorgeht. Er ist wachsam und angespannt, die sichelförmige Narbe auf seiner Wange gerötet. Er schnuppert wie ein Tier, das die Gefahr wittert. Er lächelt, aber seine Augen bleiben kalt.
　Das unsichtbare Band, das zwischen ihnen geknüpft ist, läßt ihn nicht lange still stehen. Drängt ihn zum Weitergehen. Er kann nicht ausruhen. Zielstrebig kämpft er sich voran. Er ist beinahe am Ziel.

In dem kleinen Raum roch es nach Verrat. Aber es blieb keine Zeit mehr, die Räucherpfanne zu entzünden. Asterios konnte sein Schnaufen und Keuchen schon hören, obwohl der Ketzer noch viele Windungen entfernt war.
　Gehetzt schaute er hinter sich. Da waren nur der Dreifuß, der kleine Salbeibehälter, ein paar Feuersteine zum Funkenschlagen. Und die Näpfchenlampe. Wenn er nur einen Docht entzündete, wäre der Felsenraum schwach erleuchtet. Hell genug, um den Eindringling zu irritieren. Aber auch dunkel genug, um ihm einen Vorteil zu verschaffen.

Was konnte er sonst noch tun?

Er besaß keine Waffe. Der Priester der Großen Mutter hütete das Heiligtum mit seinem Leib. Aber er hatte das silbrige Schwert des anderen viele, viele Male gesehen. Er war vorgewarnt. Er würde mit anderen Mitteln kämpfen müssen.

Er begann zu zittern.

Er stürmte herein. Blieb stehen, überrascht über das fahle Licht. Seine Pupillen zogen sich zusammen. Asterios konnte aus seiner Ecke heraus jede seiner Bewegungen verfolgen.

Die Wände glitzerten, als bestünden sie ganz aus dunklen Kristallen. Theseus starrte auf den kegelförmigen Spalt. »Komm raus!« rief er. »Ich weiß genau, daß du dich dort hinten versteckst.«

Nichts geschah. Das Dröhnen der Stille verstärkte sich. Dann hörte er ein leises Scharren, dem ein schürfendes Geräusch folgte. Waren es Hufe? Rauhe Tierhaut, die gegen eine Wand rieb?

Ein Schnauben. Knacken von Horn gegen Fels.

»Zeig dich endlich!« Seine Stimme war brüchig vor Aufregung. »Oder bist du zu feige, dich mir zu stellen?«

Der Minotauros trat heraus.

Unwillkürlich machte Theseus einen Schritt zurück. Seine Hand umklammerte fester das Stichmesser. War es das düstere Funkeln der Wände? Das Glimmen der Ölfunzel? Er kam ihm größer und wesentlich kräftiger vor, als in der Nacht der Heiligen Hochzeit. Seine Schultern waren breit, sein Oberkörper muskulös. Braunes Haar kräuselte sich auf der breiten Brust. Der untere Teil der Maske verdeckte den Hals und ließ ihn dadurch geradezu voluminös erscheinen. Am Ende der Arme vermutete er unförmige Pratzen. Erst, als sie sich langsam bewegten, bemerkte er, daß es normal ausgebildete Männerhände waren.

Der Kopf mit der Maske und dem beinernen Hörnerpaar, das bedrohlich hin- und herschwenkte, hatte nichts Menschliches. Das war ein Stierschädel, der im nächsten Augenblick die Nüstern blähen und sich wütend zum Angriff senken konnte.

Theseus warf einen raschen Blick über die Schulter. Wenn er ausweichen mußte, dann in ein ungewisses Nichts. Seine Kehle wurde eng.

Dann fiel sein Blick auf den Rock, den das Monstrum trug. Sein helles Grün sah hier im Dämmerlicht wie stumpfes Silber aus. Aber er erkannte deutlich die Schlangenlinien, die sich mit Lilien abwechselten. Ein ähnliches Kleidungsstück hatte er schon an Pasiphaë gesehen. Er spürte, wie seine Angst heiß aufsteigendem Zorn wich. Ein Weiberrock! Das Ungeheuer, das vor den Augen aller die eigene Schwester geschändet hatte, wollte ihm in einem Weiberrock Furcht einjagen!

Es tat gut, wieder die Wut und den Haß zu spüren, die zusammen mit den Bildern jener Nacht für immer in ihm eingebrannt waren. Niemals würde er vergessen, was jener Phaidra angetan hatte! Als Rache für jene Nacht war der Tod fast zu wenig für ihn.

»Zieh dich aus!« zischte er heiser. »Runter mit dem Rock! Ich will einen Mann töten – kein wimmerndes Weib!«

War da nicht ein dumpfes Brüllen hinter ihm gewesen? Er fuhr herum. Gab es womöglich noch einen zweiten, der sich im Bauch der Erde verbarg, um ihn hinterrücks anzugreifen?

»Was ist?« schrie er. »Bist du vielleicht zu Stein geworden?«

Er begann zu tänzeln, um die eigene Erstarrung loszuwerden. Die Stunden in der Unterwelt hatten ihn steif werden lassen. Er spürte, wie seine Muskeln und Sehnen erst allmählich wieder erwachten. Der andere glotzte ihn bewegungslos an. Theseus fragte sich, wie sehr die schwere Maske sein Sichtfeld einschränkte.

Er probierte einen schnellen Ausfallschritt, ließ die Rechte mit dem Stichmesser nach vorn schnellen. Er genoß das vertraute Gefühl der Waffe in der Hand. Die scharfe Klinge verfehlte knapp den Arm, fuhr durch den Rock und riß den Stoff bis zur Hüfte auf. Ein dunkles Mal wurde sichtbar, geformt wie das Doppelhorn, zu dem sie beteten.

Einen winzigen Moment wurde er unsicher. Die Hüfte des Stiertänzers war hell gewesen, daran erinnerte er sich genau. Aber war das jetzt wichtig?

»Auch gut«, schnaubte Theseus um so wütender. »Wenn du nicht willst, dann ziehe ich dich eben aus!«

Asterios wich zurück. Das waren sie, die Augen, die er in seinen Bildern und Träumen gesehen hatte. In ihrer Glätte war er stets ertrunken, in ihrer Unbarmherzigkeit jedes Mal umgekommen. Kalt und hell wie Meeresgischt. Der Tod sprang ihm daraus entgegen.

Er mußte es trotzdem versuchen. Er war der Hüter des Heiligtums, der andere ein frecher Eindringling. »Verlasse augenblicklich das Labyrinth!« forderte er. Das Leder vor Mund und Nase ließ seine Stimme tiefer klingen.

»Nichts lieber als das!« schrie Theseus. »Ich gehe. Aber erst, wenn ich dich erledigt habe. Ich bin den langen Weg ins Dunkel gekrochen, um dich zu töten.«

Diesmal zielte er auf den Bauch. Asterios drehte sich rechtzeitig weg. Das Messer rammte den Felsen.

»Du Bastard!« schrie Theseus. »Warte, ich kriege dich! Dein Blut will ich sehen!«

»Zum letzten Mal: Mach, daß du hier rauskommst!« Seine Stimme hallte von den Felswänden verzerrt wider.

»Erst, wenn du am Boden liegst und um Gnade winselst«, keuchte Theseus. »Dann stoße ich dir meinen eisernen Freund ins Herz!«

Er war schneller geworden. Und gefährlicher. Asterios spürte, daß er nicht allzu lange mit diesem Tempo würde mithalten können. Warum sich nicht einfach dieser Erschöpfung hingeben? Die Zeit des Stiers geht zu Ende, dröhnte es in seinem Schädel. Der Stier muß sterben. Das Neue, das seinen Tod fordert, ist stärker.

Seine Bewegungen wurden unsicher, er fiel sogar nach vorn, war aber schnell wieder auf den Beinen. Niemals zuvor war ihm die Maske so schwer und lästig gewesen. Aber er durfte sie nicht abnehmen. Solange er sie trug, war er der Hüter des Labyrinths. Ohne sie nur ein Bastard, der mit einem anderen auf Leben und Tod kämpfte.

Die Angriffe kamen immer schneller. Zielten auf seinen Bauch, den Rücken, immer wieder auf die Arme. Theseus schien keine Müdigkeit zu verspüren, obwohl sein Körper dampfte, und der Schweiß ihm in Strömen hinunterlief.

Dann traf ihn die Klinge am Schenkel.

»Ja!« heulte der andere auf, als Blut den zerfetzten Rock dunkel färbte. »Ja! Durchlöchern will ich dich, daß der Lebenssaft aus dir heraussickert!« Er war wie von Sinnen. Sein Gesicht eine verzerrte Fratze, der Mund ein dünner Strich. Die Narbe glühte wie ein blutiges Mal. Vor seine Augen hatte sich ein dichter roter Schleier gesenkt, der alle Konturen verschwimmen ließ. Töten! schrie es ihn ihm. Töte ihn!

Es war nicht viel mehr als ein Kratzer, aber es tat unangenehm weh und begann zu pochen. Jetzt erst bekam Asterios wirklich Angst. Das war nur der Anfang. Bald schon würde sein Körper von tiefen Stichen übersät sein, und sein Blut den Steinboden besudeln.

Der nächste Stich traf sein Knie. Dann seine Wade. Seine Lende. Seinen Rücken. Wohin er sich auch wandte, er konnte ihm nicht entrinnen. Theseus lachte bei jedem Treffer.

»Ich reiße dir deinen Schädel ab!« schrie er. »Wenn du mir die Maske nicht freiwillig gibst, hole ich mir beides!«

Wieder attackierte er ihn heftig von der Seite.

Asterios hatte schon viel Blut verloren. Überall an seinem Körper stach und pochte es. Beim Ducken und Ausweichen war das Leder vor seinem Gesicht verrutscht. Er sah nur noch auf einem Auge. Mit einer Hand versuchte er, seinen Angreifer abzuwehren, mit der anderen schob er die Maske zurecht.

Ein heißer Schmerz durchfuhr seinen linken Arm. Den, der niemals seine alte Kraft zurückerlangt hatte. Theseus hatte ihm das Messer mit voller Wucht in den Oberarm gestoßen, klaftertief, wie es ihm vorkam. Als er es wieder herauszog, begann es rot und warm zu sprudeln.

Asterios schrie erschrocken auf. Preßte die andere Hand an die Wunde. Er brüllte.

Der andere zuckte erschreckt zusammen. Wo steckte das Ungeheuer, zu dem diese Stimme gehörte?

Asterios fühlte sich dem Ende nahe. Mit jedem Augenblick wurde er schwächer. Theseus war stärker. Und er hatte das Messer. Es gab nur noch eine Möglichkeit, ihn zu packen. Die Bilder. *Die Bilder!*

Er konzentrierte sich, bis er das Gefühl hatte, sein Kopf würde im nächsten Moment zerspringen. Das blaue Licht war sofort da. Aber würde die Übertragung gelingen? Seine Schläfen hämmerten, seine Augäpfel traten aus den Höhlen.

Ich bin der Stier, dachte er, und spürte, wie ein wenig von der alten Kraft in ihn zurückfloß. Der Weiße, der das Leben bringt. Der Schwarze, der den Tod bedeutet.

Ich bin, der ich bin.

Abermals brüllte er. Er fühlte sich stärker.

Theseus trat den Rückzug an. Er verfolgte ihn, obwohl jeder Schritt unerträglich war. Er sah aus wie in Blut getaucht.

Ich kann dich zermalmen, dachte er. Dich mit der Kraft meiner Schultern in Stücke reißen. Meine Hörner wühlen sich in deinen Bauch und reißen deine Eingeweide heraus, bis du zu meinen Füßen liegst. Dann zertrampeln dich meine Hufe, bis du jämmerlich in deinem Kot erstickst.

Theseus stöhnte. Ein wehleidiger, mühseliger Laut, als ringe er verzweifelt nach Luft. Er wich weiter zurück. Seine Augen waren nicht mehr glatt.

Asterios las die Furcht, die flockig in ihnen schwamm. Ich mache dich zu Brei, dachte er. Die Felsen trinken dein Blut. Nichts bleibt übrig von dir. Nicht einmal eine Schleimspur.

Theseus wankte. Stolperte. Die Waffe schlug hart gegen einen Felsen. Fiel zu Boden.

Beide bückten sich im gleichen Augenblick danach. Stießen mit den Schädeln aneinander. Theseus heulte auf, betastete seinen Kopf.

Asterios schützte das Leder. Die Arme konnte er nicht bewegen. Statt dessen holte er aus und stieß ihm das Knie mit aller Wucht in den Unterleib.

Theseus krümmte sich zusammen und schrie. Dann warf er sich erneut auf Asterios. Der Schmerz schien ihm neue Kräfte zu verleihen. Brüllend packte er mit beiden Händen die Maske und zog mit aller Kraft daran.

Es war ein Gefühl, als reiße er ihm die Haut vom Gesicht.

Asterios versuchte, sich zu wehren, aber wenn er die Hand vom Arm nahm, sprudelte das Blut so heftig, daß er sie sofort wieder auf die Wunde drückte.

Theseus war es gelungen, auf die Knie zu kommen. Er hing halb über ihm, klammerte sich an die Maske und ließ sie nicht mehr los. Ein Ratschen, dann war einer der Lederriemen gerissen, der sie am Hinterkopf hielt.

»Jetzt!« keuchte Theseus.

Der zweite Riemen riß. Sein Gesicht war frei, ungewohnt leicht und kühl.

»Da!« Speichel klatschte mitten auf seinen Mund. »Du Scheusal – das ist dein Ende!«

Plötzlich war wieder das Messer in seiner Hand. Theseus schwang es über ihm und versuchte, es ihm in die Kehle zu stoßen.

Er war zu schwach, um sich noch weiter zu wehren. Seine Hand rutschte aus der Wunde, und er fühlte, wie das Blut langsam, aber unaufhörlich strömte. Alles rote Bäche, dachte er, die dem Meer zufließen. Er dachte an Ikaros, an Ariadne, an Hatasu. An seine Mutter Merope. An alle, die er je geliebt hatte. Irgendwann würde er sich mit ihnen für immer vereinen.

Auch der andere schien müde. Seine Stöße kamen nicht mehr präzise, sondern ritzten den Felsen links und rechts von ihm.

Mit der rechten Hand tastete Asterios auf dem Boden herum. Fand einen mittelgroßen Feuerstein. Packte ihn. Als Theseus mit einem wütenden Zischen auf seine Kehle zielte, holte Asterios aus und schlug ihm den Brocken an die Schläfe. Der Eindringling sackte mit einem gurgelnden Laut in sich zusammen. Dann blieb er leblos liegen.

Als er zu sich kam, war es vollkommen dunkel. Sein Kopf tat erbärmlich weh. Er hätte umkommen können vor Durst.

Wo war er?

Es dauerte lange, bis Theseus sich endlich zurechtfand. Er war im Herzen des Labyrinths.

Und der andere?

Schlagartig fiel ihm alles wieder ein. Der lange Weg durch die Nacht. Der Kampf. Die Maske.

Er tastete unter sich. Spürte festes, glattes Leder. Seine Beute! Da war sie. Und sein Messer? Wo steckte der andere?

Er brauchte einige Zeit, um auf die Beine zu kommen. Mußte erst wieder laufen lernen.

Angestrengt lauschte Theseus in die Dunkelheit. War da ein Atmen? Ein Schnaufen oder Röcheln?

Nichts als undurchdringliche Stille.

Er muß tot sein, schoß es ihm durch den Kopf. Ich habe ihn erstochen.

An alles erinnerte er sich. An den Stoß in den Unterleib. Den Ringkampf. Den Stein. Den mußte er ihm an den Kopf geschlagen haben.

Aber wie hatte er ihn dann umgebracht? Und wo lag seine Leiche?

Langsam ging er in die Hocke, beugte sich vor, soweit sein pochender Schädel es erlaubte. Er tastete sich vorwärts. Ein umgefallener Dreifuß, die Näpfchenlampe, ein kleiner Kräutersack. Das war alles, was er finden konnte. Seinen Wasserbeutel, aus dem er gierig trank.

Kein Toter.

Und wenn er ihn gar nicht getötet hatte?

Theseus versuchte, sich selbst zu beruhigen. Der andere mußte tot sein. Hätte er ihm sonst die Maske überlassen? Er hatte aus unzähligen Wunden geblutet und sich kaum noch wehren können. Selbst wenn er in einen der Nebengänge gekrochen wäre, weit würde er in seinem Zustand nicht mehr kommen.

Er verzog seinen Mund zu einem bösen Lächeln. Kein schöner Tod für den Hüter des Labyrinths! Vermutlich würden seine sterblichen Überreste niemals gefunden werden.

Trotz seiner Kopfschmerzen wurde sein Lächeln breiter. Zumindest kein Athener. Wenn er hier herauskam, würde keiner aus Athenai jemals wieder gezwungen werden, in dieses finstere Loch zu klettern.

Mit letzter Kraft erreichte Asterios die Schlangenpforte. Niemals zuvor waren ihm die Wege, Rampen und Gänge so verschlungen und lang erschienen. Während er sich blutend und röchelnd voranschleppte, kam es ihm vor, als greife die Erde mit tausend unsichtbaren Händen nach ihm. Gerne hätte er sich von ihnen in den ewigen Schlaf wiegen lassen. Aber er durfte nicht aufgeben. Er mußte das Labyrinth lebendig verlassen. Er mußte die anderen warnen, vor dem Ungeheuerlichen, was er gesehen hatte.

Nachdem er Theseus bewußtlos geschlagen hatte, lag er eine ganze Weile neben dem schlaffen Körper. Er wußte nicht, wieviel Zeit verstrichen war. Gedanken und Bilder glitten vorbei wie Schiffe im Nebel, Gesichter formten sich. Eines davon gehörte Hatasu. Er meinte, ihre sprechenden Augen vor sich zu sehen und erinnerte sich plötzlich daran, daß sie ihn voller Sehnsucht und Ungeduld draußen erwartete. Ein Anflug von Leben kehrte in ihn zurück. Aber er fühlte sich noch immer unendlich schwach.

Der Athener lag da wie ein Schlafender, den Mund leicht verzogen, die Wange mit der Sichelnarbe ihm zugewandt. Er war bewußtlos, schien jedoch nicht lebensgefährlich verletzt. Seit dem Kampf mußten mehrere Stunden vergangen sein. Das Öl der Näpfchenlampe war beinahe verbraucht.

Ihn hinauszuschleppen, war unmöglich. Asterios konnte ihn nur liegenlassen und versuchen, Hilfe zu holen. Falls er selbst bis zum Ausgang gelangen würde.

Sollte er ihn vorsichtshalber fesseln? Sein Blick fiel auf die seltsame Bauchbinde. Ein flaches, weißes Knäuel hing halb heraus. Asterios kroch näher. Der andere gab einen grunzenden Laut von sich, als er ihn berührte. Es konnte, es *durfte* nicht sein! Aber Asterios wußte plötzlich, was der Faden zu bedeuten hatte. Er verfolgte diese schimmernde Spur, die sich allmählich in der Schwärze verlor.

Sein erster Impuls war, die Nabelschnur zu kappen, die den Eindringling mit der Außenwelt verband. Theseus hatte das Heiligtum der Göttin besudelt. Ihren Priester schwer verwundet. Ihm die Stiermaske vom Gesicht gerissen. Er war ein Frevler, der den Tod verdiente. Sollte er doch hilflos in der Dunkelheit zurückbleiben und zugrunde gehen in der Erde, gegen die er sich so schwer vergangen hatte!

Aber er tat es nicht. Wenn Theseus auf diese Weise starb, würde er nie erfahren, wer ihm geholfen hatte.

Dieser Gedanke hatte ihn auf seinem qualvollen Weg zum Licht vorangetrieben. Unterwegs überfielen ihn immer wieder Zweifel, ob er richtig gehandelt hatte. Aber selbst, wenn nicht, war es jetzt zu spät, umzukehren.

Im letzten Stollen vor dem Eingangsbereich hielt er erschrokken inne, als er auf einmal an etwas Warmes stieß, das mitten im Weg lag. Seine Hände ertasteten einen Körper, Haare, ein Gesicht.

»Wer bist du?« fragte Asterios.

Er wußte es, noch bevor der andere ein ersticktes Stöhnen hervorbrachte. Das war der Myste, auf den er vergeblich gewartet hatte.

»Bist du verletzt?« Er zog den Knebel heraus.

Der andere keuchte und spuckte. »Ein schwarzer Schatten«, flüsterte er. Seine Stimme klang eingerostet. »Ein Riese, der mich von hinten gepackt hat. Und gewürgt. Ich bin gestorben. Viele, viele Male. Bin ich jetzt tot?«

»Nein«, sagte Asterios. Mit dem verletzten Arm konnte er ihn nicht befreien. »Bekommst du genügend Luft?«

»Bring mich hier raus«, flehte der andere. »Die Schatten werden wiederkommen und mich auffressen.«

»Ich hole Hilfe«, versprach Asterios. »Habe nur noch ein wenig Geduld. Du wirst hier nicht vergessen.«

Der Tag begann sich bereits zu neigen, als er die Tür mit dem Knie aufstieß. Das Licht war klar und so hell, daß er die Augen zusammenkneifen mußte. Er fühlte sich zu elend, um weiterzukriechen. Vor ihm erstreckte sich der Tanzplatz mit den steinernen Linien, die ihm tiefer und röter als sonst vorkamen. Eine frische Brise streichelte seinen malträtierten Körper. Er lebte. Aber er konnte seinen Arm nicht mehr heben. Kraftlos ließ er sich fallen.

Hatasu hatte auf ihn gewartet und war sofort bei ihm. »Was ist geschehen?« fragte sie, als sie sich über ihn beugte. Ihr Gesicht war kalkweiß, und die Brauen bildeten eine strenge schwarze Linie.

»Mein Arm«, stöhnte er.

Sie griff nach dem Saum ihres Kleides und riß einen breiten Streifen ab. Notdürftig verband sie die Wunde. »Du brauchst sofort Hilfe. Mein Pferd steht dort drüben. Ich bringe dich in den Palast zurück.«

»Nein«, bäumte er sich auf. »Nicht in den Palast. Sie dürfen noch nicht erfahren, daß...« Seine Stimme versagte.

»Asterios!« sagte sie verzweifelt. »Sieh mich an! Ich bin es – Susai!«

»Da drunten liegt noch einer«, flüsterte er. »Gefesselt. Gleich hinter dem Eingang. Geh und hol ihn heraus.«

Hatasu wandte sich zur Tür und blieb überrascht an der Schwelle stehen. Sie berührte die Doppelschlange. »Da ist ein weißer Faden am Schwanzende angeknotet, der nach innen führt«, sagte sie. »Was hat das zu bedeuten?«

»Später! Erst den Jungen!«

Schon kurz darauf war sie mit dem Mysten zurück. Als die Sonnenstrahlen sein Gesicht berührten, preßte er die Fäuste vor die Augen und begann zu weinen. »Ich bin blind! Die Riesen haben meine Augäpfel durchbohrt.«

Hatasu strich zart über seinen rasierten Kopf. »Du gewöhnst dich wieder an das Licht«, sagte sie.

»Wasser!« stieß er hervor. »Bitte!«

Sie hielt einen Wasserschlauch an seine Lippen. Er trank so gierig, daß Kinn und Brust feucht wurden. »Mehr!« verlangte er, als sie absetzen wollte. Sie gab ihm zum zweiten Mal. Dann griff er nach ihrer Hand. »Geh nicht fort«, bat er heiser.

»Wie heißt du?« fragte sie.

»Ikelos«, brachte er hervor.

»Gut, Ikelos. Mach deine Augen auf!«

Asterios bewegte sich und röchelte.

»Du siehst, wie schwer verwundet er ist«, sagte sie besorgt. »Wir müssen ihn so schnell wie möglich wegbringen, sonst stirbt er.« Sie sah den Mysten durchdringend an. »Du mußt jetzt stark und tapfer sein, Ikelos. Ich brauche deine Unterstützung, um ihn auf das Pferd zu hieven. Danach kannst du dich ausruhen. Ich schicke dir Hilfe, sobald ich kann.«

Sie hatten beide schwer zu kämpfen, bis Asterios endlich oben saß. Da er viel zu schwach war, um sich allein zu halten, band Hatasu ihn mit Stricken an ihrem Leib fest, nachdem sie auf der gewebten Satteldecke saß. »Geht es so?« fragte sie.

Er konnte nur keuchend sprechen. »Das Leben fließt aus mir heraus«, murmelte er. »Es tut nicht einmal besonders weh.« Seine Stimme wurde unruhig. »Theseus ist noch im Labyrinth«, sagte er kaum hörbar. »Der Verräter. Ich wollte ihn sterben lassen, aber ich konnte nicht...«

»Sei still«, bat Hatasu. »Du mußt deine Kräfte schonen. Du erzählst mir alles, wenn deine Wunden versorgt sind.«

Sein Kopf lag schwer auf ihrer Schulter, aber sie ließ es geschehen. Sie spürte seine Wärme an ihrem Rücken. Aber auch das Blut, das ihr Kleid durchtränkte. Er konnte tot sein, bevor sie die Stadt erreichten.

Vorsichtig trieb sie das Pferd an. Die Leute, die ihnen begegneten, schauten erstaunt auf die Frau und den schwerverletzten Mann, der halb auf ihr lag. Wahrscheinlich würde sich die Geschichte in Windeseile in der Stadt verbreiten.

»Brauchst du Hilfe?« fragte ein Bärtiger, der ihnen auf einem Pferd entgegen kam. »Seid ihr beraubt worden? Ein Überfall?«

»Ich denke, wir schaffen es allein«, erwiderte sie vorsichtig. »Danke für dein Angebot.«

Er blieb noch eine Weile stehen und sah ihnen kopfschüttelnd nach. Dann setzte er seinen Weg weiter fort. Der kurze Wortwechsel hatte Asterios aufgeschreckt. »Wo sind wir?« stammelte er.

»Gleich am Ziel«, antwortete sie. Er glühte. Er mußte liegen und versorgt werden.

»Wo bringst du mich hin?«

»Nach Chalara. Zu Iassos. Dort gibt es Korridore voller Heilpflanzen. Und niemanden, der dir weh tun könnte. Ich weiß keinen Ort, wo du sicherer wärst.«

Schon nach dem ersten Stollen fühlte Theseus sich schwächer. Er hatte seinen Zustand falsch eingeschätzt. Asterios mußte ihn stärker getroffen haben, als er geglaubt hatte. Sein Kopf brummte, als tobe ein Bienenschwarm in ihm, und eine Stelle über dem linken Ohr war taub. Er hatte kaum noch Wasser.

Zum Glück gab es den Faden, der ihm wie eine weißliche Schneckenspur den Weg nach draußen wies. Trotzdem schien der Weg durch die Nacht der Erde kein Ende zu nehmen. War er wirklich in all diese Winkel gestolpert, durch all diese Röhren gekrochen, bevor er das Monstrum getötet hatte? Er mußte immer wieder innegehalten haben, um sich neu zu orientieren. An diesen Drehpunkten war der Faden zu kleinen schimmernden Nestern aufgehäuft.

Aber er hatte es schließlich dennoch geschafft – ohne die Einweihung zu besitzen, derer sich diese Kreter so brüsteten. In seinem Freudentaumel vergaß er den entscheidenden Teil, den Ariadne dabei geleistet hatte. In den vergangenen Stunden hatte er kaum einmal an sie gedacht. Nur noch an Phaidra und ihren weißen Körper. Das brandrote Vlies. Er hatte sich das Hirn zermartert, wie er sie entführen und auf das Schiff bringen könnte. Aber nichts hatte ihm einfallen wollen, nichts, was nicht seine eigene Flucht gefährdet hätte. Er berührte die Maske, die an seinem Gürtel hing. Sie war Beweis für das, was er riskiert und erreicht hatte.

Aber noch war längst nicht alles vorbei. Das Brummen in seinem Schädel hatte sich zu unerträglichem Hämmern gesteigert. Das Rückgrat schmerzte, seine Beine versagten den Dienst. Auf der Suche nach Halt lehnte sich Theseus gegen die Wand. Er streckte sich halb aus und versuchte, möglichst bequem zu liegen. Er stutzte, als seine Hand plötzlich an einen metallischen Gegenstand stieß.

Er war nicht groß, wog jedoch schwer. In der Dunkelheit konnte er nicht erkennen, was es war. Theseus ertastete zwei Spitzen, zwischen denen eine glatte Scheibe befestigt war. Wahrscheinlich eine Opfergabe, dachte er. Eine jener Kostbarkeiten, die sie ihrer unerbittlichen Göttin weihten. Ein weiterer Beweis, daß er das Labyrinth betreten und erfolgreich bezwungen hatte.

Er ließ das kleine Ding in seine Gewandtasche gleiten, stand vorsichtig auf und setzte seinen beschwerlichen Weg nach draußen fort. Obwohl er all seine Energie darauf konzentrierte, vorwärts zu kommen, war es schon dunkel, als er die Tür zur Freiheit aufstieß.

Er hätte nicht einmal sagen können, welcher Tag gerade zu Ende ging. Der Abend war kühl, Wolken trieben am Himmel und kalte Windstöße zerrten an seinen Kleidern. Er fröstelte, war durstig und hungrig. Er brauchte Wärme und Ruhe. Ariadne hatte versprochen, sich um alles zu kümmern. Wo in aller Welt steckte sie? Warum wartete sie nicht am Eingang auf ihn? Und wohin konnte der Myste verschwunden sein, den er so sorgfältig gefesselt hatte?

Er machte sich nicht die Mühe, den Knoten aufzuknüpfen. Wütend riß er den Faden vom Schwanzende der schwarzen Schlange und warf das Knäuel achtlos ins Gebüsch. Sollten sie seinen Wegweiser in die Unterwelt ruhig finden – bis dahin waren sie längst auf hoher See! Er stieß ein paar Flüche aus. Er war nervös. Warum war Ariadne nicht hier? Irgendetwas mußte geschehen sein, das sie am Kommen gehindert hatte. Theseus setzte sich auf die steinernen Stufen. Sollte er hier auf sie warten? Er fühlte sich einsam. Er hätte viel darum gegeben, bei seinen Freunden aus Athenai sein zu können. Um sich wachzuhalten, begann er leise vor sich hinzusummen.

Plötzlich hielt er inne. Da war es – endlich! Das Geräusch von Hufen, ein lautes Klackern, als der Reiter den Tanzplatz erreichte.

»Prokritos?« fragte Theseus erwartungsvoll in die Dunkelheit. Dann merkte er, daß die Gestalt viel zu klein war. »Ariadne? Wo hast du nur gesteckt?«

Er erkannte seinen Irrtum, bevor der Schein des Öllämpchens auf ihr Gesicht fiel. Ihr Haar war aufgelöst und hing in wirren Locken in die hohe, blasse Stirn. Die Augen glühten. Er sah ihre feingezeichneten Brauen, den schmalen, festen Mund. Er dachte an die Grübchen in ihren Wangen, die sich nur beim Lächeln zeigten. Jetzt lächelte Phaidra nicht. Ihre Züge spiegelten ihren inneren Aufruhr wider. »Du also warst es«, stieß sie hervor. »Du hast den Mysten niedergeschlagen und gefesselt. Du bist an seiner Stelle ins Labyrinth eingedrungen!«

Theseus erhob sich sofort. Im Stehen überragte er sie ein ganzes Stück. Er konnte auf ihren Scheitel schauen, der weiß zwischen dem roten Haar leuchtete. Sie roch schwach nach Jasmin und Schweiß und war erhitzt wie am Morgen nach der Heiligen Hochzeit. Er hatte Lust, sie in seine Arme zu reißen, ihren Körper mit Küssen zu bedecken. Oder sie zu schlagen, bis sie um Gnade wimmerte. Aber er war wie gelähmt. Stumm vor Glück starrte er sie an.

»Aber wie hast du hineingefunden?« fragte sie erstickt. »Und warum das alles, Theseus?«

Er konnte nicht ertragen, wie sie seinen Namen aussprach. Nicht in dieser Nacht. Er senkte den Kopf.

»Was wolltest du im Labyrinth?«

Er reagierte nicht.

»Noch ein paar Monate, und dir wäre als Eingeweihter der Zugang gestattet gewesen. Du warst so kurz davor! Ich habe dich immer verteidigt und versucht, dich zu verstehen, aber jetzt kann ich dich nicht mehr begreifen!« Sie brach ab. »Weshalb nur, Theseus?«

»Bist du allein?« Er mußte sie unentwegt ansehen.

Sie schaute über die Schulter, bevor sie seine Frage beantwortete. Da war ein Knacksen gewesen, ein leises Schnauben, als wäre jemand am Tanzplatz angekommen. Beide lauschten in die Dunkelheit. Alles blieb still. »Der Junge war in den heiligen Hain getaumelt und redete unverständliches Zeug. Erst allmählich wurde mir klar, wovon er sprach. Er war vollkommen durcheinander. Ich habe ihn nach Hause geschickt und bin sofort losgeritten.« Ihr Ton wurde dringlicher. »Was ist geschehen, Theseus? Was hast du vor?« Dann erst entdeckte sie die Ledermaske an seinem Gürtel. Sie ließ das Öllämpchen fallen. »Große Göttin – du hast die Stiermaske!« flüsterte sie.

Sie taumelte zurück.

»Was ist mit Asterios? Niemals hätte er sie dir freiwillig gegeben! Wo ist er? Was hast du mit meinem Bruder gemacht?«

Theseus zuckte die Achseln.

Phaidra packte seinen Arm und grub ihre Nägel tief in das Fleisch. »Sag mir sofort, wo er ist!«

Er wich zurück und deutete mit dem Kopf nach hinten.

»Etwa noch da drin?« Ihre Augen weiteten sich vor Entsetzen.

Theseus nickte. Er mußte sie hinhalten. Zumindest so lange, bis der Schatten hinter ihr nahe genug war. In der Dunkelheit hatte er ein kleines Leuchten gesehen, das zweimal langsam hin- und herschwang und schließlich erlosch. Das waren sie! Sie waren endlich doch gekommen.

»Ist er verletzt?«

Er sah, wie ihre Lider flatterten. Sie war so nah! Bald würde sie ihn nie mehr verlassen.

Er nickte zweimal, kurz hintereinander. »Jetzt!« Der Schatten holte aus und schlug ihr seine Faust an die Schläfe. Ohne einen Ton sank sie in Theseus' Arme.

»Die Prinzessin!« sagte Antiochos überrascht. »Ich konnte von hinten nicht erkennen, wer bei dir stand. Was soll mit ihr geschehen? Binden wir sie an einen Baum und verschwinden?«

»Bist du verrückt?« erwiderte Theseus scharf. »Weißt du nicht, wer sie ist? Phaidra ist die Anwärterin auf den Greifinnenthron. Solange sie bei uns ist, wird Minos sich hüten, uns anzugreifen. Wir nehmen sie natürlich mit – fessle sie!«

»Und was ist mit Ariadne?« Mißtrauisch starrte Antiochos ihn an. »Willst du noch mehr von ihnen mitnehmen? Alle vielleicht?«

»Red keinen Unsinn!« knurrte Theseus. »Fessle sie lieber, bevor sie wieder zu Bewußtsein kommt! Dort hinten liegen jede Menge Schnüre.«

»Und wenn sie schreit?«

»Bekommt sie einen hübschen kleinen Knebel«, sagte er.

Er hielt sie fest, während Antiochos ihre Arme und Beine festzurrte. Dann nahm er sie auf wie ein schlafendes Kind. Ihre Brust hob und senkte sich langsam. So hatte er sie schon einmal getragen. Er mußte sich beherrschen, um sein Gesicht nicht in ihrem Haar zu vergraben.

»Wo ist der Wagen?« fragte er knapp.

»Dort drüben. Ich wollte nicht zu nah heranfahren.«

»Weshalb bist du so spät gekommen? Und wieso du und nicht Prokritos?« fragte Theseus.

Er legte Phaidras Kopf vorsichtig in das Gefährt und breitete eine Decke über sie.

»Es gab Schwierigkeiten mit dem Wagen«, antwortete sein Komplize. »Prokritos hat kein Wort verraten, aber ich spürte, wie er immer aufgeregter wurde. Dann rückte er endlich mit der Wahrheit heraus.«

Theseus hätte singen können vor Glück. Er hatte das Labyrinth bezwungen. Er hatte das Monstrum getötet. Und der Zufall hatte ihm seine Liebste in die Arme geführt. Er schlüpfte zu ihr unter die Decke.

»Fahr!« befahl er. »Wie lange brauchen wir nach Amnyssos?«

»Nicht länger als zwei Stunden. Die anderen warten schon an den Schiffen.«

»Sind die Fackeln bereit? Die Äxte?«

Der dunkle Kopf vor ihm nickte eifrig. »Ein wundervoller Plan«, sagte er anerkennend.

»Wenn alles gut geht, sind wir morgen früh schon auf hoher See«, erwiderte Theseus. »Großer Apoll, schütze deine Kinder! Gib, daß wir sicher die Heimat erreichen!«

Sie hatte alles getan, was in ihrer Macht stand. Die Wunden gereinigt, die Wundränder sorgfältig ausgewaschen, mit Kamillenpaste betupft und anschließend mit sauberem Leinen verbunden. Asterios hatte viel Blut verloren, aber der Kampf gegen den Tod schien zumindest für den Augenblick gewonnen.

Es war Hatasu gelungen, die Blutungen zum Stillstand zu bringen. Nur der tiefe Schnitt am Arm, wo Theseus' Messer das Gewebe zerfetzt hatte und beinahe bis zum Knochen gedrungen war, bereitete ihr noch Sorgen. Noch immer trat milchige Flüssigkeit aus und durchtränkte binnen kurzem jeden frischen Verband. Asterios begann zu röcheln und verzog schmerzlich sein Gesicht, wenn sie vorsichtig das Leinen wechselte.

Er fieberte. Er schien sie nicht zu erkennen. Als er zum erstenmal »Merope« flüsterte, hatte sie Iassos mit aller Entschiedenheit hinausgeschickt. Seitdem lief er unruhig im Gang auf und ab, und nur sein Respekt vor ihr hinderte ihn daran, ständig wieder den Kopf ins Zimmer zu stecken.

Endlich schien Asterios zu schlafen. Sie legte ihre Hand an seine heiße Wange und erhob sich dann vorsichtig. Leise schloß sie die Türe.

»Wie geht es ihm?« Der rötliche Haarkranz war zerzaust, die Hängebacken hingen sorgenvoll nach unten. »Wird er durchkommen?«

»Ich denke, ja«, erwiderte sie. Jetzt erst spürte sie, wie müde sie selbst war. Sie versuchte ein kleines Lächeln. »Ich hätte nichts einzuwenden gegen einen Teller Suppe und einen Becher Wein«, sagte sie. »Bist du nicht allerorts berühmt für deine Gastfreundschaft?«

»Aber natürlich!« Iassos schlug sich gegen die Stirn. »Verzeih – vor lauter Sorge um Asterios habe ich gar nicht daran gedacht!« Trotz der späten Stunde lief er in die Küche und gab ein paar Anordnungen. Hatasu folgte ihm langsam.

»Nicht so viel!« protestierte sie, als zwei verschlafene Dienerinnen Schüsseln und Platten mit kaltem Fleisch und Gemüse ins Speisezimmer schleppten. Er schickte sie wieder hinaus. »Nur etwas Warmes und ein Stück Brot. Komm, Iassos, setz dich zu mir! Wir müssen besprechen, was wir weiter unternehmen!«

Er blieb neben ihr am Tisch stehen. Kerzen erhellten den großen Raum. Zwei Truhen aus poliertem Olivenholz zeugten vom Reichtum und Geschmack ihres Besitzers. »Ich habe mir schon alles überlegt. Ich werde reiten. Nachdem du gegessen hast.«

»Jetzt gleich? Mitten in der Nacht?«

»Es ist gut, daß du ihn sofort zu mir gebracht hast. Aber wir müssen unbedingt Pasiphaë informieren«, sagte er ernst. »Niemals würde sie uns verzeihen, daß wir sie so lange nicht benachrichtigt haben.«

»Du hast sicherlich recht.« Hatasu nippte an ihrem Becher. Sie fühlte sich so ausgelaugt, daß sogar Sprechen schwer fiel. »Aber er ist noch zu schwach, um transportiert zu werden. Glaubst du, sie würde ihn hier lassen – bei uns?« Sie schüttelte den Kopf. »Niemals! Warum gönnst du ihm nicht die paar Stunden Ruhe und reitest erst im Morgengrauen los, statt den schlafenden Palast aufzuwecken?«

»Und was ist mit Theseus? Soll er vielleicht ungestraft davonkommen, nach allem, was er angerichtet hat?« schnaubte Iassos aufgebracht. »Ich war von Anfang an dagegen, diesen Athenern Zugang zu unseren Mysterien zu gewähren. In meinen Augen sind und bleiben sie das, was sie schon immer waren – Barbaren!«

Die Dienerin hatte die Suppe hereingebracht. Hatasu begann sie zu löffeln. »Ich sterbe vor Hunger«, sagte sie. »Sie schmeckt wunderbar.«

»Immer etwas Minze in die Gerstensuppe«, erwiderte Iassos. »Erst so entfaltet sich das volle Aroma. Entschuldige«, sagte er zerknirscht. »Daß ich in einem solchen Augenblick damit komme!« Er erhob sich. »Ich breche auf. Ich will keine Zeit mehr verlieren«, sagte er.

Hatasu erwischte gerade noch seinen Ärmel. »Nur noch einen Augenblick«, bat sie. »Hör mir bitte zu, Iassos! Theseus muß ebenfalls verletzt sein. Asterios hat ihn niedergeschlagen. Wenn er mit diesem Faden wirklich den Weg aus dem Labyrinth gefunden hat, wird er versuchen, sich irgendwo zu verstecken. Wo soll er schon hin? Weit kann er nicht kommen. Die königlichen Wachen werden ihn sicherlich bald aufstöbern. Auch noch in ein paar Stunden!«

Er war unschlüssig stehengeblieben. »Und seine Helfershelfer?« fragte er. »Du glaubst doch nicht, daß er sich die Sache allein ausgedacht hat?«

»Natürlich nicht. Ich glaube, daß Asterios weiß, wer dahinter steckt. Mir wollte er es nicht verraten. Aber Pasiphaë wird er es bestimmt sagen.«

»Wenn du meinst.« Iassos war noch nicht völlig überzeugt. »Ich warte bis zur Dämmerung«, sagte er und ließ sich auf einen der prachtvollen Sessel niederplumpsen. »Dann aber mache ich mich gleich auf den Weg nach Knossos.« Er betrachtete sie sorgenvoll. »Ich hoffe, wir tun das Richtige.«

»Wer will schon wissen, was immer das Richtige ist«, sagte Hatasu leise und schob ihren Teller zurück.

Es war kalt und windig in der Bucht, in der Daidalos nun schon seit Stunden wartete. Er war froh, daß er seinen warmen Mantel angezogen hatte. Er hatte sich bemüht, sein Reisegepäck auf das Wesentliche zu beschränken. Allerdings wäre er nicht Daidalos gewesen, wenn er nicht auch anderweitig Vorsorge getroffen hätte. Mit seinen vorletzten Kupferbarren hatte er einen Handwerker, der aus Naxos stammte, dazu gebracht, ein paar wertvolle Dinge an Bord eines Schiffes zu nehmen, das in Richtung seiner Heimatinsel ablegte. Wenn alles gutging, konnte er sie von dort noch immer nach Athenai nachkommen lassen.

Sein Magen begann säuerlich aufzustoßen, ein Zeichen dafür, daß er beunruhigt war. Natürlich hatte er mit Theseus keinen exakten Zeitpunkt vereinbaren können. Wenn aber nichts dazwischengekommen wäre, hätte der attische Segler längst vor ihm in der Bucht ankern müssen. Mißmutig starrte er auf das kleine Boot, das er einem Fischer für Geld und gute Worte abgeschwatzt hatte. Weit würde er mit dem mehrfach geflickten Holznachen nicht kommen. Nicht einmal bis nach Dia, dem Inselzipfel, der unmittelbar vor der nordkretischen Küste lag.

Seine einzig wirkliche Hoffnung war der Flugapparat, der, in allerhöchster Eile fertiggestellt, in seinem Versteck wartete. Die Ereignisse der letzten Tage hatten es nicht mehr erlaubt, einen Flugversuch zu unternehmen. Bis zur letzten Stunde hatte er an dem Ballon und dem darunter angebrachten Korb gearbeitet. Abgelagertes, geharztes Holz für die Feuerung lag bereit, die Federn hatte er vorgestern bereits am Kielende mit heißem Wachs beträufelt und durch die kleinen Löcher gezogen, die im zweifach geölten Papier dafür vorgesehen waren.

Nach seinen Berechnungen mußte der Apparat zwei Personen mittleren Gewichts ein gutes Stück durch die Lüfte tragen. Die Praxis allerdings fehlte.

Es tat ihm in der Seele leid, das Ergebnis vieler Planungs- und Arbeitsstunden auf der Insel zurückzulassen. Das Wichtigste aber trug er an einem Ort mit sich, der sicher vor allen Nachstellungen war: in seinem Kopf. Es wäre ihm ein Leichtes, einen ähnlichen Flugapparat zu rekonstruieren, falls Athenai es wünschte. Wahrscheinlich aber war Theseus ohnehin mehr daran gelegen, daß er weiter an seinen Verfeinerungen zur Eisenverhüttung arbeitete.

Daidalos starrte nach Osten, woher die schwerfällige Triere kommen mußte. Auch auf diesem Sektor hatte er gerade in letzter Zeit bemerkenswerte Erkenntnisse gehabt. Die Athener beherrschten zwar die Kunst, Eisen zu schmieden; die Finessen seiner Stahlherstellung allerdings, die Wasser, Erde und Feuer miteinander kombinierte, würden sicherlich auch sie überraschen.

Er ruderte mit den Armen, um wieder warm zu werden. Eigentlich waren es nicht Nacht und Wind, die ihm zu schaffen machten. Der Abschied von Kreta fiel ihm schwerer, als er sich eingestehen wollte. Besonders, da Ikaros nicht mit ihm gehen würde. Dieser wußte über die Fortschritte am Flugapparat Bescheid. Aber er ahnte nichts von seiner Verbindung zu Theseus und Ariadne. Daidalos hatte es nicht über sich gebracht, ihm davon zu erzählen. Er wollte seine Gefühle nicht verletzen. Ikaros war niemals Athener gewesen. Er dachte, fühlte und liebte wie ein Kreter. Daidalos konnte ihm die Insel nicht rauben, die ihm so viel bedeutete.

Das jedoch war nur die halbe Wahrheit. Er hatte seinen Mund nicht aufbekommen, weil er vor seinem Sohn nicht als Verräter dastehen wollte. Die Entdeckung seiner Mittäterschaft konnte er nicht dauerhaft verhindern. Aber er mußte sich wenigstens nicht dem enttäuschten Blick der grauen Augen aussetzen.

Viele Nächte hatte er sich gequält, bis er schließlich zu diesem einsamen Entschluß gekommen war. Er hoffte von ganzem Herzen, daß Minos seinem Sohn nichts antun würde. Auch nicht, wenn sein Vater, der Verräter, entkommen wäre.

Daidalos schielte zu dem Pferd hinüber, das er in einiger Entfernung an einen Busch gebunden hatte. Es wieherte leise. Dann schaute er zum Himmel hinauf. Die Nacht war klarer nun, die Wolken fast verschwunden. Die schmale Mondsichel war gut zu erkennen. Dort drüben stand der kleine Wagen am Firmament, mit dem leuchtendsten aller Sterne, wichtig für die Seefahrer, die noch im Herbst das stürmische Meer befuhren.

Aber woher kam auf einmal der Feuerschein im Osten, der den ganzen Horizont erhellte? Er stieg den Abhang ein wenig hinauf, um bessere Sicht zu haben.

Die Schiffe, dachte er mit eigentümlicher, fast schwereloser Ruhe, als er das Rot und Orange sah, das in den Nachthimmel loderte. Er fühlte sich wie ein Beobachter, der ganz zufällig Zeuge eines bemerkenswerten Ereignisses wurde. Dort drüben ging Minos' stolze Flotte in Flammen auf. Es würde ihn Jahre kosten, bis alles wieder aufgebaut war.

Dann erst drang die Bedeutung dessen, was er gesehen hatte, in sein Bewußtsein. Aufregt lief er zum Strand hinunter. Sie hatten es geschafft! Theseus war aus dem Labyrinth zurück. Sie waren auf See. Sie würden gleich da sein, ihn zu holen.

Er wagte nicht mehr, seinen Posten direkt am Wasser zu verlassen. Daidalos lauschte angespannt in die Nacht hinaus. Aber kein Ruderklatschen, kein Segelknattern waren zu hören.

Als seiner Schätzung nach mindestens eine weitere Stunde unerträglich langsam vergangen war, wußte er, warum er sein Pferd nicht losgebunden und nach Hause geschickt hatte. Sie würden nicht mehr kommen. Sie hatten ihn im Stich gelassen. Ihn und seinen klugen Kopf nur benutzt. Sie waren keinen Deut besser als Minos.

Wahrscheinlich hatte Theseus keinen Augenblick ernsthaft daran gedacht, ihn mit nach Athenai zu nehmen. Er lachte bitter auf. Warum sollte er sich auch mit einem Mörder belasten, nachdem er jetzt vermutlich in Händen hielt, was er so heiß begehrt hatte?

Daidalos trieb sein Pferd an. Er mußte so schnell wie möglich zurück zum Palast der blauen Delphine. Schon im Traben benetzte er seinen Finger mit Speichel und hielt ihn gegen den Wind. Er blies von Südwest. Ideal zum Aufsteigen. Jetzt durfte nichts mehr dazwischenkommen, wenn er überleben wollte. Den Flugapparat bereit machen. Sich in Sicherheit bringen, bevor alles zu spät war. Seinen Sohn retten.

Der Zustand des Kranken hatte sich im Lauf der Nacht verschlechtert. Das Fieber war gestiegen; offensichtlich litt Asterios unter quälenden Alpträumen. Nach nur einer Stunde Schlaf saß Hatasu schon wieder an seinem Lager. Wie ein Rasender warf er sich im Bett hin und her. Es überstieg ihre Kräfte, ihn zu bändigen. Die alte Hamys, Iassos' stumme Dienerin, die sonst sein Haus in Elyros führte, half ihr dabei.

Gemeinsam hatten sie seinen glühenden Körper gewaschen und trockengerieben. Immer wieder erneuerten sie die kalten Wadenwickel, in der Hoffnung, die Temperatur senken zu können. Aber das Fieber schien unaufhaltsam zu klettern.

Angesichts dieser besorgniserregenden Entwicklung war Iassos früher als geplant aufgebrochen. Noch vor Sonnenaufgang ritt er auf der gepflasterten Straße, die zum Palast führte. Zwei Reiter überholten ihn, einer davon so ungestüm, daß sein Pferd scheute und er beinahe im Straßengraben gelandet wäre. Er hatte sich kaum von seinem Schrecken erholt, da kam ihm schon eine Handvoll Berittener entgegen. Aiakos preschte ihnen voran.

»Was ist geschehen?« fragte Iassos. Ein schrecklicher Verdacht begann in ihm zu keimen. »Wohin wollt ihr so früh?«

Aiakos hielt nur einen Augenblick an. »Im Hafen von Amnyssos brennt die königliche Flotte«, rief er. Er sah aus, als habe er keinen Augenblick Ruhe gehabt. »Angeblich sind die meisten Schiffe zerstört.« Er preschte weiter.

Iassos wurde bleich vor Schreck. »Große Göttin«, murmelte er. »Als ob ich es nicht geahnt hätte! Wenn wir nur nicht einen Fehler begangen haben, der sich nicht mehr wiedergutmachen läßt!«

Der ganze Palast schien schon auf den Beinen, aber es war nicht die fröhliche Morgenstimmung, die sonst herrschte. Im Küchengeschoß sah er kein Licht. Dafür traf er auf allen Gängen Leute an, Priesterinnen, Frauen und Männer, die zum Hofstaat gehörten, aber auch Menschen, die er noch nie zuvor im Palast gesehen hatte. Niemand kümmerte sich um ihn. Er lief, so schnell ihn seine kurzen Beine trugen und nahm die Abkürzung quer über den Zentralhof, um gleich in den Ostflügel zu kommen. Er schwitzte und keuchte, als er endlich vor Pasiphaës Gemächern angekommen war. Aber sie waren leer, bis auf ihre Zofe, die Kleider in eine Truhe legte.

»Wo ist die Königin?« japste er. »Ich muß sofort Pasiphaë sprechen. Es ist dringend!«

»Nichts könnte dringender sein, als das Ungeheuerliche, was

heute nacht passiert ist«, sagte sie. »Hast du es noch nicht gehört? Die Schiffe stehen in Flammen, und die Prinzessinnen sind verschwunden.«

»Die Prinzessinnen?«

»Weder eine Spur von Ariadne noch von Phaidra.« Sie senkte ihre Stimme. »Es heißt, sie hätten sie mitgenommen.«

»Wer?« fragte Iassos atemlos, obwohl er die furchtbare Antwort schon ahnte.

»Die Athener. Die Mysten aus Athenai sind alle fort.«

»Pasiphaë!« stammelte er. »Wo finde ich sie?«

»Im Thronsaal. Dort haben sich alle versammelt.«

Die hellen Alabasterbänke waren dicht besetzt. Die Brüder, Deukalion, Katreus, Glaukos, saßen schweigend nebeneinander; Mirtho, Xenodike, Ikaros, Akakallis und Ikstos ihnen gegenüber. Neben und vor ihnen drängten sich die wichtigsten Personen des Hofstaates, Weise Frauen, allen voran Jesa, deren Wangen vor Aufregung brannten.

Als er grußlos hereinstürzte, hob Pasiphaë auf dem Greifinnenthron ihr Haupt. »Du bist es, Iassos«, sagte sie matt. »Weißt du es schon?«

Er nickte und nahm seinen ganzen Mut zusammen. »Das ist leider noch nicht alles«, begann er und warf einen zaghaften Blick auf Minos, der wie ein Raubvogel im Hintergrund wartete. »Ich komme auch mit schlechten Nachrichten.«

»Asterios!« brach es aus ihr heraus. »Haben sie auch ihn entführt?«

Er schüttelte den Kopf.

»Ist er – tot?« Ihre Hände klammerten sich an den Thronsessel, als sei er der einzige Halt, der ihr geblieben war.

»Er lebt«, stieß Iassos hervor. »Aber die Göttin allein weiß, wie lange noch. Er ist schwer verwundet.«

»Wo ist er?« fragte Minos.

»In meinem Haus. Und in bester Obhut. Hatasu hat ihn verbunden und kümmert sich um ihn. Es wird alles für ihn getan, was möglich ist.«

»Hatasu!« Pasiphaë war aufgesprungen. »Was geht hier eigentlich vor – in meinem Palast? Auf meiner Insel?« Mit Augen, giftig grün vor Zorn, funkelte sie Iassos an. »Gibt es eigentlich irgend etwas, über das auch ich informiert bin?« Sie schlug die Hände vor dem Gesicht zusammen. Aber sie weinte nicht. Als sie wieder aufsah, waren ihre Züge regungslos. »Berichte!«

Iassos stieß hervor, was er wußte. Weder Minos noch Pasiphaë gaben sich damit zufrieden. Immer wieder unterbrachen sie ihn und stellten Fragen, auf die er keine Antwort wußte. Er fühlte sich so unbehaglich, daß er am liebsten in einer der steinernen Ritzen verschwunden wäre. Aber kein Boden tat sich auf, um ihn barmherzig verschwinden zu lassen. Aufgeregt und schweißnaß mußte er Rede und Antwort stehen. »Ich weiß, wir haben nicht richtig gehandelt«, endete er zerknirscht. »Aber sollte ich Hatasu von meiner Schwelle verjagen, als sie mit dem Schwerverletzten ankam? Asterios blutete aus unzähligen Wunden. Er hätte es nicht überlebt, da ich bin ganz sicher. Ich wollte vor allem zunächst sein Leben retten.«

»Aber wir hätten es erfahren müssen!« rief Deukalion. »Auf der Stelle! Wie konntest du nur so lange warten! Damit hast du ihre Flucht begünstigt, weißt du das? Und jetzt sagst du uns, daß er in Lebensgefahr schwebt. Wenn Asterios stirbt, ist sein Tod ganz umsonst!«

»Den Tod kann man nicht verstehen«, murmelte Mirtho von der Bank. Sie sah erschöpft und welk aus. »Man muß alt werden, um zu begreifen, daß wir uns ihm nur fügen können.«

»Behalte deine rabenschwarzen Kommentare für dich«, sagte Minos in die betretene Stille, die ihren Worten gefolgt war. »Wir müssen handeln, nicht weinen.«

»Laß sie ihn Ruhe!« fuhr Pasiphaë ihn an. »Hol mir lieber meine Kinder zurück! Wieso bist du noch hier? Ich will meine Kinder zurück! Eines haben sie mir schon genommen. Und jetzt meine Töchter – meine Phaidra!« Ihre Stimme wurde gellend.

Akakallis legte tröstend den Arm um ihre Schultern. »Mutter«, sagte sie leise. »Bitte beruhige dich!«

»Es sieht so aus, als seien alle unsere schnellen Schiffe verbrannt«, sagte Minos zornig. »Ohnehin könnten wir sie nur verfolgen, nicht angreifen – zumindest nicht, solange sie Ariadne und Phaidra an Bord haben.« Er bückte sich und schnitt mit seinem Dolch ein Stück der weißen Schnur ab, die neben dem Thron wirr auf dem Boden lag. »Das haben meine Wachen vor dem Labyrinth gefunden.« Er blieb damit vor Ikaros stehen und hielt es ihm hin. »Hast du diesen Faden schon einmal gesehen?«

»Nein«, erwiderte Ikaros. »Noch nie.«

»Überleg dir deine Antwort gut«, sagte Minos scharf. »Ich frage dich noch einmal mit allem Nachdruck: Kennst du dieses Garn?«

»Ich kenne es nicht«, sagte Ikaros ruhig.

Minos rückte näher. »Wo ist dein Vater, Ikaros?« fragte er. »In seinen Gemächern ist er nicht.«

»Ich weiß es nicht«, entgegnete Ikaros wahrheitsgemäß und sah hinüber zu Deukalion, der seinen Kopf beharrlich gesenkt hielt. »Ich habe ihn seit gestern nicht mehr gesprochen.«

Es war so still im Raum, daß man das Flackern der Fackeln hören konnte. Sie waren überflüssig geworden. Draußen war es schon Tag. Aber niemand stand auf, sie zu löschen.

Schließlich erhob sich Ikaros schwerfällig. »Ich gehe wohl besser«, sagte er leise. »Ihr wißt, wo ihr mich findet.«

Schleppend wie ein Kranker bewältigte er die kurze Strecke bis zur Tür. An der Schwelle blieb er nochmals stehen. Er schaute zu Iassos hinüber, der unbehaglich auf der Stelle trippelte. »Wird Asterios sterben?« fragte er gequält.

»Ich weiß es nicht«, erwiderte der Parfumhändler leise. »Es steht nicht gut um ihn.«

»Er ist mein bester Freund. Der einzige, den ich je hatte. Wenn er stirbt, will ich auch nicht mehr leben.«

Niedergeschlagen und unfähig, einen klaren Gedanken zu fassen entfernte er das gelackte Pergament vor dem Fenster. Frische Herbstluft strömte herein. Ikaros setzte sich an den Tisch und legte den Kopf auf die Arme.

Ein kratzendes Geräusch ließ ihn hochfahren. Kamen sie etwa schon, ihn zu holen? Wo würden sie ihn hinbringen? Was hatten sie mit ihm vor?

Aber die Tür öffnete sich langsam, und er schaute auf den schütteren Scheitel seines Vaters. Überrascht sprang er auf.

»Wo kommst du her? Was hast du mit der ganzen Sache zu tun?«

Daidalos räusperte sich mehrmals. Es fiel ihm unendlich schwer, Ikaros seinen Verrat zu gestehen. Schließlich siegte die Liebe zu seinem Sohn. Er mußte ihn retten. Sie schwebten beide in größter Gefahr. Die Aufregung überall in den Gängen hatte ihm genug gesagt. »Wir müssen sofort fliehen, Ikaros! Der Ballon ist bereit, der Wind gut. Komm, ich weiß einen Gang, der kaum benutzt wird. Es ist nicht weit bis zum Hügel.«

»Bist du wahnsinnig geworden?« Ikaros schien gar nicht gehört zu haben, was er gesagt hatte. »Was hast du getan?«

»Leider ging alles schief«, erwiderte Daidalos. »Ich hätte es wissen müssen. Theseus ist ohne mich losgesegelt, nachdem ich ihm geholfen habe, aus dem Labyrinth herauszukommen. Und Ariadne mit ihm. Weißt du, daß sie von ihm schwanger ist? Wahrscheinlich wird ihr Kind einmal der künftige Herrscher von Athenai!«

Ikaros fuhr sich mit der Hand über das Gesicht. »Ariadne? Du lügst! Das ist unmöglich!«

»Doch, doch«, beharrte Daidalos. »Ich weiß es genau! Sie haben es mir selbst gesagt – beide!«

»Willst du damit sagen, daß Theseus von Ariadne ins Labyrinth gebracht wurde?« Er schüttelte den Kopf. »Ich glaube es nicht. Nicht sie!«

»Doch, sie war es«, bekräftigte Daidalos. »Wie sie es angestellt hat, entzieht sich meiner Kenntnis. Von mir stammt nur der Faden, der ihn wieder ans Licht geführt hat. Ich nehme an, es ist geglückt. Sonst wären sie wohl kaum von der Insel verschwunden.«

Ikaros starrte ihn fassungslos an. »Und Phaidra? Und Asterios? Weißt du, daß er sterben wird? Theseus hat ihn im Dunkeln abgestochen wie ein Schlachttier.«

»Von Phaidra weiß ich nichts«, versicherte Daidalos. Seine Obsidianaugen schimmerten unergründlich. »Und was deinen Freund Asterios betrifft, so tut es mir aufrichtig leid. Ich konnte nicht ahnen, daß Theseus auf ihn losgehen würde.«

Ikaros wandte sich ab. »Geh, Vater«, sagte er leise. »Ich kann deinen Anblick nicht länger ertragen. Laß mich allein. Ich muß nachdenken.«

Daidalos folgte ihm bis zum Fenster. »Nein, mein Sohn«, sagte er. »Ich werde dieses Zimmer nicht verlassen. Es sei denn, mit dir. Ich hätte mich viel früher um dich kümmern sollen. Wäre Naukrate nicht so früh gestorben, vielleicht wäre alles anders gekommen. Was haben wir hier noch verloren, Ikaros? Sie werden dich schnell fallen lassen. Es nützt nichts, daß du unschuldig bist. Du bist mein Sohn. Und du bist ein Fremder für sie. Selbst Deukalion macht da keine Ausnahme. Oder doch? Habe ich mich vielleicht getäuscht? Sag es mir, mein Sohn!«

Ikaros war zusammengezuckt. »Laß wenigstens ihn aus dem Spiel!« verlangte er.

»Ist er etwa aufgestanden für dich? Hat er an deine Unschuld geglaubt?«

Ikaros schwieg. »Ich kann nicht mehr«, sagte er schließlich tonlos. »Es ist unerträglich. In einem einzigen Augenblick bricht mein ganzes Leben entzwei. Nichts als häßliche, schmutzige Scherben halte ich in der Hand.«

Daidalos zog ihn ein Stück in Richtung Tür. »Du grübelst zu viel. Du bist jung, Ikaros! Vor dir liegt das ganze Leben. Komm, wir fliegen zusammen in die Freiheit!« Ungeduldig zerrte er ihn weiter. »Komm schon, komm mit mir!«

Ikaros schaute ihn an und verzog den Mund zu einem Lächeln. »Wir fliegen, hast du gesagt? Über das Wasser?« Seine Stimme klang erregt. »Weit?«

»Ja, wir fliegen, bis wir die nächste Insel erreicht haben«, bekräftigte Daidalos. Er war glücklich, daß sein Sohn sich endlich für seine Idee zu interessieren begann. »Zu Land und zu Wasser sind sie uns wahrscheinlich überlegen mit ihren Pferden und ihren schnellen Schiffen. In der Luft nicht.« Daidalos breitete seine Arme aus und machte flatternde Bewegungen, als wären sie zwei mächtige Schwingen. »Wir sind die Könige der Lüfte! Was ist, Ikaros? Worauf wartest du noch – komm mit mir!« Sein Ton wurde einschmeichelnd, als locke er ein widerspenstiges Kind.

So hatte er mit ihm gesprochen, wenn er nachts weinend aus bösen Träumen erwacht war. Er erinnerte sich noch genau an die

Stimmlage. Meist war es ein Versprechen gewesen, das Daidalos allzu schnell wieder vergessen hatte.
»Kommst du?«
»Ja«, sagte Ikaros. »Ich komme.«

Ariadne hatte nichts dem Zufall überlassen. Schon Tage vorher stand ihr Entschluß fest. Sie würde sich an Bord des attischen Seglers schleichen und sich dort verstecken. Nur so konnte sie wirklich sicher sein, daß Theseus sie auf seinem Weg in die Heimat mitnehmen würde. Sie hätte nicht sagen können, woher dieses unsichere Gefühl stammte, das sie viele Nächte beunruhigt hatte. Spätestens seit dem Gespräch mit Daidalos aber hatte es sie nicht mehr verlassen. Wie verwandelt war Theseus seitdem gewesen, kaum noch wiederzuerkennen. Aus dem temperamentvollen, leichtsinnigen Rabauken war ein geschickt taktierender, überlegter Planer geworden. Ihm konnte, ihm durfte sie nicht mehr trauen.

Er berührte sie kaum noch, und manchmal entdeckte sie eine Kälte in seinem Blick, die sie erschreckte. Schnell schob sie alles auf ihren Zustand, der ihm eher lästig schien. Aber tief im Inneren blieb ein schmerzhaftes Mißtrauen, das sie vorsichtig werden ließ. Sie war sehr allein in diesen Tagen, ging viel spazieren, sah sich die Dinge um sie herum aufmerksam an, um sich später an alles genau erinnern zu können. Sie war froh, von Kreta wegzukommen und ihr bisheriges Leben hinter sich zu lassen. Dem Kind, das in ihr wuchs, vertraute sie in langen Selbstgesprächen die verschiedenen Schritte ihres Vorgehens an. Dann erst zog sie nach reiflichem Überlegen Antiochos ins Vertrauen. Er hatte sie einmal nach einer Liebesnacht in den frühen Morgenstunden entdeckt. Seitdem wußte er von ihrer Beziehung zu Theseus.

Es war nicht schwierig gewesen, ihm so zu schmeicheln, daß er sich ausgezeichnet fühlte. Nicht so einfach war, ihm klarzumachen, warum er von ihr und nicht von Theseus über ihr Vorhaben informiert wurde. Dann aber siegte seine Vorfreude auf zu Hause. Neben Prokritos, der Theseus ganz und gar ergeben war, hatte Antiochos von Anfang an zum engsten Kreis der Rebellen gehört. Er haßte Kreta und war glücklich, die Insel und ihre Bewohner schneller als erwartet zu verlassen. Obwohl sie ihn als Hitzkopf einschätzte, erschien er Ariadne dennoch vertrauenswürdig; er würde Theseus' sichere Flucht vom Labyrinth zum Hafen gewährleisten.

Die Stunden an Bord, die sie in der muffigen Kajüte verbrachte, waren die schlimmsten ihres Lebens. Wider Willen kam ihr andauernd Asterios in den Sinn, der jetzt im Bauch der Erde das Heiligtum gegen den Eindringling verteidigen mußte. Theseus würde ihn nicht schonen. Er haßte ihn mehr als den Tod, obwohl sie ihm niemals von ihrer Beziehung zu ihm erzählt hatte. Oft schon war ihr eine Bemerkung in dieser Richtung auf den Lippen gelegen; im letzten Moment aber hatte sie immer geschwiegen. Sie strich über ihren Bauch. Sie mußte lernen, sich künftig noch besser vorzusehen. Athener, das hatte sie bereits erfahren, waren noch intoleranter und verständnisloser als Kreter. Vermutlich hätte Theseus sie sofort über Bord werfen lassen, wenn sie etwas über die Liebe zu ihrem Halbbruder verraten hätte.

Sie atmete erst auf, als die attischen Mysten auf dem Schiff angelangt waren. Alles war nach Plan verlaufen. Drüben, am Kai, begannen die Flammen zu lodern. Als sie die lauten Schreie der anderen hörte, kroch sie aus ihrem Versteck. Es war ein seltsames Gefühl, dabei zuzusehen, wie die Flotte ihres Vaters verbrannte. Sie war auf Schadenfreude gefaßt gewesen oder sogar Triumph. Aber in ihr blieb es still und freudlos. Dafür dachte sie umso mehr an ihre schöne, unnahbare Mutter. Für einen Augenblick glaubte sie sogar, ihren schmalen Kopf im Widerschein des Feuers am Himmel zu erkennen, aber dann war diese Illusion vorbei. Sie war sich sicher, daß sie Pasiphaë niemals wiedersehen würde.

Als Theseus ihr endlich gegenüberstand, sah sie als erstes die Stiermaske an seinem Gürtel. »Und Asterios?« fragte sie beklommen.

»Der Minotauros?« Sein Lachen war roh und grausam. »Stampft für immer mit seinen blutigen Hufen im Bauch der Erde. Dort, wo seine Heimat ist.«

Sie erstarrte und kämpfte gegen eine aufkommende Wehmut.

Aber für Trauer war jetzt keine Zeit. Die Handhabung des unbeweglichen Seglers erforderte jede Hand. Das Schiff war nicht das schnellste, aber Theseus hatte darauf bestanden, auf ihm zu entfliehen. »Auf ihm sind wir nach Kreta gesegelt; auf ihm kehren wir wohlbehalten wieder heim. Apollons ganz besonderer Schutz ruht auf ihm. Alles wird so werden, wie es mir damals mein Traum verheißen hat.«

Er schien recht zu behalten. Nachdem sie sich aus dem engen Hafenbecken manövriert hatten, ließ kräftiger Wind das schwarze Segel knattern und trieb sie schnell vorwärts. Von kretischen Verfolgern war nichts zu sehen. Wenn der Wind so beständig blies, wäre Naxos, wo sie Proviant und frisches Wasser aufnehmen wollten, schon bald erreicht.

»Wie lange werden wir dort bleiben?« hatte sie gefragt.

»Mal sehen«, hatte Theseus gemurmelt. »Typisch, daß du dich darum sorgst, während wir Athener um unseren verlorenen Kameraden trauern.«

Alle an Bord waren bedrückt. Denn trotz der Vorfreude auf Athenai lag ein Schatten über ihnen. Einer von ihnen war unbemerkt in Amnyssos zurückgeblieben: Erystenes. Keiner konnte so ausdauernd laufen wie er; deshalb war es seine Aufgabe gewesen, diejenigen Schiffe in Brand zu stecken, die am weitesten entfernt lagen. Ein paar hatten noch gesehen, wie er, die Fackel in der Hand, leichtfüßig am Kai entlang gelaufen war. Danach war er verschwunden.

War er im Hafenbecken ertrunken, bei dem Versuch, ihnen nachzuschwimmen?

Die schreckliche Gewißheit, was mit ihm passieren würde, fiele er Minos in die Hände, lastete schwer auf allen. Einige hatten sogar den Vorschlag gemacht, zurückzusegeln, aber Theseus' Blick hatte sie sofort zum Schweigen gebracht.

Ariadne verhielt sich ungewohnt still. Sie verspürte wenig Lust, in die engen Kajüten zu gehen. Eine von ihnen war seit ihrem Ablegen fest verschlossen, aber sie kümmerte sich nicht darum. Sie spürte den Wind in ihrem Haar, Gischt und Salz auf ihrer Haut. Asterios, ihre Eltern und Geschwister, die Paläste der Insel, das alles war schon so unendlich weit entfernt. Mit jeder Elle, die sie zurücklegten, wurde ihr bisheriges Leben blasser, mit jeder Elle, die sie Athenai näherkamen, wuchs ihre Freude, wenn sie an die Geburt ihres Sohnes dachte. Er würde einmal König der Stadt werden, der das Morgen gehörte! Sie lächelte zu dem geflickten schwarzen Ungetüm hinauf, das sich im Wind blähte.

Sie waren tatsächlich in der Luft. Unter ihnen lag das Meer wie eine metallische Fläche, auf der die Wellen wie feingezeichnete Einkerbungen wirkten. Tiefes Blau wechselte mit Türkis, und es gab Wasserinseln, die in einem zornigen Grün schimmerten. Der Himmel war weit und hell, und die Sonne, die allmählich auf den Zenit zusteuerte, wärmte ihnen den Rücken.

Sie hatten alle Hände voll zu tun, um ihren Flugapparat zu bedienen. Ikaros kümmerte sich um das Holzkohlenfeuer, das auf der vertieften Blechpfanne glühte, und den Ballon mit Hitze erfüllte. Daidalos schlug mit gleichmäßigen, kraftvollen Bewegungen die Flügel, die übergroßen Rudern glichen.

Sie hatten das Hafenbecken überflogen, wo die verkohlten Schiffsmasten wie schwarze vorwurfsvolle Mahnzeichen in das Blau ragten. Von oben waren die Menschenansammlungen, die an der mittlerweile erloschenen Brandstelle arbeiteten, kaum größer als Käfer gewesen. Es war schwierig, sich zu verständigen, nachdem sie die gewünschte Flughöhe erreicht hatten. Der Wind pfiff; man mußte die Stimme anstrengen. Beide verspürten wenig Neigung dazu. Konzentriert verrichteten sie ihre Arbeit.

Daidalos warf immer wieder besorgte Blicke auf den Sohn. Erst, als das Inselchen Dia in Sicht kam, begann er sich allmählich zu entspannen. Dann sackte der Ballon ein Stück nach unten. »Das Feuer geht aus«, sagte er, nachdem er sich nach dem ersten Erschrecken wieder gefangen hatte. Solch kleinere Turbulenzen hatte er von Anfang an in seine Berechnungen miteinbezogen. »Du mußt rasch nachlegen. Schau mal in den Sack hinter dir.«

»Da ist kein Sack«, antwortete Ikaros ruhig. Seine Stimme klang fröhlich; seine Augen glänzten.

»Natürlich! Ein großer grauer Sack, voll bis obenhin.«

Sie verloren weiter an Höhe, nicht besorgniserregend, aber doch spürbar. Die Boote unter ihnen wurden langsam größer.

Ikaros schüttelte den Kopf. »Kein Sack, ich weiß es genau«, erwiderte er heiter.

Er hatte leise gelacht. Seine Züge waren entspannt, fast mädchenhaft, und Daidalos mußte unwillkürlich an Naukrate denken, die ihm diesen Sohn lächelnd nach der Geburt in den Arm gelegt hatte. »Er wird dir nichts als Freude bringen«. Ihre helle Stimme klang schrill in seinem Ohr.

»Ich habe ihn absichtlich zurückgelassen«, fuhr Ikaros fort. »Unmittelbar vor unserem Abflug, als du mit anderen Dingen beschäftigt warst, habe ich ihn rausgeworfen.« Sein Ton ließ keinen Zweifel, daß er die Wahrheit sagte.

»Du bist wahnsinnig!« Beinahe wäre Daidalos der Ruderapparat aus der Hand geglitten. Der Korb trudelte, neigte sich bedenklich nach links. »Willst du uns umbringen?«

»Ist der Tod nicht der einzige Ausweg aus unserer Situation?« erwiderte Ikaros. Sein dunkler Kopf war zur Seite geneigt, als lausche er einer inneren Stimme. »Für dich, den Verräter? Und mich, den Versager? Hab keine Angst, Vater! Ich habe lange und ausführlich über ihn nachgedacht. Er ist nichts anderes als ein Wechsel zwischen den Welten. Wir treten in einen neuen Zyklus ein, das ist alles. Nur eine lange, dunkle Reise. Mit einem neuen Anfang. Nichts wünsche ich mir sehnlicher, als einen neuen Anfang.«

»Ich habe aber nicht die geringste Lust zu sterben!« schrie Daidalos aufgebracht. »Wozu meinst du, habe ich mir dies alles ausgedacht – in Monaten und Jahren? Du bist ein Narr, Ikaros! Was ist dir nur eingefallen?«

»Und ich habe mich immer vor dem Leben gefürchtet, Vater«, lächelte Ikaros. Das Wasser kam näher und näher. Die Wellen waren beängstigend hoch. »Ich habe nie gelernt, zu schwimmen wie du.« Jetzt klang er heiser.

Bis zum Aufprall konnte es nicht mehr lange dauern. Sie waren schon nah über dem Wasser, kämpften um Höhe.

»Spring, Ikaros!« schrie der Vater. »Raus aus dem Korb! Mach schon!« Er riß ein Stück der hölzernen Sitzbank aus der

Weidenumrandung. Seine Hände bluteten. Er achtete nicht darauf. »Nimm das und halte dich daran fest! Versuche über Wasser zu bleiben – ich hole dich.« Er weinte beinahe. »Spring, Sohn! Spring! Tu's für mich, ich bitte dich!«

»Ich kann nicht«, flüsterte Ikaros und klammerte sich an den Korb. »Verzeih, Vater! Verzeih!«

Daidalos sah noch den bittenden Ausdruck seines Gesichts, als er selbst im allerletzten Augenblick sprang. Noch im Eintauchen hörte er den harten Aufprall des Korbes und den Schrei.

Dann war Stille um ihn.

Er war tief getaucht. Es schien eine Ewigkeit zu dauern, bis er wieder oben war. Seine Lungen brannten vom Salzwasser. Sein dicker Mantel hatte sich vollgesogen. Mühsam schälte er sich heraus.

Keine Spur von Ikaros.

Der Korb schien auf den Wellen zu schwimmen, obwohl er an der linken Seite ein Leck hatte. Bald schon würde er untergegangen sein. Das Gestänge, der große Stoffballen, die Weidenruten, das zerrissene Papier der Auskleidung, alles war zu einem unentwirrbaren Knäuel verschlungen. Irgendwo zwischendrin mußte Ikaros stecken. Vielleicht lebte er noch. Vielleicht hatte er bei dem Aufprall nur das Bewußtsein verloren.

Er schwamm heran und versuchte, sich am Korb nach oben zu ziehen. Es gelang ihm nicht, immer wieder rutschte er ab. Er wurde langsamer. Dazu kam die Kälte, die unangenehm in seine Knochen zog. Aber er konnte ihn nicht so zurücklassen!

Er stieß an den Korb, in der Hoffnung, ihn dadurch umkippen zu können. Sein Gewand verhakte sich an dem Weidengestänge, es riß, als er wütend daran zog. Der vollgesogene weiße Stoff des Ballons kam ihm wie ein Leichentuch vor. Bis auf einen winzigen Rest hatte er sein Vermögen dafür ausgegeben, daß es seinen Sohn unter sich begraben hatte. Keine Prügel oder Schläge dieser Welt würden jemals diese unermeßliche Dummheit sühnen können.

Schließlich gab er auf. Einer der Flügel war halb abgebrochen und ragte nach oben. Mit letzter Kraft griff Daidalos danach und spürte, wie er unter seinem Gewicht splitterte. Dann fiel das Holzstück vor ihm in die Wellen. Er packte es, klammerte sich daran und versuchte, sich auszuruhen. Am Himmel zeigte sich das Abendrot. Er trieb in den Wellen, paddelte und konnte nur hoffen, auf dem Kurs nach Dia zu sein. Mit dem Auftauchen eines Fischernachens war nicht zu rechnen, nicht zu dieser späten Tageszeit, nicht so weit draußen. Jetzt blies der Wind hart aus Westen. Es sah nach Sturm und Regen aus. Daidalos schloß die Augen.

Beim Schrei einer Möwe öffnete er sie wieder. Vor ihm, zum Greifen nah, lag die kleine Insel. Er tastete nach dem Beutel an seinem Gürtel. Das war alles, was ihm geblieben war. Er blieb noch eine Weile im Seichten liegen, zu erschöpft, um aufstehen zu können. Dann kroch er ans sandige Ufer.

In seinen Fieberträumen überfielen ihn die Bilder ohne Erbarmen. Trotz Hatasus Protesten hatte man ihn in den Palast der blauen Delphine gebracht. Schweren Herzens war sie ihm gefolgt, um ihn dort weiterzupflegen. Keiner ahnte, was sie damit ausgelöst hatten. Kaum lag er in seinem Zimmer, setzte der Alp auch schon ein.

Er sieht den schwarzen Berg, die dunkle Wolke aus Vulkanstaub, die aus seinem Krater geschleudert wird. Flammen steigen empor, breiten sich nach beiden Seiten aus. Es regnet Feuer. Asche beginnt zu fallen, immer dichter wie ein Schleier, der alles bedeckt. Felsen zersplittern, Bäume werden entwurzelt.

Wieder hört er das Schreien und Weinen der Menschen, das im Heulen und Donnern der aufgebrachten Erde untergeht. Es gelingt ihnen nicht, rechtzeitig das Meer zu erreichen, bevor die Schlammflut alles unter sich begräbt. Vor ihnen beginnen die Schiffe wie Fackeln zu brennen...

Er röchelte im Schlaf. Er stöhnte angstvoll auf und warf sich herum, naß vor Schweiß. Er versuchte mit aller Macht, wach zu werden, um die Vision zu vertreiben. Aber die Bilder von Tod und Verwüstung gaben ihn nicht frei und zwangen ihn zu sehen, was er oft im Wachen und Träumen hatte miterleben müssen.

Er ist nicht auf Strongyle, wo giftige Schwefeldämpfe alles ersticken. Er hat die Insel Kreta nicht verlassen. Er steht am Meer und blickt nach Norden. Um sich herum registriert er lauter Schiffe, die meisten von ihnen nicht viel mehr als schwarze verkohlte Gerippe. Nur ein ganzes Stück entfernt, wo auch niedrige Holzgebäude zu erkennen sind, liegen ein paar, die noch unversehrt sind. Das muß der Hafen von Amnyssos sein, wo die flüchtenden Athener ihre Feuerspur zurückgelassen haben.

Plötzlich ist der wolkenverhangene Himmel grell erleuchtet. Gleißende, schwertartige Strahlen schießen über das Firmament. Zuckende Blitze, Lichtbogen, die das Dunkel durchschneiden.

Er spürt ein Rauschen in seinem Körper, ein Wogen und Spritzen, ein Fluten, das durch ihn strömt, und versucht, ihn weit hinaus zu ziehen.

»Die Flut!« Asterios fuhr von seinem Lager auf. »Sie kommt! Ich sehe sie! Ich kann sie spüren! Wir werden alle ertrinken!«

Mit weit aufgerissenen Augen starrte er Hatasu an, die neben seinem Bett eingeschlafen und gleichfalls hochgeschreckt war. Es gab keine Möglichkeit, ihn zu beruhigen. Er weigerte sich, liegen zu bleiben. »Ruf alle zusammen!« sagte er zu Hatasu. Er sah nicht aus, als würde er sich aufhalten lassen. »In der Halle der Doppeläxte – wir brauchen viel Platz. Die Königin, Minos, die Geschwister. Alle! Alle, die du finden kannst. Es ist lebenswichtig!«

»Ich?« wandte sie leise ein. »Glaubst du, die kommen, wenn *ich* sie rufe?«

»Es ist zu spät«, murmelte er. »Viel zu spät.« Dann erst schien er zu bemerken, daß sie noch immer neben ihm stand. »Dann bitte Aiakos darum. Ihm zuliebe werden sie kommen.«

Kaum eine Stunde später waren alle beisammen. Asterios beobachtete, wie sie untereinander tuschelten. Mirtho ließ ihn nicht aus den Augen; seine Brüder schauten immer wieder verstohlen zu ihm hinüber. Er sah blaß aus und trug noch immer zahlreiche Verbände.

»Ihr werdet nicht hören wollen, was ich euch zu sagen habe«, begann er schließlich, als alle ruhig geworden waren. »Bei der allmächtigen Göttin, der Herrin über Tod und Leben, beschwöre ich euch, mir zu glauben. Unser aller Leben hängt davon ab. Schreckliches steht uns bevor! Nicht mehr lange, und eine Flutwelle wird über Kreta hereinbrechen. Ich habe roten und schwarzen Aschenregen gesehen und das grollende Beben der Erde gehört. Die Felder werden vergiftet, die Wiesen versengt, und in den Städten wird kein Stein auf dem anderen bleiben. Ihr müßt sofort den Palast verlassen und damit beginnen, die größeren Siedlungen zu evakuieren.« Er machte eine kleine Pause. »Wenn es dazu nicht ohnehin schon zu spät ist. Was mit den Menschen und Tieren in den entfernteren Dörfern geschehen soll, weiß ich nicht. Die Ansiedlungen, die höher gelegen sind, könnten verschont werden. Ich fürchte, für alle anderen gibt es keine Rettung mehr.«

»Weißt du, was du da sagst?« polterte Minos in die Stille hinein, die seinen Worten gefolgt war. Wie ein alter, zorniger Wolf stürzte er sich auf ihn. »Es ist nicht das erste Mal, daß du uns mit deinen düsteren Warnungen erschreckst. Deine letzte Prophezeiung hat uns Hunderte von Flüchtlingen eingebracht, die wir nur unter größten Schwierigkeiten wieder loswerden konnten. Und was ist tatsächlich geschehen?« Er wandte sich an die anderen. »Nichts! Noch heute leben sie friedlich im Schatten jenes Berges, der längst schon explodiert sein müßte, wäre es nach dir gegangen!«

»Ich höre, was du sagst«, erwiderte Asterios müde. »Und dennoch spielt es jetzt keine Rolle mehr. Es *ist* der Berg! Es ist immer wieder jener schwarze Kegel, den ich damals schon gesehen habe. Er wird nicht nur die Bewohner von Strongyle vernichten – sondern auch uns, wenn wir uns nicht sofort in Sicherheit bringen!«

»Was sollen wir deiner Ansicht nach tun?« fragte Pasiphaë. »Davonlaufen? Aber wohin?«

»In die Berge, hinauf zu den Höhlen, die uns Schutz bieten«, erwiderte Asterios. »Dort können wir vielleicht überleben. In der Ebene werden wir unweigerlich sterben.«

»Sterben!« wiederholte Katreus ungläubig und schaute sich nach den anderen um. »Und alles, weil ein Vulkan auf einer weit entfernten Insel ausbrechen soll? Das kannst du mir nicht erzählen!«

Halblaute Stimmen erhoben sich. Glaukos und Xenodike

pflichteten ihm bei. Akakallis machte ein spöttisches Gesicht und lehnte sich an ihren Gatten.

»Bitte vertraut ihm«, sagte Hatasu leise. Nie zuvor hatte sie in der Runde der kretischen Königsfamilie öffentlich das Wort ergriffen. »Ihr müßt ihm glauben! Ich weiß, daß er recht hat!«

»Aiakos, sag deiner Tochter, daß sie sich nicht einmischen soll in Dinge, die sie nichts angehen!« befahl Minos, und Pasiphaë nickte zustimmend. »Wir haben im Augenblick schon genug Schwierigkeiten! Meine Töchter sind von Athenern feige entführt, Daidalos und Ikaros entflohen, bevor die gerechte Strafe...«

»Was für eine Bedeutung hat das noch, dein Strafen und Verfolgen?« unterbrach ihn Asterios. »Meinst du nicht, daß das alles ganz unwichtig geworden ist – in solch einem Augenblick, wo der Tod uns alle bedroht?«

»Was fällt dir ein? Weißt du nicht, mit wem du sprichst?«

»Asterios, bitte!« schaltete sich Aiakos ein, »du darfst nicht einfach...«

»Versteht ihr nicht, was ich sage?« Jetzt schrie Asterios. »Die Flut wird kommen und alles unter sich begraben! Wir werden alle sterben, wenn wir uns nicht sofort in Sicherheit bringen!«

Keiner reagierte. Seine Hände zitterten, die Stimme drohte ihm zu versagen. Sie glaubten ihm nicht. Was konnte er tun, um sie zu überzeugen?

Asterios ging hinüber zu Pasiphaë. »Mutter! Sag du ihnen als höchste Priesterin der Göttin, daß sie gehen sollen! Schütze die Menschen. Und dein eigenes Leben, ich bitte dich!«

Als sie stumm blieb, wandte er sich an die anderen. »Was ist mit euch – Katreus? Glaukos? Jesa? Deukalion? Ihr alle?«

Er erhielt keine Antwort.

Er ging an Aiakos vorbei und las die stumme Bitte in seinem Gesicht. Asterios nickte leicht und schwieg, wie er all die Jahre ihr gemeinsames Geheimnis bewahrt hatte. Als er bei Mirtho stand, berührte er ihre Hand und mußte an Merope denken, die von der gleichen Mutter geboren worden war.

»Schwester der Einen Mutter, vertraust wenigstens du meinen Worten?« fragte er hoffnungsvoll.

»Moiras Wille, die unser aller Schicksal bestimmt, ist unergründlich«, sagte die alte Frau langsam. »Für jeden von uns hat Sie andere Aufgaben vorgesehen. Wenn du überzeugt davon bist, in die Berge gehen zu müssen, dann gehe, Asterios! Ich werde hierbleiben, bei Pasiphaë, wo mein Platz ist, und ich der Göttin seit vielen Jahren gedient habe.«

»Du hast mir einmal gesagt, ich sei zum Retter Kretas bestimmt«, sagte Asterios traurig. Er trat einen Schritt zurück und sah die ganze Versammlung an. »Aber wie soll ich euch retten, wenn ihr nicht einmal bereit seid, mir zuzuhören? Wenn kein einziger von euch meinen Bildern glauben will?« Ein paar Augenblicke blieb er stumm. Dann schien sein Entschluß gefaßt. »Ich breche noch heute auf«, sagte er, auf einmal sehr ruhig. »Hinauf in die Berge, zu dem steinernen Doppelhorn, an dessen Flanken viele Höhlen liegen.«

»Nach Archanes?« fragte Deukalion überrascht.

»Ja, nach Archanes«, bekräftigte Asterios. »Zu den großen Höhlen, in denen die Mutter allen Seins seit Urzeiten verehrt wird. Unterwegs werde ich allen, die ich antreffe, sagen, was sie erwartet. Meine Helfer sollen sich verteilen, um wenigstens die Menschen hier in der Umgebung aufzuklären. Viel allerdings können wir ohne eure Unterstützung nicht ausrichten.« Er drehte sich zur Seite. »Hatasu?« sagte er fragend.

»Ja«, sagte sie mit hocherhobenem Kopf. »Ich gehe mit dir.«

Es war ein buntgewürfelter Zug, der sich langsam nach Süden schlängelte. Einige ritten, die meisten gingen zu Fuß. Sie trugen Bündel und Taschen und führten Lastentiere mit sich, auf die sie Decken und Vorräte gebunden hatten. Noch gab es warme Tage, die Nächte aber waren bereits kühl und klamm.

Asterios lief voran, obwohl sein Fieber wieder gestiegen war. Die ganze Zeit über ging ihm Tyro, der Heilige vom Berg, nicht aus dem Sinn. Alles in ihm drängte nach seiner Gegenwart, die ihm Klarheit geschenkt hatte. Hatte er richtig gehandelt, sich für die Höhlen von Archanes zu entscheiden? Oder wäre es nicht besser gewesen, den ängstlichen Menschen, die ihm folgten, Tyros' Schutz anzuempfehlen?

Hatasu beobachtete ihn besorgt. Sie hatte mit Iassos vereinbart, daß sie beide gemeinsam Asterios zum Reiten zwingen würden, wenn er zu schwach würde. Der Parfumhändler, Hamys und zwei seiner Gehilfen hatten sich dem Treck ohne Zögern angeschlossen. Ein paar Dienerinnen und Diener aus dem Palast waren dabei, und unterwegs stießen ständig weitere Frauen, Männer und Kinder zu ihnen.

Noch immer waren Asterios' Gehilfen unterwegs, um möglichst viele zu warnen. Die meisten reagierten ungläubig und lachten sie aus. Aber es gab auch einige, die ihnen glaubten und sich mit ihnen oder allein auf den Weg machten.

Kein einziges Mitglied der Königsfamilie hatte sich ihnen angeschlossen. Pasiphaë betete im Hain, Mirtho wich nicht von ihrer Seite. Akakallis und ihre Familie steckten mit Xenodike zusammen; Katreus und Glaukos taten, als ob das Ganze sie nichts anginge. Minos war irgendwo im Palast verschwunden.

Es hatte einen kurzen Augenblick gegeben, in dem Aiakos beinahe zum Gehen bereit gewesen war. Dann aber hatte er es sich anders überlegt. Hatasu weinte, als er ihr mitteilte, er würde Knossos doch nicht verlassen.

»Du mußt mich verstehen, Susai«, tröstete er sie und küßte ihre Wangen. »Ich bin alles, was Minos noch geblieben ist. Von vier Freunden, die sich einst Treue geschworen haben, sind heute nur noch wir beide übrig. Ich kann ihn jetzt nicht allein lassen. Nicht jetzt, da furchtbare Gefahr droht.«

»Du glaubst ihm also – deinem Sohn?« Sie wagte es zum erstenmal, das Wort auszusprechen.

»Ich habe ihm immer geglaubt. Von Anfang an«, sagte Aiakos bestimmt. »Niemals zuvor habe ich einen Schüler wie Asterios gehabt.« Er zögerte und legte die Hand auf ihren Kopf. »Ich bin froh, daß ihr zusammen seid«, sagte er leise. »Daß ihr endlich wißt, daß niemand euch trennen kann. Ich wünsche euch alles Glück dieser Welt!«

»Du kannst es dir noch immer überlegen«, flüsterte Hatasu unter Tränen. »Du weißt, wo wir sind. Du kennst die Gegend. Du wirst uns finden. Ich bete, daß wir dich bald gesund wiedersehen. Wir brauchen dich – Vater!«

Aiakos drückte sie lange an sich und murmelte Trostworte in ihr Haar. Es war ein endgültiger Abschied, denn sie wußte genau, daß er nicht nachkommen, sondern bis zuletzt an Minos' Seite ausharren würde. Heimat, das war der Freund für ihn, die einzige Familie, die Aiakos jemals wirklich gehabt hatte.

Während sie vorwärtszogen, spürte sie die innere Unruhe, die Asterios trieb. Sie sah ihn immer wieder fragend an. Aber sie drang nicht in ihn. Zweimal hatte Hatasu schon versucht, ihn zu einer Rast zu bewegen. Die Älteren und die Familien mit Kindern waren ein gutes Stück zurückgefallen; manche stöhnten und ächzten unter ihrer Last. Endlich, als die Sonne hinter dem Bergrücken versank und die Gipfel sich in Blau hüllten, gab er das Zeichen zum Anhalten.

Sie lagerten im Freien um ein großes Feuer, das wenigstens für den Augenblick die Illusion von Trost und Wärme spendete. Keiner von ihnen war besonders hungrig; kaum einer hatte Lust zu reden. Sehr bald schon rollten sie sich in ihre Decken und versuchten einzuschlafen.

In der Morgendämmerung wurden sie von Hufgeklapper und Stimmengewirr geweckt. Asterios war sofort wach. »Du bist es!« sagte er ungläubig und schälte sich aus seinem klammen Umhang. »Daß du doch noch gekommen bist!«

»Deine Worte haben mir keine Ruhe gelassen, erwiderte Deukalion. Er war unrasiert und staubig, wirkte aber wohlgemut. «Aber ich wollte nicht zu euch stoßen, ohne wenigstens die Mysten mitzubringen.» Er deutete auf die kleine Schar hinter sich. «Ich mußte sie nicht zum Kommen überreden. Ich denke, wir werden schon eine Verwendung für sie finden.»

»Ja, das denke ich auch«, lächelte Asterios und fühlte sich unendlich erleichtert. Plötzlich wußte er, daß seine Entscheidung richtig gewesen war. Er mußte nicht wie ein Kind zu Tyro laufen, um sich Rat zu holen. Der Heilige vom Berg war für immer mit ihm. Beim Gedanken an seine Familie erlosch sein Lächeln wieder. »Und die anderen?« fragte er bang. »Pasiphaë? Meine Geschwister? Aiakos? Die Weisen Frauen?«

»Sind alle im Palast geblieben«, erwiderte Deukalion. »Beziehungsweise in ihren Heiligtümern. Keiner von ihnen wollte gehen. Nicht einmal Katreus, obwohl ich alles versucht habe. Aber vielleicht kommen sie ja später noch nach«, setzte er schnell hinzu.

»Es wird kein ›Später‹ geben«, sagte Asterios düster und ging langsam zu seinem Pferd. Er schnallte das Gepäck fest. »Nicht einmal für uns, wenn wir uns nicht bald auf den Weg machen.«

Erst nachdem sie Naxos verlassen hatten und Delos wie ein Edelstein vor ihnen im Meer lag, kam Theseus zum erstenmal in ihre Kajüte. Man hatte sie seit der Abfahrt aus Amnyssos stets auf der Pritsche gefesselt gehalten. Der Knebel wurde nur zu den Mahlzeiten entfernt, die jedesmal ein anderer brachte; die Lederbänder an ihren Beinen und Armen nur für kurze Zeit gelockert.

Tagelang verweigerte sie die Nahrung und trank nur schlückchenweise von dem brackig schmeckenden Wasser. Sie hatte bereits einiges an Gewicht verloren. Sie sah es an den Beckenknochen, die sich scharf unter ihrem grau gewordenen Gewand abzeichneten. Sie hoffte, daß die Kraft sie nicht zu schnell verlassen würde.

Phaidra lag auf dem schmalen, geflochtenen Bett, das den winzigen Raum beinahe ausfüllte. Seit Tagen hatte sie sich nicht mehr gewaschen. Der leicht ranzige Geruch, der von ihrem Körper und dem verfilzten Haar aufstieg, war ihr zuwider.

Er blieb am Fußende stehen und starrte sie an. Dann trat er langsam näher, zog den Knebel aus ihrem Mund. Sie gab versuchsweise ein paar schnalzende Laute von sich und hütete sich, ihm zu zeigen, wie gut es tat, nicht mehr das Tuch im Mund zu spüren. »Löse die Fesseln!« verlangte sie. »Ich kann meine Beine und Arme kaum mehr spüren.«

Er sah sie an, dann schüttelte er langsam seinen Kopf. »Nein, ich glaube nicht, daß ich dich losbinden werde«, sagte er mit trägen grauen Augen. »Ich mag es, wenn du nicht um dich schlagen kannst. Das gefällt mir. Ausgesprochen gut sogar.«

»Wo ist meine Schwester?« Ihre Stimme klang rauh. »Liegt sie nebenan, in der anderen Kajüte?«

»Sie hat uns leider verlassen«, erwiderte Theseus lakonisch und ließ sich neben ihr auf dem Bett nieder.

Sie rückte zur Seite. »Du lügst«, sagte sie heftig. »Ich habe ihre Stimme gehört. Mehrmals. Immer wieder. Wo ist sie? Was habt ihr mit ihr gemacht? Ich will sie sofort sehen!«

Er faßte unter ihr Kinn und zog sie langsam nach oben, bis ihre Gesichter keine Handbreit mehr voneinander entfernt waren. Dann ließ er sie ohne Vorwarnung fallen. Ihr Rückgrat schmerzte, als sie auf das ungepolsterte Bett zurückfiel.

»Ich lüge nicht«, sagte er nachdrücklich. »Wieso sollte ich? Ich sage die Wahrheit. Ariadne war müde, sehr, sehr müde.« Er lachte leise, bevor er weitersprach. »Sie wollte nur noch schlafen. Da haben wir sie unter einen schönen Baum gebettet und ihr wunderbare Träume geschickt. Ich denke, dort wird sie noch immer schlummern.«

»Du lügst!«

Er schlug ihr hart ins Gesicht. Dann lächelte er wieder. »Ich lüge nicht«, sagte er freundlich. »Ich habe es dir schon einmal gesagt. Warum willst du mir nicht glauben, Phaidra? Du könntest dich mit eigenen Augen überzeugen, wenn ich dich an Deck ließe.« Er ließ eine kleine Pause folgen. »Aber was solltest du da, meine Schöne, in der Sonne, die nur deine weiße Haut verbrennt? Hier unten bist du viel besser aufgehoben.«

Theseus schob den Saum ihres Kleides ein Stück nach oben und streichelte ihre Wade.

»Nimm deine Hand weg!« forderte sie empört. »Was willst du? Was habt ihr mit mir vor? Wollt ihr meinen Vater erpressen? Ich warne dich, Theseus: Wohin ihr uns auch schleppt, Minos wird kommen und uns holen, Ariadne und mich!«

»Das glaube ich kaum«, entgegnete er nachdenklich und fuhr mit der Hand weiter nach oben, bis zu ihrem Schenkel. Sie zuckte zusammen, konnte ihn aber nicht abschütteln. »Ariadne muß er erst einmal finden, auf all den Inseln, die dieses schöne Meer bereichern. Und dich? Wahrscheinlich ist er am Ende glücklich und zufrieden, wenn du erst meine Frau bist.«

»Ich werde niemals deine Frau sein«, erwiderte Phaidra kühl. »Ich bin eine kretische Prinzessin, die Erbin des Greifinnenthrons und höchste Priesterin der Großen Mutter.«

»Du warst schon meine Frau«, sagte Theseus, noch immer

lächelnd. »Kannst du dich nicht mehr daran erinnern? In der Nacht der Heiligen Hochzeit!«

»Ich war die Mondkuh, die den Weißen Stier aus dem Meer empfing.« Ihre Stimme zitterte leicht. »Das heiligste aller Rituale, das die Vermählung von Himmel und Erde feierlich begeht. Nur ein Athener wie du kann darüber Witze reißen.«

Theseus neigte sich tiefer über sie, bis er beinahe ihren Mund berührte. Aus der Nähe waren ihre Augen wie tiefe, dunkle Seen. Er sehnte sich danach, in ihnen zu ertrinken.

»Ich mache keine Witze«, flüsterte er. »Der mit der Maske kam zuerst. Ich war der zweite, erinnerst du dich nicht mehr?«

»Nein«, stammelte sie. »Nein! Das kann nicht sein. Nicht – du!«

»O doch«, beharrte Theseus und begann, ihren Hals mit kleinen feuchten Küssen zu bedecken. »Es war noch sehr früh, das Meer ganz still und grau. Kein Mensch weit und breit. Nur die Möwen und wir beide. Ich werde es nie vergessen, niemals. Mein ganzes Leben nicht.«

Sie bewegte ihren Kopf so ungestüm, daß er innehielt. »Das ist nicht wahr!« sagte sie zornig. »Vielleicht hast du etwas beobachtet, und jetzt behauptest du irgend etwas, um mir weh zu tun und mich zu quälen!«

»Ich mußte dir ein bißchen weh tun«, sagte Theseus bedauernd. »Aber nur zuerst. Ganz zu Anfang. Dann hat es dir doch Spaß gemacht, mein Liebchen, oder?«

»Laß mich los!« schrie sie. »Laß mich in Ruhe! Verschwinde!«

Theseus erhob sich. Er lächelte noch immer. »Jetzt ist es zu spät, traurig zu sein und die kleine, schamhafte Jungfrau zu spielen.« Er ließ eine Pause folgen. »Wo wir beide doch ganz genau wissen, daß du an keinem Ort deines hübschen weißen Körpers mehr Jungfrau bist.«

Sie schrie und weinte und wand sich in ihren Fesseln, bis es Abend wurde und die Stimmen über ihr verstummten. Dann hörte sie, wie die Beiboote ins Wasser gelassen wurden und sich langsam entfernten. Oben, an Bord, war es ruhig. Bis auf eine

Wache, deren Schritte sie hören konnte, waren sie fort. Wahrscheinlich auf die Insel gerudert. Eines der Mädchen hatte ihr am Morgen erzählt, dort wollten sie den Kranichtanz aufführen. Oder das, was sie dafür hielten.

Was hatte er vor, dieser Athener mit den wilden grauen Augen? Was hatte er für einen Plan? Warum war sie hier – und nicht Ariadne? Vielleicht war Theseus drauf und dran, den Verstand zu verlieren. Die Tatsache, daß er mit Seilen und Fackeln ausgerüstet aufbrach, um die Athener auf einer einsamen Insel den Tanz vollführen zu lassen, gegen den er sich auf Kreta stets mit Händen und Füßen gewehrt hatte, könnte ein Anzeichen dafür sein.

Sie war zu erschöpft, um zu weinen. Sie mußte die Fahrt irgendwie überstehen. Ab morgen würde sie essen, um wieder zu Kräften zu kommen. Wahrscheinlich war es das beste, sich Theseus scheinbar zu fügen, um seinen unberechenbaren Zorn nicht weiter herauszufordern.

Nach der Ankunft würde sie weitersehen. Auch in Athenai gab es vermutlich Menschen, die ihr helfen konnten. Und bis dahin lagen sicherlich schon die Schiffe ihres Vaters im Hafen von Phaleron. Weder Minos noch Pasiphaë würden zulassen, daß sie in der Gewalt dieses Barbaren blieb. Keiner würde die Priesterin der Großen Mutter den Feinden in Athenai überlassen.

Mit diesen tröstlichen Gedanken schlief sie schließlich ein.

Als Theseus viel später mit einer Öllampe zu ihr hinunterschlich, waren ihre Wangen noch feucht. Aber sie lächelte im Schlaf.

Tod der Sonne

Als Ariadne erwachte, war das Schiff schon lange fort. Das erste, was sie sah, als sie die Augen aufschlug, war das dunkelgrüne Baumdach über ihr. Sie blieb zunächst, wo sie war, am Fuß der Platane, und versuchte, sich zu orientieren. Ihr Rücken war verspannt, als hätte sie lange in ein- und derselben Position geschlafen. Sie dehnte und streckte sich. Ihre Hände berührten ihren leicht gewölbten Bauch und streichelten ihn sanft. Noch konnte sie das Kind, das in ihr wuchs, nicht ertasten. Aber es konnte nicht mehr lange dauern.

Sie hatte Durst. Sie angelte sich den Wasserbeutel, der unweit neben ihr lag. Da waren noch zwei flache Bündel, auf denen sich Staub angesammelt hatte, eines, das nach zusammengelegten Kleidern, das andere, das nach eingeschlagenem Fladenbrot und Trockenfleisch aussah. Gleich daneben entdeckte sie ein Säckchen mit Oliven, über das sich Ameisen und Käfer hergemacht hatten.

Das Wasser im Lederschlauch war warm und schmeckte abgestanden. Sie spuckte den ersten Schluck aus, war aber zu durstig, um wählerisch sein zu können. Sie trank gierig. Sofort fühlte sie sich besser. Es war schön, auf der Decke zu liegen und dem Spiel der Wellen zuzusehen, die sich am Ufer brachen. Jetzt waren die Bilder, die in ihr aufstiegen, nicht mehr wild und grausam. Sie mußte während ihres Schlafs schreckliche Angstträume gehabt haben.

Vor ihr erstreckte sich eine kleine Sandbucht, die am Rand von Halmen und dunkelgrünen, stachligen Gräsern bewachsen war. Sie blinzelte hinauf zum Himmel. Es würde bald Mittag sein. Obwohl sie das Gefühl hatte, ungewöhnlich lange geschlafen zu haben, war sie noch immer nicht ganz wach. Ihr Kopf dröhnte, als hätte sie zu reichlich dem starken, gewürzten Wein zugesprochen, der nur an besonderen Festtagen im Palast ausgeschenkt wurde. Sie stutzte. Irgend etwas stimmte nicht – das konnte nicht sein! Seitdem sie schwanger war, hatte sie keinen Alkohol mehr getrunken.

Und plötzlich war alles wieder da. Der Plan. Das Labyrinth. Der Brand. Die Flucht. Die weite, offene See. Der Weg nach Athenai. Theseus, ihr Geliebter! Wo steckte er? Wo waren die anderen? Wo war das Schiff?

Sie fuhr in die Höhe. Ihr Herz klopfte hart gegen die Rippen, ihre Hände waren schweißnaß.

Kein Mensch weit und breit. Keine Spur von der schwerfälligen Triere mit dem dunklen Segel. Sie war allein, über ihr nur der alte Baum und leises Vogelzwitschern. Vor ihr das grünliche Meer, das gleichmäßig das Ufer leckte. Es mußte ein böser Traum sein. Sie war noch nicht wach. Noch während sie erschöpft die Lider schloß und sich mit einem Seufzer auf die Decke sinken ließ, wußte sie, daß sie nicht träumte. Sie war hellwach. Niemals zuvor in ihrem Leben war sie bei klarerem Bewußtsein gewesen. Es gab nicht den geringsten Zweifel: Er hatte sie zurückgelassen, ausgesetzt wie eine streunende Hündin, auf Naxos, einer Insel, die sie niemals zuvor betreten hatte.

Wie lange mochte sie als Strandgut hier gelegen haben? Und was hatten sie ihr eingeflößt, um sich in aller Ruhe davonzumachen? Warum hatte Theseus sie verlassen, nach allem, was sie für ihn getan hatte? Die Fragen wirbelten in ihrem Kopf. Ihr wurde übel. Vorsichtig drehte sie sich auf die Seite und setzte sich auf. Als sie sich erhob, merkte sie, wie wacklig sie auf den Beinen war. Sie mußte lange nichts mehr gegessen haben. Sie war so hungrig, daß sie in jeden Stein hätte beißen können.

Ariadne stürzte sich auf den Brotbeutel. Das Fladenbrot war hart, von Ameisenspuren bereits gezeichnet. Das Fleisch roch süßlich. Sie schlang beides hinunter. Sie wühlte den Kleidersack durch. Ein zerknittertes gelbes Gewand, ein Gürtel, den sie kaum noch schließen konnte, ein paar Sandalen, zwei schmale Goldreifen, eine goldene Halskette, ein dünner Umhang, wertlos für klamme Herbstnächte. Hatte er ihr nichts als das zurückgelassen?

Sie stand auf und begann den Strand systematisch abzusuchen. Sie fand zwei leere Vogeleier, ein Stück Schlangenhaut, das sich trocken und warm in ihrer Hand anfühlte, ein paar schwarze Beeren an einem dornigen Strauch, die sie abriß, sich in den Mund stopfte und sofort wieder ausspuckte. Keinen Brief, nicht einmal eine winzige Nachricht. Sie stieß erst auf das dritte Bündel, als sie ihre Decke zusammenrollen wollte, um sich auf den Weg zu machen. Es mußte direkt unter ihrem Kopf gelegen haben. Hier, am Strand, mochte sie nicht noch eine Nacht bleiben. Sie wollte so lange gehen, bis sie auf eine Ansiedlung traf.

Mit zitternden Fingern knotete sie das Tuch auf und erschrak. In ihrer Hand lag das goldene Doppelhorn mit der Sonnenscheibe, das Amulett aus dunklem Gold, das Asterios ihr nach einer ihrer ersten Liebesnächte zärtlich um den Hals gelegt hatte. Sie hatte es beinahe vergessen, aber es war sein Geschenk.

Sie brach in Tränen aus. Jetzt konnte sie weinen um Asterios, den fremden, geheimnisvollen, oftmals unverständlichen Bruder, der sie geliebt hatte wie kein anderer Mann. Den Geliebten, den sie als ersten umarmt hatte. Nun mußte sie sich nicht mehr mit aller Kraft wehren gegen die furchteinflößenden, die unheimlichen Bilder und Gedanken, die sie seit ihrer Flucht aus Kreta Tag und Nacht bedrängten. Eines nach dem anderen ließ sie in sich aufsteigen und versuchte, sich vorzustellen, was sich im Labyrinth zwischen ihm und Theseus abgespielt haben könnte. Schluchzen schüttelte ihren ganzen Körper.

Er mußte tot sein, tot, wie die Liebe zu ihm, die sie mutwillig erstickt hatte. Niemals sonst wäre Theseus in den Besitz der ledernen Maske gekommen. Und in den Besitz des Amuletts. Niemals hätte Asterios ihm freiwillig das Schmuckstück überlassen, das einst den Bund zwischen ihnen besiegelt hatte.

Er war tot, und sie hatte ihm den Mörder geschickt. Im heiligen Mutterleib hatte er den Bruder, der einst ihr Geliebter war, hingeschlachtet. Sie warf sich bäuchlings auf den harten Boden. Für das, was sie ihm und Kreta angetan hatte, gab es keine Vergebung. Sie hatte alle verraten: Asterios, den Vater, die Mutter, die Geschwister – die Göttin und all ihre Priesterinnen. All das, was zu ehren und zu lieben sie in ihrem Einweihungsweg feierlich gelobt hatte. Um keinen Deut war sie besser als Theseus, der auf dem Meer mit seiner Beute nach Norden segelte.

Sie erhob langsam ihr staubiges Gesicht von der Erde; sie lächelte schmerzverzerrt. Sie würde ihren Verrat auf ihre eigene Weise sühnen.

Als die Morgennebel sich hoben, stand Aigeus in der Bucht von Phaleron. Seit Wochen schon kam er Morgen für Morgen hierher. Irgendwann im Sommer hatte er damit angefangen, nach einer Nacht, die ihn schweißgebadet hatte erwachen lassen. Damals hatte er im Traum ein Schiff gesehen, keine der wendigen kretischen Triakontoren, mit denen seine Feinde das Meer beherrschten, sondern eine der attischen Trieren. Ein Schiff auf seinem Kurs nach Norden. Mit fleckig schwarzen Segeln. Ein Totenschiff.

Keinem hatte er seinen Traum anvertraut. Niemand auf der Burg ahnte, was ihn seitdem quälte. Aber alle sahen, wie sein Lebenslicht langsam verlosch. Sein Zustand hatte nichts mit der Erkältung zu tun, die er sich im Winter in den zugigen Mauern geholt hatte. Kein Fieber war es diesmal, eher ein stilles Dahinschwinden, gegen das er keinen Widerstand leistete. Es bereitete ihm im Gegenteil grimmige Freude, den Gürtel immer enger zu ziehen. Er verweigerte das Essen, ließ an der Tafel den Wein unberührt. Das wöchentliche Bad hatte er schon seit langem gestrichen.

Warum sollte er noch auf sich achten? Wozu noch weiterkämpfen? Manchmal kam Aigeus sich vor wie ein müder, uralter Mann, der sich selbst überlebt hatte.

Nur den allmorgendlichen Ritt zum Hafen mochte er nicht aufgeben. Auch wenn er bald schon zu schwach sein würde, um selbst zu reiten – er hatte bereits Vorsorge getroffen, daß ihn dann ein Wagen an diese Stelle bringen würde. Von hier aus, weit oben auf dem karstigen Felsen, hatte er den besten Überblick. Er sah über die Bucht, den Hafen mit seinem Kai und den niedrigen Bootsschuppen, das weite blaugraue Meer. Irgendwo im Dunst, für ihn unerreichbar weit im Süden, mußte diese fruchtbare, diese furchtbare Insel liegen, auf der man seinen Sohn seit vielen Jahren gefangenhielt.

Seit jenem Sommermorgen war seine Angst täglich gewachsen. Jetzt war der Herbst gekommen, und noch immer gab es trotz aller Ängste Augenblicke, in denen eine winzige Hoffnung in ihm keimte. War Theseus nicht am Tag der Abfahrt Apollo erschienen, um ihm und den anderen Jungen und Mädchen aus Athenai die sichere Heimkehr zu versprechen?

Aigeus wünschte, er könnte an die Prophezeiung glauben. Aber er fühlte sich von Woche zu Woche mutloser. Er sah zu, wie die Sonne aus einem gleißenden Meer stieg, ungewöhnlich ruhig für diesen stürmischen Herbst. Bestes Segel-Wetter, um nach Hause zu kommen, dachte er sehnsüchtig, obwohl er wußte, daß die Ewigkeit von neun Jahren noch lange nicht zu Ende war. Und dann? Was wäre dann? Fände Theseus überhaupt den Weg zurück nach Hause? Und in welchem Zustand? Was hatten die Kreter aus ihm gemacht?

Manchmal konnte er sich kaum noch an ihn erinnern, den ungestümen Bastard mit dem blonden Haar und den hellen Augen seiner Mutter, den er offiziell zu seinem Nachfolger gemacht hatte. Zu kurz hatte Theseus bei ihm gelebt, einige spannungsreiche Monate nur, in denen er allerdings den ganzen Hof auf den Kopf gestellt und die Mehrheit der attischen Adeligen gegen sich aufgebracht hatte. Aigeus hatte ihre Mienen nicht vergessen, als, zusammen mit ihren Kindern, auch sein Sohn das Schiff nach der fernen Feindesinsel hatte besteigen müssen. Sie hatten es ihm gegönnt, jeder einzelne von ihnen. Sie waren erleichtert, daß der Thronfolger aus ihrem Blickfeld verschwunden war. So, hatten sie damals gedacht, würde es leichter für sie sein, die Regierung an sich zu reißen.

Trotz seiner sonstigen Gleichgültigkeit verspürte er Genugtuung. Noch lebte er, noch war er der König, und nur als Toter würde er den harten Thron Athenais verlassen. Wie sehr hatte er gehofft, ihn noch zu Lebzeiten seinem Sohn übergeben zu können! Er kannte ihn kaum, Theseus, der auf so seltsame Weise erst als Halbwüchsiger zu ihm gestoßen war – und dennoch verband ihn eine unvernünftige Liebe mit diesem Kind, das ihm die Götter erst so spät geschenkt und Minos ihm so bald grausam entrissen hatte. Der Junge hatte etwas, das er selbst nicht besaß, bäurisch anmutende Kraft, die in Grausamkeit umschlagen konnte, ihr Ziel aber unbeirrt weiterverfolgte. Was er sich einmal in den Kopf gesetzt hatte, würde er unter allen Umständen auch zu Ende bringen. Ob er einmal ein guter Herrscher über Athenai sein würde? Ob er überhaupt seine neue alte Heimat wiedersehen würde? Und seinen greisen Vater?

Aigeus fröstelte im Morgenwind. Hinter sich hörte er ein leises Wiehern. Unwillkürlich verzog er den Mund. Das mußte das Pferd des alten Pallas sein, der wie ein bockiger Schatten seit Wochen an ihm haftete. Irgendwann, gegen Ende des Sommers, als die ersten Winde aufkamen, war er zu ihm gestoßen. Seitdem saßen sie nebeneinander auf dem Felsen, meist ohne Worte, und starrten auf die offene See hinaus.

Manchmal entrang sich der Brust des früheren Hünen ein schwerer Seufzer. Hernippos und Prokritos, seine beiden Söhne, hatte der Kreter ihm genommen, nur Eli, die Tochter, war ihm geblieben. Pallas war der wortgewaltige Anführer der Adelsgruppe gewesen, die gegen Theseus' künftige Regentschaft am lautesten opponiert hatte. Dafür war er bitter bestraft worden. Zwei Väter saßen nebeneinander, die ihre Söhne verloren hatten. Er hatte ihn auch für heute erwartet. Zu zweit war es leichter, zu warten und zu hoffen.

Während er sich auflöste, durchscheinend und brüchig wurde wie ein lange getragenes Hemd, schien jener zu versteinern. Ein Fels, der alle Regungen unter einer harten Oberfläche verschlossen hielt.

Heute aber begann er plötzlich zu sprechen. »Wir sind zwei alte Narren, Aigeus«, sagte er. »Wie lange haben wir uns gegenseitig das Leben schwer gemacht. Und jetzt hocken wir hier wie zwei abgehalfterte Recken, denen nichts geblieben ist, als das Meer anzustarren.«

»Du kannst ja gehen, wenn es dir nicht gefällt«, erwiderte Aigeus säuerlich. »Ich habe niemanden gebeten, mir Gesellschaft zu leisten!«

»Ich denke nicht daran!« polterte Pallas und rückte unaufgefordert ein Stück näher. »Du und ich, wir sind zu lange auf dieser Welt, um uns gegenseitig noch etwas vorzumachen.« Beide schwiegen. »Du hoffst, daß sie früher zurückkommen«, fing er nach einer längeren Pause wieder an. »Die Götter allein wissen, wer dir diese Zuversicht geschenkt hat!«

»Ich bin alles andere als zuversichtlich«, antwortete Aigeus müde. »Es ist die Angst, die mich hierhertreibt.«

Er drehte sich, um Pallas anzuschauen. Dessen Wangen waren schlaff, das Kinn kraftlos. Sein linkes Augenlid hing seit dem Zusammenbruch vor zwei Sommern halb über der Pupille. In seinem verknitterten Mund gab es bestenfalls noch eine Handvoll gesunder Zähne. Es tat Aigeus weh, ihn so zu sehen. »Wir haben einen großen Fehler gemacht«, fuhr er fort. »Wir hätten Androgeus nicht ermorden dürfen. Die Geschichte mit den Straßenräubern, die ihn angeblich überfallen und ausgeraubt haben, hat uns ohnehin niemand geglaubt. Der Fluch dieser Tat lastet noch heute auf uns, Pallas! Ohne sie wäre alles vermutlich ganz anders gekommen. Vielleicht lebten wir in Frieden mit den Kretern. Auf alle Fälle aber wären unsere Kinder hier bei uns, jetzt, da wir beide alt und müde geworden sind.«

»Der Kreter brauchte dringend einen Dämpfer«, beharrte Pallas. »Vielleicht war es nicht die beste aller Möglichkeiten – aber hatten wir denn eine andere Wahl? Der Prinz war nur die Vorhut, ein geschickter Spion. Nach ihm wären andere gekommen, Minos selbst, um dich vom Thron zu stoßen.« Sein Atem ging schwer.

»Das, wovon du dein ganzes Leben geträumt hast,« erwiderte Aigeus langsam, ohne ihn aus den Augen zu lassen. »Du magst deine Gründe für dich behalten, nach so vielen Jahren. Ich aber müßte lügen, wollte ich behaupten, daß mich damals politisches Kalkül oder taktische Voraussicht dazu brachten. Ich konnte ihn nicht mehr ertragen, diesen eingebildeten Kreter, mit seinen vielen Töchtern und Söhnen, seiner Königin, deren Schönheit alle rühmten – während mir jede Frau wegstarb, die ich liebte, und meine Lenden Jahr um Jahr unfruchtbar blieben. Wie konnte ich ahnen, daß irgendwo Theseus aufwuchs? Ich mußte damit rechnen, kinderlos abtreten zu müssen. Und er? Den Tod habe ich ihm gewünscht, die Pest, den Untergang, und als wir dann seinen Erstgeborenen bei uns hatten, wußte ich auf einmal, womit ich ihn unheilbar treffen konnte.« Er beugte sein Haupt. Als er wieder aufsah, waren seine Augen feucht. »Damals hatte ich noch keine Ahnung, wie sehr wir uns damit selbst schaden würden. Unser Unrecht schrie zum Himmel und erreichte die Götter. Weißt du noch, wie sie uns straften?«

Der andere nickte stumm.

»Erst die Seuche, dann die Mißernten, und schließlich die Hungersnot, die ganz Attika unter ihr grausames Joch zwang. Und endlich belagerte Minos mit all seinen Bundesgenossen unsere Küste. Das, was wir am meisten gefürchtet hatten, war eingetroffen. Er hatte uns abermals geschlagen.«

»Vielleicht hätten wir uns trotzdem wehren sollen«, wandte Pallas ein, »es lieber auf einen Kampf ankommen lassen. Mutig in der Schlacht zu fallen, anstatt in diesen ehrlosen Handel einzuwilligen.«

»Das hatten wir nicht mehr zu entscheiden«, entgegnete der König. Sein Gesicht war grau, und er sah unendlich müde aus. »Das hatten die Götter längst für uns getan. Kein Mensch würde jemals anzweifeln, was aus Delphi kommt. Uns blieb nur noch, uns dem Orakel zu beugen und unsere Kinder nach Kreta zu schicken – oder unterzugehen.« Er erhob sich mit steifen Gliedern. »Meinst du, ihre Große Mutter besitzt am Ende doch mehr Macht als Zeus?« sagte er leise. »Es hat schon Nächte gegeben, in denen mir diese Gedanken gekommen sind.«

»Was redest du da für dummes Zeug!« Pallas sprang auf. »Man könnte ja beinahe denken, da spräche ein Kreter! Du bist der König von Athenai, der seinen Göttern opfern muß – nicht irgendeiner fremden Götzin.«

»Hat uns nicht alle eine Mutter geboren?« wandte Aigeus nachdenklich ein. »Dich? Mich? Alles, was lebt und atmet? Dieses Keimen und Sprießen, dieses Wachsen und Vergehen, von dem wir alle abhängen und das wir jedes Jahr wieder von neuem erleben – erinnert das nicht an einen unerschöpflichen, einen gewaltigen mütterlichen Schoß, der alles hervorbringt und wieder in sich eingehen läßt?«

»Das ist der Segen der Natur, nicht der Schoß irgendeiner Mutter!« wehrte Pallas ab.

»Ach ja?« Aigeus sah ihn mit einem seltsamen Ausdruck an. »Und deine Kinder, die hat auch die Natur höchstpersönlich aus deinen Lenden entlassen, alter Freund?«

Der andere blieb stumm. Seite an Seite starrten sie auf das Meer hinaus, das blau und beinahe glatt war, nur von kleinen Wellen gekräuselt. Wind kam auf und spielte mit ihrem spärlichen Haar. »Ein Schiff!« rief Pallas plötzlich und packte ungestüm den Arm des anderen. »Da hinten! Ich sehe es genau!«

»Was für ein Schiff?« fragte Aigeus tonlos.

»Ein großes... ich kann es noch nicht genau erkennen, aber es kommt rasch näher. Jetzt!« schrie er aufgeregt. »Es ist eine unserer Trieren!«

Der Segler hielt Kurs auf den Hafen. Frischer Wind bauschte sein Segel. Es war mehrfach geflickt und in dumpfem Schwarzbraun eingefärbt.

»Das Segel!« flüsterte Aigeus. »Sag mir eines nur: Welche Farbe hat das Segel?«

Pallas blieb stumm und starrte auf das Meer hinaus.

»Antworte mir gefälligst!«

»Das Segel...«, kam es leise zurück. »Es ist... schwarz.«

»Nein!« schrie der andere auf. »Großer Zeus, es gibt keinen Zweifel! Das ist das Schiff, auf dem unsere Kinder damals nach Kreta aufgebrochen sind! Schwarz kommt das Segel zurück – sie sind alle tot!«

Aigeus war an den Rand der Klippe gelaufen und sah auf das Meer hinaus. Einmal noch drehte er sich halb zu dem anderen um, einen fragenden Ausdruck im Gesicht, dann drehte er ihm wieder den Rücken zu. Sein Körper streckte sich dem Wasser entgegen, das tief unter ihm an den Felsen schlug. Wie von einem unsichtbaren Faden gezogen, wuchs er über den Rand hinaus, bis er für einen Augenblick beinahe waagrecht zu schweben schien. Als die Sonnenstrahlen auf das Segel trafen, gab Aigeus nach und ließ sich kopfüber in den weißschäumenden Abgrund fallen.

Der Mann auf dem Schiff hatte seit Tagen kaum ein Wort hervorgebracht. Der kränkliche Gelbton seiner Haut war verschwunden, und er hatte sich sogar rasiert. Dennoch wirkte er noch immer kläglich, mit den dünnen Beinen und seinem knochigen Rücken, den eine unsichtbare Last beugte.

Der phönizische Zweimaster mit insgesamt dreißig Ruderern und einer doppelten Rahe, ein schnittiges Schiff, hatte ihn auf einem Inselchen vor Kreta an Bord genommen. Mitsegeln ließ man ihn allerdings erst, nachdem der Kapitän sich mit eigenen Augen überzeugt hatte, daß der Mann ohne Gepäck wirklich etwas besaß, um seine Überfahrt nach Sizilien auch bezahlen zu können. Zu seiner Überraschung hatte der Passagier, der sich Daidon nannte und angab, aus Naxos zu stammen, schließlich ein Beutelchen mit kleinen, flachen Kupferbarren hervorgezerrt.

»Sind zwei genug?« war seine mürrische Frage gewesen. Er schien damit zu rechnen, übervorteilt zu werden.

»Mindestens drei«, hatte der andere schnell geantwortet. »Die Überfahrt nach Sizilien ist weit. Wenn wir Pech haben, können wir in Herbststürme kommen, die Zwischenaufenthalte nötig machen. Und essen willst du unterwegs sicherlich auch.«

»Ich habe einen schwachen Magen und kann das meiste Essen nicht gut vertragen. Etwas Brot vielleicht, ein bißchen Käse. Sauberes Wasser vor allem. Ich mache keine großen Umstände.«

»Es kostet trotzdem drei. Du kannst gern aussteigen und zurück an Land gehen. Wir zwingen keinen zu seinem Glück.«

Er hatte den viel zu hohen Preis bezahlt und war geblieben. Seitdem hielt er sich möglichst im Windschatten und schien ausschließlich mit sich selbst beschäftigt. Ein paar Mal versuchten ihn einige aus der Mannschaft vergeblich mit Scherzen aus seiner Reserve zu locken. Als er schließlich stockend herausbrachte, daß er vor wenigen Tagen seinen einzigen Sohn verloren habe, ließen sie ihn in Ruhe. Daidalos, der jetzt Daidon war, bemerkte es kaum. Er war ganz in seiner inneren Welt, wo er ungestört mit Naukrate und Ikaros sprechen konnte. Niemals zuvor war er ihnen so nahe gewesen. Auf einmal hörten sie ihm zu, ließen ihn ausreden, seine komplizierten Gedankengänge ausführlich darlegen. Durch ihre stumme Gegenwart fühlte er sich zu geistigen

Höhenflügen inspiriert. Neue Konstruktionen fielen ihm ein, längst überfällige Verbesserungen an alten Erfindungen, nach denen er seit Jahren gesucht hatte. Nicht einmal ein Stück Papyrus oder eine Tontafel brauchte er dazu, um aufzuzeichnen, was ihm in den Sinn kam. Alles ruhte sicher und wohlverwahrt in seinem Schädel.

Sogar sein Neffe fiel ihm ein. Wenn alles rundherum dunkel war und über ihnen der Mond leuchtete, sah er dessen frisches Gesicht vor sich. Die Nähe der kleinen Häfen, in denen sie in der Abenddämmerung anlegten, beschwor die Erinnerung an den Felsen wieder, auf dem einst ihre blutige Auseinandersetzung stattgefunden hatte. Warum hatte er mit ihm konkurrieren müssen? War es denn wirklich so schwer gewesen, der zweite nach ihm, dem von allen anerkannten und bewunderten Baumeister, zu sein?

Dazu war noch seine Leidenschaft für Naukrate gekommen. Er hatte sie nicht mehr ertragen können, diese heimlichen, vielsagenden Blicke, die die beiden hinter seinem Rücken getauscht hatten. Ja, er hatte richtig gehandelt: Kalos hatte den Tod mehrfach verdient, da war Daidalos sich heute sicherer denn je. Auch wenn diese Tat der Anfang seiner langen Irrfahrt gewesen war.

Eine neue Station lag vor ihm, Sizilien, das wilde, unberührte Land, in dem ein König regierte, dessen Namen er bislang nicht einmal kannte. Noch scherte er sich nicht darum. Er war aller Könige so müde! Und dennoch würde ihm, wie die Dinge nun einmal lagen, nichts anderes übrigbleiben, als sich wieder in die Dienste dieses neuen Herrschers zu begeben, wollte er nicht als einfacher Schmied an irgendeiner Esse enden. Seine Talente entfalteten sich nur im richtigen Rahmen. Es war nicht gerade wenig, was er vorzuweisen hatte. Er konnte jedes beliebige Gebäude errichten, brauchbares Eisen produzieren, sogar einen Flugapparat bauen, der eine ganze Weile in den Lüften trug. Jeder Herrscher, der sich diese Fähigkeiten nicht auf der Stelle sicherte, mußte verrückt oder beschränkt sein.

Seine Zukunft sah trotz aller Schicksalsschläge nicht schlecht aus – wäre da nur nicht diese schreckliche Müdigkeit gewesen! An manchen Tagen war sie so überwältigend, daß es ihn Mühe kostete, überhaupt die Augen aufzuschlagen. Er hätte schlafen können, für immer schlafen, eingerollt in den billigen Mantel, den ihm einer der Männer überlassen hatte. Hielt er die Lider geschlossen, war er seinen inneren Stimmen näher. Dann kamen wieder Naukrate und Ikaros zu ihm, seine kleine, geliebte Familie, die er so sehr vermißte. Manchmal mischte sich überraschenderweise auch der verheißungsvolle Alt der Nubierin darunter, aber er verbat sich den Genuß dieser Erinnerung. Er verdiente Patane und ihre Wohltaten nicht mehr. Er mußte büßen und leiden, gründlicher und härter, als jemals zuvor in seinem Leben.

Er konnte gleich damit beginnen, jetzt, da die Tage kürzer und die Wellen immer stürmischer wurden. Trotz seiner soliden Bauweise schlingerte das Schiff manchmal wie eine Nußschale, und Daidalos erbrach oft das wenige, das er gegessen hatte. Er versuchte kaum, sich zu reinigen, so rasch folgten die Übelkeitsanfälle aufeinander.

Sie kamen zügig voran. Die griechischen Inseln lagen hinter ihnen, sie hatten den Peloponnes umsegelt und nahmen direkten Kurs auf Sizilien. Seltsamerweise dachte er kaum an Athenai, das ihm nach Theseus' Verrat noch ferner gerückt war. Er war mit seinen Gedanken viel öfter bei Minos. Ihn vor allem machte er verantwortlich für das Ende seines Sohnes. Minos hatte Ikaros von Anfang an nur benutzt. Er allein, das wußte er inzwischen, war schuld an der wachsenden Entfremdung zwischen Vater und Sohn, er und sein mißratener Sprößling Deukalion, der mit Ikaros ebenfalls nur seine Lust befriedigt hatte. Den beiden vor allem war es anzulasten, daß sein Sohn schließlich wie ein Kreter gedacht, gefühlt und gehandelt hatte.

Wenigstens war er wie ein Mann gestorben. Er hatte seinen eigenen Tod geplant und konsequent durchgeführt. Im Nachhinein zwang ihm diese Zielstrebigkeit fast so etwas wie Respekt ab. Er würde den Tod des Sohnes rächen, mochten auch Monate und viele Jahre vergehen, bis es so weit sein würde. Noch wußte er nicht, wie; dazu war, was vor ihm lag, zu vage und unberechenbar. Aber er hatte Zeit. Unermeßlich viel Zeit. Und wenn es sein ganzes künftiges Leben dauern sollte – er würde bittere Rache nehmen an Kreta und jenen, die es regierten oder einmal regieren würden.

Die Faust geballt, den schmalen Kopf hocherhoben, stand er am Bug, als das karstige Ufer in Sichtweite kam. Die nächste Insel, dachte er. Wieder ein Neubeginn. Mal sehen, ob sie mir und meinen Plänen mehr Glück bringen wird.

»Wir sind da«, sagte der Kapitän. »Deine Reise ist zu Ende.«

Nein, dachte der schmächtige Mann, der sich Daidon nannte. Du irrst dich. Das, was du meine Reise nennst, hat gerade erst begonnen.

Gegen Mittag war sie endlich mit ihren Vorbereitungen fertig. Sie hatte das gelbe Kleid erst gewaschen und in der Sonne getrocknet, bevor sie es angezogen hatte. Ihr Haar trug sie zum Zopf geflochten; zwischen ihren Brüsten baumelte das Amulett, die Sonnenscheibe zwischen dem Doppelhorn, das sie nun nie mehr ablegen würde. Die Schuhe hatte sie am Meer zurückgelassen. Dorthin, wo sie ging, würde sie sie nicht mehr brauchen.

Sie war auf einen Bach gestoßen, der jetzt nach dem Sommer zum Rinnsal verkümmert war. Dennoch hatte sein spärliches Wasser ausgereicht, um das Salz abzuwaschen, das seit dem Bad im Meer auf ihrer Haut geprickelt hatte. Der Hunger, der sie seit dem Erwachen gequält hatte, war verschwunden. Sie hatte Beeren und ein paar Pilze gegessen, aber das war nicht das Entscheidende. Die innere Unrast, die Unzufriedenheit, die seit langem in ihr wüteten, waren verstummt. Jetzt wußte sie, was sie zu tun hatte. Sie verspürte keine Angst, nur Erlösung.

Sie nahm Abschied. Seit gestern abend war sie mit den Menschen verbunden, die sie verlassen hatte. Die Liebe zu Asterios, die Flucht aus Kreta – all das schien so unendlich weit zurückzuliegen. Aber es war kein Traum. Es war geschehen, und sie hatte alle verraten, den Geliebten, die Mutter, den Vater, die Brüder und Schwestern.

Vorsichtig, um ihr sauberes Gewand nicht zu beschmutzen, ließ sie sich bäuchlings auf den Boden gleiten und rieb ihr Gesicht an der trockenen Erde. Das war die Große Mutter, die sie spürte, die herbstliche, die sich in der Fülle des Sommers verausgabt hatte und jetzt den Weg in die Unterwelt antrat, um im Frühjahr erneut frische Samen in sich aufzunehmen.

Ernst und gefaßt bat sie jeden einzelnen flüsternd um Vergebung. Sie begann bei Pasiphaë, die Mutter, zu der sie niemals den Zugang gefunden hatte. Dann Phaidra, die kleine Schwester, die sie vom Tag ihrer Geburt an beneidet hatte. Akakallis, der sie Gatten und Tochter nicht gegönnt und Xenodike, die sie vorschnell als gehorsam und reizlos abgestempelt hatte. Die Brüder, Deukalion, mit dem sie konkurriert hatte, Katreus, der ihr verschlossen und unnahbar erschienen war. Schließlich Glaukos, in ihren Augen nicht viel mehr als ein vorlauter Junge. Ihre Stimme zitterte, als sie bei ihrem Vater angelangt war. Minos hatte sie wohl am meisten Leid zugefügt – sah man einmal von Asterios ab, dem Bruder, der einst ihr leidenschaftlicher Geliebter gewesen war.

»Verzeih mir«, flüsterte sie. »Auch wenn du bereits die Inseln der Seligen erreicht hast. Ich war zu schwach für deine Liebe. Ich konnte nicht annehmen, was du mir geben wolltest. Ach, wäre ich nur nicht deine Schwester gewesen – alles, alles hätte anders sein können! Vergib mir, Bruder, mein Geliebter, vergib mir, Astro, ich bitte dich!«

Als sie sich langsam aufrichtete, weinte sie. Sie legte beide Hände auf ihren Leib und nahm unter Tränen Abschied von dem Kind, das in ihr wuchs und nicht geboren werden würde. »Vielleicht das nächste Mal«, sagte sie tröstend. »In einem anderen Leben. Diesmal ist es zu spät.«

Sie mußte nicht mehr lange suchen. Sie hatte ihren Baum schon gefunden. Aus dem Kleiderbündel zog sie den Gürtel, den sie vorsorglich mit weiteren Kaurimuscheln nochmals verlängert hatte. Sie zerrte mit aller Kraft daran und nickte befriedigt. Ihre Wahl war auf einen kräftigen Ast gefallen, der weit genug über ihrem Kopf ragte. Darunter wuchs ein zweiter, genau im richtigen Abstand. Sie kletterte hinauf, warf ihren Gürtel über den oberen und knüpfte den stabilen Knoten, den Paneb und Kephalos sie vor Jahren gelehrt hatten.

Die Hand um das Amulett geklammert, blieb sie noch eine Weile sitzen und schaute auf das Meer hinaus, wo die Wellen im hellen Licht glitzerten. Als die Sonnenscheibe den Zenit erreicht hatte, legte sie sich die Schlinge um den Hals und sprang.

Ihr Genick war sofort gebrochen. Aber sie baumelte nur kurze Zeit. Unter ihrem Gewicht ächzte und stöhnte der Ast und begann laut zu knacken. Dann splitterte und brach das Holz, und der leblose Körper fiel zu Boden. Sie lag auf dem Boden wie eine Schlafende, bald schon von herabgefallenen Blättern bedeckt. Ariadne war zur Großen Mutter heimgekehrt.

»Ariadne!«

Er schreckte hoch aus der Meditation, in die er sich seit Stunden versenkt hatte. »Ariadni!«

Er riß die Augen auf. Es war dämmrig in der Höhle, die nur zwei Fackeln im Hintergrund ein wenig erhellten. Durch den Eingang kroch diffuses Licht. Konnte es schon Abend sein? Sein Herz jagte. Was war geschehen? Er hatte ihre klagende, verzweifelte Stimme gehört, so deutlich, als stünde sie unmittelbar neben ihm.

Asterios schloß abermals die Augen und ließ das blaue Licht kommen.

Sie liegt am Fuß eines Baumes, in merkwürdig verdrehter Stellung. Ein Sturz aus einiger Höhe, der ihr den Arm weggespreizt hat und das Knie seitlich geknickt. Dann erst entdeckt er die Schlinge um ihren schlanken, bräunlichen Hals.

Sie ist tot, es gibt keinen Zweifel, sie ist tot! Er spürt den Gürtel in seinem eigenen Genick und zerrt voller Panik an dem plötzlich unerträglich engen Gewand um seinen Hals.

Ariadne ist tot!

Asterios sank auf die Knie und schlug mit der Stirn wieder und wieder gegen den harten Boden. Er kümmerte sich nicht darum, daß die Haut riß und er blutete. Sein Schädel pochte, als würde er im nächsten Augenblick zerspringen.

»Asterios, was ist geschehen? Was ist mir dir? Bist du verletzt?«

Er hielt erst inne, als Hatasu ihn am Arm rüttelte. Aber er

schien sie nicht wahrzunehmen. »Ariadne«, sagte er leise. »Sie ist tot. Ich weiß es.«

»Tot?« wiederholte sie. »Woher willst du das wissen?«

Er sprang auf. »Sie hat sich umgebracht«, flüsterte er. »Erhängt. Jetzt ist das Schreckliche, das auf uns zukommt, nicht mehr weit. Ich kann es fühlen, so deutlich, daß mein ganzer Körper schmerzt. Aber noch nicht sehen.«

»Es ist schon etwas passiert«, sagte Hatasu bedrückt. »Erystenes, der junge Athener, er ist... nicht mehr hier.«

»Was sagst du da?« Nur langsam kehrte er wieder in die Gegenwart zurück. »Was soll das heißen?«

»Erystenes ist weg«, entgegnete sie. »Und nicht allein. Ein paar von den jungen Männern aus Knossos fehlen ebenfalls. Und...« sie stockte.

»Und?«

»... zwei deiner Helfer, Ion und Satos. Sie wollen ihn der Großen Mutter opfern. Sie glauben, nur auf diese Weise könne Ihr drohender Zorn noch besänftigt werden. Ein Menschenopfer, Asterios, ein Junge hat sie belauscht.«

»Sie müssen wahnsinnig sein!« brauste er auf. Aber in seinem Inneren stieg eine Erinnerung auf, nein, eine furchtbare Gewißheit. »Niemals würde jemand auf Kreta eine solche Tat begehen – und sie, die ich persönlich ausgebildet habe, schon zweimal nicht!« Plötzlich sah er Ikaros vor sich. Den Ritt nach Archanes. Die Pforte des Tempels, die schwarze Göttin des Todes, die Opferschale, voller Blut...

»Ich fürchte, da irrst du dich«, widersprach sie müde. »Obwohl ich noch immer hoffe, daß du recht behältst. Aber es sieht nicht danach aus. Mit all deinem Beten und Anrufen der Göttin bekommst du gar nicht mehr mit, was um dich herum geschieht. Weißt du, was diese Menschen fühlen, die du in die Berge geführt hast? Wie verzweifelt und mutlos sie sind? Was sie denken? Wovor sie Angst haben?«

Sie schüttelte ihren dunklen Kopf, und selbst im unbestimmten Licht konnte er die weißen Fäden leuchten sehen, die ihr Haar durchzogen. Sie sah aus, als hätte sie nächtelang nicht mehr richtig geschlafen. »Du weißt es nicht«, beantwortete Hatasu ihre Frage selbst. »Du hast nicht die geringste Ahnung, Priester der Großen Mutter! Und es interessiert dich nicht einmal besonders, so tief bist du in dein eigenes Leid verstrickt. Die Leute beginnen zu zweifeln, Asterios! Wie lange sollen sie noch in den Höhlen ausharren? Was wird passieren? Und vor allem: wann? Das wollen sie alle von dir wissen, aber keiner von ihnen wagt, dich offen zu fragen. Stattdessen kommen sie zu mir, einer nach dem anderen, und lassen sich aufmuntern. Woher soll ich die Kraft nehmen für soviele?«

Er starrte sie an. Sie war so tapfer, stark und mutig und voller Mitgefühl! Eine Frau, wie er sie sich immer gewünscht hatte. Eine Brücke, die trug. Er liebte sie. Er hatte sie schon seit langem geliebt.

»Manchmal wünsche ich mir sogar, daß es ganz schnell geht«, fuhr sie halblaut fort, »wenn wir schon sterben müssen. Das ist immer noch besser als diese nervenzerrende Warterei.«

»Du mußt nicht länger warten!« Asterios schrie beinahe. »Dreh dich um und schau auf die Schultern des jungen Mannes hinter dir!«

Sie gehorchte. »Sie sind ja ganz schwarz«, sagte sie. »Wieso in aller Welt sind sie schwarz?« Hatasu strich prüfend mit dem Finger darüber. »Es fühlt sich an wie warme Asche.«

»Es *ist* Asche«, bekräftigte Asterios. »Weißt du, was das bedeutet? Es geht los! Es hat soeben begonnen! Wo sind die anderen hin? Der Athener? Ion und Satos?«

»Wahrscheinlich zum Tempel gegangen. Sie waren zu fünft. Sie führten einen mit sich, der gefesselt war«, antwortete der Neuankömmling.

»Dann laß uns augenblicklich die Mysten zusammenrufen!« forderte Asterios. »Sie wissen schließlich, worauf es ankommt. Mit ihnen zusammen sind wir stark genug, um die Verblendeten zur Vernunft zu bringen.«

Hatasu und der junge Kreter tauschten verlegene Blicke. »Es sind nicht mehr allzuviele da«, erwiderte sie schließlich. »Nicht mehr als drei junge Männer und ein Mädchen aus Chalara. Die anderen sind gestern abend heimlich zurückgeritten. Um ihre Familien zu warnen und in Sicherheit zu bringen.«

»In Sicherheit bringen – diese Verrückten! Dort unten erwartet sie der sichere Tod in der Ebene!« Er überlegte. »Nur noch vier, sagst du? Das ist nicht viel. Versuchen wir es trotzdem! Wir müssen alles tun, um dieses Verbrechen zu verhindern!« Er wandte sich an den jungen Mann. »Sag den Leuten, daß sie sofort möglichst viele Tücher befeuchten und die Höhleneingänge damit verhängen sollen. Und schleppt alles Eßbare ganz nach hinten. Teilt zur Vorsicht ein wenig von dem Wein aus, den wir für Notfälle aufgehoben haben. Sonst bleibt nur noch Hoffen und Beten. Wenn ich wieder zurück bin, werde ich der Göttin opfern.«

»Komm, meine geliebte Susai!« Er streckte seine Hand nach Hatasu aus. »Laß uns gemeinsam versuchen, zu retten, was noch zu retten ist.«

Als die Nacht viel zu früh über Kreta hereingebrochen war, sahen die Bäuerinnen, Fischer und Hirten, die angsterfüllten Menschen in den Städten und den einsamen Bergdörfern, im Norden einen riesigen bläulichen Kern am Himmel stehen. Um ihn schossen Dampfstrahlen senkrecht empor. Asche rieselte schon seit mehreren Stunden herab, ein heißer Regen, vermischt mit Lavabrocken. Grelle Blitze durchzuckten die Finsternis.

Keiner auf der Insel fand Schlaf oder Ruhe. Zunächst suchten die Menschen Schutz in ihren Häusern. Sie verbarrikadierten sich hinter kleinen Steinwällen und verrammelten die Fenster. Die Dächer hielten der schweren Asche, den Lavaschlacken und Bimssteinteilchen nicht lange stand. Die Dachbalken brachen.

Dann kamen die ersten heftigen Erdstöße. Jetzt gab es nur noch die Flucht ins Freie. Wer laufen konnte, lief, Decken zum Schutz gegen den prasselnden Gesteinsregen auf die Köpfe geschnallt, nach draußen. Fliehen oder sterben, raus aus den einstürzenden Häusern und Hallen, aus den Straßen, wo Aschenschlamm und Geröll das Vorwärtskommen immer schwieriger machten. Hinaus aus den Städten und Dörfern. Eine wilde Flucht über plötzlich aufbrechende Erdspalten begann. Unablässig war das Geklingel gleitender, fallender Steine zu hören, begleitet vom Prasseln der vielen Feuer. Heiße Asche klebte an

Händen und Füßen, überall lagen gestürzte Tiere und Menschen übereinander.

Ähnlich verzweifelt wie in den großen Städten war es auch im Palast der blauen Delphine zugegangen. Die meisten der Diener und Wachposten hatten das Gebäude fluchtartig verlassen und suchten irgendwo draußen mit ihren Angehörigen Schutz. Nur ein paar waren zurückgeblieben und harrten zusammen mit der Königsfamilie im Westtrakt aus.

Pasiphaë, Minos, die Söhne und Töchter waren schließlich im Thronsaal versammelt. Mirtho und Aiakos stießen ebenfalls zu ihnen. Die Königin hatte eine kleine Opferung vorbereitet, aber noch nicht mit der Zeremonie begonnen. Glaukos fehlte. Keiner wußte, daß er mit einer Fackel in die Magazine gelaufen war, wo er tags zuvor den Lieblingsbogen seines Bruders versteckt hatte. Er kam nicht mehr dazu, ihn zu bergen. Der nächste Erdstoß streckte ihn nieder. Er fiel so unglücklich, daß er mit dem Kopf an einen der riesigen Tonkrüge schlug. Das Feuer züngelte auf dem Boden entlang, dort, wo beim Umfüllen der Ölvorräte eine glänzende Spur entstanden war. Nicht lange, und der ganze Raum stand in Flammen. Glaukos, noch immer ohnmächtig, merkte nichts davon.

Katreus mochte nicht länger untätig sitzen und warten. »Ich gehe ihn suchen«, sagte er schließlich. »Irgendwo muß er ja stecken.«

»Aber sei vorsichtig!« rief Pasiphaë ihm nach und zuckte zusammen, als abermals Donnersalven losbrachen. »Sollten wir nicht lieber alle zusammen bleiben? Spürt ihr nicht, wie die Erde bebt? Steh uns bei, Große Mutter, verlaß uns nicht in der Stunde der Not!« Mit verzweifelter Miene schaute sie in die kleine Runde. »Warum nur haben wir nicht auf Asterios' Warnung gehört?«

Niemand antwortete. Aber jeder schien etwas Ähnliches zu denken.

Er war kaum auf dem Gang, da schlug ihm schon brandiger Geruch entgegen. Katreus rannte los. Hinter der Eichentür quoll dunkler Qualm hervor. Beim Aufreißen verbrannte er sich die Hand, aber blindlings stürzte er hinein. »Glaukos! Glaukos, wo steckst du?«

Er kämpfte sich durch den Qualm nach vorn. Am Ende des Raums, wo die Rauchwolken am dichtesten waren, glaubte er am Boden den Umriß eines Körpers zu entdecken. Röchelnd, den Zipfel seines Schurzes gegen den Mund gepreßt, kniete er nieder und betastete ihn. Da war noch ein schwacher, unregelmäßiger Puls zu hören. Vergeblich versuchte er, den schlaffen Körper hochzuziehen. »Glaukos! Wach auf! Wir müssen sofort raus hier!«

Hinter ihm loderten hohe Flammen aus mehreren Tonkrügen. »Glaukos!« flehte er. »Mach die Augen auf!«

Beim Aufstehen fing sein Ärmel Feuer. Panisch begann Katreus, um sich zu schlagen. Schließlich wälzte er sich auf dem Boden, um den Brand auf seinem Körper zu ersticken. Längst standen die Deckenbalken in Flammen. Verglühte Holzteile fielen auf die ebenfalls mit Holz verschlossenen Ölpithoi. Ein schweres Mittelstück aus Zedernholz traf ihn an der Schläfe. Lautlos sackte Katreus über dem ohnmächtigen Körper seines Bruders zusammen.

Der Weg durch Dunkelheit und Ascheregen war so beschwerlich, daß sie erst nach einer Stunde den Tempel in Archanes erreichten. Die Stadt wirkte verlassen, nur aus ein paar der zusammengefallenen Häuser waren noch Weinen und Klagelaute zu hören. Im Vorbeireiten bemerkten sie, daß die gesamte Südseite des kleinen Palastes nicht mehr stand.

Je näher sie ihrem Ziel kamen, desto bedrückter fühlte sich Asterios. Die Bilder waren lebendig geworden.

Der Mann mit dem Dolch. Der gebundene Jüngling. Die Luft, die nach Tod gerochen hatte.

Er hoffte, sie kämen nicht zu spät.

Wie in Trance riß er die Tür auf. Beißender Rauch ließ ihn zurückweichen. »Bleibt ihr lieber draußen!« sagte er, aber Hatasu und die Mysten folgten ihm. Zwischen glimmenden Holzteilen und Gesteinsbrocken lagen sechs leblose Körper. Vorne, auf dem Altar, Erystenes, nackt bis auf einen roten, golddurchwirkten Schurz, Hände und Füße mit Stricken gefesselt. Sein Leib war zusammengekrümmt wie der eines schutzsuchenden

Kindes. Er war tot, seine Halsschlagader durchtrennt, das Blut aufgefangen in der Opferschale mit dem Stier.

Aber auch die, die ihn geopfert hatten, lebten nicht mehr. Ion und Satos, neben dem das Sichelmesser lag, entdeckte Asterios tot zu Füßen der Schwarzen Göttin. Einen anderen mußte ein brennender Balken tödlich getroffen haben. Halb verkohlt fanden sie seinen toten Körper in der Nähe des Ausgangs, als habe er noch zu fliehen versucht. Nicht weit von ihm, verschlungen in einem sinnlosen Kampf, der offensichtlich beide das Leben gekostet hatte, ein Junge und ein Mädchen. Ihm steckte der kurze Bronzedolch direkt im Herz, sie, die aus einer der letzten Mystengruppen stammte, schien verblutet zu sein.

»Aber warum?« flüsterte Hatasu. »Weshalb? Was haben sie sich von dieser furchtbaren Tat versprochen?«

»Ich weiß es nicht«, sagte Asterios müde. »Vielleicht der Wunsch, einen Schuldigen zu finden und ihn für etwas zu bestrafen, das sie nicht verstehen konnten.« Er sah sich um. »Wir müssen raus«, rief er. »Schnell!«

»Kommt! Hier können wir nichts mehr tun.«

Hatasu zog die Mysten nach draußen.

»Nein«, bekräftigte Asterios. »Nicht einmal ihre Leichen bergen, wenn wir nicht selbst in Kürze zu Leichen werden wollen.«

Als Minos die Magazine erreicht hatte, stand alles in Flammen. Vergeblich versuchte er, in dem schmalen Gang weiter vorzudringen, aber die Feuerwand ließ ihn nicht durch. »Sie sind da drin!« sagte er verzweifelt zu Aiakos, der ihm gefolgt war. »Glaukos und Katreus! Meine Söhne!«

»Wenn sie dort eingeschlossen sind, dann leben sie nicht mehr«, rief Aiakos erregt. »Bleib hier, Minos, ich flehe dich an! Du bringst dich nur selbst in Gefahr! Denk an die anderen, die noch leben und dich brauchen!«

»Was schert mich mein Leben!« Minos riß sich los. Dann wich er wieder zurück. »Ich komme nicht durch. Was sollen wir nur tun?«

Ringsherum prasselte es, und sie mußten sich immer wieder

ducken, um herabfallenden Holzstücken und Mauerteilen auszuweichen.

»Wir brauchen Wasser und viele Hände«, schrie Aiakos. »Ich hole Hilfe.«

Eine Bodenwelle brachte ihn zum Stolpern, und nur im letzten Augenblick konnte er sich an der Wand festhalten. Ein schwerer Südweststurm hatte sich erhoben, der die Rauchfahnen aus den Fensterhöhlen waagrecht zur Seite trieb. Plötzlich kamen auch von der anderen Seite Flammen auf sie zu, der ganze Gang schien aus Feuer zu bestehen.

»Wir müssen springen!« rief Aiakos. »Schnell! Sonst verbrennen wir!

Aber Minos hatte keine Kraft mehr. Die Augen weit aufgerissen, griff er sich an die Kehle und sank vor ihm zu Boden. Aiakos sah die Feuerwand auf sie zukommen. Da ging er auf die Knie und bedeckte den Leib des Königs mit seinem eigenen Körper.

Wälder und Haine brannten seit Stunden. Es gab keine Chance, lebendig die große Höhle zu erreichen, in der die anderen auf sie warteten. Im letzten Augenblick, zwischen Blitzen und Donnerschlägen, zwischen Erdstößen und rasenden Wirbelwinden, die das Vorankommen unmöglich machten, retteten sich Asterios, Hatasu und die Mysten in eine kleine Höhle.

Die Flutwelle rollte auf Kreta zu. Das Meer brandete und toste, und sein Rauschen klang unheilvoller als all die schrecklichen Laute, die die Menschen in den langen, angsterfüllten Stunden zuvor gehört hatten.

Sehr schnell kam der Tod. Kaum, daß sie noch das Gebrüll der riesigen Woge vernahmen, so rasch hatte sie sich bis weit ins Hinterland ergossen. Tosende Wasser rissen alles mit sich. Dörfer und Wälder wurden überspült, die stärksten Bäume entwurzelt, Häuser, Vieh und Menschen wie Spielzeug durcheinandergewirbelt. Als das Wasser sich zurückzog, riß es viele der Schutzsuchenden auf den Hügeln mit sich und brach gleich darauf abermals weit ins Land hinein.

Die salzigen Spuren der Flut erreichten den höhergelegenen

Palast der blauen Delphine, der zum großen Teil schon in Flammen stand. Pasiphaë kümmerte sich nicht darum. Sie kniete tränenüberströmt neben dem Leichnam von Xenodike. Das Feuer hatte sie im Treppenhaus überrascht. Sie war gesprungen und lag jetzt mit gebrochenem Genick auf dem Alabasterboden.

»Wo sind Akakallis und Ikstos?« weinte Pasiphaë. »Und Dindyme?«

»Sieh, mein Täubchen«, sagte Mirtho. »Hab keine Angst, ich bin ja bei dir! Ich bin sicher, sie sind gleich wieder zurück! Laß uns nach draußen gehen, in den großen Hof!«

»Aber werden sie uns dann noch finden?« fragte die Königin so verzweifelt, daß Mirtho ihr nicht sagen konnte, was sie gerade in einem der Geheimgänge gesehen hatte: Akakallis und Ikstos, beide erschlagen. Sie mußten beinahe im gleichen Augenblick gestorben sein. Nur von dem Kind hatte sie keine Spur entdeckt.

Widerstrebend ließ Pasiphaë sich ein Stück mitziehen. Dann versteifte sich ihr Körper, und sie blieb plötzlich stehen. »Du verschweigst mir etwas«, sagte sie. »Was ist es? Sag es mir sofort!«

»Komm mit nach draußen!« lockte Mirtho verzweifelt. Hinter ihnen brannte alles. Beißender Qualm überall. Beide husteten.

»Ich will es jetzt erfahren!« Pasiphaë lief zurück, bis vor die kleine Geheimtür. »Ich muß sehen, was sich dahinter verbirgt!«

»Mach auf«, sagte Mirtho tonlos. »Wenn du dein Herz erneut durchbohren lassen willst!«

Die andere sackte zusammen. »Wer?« fragte sie tonlos. »Wer von ihnen?«

»Akakallis«, flüsterte Mirtho und sank merkwürdig schlaff nach vorn. »Und... Ikstos...«, ihre Stimme erstarb.

Ein Balken hatte sie von hinten ins Rückgrat getroffen. Ein zweiter schlug hart auf ihren Kopf. Jetzt erst bemerkte Pasiphaë, wie nah das Feuer schon war.

»Du hast recht, wir müssen nach draußen«, schrie sie. »Schnell, Mirtho, schnell, ich bitte dich!«

Keine Antwort. Pasiphaë hob ihren Kopf in die Höhe. Mit weit geöffneten Augen starrte die Tote sie blicklos an. Der Widerschein der Flammen ließ ihre Haut glatt und rosig erscheinen. So hatte die Vertraute ihrer fernen Kindertage ausgesehen. Die Frau, die sie genährt hatte. Der sie ihr ganzes Wissen verdankte. Die sie der Großen Mutter nahegebracht hatte. »Nein! Nicht auch noch du! Nicht du!«

Schreiend und weinend lud sie sich den überraschend schweren Körper halb über die Schulter und versuchte ein paar Schritte nach vorn. Sie stolperte und stöhnte, aber sie gab nicht auf. Es gelang ihr mit letzter Kraft, die Tür zu erreichen, die nach draußen führte. Einen Augenblick zögerte sie, dann stieß sie sie auf. Mirthos Körper sank neben ihr zu Boden.

Nur mit Mühe konnte sie ihre Hand vor Augen sehen. Die Luft war erfüllt von einem dumpfen, unheilvollen Pfeifen. Unschlüssig blieb sie stehen und schaute nach oben zu dem steinernen Doppelhorn auf dem Sims. Das letzte, was sie sah, schon halb im Fallen, war etwas Großes, das auf sie zugeschossen kam. Dann hatte das Doppelhorn ihren Schädel zertrümmert.

Erst am dritten Tag sickerten bleiche Sonnenstrahlen durch die dunkle Wolkenwand. Asterios, Hatasu und die Mysten hatten ihre Schutzhöhle die ganze Zeit über nicht zu verlassen gewagt. Sie hatten überlebt, wenn auch in reichlich mitgenommenem Zustand. Die Kleider klebten ihnen am Körper, und es roch streng in ihrer kleinen Unterkunft. Die jungen Männer bemühten sich um aufgesetzte Tapferkeit; Otis, das Mädchen, zitterte bei jedem unerwarteten Geräusch. Hatasu hatte sich ganz in sich zurückgezogen. Schweigsam und unnahbar wie eine ägyptische Tempelkatze war sie auch während der schrecklichsten Gesteinshagel geblieben.

Asterios verließ als erster ihren Unterschlupf und prallte sofort wieder zurück. Alles war von heller Asche bedeckt, wie unter einem Leichentuch verhüllt. Einer nach dem anderen krochen sie heraus. Wohin sie auch schauten – alles war weiß und grau überzogen. Sie nahmen sich nicht die Zeit, die aufgerissenen Körper ihrer Pferde zu verscharren. Entkräftet stiegen sie bergan, zurück zu dem Platz, wo sie die anderen vor drei Tagen zurückgelassen hatten.

Es war ein langer, beschwerlicher Weg zu Fuß, der sie vorbei an verbrannten Sträuchern, entlaubten Bäumen und unzähligen Menschenleichen und malträtierten Tierkadavern führte. Die Häuser eingestürzt, erst, als sie sehr hoch kamen, sahen sie ein paar, die unversehrt geblieben waren. »Meinst du, sie sind noch am Leben?« fragte Hatasu, als die Höhlen im Sicht kamen.

»Die Göttin gebe es, daß sie gesund sind«, erwiderte Asterios.

Dann entdeckten sie eine dünne Rauchfahne und beschleunigten ihre Schritte. Der erste, der ihnen entgegenstürmte, das schüttere Haar versengt, das Gesicht schmutzstarrend, war Iassos. Er strahlte bis über beide Backen. »Ihr lebt! Der Großen Mutter sei Dank!« rief er bewegt. »Ich wußte, ihr würdet wiederkommen! Wie bin ich froh, euch zu sehen!«

Gleich hinter ihm folgte Deukalion. Wortlos zog er Hatasu und Asterios in seine Arme. »Asterios! Hatasu!« brachte er schließlich hervor. »Wir hatten schon mit dem Allerschlimmsten gerechnet. Was ist mit den anderen? Erystenes? Den jungen Leuten aus Amnyssos?«

»Das ewige Rad des Schicksals hatte sich schon gedreht«, sagte Asterios. »Wir kamen zu spät, um ihren Frevel zu verhindern. Wir konnten nichts mehr tun. Die Große Mutter hatte sie schon bestraft. Keiner von ihnen ist mehr am Leben.« Er wandte sich kurz ab und sah Hatasu an, dann wurde sein Ton lebhafter. »Und ihr hier? Wie ist es euch ergangen?« wollte er wissen. »Wo sind die anderen?«

»Du hattest recht mit deinen Warnungen«, sagte Deukalion. »Die, die sich daran gehalten haben, haben überlebt, zitternd und bebend, aber überlebt. Aber es gab auch einige, die nicht auf deine Anweisungen gehört haben.« Er deutete auf einen kleinen, halb zerfallenen Höhleneingang, der ein ganzes Stück bergab lag. »Wir haben ihre Leichen dort drüben zusammengetragen. Hier oben gibt es nicht genug Erde, um sie anständig zu begraben. Und wir wollten auf deine Rückkehr warten. Was soll mit ihnen geschehen?« Sein Ton wurde drängend. »Wir müssen uns beeilen, Asterios! Wir müssen hier weg, wenn nicht noch alle krank werden sollen.«

Nach und nach waren die Überlebenden aus den Höhlen gekommen.

»Wartet lieber noch ein paar Tage«, warnte Asterios. »Hier ist es noch am sichersten. Die ganze Insel ächzt unter dem Hauch des Todes. Der schwarze Berg scheint im Augenblick zum Stillstand gekommen zu sein, aber keiner von uns kann wissen, ob auf Dauer.«

»Was sollen wir tun?« fragte Deukalion ungewohnt hilflos. »Können wir überhaupt überleben? Unsere Vorräte reichen nicht mehr lange, auch wenn wir sie strengstens einteilen.«

»Es geht im Augenblick vorrangig um die, die überlebt haben«, erwiderte Asterios. »Bedeckt die Leichen mit Asche, damit keine Seuche ausbricht. Anschließend unterzieht diejenigen, die diese Arbeit getan haben, einer gründlichen Reinigung. Alles weitere besprechen wir, wenn ich wieder aus Knossos zurück bin.«

»Du verläßt uns?« fragte Hatasu erschrocken. »Du reitest nach Knossos?«

Asterios nickte. »Ich muß zum Palast der blauen Delphine. Ich muß sehen, was dort passiert ist. Ich kann nicht länger in Ungewißheit leben.«

»Ich komme mit!« rief Deukalion impulsiv. »Schließlich ist es ja auch meine Familie.«

»Du nützt allen am meisten, wenn du hier bleibst«, widersprach Asterios. »Ein großes Opfer, ich weiß, aber ein notwendiges.«

Deukalion biß sich auf die Lippen. »Na gut«, sagte er schließlich zögernd. »Ich laß dich nicht gern ziehen. Hoffentlich bist du bald zurück!«

»Ich gehe mit dir«, sagte Hatasu rasch. »Nein, keine Widerrede! Nur mein Tod könnte mich davon abhalten!«

Und so brachen sie schließlich auf, auf zwei schwächlichen Pferden, für die sie den Rest des Futtervorrates geplündert hatten, zu einer Reise in das Reich der Finsternis, die sie von einem Schrecken zum nächsten führte. Die Dörfer an den Berghängen waren weitgehend verwüstet, Mauern zerbrochen, uralte Bäume entwurzelt. Die Weinstöcke verbrannt, Olivenhaine geknickt, Felder dem Erdboden gleichgemacht. Alles Gras war verschwunden, die kahlen Äste der stehengebliebenen Bäume von Asche weiß wie nach einem Schneesturm.

Am schlimmsten war der Anblick der Leichen, Frauen, Männer, Kinder, nackt, mit aufgeplatzten Bäuchen und Schädeln, halb angefressen von verwilderten, schwerverletzten Tieren.

»Das ist das Ende von Kreta«, murmelte Asterios. »Das Ende unserer schönen, glücklichen Welt. Phaidra hatte recht. Die Große Mutter liebt uns nicht mehr. Sie hat beschlossen, uns für immer zu verstoßen.«

Der Palast der blauen Delphine war ein riesiger Trümmerhaufen. Überall Löcher, wo sich früher Fenster zur Landschaft geöffnet hatten. Sie kamen kaum vorwärts. Der Boden war übersät mit verkohltem Holz, zerbrochenem Mauerwerk, den Bruchstücken der aberhundert Doppelhörner, die so lange die Macht des Stiers verkündet hatten. Es war beinahe unmöglich, sich in dem rußgeschwärzten Chaos zurechtzufinden. In diesem Zustand der Auflösung glich der große Palast mehr denn je dem Labyrinth, für das ihn viele der Unwissenden gehalten hatten. Hatasu suchte nach einer Spur von Aiakos; Asterios stapfte verzweifelt in den Trümmern umher.

Schließlich war er bei den Quadern des Innenhofes angelangt. Hier schien das Feuer ganz besonders stark gelodert zu haben, ebenso wie im Magazintrakt. Stockend ging er weiter, bis er an einen Leichnam stieß, der unter einem zerbrochenen Doppelhorn begraben lag. Das zerquetschte Gesicht konnte er nicht erkennen. Aber als er ein rotes Gewand und dunkle Haare erkannte, wußte er genug. Wie betäubt trat er ein paar Schritte zurück und entdeckte nahe dem Türrahmen eine zweite, kleinere Leiche, die beinahe vollständig verbrannt war. Trotzdem wußte er, daß er Mirtho gefunden hatte. Sie war bis zum letzten Atemzug bei Pasiphaë geblieben. Niemals hätte sie sie verlassen.

Der Schmerz war so überwältigend, daß er ihm den Atem nahm. Er sah nicht länger die Scherben und Splitter, die Steine und Bruchstücke. Plötzlich wußte er, daß auch all die anderen tot waren. Erschlagen, zerschmettert, verbrannt wie sie. Daß kein einziger von ihnen diesen Weltuntergang überlebt haben konnte. Die Große Mutter hatte sie verstoßen wie eine Horde ungeliebter Kinder.

Seine Hand wurde schwer, und auf einmal hatte er das Gefühl, wieder die Stiermaske zu spüren. Er lebte. Er war Theseus' Mordanschlag im Labyrinth entkommen. Er war durch den Ascheregen getaumelt, der die meisten getötet hatte. Aber wozu noch atmen, jetzt, da alle tot waren, die er geliebt hatte? Da er keine gütige göttliche Kraft mehr spürte, die über ihnen allen waltete?

Er hob seinen Blick und starrte über das Leichentuch hinweg, das noch vor wenigen Tagen eine fruchtbare Ebene gewesen war. Er sah die salzigen Spuren der Flutwelle, die sich mit der Asche zu Schlamm vermischt hatte. Nichts atmete mehr drunter. Ihre Zukunft war gestorben in dem Augenblick, in dem der schwarze Berg zu grollen begonnen hatte.

Er würde nicht mehr zurückreiten zu den anderen und sie mit den schrecklichen Nachrichten quälen. Zum Sterben waren sie allesamt verdammt. In ihm gab es nur noch den Wunsch, denen nachzufolgen, die vor ihm gegangen waren – Ariadne, Merope, Mirtho, Pasiphaë. Er wünschte sich nichts so sehr wie den Tod.

Langsam, wie in Trance, begann er sich bis auf den Schurz zu entkleiden. Er ließ sich nieder auf der toten Erde und griff nach dem Sichelmesser. Zum letzten Mal hob er seinen Blick, um Abschied zu nehmen, von dem, was einst der Palast der blauen Delphine war.

Eine leichte Berührung in seinem Nacken ließ ihn aufschrekken. Und auf einmal, mit aller Gewalt, stürmte die Gewißheit auf ihn ein.

Ich bin, der ich bin.

Da waren die Worte wieder, die ihm damals Sicherheit und Gewißheit geschenkt hatten. Die ihn ausgezeichnet hatten vor allen anderen. Die ihm endlich Frieden geschenkt hatten.

Ich bin, der ich bin.

Sie waren mächtiger als die schwarze Todessehnsucht, die er in sich spürte. Er würde nicht sterben. Er durfte nicht Hand an sich legen. Die Worte waren eine Warnung vor Angst und Verzweiflung. Das waren Worte, die er gehört hatte, Bilder, die er kannte! Er hatte sie schon einmal gesehen, in der Nacht des Feuers, als Mirtho und Hatasu ihn gemeinsam in das höchste und heiligste der Elemente eingeweiht hatten. Als zum erstenmal seine Liebe zu Hatasu aufgelodert hatte. Damals hatte er sie nicht spüren wollen, sich gegen sie gewehrt, weil in seinem Herzen nur Platz für Ariadne sein sollte. Jetzt aber wußte er, daß er Hatasu liebte.

»Erinnerst du dich endlich?« fragte die leise Stimme hinter ihm.

»Das Feuer. Mirtho und du. Die Macht der Frauen. So stark, so unbedingt. Ja, ich erinnere mich«, brachte er leise hervor. »Niemals werde ich diese Stunden vergessen.«

»Dann dreh dich um!«

Er gehorchte.

»Ich bin nicht allein«, sagte Hatasu. »Sieh mal, wen ich dir mitgebracht habe!«

An ihrer Hand hielt sie ein kleines, dunkelhaariges Mädchen, in einem dreckigen Kleidchen, das irgendwann einmal weiß gewesen sein mußte. Er sah die Tränenspuren auf ihrem Gesicht. Sie aber versuchte ein zaghaftes Lächeln, mit dem sie ihn anblinzelte.

»Dindyme«, sagte er überrascht. »Akakallis' kleine Tochter!«

»Der Sieg des Lebens über den Tod«, nickte Hatasu und streichelte den Kopf der Kleinen. »Und der Hoffnung über die Verzweiflung. Die Große Mutter ist nicht tot, Asterios! Hätte Sie uns sonst Ihre kleine Tochter geschickt? Dieses Kind ist das Pfand der Hoffnung, das die Große Mutter uns schenkt.«

Beinahe streng schaute sie ihn an, die Priesterin der Isis, die ihre Heimat am Nil verloren hatte.

»Sie hat uns nie verlassen. Schau hinunter in die Ebene, die unter der Aschedecke schläft! Jetzt ist alles grau, aber das Grün wird zurückkehren. Auf die Zerstörung wird neue Fruchtbarkeit folgen, auf den Tod neues Leben.«

Ein leiser Wind hatte sich erhoben, aber er trug keine heiße Asche mehr mit sich. Beide blickten nach Norden.

»Es werden andere kommen, die die Macht der Großen Mutter leugnen«, sagte er langsam. »Ich kann ihr Nahen fühlen. Starke, mächtige Krieger, Männer wie Theseus, die an sich reißen werden, was sie in den Ruinen finden. Sie werden die Situation zu nutzen wissen und sich nehmen, was sie schon so lange begehrt haben. Kreta wird nie mehr das sein, was es einmal war.«

Jetzt lachte Hatasu leise. »Das wird es vielleicht nicht«, sagte sie. »Aber Ihre Macht bleibt. Sie ist stärker als alle Krieger«, sagte sie bestimmt. »Sie wird ewig weiterleben, in allen Frauen und allen Männern. In mir. Und in dir. Ich liebe dich, Asterios. Ich habe dich immer geliebt.«

Beide schwiegen, dann begann das Kind zu weinen. »Ich habe Hunger«, sagte es, »und schrecklichen Durst. Ich will etwas trinken!«

Asterios und Hatasu sahen sich an. Dann hob er seinen Wasserbeutel auf und setzte ihn behutsam an ihren Mund. Sie trank so gierig, daß sie schon nach wenigen Zügen ein Schluckauf zum Aufhören zwang.

»Es wird lange dauern, bis wir wieder einigermaßen hier leben können«, sagte er und zog die Kleine auf seine Knie. »Jahre, vielleicht sogar Jahrzehnte.«

»Ja«, sagte Hatasu. »Sehr, sehr lange. Aber wir werden leben. Und Sie wird uns nie verlassen. Sie ist immer bei uns. Die Göttin lebt weiter in allem, was atmet.«

Der Wind war stärker geworden. Er riß die dunkle Wolkendecke an mehreren Stellen auf. Einer der seltsamen grün- und rotglühenden Sonnenuntergänge stand bevor, die sie noch viele Monate lang staunend erleben würden. Alle drei, Asterios, Hatasu und Dindyme starrten zum Himmel.

Der Palast der blauen Delphine lag in Trümmern. Aber das Licht war als Verheißung zu den Menschen auf Kreta zurückgekehrt.

Epilog

I

Kreta besitzt unter den Inseln des Mittelmeeres historisch und kulturgeschichtlich eine ganz besondere Bedeutung. Während der Bronzezeit, vor mehr als viertausend Jahren, entwickelte sich auf dieser Insel am Rande unseres Kulturkreises die älteste Hochkultur Europas. Benachbart den hochentwickelten Zivilisationen Mesopotamiens und Ägyptens, erblühte diese einzigartige Kultur, die nach dem sagenhaften König Minos »minoisch« genannt wird; sie reichte bis zum griechischen Festland und noch darüber hinaus.

Trotz aller archäologischen Ausgrabungen, die riesige Palastanlagen, gut entwickelte Städte und gepflasterte Transportwege ans Tageslicht gebracht haben, ist für die Geschichtsforschung das Minoische bis heute in vielen Punkten Geheimnis geblieben. Auch und gerade bei der intensiven Beschäftigung mit der Kultur der Minoer bleiben viele Rätsel offen.

Der Weg zur Wiederentdeckung der vergessenen Anfänge Europas führt über den Mythos. In den Mythen sind die Götter der Griechen und der Völker, die vor ihnen lebten, bis heute lebendig geblieben.

Im Mythos findet eine Konzentration der Vergangenheit auf das Wesentliche statt, eine Typisierung, oder wie C. G. Jung und Karl Kerényi behaupten, eine Idealisierung im Sinne einer Rückführung menschlichen und göttlichen Handelns auf tiefenpsychologische Urbilder. Deshalb bezieht der Mythos sich zwar auf Vergangenes, aber nicht, um zu beschreiben, wie es wirklich war, sondern vielmehr, um der Gegenwart Sinn zu geben und ewige Wahrheiten und menschliches Schicksal zum Ausdruck zu bringen.

»Mythen sind Geschichten unserer ewigen Suche nach Wahrheit, nach Sinn, nach Bedeutung«, sagt Joseph Campbell, der große Mythenforscher. »Wir alle müssen unsere Geschichte erzählen und unsere Geschichte verstehen. Wir alle müssen den Tod verstehen und mit dem Tod fertig werden, und wir alle brauchen bei unseren Übergängen von der Geburt ins Leben und dann in den Tod Hilfe.«

Sind Mythen »wirklich«? Sie sind Geschichten über die Weisheit des Lebens; Mythen und Träume haben einen gemeinsamen Ursprung. Sie waren die Mittel, den Geist in Einklang mit dem Körper und mit den Geboten der Natur zu bringen.

Wie wirklich sind Mythen? Zweimal sieben Geiseln nimmt König Minos mit, wenn er von Athen nach Kreta segelt, und wie in vielen abendländischen Sagen begegnet er Theseus, dem Rebell und Thronfolger Athens, auf seiner dritten Fahrt.
Im Altertum waren fünf Planeten bekannt – zusätzlich Sonne und Mond – , die auf ihrem Weg um die Sonne eigentümliche Schleifenbewegungen vollführen. Diese Planetenschleifen, verbunden mit einem Wechsel der Bewegungsrichtung nach rückwärts, können mit der labyrinthischen Pendelbewegung verglichen werden. Mythenforscher wie Hermann Kern, Gustav Schwab oder Hermann Weidelener sind davon überzeugt, daß die zweimal sieben Geiseln aus Athen, die ihre Ausbildung am kretischen Hof erhalten, eben diese Planeten verkörpern – gesehen in ihrer weiblichen *und* ihrer männlichen Ausprägung.

II

Im Mittelpunkt minoischer Götterverehrung steht nach allem, was wir bislang wissen, die Große Mutter, Erd- und Fruchtbarkeitsgöttin. Auf Kreta wurde sie in Höhlen, Grotten und Hainen verehrt; Priesterinnen versahen ihren Kult. In Religionen, in denen die Mutter die Göttin ist, erscheint die ganze Welt als ihr Leib. Es gibt kein Anderswo.

Mythen der Großen Göttin lehren Mitgefühl mit allem Lebendigen. Dabei wird die Heiligkeit der Erde selbst gewürdigt, denn sie ist der Körper der Göttin.

Die männliche Kraft wurde im minoischen Kult durch den Stier symbolisiert, der im alten Kreta allgegenwärtig war.

Die Fruchtbarkeits- und Vegetationsreligionen der Minoer lassen noch deutlich ihre Herkunft aus der Zeit des Neolithikums erkennen. Die kultursichernde Eigenschaft der Fruchtbarkeit – damit des Weiblichen – und die Kenntnis des jährlichen Vegetationszyklus waren die wichtigsten Elemente in der Welt der ersten Menschen, die aufgehört hatten, ihre Ernährung dem Zufall zu überlassen. Diesen Kulturen ist daher ein Zug zum Bewahrenden, im weitesten Sinn »Konservativen« eigen, sowie ein tief verwurzeltes Mißtrauen gegenüber allen Neuerungen.

Aber das Rad der Zeit drehte sich unbarmherzig weiter. Noch waren die »Mütter« und ihre weiblich orientierten Kulte bestimmend, die Männer aber klopften mit ihrem Herrschaftsanspruch und einem veränderten Bewußtsein – Eroberung der Natur durch Wissenschaft und Technik – bereits unüberhörbar an die Tür der Geschichte. In einer längeren Übergangsphase kam es zum Neben- und schließlich Gegeneinander der beiden Strömungen, in dem die defensive, auf Erhalt ausgerichtete weibliche Herrschaft schließlich unterlegen war.

Als die Zeit des Stiers allmählich zu Ende ging und die männlich bestimmte, aggressivere des Widders immer deutlicher in Erscheinung trat, wurde noch überall auf Kreta die Große Mutter verehrt, wie es seit Urzeiten üblich war.

Es waren große Paläste mit kultisch-repräsentativem Charakter entstanden; es gab Städte mit mehreren tausend Einwohnern an den Küsten und im Landesinneren. Eine eigenständige Kunst mit den Schwerpunkten Malerei, Keramik und Kleinplastik hatte sich entwickelt, deren beinahe als impressionistisch zu bezeichnende Ausdruckskraft und Schönheit uns noch heute beeindrucken und begeistern. In ihren schönsten Erzeugnissen zeigt sich uns eine höfische Kultur voller Eleganz, Raffinement und Lebensfreude, die keine einzige Darstellung von Krieg oder Grausamkeit kannte. Ihr Wahrzeichen ist für mich das Fresko im Palast zu Knossos, das im Zimmer der Königin einen Schwarm blauer Delphine zeigt. Ihm zu Ehren trägt der Roman seinen Namen.

III

Die Minoer beherrschten den Bronzeguß und alle damit verwandten Techniken bis zur Perfektion. Was sie noch nicht bewerkstelligen konnten, jedenfalls nicht mit befriedigenden Ergebnissen, war das Schmelzen und die Weiterverarbeitung von Eisenerz. Aber der Siegeszug des neuen Metalls war nicht mehr aufzuhalten. Zu Beginn der Eisenzeit fand die minoische Kultur ein jähes Ende.

Mit dem Vulkanausbruch auf der Insel, die damals Strongyle (*Die Runde*) genannt wurde, und heute den Namen Santorin trägt, fiel auch Kreta einer Feuer- und Flutkatastrophe zum Opfer. Der Palast zu Knossos, von dem nur Ruinen übrigblieben, soll später von Mykenern besiedelt worden sein.
    Der Vulkanausbruch hatte noch im Umkreis katastrophale Auswirkungen. Als Meerwasser in die von der herausgeschleuderten Magma zurückgelassenen Hohlräume drang, erfolgte durch den Kontakt des Wassers mit dem glutflüssigen Magma eine gewaltige Explosion, bei der mehr als die Hälfte des kegelförmigen Vulkans in die Atmosphäre gesprengt wurde.

Damals erhielt die Insel Santorin ihre heutige Gestalt. Es muß zu beeindruckenden grünlich-dunklen Sonnenuntergängen gekommen sein, und der Himmel über ganz Europa war anhaltend verdunkelt.
    Sogar in der nordischen »Lieder-Edda«, dem wohl bedeutendsten Werk der altisländischen Literatur, kommen die *Fimbulvitri*, die *Schwarzen Nächte* vor, eine Erscheinung, die den Menschen der damaligen Zeit als das Ende der Welt erschienen sein muß.

Bis zu hundert Meter hohe Flutwellen erreichten Kreta und sorgten, zusammen mit dem nachfolgenden Ascheregen, für das Ende der Hochkultur. Viele glauben auch, die Katastrophe von Santorin sei das Ereignis gewesen, das dem von Platon überlieferten Mythos von Atlantis zugrunde liegt.

IV

Natürlich gibt es auch Wissenschaftler, die diese Auslegung bezweifeln. Ob der Vulkanausbruch, der circa um 1500 v. Chr. zu datieren ist, direkt oder indirekt das Ende der minoischen Kultur bedeutet hat, werden vielleicht erst künftige Forschungen endgültig beweisen. Sicher ist, daß sich nach dem Vulkanausbruch neue Herren vom Festland auf der Insel durchsetzten. Sie drückten der kretischen Kultur ihren Stempel auf; deutlich ist der starrere, männlich-mykenische Geist zu spüren.

Das Patriarchat übernahm endgültig die Macht.

V

Wie es scheint, kopierten die Mykener nicht nur das hochentwikkelte Verwaltungssystem der Minoer, sondern sie übernahmen auch deren Schrift. Aus der minoischen *Linear-A-Schrift* entwikkelten sie die abgewandelte mykenische *Linear-B-Schrift*, um mit ihr ihre eigene Sprache, ein frühes Griechisch, zu schreiben.

Aber auch hier tauchen wieder neue Geheimnisse auf. Auf den überlieferten minoischen Täfelchen, auf denen Verwaltungsbelange der Paläste und Tempel festgehalten wurden, sind vor allem Namen, Begriffe, Zahlen und Mengen einander zugeordnet. Aber sie liefern uns – noch? – keinen tieferen Zugang zur minoischen Kulturgeschichte.

Fraglich ist auch die Bezeichnung und Schreibweise der Namen des alten Kreta. Ich habe mich der gängigsten Schreibweisen bedient.

Der Ursprung einiger – heutiger – kretischer Ortsnamen liegt im dunkeln. Ich habe das heutige Hagia Triada, wo die »Villa der Königin« ausgegraben ist (Ort der großen Zählung) in meinem Roman *Elyros* genannt.

Das heutige Mallia bekam den (vermutlich) minoischen Namen *Lyktos*.

Die Stadt, die bei der Palastanlage von Phaistos entdeckt wurde und bislang nur zum kleinsten Teil archäologisch erforscht ist, erhielt den Namen *Chalara* (der minoische Namensursprung ist ungewiß).

Ähnlich bin ich mit Personennamen verfahren, soweit sie nicht explizit durch den Mythos überliefert sind. Vieles ist erstaunlich genau berichtet (unter anderem die Namen der vierzehn attischen Geiseln); bei anderem bleibt der Mythos eher ungenau.

Diese »dunklen Flecken« habe ich während meiner mehr als fünfjährigen Forschungs- und Schreibarbeit mit meiner Phantasie zu erhellen versucht. Ich gehe dabei wesentlich weiter als die »offizielle« Saga, die, wie es sich für eine patriarchalische Überlieferung gehört, die alten, weiblichen Anfänge vornehm verschweigt und vor allem die männlichen Helden und ihre heroischen Taten in den Vordergrund rückt.

Dies bezieht sich besonders auf das Erste Buch, das den Weg des »Minotaurus« Asterios – des ersten männlichen Priesters der Göttin, der die kultische Stiermaske trug –, durch die vier Elemente erzählt.

Bei der Beschreibung der Kulte und Zeremonien habe ich auf meine Forschungen über matriarchalische Kulturen zurückgegriffen, mit denen ich vor mehr als fünfzehn Jahren begonnen habe. Selbst auf diesem fesselndem Gebiet bleiben wissenschaftliche Dokumentationen und Forschungsberichte bislang oft erstaunlich dürr und unlebendig.

Wo es mir nötig erschien, habe ich mich durch die Kraft der Imagination ins alte Kreta zurückversetzt und versucht, als »Augenzeugin« einen Kult, der die Freude des Lebens an sich selbst zelebriert, auch uns modernen Menschen in einfühlsamen, lebendigen Bildern nahezubringen.

VI

»Das mythologische Bewußtsein besitzt die Wahrheit«, sagt Hermann Weidelener, Philosoph und einer der großen spirituellen Lehrer des Abendlandes. »Die linke Seite ist, mythologisch gesehen, die Seite des Herzens und die Seite der Vergangenheit. Damit die weibliche Seite des Menschen. Das mythologische Bewußtsein lächelt und gibt uns nur eines zu erkennen: daß wir stets auf uns selbst zuwandern. Es sagt uns, daß die ganze Lebenswanderung eine Wanderung zu sich selbst ist.«

VII

Joseph Campbell, als er in einem Interview gefragt wurde, ob er in seiner Forschung über Mythen von einer Suche nach dem Sinn des Lebens gesprochen habe:
   »Nein, nein, nein«, sagte er. »Ich spreche von einer Suche nach der *Erfahrung* des Lebendigseins.«

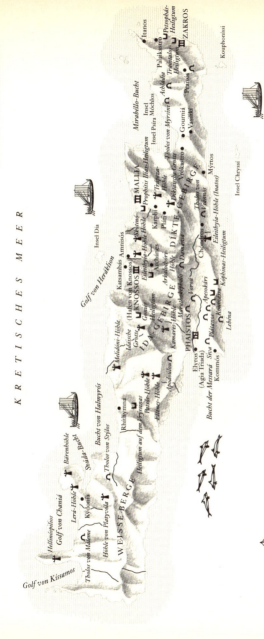

SERIE PIPER

Midas Dekkers

Miau

Aus dem Niederländischen von Maria Csollány. Illustrationen von Maus Slangen. 100 Seiten.
SP 2634

Den alten Ägyptern war sie heilig, und in unserer Kultur ließen sich Maler und Schriftsteller wir Charles Dickens, Ernest Hemingway oder Charles Baudelaire von diesem geheimnisvollen Tier inspirieren: die Katze, geliebt oder gehaßt, aber immer ein großes Faszinosum. Warum es keine Bernhardiner-Katzen gibt, weshalb Sanftpfote von der Kirche einst zum Werkzeug des Teufels abgestempelt wurde oder wie es kommt, daß wir Katzen so gerne streicheln und ihr sanftes Schnurren auf unserem Schoß so sehr genießen – diesen und weiteren Fragen geht Midas Dekkers, Biologe und Katzenfreund, nach. Ein Buch für die zahlreichen Liebhaber dieser wundervoll-eigenwilligen Geschöpfte.

Brigitte Riebe

Moon

Ein Katzenroman. 320 Seiten.
SP 2711

Katzenliebhaber trauen den kleinen Samtpfoten einfach alles zu. Aber kann die Katze Moon, die in einer mondhellen Sommernacht halbverhungert und verletzt vor der Villa der Familie Hirsch sitzt, vielleicht wirklich zaubern? Zumindest scheint das süße Ding mit geheimnisvollen Mächten im Bunde zu stehen. Denn bei Familie Hirsch, die Moon nach Leibeskräften pflegt und hätschelt, beginnen sich die unzähligen Dramen aufzulösen und die vielen Wehwehchen zu weichen. Mutter Evelyn kann endlich dem sinnlichen Schreiner Franz widerstehen, Vater Christoph weiß sich plötzlich Rat in seinen geschäftlichen Sorgen und kann seinerseits der verführerischen Maxie entsagen, Tochter Fanny wird ihre Ängste los und Sohn Till hat Erfolg im Schulmusical. Sogar Großmutter Ilona kommt plötzlich zu Geld und erlebt eine traumhaft romantische Liebesgeschichte.